Franziska Eberhard

Ernst Herhaus

Der Wolfsmantel

Roman

Diogenes

Die Arbeit des Autors an diesem Buch wurde
durch den ›Deutschen Literaturfonds‹ gefördert
Umschlagfoto: Café Sperl in Wien

100/83/28/1
ISBN 3 257 01626 3

Inhalt

Unten und Oben

Das Nichts tun

Es war Sonntag. Talmayer saß auf einem Schemel und hielt ein Paar zerrissener und durchgelaufener Kinderschuhe in Händen. Mit Dachpappe, Leim und etwas Kordel hatte er sie reparieren wollen. Margaret und Rudolf saßen dabei und warteten darauf, daß einer von ihnen die Schuhe nachher bekäme. Talmayer gab es auf. Zu seiner Frau Lena sagte er: »Es hod kan Sinn, Lena.« Mit der Ergebenheit eines Wesens, dem jeder Denkvorgang so lange zur Qual wurde, bis es aufhörte zu denken, erwiderte Lena: »Keinem in dieser Welt geht's jetzt besser.« – ›So a Bledsinn!‹, wollte Talmayer aufbegehren, aber er schwieg und nickte.

Man schrieb 1930. Hans Talmayer und seine Familie vegetierten dahin, in einem der Arbeiterviertel von Wien. Das ging nun schon zu lange so und hatte ihre Kräfte verbraucht. Das Nichtstun der Reichen war ihnen fremd, aber täglich neu das Nichts zu tun, dieses Nichts nur zu begreifen, überforderte sie alle. Talmayer war arbeitslos.

Lena begann wieder aufzuräumen, obwohl die Wohnung, Zimmer, Schlafkabinett und Küche aufgeräumt waren. Talmayer trug ein zerschabtes Hemd und eine mehrfach geflickte Hose, keine Strümpfe. Zwei Kittel, zwei Hosen und ein Überrock von ihm sollten zu Sachen für die Kinder umgeschneidert werden. Er brauchte nicht hinauszugehen, die Kinder aber sollten unbedingt weiterhin zur Schule.

Margarets Gesicht war aufgedunsen, die Nasenpartie geschwollen. Das Kind fieberte, atmete laut, mit geöffnetem Mund. Margaret litt an vereiterten Mandeln. Aber sie konnten nicht mit ihr ins Spital fahren, weil das Geld für die Tram fehlte, vom Geld für die billigste Arznei oder für den Arzt zu schweigen.

Hans Talmayer wurde 1897 in Wien geboren. Sein Vater

arbeitete bei der Stadtbahn. Hans hatte die Volksschule besucht. Dann kam er als Lehrling in eine Druckerei. 1915 wurde er als Soldat eingezogen und kam, nach der Kriegsausbildung, nach Italien. Dort wurde er malariakrank. Längere Zeit spitalisiert, wurde er bereits 1916 als kriegsuntauglich entlassen.

Seine Eltern ließen ihn ein Jahr daheim und ernährten ihn mit, weil er zu schwach zum Geldverdienen war. Ab 1918 arbeitete er bei einer Baufirma in Wien. In diesem Jahr heiratete er Lena, eine Fabrikarbeiterin aus Velm bei Wien. 1920 kam Margaret zur Welt, im Jahr darauf Rudolf. Dann wurde die Baufirma aufgelöst. Doch Talmayer hatte Glück und fand Arbeit in der früheren Druckerei. Dort brachte er es, in weiteren drei Jahren, bis zum Büroarbeiter. Sein Gehalt war nicht groß, aber es reichte.

Hans Talmayer arbeitete gern. Stets pünktlich zur Stelle, mit Eifer und Umsicht bei der Sache, war er bald überall in der Druckerei zu verwenden. Auch mit den Kollegen kam er gut zurecht. »Wann die da oben mich nur lassn, komm i sicher schon in die Höh«, sagte er daheim.

Nun saß er schon ein Jahr daheim. Wie vor den Kopf geschlagen, hatte er am Anfang an die fünfzig Offerten geschrieben, aber von nirgends eine Antwort bekommen. Nach der einmal verlängerten Periode der üblichen zweiundzwanzig Wochen mit Arbeitslosengeld, das die primitivsten Kosten des Überlebens kaum deckte, wurde er ausgesteuert und lebte mit seiner Familie nun mit weniger als einem Fünftel seines früheren Einkommens.

Inzwischen waren sie alle unterernährt. Lena schien am meisten ruiniert, vor allem mit dem Kreislauf und in den Nerven. Sie räumte in einemfort mechanisch auf.

An diesem Tag nahm Hans Talmayer sich vor, aus dem Turnerbund auszutreten und sich der Vereinigung der Freidenker anzuschließen. Im Turnerbund hatte er seine durch Krankheit lädierte Körperschwäche beseitigt, weil er an den Gymnastikabenden seines Vereins teilnahm. Die Unterernährung vereitelte das inzwischen. Sein Vorsatz, den Freidenkern beizutreten, rührte vor allem aus der in langer Überlegung gewonnenen Idee her, sich gemeinsam mit anderen über die eigene Lage und die politische Situation in Österreich zu verständigen und sich, unabhängig von Programmen der sozialdemokratischen und der christlichen Partei, auf die Talmayer nichts mehr gab, frei zu denken.

Lena ging in der kleinen Wohnung jetzt ratlos und stumm in die Küche, wo es nichts mehr aufzuräumen gab. Sie suchte nach einer Beschäftigung, sei es die überflüssigste. Da sie nichts fand, ging sie hilflos und etwas starr einmal um Talmayer auf seinem niederen Schemel herum. Sie wollte sprechen, aber sie fand keinen Mut zu irgendeinem Rest von Ansprache. Mit dem Ende der Beschäftigung ihres Mannes brach ihr Zusammenleben mehr und mehr zusammen, weil sich ihr Sprachkontakt verringerte, bis er aufhörte.

Lena in ihrer gepeinigten Stummheit registrierte ebenso wie Hans Talmayer mit der Überwachheit, die das Leiden an der immer größer werdenden Distanz ihnen aufgenötigt hatte, daß es die Kinder waren, die ihnen mit ihrer noch nicht zerfallenen Sprache täglich das Leben retteten.

Zu Beginn ihrer Erkrankung hatte Margaret einmal ein aufgeschlagenes Ei bekommen. Ausgehungert fiel das Mädchen so darüber her, daß es mit seiner Nase ins Gelb des Eidotters kam und die Nase gelb beschmierte. »Margaret, die Eiernase!« hatte Rudolf triumphierend ausgerufen. Seither nannte der Kleinere die Größere unverdrossen die Eiernase.

Margaret lachte darüber. Sie hatte Humor. Auch jetzt, in ihrem elenden und geschwächten Zustand, verließ er sie nicht.

Lena und Hans stimmten darin überein, immer zuerst für die Kinder zu sorgen. Intuitiv und ohne längere Begründungen handelten sie so. Nicht zuletzt wohl darum, weil nur die Kinder imstande waren, manchmal Unbekümmertheit in das Aussichtslose zu bringen. Vielleicht hatte Rudolfs Freudenruf von Margarets Eiernase einen Totschlag verhindert. Lena mußte immer daran denken, daß sie vor zwei Wochen mit einem Feuerhaken in der Küche umhergegangen war. Im Schlafkabinett hatte Talmayer geduckt auf dem Bett gesessen. Und Lena wollte zu dem stumm Dahockenden hinlaufen, um ihm den schweren Haken auf den Kopf zu schlagen. Die Armut und den Hunger hatte Lena bis dahin ertragen, aber die Geducktheit ihres Mannes meinte sie, vor einer Woche jedenfalls, nun nicht länger ertragen zu können. Unterwürfig war dieser Mann geworden.

Die Unterwürfigkeit des Mannes auf dem Schemel, der die zerrissenen Schuhe der Kinder mit Dachpappe und Kordel zu flicken versuchte und nun damit wirklich beschäftigt war, hatte in hunderten von kleinen und immer selben Mißerfolgen ein Ausmaß erreicht, welches ihm die Einsicht, unterwürfig geworden zu sein, absperrte. Als er Margarets Schuhreste einigermaßen hergerichtet hatte und als das Mädchen ihm einen anerkennenden Blick zuwarf, während es das Flickwerk probierte, da hätte Hans Talmayer gern »Na, Eiernase?« zu seiner Tochter gesagt. Aber er getraute sich nicht.

Talmayer fühlte sich schuldig am Elend der Familie. ›Ich allein hab schuld‹, warf er sich täglich vor. Seit einem Jahr marterten ihn die Fragen, wo er nicht aufmerksam genug, wo er nicht bereitwillig genug, wo er nicht vorausschauend genug gewesen, wie es zum Verlust seiner Arbeit gekommen war und, schlimmer, wo der Fehler bei ihm steckte, der dazu geführt hatte, daß alle seine Offerten um eine neue Arbeitsstelle ohne jede Antwort blieben. Auf den Gedanken, daß sein Elend und das Elend vieler mit den Reichtümern weniger zu tun hatte, kam er zwar, aber er hielt ihn für zu simpel, als daß er stimmen könnte. Margarets anerkennender Blick gab ihm Aufschwung, bereits am kommenden Abend die Freidenker aufzusuchen. Nach dem Verlust seiner Stelle hatten sie ihn, einige Zeit später, auch im Turnbund Hernals als Vorturner abgewählt. Dieser Schlag knackste sein Selbstbewußtsein vollends an.

Nachdem er vor Jahren in Wien seine Körperschwäche aus dem Malarialeiden in der Kriegszeit immerhin so weit unter Kontrolle gebracht hatte, daß er arbeiten konnte, ohne unliebsam aufzufallen, hatte er bald einen weiteren Schritt unternommen und war, mit dem blanken Willen zu erheblicher Selbstverbesserung, einem Kurs für Leibesübungen im Turnbund Hernals in seinem 17. Wiener Bezirk beigetreten. Dort hatte

Talmayer, zunächst noch sehr unsicher, sich doch bald schon so vorbildlich an den Ringen und auf der Matte gezeigt, daß dieser Kurs ihn zum Vorturner ernannte. Er hatte seither viele und immer neue Mitglieder des Vereins aus Gleichgültigkeit und oft bedenklicher Erschlaffung geholt, denn Hans Talmayer hatte viel verlangt, aber er hatte niemals mehr von jemand verlangt, als er selber, aus elenden Anfängen heraus, inzwischen leistete. Dabei hatte er als Vorturner nie einen Hehl aus seiner Auffassung gemacht, daß, wer viel zu bieten habe, auch viel verlangen müsse. Und was ihn noch mehr anspornte in seinem Bezirksverein, als alle turnerischen Leistungen seiner deutlich angewachsenen Gymnastikgruppe für vereinigte Wiener Männer, war der Umstand, daß sein Wahlspruch auch in anderen Wiener Bezirken des Turnerbundes zitiert und für ausgesprochen brauchbar erklärt wurde. Umso tiefer hatte es Talmayer in seinem innersten Wert getroffen, daß er, kaum zwei Monate arbeitslos, auch schon als Vorturner verabschiedet wurde. Das hatte er nicht für möglich gehalten. Fast ein halbes Jahr lang verschwieg er Lena diese Niederlage, ging wie früher zu den Abenden im Turnbund, beteiligte sich aber nicht mehr an den Übungen und kam elend heim. ›Keine Arbeit und du bist minderwertig‹, hieß nun sein Glaube.

Es hatte eine banalere Bewandtnis mit Talmayers Ablösung: Die Arbeitslosenunterstützung war so gering, daß er sich nach den Übungen nicht mehr den gewohnten Einspänner oder das Glas Schorle mit den Kameraden erlauben konnte. Anstatt es den anderen zu sagen, hatte er andere Verpflichtungen vorgeschützt. Dadurch begünstigte er die irrige Idee bei den Kameraden, sie selber wären wohl inzwischen nicht mehr gut genug für einen Einspänner oder ein Glas Schorle. Und nur diese irrige Vorstellung hatte Hans Talmayer den Posten als Vorturner gekostet.

›Viel zu lange habe ich diese Herabsetzung mitangesehen‹, sagte er sich. Er nahm sich vor, seinen schon lange gefaßten Plan, Freidenker zu werden, endlich in die Tat umzusetzen.

Lena ging mit Rudolf auf die Gasse. Als Margaret die beiden

nicht mehr auf der Stiege draußen hörte und als sie erkannte, daß sie auch heute nicht hinaus konnte, wollte sie weinen. Aber zum Weinen fehlte es ihr an Kraft und an Zuversicht. Sie resignierte. Das Fieber kam, in immer neuen Wellen, über sie.

Talmayer brachte seine Tochter zu Bett. Während er Margaret zudeckte, fragte er sich, wie alt sie eigentlich wäre? Sie war zehn Jahre alt inzwischen. Rudolf wurde neun in Kürze. Er selber hatte seinen dreiunddreißigsten Geburtstag gehabt. Lena den vierunddreißigsten. Talmayer hatte Mühe, sich das zu vergegenwärtigen. Sein Gefühl für Zahlen und für Zeit verließ ihn. Er ging aus dem winzigen Kabinett, in dem Margaret lag, hockte sich an den Küchentisch und dachte nach.

Als Lena und Rudolf zurückkamen von der Gasse, hörte Talmayer Lena an der Bassena. Die Wohnung hier in der Ettenreichgasse im 17. Bezirk war, wie alle Wiener Arbeiterwohnungen, eine Bassena-Wohnung: neben der Gemeinschaftstoilette auf dem Treppenabsatz war der einzige Kaltwasserhahn des Flurs. Hier mußten alle Mieter eines Flurs ihr Wasser holen und daher war die Bassena die Gerüchtebörse.

Hans mochte längst schon keine langen Ohren mehr machen. Als er noch gearbeitet hatte, amüsierte er sich mit Lena bei der Vorstellung, wie die Ohren der Nachbarn an langen Schläuchen, Teleskopen der Neugierde gleichsam, ausfuhren, sich fest und anschmiegsam innen um die Schlüssellöcher legten, um nur ja nichts von dem zu verpassen, was an der Bassena gesprochen wurde. Talmayer und Lena hatten sich dann vorgestellt, wie das Umhergehen in den Wohnungen, mit diesen langen und ausgestreckten Ohrenschläuchen, zu allen möglichen Schwierigkeiten führte, wer wann und für wie lange an der Reihe wäre beim Ablauschen. Sie hatten sich eine Lauschordnung vorgestellt und waren dabei sogar in heftigen Streit geraten.

Als Lena und der Junge in die Wohnung kamen, brachte Lena die Neuigkeit mit, daß der Stiegennachbar, Gemeindesekretär Blahaska, kürzlich der nationalsozialistischen Ortsgruppe Hernals beigetreten war. »Die Marie hat's mir eben mitgeteilt!« sagte Lena. »Der kann sich das erlauben, der Blaska, er steht in Arbeit und Einkommen«, sagte Talmayer.

Er dachte nicht über die Neuigkeit nach. Margarets Zustand beschäftigte ihn. Plötzlich ermächtigte er sich zu einem Entschluß und sagte zu seiner Frau: »Bei der kommenden Auszahlung führ ich die Margaret mit der Tram zum Spital. Ich werd an drei Tagen nichts essen. Dann geht sich das aus mit dem Tramgeld.« Lena antwortete müde: »Wir haben nur noch die Notstandshilf. Und drei Schilling Vorschuß werden auch abgezogen. Es geht sich eben niemals aus, mein Gott! Vielleicht bei der übernächsten Auszahlung ...« Talmayer duckte sich, weil Lena zwischendrin nur etwas die Stimme gehoben hatte.

Die Notstandshilfe betrug 37 Schilling, 40 Groschen. Sie wurde vierzehntägig ausgezahlt. Der Hauszins betrug pro Monat 8 Schilling. 1 kg Kochmehl (mindere Qualität) kostete 65 Groschen, 1 kg getrocknete Bohnen 60 Groschen, 1 kg Roßfleisch 1 Schilling 90 Groschen, 1 Liter Milch 42 Groschen. Sie lebten seit Monaten fast nur von billigsten Mehlspeisen, Erdäpfeln und Griebenfett. Selbst das Roßfleisch, während der Zeit der Arbeitslosenunterstützung immerhin einmal pro Woche auf dem Speiseplan, war längst Legende. Unten im Haus war kürzlich ein Hund gebraten worden. Der Stricker Kretschmer, arbeitslos wie Talmayer, hatte den Hund von einem Bekannten bekommen, der ihn nicht mehr ernähren konnte. Die Bedingung war gewesen, daß der Hund schmerzlos erschlagen würde. Der Kretschmer hatte, auch beim besten Willen, nicht gewußt, wie das geschehen könnte, hatte jedoch aus Gründen des Hungers in seiner Familie und durch die Aussicht auf das Festmahl, dem Eigentümer des Hundes eine feste Zusage gemacht. Er hatte bei Lena ein Geschirr für das Blut geliehen und der Hund war mit einem Streich tot gewesen. Lena bekam ein Stück Hundefleisch, welches sie gebraten hatte. Dieses Nachtmahl schmeckte so gut, daß Talmayer noch oft daran dachte. Die Kinder hatten nicht erfahren, was sie aßen. Als Kretschmer den Hund erschlug, ging Lena mit Margaret und Rudolf vorher aus dem Haus, bis hinaus zur Ottakringer Landstraße.

Lena versuchte, ihren Mann für die Neuigkeit, die sie mitgebracht hatte, zu interessieren. Aber Talmayer beschränkte sich darauf, seinen Kommentar noch einmal zu wiederholen, daß der Blahaska es sich eben leisten könnte, politisch zu sein. Früher hatte Talmayer die *Wiener Arbeiterzeitung* täglich und gründlich gelesen. Das Blatt wurde abbestellt. Von nationalem Sozialismus hielt er nichts, nicht einmal von der Verbindung der österreichischen Arbeiterinteressen mit den Vorgängen in Deutschland, die in Wien Anhänger fanden. Talmayer hatte früher detaillierte Vorstellungen von einem internationalen Sozialismus gehabt. Sie waren inzwischen zu der sehr allgemeinen Wunschvorstellung verkümmert, daß einmal eine Zeit kommen müsse, in der kein Mensch mehr benachteiligt sei und alle mit einem geradezu abenteuerlichen Reichtum von dreihundert Schilling pro Monat auskommen sollten. Eine Idee von persönlicher Zukunft und Wirksamkeit hatte Talmayer erst jetzt wieder bekommen, weil er vorhatte, zu den Freidenkern zu gehen. Er versprach sich davon keinen Vorteil. Eher eine Chance, vielleicht noch einmal auf die Füße zu kommen.

Am darauffolgenden Abend verließ er die Wohnung, ging zur Wattgasse und dann zur Herrenhäuser Hauptstraße. Auf ihr bog er ab zur Alserstraße, ging dann rechts hinauf zur Josefstädter Straße und in die Langegasse. Hier fand er das Haus Nr. 30, ein ehemaliges Schulhaus in abblätterndem Habsburger Gelb. Hier tagten die Freidenker.

Olga

Olga stand am Fenster ihrer Wohnung im zweiten Stockwerk des Palais Lanzki am Schottenring. Sie schaute hinab in den Neuschnee, der über Nacht gefallen war und der allem da draußen eine Aura der Unwirklichkeit gab. Es war der

11. Januar 1930, Olgas neunzehnter Geburtstag. Draußen war es kalt. Das Licht der mittäglichen Wintersonne warf hauchfeine Strahlen von schräger Geradheit aus dem Himmel herab in den Schnee, wo die Lichtbündel oberhalb des weißen Kristallmeers nach allen Seiten hin fort- und davonprallten und verglitzerten. Olga hinter dem Fenster betrachtete dieses Naturschauspiel mit gebannter Anteilnahme. Sie schien ganz entrückt.

Dann kamen die Leute vom Dienstpersonal, die im Innenhof einen Weg vom Eingangstor zur Haupttreppe freischaufelten. Olga zog sich vom Fenster zurück. Der Anblick der Dienstboten ihres Vaters in dem bis dahin unberührten und hohen Schnee beeinträchtigte Olgas Schönheitssinn.

Sie verließ ihre Wohnung und erschien kurz danach bei ihrem Vater, um wie jeden Mittag mit ihm zu frühstücken. Kaspar Baron Lanzki, kurz vor dem Erreichen der fünfzig, war ein stattlicher Mann. Olgas Mutter, Lady Emily, war kurz nach Olgas Geburt in der Villa Colini bei Florenz gestorben. Gemäß ihrem hinterlassenen Willen war ihre sterbliche Hülle im heimatlichen England beigesetzt worden. Der Baron Kaspar hatte nicht wieder geheiratet.

Als seine Tochter hereinkam, löste ihr Anblick wie fast jedesmal Phantasien in ihm aus. Olga war eine Blonde. Groß und schlank, von selbstbewußter Haltung, mit der vielgerühmten, makellosen Haut der Engländerin. Manchmal kam ein Schuß Grün in ihre Augen, je nach Lichteinfall und je nach Olgas seelischer Verfassung; manchmal schimmerten diese Augen blau, und bei Dunkelheit konnten sie bis zu Kobalt gehen. Zu ihrem heutigen Geburtstag hatte Olga ihr bis dahin langes und volles Blondhaar in einen mondänen Herrenschnitt verwandeln lassen. Das ergab eine Diskrepanz zu ihrer sonstigen, ausgesprochenen Feminität. Kaspar fand die so unerwartet Veränderte beim Eintreten aufregend, ja, seine Tochter war aufregend. Und wie alle Verehrer Olgas phantasierte auch ihr Vater immer wieder, Olga möge ihre Schönheit ihnen allein und glückbringend zuwenden.

Die beiden begrüßten sich. Der Baron gratulierte mit Herzlichkeit zum Geburtstag, und Olga, zumeist etwas kühl, dankte ihrem Vater für die Glückwünsche ebenso herzlich. Sie nahm ihm gegenüber am Frühstückstisch Platz. Kajetan, der erste Diener im Haus, servierte dann.

Olga unterhielt sich mit ihrem Vater in ihrer zurückhaltenden, aber ganz ungezierten Art. Wie sie dabei ihre Wimpern ohne Kalkül herabsinken ließ und sie dann langsam und weit aufschlug und Kaspar dann anblickte, das war, wie der Baron meinte, derart schön, daß hoffentlich nie einer zu seiner Tochter davon spräche. Fernheit und Fragendes, Sehendes und Verschollenes wirkten in Olgas Blick. Kaspar hielt dieses Mädchen, sein Kind, für einen Unstern, für einen Stern, der vom Himmel gekommen war und der hier auf der Erde in einen Menschen umgewandelt wurde und mehr Licht ausströmte als die Sterne am Himmel. Abkehr und Zugeneigtheit schienen mit stillester Intensität gleichermaßen in Olga zu wachsen und zu wirken.

Vielen gab sie Rätsel auf. Olga schien von rassiger Oberflächlichkeit, und sie begünstigte diesen Eindruck durch die Sorgfalt, die sie allem Äußerlichen angedeihen ließ. In Klugen stützte sie deren Verdacht, Olga sei klüger, als sie durchblicken lasse. In Gewöhnlicheren begünstigte sie den Verdacht, unter ihrer Oberfläche gewöhnlich zu sein. Mutige fanden in Olgas Anmut neuen Mut, und Sehende lockte ihr kühler Liebreiz zur Liebe. Wie unterschiedlich aber alle auf sie reagierten, früher oder später begannen sie an der selben Frage zu rätseln: war alles das, was die Olga Lanzki in anderen aufweckte, auch in ihr selber vorhanden? Oder war Olga nur dieser Blick, dieses luzide Lächeln, und war sie, im übrigen, leer?

Erfahren in den Finessen seiner leisten Kaste, vornehmer Muße und umsichtiger Sorge um den Baron und seine Tochter, hörte Kajetan nicht auf die Worte der Unterhaltung, sondern auf deren Tonfall und Resonanz. Was er vernahm, beruhigte ihn. Der Baron Kaspar gab ein Zeichen, woraufhin Kajetan einen weißen Lackkarton hereinbrachte. »Dein Geschenk, Olga«, sagte Kaspar. Olga packte es aus.

Es handelte sich um einen Wolfsmantel. Karpatenwölfe, von

deren Bauchdecken nur die hellsten Teile Verwendung gefunden hatten, wieviele, man wußte es nicht, waren auf Bestellung des ersten Kürschners von Budapest gejagt und auf eine äußerst qualvolle Weise erstickt worden. Um Fell, das zum weitaus größten Teil fortgeworfen wurde, nirgendwo zu beschädigen, hatte sich ein Sadismus ohnegleichen ausleben dürfen, irgendwo in den Schneewäldern der winterlichen Karpaten. Dann war der Mantel von Ernö Onodin in Budapest höchstpersönlich angefertigt worden.

Olga zog ihn an. Die Todesnot der Tiere, an die Olga nicht dachte, gab dem Mantel seine jeden äußeren Wert übersteigende Kostbarkeit. Sie brachte Olgas Schönheit noch mehr zur Geltung. Sie fühlte das. Kaspar bewunderte seine Tochter und meinte mit Selbstironie, diesem Wolfsmantel sei zum Glück erlaubt, was ihm selber aus Gründen der Schicklichkeit verwehrt sei.

Nach ihrem Frühstück begaben sich Olga und der Baron zu einem Spaziergang durch das verschneite Wien. Sie gingen den Schottenring hinunter bis zum Großen Graben, die Kärntnerstraße hinauf bis zur Oper, von dort zum Parlamentsgebäude und vorbei am Burgtheater. Im Caféhaus neben dem Burgtheater nahmen sie einen Vermuth und lasen Zeitungen.

Nachmittags empfing Kaspar seinen Freund Barany. Dieser erläuterte einige geschäftliche Angelegenheiten. Der Baron hörte aus Höflichkeit zu. Er wußte, daß in Baranys Händen alles bestens gedieh. Seit Kaspar von seinem Vater die Lanzki-Bank und den übrigen Familienbesitz als einziger Erbe übernommen hatte, überließ er Barany die Geschäfte.

Inzwischen war die Lanzki-Bank zur bedeutendsten Privatbank in Österreich geworden und, nach der Staatsbank und nach dem landesweiten Sparkassenkonzern, die drittgrößte Bank in Wien. Es wäre dem Baron Kaspar dumm vorgekommen, durch deplazierten Eifer eine so befriedigende Entwicklung zu behindern.

Olga befand sich wieder in ihrer Wohnung und las. Sie las regelmäßig, meistens am Nachmittag eine Stunde und am liebsten nachts. Auch an diesem Geburtstag hielt sie es so. Doch zwischendurch trat sie wieder ans Fenster und schaute hinaus. Die Winterwelt draußen zog sie an. Es hatte wieder zu schneien begonnen. Olga stand am Fenster und schaute hinan zum Himmel und ihre Blicke folgten dem Schnee, der langsam und lautlos herabfiel zur Erde.

Ritual der Einsamkeit

Geiringer, ein Mann Mitte vierzig, betrat wie jeden Vormittag Schlag zehn das Café Brioni am Julius Tandler-Platz beim Franz-Josef-Bahnhof. Er ging zu seinem Platz, setzte sich nieder und schaute hinaus. Er brauchte nicht zu warten, denn Herr Leo, ein junger Mensch von so gelenkiger Höflichkeit, daß Geiringer dies selbst in den Wiener Zuständen immer wieder zur Kenntnis nehmen mußte, servierte alsbald die Tasse Kaffee ohne Haut, Kipferln mit Marmelade und die beiden Zeitungen, die zu lesen Geiringer jeden Morgen sich den Anschein gab.

Während Herr Leo servierte, sagte er die ersten Worte des Vormittags: »So, der Herr Doktor – die Tasse ohne Haut, die Kipferln sowie die *Wiener Zeitung* und das *Berliner Tageblatt*, bitte sehr, der Herr Doktor!« Geiringer sagte: »Danke, Herr Leo«, und Herr Leo, der wußte, daß er noch in diesem Frühjahr dieses Café als neuer Chef übernehmen würde, verbeugte sich gekonnt und sagte die zweiten Worte des Vormittags: »Wünsche einen be-son-ders angenehmen Vormittag, dem Herrn Doktor!« – »Danke, Herr Leo«, sagte Geiringer und Herr Leo entfernte sich und Geiringer trank den ersten Schluck Kaffee.

Seit bestimmte Klänge von Musik ihn einstmals angesprochen hatten, suchte Geiringer nach Einsamkeit. Wien war sein Dorado der Einsamkeit geworden und von allen Ritualen, die es dem inzwischen anerkannten Musikkritiker der *Wiener Zeitung* ermöglichten, unbehelligt zu bleiben, war der Besuch seines Stammcafés Geiringers angenehmstes Ritual der Einsamkeit geworden. Denn er wußte das nicht. Wenn er pünktlich um zehn Uhr in der Frühe das Brioni aufsuchte, war es für ihn wie eine Erlösung von dem Übel des Denkensollens, Denkenkönnens, Denkenmüssens. Früher oft nur ein elender Versuch, allem, was nicht Musik war, unauffällig zu entfliehen, war das Caféhaus für Geiringer inzwischen zum Gral geworden. Denn als Kritiker war er auf dem Weg nach Oben. Er hatte gelernt, anzugreifen und zuzustimmen anstatt zu verstimmen.

Er überflog nur die Schlagzeilen der *Wiener Zeitung.* Im Feuilleton fand er seine Kritik des Furtwängler-Konzerts, unverstümmelt und unangetastet. Beim Brahmsen Furtwänglers mit den Wiener Philharmonikern war Geiringer eingeschlafen und war erst wieder beim Beifall erwacht, bei diesen Ovationen der stillen Mitsinger. Geiringer hatte das übrigens geschrieben in seiner Kritik. Früher hätten sie es ihm rausgestrichen, den Rest gekürzt, wegen Platzmangel. Und Geiringer hätte es geschluckt. Nun schluckten andere. Er legte die Zeitung fort, nahm die Kipferln mit Marmelade zu sich und trank den Kaffee aus, nahm etwas Wasser und legte das *Berliner Tageblatt* auf die Hand.

Er las nicht. Überfordert und angeödet von den Aktualitäten und immer selben Sachen, die im turbulenten Berlin für zeitungsreif erachtet worden waren, gab er auf. ›Facts, facts, facts‹, dachte er, sich an Charles Dickens' berühmten Romananfang erinnernd, und schaute, an der gerafften weißen Gardine vorbei, auf den Julius Tandler-Platz. Er erfreute sich an dem Faktum, daß die Stimmungsdiktatoren in der oberen Etage der *Wiener Zeitung* auch die Stelle in seiner Kritik hatten stehen lassen, die Geiringers Angst beschrieb, seine Angst, daß Furtwängler, beim Brahmsen mit ausgebreiteten Armen weit nach hinten sich biegend und wiegend, jederzeit und eines Tages sicherlich vom Dirigentenpult der ersten Parkettreihe vor die Füße fallen könnte. Die Aggression gehört zum Erfolg, und der Erfolg besteht nicht im Rechtbehalten, sondern im Gelesenwerden, sagte Geiringer sich. Nun, inzwischen wurde das gelesen, und auch Furtwängler und sämtliche Philharmoniker hatten es bereits vor ihm, Geiringer, gelesen. Dessen konnte er sicher sein. Er nahm seine vorherige Sitzlage wieder ein und gab Herrn Leo ein Zeichen.

Dieser, am Büffet stehend, den rechten Unterarm auf der Lehne, die rechte Fußspitze am Boden, neben dem linken Schuh, das Serviertuch gefaltet über der angewinkelten Armbeuge, den Kopf in der geübten Haltung des Rundumblicks leicht nach hinten gebeugt, was dem jungen Herrn Leo ein etwas blasiertes Aussehen gab, eilte sogleich zu Geiringer. Dieser bestellte einen verlängerten Braunen. »Einen verlängerten Braunen – für den Herrn Doktor«, sagte Herr Leo, etwas überrascht, und eilte zurück zum Büffet, gab die Bestellung weiter an Gertrude, mit der Herr Leo bereits in Absprache war, für die Zeit nach der Übernahme des Cafés. Während Gertrude, wie für den Ablauf eines solchen Betriebs geboren, den verlängerten Braunen in dem Tempo eines Allegro vivace herstellte und ihn aufs Büffet brachte, hatte Herr Leo die erforderliche, kurze Zeit, um das ungewöhnliche Verzehrverhalten Geiringers zu bedenken. Dieser nahm, selbstverständlich, nie das Fiakerfrühstück (ein Bier, Schweinsgulasch mit Salzstangerln), sondern das Literatenfrühstück (Kaffee, Kipferl sowie, nach der zweiten Lage Wasser, eventuell einen verlängerten Braunen, bevor der Herr Ober sich räusperte). Das Fiakerfrühstück, welches von Herrn Leo mit allem Sinn für Wiener Bosheit »das Wiener Ferkelfrühstück« genannt wurde, wobei Herr Leo unbeeindruckt davon blieb, daß der Kaiser Franz Joseph es sich einst an die vierzig Jahre lang jeden Tag um neun in der Früh hatte servieren lassen, wobei ein Laufbursch drei frische Salzstangerln vom Demel gegenüber zu holen hatte, dieses Fiakerfrühstück kam für den Doktor Geiringer schon aus Gründen des ruhigen Starrseins im Nervösen überhaupt nicht in Frage. Wenn der Geiringer den verlängerten Braunen jedoch heut mit einer geradezu verrückten Hast nachbestellte, so mußte irgend etwas vorgefallen sein. ›Steht das Nervöse bei ihm noch sicher in seiner Starrheit oder geht hier vielleicht doch etwas in Fäulnis über?‹, fragte der junge Mensch sich, servierte den Verlängerten seinem Stammgast und sprach, entschieden verfrüht, die dritten Worte des Vormittags: »Bittschön, dem Herrn Doktor, danke sehr ...!«

Dabei überprüfte Herr Leo schnell und gründlich das Aussehen Geiringers an diesem Morgen und fragte sich dabei: ›Schlingert hier etwa ein Boot? Oder kentert er bereits im Erfolg, der Geiringer ...?‹ Herr Leo entfernte sich und nahm vor dem Büffet sogleich wieder seine Haltung mit dem etwas blasierten Aussehen ein. Dabei dachte er nach.

Geiringer war ein guter Gast, denn er war ein täglicher und ein ruhiger Gast, der an zwei Abenden der Woche zusätzlich das frühe und kleine Nachtmahl hier zu sich nahm. Geiringer war zwar Akademiker, aber zudem auch dieser etwas unberechenbare Typus des Autodidakten, der die Universität eher nebenbei absolviert hatte. Herr Leo wußte vom Doktor Geiringer, daß er früher Stammgast im Café Dorothea am Dorotheum gewesen war.

Es war etwas her, aber Herr Leo hatte ein stupendes Gedächtnis: die Ross Amusement Company, ein amerikanisches Unternehmen für Marathontanz, bei dessen Veranstaltungen dasjenige Paar den Geldsegen erhielt, welches als letztes im Sägemehl der gemieteten Massensäle zusammenbrach, hatte einst auch den Geiringer zu ihren Kunden gehabt. Die Zeiten waren ärger als das schärfste Feuilleton vom Herrn Doktor gewesen. In Prag und Budapest polizeilich verboten, hatte Ross Amusement Company in Wien umso größere Massen von Arbeitslosen und Baldowern angezogen, und nicht nur solche Leute, nein, auch die flüsternde Vornehmheit, wie der Herr Leo seine Stammkundschaft nannte, eben auch Leute wie den Doktor Geiringer. Und, immerhin, so denkerisch dieser Mensch auch gezeichnet sein mochte – der Geiringer hatte damals mit seiner Tanzpartnerin dem harten Management des amerikanischen Dauertanz-Unternehmens einen zweiten Preis entrissen.

Dies in der Zeitung zu finden, wäre für Geiringer kein Grund gewesen, das Caféhaus zu wechseln. Aber damals war auch ein

Foto der Sieger in der Zeitung zu sehen gewesen, eines von Geiringer und eines von seiner Tanzmizzi. Das Foto zeigte, Gesichter aufwärts, zwei Wesen im Sägemehl, die aus einer Folterkammer der Inquisition zu kommen schienen. Und das hatte für Geiringer ausgereicht, um sein Caféhaus zu wechseln. Er stand auf und zahlte am Büffet und ging, mindestens eine Stunde vor der üblichen Zeit. Herr Leo schaute ihm nach, wie zielstrebig er durch die Glastüre ging. Und die Zeitungen? Sie lagen unverblättert auf dem Bord unter der gerafften Gardine. Herrn Leo kam das seltsam vor, und er fragte sich an diesem Vormittag zum zweitenmal, ob hier ein Boot nur schlingerte oder ob es kenterte?

Ein blutiger Anfänger

Der arbeitslose Hans Talmayer erlitt um die selbe Zeit mit seiner Frau Lena und den Kindern Margaret und Rudolf das Unglück des Zerfalls der Zeitstruktur. Dieses Unglück war umso existenzbedrohender, als es den Betroffenen in ihrer Apathie und in ihren Entbehrungen, von denen der Hunger noch die kleinste war, überhaupt nicht bewußt wurde.

Talmayer hatte, nach dem ersten Besuch in der Sektion IV der Freidenker in der Langegasse, das ehemalige Schulhaus mit dem abblätternden Habsburger Gelb entmutigt alsbald wieder verlassen und war nicht mehr dorthin zurückgekehrt.

Die Leute dort waren ordentlich angezogen gewesen, hatten kluge Dinge gesagt und erörtert, und er, Hans Talmayer, war der einzige Zerlumpte dort gewesen und hatte sich dessen zu sehr geschämt, um es überhaupt zu wagen, die Frage in dem kleinen Kreis der versammelten Freidenker zu stellen, wegen der er hergekommen war:

War es möglich, sich durch Denken zu befreien? Sollte es

möglich sein, Armut, Elend und Hoffnungslosigkeit durch eine bestimmte Art des Denkens zu überwinden? Hatten diejenigen, die hier so klug miteinander diskutierten, dafür vielleicht Rezepte?

Talmayer hatte sich unter den Leuten in diesem früheren Schulzimmer noch mehr geduckt als daheim und hatte sich geschämt, seine Frage auszusprechen. Geduckt und mit der Beengung durch Angst und in dem Minderwertigkeitsgefühl, hier nicht dazuzugehören, hatte er sich den Anschein beflissenen Zuhörens gegeben und war am Ende der Versammlung mit einer ungeschickten Verbeugung wortlos weggegangen.

Die Zeit daheim verging ihm nicht. Er und Lena und die beiden Kinder waren Ausgemusterte. Lena wurde immer undurchschaubarer für Talmayer. Was sie miteinander redeten, war nur noch Wortgebröckel. Lena begann in der Küche mit murrenden, leeren Monologen. Talmayer hörte ihr längst nicht mehr zu, und sie hörte Talmayer nicht mehr zu.

Margaret war noch elender geworden. Am heftigsten wütete der Schmerz in ihrem Gesicht. Es war weiter angeschwollen, und wenn das Nachmittagsfieber kam, wurde aus dem Atmen des Kindes ein böses Pfeifen. Margaret war nach wie vor erkältet und litt an ihren vereiterten Mandeln stärker als bisher. Ihre Unterernährung war unübersehbar, und auch von der Notstandshilfe, die inzwischen wieder einmal, nach langem Anstehen, Lena Talmayer ausgehändigt worden war, blieb nach der Abzahlung der Schuld beim Kolonialwarenhändler und nach einer Teilabzahlung der Mietschuld kein Groschen für eine Arznei übrig.

Dennoch brachte Margaret es fertig, jenes Neckwort ihres Bruders aufnehmend, sich selber »die Eiernase« zu nennen. Dazu noch ihrem Vater zuversichtlich zuzulächeln. Das ereignete sich am Tag der Auszahlung der Notstandshilfe, und Hans Talmayer erwachte wegen dieser Liebesfähigkeit Margarets aus seinem Dahindämmern und tat, was er sich vorgenommen hatte. Er aß und trank drei Tage nichts, und Lena, überrascht davon, schloß sich dem an. Das gesparte Geld nahmen sie für die Tram.

Weil Margaret kein Mäntelchen mehr besaß, da es für den kleineren Rudolf umgeflickt und umgenäht worden war, wikkelte Talmayer seine Tochter, die sich fast nicht mehr vor Untergewicht bewegte, in ein doppelt gefaltetes Leintuch und fuhr mit ihr zum Wiener Allgemeinen Krankenhaus.

Dort war ein Massenandrang. Nach einigem Warten erbarmte sich ein Pfleger der Verteilerstation für akute Fälle, die neben den Warteräumen lag, und sagte zu Talmayer: »Probierns mit dem Kind amal die Hals-Nasen-Ohren-Klinik, gehen Sie gleich dorthin.« Er wies Talmayer den Weg und dieser ging mit Margaret auf dem Arm dorthin, kam in den Warteraum, wo er einen Stuhl fand. Er konnte endlich irgendwo niedersitzen. Dann kam eine ältere Krankenschwester. Sie warf einen Blick über die Wartenden und sagte zu Talmayer: »Sie da – kommens gleich amal mit.«

Sie führte Talmayer mit seiner kaum noch atmenden Fracht in das Untersuchungszimmer des kürzlich auf Probe eingestellten Dr. Béla Hermann und hieß den Vater mit dem Kind sich setzen. Dann sagte sie zu dem Arzt auf Probe: »Bittschön, Herr Doktor, schaun's hier bittschön nach.«

Talmayer wickelte Margaret aus dem Bettlaken, während der Doktor nähertrat, ihm Margaret abnahm und sie auf eine Liege legte. Die Schwester stand in der Nähe und wartete alles ab. Denn Dr. Béla Hermann hieß hier nicht zufällig »der blutige Anfänger.«

Es war, gelinde ausgedrückt, furchtbar mit dem Béla. Überall, wo er etwas tat oder etwas auch nicht tat – Blut. Überall bei ihm gabs Blut, Blut, Blut. Ohne langes und weltfremdes Zögern von seinem Chef, dem Professor Josef Zissler, Direktor der Hals-, Nasen-, Ohrenklinik, bereits nach einer Woche seines Martyriums der Unsicherheit hinbefohlen zur Erlernung der Blutentnahmen, richtete Béla dabei immer noch wahre Blutbäder durch furchtsame Venensuche, ungenügendes Abdecken der Einstichorte und andere Sträflichkeiten an. Ein Bett, auf dem Béla bei einem Kranken Blut entnommen hatte, konnte mehr als einmal frisch bezogen werden. Patienten seufzten auf bei seinem

Anblick, was kaum dazu beitrug, den sonst passablen jungen Ungarn, der ein hervorragendes Examen abgelegt hatte und die oft zu beobachtende Schönheit eines Menschen besaß, der Menschen zu dienen sich verschworen hatte, sicherer in seinem Verhalten zu machen.

Ärger noch trieb er es bei den hier erforderlichen Rachenuntersuchungen, die täglich zuhauf anfielen, weil er, es besonders gut vorhabend, mit dem Metallspatel zu stark auf die kranken Mandeln drückte. Er sollte ja drücken, beim Wissen aller erfahrenen Nachfahren des Hippokrates fürwahr, aber doch nicht gleich so stark, daß außer Eiter auch Blut bei den Rachenuntersuchungen herauslief. – Blut, Blut, überall Blut, wo der Dr. Béla antrat, mit dem Mut der Sorge und dem heiligen Willen, gründlich zu helfen. Patienten starben ihm nicht, denn Schwester Trude, der graue Wolf, sortierte ihm die leichteren Fälle hin, und sie blieb stets nahe beim Geschehen, um im Notfall sogleich den Abteilungsarzt Röser oder den Oberarzt Notzinger holen zu können, aber mehr als einmal bekreuzigten sich Augen- oder Ohrenzeugen des blutigen Béla und sagten untereinander, daß sie es nur im Interesse der Patienten nicht sichtbar getan hätten.

Béla machte einen Abstrich bei Margaret Talmayer und betrachtete ihn unter dem Mikroskop. Keine Diphtherie, stellte er fest, und damit war er schon mal aus dem Gröbsten heraus. Aber mehr stellte er auch nicht fest. Er betrachtete das leidende Kind, registrierte einen Kübel von Symptomen, er schaute noch einmal durch das Mikroskop und sagte zu Schwester Trude, als habe er eine Diphtherie soeben, aufgrund eines Eingreifens, persönlich in Nichtdiphtherie umgewandelt: »Keine Diphtherie!« Die Schwester nickte. Dann fragte Béla das nun ebenfalls etwas zuversichtlicher gewordene Kind, welches sich, immerhin, im Mittelpunkt eines ganz ungewohnten, fremden und augenscheinlich freundlichen Interesses sah:

»Wie heißt du denn?« Und ebenso freundlich und tapfer sagte Margaret zu dem Doktor: »Die Eiernase.« In diesem Moment geschah etwas: Der junge Arzt und unsichere Anfänger fühlte sich auf einmal so gerührt wie nie zuvor in seinem bisherigen und seit neuestem wirklich studierenden Leben. Er wurde gerührt von dem tapferen Humor des kranken Kindes und nahm sich vor, jetzt und in diesem Fall so zu helfen, wie er es bis jetzt noch nie gewagt hatte: mit der Eiernase zu einem anderen Arzt zu gehen, und zwar nicht etwa zum Röser oder zum Notzinger, sondern direkt in die Höhle des Gottes dieser Klinik. Zum Professor, dem Zissler Josef.

Er sagte zur Schwester: »Ich geh mit der Kleinen zum Professor.« Die Schwester, mit grauer Stimme: »Herr Doktor, sans ned narrisch, der Chef diktiert sein Buch. Gehns mit dem Maderl zum Doktor Notzinger.« Béla wurde unsicher, schwankte. Dann blieb er bei seinem ersten Entschluß, nahm Margaret von der Liege und ging mit ihr ins Vorzimmer des Professors.

Er hatte dort auf dem Armesünderbänkchen Platz zu nehmen und zu warten, lange zu warten. Der Vater Talmayer durfte im Vorzimmer nicht dabei sein, er hatte draußen auf dem Gang hin und her zu gehen, begriff überhaupt nicht, was sich hier abspielte, und war schon sicher, sein Kind sei ein besonders aussichtsloser Fall. Schließlich wurde der Béla vorgelassen. Er betrat mit Margaret das Himmelreich der Wissenschaft und der beeindruckenden Erfolge, die der Professor Josef Zissler durch Urteilskraft, Gelassenheit und Entschiedenheit zuwege gebracht hatte.

Tatsächlich diktierte er, aus dem Kopf, einer Schreibdame sein Buch, welches kurz vor der Vollendung stand. Er zeigte, daß er wenig Zeit zuzugestehen gedachte. Aber er warf Béla nicht hinaus.

Zu oft hatte Zissler sich schon vorgenommen, den Probanden hinauszuwerfen. Er wußte viel über sein eher aberwitziges Blutvergießen in dieser Klinik, und das wenige, was Zissler nicht wußte, war viel gravierender als das, was er wußte. An die zehn Mal hatte er den Béla aus der Probezeit entlassen wollen und hatte dennoch immer wieder gezögert. Denn der Neuling war nicht unterwürfig, weil er Respekt hatte.

Noch etwas hatte Zissler mehr als einmal überlegt: Béla

versuchte nicht, seine Mißgeschicke und seine objektiven Fehler zu verheimlichen. Zissler sagte sich: ›Wir haben hier eine Reihe guter Leute, aber wir stehen dabei vor einer Invasion von unterwürfigen Gesundheitstechnikern. Ist es da nicht ein Leichtsinn von mir, den nicht unterwürfigen Ungarn zu feuern?‹

Béla sagte: »Herr Professor, ich kenn mich da nicht aus, getrau mich bei dem Maderl nicht zu einer Diagnose. Würden Sie es anschaun?«

Das Kind wurde nicht als Person angesehen, sondern als Fall vorgestellt. Zissler sagte ruhig: »Nun reden Sie.« Béla sagte: »Hier ist eine Pharyngitis. Bei Rachenmandel. Deutlich unterernährt. Ein Armeleutekind.« Zissler fragte: »Ist das schon fotografiert?« Béla: »Nein.« Zissler, recht ungnädig: »Nun schaun's, es handelt sich um ein adenoides Kind. Adenoide Vegetationen plus einer eiterigen Infektion des Rachens. Nach fünf bis sechs Wochen muß das Kind dann operiert werden. Und nun gehn's, bittschön, fotografieren's das Wurmerl.«

Béla bedankte sich und ging mit Margaret ins Fotolabor und fotografierte den Rachen Margarets. Er wartete, bis die Aufnahme entwickelt war, brachte Margaret dann zu Schwester Trude und ging mit dem Foto zum Professor. Der griff sich an den Kopf. Denn er hatte es für selbstverständlich gehalten, das typische Gesicht des Kindes zu sehen und nicht jenes völlig überflüssige Foto vom Rachen eines Falles, dessen Diagnose ja wirklich klar war. Professor Zissler resignierte, jedoch in Güte. Denn er war froh, daß das Leben dieses Mädchens ausgerechnet durch den Anfänger Béla außerhalb akuter Gefahr gekommen war, weil der Anfänger seine Unsicherheit nicht mit forschen Sachen zugedeckt hatte. Was täglich durch unsichere oder durch standesdünkelhafte Falschbehandlung angerichtet wurde, durch Denken in Fächern und Schubladen ohne jede Ahnung von der Gesamtheit und Verschiedenheit eines Krankheitsprozesses, war Zissler bewußt.

Er diktierte sein Buch über die Erfahrung mit einigen besonders schwierigen Fällen nicht aus Eitelkeit, hatte bei diesen Fällen die Entdeckung gemacht, daß besonders schwere Krankheit die Leidenden übereinstimmend zu einer besonderen geistigen Vitalität befähigte. Zum Beispiel war es bei adenoiden Kindern, nach geglückter Operation, in der Regel erstaunlich rapide aufwärtsgegangen, indem solche Kinder den Rückstand in ihrer seelischen, geistigen und körperlichen Entwicklung nicht nur rasch, sondern intensiver als die meisten anderen aufholten. Geistige Aufmerksamkeit war ihnen zu einer bleibenden Wirklichkeit geworden.

Béla übergab, draußen auf dem Gang, dem Vater die Eiernase und sagte: »Sie müssen keine Sorge mehr haben. Wenn die Infektion vorüber ist, muß Margaret operiert werden.« Dafür hatte Hans Talmayer kein Geld. Er sagte es zu Béla. In dem Moment kam Zissler über den Gang. ›Zufall?‹, durchzuckte es Béla, und er sprach den Professor noch einmal an, sagte zu ihm, die Margaret könne nicht operiert werden, da keiner für sie zahle und der arbeitslose und ausgesteuerte Vater es auch nicht bezahlen könne. Zissler, barsch: »Sagens dem Notzinger, das Kind soll dann in ein paar Wochen, wie besprochen, zur Operation einbestellt werden. Das kostet die Leut nichts.«

Talmayer starrte Dr. Béla Hermann an, und dann starrte er Professor Josef Zissler an. Tränen liefen aus seinen Augen, und er sagte ganz unsicher: »Gestatten Sie mir, auch im Namen meiner Frau, dem Professor die gnädige Hand zu küssen.« Zissler winkte erheitert ab und war verschwunden.

Als Béla, der Vater Margarets und die Eiernase zurück ins Untersuchungszimmer kamen, wollte die Schwester Trude dem Kind das Mäntelchen anziehen. Dann fiel ihr ein, daß Margaret keins hatte. »Das Kind braucht Gurgeln mit etwas Salzwasser und Inhalieren mit Kamillendampf. Bessere Ernährung«, sagte Dr. Béla. Talmayer wagte nicht zu sagen, daß sie das Kamillenkraut nicht kaufen konnten; es waren hier Wunder geschehen. Die Schwester verstand und gab etwas Kamille in einen Streifen Zeitungspapier und sagte: »Das reicht aus. Und: das Kind gehört ins Bett.« Talmayer bedankte sich, und der junge Arzt, der es nun geworden war, ging mit den beiden zum Ausgang der Klinik.

Aufmerksamkeit

Die Olga zum erstenmal sahen, waren beeindruckt von ihrer Schönheit. So erging es auch Karl Graf Rotter. Er war ein Vetter von Ferdinande Gräfin Raday, Olgas bester Freundin, Leutnant der österreichischen Armee, so Mitte Zwanzig und verlobt mit Matilde Mattengruber, der Tochter des Juweliers Anton Mattengruber vom Petersplatz. Karl war zur Geburtstagssoirée an den Schottenring eingeladen worden und brachte seine Verlobte Matilde mit. Als er Olga, von der er bis dahin nur gehört hatte, vorgestellt wurde, lähmte der Anblick ihrer Schönheit für einen Moment Rotters Aufmerksamkeit. Der Moment schien die Zeit anzuhalten, und so kam er dem Leutnant wie ein Vorgeschmack von der Ewigkeit vor.

Hübsch war fast jede junge Frau aus Karls Bekanntenkreis, die nicht arbeiten mußte. Liebenswürdig gaben sich nahezu alle und zu jeder Zeit. Ein anziehendes Flair hatten die meisten, denen die Beachtung gewisser Regeln der Etikette Freiheiten ermöglichte, von denen Leute in anstrengender Erwerbsarbeit und mit formlosen Eigenmächtigkeiten nicht einmal zu träumen vermochten, denn wer unausgeruht in den Schlaf fällt, der träumt nur vom Allernotwendigsten.

Olga war anders, sagte Rotter sich, und die berühmt banale Floskel war ihm peinlich, doch er hatte sie bereits, in einer Intuition des ersten Augenblicks, zu seiner Erfahrung gemacht. Die heftigste Empfindung des Staunens, die wie eine Stichflamme in seinem Inneren hochschoß, nur weil Olga bei dem Ritual der Vorstellung gelächelt hatte, machte der Lähmung von Rotters Aufmerksamkeit alsbald wieder ein Ende. Karl war soldatisch trainiert. Der Tod war für ihn, in einer ganz unpathetischen Weise, zum Januskopf geworden: der Tod im Kampf war ein Anfang anderen, neuen Lebens für Karl. Aber das Gefühl von Totsein, das in ihm Platz griff, als Olga bei der Vorstellung dem Nebenmann in der

Reihe der Gratulanten ebenso zulächelte, diese gleichfalls nicht erwartete Empfindung von größter Heftigkeit ließ Karl Rotter zuinnerst zittern.

Matilde, die bei allem dabei war und die von allem zum Glück, wie Rotter meinte, nichts gemerkt hatte, schien mit anderen Eindrücken beschäftigt: Als sie mit ihrem Verlobten den Innenhof des Palais Lanzki betreten hatte, war sie von der venezianischen Dekoration im Innenhof überwältigt worden. Sie kam Matilde wie ein Wunder vor, denn sie hatte bis dahin keinerlei Vorstellung von einer solchen Prachtentfaltung mit fast ausschließlichen Mitteln der Phantasie gehabt. Als sie dann mit Karl den Spiegelsaal betrat, wo das Geburtstagsfest stattfand, war Matilde ganz gebannt. Die Menge der Gäste, der Glanz der Toiletten, der Schimmer der Wandkerzen und das Licht aus den Kronleuchtern und die Blumen überall schüchterten Matilde schließlich so ein, daß sie sich an ihren Verlobten drängte. Die Gratulation und Vorstellung bei Olga nahm sie deshalb kaum wahr.

Ein Orchester aus Mitgliedern des Theaters an der Wien spielte den Eröffnungswalzer, den Olga mit dem Baron Kaspar tanzte, bis der Kapellmeister mit einer ausschweifenden Gebärde mit dem Geigenbogen alle einlud, nun mitzutanzen. Als Matilde Mattengruber beim Tanzen mit ihrem Verlobten spürte, wie Karl ihr geistig und auch als übrige Person mehr und mehr entglitt, obwohl er sie beim Dahintanzen doch sicher umfaßt hielt und sie anlachte und auch mit ihr sprach, war sie ziemlich irritiert. Aber Matilde ließ sich nichts anmerken, da sie das Ganze eher für ein Kennzeichen vornehmen Umgangs hielt.

Man unterhielt sich, aß und tanzte, flirtete und trank miteinander. Das Lachen, die Musik, die festliche Stimmung veränderten jeden hier. Auch Karl Rotter kam bald wieder in seine frühere, von passiver Rationalität weitgehend bestimmte Ausgeglichenheit, mit der er zum Geburtstagsball ursprünglich erschienen war. Doch damit war es schlagartig wieder zu Ende, als er nach längerem Abwarten mit Olga tanzte. Es ging bereits auf Mitternacht und das Orchester spielte Charleston, den Olga besonders liebte und den sie mit Rotter ausgelassen und mit mondäner Selbstberücktheit tanzte.

Aber auch wenn sie bei diesem rasanten Charleston lachte, blieb Olgas Blick mit ruhigster Geradheit auf Karls ganzer Person gleichsam liegen. Der Blick hatte etwas beinahe Metallenes. Ein unerweichlich-reiner Ausdruck von Lockung und Verheißung war in dem Blick, aber auch eine Spur Warnung, von der Rotter sich in seinem Fundament angesprochen und geheimnisvoll unterrichtet fühlte.

Matilde tanzte auch. Sie kannte ihren Tänzer nicht, und der Tanz war ihr plötzlich verdächtig: alles kam ihr auf einmal vor wie Menschenjagd im Verborgenen.

Als Karl und Matilde sich hinter der großen Blumenbalustrade und vor den Spiegelwänden des Ballsaals wiedertrafen, wollte Matilde heim.

Mit aller Liebenswürdigkeit willigte Karl Rotter sogleich ein, Matilde zum Petersplatz zu bringen. Diese wunderte sich auf der Fahrt im Fiaker zunächst, daß der Kari nicht eine Sekund zum Dableiben insistiert hatte. Doch die Tochter des Juweliers Anton Mattengruber war zu wirklichkeitsnah, um sich darüber noch weiter zu wundern.

Karl war in dem Fiaker geistesabwesend, denn er war mehr als üblich konzentriert: seine Beziehung zu Matilde war schon so gut wie erloschen, und ein Leben ohne Olga hatte er bereits geführt, in jener Sekunde, die wie hundert Jahre Sklaverei gewesen war, in der Olga bei der Gratulation Karls Nebenmann zugelächelt hatte. Während der Fiaker zum Petersplatz rollte, behauptete sich in Rotters Aufmerksamkeit nur noch die eine Frage: wie das erst würde, wenn das Verrückteste einträte – wenn er Chancen bei Olga Lanzki hätte?

Geiringer fühlte sich unwohl. Deshalb hatte er das Caféhaus früher als üblich verlassen. Er ging durch die Porzellangasse zum Schottenring und suchte die Praxis von Dr. med. Max Schanda, eines Facharztes für innere Krankheiten, auf. Als er ins Wartezimmer eintrat, fühlte er sich bereits krank.

Die beiden kannten sich ausreichend, um ihre Gegensätzlichkeiten zu begreifen, und sie kannten sich nicht genug, um vertraulich zu werden. Liebe zur Musik verband sie, alles sonst trennte sie. So aber war ihre Beziehung ihnen deutlich angenehm. Dr. Schanda, der an diesem Mittag müde und verstimmt war, war neu belebt, als er Geiringer erblickte. Er bat ihn in sein Ordinationszimmer und machte ihm ein Kompliment über die Kritik des Furtwängler-Konzerts, die er bereits gelesen hatte. »Ihre Kritiken sind sehr gefährlich, Verehrter«, sagte Dr. Schanda lächelnd, »wenn man sie liest, meint man, man ist dabeigewesen, und wenn man das oft genug erlebt beim Lesen Ihrer Kritiken, geht man bald, anstatt in die Konzerte, weiß der Himmel wohin und wartet auf das, was Sie schreiben.«

Geiringer fühlte sich geschmeichelt. Sagte: »Am besten wärs, ich ging überhaupts nie mehr in die Konzerte und schrieb die Kritiken nur noch im Brioni, als pure Erfindungen. Man liest die Konzertprogramme und weiß eh, was kommt. Denn die machens in Wien aus jeder Musik eine Zwetschgenknödl mit Donauwellen, ganz gleich ob Beethoven oder Wagner, Mozart oder Brahms. Und auch den Schönberg, zu dem ich heuts abend hineil, werns zu Donauwellen verschmankerln.« »Gehns zum Sabata?«, fragte Dr. Schanda. Geiringer nickte. Dann fragte der Doktor seinen Besucher, wo der Schuh drücke?

»Ich fühl mich krank«, sagte Geiringer, »mehr kann ich nicht sagen.« – »Ich meß Ihnen den Blutdruck«, sagte Dr. Schanda. Geiringer machte den Oberarm frei. Der Arzt legte die Manschette um den Oberarm und blies sie mit einem Gummiballon auf. Die Manschette war mit einem Manometer verbunden.

Schanda erhöhte den Druck in der Manschette so lange, bis dieser den Druck in der Arterie überstieg und ihn schloß. So hörte Schanda in dem in der Ellenbeuge aufgesetzten Stethoskop nichts. »Was tun's denn da nun eigentlich, Herr Doktor?« fragte der Geiringer den Arzt.

Dieser, ein wenig überrascht, warf noch einen Blick auf das Manometer und sagte leise, sachlich und fast flüsternd zu Geiringer, was er tat. Er erklärte es ihm. Der Doktor Schanda hatte ein Giebelmündchen und zog es vor, mit vernehmlicher, aber flüsternder Vornehmheit zu sprechen. Wenn seine Tonstärke zu einem unvernehmbaren Flüstern herabzusinken drohte, fuhr die Spitze seiner Zunge nach oben, benetzte kurz das Giebelmündchen, und das Sprechen stärkte sich alsbald wieder zu jenem vornehmen Flüstern, welches Dr. Schanda kennzeichnete und das ihm, ohne sein eigenes Wissen, viele Patienten brachte, denn auch der Nervenmensch Geiringer fühlte sich von dieser Sprechweise des Dr. Schanda jedesmal eigentümlich beruhigt.

Er hatte sich inzwischen in den Verliesen des Fachmanns gut eingerichtet. Sie waren wohnlich geworden. Fachmann für Musik – welch ein Graus! Geiringer dachte es nicht, aber er ging damit umher und bemühte sich, es nicht zu denken. War der Schanda nicht ebenso in einem Verlies? Fachmann für innere Krankheiten. Geiringer sah sich und den Arzt in zwei Verliesen, die, erbaut aus dicken Mauern, einander gegenüberlagen. Jeder schaute aus seinem Loch in der Mauer hinüber zum anderen. Schweigend und immer zu bestimmten Zeiten kam jeder an das Loch in seiner Mauer. Dann betrachteten sie sich und zogen sich wieder zurück.

Der Arzt fuhr fort: »Wenn Ihr Herz sich zusammenzieht, wird die Strömungsrichtung Ihres Bluts durch die Herzklappen vorgegeben. Es wird ein Druck mit Volumenwelle erzeugt, ein Druck, der sich über Ihr gesamtes arterielles Gefäßsystem ausbreitet.« Geiringer nickte. »Daher ists nun ganz einfach«, sagte Schanda, »Ihr Puls ist, sozusagen, die Metronomie einer Sinfonie – aber die Intensität der Sinfonie, das ist der Blutdruck.«

Das verstand Geiringer auf einmal. Doch nun fand er sich

deprimiert. Schanda deutete dies sogleich und meinte: »Ach, mein Verehrter, kommens dann gelegentlich vielleicht noch einmal vorbei, damit wir kontrollieren, ob sich da bei Ihnen nicht doch ein genereller Hochdruck einrichtet. Da wärs besser, es rechtzeitig zu erkennen.«

Man verabschiedete sich voneinander.

Geiringer war ins Café Brioni zurückgekehrt. Er aß etwas, und dabei dachte er nach über sein Dasein ohne Chef. Welch ein Privileg! Nicht nur erging es ihm ganz entschieden besser als fast allen anderen, er wurde dafür, daß es ihm so viel besser ging, auch noch überall mit besonderem Entgegenkommen und mit den raffiniertesten Vergünstigungen bedacht. Geiringer gab sich beim Essen den Anschein einer Absence. Aber er registrierte alles im Café, jeden, der kam und ging. ›Warum hock ich hier? Und das täglich zwei Mal?‹, fragte er sich. ›Es ist wegen der Servilität vom Herrn Leo ... wird man kein großer Herr, der wo sich daheim seine Livrierten hält, geht man ins Kaffeehaus, um sich dort bekatzbuckeln zu lassen‹, sagte er sich.

Geiringer wollte sich ablenken von seinem anderen Verlies, das tief unter dem Verlies des Fachmannes sich befand – und Geiringer kannte auch den Namen dieses anderen Verlieses. Es war seine Gestrigkeit.

Es waren noch vier Stunden bis zum Konzert. Geiringer wußte nicht, wie er diese überschüssige Zeit hinbringen sollte. Er langweilte sich seit Jahren freudlos und seine Miene drückte seit Jahren bemühten Gleichmut, bemühtes Bescheidwissen aus. Geiringer zog seinen kleinen Taschenspiegel mit dem dahinter eingeschobenen Kamm aus der Brusttasche. Er betrachtete sein Gesicht, sein dickes und unfrohes Mönchsgesicht, die talgige Haut, die deprimierten Augen, die braunen Hautteile unter den Augen, die Geiringer so beschämt, einem Aberglauben gewohnheitsmäßiger Onanisten anhängend, für ein Zeichen der Selbstentlarvung hielt. Er hob den Taschenspiegel fast heftig etwas höher, besah aufmerksam die unreine Haut auf der Nasenfront, dann die schmalen Lippen, die zu dem dicken Mönchsgesicht in einem perversen Kontrast standen. ›Sechsunddreißig Jahre alt

... genau das, was der Schnitzler vor wenigen Jahren den Mann im Zeitalter endgültiger Männerschwäche genannt hat‹, dachte Geiringer, abgestoßen von seinem Gesicht. Er steckte den Taschenspiegel wieder fort.

Obwohl es ihn nun schon anwiderte, bestellte er bei Herrn Leo einen weiteren verlängerten Braunen und ein Stückchen Stachelbeerkuchen ohne Schlag. Er war wie versessen auf Stachelbeerkuchen mit einem Schlag Sahne, aber das Kuchenessen erinnerte ihn ohnehin fatal genug an die letzten Selbsttröstungen der resignierten Wracks ringsum, zu denen er um keinen Preis gehören wollte und zu denen er umso eindeutiger gehörte. Obwohl er auf Stachelbeer mit Schlag geradezu brannte, bestellte er das Stückchen täglichen Tod ohne Sahne, um sich von den anderen doch noch graduell zu distanzieren. Aber bevor noch Herr Leo das Bestellte brachte, begann es Geiringer schon nicht zu schmecken.

Es war bereits und endlich, endlich sechs Uhr am Abend. Der 15. Januar. Ein Donnerstag. Geiringer ging durch die Nußdorfer Straße. Der Schnee lag noch allenthalben, es war Frost. Geiringer bewegte sich unsicher, aber bemüht langsam durch die kaum erhellte Straße, fand sich übrigens wieder einmal zu wenig wintermäßig angezogen. Er schaute beim Gehen verdrückt um sich, schaute auch zur anderen Straßenseite. ›Wo sans denn, die Flitscherln? Die Flitscherln sans nimmer da?‹, fragte er sich.

Früher war er jeden Donnerstagabend hier erschienen und hatte sich eine Hure genommen. Den klaren Abend hatte er den Donnerstag genannt. Es mußte in einer anderen Welt, in einem anderen Jahrhundert gewesen sein. Damals war er ein Junggeselle aus Lebensstärke gewesen. Im Kampf um die Anerkennung als Musikrezensent hatten ihm nur die käuflichen Frauen etwas bedeutet. Die latente Gewalt und die Vulgarität und der Verzicht auf alle Liebesphrasen waren es gewesen, die Geiringer so befriedigt hatten, an jedem klaren Abend, daß damals auch jener klirrende Klang der Unkorruptheit in seine Rezensionen gekommen war, dem er seinen Aufstieg verdankte, der Biß, der ihn von den anderen Musikfeuilletonisten unterschied, bis heute.

Doch als dies sich abzuzeichnen begann und schließlich immer klarer geworden war, hatte Geiringer die Flitscherln gemieden. Angst, bei ihnen gesehen zu werden, hatte ihn dazu gebracht, auf den klaren Abend zu verzichten.

Zum erstenmal nach längerer Zeit ging er nun wieder durch diese Straße, die nie ein sanitäres Strichquartier, sondern immer eine ruhige Gegend für bürgerliche Leute und Kenner gewesen war. Er ging so langsam durch die Kälte dieses Januarabends, daß es soeben noch als Gehen und nicht als Lungern betrachtet werden konnte. ›Die Maderln, die es hier gab, waren die schönsten und die allerbesten‹, dachte Geiringer. Auf der gegenüberliegenden Straßenseite sah er den Eingang zur ›Gulaschhütte‹. Die gabs also immer noch? Er wollte die Straße überqueren, eintreten. Jemand trat in dem Moment drüben aus der Tür und überquerte die Straße, kam direkt auf Geiringer zu. Dieser, erfaßt von einem Strudel irrationaler Ängste, schritt plötzlich nach vorn und verließ wie jemand, der ein bestimmtes Ziel zu erreichen die Absicht hat, die Nußdorfer Straße.

Etwas vor der Zeit hatte er seinen Kritikersitz im Großen Musikvereinssaal eingenommen. Das Haus füllte sich schon. Geiringer bemühte sich, niemand anzusehen. Als die ersten Philharmoniker auf der Bühne erschienen und das Orchester sich nach und nach dort vollzählig einfand, wußte Geiringer, daß auch dieser Tag überstanden war.

Der Konzertmeister gab das A und die Musiker stimmten ihre Instrumente. Die aufbrausenden Disharmonien beim Stimmen eines ungegängelten Orchesters vor dem Beginn der Konzerte, das war immer und jedes Mal wieder so phantastisch musikalisch für Geiringer, daß er oft davon träumte, wie es wäre, wenn ein großer Komponist auf die Idee käme, diese Disharmonien als Material für ein Orchesterwerk zu verwenden? Was wäre, fragte er sich, wenn der neuerdings so berüchtigte Russe Igor Strawinsky, der die kühnsten Anleihen verarbeitete, so etwas täte? Geiringer resignierte. Schließlich senkte der Konzertmeister den Geigenbogen, nun kam von allen Instrumenten das lange hingezogene, kollektive A – dann die Stille, diese schlagartige Todesstille. Victor de Sabata kam heraus, verbeugte sich. Der Begrüßungsapplaus brandete sehr hell und leicht, perlend fast an diesem Abend, wie Geiringer registrierte. Sabata bestieg das Dirigierpodest. Wiederum diese tiefe Stille.

Victor de Sabata, die Entdeckung Arturo Toscaninis, noch unter Dreißig und bereits Chef des Radio-Sinfonie-Orchesters in Rom, musizierte mit den Wiener Philharmonikern zuerst die Ouvertüre zur *Seidenen Leiter* von Gioacchino Rossini, komponiert 1812. Geiringer war, als hätte dieser längst klassische Anheizer heute Premiere, so frisch und neu klang alles.

In den Applaus hinein setzte der Italiener das erste der vierundzwanzig Melodramen des *Pierrot Lunaire* von Arnold Schönberg aus dem Jahr 1911, komponiert neunundneunzig Jahre nach Rossinis brillanter Ouvertüre. Komponiert in Wien, war diese Musik dort ein Jahr später mit großem Erfolg uraufgeführt worden. Bis dahin war Schönberg nur als Zerstörer mißverstanden, als Barbar, Bildungskümmerling, Eindringling, Schänder der Kultur bezeichnet und verlacht worden. Selbst sein kompositionstechnisches Können wurde von den Hörern seiner ersten atonalen Werke entrüstet und entgeistert in Abrede gestellt. Der *Pierrot Lunaire* änderte das schlagartig.

Besonders das vierte Stück aus dieser Suite, *Die blasse Wäscherin,* sprach Geiringer an, und ab diesem vierten Teil der Melodramenfolge eroberte das mit Klarheit und Verve gespielte Werk seine Aufmerksamkeit vollends. Besonders die Pausen der Stille in den Stücken, die de Sabata zu Gehör brachte, diese vernehmbaren Ereignisse der Stille als Teil der Musik griffen Geiringer derart an, daß er am Ende dieser Darbietung und im losbrechenden Beifall und Protest in einem Schweißausbruch dasaß und dies bemerkte und dann erst bemerkte, daß schon Pause war.

Geiringer blieb auf seinem Platz. Er empfand, wie es ihm nun vorkam, nichts, überhaupt nichts. ›Wann habe ich denkend zuletzt überhaupt etwas gefühlt ...?‹, fragte er sich. Etwas in ihm wollte antworten: ›Als du mit deiner Tanzmizzi, ganz verendet und zerbrochen, Gesichter aufwärts, damals im Sägemehl von Ross Amusement Company lagst, da, Geiringer, da ...‹ Aber Geiringer unterbrach diese Antwort aus seinem Inneren und nahm ein Taschentuch, trocknete sich Nacken, Stirne und Hals, steckte das Tuch wieder in die innere Brusttasche.

Widerstrebend ließ Geiringer in der Pause des Konzerts zu, daß unter dem Eindruck des *Pierrot Lunaire* die Einsicht in ihm zutage drängte, daß es drei Juden gewesen waren, die etwa um die gleiche Zeit und sozusagen unter seinen Augen die bis dahin geltenden Gesetze der Seele, der Physik und der Musik außer Kraft gesetzt und sie, in einem Moment von Weltzeit, zugleich wieder eingesetzt und erweitert hatten. Diese drei Juden waren Moderne. Geiringer war kein Jude und er hatte Angst, wenigstens vor sich selber zuzugeben, daß er sie beneidete und mit einer Freude, in der er ganz bei sich war, haßte – weil sie modern waren.

De Sabata gab den Einsatz zur *Jupiter-Sinfonie.* Mozart hatte sie 1788, zusammen mit drei anderen Sinfonien, geschrieben. Die vier letzten Sinfonien waren keine Auftragsarbeiten mehr. Mozart hat dieses Werk selber nicht mehr aufführen können und hat diese Sinfonie nie von einem Orchester gehört. Als er sie hinschrieb, wußte er, daß die Ewigkeit ihn anzublicken begann.

Nach dem Konzert ging Geiringer ins Café Herrenhof, um sich dort denen zu zeigen, die wußten, wer er war. Er beachtete niemand, aß zur Nacht und verließ das Café.

Dem beneideten Können der drei Modernen, die Rimbauds stolzer Forderung »Il faut être absolument moderne« genügten, an diesem Abend durch Arnold Schönberg näher gewesen als üblich, betrat Geiringer seine Junggesellenwohnung in der Porzellangasse und begab sich in sein unterstes Verlies, an den Schreibtisch. Er schrieb nichts von seinem Neid auf jene drei Juden und kein Wort von seinem freudigen Haß. Die Sinnlichkeit der Wahrheit stieß ihn ab. Er schrieb, wie er seit dem Verzicht auf den klaren Abend schrieb, bemühte sich, möglichst beleidigend zu werden und dabei unangreifbar zu formulieren.

Die Verspottung

Olgas Vater und Barany saßen in der Bibliothek des Barons. Es war Nachmittag. Die beiden Freunde tranken einen Sherry, und Kaspar hörte Barany zu. Dieser erläuterte, wie jedes Jahr in der Mitte des ersten Monats, die Bilanz der Bank und die Bilanz der übrigen Vermögensverhältnisse und entwickelte dann die Hauptüberlegungen für die weiteren Geschäfte. Der Baron konnte zufrieden sein und er war es und er zeigte es.

Baranys Kunst, aus Aktien und Anleihen Verluste für Anleger und Gewinne für die Bank zu machen, Staatsverschuldung und Inflation zu begünstigen und damit, bei maßvoller allgemeiner Korruption, die Bankprofite in Gold- und Silberwerten anstatt in Papieren zu steigern, war unter Eingeweihten in Wien, Paris, Zürich und London eine Quelle des Neides. Außer Kaspar wußte niemand in dem inneren Kreis von Währungsfachleuten, in welchem Ausmaß Barany die spezielle Technik der übernationalen Defizitfinanzierungen des deutschen Bankiers Dr. Hjalmar Schacht parallel zu diesem mitentdeckt und seit zwei Jahren angewendet hatte. Kaspar wußte es von Barany. Da aber Kaspar niemals über Geld oder Geschäfte sprach und selbst erfahrene Leute, die sonst alles in betont privater Phraseologie herausbekamen, sich irgendwie verspottet fühlten, fiel der Baron Lanzki als Informant aus. Barany selber pflegte langfristig zu planen und schweigend zu handeln.

Er sagte an diesem Nachmittag zu Kaspar: »Die Konsolidierung für Gold kommt in diesem Jahr, stärker noch im kommenden Jahr. Sie wird die interessanteste Korrektur der Papierobligationen nach dem Weltkrieg, die wir uns wünschen können.« Beim letzten Teil des Satzes hatte Kaspar ausnahmsweise einmal aufgehorcht. »Hast du das nicht Mitte der zwanziger für Anfang dieser dreißiger vorhergesagt, Barany?«, fragte er. »Ich erinner mich«, sagte Barany. Er hatte es rechtzeitig erkannt und schon damals begonnen, mit bewußt hochinflationierten Papieren die Obligationen der Bank zu verringern und ihren Anteil am Goldmarkt mit eigenen Barrenbeständen zu vergrößern.

Seit dem Schwarzen Freitag am 24. Oktober des Vorjahres hatte in Amerika und in Europa ein wirtschaftliches Desaster nach dem anderen stattgefunden. Aktienstürze, Bankenkrachs, Firmenpleiten, Entwertung von Spareinlagen und Vermögen, Arbeitslosigkeit, rigorose Massenarmut und politische Radikalisierung waren plötzlich an der Tagesordnung. Aber das größte aller Übel wurde erstaunlicherweise ignoriert: der massenhafte Fanatismus des blinden Glaubens an die Schicksalhaftigkeit dieser Ereignisse und der Worte »Schwarzer Freitag« und »Weltwirtschaftskrise«.

In den USA und in England waren die sozialen Begleitumstände des New Yorker Börsenkrachs nicht weniger drakonisch als in Deutschland und Österreich, aber sie hatten dort nicht zu jener totalen Bewußtseinspanik geführt wie hierzulande.

Barany schien immun gegen den Bazillus der Selbstbestrafungsseuche, die Europa gepackt hatte und schüttelte.

Hedonismus statt Fanatismus war seine Maxime.

Den Leutnant Karl packte und schüttelte seit der Soirée am Schottenring das Liebesfieber. Er war so verändert beim Exerzierdienst in der Leopoldsberg-Kaserne, daß sein Freund Major Kurt von Hall das Kommando über die Rekruten im Kasernenhof an sich zog und den Kameraden Rotter in die Offiziersunterkunft befahl. Rotter salutierte und wendete sein Pferd in einer so elenden Art und ritt dann in einer so verkommenen Hängemanier vom Platz, daß der Major ein starkes Unbehagen empfand. Er gab das Kommando an den Oberfähnrich weiter, saß ab und winkte einem Rekruten, sein Pferd zum Stall zu führen, und ging hinüber zum Offizierstrakt. Was war los mit dem Rotter?

Bereits bei Dienstantritt war von Hall skeptisch geworden. Rotter hatte ihm, mit merkwürdigem Blick, von einem Rekruten berichtet, den er lesend in der Wachloge angetroffen hatte. »Weißt du, was der Bursch da unten liest?« hatte Rotter lachend gefragt. »Ich hoff, er liest die Rekrutendienstbroschür«, so der

Major. »Nie errät es einer! Der Bursch sitzt drunten in der Wachlogen und liest den *Woyzeck* vom Herrn Büchner!« hatte Rotter mit einem Unterton des Triumphes, der den Major befremdete, erklärt. Kam Rotter nicht auf die Idee, daß einer, der statt der Dienstbroschüre den *Woyzeck* liest, bedeutend ungeeigneter wird, sich für sein Vaterland erschießen zu lassen?

Der Leutnant ging in der Unterkunft ruhelos hin und her. Von Hall sagte zu ihm: »Mit Verlaub, Karl, deine Konduite auf dem Gaul vorhin war eine Zotn! Hast vielleicht den Hurenfluß?« Rotter schüttelte den Kopf. Sagte dann: »Hall, mich liebt ein Mädel und mit der bin i valobt – aber ich lieb eine andere. Aber ob ich bei der werd landen, weiß keiner. Denn ich hab sie erst einmal gesehn.« – »Ist sie nicht comme-il-faut?« fragte der Major. »Es ist die Baroneß Lanzki«, sagte Rotter. Kurt von Hall sagte anerkennend: »Ah, die Olga? Also, die ist delizios! Und dazu ist sie phantastisch situiert! Liebt sie dich? Beziehungsweis und mit allem Respekt, kannst du sie dahin bringen?«

Rotter war keiner Antwort fähig. Der Major überlegte nur kurz und sagte: »Na – du fahrst heim und schickst zu der Baroneß, mit einem Billet, in dem du der Olga schreibst, du legst dich ihr artigst zu Füßen und bittest sie allerehrerbietigst um das Vergnügen einer Schlittenfahrt im Wienerwald, und der Bursch soll ihre Antwort erbitten.«

Rotter zeigte immer noch alle Anzeichen der Agonie. Der Major hatte Verständnis. Solange man noch irgendwie Mensch war, verurteilte man niemals einen Fall von Liebesfieber. Mithin gab der Major, wo die Baroneß Lanzki ja nun wahrhaft comme-il-faut war, dem Rotter noch den kameradschaftlichen Befehl, er solle sich gefälligst zusammennehmen und in seine Wohnung fahren und das Erforderliche einleiten. Er brachte Karl zur Tür und legte ihm die behandschuhte Hand auf die Achsel und sagte mit überlegener Sachlichkeit: »Schau, Kari, sagt sie ›Gern‹, die Olga, dann gehst du mit Fortüne ins Feuer. Sagt sie nur ›ja‹, mußt du ihr beibringen, es ist nur eine Höflichkeit von dir, wegens der Soirée – naja und du mußt ihr dann auch schon zeigen, daß du denkst, daß sie fad ist. ›Nein‹ sagen wird sie nicht zu der Schlittenfahrt, denn du hast die Nuance, Kari, und sie ennuyiert sich.«

Olga willigte ein, und am nächsten Nachmittag machten die beiden eine Schlittenfahrt im Wienerwald. Später tauchte immer wieder ein Bild in Rotters Erinnerung auf: Olgas Lächeln aus der Kapuze ihres Wolfsmantels, ihr Spott, mit dem sie sein Geständnis, er habe sie um jeden Preis wiedersehen müssen, quittiert hatte. Dann hatte Olga gesagt: »Aber, Leutnant, Sie sind verlobt ...«

Rotter wollte erklären, was es mit dieser Verlobung auf sich hätte – seit Olgas Geburtstagssoirée. Und, dringender noch: er wollte Olga seine Liebe bekennen. Aber ihn hatte der Mut verlassen. Und auf einmal hatte er in dem Schlitten neben Olga ausgerufen, er und seine ganze Klasse seien dazu bestimmt, in einer einzigen Abscheulichkeit zu enden! Olga hatte getan, als verstünde sie nicht, was er meinte. Da waren Haß, Verachtung und Wut aus ihm herausgebrochen, und er hatte geschrien, überall sähe er nur eine einzige, stets dieselbe Fratze: die Fratze der Habsucht des Adels, die Fratze der Heuchelei! Und überall, als das Ende dieser Mesalliance, die Rituale der Prüderie! Dann hatte sein Schreien aufgehört, und er hatte, wieder in einem durchaus vernünftigen Ton, zu Olga gesagt: »Meine Klasse widert mich, Olga. Angst vor uns selber, der innere Stillstand, die Zerstörung allen anderen Lebens um uns herum, das ist es, was wir garantieren – bis man uns abschafft ...«

Mit noch deutlicherem Spott hatte Olga auf diesen Ausbruch reagiert und gesagt: »Alterierens sich nicht so, Rotter, Sie machens ganz gewiß niemand nieder und Ihnen tut auch niemand wer etwas an.« Dann waren beide verstummt, und so war es bis zum Ende dieser mißglückten Ausfahrt geblieben. Förmlich hatten sie sich getrennt.

›La mélancolie et la soif ...‹, konstatierte Major Kurt von Hall mit seinem gesunden Sinn für Realitäten in Gemeinplätzen, als der Bursche Rotters ihm und dem Leutnant die dritte Flasche Wein brachte. Man stieß an, trank weiter, und Rotter trank mit einer unnatürlichen Lustigkeit, die sein Freund sonst nicht bei ihm kannte. Die beiden befanden sich in der Wohnung des Leutnants, im Haus des Juweliers Mattengruber am Petersplatz. Rotter hatte dort seit etwa einem Jahr eine große und komfortable Mansarde gemietet, zwei Stockwerke über der Beletage der Mattengrubers. Der Major wunderte sich über die vielen Bücher, die hier in zwei Regalen standen, aber er schaute nicht näher hin. Bücherlesen war für ihn ein Zeichen von weltfremder Lebensschwäche, etwas für gescheiterte Existenzen und für krankhafte Tagträumer. Er wollte nichts damit zu tun haben und übersah bewußt, daß viele Bücher in Rotters Regalen sowie einige Werke, die auf einem runden Tisch vor dem Mansardenfenster lagen, einen mehrfach gelesenen Eindruck machten.

Rotters Bibliothek enthielt fast nur Literatur über die revolutionären Freiheitsbewegungen in Europa und über die Arbeiterklasse. Rotter hatte sich seit Jahren mehr und mehr in diese beiden Wissensgebiete eingelesen. Er tat es mit schlechtem Gewissen und hatte darum so gut wie nie einen seiner Standesgenossen zu sich eingeladen.

Er führte längst ein Doppelleben: einerseits Offizier in einer Armee, die wieder aufrüstete und in der die Rituale der legitimistischen Oberklasse ungebrochen herrschten, andererseits Autodidakt und republikanischer Demokrat, der sich als Verräter seiner Adels- und Militärkaste vorkam.

Was dem Major angenehm auffiel, war ein Foto, welches der Leutnant eingerahmt hatte, eine Reproduktion von Michelangelos *Madonna an der Treppe*, deren Original Rotter bei einer Italienreise in Florenz, in der Casa Buonarotti, mehrmals aufgesucht und bewundert hatte. Die Schönheit der Madonna hatte ihn stets getröstet. Hier nun hing in seiner Mansarde zwar nur eine zweidimensionale Fotografie der Skulptur, aber selbst sie war so ausreichend schön, daß der Leutnant sich immer wieder an Friedrich von Schillers strahlendes Wort erinnerte, daß ein Mensch nur durch das Erlebnis von Schönheit zur Freiheit geführt werden könnte. Der Major schaute beim Trinken immer wieder auf diese eingerahmte Fotografie in halber Originalgröße. »Enormes Weib, lieber Rotter, zum Wohl!«, prostete von Hall seinem Freund und Michelangelos Madonna zu. Rotter war angetrunken genug, um es zu ertragen, und er tat seinem Kameraden Bescheid. Rotters Bursche brachte die vierte Flasche Wein, öffnete sie und schenkte ein, aber weder Rotter noch Hall mochten weitertrinken. Hall dachte: ›Der Rotter detachiert sich vom Leben ...‹, Rotter dachte in einemfort: ›Der Kurt Hall ist eine männliche Metzn ... kein einziger Tropfen heißes Blut ist in dem ... der ist eine als Mann verkleidete Hur ... hat die leeren, treulosen Augen einer Hur, ihre seelenlose Gier, die nach allem greift, was sie doch nie verstehen wird ... man fühlt Michelangelos Madonna förmlich bespuckt von seiner Exerziergesinnung ...‹ Und Major von Hall schaute Rotter an und dachte: ›Dem seine Augen sans gefährlich ... dem Rotter sein Haß ist zwar bloß eine Revue, aber wehe, der fangt an zu lieben ...‹

Gelöst vom Wein und genug davon ergab Hall sich dem Wetter draußen und dem Anblick des Feuers im Kamin. Draußen war lautes und rauhes Wetter. Regen, Schnee und Sturm. Windböen wirbelten zwischen den Dächern herab und fuhren mit Geheul wieder geradeauf in die Höhen, warfen sich gegen die Fenster und Mauern und brüllten den Kamin herab, daß die Flammen über den Holzscheiten sich duckten. Dann fing das Feuer noch prasselnder zu brennen an. Hall verfolgte dieses Wechselspiel mehrere Male und vertiefte sich in seine lebendige Logik. Der Sturm draußen hielt an, und er nahm immer noch zu.

Rotter blickte während der ganzen Zeit auf die geöffnete und volle Flasche mit dem Wein; das Trinken mit Hall hatte ihn ernüchtert; den Sturm draußen nahm Rotter als Hoffnung und Verheißung eines anderen Sturms wahr. Besser Krieg als diese Sklaverei der Massen in den Büros und Fabriken, dachte Rotter stereotyp, ohne es denken zu wollen. ›Besser Revolution als die Ordnung von Leuten meiner Klasse‹, überlegte er und betrachtete Hall, der seitlich vor dem Kamin saß und ins Feuer schaute. ›Millionen gehen drauf ... ein Schauspiel, auf das wir nur mit mangelnder Erfahrung, dafür voller Arroganz, Verachtung, mit Unmut, Schönheit und Geschmack blicken. Man wundert sich, daß der Zorn in den Arbeitervierteln niedergeduckt bleibt ...

alles, was die Olga, der Hall und ich besitzen, haben wir gestohlen, und das ist übel ... doch was wir sind, haben wir den anderen aus dem Blut herausgezapft. Das ist das Ende – das wird, immer wieder, das immer selbe und gemeine Ende für uns.‹

Karl dachte wieder an Olga. Gefangener in einer Welt, die er mitgeschaffen hatte und deren Weiterfunktionieren er notfalls mit seinem Leben erkaufen würde, gab es für Karl nur noch einen allerletzten Anhaltspunkt: die Liebe.

Zwei Tage später entlobte Rotter sich mit Matilde Mattengruber. Er nannte keine Gründe und verließ die Wohnung am Petersplatz, die er lange vor seiner Verlobung einmal gemietet hatte. Matilde schrie laut und unbeherrscht, ergab sich dann mehrere Stunden dem Trennungsschmerz. Jeden Versuch ihrer Eltern, die die überaus wohlgeratene Tochter schon als Gräfin Rotter gesehen – und die Matilde übungshalber auch bereits oft so angesprochen und mit Hofknicks und einstudierter Verbeugung begrüßt hatten, die Verlassene zu trösten, wies Matilde mit Zornesanfällen zwischen ihren Tränenströmen ab. Nach diesem heftigen und äußerst befriedigenden Abenteuer einer gefühlsstarken Selbstbegegnung erklärte die Juwelierstochter den fassungslosen Eltern, sie trüge Rotter nichts nach: nicht nur könne sie ihm vollkommen verzeihen, sondern sie wünsche dem Karl, so wahr sie ihn geliebt hätte, alles erdenklich Gute. Damit war es für Matilde zwar nicht ausgestanden, wie sie zugab, aber die Echtheit ihrer Liebe siegte bald über alle Bekundungen von Enttäuschung und Entrüstung, die Matildes Umgebung ihr umsonst anzudienen versuchte.

Rotter hatte das Anerbieten Halls angenommen, fürs erste zu ihm zu ziehen. Halls Stadtwohnung war geräumig, und mehrere Zimmer standen leer. Dort richtete Rotter sich vorläufig ein und wartete auf eine Nachricht von Olga.

Was Rotter bei der Schlittenfahrt vom Adel gesagt hatte, von seiner Fratze aus Habsucht, Heuchelei und Prüderie, und was er über den inneren Stillstand als das Resultat gesagt hatte, beschäftigte Olga. Außerdem hörte sie von Ferdinande, daß Rotter seine Verlobung aufgelöst hätte und zu Major von Hall gezogen sei. Als eine Woche um war und sie nichts von ihm hörte, schickte sie Kajetan mit einer Einladung zum Tee. Rotter las das Billet, konnte es kaum fassen. Als Kajetan mit der Zusage gegangen war, geriet der Leutnant außer sich. »Was sagst jetzt, Kurt?«, stieß er immer wieder hervor. Der Major sagte nichts.

Olga war allein. Kajetan hatte den Leutnant zu ihr geführt und Olga streckte ihm beide Hände entgegen und sagte erleichtert: »Da sind Sie nun also!« Keines Wortes mächtig, hatte Rotter ihr die Hand geküßt. Nachdem der Tee gebracht worden war, sagte Olga mit einem aufrichtigen Klang in ihrer Stimme: »Na, ich hab wegen Ihnen, Rotter, gelitten. Dieses Schweigen von Ihnen, das war nicht richtig.«

Es war zuviel für den Leutnant. Er fiel vor Olga auf die Knie. Das geschah so plötzlich, daß dieser erste Kniefall Rotters außerhalb einem kirchlichen Raum auf dem mit dicken Teppichen belegten Estrich von Olgas Salon einen weichen und irgendwie dumm sich anhörenden Schlag verursachte.

Olga, obwohl ganz angetan, fand es dennoch übertrieben. Doch als der knieende Mensch zu ihren Füßen nun auch noch sein Kinn hochhob zu ihr und als er Olga mit einem gebrochenen Blick anschaute, wurde es ihr zuviel. »Bittschön, stehen Sie sogleich auf«, sagte sie, und Karl erhob sich. Olga ging zum Teetisch und lud Rotter ein, dort Platz zu nehmen. Doch der, immer noch fern von jeder Selbstkontrolle, zeigte sich ganz unfähig zum Niedersitzen. Er ging erregt in dem Salon auf und ab und fuhr Olga förmlich an, er liebe sie mehr, als er sich selber je lieben könne!

Dann nahm Rotter Platz und ließ sein Kinn so zur Brust sinken, bis Olga nur noch den ihr zugewendeten Haarschopf sah. Olga betrachtete eine Weile den geraden Seitenscheitel Rotters. Dann hörte sie die Stimme des Leutnants, die mit Largo wiederholte, was zu hören Olga wenig Zuversicht machte. Denn sie glaubte einfach nicht, daß man einen anderen mehr lieben konnte als sich selbst. Es erschien ihr übertrieben, und sie mochte Übertreibungen nicht.

Rotter hob auf einmal beide Arme, und Olga befürchtete einen neuerlichen Kniefall. Doch er blieb aus, und der Leutnant vollendete diese Karikatur einer Teevisite mit dem geradezu selbstmörderischen Bekenntnis, er hätte sich unlängst wegen ihr, Olga, entlobt.

Höflich beschied Olga ihn: »Herr Leutnant, attachierns sich jetzt eine gewisse Haltung, damit der Kajetan Sie hinunterbegleiten kann.« Dann läutete sie Herrn Kajetan.

In Halls Wohnung erkrankte Karl an einem Fieber, das sich hinzog, aber klassisch endete: er sah nun etwas klarer. Er hatte versagt, denn er hatte jede Selbstkontrolle aufgegeben – und das noch vor so einem jungen Mädchen. Prompt war er abgewiesen worden. Er hatte sein Gesicht verloren. Wer vor anderen das Gesicht verlor, war angeschlagen; wer es aber vor sich selber verlor, der war erledigt.

Das Geringste ist das Größte

›Bessere Ernährung braucht das Kind, hab ich zu dem Vater gesagt – der hat nichts erwidert . . .‹, dachte Dr. Béla Hermann einige Tage nach dem Besuch Hans Talmayers mit seiner Tochter Margaret.

Zuinnerst hatte er die Erkrankung dieses Armeleutekindes längst zu seiner Angelegenheit gemacht. Er wußte, daß Margaret sterben konnte, wenn die Vereiterung bei ihr nicht abklang. Viele starben jetzt in Wien an Krankheiten, die normalerweise als Lappalien betrachtet werden konnten, die aber, in Verbindung mit Unterernährung und mangelnder ärztlicher Hilfe, bös ausgingen. »Zu spät« lautete der wahre Name des Todes in fast allen Fällen mit letalem Ausgang. Und Béla hatte lernen müssen, ohnmächtig dabei zuzusehen. Bei Margaret wollte er es nicht erst dahin kommen lassen.

Er sprach mit Schwester Trude, sagte zu ihr, er würde nun sammeln für das Talmayer-Wurmerl: Lebensmittel, Medikamente, auch Kleidung und etwas Geld. Schwester Trude sagte, wenn er der Kleinen aus Hernals helfen wolle, so hülfe sie mit. Im siebzehner Bezirk in Hernals gäbs den finstersten Dialekt, die rassigsten Maderln und die größten Wanzn, sagte sie noch freudig, und tags darauf brachte sie einen Kindermantel. »Von meiner Schwester. Denen gehts einigermaßen. Der Mantel wird der Margaret nicht bloß passen, er wird ihr gut stehn«, sagte Schwester Trude. Béla hatte ein Paket hochwertige Lebensmittel eingekauft. Außerdem ging er zum Oberarzt Dr. Notzinger, der die Margaret operieren sollte in Bälde. Er sprach mit ihm. Der Notzinger war, sonst rasch indigniert, überraschend aufgeschlossen für Bélas Idee, hier zu helfen. Er suchte einige Medikamente für die Zeit bis zum Eingriff heraus, gab sie Béla. Er überlegte und fragte schließlich: »Meinens nicht, Herr Kollege, man sollte denen auch mit etwas Geld aushelfen?« – »Hab bereits etwas Geld zurechtgelegt für die Leut, Herr Oberarzt«, sagte Béla. Notzinger nickte, sagte: »Was hilfts dem kranken Mädel, wenn es durchkommt und wenn seine Eltern verhungern?«

Er gab Béla einen Betrag, der nicht groß war. Es war ihm peinlich, dem Notzinger, daß er nicht mehr Geld in der Tasche hatte. Für diesen Monat war er nun blank. Er war verheiratet, mit zwei Kindern. Nebenbei hatte er eine Freundin, die ihn zuviel kostete. Als er dem Béla seinen Geldrest übergab, fragte er sich, wieso er eigentlich bezahlte, um eine Freundin zu haben? Zum erstenmal fragte der Notzinger sich das. Es fiel ihm auf, daß er diese berechtigte Frage bisher stets umgangen hatte.

»Wissens was, Kollege Hermann? Ich bin froh, daß Sie mich angesprochen haben«, sagte er. Béla war erleichtert, denn er hatte eine Schamschwelle überwinden müssen.

Schwester Trude hatte ein Paket mit Lebensmitteln gemacht. Béla tat das Geld hinein, schrieb einen Zettel bezüglich Ernährung und Medikamentierung. Dazu notierte er am Schluß, wenn es nicht besser würde mit Margaret, möge man ihn anrufen, er würde dann nach der Patientin sehen. Schwester Trude nahm das Paket und sagte, sie würde es in Hernals abgeben.

Seit Hans Talmayer mit seiner Tochter im Hospital gewesen war, lag Margaret entweder fieberheiß oder fieberkalt in ihrem Bett und stöhnte vor Schmerzen, sobald sie aus dem Schlaf zu sich kam. Ihr Schlaf war dünn und kurzfristig. Jede noch so weiche Nahrung verursachte Schmerzen, und jeder noch so leichte Husten zerriß ihr den ganzen inneren Brustkorb, meinte Margaret. Am schlimmsten aber waren die unregelmäßig einsetzenden Krämpfe im Hals, bei denen Margaret zu ersticken glaubte.

Lena saß fast ununterbrochen am Bett ihrer Tochter. Wenn sie die düstere und viel zuwenig geheizte Wohnung verließ, löste Hans Talmayer sie ab. Diese Stunden des Dasitzens waren für Lena deshalb so schrecklich, weil es ein Warten auf Hilfe war, die nie kommen würde. Woher sollte sie denn kommen? Das Unerträglichste aber war, ohnmächtig zusehen zu müssen, wie Margaret von Tag zu Tag und von Nacht zu Nacht mehr an Kräften verlor. ›Sie stirbt . . .‹, dachte Lena.

Am späten Nachmittag wiederholten die Krämpfe sich schneller, und das ging bis elf Uhr abends. Hans Talmayer hatte an dem Tag, an dem Dr. Béla Hermann etwas zu unternehmen begann, umsonst versucht, in Hernals einen Arzt zu finden. Er kam heim und brach zusammen. Er hatte der Verzweiflung standgehalten, so lange er gehofft hatte. Jetzt saß er in der Küche und zitterte am ganzen Körper. Dann wurde es einen Augenblick klar und still in ihm, und in dieser unverhofften Klarheit warf Hans Talmayer sich über den Tisch und begann laut zu schluchzen, ohne Erleichterung freilich, da ohne Tränen. Margaret hörte das in dem kleinen Kabinett nebenan und fragte ihre Mutter bange, was es zu bedeuten habe? Lena starrte wortlos auf Margarets zusammengeballte, kleine Hände und auf die Augen des Kindes, die hervortraten, auf seinen verzerrten Mund. Nach Jahren begann Lena wieder zu beten. In Angst um Margaret warf sie sich am Fußende des Bettchens auf ihre Knie und hob beide Hände verzweifelt über den Kopf.

Lena verlangte nach der Hilfe Gottes, aber alles blieb in ihrem Inneren dabei leer. Dennoch flehte sie, in ihrer Kindheit auf Gottvater trainiert, immer weiter, der möge Margaret am Leben lassen! Aber jener Gott, den Lena so verzweifelt anrief und anflehte und wobei ihr so eigentümlich leer war in ihrem Inneren, antwortete nicht. Lena glaubte, alles sei darum so leer in ihrem Inneren, weil ihr Gebet nicht heftig genug, ihre Unterwerfung unter jenen Gott im Himmel nicht vollständig sei, und sie begann vor Angst zu zittern. Denn ohne Zögern schien der Tod auf ihre Tochter Margaret zuzugehen.

In Lenas Gedächtnis, das vom langen, elenden Leben gezeichnet und zertrümmert worden war, hatten sich nur wenige biblische Erinnerungen an die Stimme des einen und einst allgewaltigen Gottes erhalten: seine Stimme im Dornbusch, seine Stimme beim Hinabschleudern der Gesetzestafeln aus dem Himmel und, zum letztenmal, seine Stimme im Blitz, der den Vorhang des Tempels zerriß, als sein Sohn Jesus auf der Richtstätte von Golgatha gekreuzigt worden und dahingeschieden war. Seither hatte niemand mehr die Stimme des alten Gottes vernommen. Die aber in Liebe zu Jesus beteten seither, hatten in ihrem Inneren den Abglanz der Stimme Jesu in der Erkenntnis ihrer eigenen Leiden vernommen, und für sie wurde wahr, daß der Gottessohn nicht nur gekreuzigt und gestorben und begraben und niedergefahren war in die inneren Höllen eines jeden Beters, sondern daß er auch auferstanden war. Doch so weit war Lena Talmayer niemals gelangt. Für sie war Gott stets und ausschließlich immer jener alte Gottvater geblieben. Jesus, sein Sohn, war in Lenas langem Trainiertwerden auf die Unterwerfung unter den Vater in ihrer Familie, der fast wie Gottvater geworden war, zwar ein ungewöhnlicher Mensch geworden, doch niemals Gott selber. Zu peinlich war der ganze Mißerfolg mit ihm letztlich geblieben. Seine Kreuzigung hatten viele, seine Auferstehung hatten nur wenige gesehen, und die sie gesehen hatten, angeblich, wer weiß. Doch Gottvater, den Papst als seinen Stellvertreter auf Erden und den Familienvater, die hatte Lena als Kind gefürchtet, erkannt und anerkannt. Indessen nun, da sie am Fußende von Margarets Bettchen und auf ihren Knien und mit den Händen über ihrem Kopf so unterwürfig und verzweifelt wie niemals nach jenem alten Gott schrie und verlangte, blieb alles leer in ihrem Innersten. Wer seinen Sohn geschlachtet statt gebraucht sieht und wer ihn vergessen statt geliebt sieht, antwortet nicht mehr.

Lena gab es auf.

Sie erhob sich von ihren Knien und setzte sich wieder auf einen Stuhl, den sie nahe an Margarets Bettchen zog. Auch Hans Talmayer hatte sich in der Küche wieder einigermaßen gesammelt. Da ging die Hausglocke. Schwester Trude setzte ihr Paket, das sie von der Tramstation bis hierher, ohne eine Minute zu verlieren, in beiden Händen vor sich hergetragen hatte, erleichtert ab und wartete.

Geiringers Option

Geiringer erschien neuerdings am frühen Abend öfter im Café Herrenhof. Dort registrierte er aufmerksam, welche Leute da waren, die von seinem Erscheinen Notiz nahmen, er aß etwas zur Nacht, vertiefte sich dann scheinbar in ein mitgebrachtes Buch und verließ das Café, ohne mit einem der Gäste gesprochen zu haben. Wenn sich allerdings Erich Buchegg im Café aufhielt, blieb Geiringer länger. Er bestellte dann nach dem Nachtmahl meistens einen Obstler zum Kaffee, was er sonst nie tat. Ihm selber fiel das nicht auf, denn er war dann ganz damit beschäftigt, keine Notiz von Erich Buchegg zu nehmen.

Eine Aura von Leblosigkeit, die jeden faszinierte, vor allem schöne Frauen, war das Hauptkennzeichen des Kommunisten

Erich Buchegg, eines eleganten Menschen um Mitte Dreißig, der zu den Stammgästen des Cafés gehörte. Es waren weniger sein Auftreten und seine Kleidung, mehr Erich Bucheggs Erscheinung und sein Umgangsstil, die ihn elegant machten. Sein Auftreten war bestimmt und dementsprechend leise. Die Kleidung verriet einen Mann von nuancierten Gewohnheiten dank vernünftiger Eigenliebe und einem selbstbewußten Verzicht auf alles Leisurehafte. Bucheggs Statur und sein Kopf erinnerten von fern an einen Bauern, der zum Stadtmenschen geworden war. Diesen Mann, von dem keine Notiz zu nehmen Geiringer sich abmühte, konnte man beneiden. Buchegg war ein Zuhörer und ein brillanter Redner. Es kam aber etwas hinzu, was als Hauptkennzeichen Bucheggs den größten Eindruck auf alle machte: eine Erwartungslosigkeit, die so sehr sein ganzes Wesen prägte, daß man meinen konnte, jedes Leben hätte diesen Mann bereits verlassen. Diese Aura der Leblosigkeit machte Bucheggs Vitalität aus, hochgradige Teilnahmsfähigkeit bei größter Erwartungslosigkeit. Eine unstupide Gesundheit war es, die diesen Kommunisten attraktiv machte, eine kraftvolle Teilnahme an anderen, die nicht schwitzte.

Übrigens ließ Erich Buchegg sich auch von anderen als Kommunisten bezeichnen, ohne jemals Anzeichen von Skrupeln zu verraten, etwa der Art, die Reduktion auf bloße Parteinahme könnte einem so reich Begabten wie ihm Unbehagen verursachen. Eine der bemerkenswert schönen Frauen, die meistens in Erichs Gesellschaft anzutreffen waren, fragte ihn einmal, ob ihn das nicht beleidige, auf ein Schlagwort reduziert zu werden? Erich Buchegg antwortete der Besorgten: »Aber, meine verehrte schöne Freundin, wie sollte mich denn etwas beleidigen können, was mir bei Ihnen so erkennbar nicht schadet?« Geiringer sah und hörte das mit an und begann Buchegg noch mehr zu hassen, als er es ohnehin schon tat. ›Und dazu noch ein Jud!‹, dachte Geiringer und bemühte sich verstärkt darum, nach außen keine Notiz von dem Kommunisten zu nehmen. Er trank den Obstler und nahm dann den Kaffe in mehreren langen Schlucken zu sich, wobei Geiringer den Kaffee wie Wein einmal mit der Zunge im verschlossenen Mundraum umwälzte und aufstaute und ihn dann einmal kaute, wobei sein Oberkiefer hörbar auf den Unterkiefer schlug, dann schluckte Geiringer den Kaffee und zog unmittelbar danach Luft durch die leicht geöffneten, schmalen Lippen in sich hinein, was ein zehrendes Zischen verursachte. Auch hiervon merkte Geiringer längst nichts mehr.

An diesem Abend Anfang Februar 1930 ging Geiringer nicht ins Konzert und verließ das Café Herrenhof erst spät, genauer gesagt unmittelbar vor dem Aufbruch Erich Bucheggs mit jener Fragestellerin, die offenkundig seine derzeitige Favoritin war. Geiringer beeilte sich unterwegs immer mehr. Schließlich gelangte er zum Haus 42a in der Porzellangasse, in dem er wohnte. Er öffnete das Haustor mit einem langen Eisenschlüssel und stieg in den zweiten Stock hinauf, wo seine Junggesellenwohnung lag. Er betrat die Wohnung. Sie war mehrzimmerig, wirkte trotz einiger Einrichtung leer und sie war eisig kalt. Geiringer behielt seinen Mantel, den Wollschal und den schwarzen Filzhut an, machte Feuer im Ofen. Als das Feuer brannte, ließ er die Ofentüre offen und rieb, etwas gebückt, die Hände vor den aufzüngelnden Flammen. Dabei dachte er voller Erbitterung an seine Zugeherin, die ihm heute wieder kein Feuer gemacht hatte, um ihn dafür zu bestrafen, daß er unverheiratet war.

Geiringer entnahm einer Schublade einen Gegenstand in dunklem Samtfutteral, steckte ihn in die Manteltasche und verließ die Wohnung. Leise stieg er mehrere Treppen hinauf, bis er, im obersten Stockwerk des Hauses, zur Türe des Dachspeichers kam. Er öffnete diese Türe, wobei er gleichfalls jedes Geräusch zu vermeiden trachtete. Das gelang ihm, weil er inzwischen Übung darin hatte. Er betrat den Dachspeicher, verschloß die Türe so leise wie nur möglich von drinnen, bewegte sich in der Dunkelheit zu einem tiefliegenden Fenster im Schrägdach. Er schaute durch dieses Fenster, hinüber zum gegenüberliegenden Haus. Geiringer kam gerade zur richtigen Zeit, denn dort drüben ging das Licht in einer Wohnung an. Diese Wohnung lag etwas höher als die oberste Wohnung im Haus des Geiringer, weswegen die beiden Leute in jener anderen Wohnung sich hinter dem Fenster ohne Vorhang unbesorgt bewegten, da sie sich unbeobachtet glaubten. Von dem Dachfenster aus, welches Geiringer nun öffnete, obwohl draußen eine klirrende Kälte stand, war diese bestimmte Wohnung aber voll einzusehen.

Als Buchegg und seine Freundin die Wohnung gegenüber betraten, holte Geiringer sein Opernglas aus dem Futteral, setzte es vor die Augen und sah vom Dachfenster aus zu, was drüben und bei Lampenlicht eher zögernd, aber sodann länger als eine Stunde hin immer ungehemmter vonstatten ging. Dabei erblickte Geiringer Dinge von solcher Freiheit, daß sie alles übertrafen, was er als einstiger Hurengänger sich hätte ausdenken können.

Zitternd vor stellvertretender Gier verließ er dann den Speicher und machte dabei die Geräusche des Diebs und Einsteigers, den jede Konzentration verlassen hat. Erschlafft vor Übererregtheit und unbefriedigter als je schlich er sich die Treppen hinunter und gelangte in seine Wohnung, ohne gesehen worden zu sein. Das Feuer im Ofen war längst erloschen, und Geiringers dickes Mönchsgesicht war gerötet vor Erkältung. Er legte das Opernglas zurück in die Schublade, zog den Hut ab, zog dann den Mantel aus und entkleidete sich umständlich und zermürbt. Der Haß auf »diesen Juden Buchegg«, den er mit seinen wechselnden Freundinnen regelmäßig vom Dachfenster aus beobachtete, seit er zufällig Zeuge wurde, wie »der Luxuskommunist des Café Herrenhof« mit einer augenscheinlich sehr verliebten Frau das Haus gegenüber betrat, dieser Haß raubte Geiringer derart aus, daß er im Bett mit Schultern und Kinn haltlos hin- und herzuckte.

Am nächsten Abend erschien Geiringer wiederum zeitig zum ersten Nachtmahl im Café Herrenhof. Erich Buchegg war schon anwesend, saß wenige Tische entfernt, mit mehreren bekannten Leuten aus Literatur, Politik und Wissenschaft. ›Wien verjudet ...!‹ sagte sich Geiringer voller Mißgunst. Er optierte wie so viele um ihn herum in Haß und Neid gegen die Juden und für nichts. Mit der ihm eigenen, geistreichen und alles beschwichtigenden Verschlagenheit nannte Geiringer das bei sich Nihilismus und beruhigte sich damit, dieser Nihilismus sei der »für Wien typische Idealismus«. Der Antisemitismus ringsum war wie eine Pest. Doch Geiringer war ein ganz besonderer Judenhasser, und er wußte es: er konnte schreiben.

Wie üblich tat er, als läse er in einem mitgebrachten Buch. Es war anstrengend für ihn, nicht zu lesen beim Scheinlesen. Gieriger fast noch als unter dem Dachfenster lauschte er nun auf jedes Wort, das an Erich Buchegg nebenan gerichtet wurde, und auf alles, was der Kommunist sagte.

Er hörte, daß Erich Buchegg etwas erzählte, aber er verstand die Worte kaum; sie waren zu leise. Lediglich aus den Nach- und Rückfragen der anderen setzte er sich einige Dinge zusammen. Es ging um einen kürzlichen Besuch Bucheggs in Moskau, bei dem er mit Beauftragten und mit Angehörigen der Akademie Fragen der neuen Sowjetenzyklopädie unter dem Direktorat Lunatscharskijs erörtert hatte, Fragen, wie Geiringer voller lähmender Wut und mit äußerster Lauscharbeit heraushörte, den geplanten großen Artikel zum enzyklopädischen Stichwort *Wiener Kritik* betreffend, wobei die Namen Ferdinand Raimund und Karl Kraus fielen. ›Letzterer auch, natürlich, so ein verdammter Jud!‹ dachte Geiringer angewidert. ›Kraus, ein Jud, wird in der neuen Sowjetenzyklopädie stehn, ein Jud und Kommunist wie der Buchegg wird nach Moskau eingeladen, empfangen vom legendären Lunatscharskij! Und ich? Steh ich weniger für die Wiener Kritik?‹ fragte Geiringer sich lautlos, mit pochenden Schläfen noch tiefer über sein Buch gebeugt.

Er verließ das Kaffeehaus. Unterwegs erweiterte er seine Option für immer und so planvoll, wie es nur ein Unbefriedigter vermag: ›Gegen Juden und Kommunisten‹ wurde von nun an Geiringers Glaubensbekenntnis.

Arosa

Bei Chur in Graubünden öffnet sich nach Osten ein wildes Alpental, das Schanfigg, welches schließlich, in seinem oberen Teil, in einem Bergkessel von nichtmenschlicher Schönheit endet. Im Hochtal dieses Kessels liegt Arosa. Die höchste Erhebung dort ist das Aroser Rothorn, dessen Massiv die Landschaft beherrscht. Hier staunt die Welt; hier schenkt die Schweiz.

Olga und der Baron trafen mit Ferdinande zu Beginn der zweiten Februarwoche in Arosa ein. Olga war ihrer Freundin dankbar, daß diese die Einladung angenommen hatte. Weil sie Kaspar liebte, suchte sie ihn vor der Einsamkeit zu zweit zu bewahren, freute sie sich auf das schöne, lebendigere Leben zu dritt im winterlichen Arosa.

Mit der Eisenbahn waren sie von Wien nach Chur gefahren. In Chur nahmen sie die kleine Bahn nach Arosa. An der Haltestelle Arosa-Dorf wartete schon ein Schlitten, der sie hinauf zum Grand Hotel Tschuggen brachte, wo Kaspar und Olga schon des öfteren die Wintersaison zugebracht hatten.

Herr von Kaenel, der Hoteldirektor, begrüßte sie herzlich und geleitete sie dann in ihre Zimmer, die im ersten Stockwerk für sie reserviert waren, drei große Einzelappartements nebeneinander. Alles war zur vollsten Zufriedenheit der Ankömmlinge, und auch das Gepäck war bereits angeliefert und befand sich vollzählig in den Zimmern. Herr von Kaenel wünschte seinen Gästen einen angenehmen Aufenthalt und lud sie für den Abend zu seinem Dîner bei sich privat ein. Die Wünsche und die Einladung des Herrn von Kaenel wurden mit Dank angenommen.

Man packte dies und jenes aus, erfrischte sich und zog sich um nach einem ersten Bad, dann traf man sich in der Halle, zu einem Vermuth und zu einer ersten Inaugenscheinnahme der mondänen Situation. Der Baron, zwischen Olga und Ferdinande sitzend und mit beiden plaudernd, zog viele Blicke auf sich. Doch auch, wo Kaspar allein erschien, war das so: es war dann jemand da.

Am nächsten Morgen frühstückten sie zu dritt im Speisesaal. Nach dem Frühstück begleitete der Baron die Freundinnen zur Tschuggen-Abfahrt. Dort oben stand er und sah zu, wie zuerst Ferdinande mit einem geübten Vorwärtssprung aus einem Stemmbogen abfuhr und sogleich in Schußfahrt ging. Eine Minute nach ihr folgte Olga, nicht minder gekonnt und ebenso rasant im Start, aber weniger wagemutig bei der Abfahrt als Ferdinande. Der Baron verfolgte die Läuferinnen, bis sie hinter einem Talhang verschwunden waren.

Er begab sich ins Alexandra Palace Hotel, wo er verabredet war. Er ging in den Petersburg-Salon, nahm dort Platz, bestellte einen Kandis-Grog und ließ sich Zeitungen bringen. Schließlich kam seine Freundin, Madame Gilda Meinhard aus Montreux, die jeden Winter drei bis vier Wochen in Arosa verbrachte und immer im Alexandra wohnte. Die beiden begrüßten sich so herzlich, wie es Menschen tun, die miteinander so vertraut sind, daß sie auf Machtspiele verzichten.

Bald war man in einer lebhaften Unterhaltung, aus der Gilda Meinhard, die Verlegerin der Völkerbund-Debatten, aber nach kurzer Zeit eine politische Erörterung machte. Der Baron Kaspar wollte sich darauf nicht einlassen, doch Madame Meinhard sagte zu ihm: »Lieber Freund – überall und eher, als die meisten denken, wird es die bösartigsten Veränderungen geben.« Der Baron wendete ein: »Gewiß werden die Verhältnisse schwieriger, aber das muß kein Schaden sein; es verbaut lediglich die alten, üblichen Auswege.« – »Ihre Zuversicht brauchte ich!« sagte Gilda Meinhard temperamentvoll. Der Baron atmete auf, aber Gilda sagte: »Hitler kommt. Er ist unvermeidlich. Denn alle passen sich an. Hitler will die Macht legal gewinnen, schürt die Abstiegsängste der Mittelklassen. Das reicht aber nicht für den Wahlsieg. Darum bemüht er sich um die Eliten. Sie hoffen, ihn benutzen zu können, um den alten Obrigkeitsstaat, die alten Privilegien und Profite wieder zurückzubekommen. Aber auch das reicht nicht für einen Wahlsieg. Deshalb tischt Hitler den

Deutschen das Märchen von ihrer vorgeblichen biologischen Überlegenheit über die jüdische Rasse auf, erklärt den rechtlosen und willenlosen Massen, sie wären Herrenmenschen. Mit diesen drei Dingen, die er zusammen einsetzt, wird er an die Macht kommen.«

Der Baron glaubte das nicht. Was die Verlegerin sagte, war ihm in sich zu logisch und viel zu sehr in sich geschlossen. Einfach zu rund. So gingen die Geschichten nicht vonstatten. Erfahrungsgemäß war da immer ein Rest, der nicht aufging.

Olga und Ferdinande verbrachten in der folgenden Woche eine unbeschwerte Zeit in Arosa. Während der Baron und Madame Meinhard erneut Gefallen aneinander fanden, machten die Freundinnen Schneewanderungen und Schlittenfahrten, sie glänzten auf Bällen und bei den anderen, vielfältigen Veranstaltungen der Wintersaison, machten Bekanntschaften und liefen Ski, spielten Curling auf dem Obersee.

Mitte der zweiten Woche ereignete sich etwas, dem Olga zunächst keine weitere Bedeutung beimaß, das aber nicht nur in Arosa, sondern auch in ihrem kommenden Leben Bedeutung bekommen sollte:

Eines Abends saß Olga allein in der Hotelhalle. Sie wendete ihre Aufmerksamkeit der leisen Jazzmusik im Hintergrund zu.

Ein Pianist spielte allein. Er spielte auf einem Flügel so erkennbar für sich, daß Olga aufmerksam wurde. Nun hörte sie einen Jazz, der sie immer mehr faszinierte. Deshalb begann sie bald auch auf den Pianisten zu achten. Und irgendwann meinte sie, eine mechanische Puppe, einem Menschen täuschend echt nachgebaut, spielen zu sehen. Nach und nach erkannte Olga, daß in der etwas eckigen Haltung und Spielart mit den hochinteressanten Halbtönen und den minimalen Anschlagverzögerungen die Allüre des Pianisten lag. Er schlug eine naive Melodie an, ließ sie nahezu endlos zu Nichts dahin verklingen und begann dann, Anmutungen aus dieser kaum skizzierten Melodie in unnaiven Variationen und mit Synkopentechnik zu spielen, bis hin zur Nichthörbarkeit. Dort, im Nicht-mehr-Hörbaren, hob er die erste Melodie wieder auf, wie ein sorglos irgendwo spielendes Kind einen banalen Fund aufheben mag. Auch am Ende schlug er das Wiedergefundene nur an, ließ es aber nicht mehr dahin verklingen, sondern brach das Spiel dann mit Pedal ab.

Olga hörte der Musik und dem Pianisten immer gebannter zu. Zuletzt hatte sie den Eindruck, daß dort drüben an dem Flügel jemand meisterhaft musizierte, der bereits verstorben war. Dabei erschrak Olga eigentümlich.

Sie verließ die Hotelhalle, um in ihr Appartement zu gehen. Am Treppenaufgang blieb sie stehen und betrachtete ein Plakat. Es war großflächig und unter Glas gerahmt und hatte den Aufdruck: »Dudley Ferguson am Klavier.« Sonst stand nichts auf dem Plakat. Olga las den Aufdruck mehrere Male, und ihre eigentümliche Erschrockenheit wich von ihr.

Am nächsten Abend gab Gilda Meinhard für den Baron, für Olga und Ferdinande ein Essen im Alexandra Palace. Am Nebentisch speiste jemand mit einem jungen Mädchen, der die Aufmerksamkeit aller auf sich zog, ohne sich davon allerdings beeindrucken zu lassen. Er war hochgewachsen und saß sehr aufrecht bei Tisch, von kompakter Figur und mit einem Ausdruck großer Willensstärke im Blick, während die Bewegungen seines Mundes eher Einlenken, ja Ironie zeigten.

Er trug den Abendanzug selbstverständlicher als einige andere, wie Olga feststellte, die den Mann ebenfalls beachtete. Das junge Mädchen, mit dem er dinierte, war ganz in Weiß, vielleicht vierzehn. »Russen?« fragte der Baron Madame Gilda. Diese sagte: »Es sind der Generalleutnant Michail Nikolajewitsch Tuchatschewskij und seine Tochter Sonja Feodorowna Tuchatschewska – Sowjetmenschen. Sonja Feodorowna wird in einem Internat bei Genf erzogen, und der General macht hier des öfteren einen Skiurlaub.« – »Also ein richtiger Bolschewist«, sagte der Baron verwundert. »Nennen Sie es, wie Sie wollen«, sagte Gilda Meinhard amüsiert. Der Baron sagte: »Bolschewisten sind also tatsächlich Menschen – erstaunlich ...« Er fügte dann hinzu: »Gut, aber er ist ja kein richtiger Bolschewist, er ist ein General.« Das war kaum in Abrede zu stellen.

Ferdinande fragte Madame Meinhard, ob sie die beiden am Nebentisch näher kenne? »Mit Michail Nikolajewitsch wurde ich vor zwei Jahren bekanntgemacht, hier im Alexandra. Aber er wird sich kaum daran erinnern. Es war bei einem Essen zu seinem Geburtstag. Er muß auch jetzt gerade wieder Geburtstag gehabt haben, denn es war an einem 16. Februar. Es steht noch in meinem Kalender. Damals mußte er viele Hände schütteln. Seine Tochter Sonja Feodorowna ist wohl zum erstenmal hier«, sagte Madame Meinhard.

Tuchatschewskij hatte des längeren seiner Tochter, die leise auf ihn einsprach, zugehört. Nun schaute er hoch und schien über irgend etwas nachzudenken. Dabei ging sein Blick zum Tisch Gildas und ihrer Gäste. Der General erkannte Gilda Meinhard wieder. Er lächelte freundlich und nickte ihr zu. Dann nahm Sonja Feodorowna seine Aufmerksamkeit erneut in Anspruch. Später stand der Sowjetmensch auf. Er kam zum Tisch Gildas und begrüßte sie. Es wurde vorgestellt. In einem sehr unabgenutzten Académie-Französisch unterhielt man sich eine Weile im Stehen, wobei Tuchatschewskij die Verlegerin der Völkerbund-Debatten mit gelindem Sarkasmus fragte, ob man in Genf die Sowjetdelegierten einigermaßen ertrüge? Mit der Konversation und Umgangskunst des dem Smolensker Fürstenadel entstammenden Sowjet meinte der General dann: »Den Leuten fehlt, was uns betrifft, nur etwas die Gewohnheit.« Er sagte, man sähe sich gewiß vor dem Lunch am Skiplatz, wohin er seine Tochter zu begleiten pflege. Damit verabschiedete er sich von den Damen mit Handkuß und vom etwa zehn Jahre älteren Baron mit einem kühlen Nicken. Gilda und ihre Gäste setzten das Dîner fort.

Später nahmen sie an einem Gala-Ball im Alexandra teil. Es war der Ball, den Herr von Kaenel empfohlen hatte; er war tatsächlich ungewöhnlich elegant und festlich, von einem nirwanahaften Luxus. Olga, belagert, tanzte zunächst nicht, sondern ergab sich immer mehr einer fast mystischen Gedankenübertragung, von der sie meinte, daß sie zwischen ihr und Ferdinande und noch jemand, den Olga nicht erkannte, stattfände. Ferdinande schien von diesem Vorgang nicht das mindeste zu ahnen; sie war ganz in der Welt des Ballgeschehens; das jedenfalls war Olgas bestimmter Eindruck.

Auch Generalleutnant Tuchatschewskij war auf dem Ball und tanzte mit seiner Tochter Sonja Feodorowna. Olga beobachtete den Offizier nicht geradezu, aber in ihrer mystischen Betrachtsamkeit und in ihrer Gedankenübertragung mit Ferdinande verglich sie Tuchatschewskij mit dem Grafen Rotter.

Olga schaute auch manchmal hinüber zu Sonja Tuchatschewska, die unaufhörlich und, wie es schien, reizvoll sachverständig auf den General einsprach. Blond wie Olga. Äußerst wohlgestaltet. Die schönsten Augen. Aber sie verrieten große, inwendige Kälte und ebenfalls einen Ausdruck hochmütiger Langeweile, der Olga fühlbar mitnahm, aber immer wieder auch sprühenden Geist, der aufblitzte von Zeit zu Zeit. Am Tisch der beiden saßen noch drei andere Personen, zwei Damen und ein Herr. Olga hielt sie für Diplomaten. ›Es sind echte Russen, sie wollen unter sich bleiben‹, dachte sie.

Olgas meditierender Zustand war, während sie bei den Eindrücken dieser Ballnacht wachträumte, in der Tat der überlieferten mystischen Grundstimmung nahe, weil Olga mitten in dem nirwanahaften Luxus und bei der sophistikablen Musik immer anstrengungsloser in die latente Kenntnis ihrer Nichtigkeit abstieg. Ihr Gedankenwerk, das zu Ferdinande ging, und Gedanken, die von Ferdinande herüberkamen in Olgas Einbildungskraft, kamen ihr in freien Bildern vor wie nahezu körperlose Schleier, die davonschwebten und herbeischwebten, Plankton ihrer Intelligenz im Meer von Olgas Ahnungen. Mitten darin nahm sie wahr, wie Tuchatschewskij mit seiner Tochter den Ball verließ. Olga achtete aber nicht weiter darauf. Da kam der General allein zurück und ging zum Tisch mit den Leuten, die ihn erkennbar erwarteten. In dem eher spirituellen als rationalen Plankton der Bilderschleier sah Olga Tuchatschewskij nicht in dem Abendanzug, in dem er zu seinem Tisch zurückkehrte, sondern sie erblickte ihn in einer Marschalluniform und vor einem Hinrichtungskommando.

Zuerst hatte sie den Pianisten Dudley Ferguson als Toten musizieren sehen – und nun dies? Olga warf den Kopf zurück und ging mit jemand, der sie darum bat, tanzen.

Im Verlauf der kommenden Woche wurde der Generalleutnant Tuchatschewskij mehr und mehr zum gesellschaftlichen Mittelpunkt in Arosa. Die verwöhntesten Damen gaben sich auf einmal leichtsinnig, einige sogar frivol. Es war nicht erstaunlich, denn die von Geschäften und Kapitalvermehrung verstockten Herren in ihrer Umgebung – und zumal ihre nicht minder verstockten jüngeren Begleiter, die sich mit ihrer revoltierenden Aggressivität nur umso entschiedener auf noch lohnendere Geschäfte und auf noch skrupellosere Kapitalvermehrung pokerruhig vorbereiteten, konnten keinen Vergleich aushalten mit dem Sowjetoffizier, an dessen Händen das Blut der aufständischen Matrosen und der revolutionären Arbeiterräte von Kronstadt klebte. Es war zehn Jahre her, daß Leo Trotzkij, Gründer der Roten Armee, mit einer die übrige Welt schockierenden Brutalität die Aktion Kronstadt hatte durchführen lassen. Unter dem Kommando Tuchatschewskijs waren damals die blutigsten Grausamkeiten begangen worden. Gilda Meinhard kannte durch ihre Tätigkeit beim Völkerbund nur die Fakten, die nach Westeuropa gelangt waren. Es waren nur wenige, aber sie genügten durchaus, um hier jedem glaubwürdig zu machen, daß es später keinen nennenswerten Widerstand gegen die Bolschewisten mehr gegeben hatte, nirgendwo in Rußland. Aber auch unter den übrigen Gästen hatte Tuchatschewskijs Ruf, »der Rote Stern von Kronstadt« zu sein, den Russen in den Mittelpunkt gerückt. Wer Blut an den Händen hatte, war eben faszinierender als jeder, der nur Bilanzen und Bankauszüge prüfte und blätterte.

Ferdinande und Olga hatten einen Spaziergang zum Weißhorn verabredet, aber dazu kam es nicht, weil Ferdinande stattdessen zum Skiplatz ging, weil dort Tuchatschewskij jeden Morgen nach dem Frühstück mit seiner Tochter Sonja Feodorowna erschien. Nach einer weiteren Woche kam Olga morgens in Ferdinandes Appartement; die Freundin war nicht da, ihr Bett war unbenutzt geblieben. Ferdinande erschien erst nach dem Lunch. Obwohl Olga sich etwas überwinden mußte, fragte sie ihre Freundin dennoch, was sie erlebt hätte. Aber Ferdinande lehnte jede Auskunft hierüber ab.

Die Aroser Saison ging in die vierte Woche. Kaspar, dem alles so widrig gewesen war, was mit der Oktoberrevolution 1917 in Rußland, mit Kommunismus und vor allem mit dem neuen Mann Josef Stalin, der seit dem vergangenen Jahr die Alleinherrschaft in der Sowjetunion ausübte, auch nur entfernt zusammenhing, begann einzulenken. Daß ein Aristokrat wie Michail Nikolajewitsch Tuchatschewskij sich so rückhaltlos dem Kommunismus in Rußland zur Verfügung stellte, beeindruckte den Baron. Dieser eine Mann bewirkte, weil er so brillant war, immerhin, daß der Baron zu seiner Freundin Gilda Meinhard sagte, das mit der Sowjetunion müsse man sich doch noch einmal überlegen.

Olga blieb auf Distanz. Für sie blieb der mit Bewunderung, Gerüchten und Legenden verwöhnte Russe aus dem Smolensker Grundbesitzeradel im wesentlichen so, wie sie ihn am ersten Abend eingeschätzt hatte: Charisma, aber zuviel Stolz und zu angestrengte Langeweile. Zu große Verachtung, um wirklich gelöst sein zu können.

Für Olga blieb Tuchatschewskij eine russische Romanfigur, ein Oblomov, der tragischerweise sein Sofa verläßt.

Nun unternahmen Ferdinande und Olga doch noch die Schneewanderung zum Weißhorn. Nach gut zwei Stunden erreichten sie die Weißhornhütte. Von dort war es noch eine halbe Stunde zum Gipfelgrat. Bei der Hütte machten sie kurz Halt, um einen Moment auszuruhen. Tags zuvor hatte es wieder geschneit, nun der vollendet reine Tag. Ferdinande hatte über dem Sonnenlicht und den Schneebildern während des Ganges hierher fast die Nerven verloren, so morbide und naturfern schien diese Landschaft unter diesem Himmel. »Ein einziger Urwaldvogel, der hier plötzlich erschiene und am Weißhorngrat herabschwebte, dicht über diesen Schneehang hier – ich verlöre jetzt den Verstand!« sagte sie, als die Freundinnen auf einer Bank pausierten. Olga sagte: »Die nach uns werden nur noch intellektuell sein, und sie werden uns grenzenlos verachten.«

Trotz des guten Tons, der ausgesuchten Höflichkeiten und der Manieren standen Langeweile, Stillstand und Überdruß auf allen Gesichtern. Karl Rotter hatte nicht übertrieben in seinem Wutausbruch: der kleinste lebendige und selbständige Gedanke galt als Ungehörigkeit. Nichtssagende Redensarten über das Wetter, die Oper, das Reisen waren üblich; jeder fürchtete, im Gespräch eine persönliche Überzeugung oder gar eine eigenwillige Handlungsweise durchblicken zu lassen und, geradezu grotesk, sie damit zu verraten.

Auf einer Bank nebenan saßen zwei Deutsche, die sich über Politik unterhielten. Sie stritten laut, waren in allem unterschiedlichster Meinung, bis auf die Feigheit der Regierenden in der Republik, an der beide kein gutes Haar ließen. Der eine sagte schließlich: »Es wird höchste Zeit, bei uns ein Gesetz zu machen, welches das Duell wieder einführt und es jedem Deutschen gestattet! Nicht den Feudalen! Jeder Deutsche muß das Recht bekommen, seine persönliche Ehre mit der Pistole in der Hand zu klären!« Ferdinande schrak zusammen, und auch Olga war es widerlich, dem zuhören zu müssen. Sie verließen den Rastort und machten sich auf zum Weißhorngrat.

Unterwegs blieb Ferdinande stehen und sagte: »Mein Vetter Karl hat mir gesagt, daß er dich mit einem seiner Ausfälle gegen unsere Klasse behelligt hat. Er ist ganz verzweifelt deswegen.« Olga sagte: »Ferdinande, mit diesem Ausbruch hat der Rotter mich nicht behelligt; es war etwas anderes; aber ich frage mich inzwischen selber nach den wirklichen Beweggründen meiner Reaktionsweise.« Ferdinande, von Olgas Skepsis ermutigt, fuhr fort: »Es gibt bei Karl einen wunden Punkt, von dem er dir ganz sicher nichts gesagt hat. Der Punkt betrifft nicht ihn direkt, sondern jemand aus seiner Familie. Doch damit betrifft er eben den Karl Rotter und seine gesamte Familie.« – »Was ist mit ihm und der Familie?« fragte Olga. Ferdinande fragte zurück: »Vorhin die beiden Deutschen, die das Duell entfeudalisieren möchten ...« – »Scheußlich!« unterbrach Olga, und Ferdinande berichtete:

Nach dem Ende der Donaumonarchie lebten die Eltern Karls recht und schlecht vom Ruhegehalt des verabschiedeten Generals Eduard Graf Rotter. Dessen Bruder Konstantin lebte bei ihnen in Wien. Eines Tages war Konstantin mit seinem Bruder auf der Jagd und einige junge Leute nahmen sich heraus, über die Tapferkeit der letzten kaiserlichen Armeeführung zu spötteln. Graf Eduard behielt die Nerven, aber Konstantin Rotter verabreichte Ohrfeigen. Das war comme-il-faut. Doch Konstantin, zum Duell gefordert, schickte die Beauftragten der beiden Geohrfeigten mit dem Bescheid fort, mit unerwachsenen Strolchen und faulen Tagedieben duelliere er sich nicht. Da es sich bei den Geohrfeigten um Angehörige des ehemaligen ungarischen Hochadels handelte, war die Verweigerung des Duells ein solcher Affront, daß Rotters Onkel Konstantin von seinem Bruder nahegelegt wurde, für einige Zeit auf Reisen zu gehen. Konstantin fuhr in die Schweiz. Aber die ohnehin nicht allzu große Hoffnung, der Fall könne eventuell in Vergessenheit geraten, trog allzu bald und allzu gründlich. Rotters Familie verfiel dem Verdikt der Feigheit und mußte Wien verlassen, um den ärgsten Schmähungen zu entgehen. Lediglich die Kinder Eduards blieben davon ausgenommen, so auch Karl.

Er habe von Glück sagen können, so Ferdinande, daß ihm die neue republikanische Armee eine wenn auch nur bescheidene Offizierskarriere eröffnete. Aber die Familie friste im Niederösterreichischen ein Dasein in der Verachtung. Ferdinande schloß ihren Bericht: »Karl mit seinen demokratischen Auffassungen leidet, weil die Ehre seiner Familie ruiniert ist, was schlimmer ist als Verarmung oder irgendein anderer Schicksalsschlag. Karl wütet gegen den Adel, weil er dazugehört und dennoch nicht mehr dazugehört. Er haßt die Antiquiertheit, weil sie in Frage gestellt ist, nicht etwa darum, weil er die alten Vorrechte mißbilligt. Gleichzeitig achtet er die, die jene Vorrechte bekämpfen. Karl ist ein gespaltener Mann.«

Olga war betroffen. Auf dem Schluß des Weges zum Weißhorn und auf dem Rückweg dachte sie über das Gehörte nach. Über zwei Dinge war sie nicht nur betroffen, sondern aufgeschreckt. Was sie bei Rotter für linkisch gehalten hatte, war in Wirklichkeit die Spitze eines Eisbergs aus Demütigung und Kummer, Ohnmacht und Panik. Das zweite war für Olga noch blamabler, wie sie feststellen mußte: Bei Rotters erstem Anzeichen von linkischem Verhalten, dem geringsten aller gesellschaftlichen Versagen, von denen weitaus üblere auffälligerweise nicht geahndet wurden, hatte sie alles bedenkenlos zu Ungunsten Rotters beurteilt – sie hatte nichts, aber auch gar nichts zu dessen Gunsten angenommen, geschweige unternommen. Diese Einsicht traf Olga. Sie unterließ auf dem Heimweg jedes rechtfertigende Wort und nahm sich vor, Karl in Wien aufzusuchen.

Der Tag der Abreise war da. Man hatte sich verabschiedet und wollte vor dem Hotel den Schlitten zur Haltestelle der Arosa-Chur-Bahn besteigen, als vier Männer etwas auf einem Spanntuch herbeitrugen. Es war Dudley Ferguson, mit angeschnallten Schlittschuhen. Er war tot. An einer dünnen Stelle des vereisten Obersees war Dudley eingebrochen, und er hatte unter dem Eis die Einbruchstelle nicht mehr finden können und war ertrunken. Andere Schlittschuhläufer hatten es gesehen, ohne helfen zu können.

Der Eingriff

Margaret Talmayers Infektion war so zurückgegangen, daß der kleine Eingriff gemacht werden konnte. Margaret wurde einbestellt. Professor Zissler hatte Béla gefragt, ob er inzwischen am Phantomkopf genügend Sicherheit eingeübt hätte, um es zu machen? Béla bejahte das. »Also gut, dann machen Sie es. Aber der Notzinger soll in der Nähe sein«, hatte Zissler angeordnet.

Als Lena und Hans Talmayer mit der neunjährigen Margaret

kamen, schickte Schwester Trude die Eltern mit der beruhigenden Feststellung heim, die Sache sei ungefährlich, sie dauere höchstens zwei Minuten und sie könnten am kommenden Tag Margaret wieder abholen, es sei denn, daß eine kleine Nachblutung aufträte, dann bliebe Margaret noch weitere zwei Tage hier bei ihnen. Normalerweise aber könnten die Kinder alle am nächsten Morgen wieder heim. Lena und Hans Talmayer warteten noch, bis der Doktor Béla von der Visite kam. Nachdem sie sich bei ihm ebenso für die Hilfe bedankt hatten wie zuvor schon bei Schwester Trude, verabschiedeten sie sich von Margaret, die in Bélas Untersuchungszimmer auf einem Stuhl saß und alles um sie herum mit größtem Interesse wahrnahm.

»Bei Kindern ist es nicht so unangenehm wie meistens bei den Erwachsenen. Du hast Glück«, sagte Schwester Trude zu Margaret. Dann zog sie ihr das Mäntelchen aus, legte ihr einen Latz um und setzte sie wieder auf den Stuhl. Béla setzte sich vor Margaret hin, und Schwester Trude hielt Margarets Kopf. »Bitte den Mund öffnen, weit, bittschön«, sagte Béla, und Margaret öffnete ihren Mund weit, und Schwester Trude hielt Margarets Kopf etwas nach hinten. Béla schaute in die Mundhöhle, leuchtete mit dem Stirnokular in die Rachenhöhle, nahm einen Spiegel. »Ich mach dir eine kleine Betäubung, die nicht wehtut, Margaret, ist sogar recht angenehm«, sagte Béla und machte mit einer novokainhaltigen, leichten Narkosetinktur eine Oberflächenanästhesie im Rachenraum. Dann nahm er das Rachenmandelmesser, kratzte die Rachenmandeln ab und kappte die beiden Gaumenmandeln. Es war Bélas erster Eingriff gewesen; er hatte kaum zwei Minuten gedauert.

Am Tag darauf wurde Margaret wieder abgeholt. Sie wäre gern noch zwei weitere Tage auf der Station geblieben und erkundigte sich morgens bei der Visite beim Doktor Béla, ob denn nun wirklich keine Nachblutung käme? »Sieht nicht so aus, liebe Margaret«, sagte Béla gerührt. »Ja, aber sie könnte doch vielleicht später noch kommen, nein?« fragte Margaret enttäuscht. »Du wirst dich damit abfinden müssen, verehrte Margaret Talmayer, daß bei dir nun alles in bester Ordnung ist!« sagte

Béla. »Eiernase!« fügte er noch hinzu und dachte daran, daß es dieses Wort gewesen war, welches soviel Zuneigung zu dem Kind ausgelöst hatte, am Anfang und auch heute.

Anstelle von Selbstmord

Seit seiner Wiederherstellung war Rotter verändert. Es gelang ihm nicht, über die Schmach hinwegzukommen. Er versah seinen Dienst zwei Wochen, dann blieb er der Kaserne fern. Major von Hall entschuldigte ihn mit einer neuen Krankheit: verschlepptem Fieber.

Rotter nahm sich vor, sein Elend durchzustehen. Doch nach Olgas Abreise und nachdem er aus Arosa weder von ihr noch von Ferdinande etwas hörte, erwies sich dieser Vorsatz mehr und mehr als undurchführbar. Schließlich war Rotter so weit, diesem Leben ein Ende zu machen.

Aber vorher wollte er, ein letztes Mal, ins Kaffeehaus, noch einmal ins alte Café Central. ›Man ist dort wenigstens nicht zuhaus, sondern gleich bei die andern Selbstmerda‹, sagte er sich, kleidete sich als Zivilist, mit der leicht abgetragenen und exzessiven élégance der kranken Amoureusen. Er ging zur Herrengasse. Es war früher Nachmittag, draußen war es kalt und trocken. Karl gratulierte sich zu seinem Ziel: das Kaffeehaus war der einzige unpeinliche Ort auf der Welt, das beste aller Wartezimmer zum Tod. Beim Gedanken an seine Einsamkeit zog Rotter den Kragen seines Mantels eng vor dem Hals zusammen und schritt zügiger vorwärts. Er ging am Café Herrenhof vorbei und lief die letzten Schritte bis hinüber zum älteren, längst mumifizierten Central.

Bis zum Ende der Donaumonarchie war es das erste und einzige wirkliche Literatencafé Wiens gewesen. Aber als 1918 in der schmalen, adeligen Herrengasse vor dem Ständehaus das

Millenium der Habsburger von nur wenigen, äußerst gelangweilten Wienern niedergerufen und für abgetan erklärt wurde und damit endgültiger erledigt war als eine Mohnstriezerl von gestern, wurde gegenüber vom Central das Café Herrenhof eröffnet. Zwei Tage später war alles, was erotisch, literarisch und politisch überhaupt zählte, dorthin abgewandert. Im Central blieben die, die sich selber verständnisvoll »die Mumien« nannten, Genießerinnen und Kenner aller Wohltaten des Rückschritts.

Karl betrat den Arkadenhof des Central, diesen hoch überkuppelten Schnittpunkt seiner Einsamkeit dank nonchalanter Gesellschaft. Herr Anton, der Ober, sah Karl Platz nehmen und rief dem Servierkellner sein »Melange dem Herrn Graf!« zu. Die richtige Zeitung legte Herr Anton dem Grafen Karl selber auf die Hand, bevor der Kaffee serviert wurde.

Angenehm modrig, grabeskühl war es hier. Die altfashionable Pracht mit der Anonymitätsallüre tat Rotter wohl. Das seltsam unbestimmte Licht in der Kuppelhalle wirkte auf ihn wie eine Gedächtnis- und Willensaufbahrung, wie er sie sonst nur bei Kirchenbesuchen erlebt hatte.

Er blätterte in der Zeitung, ohne zu lesen. Ohnehin war alles, was über achtzig, allerhöchstens hundert Zeilen ging, seit längerem schon unerträglich. Deshalb durchblätterte er Zeitungen nur noch, bestenfalls. Kam sich darum manchmal schon vor wie ein verlebter Mensch, der nur noch von raffiniertesten Einfachheiten aus den Perversionen der Allegorie zeitweise herauszuholen war. Er winkte Herrn Anton und bestellte ein Hausbrot und ein Glaserl Wein. Beim Aufblicken von der Zeitung und beim Bestellen sah er Erich Buchegg hereinkommen und sah, wie der sich umschaute. Rotter hatte Buchegg nie gesehen, aber der Hereingekommene zog Rotters Interesse auf sich. Und Buchegg, mit seiner Menschenkenntnis und Witterung für den noch so kühn drapierten Punkt der Auflösung und Fäulnis in diesem Dorado der lebensrettenden Apathie, kam nach hinreichender Inspektion der in der hohen Kuppelhalle Dahinverwesenden an Karl von Rotters Tisch.

Der Leutnant tat, als sei er etwas erstaunt, als Erich Buchegg höflich und leise fragte, ob er an seinem Tisch Platz nehmen dürfe, dann machte er eine bejahende Geste. Der ihm Unbekannte nahm an dem runden Marmortischchen einen der noch freien zwei Stühle und bestellte beim Herrn Anton einen Kapuziner. Obwohl Buchegg ein halbes Jahrzehnt nicht mehr im Central, sondern ausschließlich im Herrenhof gesessen hatte, rief Herr Anton dem Servierkellner halblaut sein »Kapuziner dem Doktor Buchegg!« zu, als hätte seit dessen letztem Besuch die Zeit stillgestanden. Ohne Zweifel hätte Herr Anton dem Buchegg auch mit Selbstverständlichkeit die richtige Zeitung auf die Hand gelegt, aber es bedurfte nur eines Blickes vom Treppenaufgang her, und Herr Anton wußte, daß der Buchegg sich mit dem Rotter bald unterhalten würde.

Vierzehn Tage später war Karl immer noch nicht dazu gekommen, sich zu erschießen, denn die Unterhaltungen mit Erich Buchegg nahmen im Central ihren Fortgang. Inzwischen waren etliche Leut und ein paar höchst sehenswerte Bucheggfreundinnen aus dem Café Herrenhof mitumgezogen ins so unerwartet wiederentdeckte Central. Sogar einige Schachmumien aus dem Spielzimmer erschienen bei der Brüstung und senkten ihre starren Schachhälse hinab in den Arkadenhof, zogen sich aber nach einer schweigenden Besichtigung der Revolution von gegenüber indigniert wieder zu ihren Partien zurück. Es war wirklich kaum zu glauben: gegenüber im Herrenhof mußte es immer noch Verrückte und Hoheiten geben, die mit Ortswechseln demonstrierten resp. glaubten demonstrieren zu müssen, daß sie weiter an Veränderungen glaubten. Man müsse sie entschuldigen, murmelte eine der Schachmumien, Dummheit schrecke bekanntlich vor nichts zurück.

Einige Tage nach ihrer Rückkehr aus Arosa läutete Olga beim Major von Hall an und fragte nach Karl. Sie erfuhr vom Major, daß der Kari wohl als Zivilist im Café Central enden würde. Olga dankte dem Major und beschloß, das zu ändern.

Hilfe aus dem Nichts und die rasche und vollständige Genesung seiner Tochter Margaret bewirkten in Talmayer den Entschluß, noch einmal den Versuch zu machen, Arbeit zu finden. Eine große Fabrik für Maschinenteile suchte Aushilfsarbeiterinnen und Aushilfsarbeiter. Talmayer ging dorthin, zum Personalbüro. Er mußte dort mit mehr als zweihundert Frauen und Männern auf einem Innenhof lange warten. Sie warteten bei Regen von 7.15 bis 8.20 Uhr. Dann kam jemand und sagte: »Heute keine Einstellungen. Morgen, um die selbe Zeit.«

Am nächsten Morgen war Talmayer wieder da. Jetzt nur noch mit fünfzig Frauen und dreißig Männern. Sie warteten wieder länger als eine Stunde in diesem Innenhof. Kein Regen, aber große Kälte. Wieder kam jemand, musterte die Leute. Vier Frauen und neun Männer wurden zum Gang des Personalbüros geführt. Dieser Jemand hatte sie einfach nach Augenschein ausgesucht, die anderen mußten wieder gehen.

Grobheit des Personalchefs, brutale Fragen, Drohungen gegen Talmayer, am besten von Anfang an hundertprozentige Aufmerksamkeit und hundertprozentigen Gehorsam gegenüber dem Werkmeister sich angewöhnen, Schlamperei sei hier tödlich. Ein Meister kam herein. Der Personalchef schnauzte ihn genauso an, und der Meister antwortete mit Unterwürfigkeit. Talmayer wurde eingestellt. Er konnte es überhaupt nicht fassen.

Schreckliche Ängste am ersten Tag. Das Unbekannte bedrohte ihn. Er kannte Arbeit, und er war bereit, als Aushilfsarbeiter jede an ihn gestellte Forderung zu erfüllen, den geringen Lohn hinzunehmen, alles zu schlucken, was an fremden Zumutungen auf ihn zukommen würde, nicht viel, alles. Er war ein Hochgekommener in einer Druckerei gewesen, dann das jahrelange Elend mit den Seinen. Nun die Angst vor dem neuen Anfang. Als das Werkstor geöffnet wurde, war er schon eine Stunde da, fühlte sich von jedem Vorübergehenden angeschaut, ja sogar aufmerksam betrachtet von den meisten, bildete sich ein, sie dächten: ›Auch so ein Versager . . .‹

Er stellte sich eine laute Werkhalle mit Pressen vor, in denen nur Nichtversager ihre Arbeit perfekt machten und er, Talmayer, der einzige Versager sein würde, der Ausschuß produzieren und den sie daher sofort wieder feuern müßten. In jener Stunde des Wartens bis zur Öffnung des Werktors büßte Talmayer, in seinen Ängsten, die sich bis zu einer Furcht mit körperlichem Zittern immer mehr steigerten, das Verbrechen ab, eigentlich niemand zu sein und er bildete und redete sich beim Warten zuletzt förmlich ein, dies sei die verdiente Strafe dafür, daß ihm, einem Niemand in Wien, sozusagen aus dem Nichts heraus jene Hilfe für sein Kind Margaret gekommen war – und nun würde er schon erleben, daß dafür bezahlt werden müßte.

Als das Werkstor geöffnet wurde, war Talmayers Wille oder was er sich darunter, vor vielen Jahren einmal, vage vorgestellt hatte, restlos gebrochen.

Als er von Ossi zu einer Maschine geführt wurde, riet dieser ihm, ihn zu informieren, wenn irgend etwas nicht klappen sollte, was sehr wahrscheinlich wäre. In der kurzen Pause zwischen Talmayers ersten Versuchen, die Schraubenfräse richtig zu bedienen, kam Ossi zu ihm und sagte: »Vor allem, wenn der Vorarbeiter kommt und dich fertigmacht – niemals widersprechen, selbst wenn du im Recht bist. Nur so kann man's durchhalten.« Talmayer war dankbar, daß Ossi überhaupt zu ihm gekommen war, und erneuerte seine alten Vorsätze aus der damaligen Zeit in der Druckerei: nur nicht negativ auffallen, bravste Beflissenheit, Fleiß, Geduld. Er glaubte zwar nicht mehr, was er vor seinem jahrelangen Elend als Arbeitsloser fest geglaubt hatte: wenn man ihn erst mal ranließe, käme er schon nach oben, aber er nahm sich die früheren Vorsätze erneut vor.

Er verdiente in den ersten drei Tagen 19 Schillinge und 4 Groschen. Er lag zwar, nach den Angaben des Zeitnehmers, unter dem erforderlichen Stücktarif wegen zuviel Ausschuß, aber was er in drei Tagen verdient hatte, erschien Talmayer als unglaublich anmutender Reichtum: es war verdientes Geld, sehr viel Geld, keine Notstandshilfe mehr!

Abends saß er daheim mit stechenden Kopfschmerzen. Aber er fühlte, wie ihm seelische Reserven zuwuchsen. Seltsam waren für ihn, in der Rückschau auf diese ersten Tage in der Fabrik, die schrecklichen Hammerschläge der nebenan arbeitenden Kesselschmiede und der Lärm in der Werkhalle mit den Fräsen und Pressen, die ihm gleichzeitig körperlichen Schmerz im Kopf und eine deutliche Freude in der Erinnerung verursachten. Er erbrach, ohne etwas gegessen zu haben, und konnte nichts zum Nachtmahl zu sich nehmen. Lena nahm das wortlos hin. Sie war genauso überwältigt von der Tatsache, daß Hans auf einmal wieder in Arbeit stand. Sie legte ihm eine Warmwasserkompresse auf die Stirn, und durch Lenas Interesse an ihm gingen diese stechenden Kopfschmerzen allmählich weg.

Rudolf, inzwischen auch schon neun Jahre alt geworden, nahm kaum Anteil an alledem. Er streunte jetzt immer auffälliger herum. Margaret war Klassenbeste geworden.

Hans Talmayer schlief nach der ersten Woche schlecht und stand meistens schon in der Früh um vier Uhr auf. Der Zeitnehmer hatte ihm einen Akkordschein ausgehändigt: täglich waren 1056 Metallspaltbänder zu machen und Talmayer nahm sich vor, diesen Akkord zu erreichen. Die Vorstellung, es könne ihm gelingen, raubte ihm den Schlaf.

Am ersten Akkordtag gab es eine Arbeitsunterbrechung von einer halben Stunde für ihn, weil er Abfälle beseitigen mußte. Aber bis zur Mittagspause erreichte er trotzdem zwei Drittel der erforderlichen Menge. Am Nachmittag kam der Vorarbeiter Michelgruber und stellte Talmayer an die Metallkurbel, erklärte ihm die neue Aufgabe. Die Aufgabe war, die Stücke derart an die Kurbel zu setzen, daß ein exakter, zweiter rechter Winkel entstand. War das Ansetzen nur im mindesten ungenau, wurde das Stück verdorben. Ossi erklärte es Talmayer wiederum freundlich, ohne Überheblichkeit desjenigen, der die Dinge hier ziemlich lange schon machte und durchschaute. Talmayer strengte sich besonders an, es recht zu machen. Mehrmals gelang es ihm zu Beginn fast mühelos, dann machte er Ausschuß. Eugen, der neben ihm arbeitete, sagte ihm, grob, aber kaum mit dem Ton der Überlegenheit, er solle endlich anfangen, die Stücke unaufgeregter an die Kurbel zu setzen. Dann riet er ihm, den Ausschuß sofort beiseite zu schaffen, und zeigte ihm einen Kübel, der vom Meister aus seinem Glaskasten nicht gesehen werden konnte. Ossi beobachtete das und kam nun noch einmal zu Talmayer und sagte: »Wenn es nicht klappt, was ich aber nicht glaube, gehe zu Eugen. Er ist barsch, aber gut. Hier haben alle Respekt vor ihm, denn er hat sich nicht zum Vorarbeiter machen lassen. Er will kein Antreiber werden. Ihm sind in der Arbeitslosigkeit die Frau und zwei von vier Kindern draufgegangen. Eugen ist auf deiner Seite, nicht auf der anderen Seite.« Nun kam auch Eugen hinzu, und Talmayer machte wieder ein Ausschußstück vor Aufregung über die unerwartete Kameradschaftlichkeit, denn er war zu Beginn der Fabrikzeit ganz sicher gewesen, hier wäre jeder gegen jeden im Krieg.

Eugen besah sich das Stück und sagte: »Wieder hin, Hans. Natürlich ist es nicht einfach, aber ich kriege jedes Stück inzwischen hin und du kannst es auch lernen.« An diesem Tag verdiente Talmayer nur elf Schillinge und siebzig Groschen, weil ihm nur die Arbeit bis Mittag angerechnet wurde.

Der Rest seiner Schinderei wurde vom Vorarbeiter Michelgruber, der sich herabließ, Talmayer zu beachten, als Anlernzeit bezeichnet. Er könne froh sein, daß sich der Fabrikbetrieb überhaupt mit Ungelernten abgäbe, sagte Michelgruber, sehr von oben. Natürlich wollte er nur bei seinem Meister, der im Glaskasten blieb, ein für den Meister günstiges Kostenschema für diesen Tag herausschlagen, worüber alle, die schon etwas hier waren, Bescheid wußten.

Am Abend aß er mit seiner Familie wie früher, sehr wenig und dennoch in besserer Verfassung. Nach dem Essen nahm er ein Stück Papier und notierte sich, was er bis jetzt über die Bedienung des Fußhebels an seiner Maschine verstanden hatte und wo die Fehlerquellen lagen. Er nahm sich vor, diesen

Zettel jeden Morgen während der Tramfahrt zur Fabrik zu lesen und das Notierte zu beachten.

Nach dem ersten Wochenlohn konnte Talmayer die Tram zur Hin- und Rückfahrt benutzen. Er zeigte bizarre Reaktionen. Wie kann einer wie ich, wahrer Ausschuß, es überhaupt wagen, in eine Tram einzusteigen? Sie für zwölf Groschen, genau so wie jeder andere Mensch, einfach benutzen? Wenn mich der Kontrolleur hinauswürfe und mir sagte, solche Transportmöglichkeiten kämen für einen wie mich auf keinen Fall in Frage, ich würde ohne Widerrede aussteigen, es wahrscheinlich ganz natürlich finden. Ich habe seit Jahren kein Buch mehr gelesen. Die Sklaverei der Untätigkeit und die Unterwerfung unter alle Leute in meiner Fabrikhalle haben mich selbst dieses Rechts, zu lesen, völlig beraubt.

Am nächsten Morgen kehrte Talmayer pünktlich zu seiner Maschine zurück.

In der selben Woche brachte sich eine Arbeiterin um, Rita, vierundzwanzig Jahre, unverheiratet mit einem Kind. Sie hatte das Kind einem Heim nachts vor die Tür gelegt, war am nächsten Morgen, wie immer pünktlich, zur Arbeit erschienen und hatte sich von einer Maschine zerteilen lassen. Der Meister kam aus seinem Glaskasten und untersagte eine Sammlung von Geld für einen Kranz. Er sagte, mit vollkommen gefühlloser Entschiedenheit: »Die war undankbar. Paßte nie in unsere Abteilung. Bringt sich um! Unterhöhlt das Arbeitsklima. Hält alles auf mit ihrer Hirnlosigkeit. Die Behörden sind zuständig.« Dann sagte er, ebenso entschieden und so brutal, daß er nicht einmal einen drohenden Ton für notwendig hielt: »Hören, was der Werkmeister anordnet. Und es befolgen. Alles andere endet für jeden von euch schlimmer, als es hier ist. Und es wird schlimmer werden, auch hier.« Drehte sich um und nahm wieder Platz im Glaskasten.

In diesem Zustand der täglichen Sklaverei ergab sich für Talmayer dennoch ein ganz unerwarteter Trost: es waren nicht die teilweise aufmunternden Erlebnisse der Kameradschaft zwischen Ossi und dem barschen Eugen und ihm, und es waren nicht die Erlebnisse eines wirklichen Systems der Unterdrükkung, die er überleben lernte, es war etwas ganz anderes für Talmayer, was ihm aufging und ihn langsam aufrichtete: das Erlebnis, wie eine Minute sich wieder an die kommende, eine Stunde wieder an die nächste sich reihte – er bekam eine neue Wahrnehmungsfähigkeit für Zeit.

Er war nun wieder wer in seiner Familie. Wie man ihn in der Fabrik unterdrückte, so unterdrückte er nun Lena und Rudolf, die es sich gefallen ließen. Freilich handelte Talmayer in dem Irrtum, er mache dies unauffälliger als die, die in der Fabrik Macht über ihn hatten. Margaret unterdrückte er kaum, denn sie widerstand.

Hans Talmayer registrierte das, aber er achtete nicht darauf. Er hatte Karriere gemacht. Den größten Schritt, den einer tun kann, hatte er getan, den Schritt vom Elend in Armut.

Villa Colini

Mitte April 1930 reisten Olga und Karl in die Toscana, zur Villa Colini bei Florenz. Seit Olga Ende März im Café Central gewesen war, um Rotter davor zu bewahren, dort als Zeitungsleser und schließlich als Schachmumie zu verenden, hatten sich die Dinge zwischen den beiden so entwickelt, daß man allgemein und in absehbarer Zeit mit einer Verlobung rechnete. Die beiden dementierten das auch nicht.

Die Villa Colini hatte einmal Olgas Mutter gehört, Lady Emily Dunker-Wells. Auf einem Schiff hatten der Baron Kaspar und Lady Emily sich kennengelernt: Le coup d'foudre. In Montevideo/ Uruguay hatten sie geheiratet. Später verbrachten sie ein glückliches Jahr in Colini. Dort war Olga 1911 zur Welt gekommen. Emily starb nach der Geburt, und Kaspar war drei Jahre allein durch die Welt geirrt, bevor er Olga in der Toscana abgeholt und mit ihr nach Wien zurückgekehrt war. Am Tag darauf war der Weltkrieg ausgebrochen.

Die Villa Colini war im späten 18. Jahrhundert erbaut worden. Ein Mitglied der Familie Colini aus Ravenna baute sie für eine Tochter, die einen zwergenhaften Wuchs hatte. Der Vater ließ im Park zwergenhafte Figuren aufstellen und versuchte auch auf jede andere Weise, seiner Tochter deren Mißgestalt zu verbergen. Doch eines Tages erblickte das Mädchen einen jungen Mann, erkannte sich als Zwergin und nahm sich das Leben. Fortan wurde die Villa von ihren Besitzern gemieden. Der englische Tuchfabrikant Sir Donald Dunker erwarb sie. Er hatte sie dann seiner Tochter Emily geschenkt. Das Unheilvolle des Ortes hatte Sir Donald nicht weiter ernst genommen. Daß dann seine Tochter in Colini, nach einem Jahr des Glücks, bei der Geburt verstarb, traf den Engländer so, daß er seinen Schwiegersohn Kaspar über alles informierte, was über die Villa in Umlauf war. Kaspar war vom Ableben Lady Emilys so elend, daß er vom Bericht seines Schwiegervaters kaum etwas wahrnahm. Die Villa verblieb im Nachlaß der Verstorbenen. Nach englischem Recht, nach dem Kinder direkt erben, ging die Villa aus dem Nachlaß direkt in Besitz und Eigentum Olgas über.

Sie waren im Gartenzimmer, wo Rotter Fresken von Gianbattista Tiepolo bewunderte. Später traten sie auf den Balkon, schauten hinaus auf die stillen Teiche, in den weiten Park mit der Zypressenallee, zum hohen eisernen Tor in der Ferne und auf den Springbrunnen vor der Haupttreppe der Villa.

Rotters Eindruck war so stark, daß er den Balkon nicht verlassen wollte. Ihm wurde zumute, er sähe diese Schönheit aus Stille und Ordnung zum ersten- und letztenmal.

Karl blieb vor zwei zwergenhaften Putten auf den Ecken des Kaminsimses stehen. Sie waren zugleich männlich und weiblich. Olga sagte: »Es gibt sie nur noch selten, aber eines der mehrgeschlechtlichen Paare gibt es noch bei Rimini, ein anderes in der Villa Imperiale. So könnten wir Menschen sein!«

Zum Abendessen hatte Olga die befreundete Familie Monelli aus Florenz eingeladen. Vittoria, Giovanni und dessen beide

Kinder Curzio und Fabiane nahmen mit Olga und Karl im Erdgeschoß im Speisezimmer Platz. Olga hatte Karl zwischen Donna Vittoria und Curzio und sich gegenüber gesetzt.

Curzio Monelli eröffnete das Tischgespräch mit dramatischen Einzelheiten über einen seiner Freunde, der von Mussolini in die Verbannung geschickt war. Curzio sagte dann, der Duce selber säße zwar ganz fest im Sattel, aber außer ihm gäbe es in Italien wahrscheinlich keinen wirklich überzeugten Faschisten. Es herrsche große Enttäuschung und eine vollständige Verdrossenheit allerorten, die jedoch mit geheuchelter Begeisterung und mit künstlichen Hoffnungen übertüncht seien.

Dottore Giovanni, Donna Vittorias Bruder, bestätigte zwar Curzios Auffassung in Haltung und Gesichtsausdruck, aber er widersprach lebhaft: »Man akzeptiert in Italien die neue Form des syndikalistischen Faschismus. Er ist eine vom Duce geschaffene Form der Staatsordnung von morgen. Und auch Deutschland wird dem Beispiel Mussolinis bald begeistert folgen!«

»Wenn nicht«, sagte Donna Vittoria, »Hitler mit seinem nationalen Sozialismus, dessen Katastrophe Josef Stalin nun in Rußland demonstriert, dem im Wege stünde ...«

Der Dottore, einst Berater der letzten Romanows in Architektur, wußte, daß es keinen Sinn hatte, seiner Schwester zu widersprechen. Sie, Oberin der Armen Schwestern von Santa Barbara, duldete keinen Widerspruch, höchstens einlenkende Anmerkungen. So lenkte der Dottore ein, schon die Errichtung von Sankt Petersburg hätte mindestens anderthalb Millionen Russen das Leben gekostet. Stalin setze nur eine russische Übung fort. Dem widersprach Rotter höflich, aber bestimmt: »Die meisten Revolutionen beginnen relativ unblutig. Der Blutdurst kommt erst allmählich, dann immer enthemmter, mit den Anstrengungen, die es braucht, um eine neue Ordnung durchzusetzen oder das, was man dafür hält.«

Die Oberin betrachtete Rotter mit Interesse und sagte: »Ich gebe zu, daß ich wenig begeistert war von der Art, in der unser Duce mit typisch römischer, schneller Hand das Oberkommando über das Heer an sich gerissen hat und den kleinen König damit seiner letzten Funktion beraubte, aber wenigstens macht Mussolini den Wahnsinn Hitlers mit dem Antisemitismus nicht mit. Antisemitismus ist letztlich immer unterdrückte Wut auf Gott.« Dann betrachtete sie noch einmal Olga und den Leutnant und verabschiedete sich, weil Pflichten sie riefen.

Fabiane begleitete ihre Tante hinaus zum Wagen. Giovanni Monelli atmete erleichtert auf, als seine Tochter zurück in den Speisesaal kam und meldete, daß die Oberin in milder Stimmung fortgefahren sei.

»Mussolini ist jetzt tatsächlich Italien«, sagte Curzio. Karl von Rotter fragte, ob nicht der gänzliche Mangel an Kontrolle der übermächtigen Staatsmaschinerie gerade deshalb bedenklich sei? Aber Curzio winkte ab und sagte, der Großknirps von Rom sei wie seine Tante, die Oberin: die Kontrolle des Staates läge allein in dem persönlichen Organisationstalent Mussolinis und in seiner Begabung, jeden Widerspruch zu registrieren, seine Gegner auszuschalten und ihnen, nach einiger Zeit der Verbannung, Gelegenheit zu öffentlicher Reue zu geben. »Er liebt seine Macht, Gnade zu gewähren. Auch darum ist er jetzt Italien«, sagte Curzio lachend.

Giovanni ruhte ausgeglichen in seinem bequemen Sessel, an die sechzig Jahre alt. Er litt schon längst nicht mehr an Dingen, die er nicht ändern konnte, und er hatte Verständnis für seine Schwester Vittoria, »die Geißel der Armen«, die über ein beträchtliches Vermögen verfügte. Er liebte seine Schwester ebenso vorbehaltlos wie seine Kinder Curzio und Fabiane. Liebe machte das Unmögliche selbstverständlich.

Er betrachtete Olga und Karl und beneidete sie um ihren Zustand, war aber froh, solchen Prüfungen enthoben zu sein. »Ah, eine große Unordnung, darin aber die erquickendste Ruhe – die letzten wahren Diener gehen in ihren wirklich gut geschneiderten Livreen schüchtern hin und her!«, sagte der Dottore begeistert. Dann machte er seine klassenbetonten Anmerkungen über Freiheit durch Dienen und sagte schließlich: »Unsere Diener sind die letzten wirklich vornehm Gesonnenen. Wir tun stets nur so. Aber wir haben wahre Aristokraten beschäftigt gehabt, einige hundert Jahre – unsere Diener.« Er schaute Olga mit einem Sehnen ohne Begierde an, aufmerksam und lange. Dann sagte er zu ihr: »Die neuen Abgeordneten der neuen Republiken sind, gemessen an unseren alten Dienern, inkompetente, hastige Lakaien von Grauen Eminenzen hinter den Stühlen von Ministern. Sie haben die unbehandschuhten Hände ganz ungeniert in den Staatsschatullen, und der Diktator freut sich dessen. Wer viel nimmt, der verneigt sich behender.« Olga wußte nicht genau, ob es sich hier um Zynismus oder Abgeklärtheit handelte. Darum schwieg sie und fragte sich, was ihr Vater wohl dazu meinte.

Außerdem fühlte sie sich von Rotters zurückhaltenden und eben dadurch exponierten Äußerungen geängstigt, aber sie mißbilligte sie nicht. Gegen ihre ganze Lebensweise tat sie das nicht. Mit der Bevölkerung Österreichs, die nach der Abdankung Kaiser Karls I. mit nahezu neunzig Prozent für einen Anschluß an das vom Versailler Friedensdiktat gedemütigte Deutsche Reich gestimmt hatte, rechnete Olga sich mit dem sinnlich nüchternen Realismus einer Liebenden, die auf Kontinuität mit dem Mann ihrer Wahl sinnt, an Rotters Seite eine wenn zwar schwierige, aber weniger von sozialem Unrecht bedrohte, gemeinsame Zukunft aus. Deshalb nahm ihre Beängstigung noch entschieden zu, als der Leutnant nach dem Weggang der Oberin Donna Vittoria den Faden der politischen Erörterung, den Curzio Monelli über Hitler als Nachahmer Mussolinis so selbstherrlich ausgesponnen hatte, wieder aufnahm und zu bedenken gab, daß sich die Nationalsozialisten bei der letzten Reichstagswahl in Deutschland schon mit 2,6 Prozent der Stimmen an neunter Stelle im Berliner Reichstag plaziert hätten. Unter den zwölf neuen Reichstagsabgeordneten in Berlin befanden sich die Nationalsozialisten Gregor Straßer, Gottfried Feder, Dr. Josef Goebbels, Hans Frick sowie der inzwischen mit einer vermögenden Frau und weitreichenden Verbindungen aus Schweden zurückgekehrte Hermann Göring, ein beleibter Genießer und Mann mit Sinn für Pracht, ein Hedonist von offen demonstrierter Brutalität und ohne Zweifel darum jetzt sehr populär – worin die Katastrophe sich deutlich zeige.

Karl von Rotter fügte hinzu, er hätte alle Zeitungen seit der letzten Wahl gelesen, vor allem die unter der Verschärfung der Wirtschaftskrise immer saloppen verwildernden, bürgerlichen Blätter. Dr. Goebbels hätte ganz ungeniert nach jener Wahl in einem Artikel wörtlich erklärt, er sei kein Mitmacher im Reichstag, sondern ein Inhaber der Immunität, ein Inhaber der Freifahrkarte, mit der unbestrafbaren Erlaubnis, einen Misthaufen einen Misthaufen zu nennen, ohne sich mit der Umschreibung Staat herausreden zu müssen.

Giovanni Monelli vertilgte bei diesen Erörterungen, vom interesselosen Zuhören unbetrübt, gebackene Rebhühner mit beiden Händen und schaute über seiner großen, vorgeknöpften Serviette problemerfreut und sorgenleer durch den großen Speisesaal, wischte sich die Hände in matter Ruhe und spülte das Wildbret mit einem dazu passenden toscanischen Landwein aus der Kellerei der Villa Colini herunter.

Olga hob die Tafel auf, und die kleine Gesellschaft begab sich in gemieteten Wagen ins Treni-Theater in Florenz. Oscar Fried, der aus der Ukraine gekommen war, dirigierte mit dem Können des Musikers, der die Operette nicht als Secondhand-Werk der Komponierkunst unterschätzte, *Die schöne Helena.*

In den Straßen lungerten Gruppen von Schwarzhemden, die sich vor dem Theater in Reihen formierten und faschistische Embleme schwenkten und schrien. Das Publikum achtete wenig auf sie. Aber Salvini, der die männliche Hauptpartie der Offenbachschen Operette als Schauspieler und Sprechsänger gab, mußte sich im Theater eine Ovation von vier Offizieren des Duce aus dem Proszenium anhören. Woraufhin Salvini als Agamemnon auf der Bühne nach vorn trat und den Geist Offenbachs als glorreiche Antwort auf die italienische Musikkultur bezeichnete. Das Publikum antwortete mit Ovationen, und die Vorstellung ging dann ungestört vonstatten. Nach der Vorstellung ging man in eine Trattoria, gegenüber dem Theater. Salvini und Oscar Fried erschienen ebenfalls. Salvini fand, daß der ukrainische Dirigent ihm nicht ausreichend gehuldigt hatte, und alle in der Trattoria bekamen Gelegenheit, das wahre Theater nach dem

Theater mitzugenießen, die große Verstellungskunst eines Bühnenstars, der sich ebenso diplomatisch wie schamlos abreagiert, weil er tief beleidigt ist und weil jeder konzediert, daß man sich von unbanaler Kunst so ordinär wie möglich abreagieren muß.

Als sie alle um Mitternacht die Trattoria verließen, gab es eine Schießerei in der Straße. Ein Erschossener lag auf dem Trottoir, während seine Mörder in einem Auto flüchteten. Olga blickte entsetzt in das Gesicht des Toten. ›Er hatte überhaupt keine Chance mehr, zu verstehen, daß er sterben müsse – ein langer Todeskampf ist menschenwürdiger als diese Tötungstechnik hier ...‹, dachte sie. Es erschienen Beamte der Stadtpolizei. Sie nahmen den Ermordeten mit, ohne an die Dabeistehenden auch nur eine Frage zu stellen. Alles geschah lautlos.

Olga und Karl fuhren zurück zur Villa Colini. Unterwegs hätte Karl gerne mit Olga über das gesprochen, was ihn beim Anblick des Toten vor dem Treni-Theater heimgesucht hatte, die Vergegenwärtigung, daß einstmals die Hinrichtung eines Menschen als Festakt geschah, mit aller dem Tod gebührenden Feierlichkeit, mit langwährendem Ritual, mit Essen, Trinken, Unterhaltung und Tanzvergnügen nach der Hinrichtung – und daß Hinrichtungen heute stattdessen als scheußliche und seelenlose Hygieneakte vollzogen wurden, bei denen es nur noch um die Beseitigung von Menschen und um das Abräumen der Überbleibsel ging, wie bei der Vertilgung von Ungeziefer. Weder vorher noch nachher die Spur von Ahnung oder Wissen, daß der Tod Anspruch auf Achtung, Liebe und alle nur menschenmögliche Verehrung hat, weil er vom Augenblick unserer Geburt als unser treuester und vornehmster Gefährte den Erdenweg mit uns unternimmt, bis er in einem bestimmten Moment als alleiniger König der Minute die Tür zwischen Endlichkeit und Ewigkeit für uns öffnet.

Seit dem Anblick des Umgebrachten war Rotter gepackt von der Hautnähe mit Olga und mit sich selber, die er als Gnade empfand. Im ebenso unerwarteten wie unverdienten Erleben dieser Hautnähe brachen in Rotter auf einmal Empfindungen von solcher Intensität und von einem solchen Wissensreichtum auf, eine derart fühlbare und noch nie erlebte Freude in allen seinen fünf Sinnen, daß er nun endlich und nach diesen oft so aussichtslos erscheinenden Prüfungen sicher wurde, dies sei die Liebe. Und auch davon wollte er Olga alles sagen, was in ihm jetzt zur Wahrnehmung wurde, als sie in der Villa wieder anlangten. Aber eine seltsam überzeugende und alles andere als furchtsame Angst verschloß ihm die Lippen.

An einem der darauffolgenden Tage waren sie nachmittags in Florenz und besuchten dort die Casa Buonarotti. Dort sahen sie Michelangelos *Madonna an der Treppe*, erblickten das Original des unvergleichlichen Werks, von dem Karl jene Fotografie zwischen seinen Bücherregalen in Wien hatte. Olga war von Michelangelos Madonna ebenso angesprochen wie Karl. Diesen streifte beim Betrachten der Gedanke, daß Olga der Madonna geistig ähnlich wäre, weil Olga ebenso wie Michelangelo davon ausging, daß Liebe von Gott her sei, wie Olga es unlängst sogar auszusprechen gewagt hatte. Er, Rotter, vermochte sich nicht zu einem solchen seelischen Loslassen von der Sprachscham zu überwinden. Der Ausdruck der Madonna tat es für ihn, und Michelangelo mußte gewußt haben, was seine Aufgabe war. Doch da Rotter dies alles zugab vor dem Kunstwerk in der Casa Buonarotti, sagte er sich bei allen Skrupeln bezüglich der eigenen Person umso klarer, daß, wer einen anderen so liebe wie er Olga, sich auch dann nicht mehr fürchten müsse, wenn er unterginge.

Im selben Augenblick wendeten sie sich von der Treppe im Vestibül ab, und Rotter fragte Olga, ob sie nach der Rückkehr in Wien ihre Verlobung bekanntgeben sollten? Olga antwortete: »Ja, Karl, ich denke schon.«

Als sie in die Villa Colini kamen, wurde Rotter ein Telegramm ausgehändigt. Er öffnete es und las, daß sein Vater mit dem Gesetz in Konflikt gekommen und inhaftiert worden sei. »Fraglos und allein wegen unserer Armut«, hatte Rotters unverheiratet gebliebene Schwester am Schluß des Telegramms hinzugefügt.

Rotter ging im Vorgang des Lesens unter. Er fühlte – und das war endlich intensiver als sein ganzes, früheres Denken und sogar intensiver als seine Erlebnisse von Olgas Hautnähe, aber nicht intensiver als ihr Kuß –, wie er unterging. Karl blickte auf von dem Telegramm, und es war ein bereits Gestorbener, der Olga entgegenlächelte und sagte: »Ach, von zuhause ...« Dann küßte er Olga die Hand, ging in sein Zimmer.

Er nahm eine Pistole aus dem Koffer, entsicherte sie. Karl erkannte übrigens nun, daß er bereits verstorben war. Aber auch unabhängig davon fürchtete er sich nicht. Er hatte geliebt und war wiedergeliebt worden, und er liebte, als er sich in den Mund schoß und sofort hinübertrat, während er noch an dem Tisch, auf den er das Telegramm gelegt hatte, hin- und herschwankte, bevor er zu Boden fiel.

Olga hörte den Schuß in ihrem Boudoir. Sie hatte sich auf eine Chaiselongue gelegt, um sich von dem Ereignis, mit Karl Rotter nun so gut wie verlobt zu sein, etwas zu beruhigen. In dem Bruchteil der Sekunde, in der der Schuß aus Rotters Zimmer durch die Stille des Hauses peitschte, erschuf Olga in wildem Sehnen in ihrer Herzenskammer einen Menschen und nannte ihn Jakob.

Sie erblickte Jakob. Er war ein noch nicht Gezeugter, der gleichwohl real und wirklich war und der nun so gewiß in ihr lebte, wie Rotter (das wußte Olga so, als wüßte sie es schon seit Jahrhunderten) nebenan in seinem Zimmer dahingeschieden war.

Jakob saß am Ufer eines Flusses, der das Land der Lichtweide vom Land der Nachtweide trennte. Das Licht blendete Jakob. Da fiel ein schwarzer Schleier von oben herab über seinen Kopf und seinen Leib. Der Schleier milderte das Licht, ohne es zu mindern. Nun sah Olga, wie Jakob sie erblickte und wie er sie zum erstenmal anschaute, phantasierend und begreifend. Und sie sah, wie Jakob Angst bekam, weil er sich als einen Ungezeugten zu begreifen begann. »Ich habe Angst«, sagte er. Olga sagte zu ihm: »Habe Angst, Jakob, denn sonst bliebest du immer ein Furchtsamer und Folgsamer. In Angst erfahre, wer du bist.« – »Was soll ich tun?« fragte der Ungezeugte.

Olga antwortete ihm: »Wenn du dich retten willst, her zu mir, so tauche deinen Fuß in das Wasser des Flusses Sorge. Dann wirst du gezeugt und von mir zur Welt gebracht, von mir und aus dem Geist derer, die sich nicht fürchten vor Liebe. Kommst du aber in Bedrängnis und willst dich gleichwohl nicht retten, so wirf deinen Schleier zurück von deinem Gesicht. Dann bleibst du ungezeugt und lebst in vollkommener Freiheit, und du wirst wirken.«

Jakob hörte und verstand alles, was Olga zu ihm sagte. Aber außerdem fühlte er auch, mit welcher Freiheit er dank seiner Erschafferin lebte. Dabei nahm er sich vor, sich niemals zu retten, komme was wolle.

Reise ins Fremde

Olga stand an der Reling des Oberdecks der *D'Annunzio*, die unterwegs war nach Südamerika. Der schnelle Luxusriese befand sich zwischen Palermo und Casablanca. Olga hatte einen einzelnen Wassertropfen in ihrer Handfläche. Er war dick und ganz durchsichtig. Sie betrachtete den Wassertropfen und dann wieder das Meer, vierzig Meter unter ihr. Der Ozean war so groß, ja unendlich in seiner Bewegtheit, Tiefe und Weite, aber seine Größe zeigte sich für Olga erst in jenem Wassertropfen.

Die *D'Annunzio* war mit zwölfhundert Mann Besatzung und eineinhalbtausend Passagieren unterwegs. Von Südamerika ging sie weiter nach Ostasien. Olga hatte bis Montevideo/Uruguay gebucht. Dort wollte sie einige Zeit bleiben. Das Schiff lief mit 26 Knoten nur wenig über mittlere Reisegeschwindigkeit. Seine Rekordmarke lag bei 31 Knoten. Bei seiner Indienststellung vor fünf Jahren hatte es auf der ersten Fahrt über den Nordatlantik das begehrte ›Blaue Band‹ geholt, brauchte damals für die Route Cherbourg–New York fünf

Tage, elf Stunden und elf Minuten, wie Olga auf einer Erinnerungstafel in ihrer Außenbordkajüte des Oberdecks gelesen hatte.

Die vergangenen Tage und Nächte hatte Olga wie in einem Zwischenreich zwischen Leben und Sterben verbracht. An der Reling des Dampfers, der das Meer in Richtung Casablanca durchpflügte, sah Olga immer wieder die Ereignisse in der Villa Colini aus dem Gewässer ihrer Angst auftauchen. Als sie Karl gefunden hatte, abgeschieden vor Minuten, lähmte sie zuerst ein Schlag tiefer Stille. Es war, als ob ihr Blut in den Adern, die sie einzeln fühlte, zum Stehen käme. Dann wich die Stille aus Olga und ließ eine vollständige Leere zurück.

Sie warf sich mit einem Klagelaut über Rotters Leichnam und hielt ihn umarmt. Als Leute kamen, um sie von dem Leichnam zu entfernen, umklammerte sie ihn und schrie, zuerst halb bewußtlos und leise, dann laut und immer hoffnungsloser. Man versuchte nun entschiedener, den Verstorbenen von Olga zu befreien, aber diese wollte nicht loslassen. Erst als der Arzt eintraf, in Begleitung von mehreren Beamten der Polizeibehörde von Florenz, gab Olga den Toten frei und kehrte in ihr Zimmer zurück.

Am darauffolgenden Abend war der Baron Kaspar aus Wien eingetroffen. Seit dem Tod seiner Frau hatte er die Villa Colini nicht mehr aufgesucht, und nun erschien er hier beim Tod des jungen Mannes, den seine Tochter hatte heiraten wollen. Kaspar benachrichtigte die Angehörigen Rotters und veranlaßte die Überführung der Leiche nach Wien.

Er fragte sich, wie er am besten seiner Tochter beistehen könnte? Kaspar hatte mehrere Verluste, die ihm zuerst zu schlimm erschienen waren, überstanden. Für sein unversteinertes Leben, das er jetzt lebte, war ein hoher Preis aus mehr als einem Abschied, der ihn anfangs versteinern ließ, längst von ihm erlegt worden. Der Abschied von seiner Frau Emily und das Auftauchen aus einer schweren Gemütserkrankung, die fast drei Jahre gedauert hatte, waren für ihn zu unerwartet reichen Schmerzensgeschenken geworden, die ihm eine Wiederkehr in ein besseres Leben geschenkt hatten. Am-Leben-geblieben-Sein und nicht nur das: heiterer, verstehender mit anderen aufs neue zu leben, war für Olgas Vater seither nie selbstverständlich gewesen.

Olga stand völlig wehrlos vor ihrem ersten wirklichen Verlust, der ersten Prüfung, an der sie scheitern oder für immer wachsen konnte. Das wußte ihr Vater. Er hielt dafür, daß ein Ortswechsel das beste sei. So fragte er Olga, ob sie nicht eine Schiffsreise machen wolle, eine Weltreise ins Fremde, Unbekannte? »Hättest du nicht Lust, mit einem Schiff zu reisen? Vielleicht nach Südamerika? Vielleicht nach Montevideo? Dort könntest du Hypólito Carreta besuchen, zu dir finden. Das ist natürlich nur ein Vorschlag, Olga«, sagte der Baron. Von Carreta, seinem Freund aus den Jahren in Paris, hatte der Vater ihr viel erzählt. Olga willigte nicht nur ein, sie fand den Vorschlag Kaspars phantastisch. Nun war sie unterwegs.

Das Bordleben war laut und nichtssagend, vor allem in der Luxusklasse des Oberdecks. Auch viel Geld konnte die Manieren vom fünften Stockwerk, wie Olgas Vater sich ausdrückte, nicht verdecken. Olga hielt sich meistens in ihrer Kabine auf, wo sie las, oder sie lag in einem der Liegestühle auf dem Sonnendeck.

In Casablanca blieb die *D'Annunzio* einen Tag vor Anker. Olga ging von Bord, nahm eine Droschke und ließ sich die Altstadt Medina zeigen. Dort kaufte sie Baumwollkleider und einen hübschen Leinenhut und ließ es an Bord bringen. Die größte Stadt Marokkos am Atlantik, weiß im grellen Sonnenlicht, mit fast einer Million Einwohner, war das Zentrum der Region. Nach der Droschkenfahrt ging sie wieder an Bord, wo sie ihrem Vater schrieb. Dieser Brief war voller Trauer um Karl Rotter. Aber außerdem enthielt er eine Schilderung von der Erschaffung Jakobs. Olga traute ihrem Vater zu, die Wirklichkeit eines Menschen und seine unbehinderte Handlungsfreiheit vor dem Akt seiner Zeugung ohne weiteres zu verstehen, denn für den Baron Kaspar war einmal eine Frau, die nur aus Phantasie und Sprache bestand, ebenso wirklich wie wirkungsvoll geworden, und davon hatte der Baron Olga um die Zeit ihrer Matura einmal erzählt. Daran erinnerte Olga sich, als sie in dem Trauerbrief von Jakob berichtete.

Auf der Weiterreise lernte sie auf dem Sonnendeck Monsieur Moritz kennen. Er war ein Einzelgänger mit Marotten, die ihm Distanz ermöglichten. Olga gegenüber gab er Marotten zu. Die beiden schlossen eine angenehme, befristete Freundschaft. Schließlich lud Monsieur Moritz Olga an seinen Tisch zum Dinner ein. Diesen Tisch hatte er seit Genua für sich allein reservieren lassen. Bei jenem ersten gemeinsamen Dinner auf der Route nach Recife nannte Monsieur Moritz das Oberdeck »eine Strafkolonie der Übersättigten, die immer hungriger werden«, das Mitteldeck ein Grab der Illusionen und das Unterdeck »Brutstätte der Libido«. Sich selber bezeichnete er als erkaltete Natur, ziemlich liederlich und darum von festen Gewohnheiten. In einem herkunftslosen Französisch sagte er zu Olga: »Alles, was ich nicht meinem fragwürdigen Charakter verdanke, geht auf das Konto Europas. Darum verlasse ich nun diesen Erdteil und habe vor, ihn nicht mehr zu betreten.« Im übrigen achtete dieser Mann darauf, keine Einzelheiten über seine Person verlauten zu lassen.

Sie las auf der Reise zum erstenmal Marcel Prousts Roman *Eine Liebe von Swann* und dachte dabei an den Baron Kaspar. Der hatte seiner Tochter oft von Büchern erzählt, die er gerade las. Vor allem Kaspars Wiederentdeckungen von Büchern, die er früher einmal gelesen hatte, machten ihn zu einem lebendigen Erzähler. Er zog Schriftsteller, die ihn verunsicherten, entschieden denen vor, die ihm nur bestätigten, was er längst kannte oder wußte. Kaspar las Olga oft gerne vor und erzählte dann selbsterlebte Dinge, die ihm beim Lesen wieder einfielen.

Eines Tages, Olga machte eben die Matura, hatte sie Kaspar gefragt, warum er nach dem Tod ihrer Mutter nicht mehr geheiratet hätte? Er sei damals doch kaum dreißig Jahre alt gewesen. Kaspar dachte nach und antwortete: »Das ist wohl eine Geschichte – ich will sie dir erzählen.«

Nun erzählte er Olga die Geschichte seiner langen, glücklichen Liebe mit einer gewissen Odette de Crecy. Dieses Verhältnis hatte ihn so beglückt und gesättigt, daß er später nie mehr daran gedacht hatte, zu heiraten.

Jene Odette war keine reale Frau, erfuhr Olga nun, sondern eine Romanfigur, die Geliebte eines gewissen Charles Swann, in einem Roman von Marcel Proust. Und eben jene Odette wurde nun beim Lesen immer wirklicher für den Baron Kaspar, wirklicher als jede reale Frau in seiner damaligen Umgebung. »Nun entstieg Odette«, berichtete der Baron seiner Tochter, »ihrer Gruft der Sprache und der Phantasie Prousts – und keine der wenigen Freundinnen, die ich gewann und liebte, vermochte gegen jene Odette auf dem Papier auch nur einigermaßen sich zu behaupten. Odette entstieg dem Papier und schritt in mein Leben.

Sie wurde nie zu einer Halluzination für mich, nie zu einer Fata Morgana, sie blieb stets die Gestalt im Roman – aber Odette wurde dafür auch nie zu jener Kokotte, die sie für Charles Swann immer mehr wurde, für jenen Mann, der sie zuerst überhaupt nicht haben wollte, weil sie ihm nicht gefiel, und die ihn dennoch, auf wenigen dreihundert Seiten des Romans, so abhängig von sich machte, daß jener Charles Swann sie heiratete.«

Kaspar hatte hinzugefügt: »Alles begann ja mit Lesen. Dann kam mein Staunen hinzu: daß ein Weltmann wie Swann einer Kokotte, die er am Anfang gar nicht mochte, weil sie nicht sein Genre war, immer mehr verfiel. Und schließlich entwickelte sich bei mir eine Usance:

Ich hatte den Roman *Eine Liebe von Swann* mit soviel Hingabe gelesen, daß ich mir die Ausgabe in das fliederblaue Saffian einbinden ließ, welches ich für bestimmte Bücher wählte. Ging zu meinem Buchbinder in der Stallhofgasse, gab ihm die Broschur und sagte ihm, was ich mir wünschte. Dann wartete ich. Endlich wurde nun das Buch gebracht, gebunden in das Fliederblau derjenigen Werke, die ich immer wieder lese.

Ich besah das Buch, befühlte es, wog es. In ihm ruhte sie nun, meine Odette, und ich ging um das herrliche Buch herum und nahm es abends mit, in mein Schlafzimmer, legte das Buch –

Nacht für Nacht, unter meine Kopfkissen. Dann begab ich mich zu Bett, legte die Wange andächtig auf das Kissen, unter dem die Frau aus Sprache ruhte. Und sagte jede Nacht in tiefer Liebe und in der vollkommenen Glückseligkeit, die große besitzlose Liebe in jedem von uns erweckt, zu ihr: ›Odette, wünsche Ihnen angenehme Ruhe.‹ So schlief ich ein.«

Diese Geschichte erzählte Olga Monsieur Moritz. Der sonst so mitleidlos erscheinende Mann sagte nach Olgas Erzählung zu ihr: »Vielleicht erwartete ich darum nichts mehr von Europa, weil ich dort niemanden kennenlernte, den ich so geliebt habe, wie Ihr Vater Sie ganz ohne Zweifel liebt.«

In Rio de Janeiro ging Monsieur Moritz von Bord. Olga begleitete ihn nur bis zum Fallreep. Dort verabschiedeten sie sich. Sie hatten eine gute Freundschaft auf dem Schiff geschlossen, befristet, innig und unspektakulär. Olga hatte Monsieur Moritz übrigens kurz vor Rio von Jakob berichtet, und Monsieur Moritz hatte nichts dazu gesagt, aber sein Schweigen war ohne Ablehnung gewesen. Als sich die beiden nun am Fallreep verabschiedeten und sich gegenseitig Glück wünschten, sagte Monsieur Moritz zu Olga: »Was einer träumt, ist kein Zufall. Ihr Jakob ist kein Zufall. Es ist eine Versuchung, den Traum mit der Realität zu vermengen, aber es ist die größte Niederlage, den Traum der Realität zu opfern.« Damit ging jener Mensch von Bord.

Olga reiste weiter bis Montevideo in Uruguay. Dort verließ sie die *D'Annunzio* und stieg ab im Hotel Victoria Palace an der Plaza Independencia.

Margarets Puppe

Margaret Talmayers kostbarster Besitz war eine Puppe. Es war eine Armeleutepuppe (Sackleinen, gefüllt mit Wollresten, Mund, Ohren und Augen genäht mit roten Kreuzstichen, Vogelscheuchenfetzchen als Kleid). Es war Margarets erste und einzige Puppe. Genannt Marie. Margaret Talmayer spielte nicht mit ihr, sondern sprach mit ihr. Darum war die Puppe Marie ihr kostbarer als aller sonstige Besitz in dieser Welt, den sie sich vorstellen konnte.

Die Kraft der Liebe zu ihren Eltern und zu ihrem inzwischen immer planloser und interesseloser werdenden jüngeren Bruder Rudolf brachte Margaret auf den Gedanken, die Puppe dem Dr. Béla Hermann im Wiener Allgemeinen Krankenhaus zu schenken. Sie sagte es zu ihrem Vater, und dieser wunderte sich nicht im mindesten darüber, denn auch er hatte viele dankbare Erinnerungen an den Arzt, der sich Margarets damals angenommen und der gewiß auch der Absender der Lebensmittel gewesen war. »Heute schwimmen wir geradezu in Geld und in den besten Speisen«, sagte Hans Talmayer zu seiner Tochter. Margaret fand das übertrieben und lachte, aber Talmayer fand es nicht übertrieben und sagte sich, seine Tochter hätte eben keine klaren Erinnerungen an ihr damaliges Elend mehr.

»Natürlich kann ich nach der Schule jederzeit alleine mit der Tram ins Wiener Allgemeine fahren, aber wenn du Lust dazu hast, so komme doch mit«, schlug Margaret vor. »Am Sonntag komme ich mit«, sagte ihr Vater. »Sonntags ist der Doktor vielleicht nicht da!« sagte Margaret so aufgeregt, daß Talmayer sich wunderte.

Er kam aus der Fabrik und wußte nicht, was er von dem Ereignis dort halten sollte. Der Meister hatte ihn gerufen, und Talmayer war bei ihm im Glaskasten gestanden. Dort sagte der Meister zu ihm: »Ich wollte schon des längeren etwas mit Ihnen besprechen. Sie sollten Vorarbeiter werden, Herr Talmayer ...« Vorarbeiter? »Ihre Fähigkeiten sind ausreichend, und ich kann es durchsetzen bei der Geschäftsleitung«, hatte der Meister gesagt, dann hinzugefügt: »... allerdings wäre es gut, wenn Sie der Partei unseres Landsmannes Adolf Hitler, der NSDAP, beiträten, der Ortsgruppe Hernals. Wie Sie wohl wissen, gehört ja auch Ihr Stiegennachbar, der Blahaska, zu uns.« Nach dieser Hinzufügung schlug der Meister dem ungläubig schauenden Talmayer vor, alles in Ruhe zu überlegen, es vielleicht auch mal mit der Frau zu besprechen und dann Bescheid zu geben. Talmayer hatte genickt und war an seinen Arbeitsplatz zurückgegangen. Er hatte dort seine Arbeit wie jeden Tag verrichtet und war dann, immer noch konsterniert, heimgefahren.

Daheim, am Küchentisch, hatte er ein Glas Zichorienkaffee getrunken. Margaret hatte ihm die schweren Schuhe geöffnet und sie von seinen schmerzenden Füßen gezogen.

Er war überhaupt nicht anwesend, als Margaret ihn daran erinnerte, daß sie doch zusammen ins Wiener Allgemeine fahren wollten. »Ach, richtig – dem Doktor deine Puppe bringen«, sagte Talmayer, als Margaret insistierte. »Morgen ist Sonntag«, sagte Margaret. »Natürlich, gut, da fahren wir«, sagte ihr Vater.

In der Erinnerung, daß dieser abgearbeitete Mann dort am Küchentisch einmal drei Tage wegen ihr gehungert hatte, um sie mit der Tram ins Hospital bringen zu können, öffnete sich Margarets Herz weit für ihren Vater. Sie ging zu ihm, legte ihre Arme um seinen Hals. Talmayers Gesicht erbebte. Es war zuviel: erst das in der Fabrik, nun Margarets zärtliche Gebärde?

Tags darauf fuhren die beiden ins Wiener Allgemeine Krankenhaus. Sie gingen in die Hals-, Nasen- und Ohrenklinik. Schwester Trude hatte ihren freien Nachmittag, aber Dr. Béla Hermann war auf der Station, hatte Sonntagsdienst. Er war angenehm überrascht und zeigte es seinen beiden Besuchern. Margaret gab dem jungen Doktor die Puppe. »Sie heißt Marie. Sie soll ab jetzt Ihnen gehören und Ihnen Glück bringen«, sagte Margaret. Béla Hermann nahm das Geschenk in einer unerwartet heftigen Gemütsbewegung an.

Lebendig begraben

Olga lebte schon seit einiger Zeit auf der Hacienda von Hypólito Carreta, eines Freundes ihres Vaters. Kaspar und Hypólito hatten sich in Paris kennengelernt, zu einer Zeit, in der Olga noch nicht geboren war.

Olga erinnerte Hypólito an seine Schwester Juana, die vor fast dreißig Jahren in Paris gestorben war. Es gab aber keine äußerlichen Ähnlichkeiten zwischen den beiden. Da war indessen eine Aura der Absolutheit, die jene beiden Frauen unübersehbar kennzeichnete.

Hypólito wurde 1876 in Buenos Aires geboren, als Sohn eines Kaufmanns, der zusammen mit seinem Bruder eine Firma für den Export von Rindern und Weizen zu einem erfolgreichen Unternehmen aufgebaut hatte. Der Vater hatte für die Geschwister Hypólito und Juana keine Zeit; er blieb ein Fremder für sie. Die Mutter war eine schöne und verwöhnte Frau, ebenso wirklichkeitsfremd wie fremd für ihre Kinder. Diese wurden von Gouvernanten und Hauslehrern erzogen. So schlossen sich die Geschwister eng aneinander an.

Mit sechzehn Jahren kam Hypólito nach Paris. Dort bestand er die Aufnahmeprüfung für das Lycée Henri Quatre. Er interessierte sich besonders für Philosophie und Physik. In diesen beiden Fächern erbrachte der junge Carreta ungewöhnliche Leistungen. Nach der Absolvierung des Henri Quatre belegte er diese Fächer auch an der Sorbonne.

Als Juana sechzehn wurde, schickte ihr Vater sie ebenfalls nach Paris. Dort entdeckten die Geschwister nun noch in verstärktem Maß gemeinsame Züge. Vor allem im Bereich ihrer Phantasie erkannten sie eine Gemeinsamkeit: ihre Phantasien verließen immer ziemlich bald den Bereich der Erde und unternahmen Reisen in interplanetarische Räume und in ganz andere Formen und Schichten von Zeit. Und noch etwas verband Hypólito mit Juana und diese mit ihm: nichts verursachte ihnen größere Leiden als die Unfähigkeit, ihre phantasierenden Erfahrungen auszudrücken.

Die Dritte Republik Gambettas und der Sturz Napoleons III. im Jahr 1871, die Niederwerfung der Jakobiner und der Kommune hatten den Parlamentarismus gebracht. Seine Mißstände (innere Korruption, äußere Revanchepolitik, Zerfall der Talleyrandschen Friedenskunst durch Verhandlungen) hatten dem gegenwärtigen Kabinett Faure eine schwierige Erbschaft vermacht. Nie hatte der Ungeist der Krämerkultur mit seinen drei Pestilenzen Antisemitismus, Klerikalismus und Nationalismus Frankreich so vergiftet wie jetzt. Daß ausgerechnet die fanatischsten Kleinkrämer ihren Antisemitismus mit »jüdischem Krämertum« begründeten, war der absolute Tiefpunkt. Dafür aber entwickelten neuere Literatur und neuere Malerei und Philosophie einen nie erlebten Ideenreichtum und riefen ungeheure Entrüstung hervor. Der Bourgeois verzweifelte; alles, was er haßte, begann zu leben.

Juana trat ins Lycée Henri Quatre ein, Hypólito machte an der Sorbonne Furore. Denken als Infragestellung alles bisher Geglaubten wurde für beide zu einem solchen Freiheitsschock, daß alle ihre Vorrechte, die sie mit Geld zu erkaufen gewöhnt waren, bedeutungsarm und damit immer belangloser wurden. Man hielt die beiden für blasiert und übersättigt. Sie machten sich nicht die Mühe, fremde Wut zu dementieren, waren vollauf damit beschäftigt, die Abenteuer der Erkenntnis zu bestehen.

Alain, Henri Bergson und Guertler-Alstein unterwiesen Hypólito in Ethik, Philosophie und Physik. »Was ist das wirklich, Phantasie?« diese Frage wurde immer deutlicher zur Hauptfrage für den jungen Carreta und für Juana.

1899 machte Juana ihr Zertifikat und ging ebenfalls zur Sorbonne, wo sie ein Studium der Ökonomie und der Politikwissenschaft begann. Diese Fächermischung wurde, weil naheliegend, von Juanas Umgebung als eine unglaubliche Provokation verstanden. Am letzten Tag des alten Jahrhunderts geschah das Unglück: Juana Carreta starb an einer Infektion, die sie binnen zwei Wochen langsam und qualvoll tötete. Als sie begraben wurde, wollte Hypólito sich umbringen. Man stellte ihn unter ärztliche Aufsicht. Angewidert von der fremden Anmaßung, sich in Entscheidungen über Sein oder Nichtsein ungebeten einzumischen, nahm er sich vor, zunächst weiterzuleben, und wurde entlassen. Er war damals vierundzwanzig und gab sich eine Frist bis zum dreißigsten Jahr. Zwei Jahr später lernte er Olgas Vater in Paris kennen. Die beiden befreundeten sich. Carreta war nachträglich froh, daß er sich trotz der Ärzte eine Frist gegeben hatte.

Olga verbrachte in Carretas Gesellschaft und in der fremdartigen Umgebung auf der Hacienda bei Montevideo eine anregende Zeit. Die Erinnerung an Rotter verblaßte. Sie lernte viele Leute kennen, aber zu den besonderen Begegnungen gehörte der portugiesische Dichter Martinho.

Er war ein stiller, hochgewachsener, leptosomer Mann aus Lissabon, der mit leicht verhülltem Blick so seltsam zu lächeln pflegte, daß Olga ihm insgeheim den Namen »der unwirkliche Portugiese« gab. Sie hatte ihn bei einer Abendgesellschaft auf der Hacienda kennengelernt. Später trafen sie sich wieder, machten Spaziergänge miteinander und trafen sich auch hin und wieder in Montevideo, wo sie im Botanischen Garten manchen Nachmittag zusammen verbrachten. Martinho kam ihr vor wie eine Blume im Leinenanzug.

Eines Tages bekannte Martinho seiner Freundin, daß ihn nur eines beschäftigte, bei Tag und bei Nacht, im Schlaf wie im Wachen: der Zustand unserer Sprache.

Mühsal mit Sprache, unschäbiger Zweifel vor allem am Gelingenden, klagloses Vertieftsein in die Suche nach dem einfachsten Ausdruck dessen, was er im Gedicht zu einer höheren, haltbaren Poetik des Lebens machen und hinterlassen wollte, dies machte den Eros des stillen Menschen aus, der im Botanischen Garten und unter den Blumen hier selber wie eine Blume von seltener Züchtung wirkte.

Olga schätzte die Gesellschaft Martinhos immer mehr. Weltfremd war er nur aus Konzentration auf Wesentliches. Wirklich war für Martinho alles, was Wirkung ausübte. Realität war für ihn nur ein Teil des Wirklichen. Seit er ihr das gesagt hatte, glaubte Olga fest daran, daß kein Zufall sie zusammengeführt hätte.

Trotz der ablenkenden, exotischen Umgebung erschienen in Olgas Phantasie immer wieder glaubwürdige und realistische Bilder von Jakob in ihrer Herzenskammer. Aber ihre Angst, Jakob könnte letztlich doch nur ein Produkt ihrer von Rotters Selbstmord aufgeschreckten Einbildungskraft sein, verließ sie deshalb nie ganz. Weil der Dichter Martinho aber für wirklich hielt, was Wirkung ausübt, und weil Jakob in Olga wirkte, nahm sie sich vor, mit Martinho von Jakob zu sprechen. Doch schob sie es immer weiter vor sich her.

Der Beginn des Herbstes bescherte der Stadt die Erlösung von der größten Hitze seit Jahrzehnten und ein Sonnenklima von einmaliger Schönheit, das nach einer kurzen und heftigen Regenzeit das ganze Land in ein Arkadien der Erwartung und der Wiederbetätigung verwandelte. Die schier endlos gewesenen Monate der Apathie und der Ausgebranntheit waren vorüber. Die Armut tanzte und feierte aufs neue das Mirakel ihrer Würde, allgemein und ungemein zu sein; der Reichtum entfaltete seinen luziden Pomp und sein Raffinement der Überdeckung aller Widersprüche auf Festen von großartiger Surrealität in vollständiger Einsamkeit inmitten der Armut.

In dieser Atmosphäre der Wiederauferstehung allenthalben faßte Olga Mut. Sie spazierte mit Martinho im Botanischen Garten und begann, ihm von Jakob zu erzählen. Martinho hörte gebannt zu. Olga fuhr fort, sie sei in der katholischen Religion erzogen worden und sie wäre dieser Lehre in entscheidenden Dingen bisher auch gefolgt. Die Beichte sei dort Pflicht. Aber seit Jakobs Erschaffung wäre es ihr nicht mehr möglich, dieser Pflicht zu gehorchen. Dennoch müsse sie mit jemand sprechen, dem sie zutraue, ihre innere Gewißheit und Vision von der Realität, Wirklichkeit und Wahrheit des aus Liebe ersehnten Menschen vor seiner Zeugung zu teilen. »Sie, Martinho, sind jemand, dem ich zutraue, daß er nichts mißdeutet!« sagte Olga leidenschaftlich.

»Ich fühle mich seit dem Ableben Rotters lebendig begraben«, fuhr sie fort. Dann erwähnte sie, mit einem bizarren Lächeln und mit lapidaren Worten, ihre Angst, Jakob könnte nur eine Phantasmagorie, eine Fata Morgana sein.

Martinho betrachtete Olga und fühlte sich leer und willenlos und überfordert. Seit Olga ihren Katholizismus erwähnt hatte, meinte er in ihrem gesammelten und stets ins Ferne hinschauenden Blick und auf den Blutfeldern von Olgas Mund einen Ausdruck der Kreuzesleidenschaft und eines mit Trauer verhüllten, gefährlichen Triumphalismus wahrzunehmen. Olga hatte, wie Martinhos Mutter Teresa in Lissabon, auch ein wenig Oliv im Weiß ihrer Augen. Kam es vielleicht nur vom Licht der Äquatorsonne? Aber Olga hatte ebenso diese etwas müden Lider und den Blick, der so eigentümlich auf allem ruhte. Martinho haßte seine Mutter.

Martinho wollte sein Überfordertsein hinter seinem verhüllten Blick verbergen, aber es gelang ihm schlecht; Olga konnte er nichts vormachen. Bedauernd, ja verzweifelt sagte er zu ihr, was er glaubte: »Querida Olga – Sie sollten sich, wenn Sie einem Freund wie mir trauen, in Behandlung eines guten Arztes begeben.«

Olga schaute den Dichter wortlos an. In ihrem Blick war nichts von der Starre des Wahnsinns, nur ein unermeßlicher Abgrund aus Trauer.

Beim Kardinal

»Der Kardinal ist wahnsinnig geworden. An Wien. Ganz einfach«, sagte Monsignore Bruno, der Sekretär seiner Eminenz. Und Monsignore Rodersberg, der Residenzchef des Kardinals, bestätigte es ihm: »Seit der Kardinal Ihnen seine Wachträume diktiert, haben die Eminenz die Hölderlinsche Dimension erreicht, die späte. Die Wachträume des Kardinals sind die späten Antworten auf Hölderlin im Turm. Ich bin Ihnen sehr dankbar, Monsignore, daß Sie Abschriften dieser Wahngebilde angefertigt und für Rom reserviert haben. Ach, und ich bin froh, daß Bischof Mafaldi nun hier ist, um unsere Lage mit seiner Eminenz zu klären.«

Der Bischof Mafaldi aus dem Sekretariat des Kardinalstaatssekretärs Pacelli, Spezialist für heikle Angelegenheiten, war in Wien eingetroffen und hörte sich die Klagen der beiden Monsignori geduldig an.

Er langweilte sich bei den Spekulationen von Leuten, die glaubten, durch längere Ortskenntnis Urteilskraft erworben zu haben, aber Mafaldi gab dies nicht zu erkennen. Er hatte keine Meinung, er hatte einen Auftrag, und er hatte die Absicht, diesen Auftrag optimal abzuwickeln. Der Bischof hatte Fragen. Und er wußte durch lange und erfolgreiche Erfahrung, die er durch Fehler erworben hatte, daß man auf wichtige Fragen niemals Antworten bekam, indem man diese Fragen stellte; er wußte, daß es besser war, zuzuhören und Beobachtungen aus dem Glück der Distanz zusammenzufügen und, falls man überhaupt nicht weiterkam, etwas zu tun, damit die sogenannten Ortskundigen sich erregten.

Seine Eminenz, der Kardinal von Wien, hatte dem Bischof bereits eine Audienz gewährt, die länger gedauert hatte, als es Mafaldi zunächst erwartete. Er war mit seinem wahren Besuchsgrund selbstverständlich zunächst zurückhaltend geblieben und hatte dem Kardinal akzeptable Gründe und eine persönliche Botschaft über die Schwierigkeiten übermittelt, nach dem erfolgreich abgeschlossenen Konkordat mit Preußen nun zu einem weitergehenden Konkordat mit dem Deutschen Reich zu gelangen. Sodann hatte er mitgeteilt, was der Wahrheit entsprach: daß der Kardinalstaatssekretär die Meinung des Kardinals über den Einfluß Hitlers in Wien und, vor allem, über den Stand der Hitlerpartei in Österreich zu erfahren wünsche und persönliche Unterredung hierüber jedem Schriftwechsel vorzöge. Er, Pacelli, hätte in seiner längeren Zeit in Berlin damit ungute Erfahrungen gemacht.

Der Kardinal, dem andere Dinge im Moment wichtiger waren, war keinen Augenblick mißtrauisch geworden und hatte dem Fragesteller die dürre Mitteilung gemacht, daß mehr als achtzig Prozent der Österreicher den Anschluß an das Reich wünschten und daß sich an dem Willen der Bevölkerung seit jener Abstimmung am Ende der Herrschaft Kaiser Karls, es müsse 1918 oder 1920 gewesen sein, bei der Konstituierung der nicht zufällig damals so genannten Deutschösterreichischen Republik so gut wie nichts geändert hätte. »Wenn Herr Hitler persönlich käme, um Österreich zu annektieren, man würde ihn bejubeln, und wenn er sich momentan in Berlin mehr als zurückhält, so einzig darum, um die Herren von Papen und Kurt Schleicher sich gegenseitig erledigen zu lassen«, sagte der Kardinal und zeigte Müdigkeit bei dieser Unterhaltung. Fakten, Fakten, immer diese Fakten – sie ermüdeten ihn zusehends, und der Besucher hatte um die Erlaubnis nachgesucht, mit den Monsignori Rodersberg und Bruno zu parlamentieren, was der Kardinal dankbar zur Kenntnis nahm und Mafaldi für den nächsten Vormittag zu einem Frühstück einlud und ihm wünschte, er möge sich in der Residenz möglichst wohlfühlen.

Die Unterhaltung mit den Monsignori führte bald dazu, daß Mafaldi zur Sache kommen konnte. Besonders der Sekretär des Kardinals, der die Abschriften der ihm diktierten Wachträume heimlich angefertigt und sie dem Beauftragten Roms in einem Umschlag ausgehändigt hatte, erwies sich als verbraucht und vorlaut. ›Er vergibt sich allerlei, unser Bruder in Christo, vor allem mit der mehr als gewagten Überzeugung, sein Kardinal sei an Wien wahnsinnig geworden‹, dachte der Bischof und betrachtete, ihnen weiter zuhörend, die beiden Rivalen im Kardinalspalais, die gelernt hatten, ihren Haß gegeneinander mit Worten der Freundlichkeit zu verbergen. »Sind die Wachträume des Kardinals, nun, sagen wir es einmal so, eher indezent oder allgemein, ich meine politisch mißhellig?« fragte der Bischof Mafaldi schließlich unumwunden.

»Es sind Ausgeburten eines Wahnsinnigen, der klaren Verstand zeitweise hat, diese Wachträume sind anders, keines von beidem, eben wahnsinnig!« sagte der Sekretär des Kardinals erregt. Mafaldi ermüdete nun vollends, und er beschloß, den Austausch von höflichen Gebärden zu beenden. Sie brachten keine Klärung.

Er bedankte sich ohne Herablassung und ohne unangemessene Zuversicht bei den beiden unbrauchbaren Informanten und bat darum, ihn zu seinen Räumen zu führen, denn er benötige Zeit zum Nachdenken und etwas Ruhe hinterher. Zur Nacht wünsche er nicht zu speisen, er faste lieber an diesem Abend. Hingegen sei ein Glas Wein und eine Karaffe mit Wasser ihm angenehm.

Der Kardinal fragte sich seit längerem, was es sein mochte, was im Menschen und in den Gesetzen, die sein Leben und sein Sterben ordneten, sich zu verändern anfing? Und er fragte sich, was es bedeuten mochte, daß ein sonst so vertrauender Mann wie er, der die Sprache des Schweigens kannte, weil er sie übte und ihren Ausdrucksreichtum liebte, mit einem Mal nun damit begann, sich den rätselhaften anonymen Notaren des kommenden Unglücks zuzugesellen, denn selbstverständlich formulierte der Kardinal alle seine Wachträume anonym. Nicht aus Furcht, sondern aus einem berechtigten Zweifel an individueller Urheberfähigkeit überhaupt. ›Wenn die ohnehin ebenso gedankenarmen wie machtarmen Leute, die aus weiß was für Gründen schreiben, ihre Bücher ohne ihre Namen erscheinen ließen, hätten wir eine lobenswertere und lesbarere Philosophie und Theologie und Literatur‹, hatte er einmal zu sich gesagt und Monsignore Bruno gerufen und ihm jenen ersten seiner Wachträume diktiert.

Bischof Mafaldi hatte sich auf seine Aufgabe sinnvoll und geduldig vorbereitet: Er las eine Stunde in den Briefen des Paulus, betete sodann um Einsicht, Mut und Nüchternheit im Umgang mit allen seinen Oberen und seinen Untergeordneten und begab sich dann an die Lektüre der Blätter in dem Umschlag von Monsignore Bruno.

Er las einen Wachtraum über den Neubeginn geistiger Tätigkeiten ohne Urheberdünkel in einer Zeit nach einer weltweiten

Selbstausrottung der Menschheit. Unklar blieb in dieser Niederschrift, ob der Wachträumende von einer vollständigen Selbstausrottung der Menschheit phantasiert hatte und ob dieser Neubeginn geistiger Tätigkeiten ohne Urheberdünkel in menschlichen Wesen oder in anderen Lebewesen vonstatten gehen würde. Der Bischof Mafaldi empfand diese Unklarheit keineswegs als einen Mangel und las das nächste Blatt mit einem Traum über die Ausbreitung von Furcht durch niedergekämpfte und sowohl geschäftsmäßig wie politisch ausgebeutete Ängste. Auch in dieser Niederschrift fiel dem Lesenden eine Unklarheit auf, die ihn anregte und keineswegs einengte: nirgendwo war etwas darüber erwähnt, worin der Unterschied zwischen Furcht und jenen erwähnten Ängsten bestünde. Mafaldi vertiefte sich in den nächsten Wachtraum.

Dieser handelte von dem Erlöschen der Liebe und der Ausbreitung einer völlig neuen, weil bis in alle Einzelheiten genormten Form von Sklaverei. Der nächste Wachtraum des Kardinals von Wien handelte, in einer Vorbemerkung ausdrücklich als Folgeerscheinung jener neuen Sklaverei bezeichnet, vom Verschwinden aller Freundschaften durch das Leugnen von Feindschaften und vom Ende geistiger Ansprüche an andere Mitmenschen und dem Beginn nur noch materieller Ansprüche eines jeden wider jeden, worin der Wachträumende den Anfang einer Termitenzivilisation erblickte, wie es in jenem Traum hieß.

Der Bischof legte die Blätter beiseite, nahm etwas Wein, verdünnte ihn mit Wasser und trank ein halbes Glas davon. Dann las er den fünften Traum, der von einer kommenden fabrikmäßigen Vernichtung von Menschen durch andere Menschen handelte. Die Heuchelei derer, die bei diesem Höhepunkt des Fabrikzeitalters mittaten und billigend zuschauten, sie hätten davon nichts gewußt oder sie hätten nichts dagegen tun können, führte den Träumenden unmittelbar in den nächsten Wachtraum vom Verschwinden des Todes und der Entstehung von nie mehr sterbenden, unerlösbaren Mumien.

Mafaldi war auf einmal von einem Glücksgefühl aus Dankbarkeit und Staunen seinem Schöpfer gegenüber erfüllt. ›Womit habe ich sündiger Mann die Gnade erworben, die keiner von uns verdient, die Gnade, noch zu denen zu gehören, die sterben werden?‹ fragte er sich, von seiner Lektüre auf das tiefste bestürzt. Er trank das Glas mit dem verdünnten Wein leer und las den letzten Traum, über die in Stücke aus Licht und Materie zerbrechende und an der Erde vorbeistürzende Zeit.

Der Bischof beendete die Lektüre mit zunehmender Ruhe. Er konnte nirgendwo in den Niederschriften auch nur die leiseste Spur von Wahn entdecken, im Gegenteil, er war beim Lesen immer gewisser geworden, daß diese Wachträume sämtlich Wirklichkeit würden. Er legte die Blätter beiseite, kniete nieder und betete. Dann stand er auf, verbrannte die eigens für ihn angefertigten Abschriften im Kamin seines Zimmers und begab sich zur Ruhe.

Er schlief bald ein und feierte mit dem Kardinal am nächsten Vormittag eine heilige Messe und ein Abendmahl in der Privatkapelle des Kardinals, wobei die beiden Monsignori Bruno und Rodersberg assistierten. Dann begaben sich der Kardinal und sein Besucher zu einem Frühstück zu zweit. Bei diesem Frühstück bekannte der Bischof den Zweck seines Besuchs in Wien. Der Kardinal mißbilligte Monsignore Brunos Abschriften, da er ihn hierzu nicht autorisiert hatte. Andererseits, das könne er sich wohl denken, sei der Monsignore beim Diktieren der Wachträume oft heilig erschrocken und man wolle ihm nichts nachtragen, er sei alt und zeige die besorgten Züge eines frauenlosen Lebens, welches nicht jedermann so gut bekomme, wie es wünschenswert sei. Mafaldi sagte: »Eminenz, ich habe mir erlaubt, die Abschriften zu verbrennen.« – »Danke, Bischof«, sagte der Kardinal. Mafaldi erkundigte sich nun, ob seine Eminenz die Absicht hätten, den Monsignore Bruno wegen seiner Eigenmächtigkeit zu versetzen? Der Kardinal verneinte das und meinte, der Monsignore sei kaum zu tadeln, denn er habe aus Sorge so gehandelt. Dann fügte er noch hinzu, daß er die Originale von den Niederschriften der Träume inzwischen ebenfalls vernichtet hätte. Der Bischof hörte es mit Verwunderung. Hier in Wien war mehr gelungen, als Rom erhofft hatte.

Die beiden Monsignori hatten Mafaldi zum Roma-Expreß gebracht. Auf dem Perron verabschiedeten sie sich von dem Entsandten mit brüderlichen Worten und küßten dankbar für die so lautlos geregelte Angelegenheit den Bischofsring. Mafaldi stieg in sein Abteil, kam ans Fenster und öffnete es. Der Zug bewegte sich. Die Monsignori winkten dem am Fenster Stehenden. Dessen ruhig grüßende Hand mit der nach oben sich öffnenden Fingerfront, die sich mehrmals gemessen neigte, wobei allein der Daumen des Bischofs gen Himmel zeigte, erweckte in den Monsignori die schönsten Empfindungen, bis der Roma-Expreß außer Sichtweite war. Die beiden verließen schweigend den Bahnhof und kehrten in die Residenz ihres Oberhirten zurück.

Hitlers letzte Chance

In diesem Sommer hatte Hitlers Reiserei einen neuen Höhepunkt. Deutschlandflüge, Massenversammlungen und Unterredungen mit Gruppen von ausgewählten, sympathisierenden Wirtschaftsführern und Politikern aus allen Schubfächern des gebrechlichen Schranks Republik, dieses Schranks mit Holzwürmern, Motten und verrosteten Scharnieren, den Hitler einzutreten geschworen hatte.

Adolf Hitler war immer unpersönlicher geworden. Ein Regenmantel, der weiche Filzhut, die hart schnippende, zwei Daumen dicke Hundepeitsche, der brennende und dabei kalte Blick, der Bartfleck unter der Nase und seine unter dem Eis der Verachtung kochende Verlegenheit, die ihn lähmte, bis der Ausbruch passierte und er zu Massen sprach, seinen einzigen echten und lustvollen Orgasmus anheizte, hochredete und ihn schließlich über die Köpfe der Menge ejakulierte, in zuckenden und schreienden Höhepunkten sich ausspritzte, in Stimmen und

Worten, Beschwörungen und Verheißungen, Androhungen und Verhöhnungen, mit dem Material eines Spermas, dessen Gewalt und Vernichtungskraft die Tötungspotentiale von Bomben und Gewehrkugeln weit übertraf, mit dem Sperma eines nahezu Entmannten für die großen Massen von nahezu Entmannten, Entweibten und Entrückten.

Diesen Entrechteten und Erledigten und Resignierten, die ihre Leiden abstritten, versicherte Hitler, sie wären die Berufenen, die Besonderen, die Starken, berufen und auch fähig, nicht nur Europa zu erneuern, sondern die ganze zivilisierte Welt zu beherrschen, in einem tausendjährigen Reich, das nun anbräche. Dazu lieferte er ihnen noch einen Schuldigen am Elend der Welt, die Juden, das Untermenschentum, wie er sich ausdrückte, eine internationale Verschwörung des Börsen-, Finanz- und Händlerjudentums, die nun endlich ausgeräuchert und unschädlich gemacht würde, von ihm selber, dem Führer, von der Partei und einem starken Staat: von ihnen allen, der dazu auserwählten Herrenmenschen-Rasse.

Den Elenden und Resignierten zeigte Hitler nicht nur diesen fremden Schuldigen, er hob die an Angst, Ausbeutung und Ignorierung aller ihrer Leiden erkrankten Massen über den Rest dieser Welt empor.

Hitler war in seinem Wagen von München nach Hamburg unterwegs. Er hatte auf das Flugzeug verzichtet und die Fahrt mit dem Mercedes-Kompressor und der ihm nachfolgenden Autokolonne aus todesschwarzen Wagen angeordnet, weil er unterwegs, vom Süden bis zum Norden des Reichs, gesehen werden wollte.

Hitler wußte, daß jetzt die letzten und rücksichtslosesten Anstrengungen gemacht werden mußten, um die zermürbten Leute an den Schaltern der Regierung, des Militärs, der Wirtschaft und der Presse zum Aufgeben zu zwingen. Nur die Bewegung von Massen konnte ihm dazu nützen. Seine Reise- und Propagandachefs hatten ganze Arbeit geleistet.

Bei Ingolstadt, Ulm und Nürnberg jubelten dichtgedrängte Massen, zu beiden Seiten der Landstraßen, der vorbeirasenden

Autokolonne zu. Aber trotz der perfekten Freimachung der Straßen vom üblichen Verkehr tobte Hitler wegen der »Vorbeikriecherei an den Volksgenossinnen und Volksgenossen«; seinem Adjudanten Brückner gegenüber entwarf er dabei Ideen von Autobahnen durch das kommende Reich, mit gigantischen Aufmarschmöglichkeiten zu beiden Seiten dieser breiten Bahnen, »auf denen wir dann wie die Todesreiter der Apokalypse, in schimmernder und schwarz lackierter Supertechnik, an den Jubelnden vorbeirasen – Sie werden es erleben, Brückner!«

Kurz hinter Nürnberg erreichte ihn die Nachricht, daß seine Nichte Geli Raubal sich in ihrer gemeinsamen Wohnung am Prinzregentenplatz in München, kurz nach seiner Abfahrt, das Leben genommen hatte.

Die Autokolonne stand still. Hitler behielt noch einen Augenblick die Fassung. Dann bäumte er sich auf im Fond, stöhnte: »München ...!«, sackte in sich zusammen. Brückner, entsetzt, gab die erforderlichen Befehle. Hitlers Wagen wendete, fuhr an der wartenden Wagenkolonne vorbei. Die Leute sahen den zusammengesackten Führer. »Verdeck! Das Verdeck herunter!« befahl Brückner. Hitlers Mercedes nahm bereits Tempo auf.

›Wer war seine Nichte? Wer ist sie überhaupt gewesen!‹, diese Frage überfiel Brückner, als er sich, längst wieder neben Hitler sitzend, einigermaßen zu sammeln begann. Der Führer starrte, mit weit geöffneten und gelähmten Augen, den Kopf leicht nach vorn, ins Leere.

Brückner wußte nur eines: Geli war Hitlers Nichte gewesen, der einzige Mensch, den Hitler geliebt hatte. Es gab seit längerem Gerüchte. Aber niemand wußte, ob an ihnen etwas stimmte. ›Jetzt ist alles verloren – alles vorüber, vorbei ...!‹ dachte Brückner immer wieder und in Panik. Und während sie in Richtung München rasten, fragte der wohl bestinformierte Mann aus der persönlichen Umgebung des Diktators sich noch einmal, wer Geli Raubal gewesen sei? ›Sie war die Nichte – und alles andere ist unklar‹, sagte er sich.

Nun richtete er seine Aufmerksamkeit wieder nach draußen. Die Rückfahrt nach München bekam für ihn einen gespenstischen Zug: auf der Herfahrt die jubelnden Menschenmengen, eingerahmt von Staffeln der Ortsgruppen der Partei und von Abteilungen der SA – nun, auf der Rückfahrt alles menschenleer, als wären die Massen von Geisterhand beseitigt worden.

Die Autokolonne fuhr an Hitlers Wohnung am Münchner Prinzregentenplatz vor. Brückner begleitete Hitler ins Haus. Im Erdgeschoß gingen sie vorbei an der Etagentür und an dem dort untergebrachten Hofstaat Hitlers: Adjutanten und Sekretärinnen, Ordonnanzen und den unverzichtbaren Outlaws, den labilen, überdrehten, vierschrötigen Luschen mit kleingewellten, blonden Haaren und verweichlichten Gesten, die Hitler seit je um sich hatte und deren Gesellschaft er umso mehr bevorzugte, je weiter sie einmal aus der Bahn geworfen worden waren.

Hitler ließ niemand zu sich. Er lag angezogen auf dem Bett, in den Sesseln, hörte stundenlang Rundfunk, ging umher und brütete, versuchte zu begreifen, was geschehen war. Der Leichnam Geli Raubals war in der medizinischen Obduktion.

Kurz darauf wurde der Leichnam freigegeben. Die Todesursache war eindeutig: Selbstmord. Hitler ordnete die Beisetzung seiner Nichte auf dem Berghof bei Berchtesgaden an. Dort war Geli mit dem von ihr angeschwärmten Onkel Alf am liebsten gewesen. Er befahl eine Beisetzung in kleinstem Kreis und reiste mit Ausgewählten zum Berghof, wo ihm Gelis Mutter, Angelika Raubal, seit 1923 das Haus führte.

Nach der Beisetzung versammelte Hitler seinen engeren Hofstaat im Berghof um sich, begann einen zunächst stockenden, bald aber hektischeren Monolog über Fliegen, über Haus- und Stallfliegen, Sommerfliegen, Herbstfliegen, Schmeiß- und Malariafliegen, Gebirgsfliegen und andere Fliegen, über Fliegenvölker und Fliegenschwärme, gab zwischendrin seinen Entschluß bekannt, die Politik aufzugeben und mit seinem Leben Schluß zu machen, und schweifte dann ab zum Leben der Bienen, kehrte aber sogleich zurück zum Thema Fliegen und steigerte sich, immer lauter monologisierend, von den unterschiedlichsten Arten und Aufgaben und geheimen Kräften der Klein- zu den Großfliegen.

Dann sank Hitler in seinem Sessel zusammen. Der Kragen seiner Jacke rutschte so hoch, daß Hals und Kopf des Führers darin fast verschwanden. Keiner der Anwesenden bewegte sich. Es war, als wären sie in den Gebärden, Gesten, Posen, ja Worten, die sie vor dem Monolog Hitlers zuletzt gezeigt und gesprochen hatten, jäh erstarrt. Wenn Hitler jetzt aufgäbe, wären sie alle nichts, von diesem auf den nächsten Moment nichts. Ohne ihn waren sie nichts.

Stille stand im Raum. In dieser Stille überlegte der in seinem Sessel Zusammengesunkene erneut, ob er seine mehrfachen Drohungen, die Politik hinzuwerfen, wahrmachen sollte. ›Malerei ... Architektur ... Musik: Leben!‹ überlegte Hitler, dieses Mal ohne jede erpresserische Drohung, und er fühlte, daß er am Wendepunkt angekommen war. ›Leben oder Macht?‹ fragte er sich, ›... endlich leben oder weiterkämpfen um die Macht?‹

Dann blickte er hoch und sah die Anwesenden in ihrer Erstarrung. Er sah, wie sie ihn erwartungsvoll und vollkommen willenlos anblickten. Er erkannte seine Macht über sie und mehr als Macht: Hitler schaute sie an und erkannte seine Alleinmacht. Und er erinnerte sich aller Demütigungen, die hinter ihm lagen.

Er stand auf und gab den Befehl: »Hamburg!« Er befahl, was der Tod Gelis nur aufgehalten hatte, den Aufbruch zu der Großveranstaltung in Hamburg.

Die anderen kamen aus ihrer gelähmten Sorge wieder zu sich, sprangen auf, beglückwünschten Hitler. Die Katastrophe ihrer völligen Bedeutungslosigkeit ohne Hitler war noch einmal, soeben, an ihnen vorübergegangen.

Felipe

Es war still geworden in Carretas Haus. Der Diener Felipe hatte Olga zu ihrer Wohnung begleitet. Nun machte er seinen letzten Rundgang, wie er es jeden Abend tat. Später begab er sich in seine Kammer, im hinteren Teil der Hacienda. Er nahm nicht an, daß sich in dieser Nacht etwas Ungewöhnliches ereigne. Es herrschte der Friede der Reichen in Uruguay.

Felipe hatte, in einem langen Dasein aus Abhängigkeit und Dienen, vor allem eines gelernt: daß diese Sorte Frieden bei weitem noch die bekömmlichste sei. Er war nun einundachtzig Jahre alt geworden. Nach allem, was er durchlebt hatte, erfüllte dies den Tatbestand tausendfacher Wunder. Geboren 1849 auf der Estancia Rio Blanca, dem Großgrundbesitz von Carretas Mutter Teresa, der einzigen Tochter der Familie Moreno, hatte Felipe als Kind noch die Bluthèrrschaft des Generals Rosas über Argentinien miterlebt. Bei Rosas' Sturz war er vier Jahre alt. Auf Rio Blanca, dem Erdteil zwischen Buenos Aires und La Plata, war diese Nachricht damals mit großem Kummer aufgenommen worden.

Felipe hielt Rückschau. Sein Überleben war ein langes und turbulentes Abenteuer. Nun bereitete er sich darauf vor, bald zu sterben. Er freute sich darauf. Er war satt von mäßigem und ungeheuer erregendem Leben. Felipe fühlte, daß er ungeschwächt dem Tod entgegenharrte.

Er legte die lästige Kleidung ab und zog seinen Stuhl zum Fenster, schaute hinaus in das rückwärtige Dunkel des weiten Landes. Der Sternenhimmel der Oktobernacht zeigte ihm, daß die große Hitze in diesem Jahr nicht mehr wiederkehren würde. In diesem restlichen Jahr mochten Orkane oder Revolutionen ausbrechen, Hitze nicht mehr. Aus Felipes Gedächtnis stiegen Erinnerungen an die argentinischen Sklavenjahre auf der Estancia Rio Blanca.

Carlos Carreta, der weitum gefürchtete Vater Hypólitos, hatte nach dem Ende der Schreckensdiktatur des Generals Juan

Manuel de Rosas ein eher brutaleres Regime auf der Estancia errichtet. Seit seiner Hochzeit mit Teresa Moreno, die ihn zum Großgrundbesitzer gemacht hatte, kümmerte Senhor Carlos sich nur noch nebenbei um seine Exportfirma für Fleisch, Getreide und Häute; sie funktionierte längst mit zwei Direktoren. Senhor Carlos hatte sie mit gleichen Kompetenzen ausgestattet, damit sie sich gegenseitig kontrollierten und plagten. Wer von den beiden ihm die gravierendsten Fehler des jeweils anderen hinterbrachte, erhielt ein angemessenes Geldgeschenk, das dem anderen von seinen Einkünften abgezogen wurde.

Seither kümmerte Senhor Carlos sich um die Estancia im fruchtbaren Tiefland der Pampa südlich des Rio de la Plata. Die neue Entwicklung Argentiniens zum Einheitsstaat, die unter Rosas ihren Anfang nahm, unterstützte Carlos Carreta. Die Begüterten wurden noch reicher. Die rechtlosen Massen wurden mit Luftschlössern in der neuen Verfassung abgespeist. Vorerst ließen sie sich abspeisen.

Felipe erinnerte sich an das Jahr 1877. Damals war er achtundzwanzig Jahre alt. Senhor Carlos verbrachte den Frühling auf seiner Estancia. Rio Blanca gedieh und warf ungeheure Gewinne ab. Der Senhor war zu einem Fest gestimmt an jenem Frühlingsmittag. Denn aus England hatte er die Nachricht erhalten, daß der frühere Diktator de Rosas, vor fünfundzwanzig Jahren angeblich umgebracht, in der Nähe von Southampton in die Ewigkeit eingegangen war. Nach einem Vierteljahrhundert friedlichen, genußerfüllten Daseins, betrauert von einer bildschönen, jungen Geliebten, hatte Rosas sein harmonisches Ende gefunden.

Der Unselige, dessen Kopf bei seinem Sturz so lehrreich vom Hals gefallen war, war nicht der echte Rosas gewesen. Der Kopf des Enthaupteten war der Kopf eines Landarbeiters auf Senhor Carlos' Estancia Rio Blanca. Senhor Carlos hatte den mit Rosas zum Verwechseln Ähnlichen großmütig hergegeben; er war als General verkleidet und dann getötet worden, während der Diktator bereits unterwegs nach England war, wo ihn sein Millionenvermögen erwartete. Senhor Carlos war nebenbei Senator in

Buenos Aires. Wie man einen Diktator entkommen läßt, wurde von einigen seiner Mitsenatoren als beruhigendes Exempel zur Kenntnis genommen.

Die festliche Stimmung des Padrone auf Rio Blanca wurde getrübt, als sich an jenem Tag dreihundert Landarbeiter vor dem Herrenhaus versammelten. Gonzales, ein Vorarbeiter, trat als Abgesandter der dreihundert vor die Veranda und rief in ehrerbietigem Ton nach dem Padrone. Senhor Carlos trat an die Brüstung und schaute herab. Gonzales sagte, es sei heute der 25. Verfassungstag. Die Menschen hier verhungerten, stürben reihenweise an Entkräftung, mitten im Überfluß. Sie bäten um etwas mehr Lohn, vor allem wegen der Kinder. Sie wären Menschen, kein Vieh. Das Vieh hätte es besser. Man wolle ihm, dem Padrone, diese Not unterbreiten, weil alle glaubten, daß der Padrone von diesen Zuständen nichts wisse und daß er nichts wisse von der Tyrannei des Verwalters. »Haben Sie Erbarmen, Padrone! Die Muttergottes möge Sie erleuchten und segnen!« rief der Vorarbeiter Gonzales.

Senhor Carlos rief zunächst seine Gattin Teresa, dann die Gäste der Moreno-Familie, dann seinen Verwalter. Er kam mit Bewaffneten aus dem Erdgeschoß. »Ist hier, außer dem Vorarbeiter Gonzales, sonst noch jemand unter euch, der sich für einen Menschen hält?« schrie Senhor Carlos angewidert hinab zu den Versammelten. Das entsetzte Schweigen der Menschen belustigte ihn. Dann befahl er dem Verwalter, Gonzales auszupeitschen. »Fünfzig Hiebe«, befahl er. Gonzales wurde gepackt, an Stricken zwischen zwei Bäume gebunden. Man riß ihm das Hemd hinunter. Der Auspeitscher vom Verwalter begann sein Werk. »Die Nieren!« schrie der Verwalter dem Auspeitscher zu.

Senhor Carlos ließ sich seinen Sohn Hypólito reichen. Er war drei Jahre alt damals, erinnerte Felipe sich. Der Vater stellte den Sohn auf die Steinbrüstung der Veranda und ließ ihn zusehen und erläuterte ihm, was Kreaturen verdienten, die sich herausnahmen, zu klagen anstatt zu arbeiten. Auch Felipe befand sich unter den dreihundert Hungernden und sah der Bastonade zu.

Als Gonzales losgeschnitten und denen, die ihn vorgeschickt

hatten, vor die Füße geworfen wurde, ließ der Padrone zwanzig Mann mit angelegtem Gewehr vor die Arbeiter hintreten. »Den Honig!« rief Senhor Carlos. Der blutende Gonzales seufzte auf vor Entsetzen. Aber sein Kopf und sein blutender Rücken und die zerschlagene Gegend der Nieren wurden mit Honig beschmiert. Dann wurde Gonzales zu den Ameisenhaufen gebracht.

Sie waren Sklaven gewesen, ausgesaugt, ausgepeitscht, ausgehungert und ausgelacht. Kopfunter erhängt, in Stücke gehauen, den Ameisen vorgeworfen. Die Töchter mißbraucht von den geilen Besuchern, die Knaben mißbraucht von denen, die Appetit auf anderes hatten. Das war Verfassung auf Rio Blanca. Schließlich hatte das Volk eine weitere Revolution gewonnen. Doch alles kam noch ärger als bis dahin.

Als der Sohn des Herrn dieses Weltreichs der Erniedrigung und Ausplünderung von Menschen durch Menschen älter wurde und in Buenos Aires studierte, nahm er Felipe als Diener mit. Auch nach Paris war Felipe seinem jungen Herrn gefolgt. Der junge Senhor war in Paris Professor geworden, und er vermochte nun den Anblick blutig geschlagenen Elends nicht länger zu ertragen. Deshalb verließ er Argentinien nach der Rückkehr aus Frankreich, um in dem weniger turbulenten Uruguay zu leben. Seit fünfzehn Jahren diente Felipe dem Senhor Hypólito Carreta bereits auf der Hacienda bei Montevideo. Der Padrone hatte offenbar nicht die Absicht, noch einmal nach Argentinien zurückzukehren.

Irigoyen war neuer Präsident in Argentinien geworden, der Anführer der Radikalen Partei, die gegen die Großgrundbesitzer kämpfte. Senhor Hypólito haßte den Präsidenten in seiner Heimat. Er erblaßte vor Zorn, wenn er den Namen Irigoyen hörte. Felipe wußte, daß sein Padrone den Todfeinden dieses Präsidenten, den Generälen Justo und Ortiz, große Geldmittel zur Verfügung stellte.

Felipe drehte sich vom Fenster um, weil an seine Tür geklopft wurde. Juan, der Torhüter, stand draußen und sagte erregt, am Tor warte ein Reiter aus Argentinien. Es sei etwas geschehen.

Felipe verließ die Kammer und ging hinaus. Am Tor vernahm er von dem Boten, daß der Militärputsch in Buenos Aires den konvervativen Führer Ortiz ins Präsidentenamt gebracht habe.

Felipe entschloß sich, Senhor Carreta unverzüglich zu wekken. Den Boten hieß er mit sich kommen, da dieser einen Brief des neuen Präsidenten für Senhor Carreta bei sich hatte, dazu den Befehl, den Brief nur an den Empfänger persönlich auszuhändigen.

Als Carreta die Nachricht erhielt, fragte er nur: »Ortiz?« Felipe bejahte, und der Bote überreichte Carreta den Brief, in dem die neue Exzellenz Ortiz dem Haciendero die Rückkehr nach Argentinien anheimstellte und ihm den Posten des Gouverneurs der reichen Provinz Córdoba in der Hauptstadt Córdoba anbot. ›Endlich, endlich ...‹, dachte Carreta erleichtert. Ob er Gouverneur werden wollte, wußte er noch nicht, aber er dachte: ›Endlich kehrt wieder eine verläßliche Ordnung im stolzen Argentinien ein! Gesetz und Ordnung, Recht und Reichtum denen, die damit umzugehen wissen, endlich!‹

Olga hatte geträumt, ihr Vater und der Budapester Kürschner Ernö Onodin wären in einem Schneefeld der Karpaten von Winterwölfen umzingelt worden, von solchen Tieren, aus denen Ernö Onodin Olgas Wolfsmantel gemacht hatte, von Wölfen, die eingefangen und qualvoll erstickt worden waren, um nur bestimmter Partien ihrer hellen Bauchdecke willen, wovon Olga nichts wußte. Im Traum sah sie den Kürschner die Wolfsfelle begutachten, und dann hörte sie, wie Onodin auf dem weiten Schneefeld in den Karpaten die Wölfe herbeirief, die von allen Seiten erschienen und einen immer dichteren Kreis um den Baron Kaspar zogen. Dann sprang das erste Tier ihren Vater an und vergrub sein Gebiß im Hals des Barons, der Wolf riß ihn hinunter in den Schnee. Unter einem gräßlichen Gelächter des Kürschners aus Budapest stürzten sich nun die anderen Wölfe auf Kaspar und töteten ihn.

Olga beschloß, mit dem nächsten Schiff nach Europa zu reisen, um dort noch vor Eintritt des Winters einzutreffen und ihren Vater vor seiner jährlichen Jagd in den Karpaten zu warnen. Beim Frühstück eröffnete Carreta Olga, daß er den Posten des Gouverneurs der Provinz Córdoba in Argentinien annähme. Die näheren Umstände erwähnte er nicht.

Wir sind alle Bettler

Auch in sein neues Zimmer in der Inneren Klinik des Wiener Allgemeinen Krankenhauses hatte Dr. Béla Hermann Margarets Puppe mitgenommen. Für ihn war sie längst mehr als ein Maskottchen geworden, mehr als ein heidnisches Amulett fremder Dankbarkeit. In ihrer Ärmlichkeit, an die sich so viel fremde, kindliche Liebe einst geheftet hatte, vor allem aber in der nahebei ausdruckslosen Abgerissenheit der Stoffpuppe, die mangels jeder Festigkeit nicht einmal aufrecht sitzen oder stehen konnte, erblickte Béla jedesmal, wenn er zu ihr hinüberschaute, ein Sinnbild der Begrenztheit seines ärztlichen Könnens und Tuns. ›Wir sind alle Abende klüger, aber wir kommen nicht weiter; vor jeder bekannten und vor jeder neuen Krankheit stehen wir jeden Morgen wieder da wie Anfänger; wir sind alle Bettler‹, so redete Margarets Puppe in ihrer Armseligkeit fortgesetzt zu Béla, ausdruckslos und mundlos, gefüllt mit Wollresten, den genähten roten Kreuzstichen in ihrem Gesicht aus Sackleinen und mit ihrem Vogelscheuchenfetzchen von Kleid.

Nach einem nun doch mehr als anständig abgeschlossenen Jahr auf der Hals-, Nasen-, Ohrenabteilung war er zur Inneren gewechselt; Zissler hatte ihn ungern gehen lassen und er hatte es ihm gesagt. Aber Béla wußte inzwischen, daß die inneren Krankheiten ihn deutlicher herausforderten. Warum das so war, untersuchte er nicht, denn er war stark berührt von der Tatsache, daß es so war. Unter solchen Umständen, die er Zissler lapidar genug mitgeteilt hatte, ließ der Professor ihn natürlich gehen.

Es war der zweite Sonntag im November. Béla hatte dienstfrei und verließ sein Zimmer in der Renngasse recht früh am Vormittag. Er frühstückte im Café Dobner in der Linken Wienzeile und freute sich auf sein Vorhaben an diesem Mittag. Um elf Uhr würde er sich im Großen Musikvereinssaal einfinden, wo Otto Klemperer mit den Philharmonikern die 7. Sinfonie von Ludwig van Beethoven zur Schlußprobe angesetzt hatte. Während Béla noch frühstückte, hatte er die Idee, Margaret Talmayer zu dieser Probe mitzunehmen.

Hans Talmayer war in Hitlers Nationalsozialistische Arbeiterpartei eingetreten und in der Fabrik kurz danach Vorarbeiter geworden. Er besaß nun eine deutliche Macht. Talmayer hatte Anfeindungen erwartet; er erlebte das Gegenteil. Die Arbeiter katzbuckelten vor ihm und nannten ihn devot »Herr Vorarbeiter«. – Seit seinem Aufstieg ging Margaret ins Gymnasium. Auch die dortigen Anforderungen boten ihr keinerlei Schwierigkeiten und sie war, wie bereits früher, mit Abstand Klassenbeste. Auf einstimmigen Antrag des Lehrerkollegiums hatte die Gemeindeverwaltung Wien einem Gebührenerlaß für Margaret zugestimmt. Lernen war für sie mehr als ein Ansammeln fremder Kenntnisse; alles, was sie zu verstehen unternahm, verwandelte sich für Margaret alsbald in Fragen, die sie in den Unterrichtsstunden stellte, wodurch sie für die Mitschüler, für Lehrer und für sich selber mühelos zur Vermittlerin wahrer Intelligenz und eines optimalen Weges zur Erkenntnis geworden war. Die inzwischen Zwölfjährige war die erstaunlichste Gegnerin festgefahrener Denkweisen und freudloser Vorurteile, die dieses Gymnasium bis dahin beherbergt hatte, weil Margaret im Unterricht beständig die überraschendsten Fragen stellte. Margarets Fragen erstaunten aber darum die Mitschüler und die Lehrer, weil sie nie gesucht waren, sondern echten Mangel an Erkenntnis offenlegten, der dann unerwartet hell und allgemein zutagekam. Daß ein Mangel an Erkenntnis und an Verstehen nichts Deprimierendes ist, sondern von höchster geistiger Lebendigkeit zeugt, dieses nie schal werdende Abenteuer erlebten die meisten zum erstenmal durch Margaret Talmayer.

Dr. Béla Hermann beendete sein Frühstück schneller als

gewöhnlich und ging im Café Dobner zur Telefonkabine, rief in der Hals-Nasen-Ohren-Klinik an und ließ sich in seiner früheren Abteilung die Adresse von der Familie Talmayer geben. Dann verließ er das Café, nahm draußen einen Fiaker und fuhr zum 17. Bezirk in die Ettenreichgasse 18.

Unterwegs gratulierte er sich zu seiner Idee, Margaret mitzunehmen zu der Orchesterprobe, die eine Generalprobe war, an deren Ende Klemperer die ganze 7. Sinfonie durchspielen lassen würde.

Orchesterproben vor der Generalprobe hatten Béla in dessen Budapester Kindheit viel tiefer gepackt als die Konzertaufführungen und er stellte sich vor, daß Margaret eine solche Probe, zumal bei diesem Werk und mit diesem Dirigenten, ebenfalls Eindruck machen könnte.

Béla, geradezu musiksüchtig, sah in Otto Klemperer den größten Beethoveninterpreten überhaupt; durch gute Beziehungen zum Konzertmeister der Bläsergruppe der Philharmoniker erfuhr er immer rechtzeitig die Probentermine.

Klemperer, Dirigent der Berliner Staatsoper, gastierte in zwei Tagen; er hatte Publikum für die Proben zugelassen und den Obolus zur Generalprobe für die Ferienkasse des Orchesters bestimmt. Daß er an einer Probe der Siebten teilhaben durfte, erregte Béla schon seit Tagen, denn für ihn war die 7. Sinfonie A-Dur das Orchesterwerk, in dem Beethoven seine letzten Dinge abhandelte.

Béla stand am Haustor der Ettenreichgasse 18 und klingelte. Lena Talmayer öffnete. Béla brachte sein Anliegen vor. »Die Margaret wird staunen«, sagte Lena auf der Stiege, »sie war noch nie in einem Konzert.« – Nun, Margaret freute sich über die Maßen, als sie hörte, warum Dr. Hermann gekommen war. »Also, wenn du Lust hast dazu, müssen wir gleich aufbrechen«, sagte Béla und beruhigte die Mutter, daß Margaret nichts besonderes anziehen müsse, es sei ja Probe und kein feierliches Konzert, sie könne unbesorgt so mitkommen.

Hans Talmayer war freundlich gestimmt, wenngleich er fand, daß er dabei vielleicht auch noch ein Wörtchen mitzureden hätte. Aber Musik von Beethoven war Bildung und Bildung brauchte der Mensch. Beim Eintritt in die NSDAP Österreichs hatte Talmayer das Buch *Mein Kampf* von Adolf Hitler erworben und er hatte viel darin gelesen, vor allem das über Bildung und Halbbildung im ersten Teil, *Eine Abrechnung* betitelt. Aber auch mit dem, was der Führer über die Entartung des Adels, die schweren Verfallserscheinungen der Aktiengesellschaften, über seinen Antisemitismus und über den Wert der Arbeit an sich geschrieben hatte, imponierte Talmayer.

Unterwegs erzählte Béla dem Mädchen allerlei über seine Musikerlebnisse in Budapest und aus der Zeit, in der er etwa in ihrem jetzigen Alter gewesen war. Vor allem von seiner Unersättlichkeit, bei Proben dabei zu sein. Daß Musik nicht etwa entstünde, sondern durch intensivste Arbeit an Einzelheiten gemacht würde, das wäre für ihn die aufregendste Erkenntnis in der Kindheit geworden, erzählte der Doktor. Bis sein Vater ihn eines Tages mitgenommen hätte zur Einrichtung von Mozarts Oper *Idomeneo*, hätte er tatsächlich noch geglaubt, fuhr Béla im durch Wien rollenden Fiaker zu erzählen fort, die Musik entstünde in der Oper und bei den Konzerten im Kopf und in den Händen des jeweiligen Dirigenten, vor allem aber aus der Spitze seines Taktstocks, von wo aus sich dann alles, in einem magischen und zauberähnlichen Zwang, auf die Musiker und ihre Instrumente übertrüge. Die Musiker in den Orchestergräben und auf den Konzertbühnen hätte er sich immer als Wesen im Frack vorgestellt, die, lebensecht nachgebauten Puppen ähnlich, ihre Instrumente willenlos und genial allein nach den Zauberkräften des Dirigenten bedienten und dabei die ganze Musik durch die überreichlichen Gebärden des Gottes mit dem Taktstock zum Erklingen brächten.

Ja, ob es denn nicht tatsächlich so wäre? hatte Margaret staunend gefragt. »Aber, nein, nein! Alles geht viel weniger magisch, aber dafür viel aufregender zu – du wirst es ja nun erleben!« hatte Béla gesagt.

Sie betraten das Konzerthaus. Die Musiker waren in ihrer Alltagskleidung bereits auf dem Podium und stimmten die

Instrumente. Otto Klemperer erschien in einer alten und zerbeulten Hose und einem offenen Kittel, ohne Taktstock, wie Margaret bemerkte, in deren Gedächtnis sich alle Einzelheiten für immer einzuprägen begannen. Der Mann, der einem Geiger vorn in der ersten Reihe die Hand drückte, weil er vielleicht, wie Margaret meinte, mit dem privat befreundet sei, hatte eine Dirigierpartitur unter dem Arm. Er legte sie auf sein Pult und stieg dann auf das Podest, legte seinen Kittel ab und schlug die Partitur ganz hinten auf. Auch das wunderte Margaret. Fing man denn hinten zu proben an?

Margaret und Béla saßen in der neunten Parkettreihe. Klemperer nahm Platz auf einem Stuhl, stand aber wieder auf, hob beide Arme halb auf und ließ die geöffneten Hände in der Luft stehen und sagte: »Bitteschön – wir beginnen mit dem 4. Satz, gehen dann in den 1. Satz, direkt anschließend in den 2. Satz, dann ins Trio des 3. Satzes, dann Übergang noch einmal in den 4. Satz, ab Takt 210 und bis zum Ende. Nur ein paar Scharniere der Sinfonie machen wir heut, dann spielen wir durch.«

Margaret war fasziniert. Gespannt schaute sie Béla von der Seite an, aber Klemperers Stimme zog sie schon wieder an, als diese Stimme trocken sagte: »Also, 4. Satz, vom Anfang, bitte!« Dann hörte Margaret die zwei kurzen und peitschenden Orchesterschläge.

Béla raunte Margaret zu: »Er beginnt mit dem letzten Satz der Sinfonie, weil er der schwierigste ist und weil das Orchester jetzt noch frisch ist.« Margaret nickte, aber sie tat es nur, damit der Béla schweige. Denn alles hier kam Margaret sogleich schon vor wie ein elementarer Vorgang, wie ein Vulkanausbruch.

Klemperer schlug die beiden Anfangsschläge im 4. Satz und er probte diese beiden Anfangsschläge so lange und so oft, bis es sehr kurze und erbarmungslos harte Schläge wurden. Vor allem den Fortissimoakkord der Streicher schlug er so, bis es wie ein brutales, heftiges Ins-Gesicht-Schlagen klang. Trocken dagegengesetzt alle Bläser. Und die Pauke. Mit den verwegensten 3/16teln, die das Orchester hergeben konnte. Als das saß, probte er ab Takt 390 und bis zum Ende des 4. Satzes.

Ohne Pause ging er über in den 1. Satz. Sofort volles Poco sostenuto. Die Introduktion bis zum Übergang ins Vivace. Er probte das, wie Margaret mitzählte, volle elf Mal hintereinander. Dann die Schläge (Takt 1, Takt 3, Takt 5, Takt 7), jeden Schlag einzeln und ausreichend. Er ging von dort sofort in das Fortissimo ab Takt 15, sagte: »Und, bitte, Herrschaften: innerhalb des Fortissimos die halbtaktigen Sforzati – Herrschaften, die müssen so kommen, daß Ihnen Angst wird, das Sprengendste überhaupt!« Das Orchester gab das Sprengendste, das Klemperer ertragen konnte. Als er zufrieden war, ließ er den Übergang ins Vivace spielen, ferner den Beginn dieses Vivace. Und diesen so heftig austrocknend, bis es trocken klang.

Margaret faßte es nicht, was hier vorging: alles *mußte* so kommen, wie es schließlich klang. Aber sie hatte keinerlei Möglichkeit noch Zeit, ihren Verstand darüber ins Bild zu setzen. Und sie brauchte das auch nicht. Denn Margaret erlebte, abermals und in dem selben Flug der Phantasie wie am Anfang, was hier geschah. Anders als alles irdische Begreifen, wie sie es bisher kannte, war das auf einmal. Und es ereignete sich in einer endlos ausgedehnten Stille und Überreichlichkeit an Zeit zugleich in einem extremsten Minimum an Zeitaufwand und weder im Himmel noch hier auf der Erde, sondern in der Erkenntnis ihres Herzens.

Zum sehr trockenen Übergang ins Vivace des 1. Satzes stellte Klemperer nun die Lyrik der Oboe in den ersten Takten innig heraus. Ließ sie dabei immer wieder unterbrechen mit den harten Schlägen des Allegro con brio, Schlägen wie mit einer Elefantenpeitsche. »Takt 23 – höchste Obacht!« rief er aus – endlich das Introduktionsthema, die Zerpflückung, die 16tel. Dann, zur Sicherung dieses Scharniers, wie er es nannte, noch einmal den Übergang ins Vivace und den Anfang des Vivaces. Damit das Ende der Probe im 1. Satz.

2. Satz: Wieder der Schlag zu Anfang. Jedoch: Sinkender Schlag, streng und hoheitsvoll. Sehr gemessen ließ er ihn sinken, diesen Anfangsschlag. Dann die Geisterschläge, das Pochen. Schließlich probte er das Cellothema einschließlich dem Takt

100. Als das saß, kurze Pause, in der er sich wieder den Stuhl herbeizog und sich für eine Minute hinsetzte.

Margaret fühlte sich mit Béla voller Glück verbunden. Sie liebte ihn jetzt nicht mehr in der Phantasie, sondern mit ihrer ganzen Person; die Liebe zu Béla wurde ihr zum Erlebnis wie die Fragmente der Musik, die hier aufbrandeten und wieder wegbrandeten. Margaret sah zu, wie Klemperer da vorne wieder aufstand. »3. Satz. Bis 405. Die Hörner müssen auf die Jagd«, sagte Klemperer und gab den Einsatz. Margaret hörte die Musik, die ab Takt 405 fortan für sie nun eine der »großen Stellen« wurde, sie sah, wie der Mann sich wieder hinsetzte und die Stelle so oft wiederholte, sie so penetrant probierte, bis die Hörner wirklich auf der Jagd waren. Dann das totale A – dieses totale A in sämtlichen Bläsern und Streichern und Klemperers Fäuste, geballt in Brusthöhe und nach vorn stoßend, als er rief: »Das A, Herrschaften! Ich will ein A hören, bis die Luft ausgeht! Totales A – mit Takt 405! Ein Schrei A – noch einmal, bitte!«

Dann hörte Margaret zum erstenmal in ihrem Leben ein A, total in Bläsern und Streichern. Und dieser Schrei A blieb. Denn Otto Klemperer setzte diesen Schrei A in den Nacken der Violinen, in die Oktaven. Er blieb als Orgelpunkt A liegen und auf diesem Orgelpunkt, den der Dirigent als Grundlage für das Trio in diesem 3. Satz aufklingen und liegen ließ, probte Klemperer das Trio.

Dann ließ er bis Takt 459 durchspielen. Dabei fauchte er den 2. Hornisten furchtbar an, aber er war in seiner aggressiven Erregung völlig gelassen, als er den 2. Hornisten anfauchte: »Machen Sie Ihr verdammtes 2. Horn rebellisch!« Der Hornist versuchte es. Umsonst. Klemperer sagte jetzt ganz ruhig zu dem Mann: »Schaun Sie, Sie machen Ihr Horn bis 459 rebellisch, so hin, bis Sie sich vergessen, bis Ihr Horn aus sich selber rebelliert. Ich will den Verwesungsgeruch nicht im Trio – also, bitte!«

Endlich rebellierte das Horn – und dann heizte es, dieses einzelne Horn, innerhalb von acht Takten, das ganze Orchester zum Fortissimo derart an, daß ab Takt 467, den Klemperer fünfmal wiederholen und scharf machen ließ, wie Margaret, immer faszinierter, mitzählte – daß also ab Takt 467 die Trompeten und Pauken das Orchester hochheizten, in einer Spirale nach oben, bis zur Unerträglichkeit, bis in die Takte 473 und 474, die ganz allein der Pauke und der Trompete gehören. Und als Grundlage verlangte Klemperer stets Presto, das assai meno presto. Er wußte, daß es nutzlos ist, daß es in der Partitur steht. Klemperer wußte, daß er es sagen, notfalls gebieterisch befehlen, verlangen mußte. Und er verlangte, was er hören wollte von diesem Orchester. Er wollte hören, daß es alles sagte, was in dieser Spirale nach oben bis 473 und 474 in der Partitur stand: als Grundlage dieser das Unerträgliche hochwirbelnden Spirale das Presto. Klemperer klopfte ab und nickte, stand auf von seinem Stuhl. Dann hörte Margaret Beethovens Allegro con brio, im 4. Satz der *Siebten*, ab Takt 210 und bis zum Ende der Sinfonie. Klemperer beendete damit die Probe.

Er sagte: »Danke. Es sitzt. Wir machen nur fünf Minuten Pause und spielen durch.« Er ging vom Podium und ging hinüber zur Pauke und sagte etwas im Vorübergehen, worüber mehrere Leute bei der Pauke herzlich lachten, dann verschwand er.

Margaret fühlte den Unterschied zwischen der Leere der Welt und dem göttlichen Nichts und sie erlebte, in dem Geheimnis ihrer Liebe zu Béla, das unzerstörbare Wahre: wir sind alle Bettler. Für immer lernte sie an diesem Mittag, daß Geist sich stets mit Wirklichkeit kämpferisch auseinandersetzt, daß der Ungeist stets im Unwirklichen operiert und verendet.

Otto Klemperer kam zurück und musizierte mit den Philharmonikern die 7. Sinfonie A-Dur op. 92 von Ludwig van Beethoven. Margaret hatte von Béla gehört, daß Beethoven erklärt hatte, die Musik sei die Tochter Gottes. Nun vernahm Margaret die Schönheit und die Sprache dieser Tochter durch die Stimme der Musik:

Glaubenskraft, Leidenskraft, Freudenkraft und Wahrheit erlebte Margaret beim Hören der Sinfonie, einen Sturm aus Liebe und einen Ausbruch von Stadien der Stille, in der Margaret die Losbindung von Herkunft und Familie, Charakter und

Geschlecht, Angst und Egoismus als ein Geschenk Beethovens erfuhr, unerwartet und vollständig und ohne jede Nötigung, was sie da durchlebte, zu bewerten oder zu erklären. Die Musik Beethovens redete zur Margaret und band sie los vom Pfahl aller Abhängigkeiten durch wahllose Bedürfnisse.

Das Rosenbild

Die *Italia* befand sich im Südatlantik, unterwegs nach Europa. Olga hielt sich zumeist in ihrer Kajüte auf. Fast beständig dachte sie mit Angst an ihren Vater und mit Melancholie an Jakob. Mit jeder Seemeile, die das Schiff zurücklegte, verstärkte sich in Olga das Gefühl, in einen untergehenden Erdteil zurückzukehren.

Unter den Passagieren gab es eine Frau, mit der Olga manchmal auf dem Oberdeck zusammentraf. Sie hieß Stana Busch und brachte meistens einen Malkasten mit. Wenn die beiden in den Liegestühlen nebeneinander saßen, malte Stana nahezu ohne Unterbrechung, während Olga wie üblich las. Seit Tagen malte Stana an einem Rosenbild und Olga las ihrer Schiffsbekanntschaft auf deren Wunsch ganze Kapitel aus *Madame Bovary* vor. »Ich male sorgfältiger und intensiver, wenn ich eine derartige Geschichte in einer so wahren Sprache vorgelesen bekomme!« sagte Stana mitgerissen. Olga vermochte das einigermaßen zu verstehen, denn die Sprache Flauberts eröffnete ihr immer unmißverständlicher drei Wege: den Weg in die Angst oder den Weg in die Liebe zu mehr als denjenigen, die sie ohnehin liebte (Kaspar und Jakob, Ferdinande und sich selber), oder den Weg in die Melancholie.

Stana bezeichnete sich als ein »Irrlicht«. Sie wäre als Kind aus der Familiendiktatur in die Katholische Kirche geflüchtet und als Erwachsene aus der kirchlichen Diktatur in den Kommunismus. Diesen würde sie aber jetzt ebenfalls verlassen, denn er sei nur ein Gespenst aus übertriebenen Ideen und einer Alltagssklaverei ohnegleichen. Sie hätte jetzt genug davon, erläuterte sie und meinte, nun flüchte sie wahrscheinlich in die Malerei. Stana war in Recife an Bord gekommen und wollte von Genua aus nach Warschau. Geboren war sie in Krakau. Ein rigoroser Zug in Stanas Wesen hatte Olga am Anfang ihrer Bekanntschaft gestört. Inzwischen aber gewann Respekt vor Stanas Unverblümtheit die Oberhand. Außerdem hatte Olga von der Polin etwas gelernt: Flucht in Kunst war ihr versagt. So würde es wohl bei der Wahl zwischen den drei Wegen bleiben. ›Welchen dieser drei Wege werde ich wohl wählen?‹ fragte Olga sich während der Reise mit einiger Bangigkeit.

Am 12. November 1930 legte der Dampfer in Palermo an. Dort kam jemand an Bord, den sie als junges Mädchen auf einer Wiener Diplomatensoirée kennengelernt hatte, Harry Graf Kessler. Er war ein gebildeter Narziß, reich, weitgereist, ein freilich auf Anekdoten fixierter Unterhalter. Bei einem Kapitänsdinner erklärte Kessler in vollem Ernst, man hätte 1918 in Berlin doch den Eindruck eines moralischen Versagens des deutschen Offizierskorps bekommen – wodurch der Krieg letztlich verloren gegangen wäre. Olga traute ihren Ohren nicht. Aber Graf Harry fuhr völlig überzeugt fort, an dem unleidlichen Dünkel und Ton, durch unrechtmäßige Aneignungen von Verpflegung, die für die kämpfende Truppe bestimmt gewesen sei und durch stellenweise direkte Bestechlichkeit sei der Weltkrieg für Deutschland und Österreich letztlich verloren worden. Olga protestierte entschieden, aber Kessler glaubte, was er redete. Wenn, sagte Olga sich nach diesem Dinner, einer der bestinformierten Männer heute immer noch nicht begreifen wollte, daß ein Krieg nicht durch schlechtes Benehmen verlorenging, waren neue Kriege jederzeit möglich.

Olga erinnerte sich, daß Karl von Rotter ihr erläuterte, wie im Weltkrieg neue Waffen eingesetzt wurden auf der Seite der Engländer, Franzosen und Amerikaner. Es waren Waffen, die man auf deutscher Seite bis dahin nicht kannte (Tanks, Fliegerbomben, Schnellfeuergewehre). Zu ihrer Bedienung brauchte man nur wenige Spezialisten. Die Vernichtungskraft war enorm. Die deutschen und österreichischen Oberkommandierenden hatten, in ihrem frontfernen und standesdünkelhaften Kartendenken, nichts anderes gewußt, als immer mehr Soldaten gegen diese Waffen vorzuschicken. Wann endlich, fragte Olga sich, wollte ein Diplomat wie Kessler etwas begreifen, was immerhin ein Leutnant der alten österreichischen Armee begriffen hatte?

Karl hatte Olga die Rüstungsgewinne auf beiden Seiten erläutert. »Rüstung und Rüstungsvernichtung durch Krieg und noch mehr neue Rüstung sind Profitgeschäfte größten Ausmaßes, die in private Taschen fließen«, hatte Rotter erklärt und hinzugefügt, daß die Brandmarkung der Kriege vom Völkerbund und von den Aposteln der Illusionen vom Frieden ausnahmslos auf moralischer Ebene geführt würde, und daß niemand die überfällige Frage untersuche, wer woran und wo wieviel verdient hätte, zeige die lebensgefährliche Heuchelei auf diesem ganzen Gebiet und in dieser Heuchelei wäre man sich weltweit einig.

Olga zog es nach dieser Art von Konversation entschieden vor, weiter mit Stana Busch einige Stunden täglich zu verbringen. Die beendete gerade das Rosenbild. Als Olga ihr das letzte Kapitel aus *Madame Bovary* vorgelesen hatte, zeigte Stana ihr Werk. Es war eine weiße Marienrose, die hier mit bemerkenswerter Schönheit zum Bild geworden war. Olga betrachtete die fünf weißen Kronblätter, die den Rosenkelch umwuchsen. Sie dachte an das Pentagramm, das Zeichen des Geheimnisses im Fünfeck. Die fünf Kelchblätter, umschlossen von den fünf Kronblättern, sprachen Olga unerwartet stark an. Sie phantasierte von fünf Erlösungen durch Entsagung und durch einen fünfmaligen, irdischen Tod. Karl von Rotter war die zweite Entsagung, ihre Mutter war die erste Entsagung gewesen. Olga bekam Angst um ihren Vater.

In Genua entdeckte sie Igor Barany am Pier. Barany war gekommen? Nicht Kaspar? Als Olga das Fallreep hinunterging, sah sie, daß Barany Schwarz trug. »Wo ist der Baron?« waren Olgas erste Worte. Barany antwortete bedrückt, sie müsse sich auf eine ernste Nachricht einstellen. Dann erfuhr Olga, daß ihr

Vater bei einem Jagdunfall in den Karpaten ums Leben gekommen wäre. »Lag bereits Schnee? Waren es Wölfe?« fragte Olga. »Nein, dazu war nicht die Jahreszeit. Ein Schuß aus der Büchse hat sich versehentlich gelöst. Ihr Vater war sofort tot«, sagte Barany.

Ein Trauerjahr

Als der Sarg mit Kaspars sterblichen Überresten im Familiengrab auf dem Wiener Zentralfriedhof nach unten gelassen wurde und als Olga die Erdschollen mit dumpfer Härte auf den Sarg fallen hörte, kam eine innere Gleichgültigkeit über sie, die in der ersten Zeit weder abnehmen noch zunehmen sollte.

Die Verstorbenheit und die Abwesenheit ihres Vaters prägte Olga den Stempel der inneren Verödung auf. Ruhig und zurückgezogen verbrachte sie die folgenden Monate fast ausschließlich in ihren Räumen am Schottenring. Außer von Ferdinande und von Theodora Lanzki, der einzigen Schwester ihres Vaters, empfing sie keinerlei Besuche. Alle, die sich anmeldeten, um sie abzulenken oder zu zerstreuen, ließ sie abweisen.

Jakob war nun ihr einziger Trost geworden. Immer öfter unterhielt sie sich mit ihrem Ungezeugten.

Manchmal machte sie Besuche auf dem Zentralfriedhof, ging dichtverschleiert und lange zufuß durch die winterliche Totenstadt. Unter dem verschneiten Grab war Kaspar ihr näher als in den verlassenen Räumen am Schottenring. Wenn Olga am Grab ihres Vaters stand, erinnerte sie sich in einer großen Trauer, die sie indessen niemals niederdrückte, an gemeinsame Erlebnisse mit Kaspar. Unter anderem auch an das Spiel mit der Kalmückenmütze.

Kaspar hatte viel gelesen; er zog sich dabei in seine Bibliothek zurück und trug beim Lesen meistens die Kalmückenmütze. Es handelte sich um eine Mütze aus altem und weichgegerbtem Elchleder, das ganz eigentümlich nach allerlei Ferne roch.

Olga war ihrem Vater oft in die Bibliothek gefolgt, um ihn lesen zu sehen, jene Mütze auf dem Kopf zu befühlen. Als sie ein Kind gewesen war, war sie gern auf Kaspars Knie geklettert; dieser hatte dann seinen Kopf herabgeneigt und Olga konnte an jener Mütze riechen und sie berühren. Dabei wurde Olga zumute, die Mütze ströme Liebe aus. Eines Tages hatte ihr Vater diese Mütze abgenommen und sie Olga aufgesetzt und bemerkt, es sei Phantasie, was die Kalmückenmütze ausströme. Dann hatte Kaspar erzählt:

»Nach dem Ableben deiner Mutter Emily bin ich drei Jahre ruhelos und ziellos umhergereist. Das Leben ohne Emily und das nackte und ab nun für immer unerfüllbar bleibende Sehnen nach ihr und das Umherreisen in diesem Untrost kamen mir als eine schwere Krankheit vor, als eine Krankheit meines Gemüts, die ich für unheilbar hielt.«

Eines Tages, am Ende jenes dritten Jahres dieser Sindbadiade durch eine vollkommen leer erscheinende Welt, war Kaspar in das Städtchen Elista an der unteren Wolga gekommen. Dort lebten Kalmücken, Russen und Kasachen. Auf dem Markt von Elista lernte Kaspar einen Mann kennen, der ihm eine Mütze aus Elchleder anbot. Und Kaspar hatte die Mütze sogleich gekauft, ohne zu wissen, warum eigentlich. Hatte es ihm vielleicht der Geruch des hellgegerbten und weichen Elchleders und die nach oben spitz zulaufende Form dieser Mütze angetan? Kaspar jedenfalls machte von dem Angebot jenes Mannes auf dem Markt Gebrauch und zahlte den Betrag, den der Kalmück verlangt hatte. Dieser hieß Ili und meinte, nachdem der Handel getan war: »Sie werden diesen Erwerb nie bereuen, Herr. Diese Mütze hält die Phantasie desjenigen, der die Mütze auf dem Kopf trägt, beisammen.«

Kaspar war sichtlich berührt. Der Kalmück Ili bot ihm ein Gläschen Schnaps an und sie tranken miteinander. Ili konnte etwas Serbisch, welches Kaspar leidlich redete und gut verstand. So kam man in eine Unterhaltung. Zunächst hatte Ili von den

Wanderungen seines Volkes erzählt. Die Kalmücken kamen aus der Westmongolei, über den Ural, bis hier herab an die untere Wolga. Doch war der größere Teil von Ilis Familie später in die Dsungarei nach Zentralasien zurückgewandert. Ili war aber in Elista an der unteren Wolga geblieben. »Wegen eines Mädchens. Wegen Yuuna«, sagte er.

»Sie war wie eine Blume in einem Garten, die so schön ist, daß die Bienen sich weigerten, den Honig aus ihr zu nehmen«, erzählte Ili weiter, »selbst die Steine im Feld fingen an, sich aus Liebe zu Yuuna zu bewegen. Eines Tages erblickte ich Yuuna und entdeckte die Liebe und hielt eine Rede auf sie. Yuuna lauschte der Rede auf die Liebe, dann kam sie auf mich zu, küßte mich und sagte: ›Ich will dich, Ili.‹«

Kaspar hatte der Geschichte mit zunehmender Bewegtheit zugehört. Er dachte die ganze Zeit an Emily und phantasierte, er sei einer der Steine, die sich bewegten. Schließlich erzählte er Ili von Emily und von ihrem Ende. »Du bist ein kranker Mann«, sagte Ili mitfühlend. Kaspar sagte: »Ich bin ein leerer Mann. Leer bin ich und weiß es.« Ili erwiderte: »Yuuna und ich hatten nicht das seltene Glück, ein ganzes Jahr glücklich und froh miteinander zu sein. Aber wir waren drei Wochen glücklich miteinander. Dann befiel eine Seuche mein Volk. Auch Yuuna starb. Ich war dazu verurteilt, der Verbrennung ihres Leichnams zuzusehen. Warf mich zur Erde. Da kam Yuunas Vater und befahl, sie sollten Yuunas Reste gegen einen Baum stellen und der Toten die Maske vom Gesicht nehmen. Das wurde getan. Meine Augen sahen dann in großem Entsetzen Yuunas Gesicht ohne Maske – es war mein eigenes. Ich schrie Tag und Nacht, bis meine Stimme erlosch. Später gab ich zu, daß es nicht viele Leute gibt, die in ihrem Leben drei Wochen lang glücklich und froh mit einem anderen waren, wie Yuuna und ich es waren.«

Ili hatte auf die Mütze aus Elchleder gezeigt. »Dein Umherirren ist vielleicht nur eine Prüfung für deinen Geist, eine Prüfung, die erweisen wird, ob ein Jahr des Glücks mit jemand anderem wert ist, sich für den Rest eines langen Lebens dankbar daran zu erfreuen«, sagte der Kalmück.

Als Kaspar die Geschichte von der Mütze zu Ende erzählt hatte, sagte er zu Olga: »Von dem Städtchen Elista bin ich sogleich nach Italien gereist. Dort habe ich dich in der Villa Colini abgeholt. Du warst soeben drei Jahre alt geworden. Ich wußte, daß wir uns nie mehr trennen würden. Vielleicht hin und wieder räumlich und zeitlich, aber nie mehr in der Liebe, nie in der Phantasie.«

Fremd überall

Nach dem Erlebnis im Musikvereinssaal begann Margaret Talmayer sich in allem Bisherigen zunehmend fremd zu fühlen; nichts war mehr wie früher, aber was stattdessen vorging, verursachte ihr keineswegs den interessanten Reiz des Neuen, sondern den Schrecken der Entdeckung, darin nicht zuhause zu sein. Von Dr. Béla Hermann hatte sie seither nichts mehr gehört. Es war schon mehr als ein halbes Jahr vergangen seit seinem Besuch in Hernals. Margaret quälte sich mit der eigentümlich schwachen Vorstellung, Béla hätte sie vergessen. Je mehr vernünftige Gründe sie dafür fand – und die Tatsachen sprachen ja für sich – desto unsinniger wurde für Margaret diese Vorstellung. Nach und nach aber gelangte Margaret zu der Einsicht, daß das, was sie am meisten quälte und was ihr am meisten das Gefühl vermittelte, überall im Fremden zu stehen wie in einer nahezu außerirdischen Welt, etwas ganz und gar Banales sei: es gab niemand, mit dem sie über jenes Erlebnis mit der Musik Ludwig van Beethovens sprechen konnte.

Sie hatte es mehrmals versucht. Zuerst hatte sie ihrer Mutter etwas erklären wollen: den reinen und immer weiter in ihr arbeitenden Schrecken, der ihr etwas zur Gewißheit machte, was sie nicht in Worten ausdrücken konnte, aber immerhin ahnte, daß sie es darum so tief und rein erlebte, weil sie noch dieses

Kind war. Diese Musik, die sie gehört hatte, soviel wußte Margaret Talmayer immerhin, hatte alles Enge und Falsche in ihr niedergerissen. Innere Erdteile aus Feigheit und übermächtige innere Kathedralen des Bösen hatte Beethovens Komposition, von Otto Klemperer und von den Philharmonikern zu Musik gemacht, in Schutt und Asche gelegt. Bei diesem einmaligen und völlig vergleichslosen Vorgang hatte Margarets geistiger Leib, der in ihrem Fleisch und in dem Gehäuse ihres Körpers dabei geboren worden war, einen seelischen Kontakt zwischen Erde und Himmel hergestellt. Die Grenzen zu sich selber hatte diese Musik niedergerissen und die Grenzen zum Unendlichen hatte diese Musik niedergerissen und, dies der tiefste Schrecken, ebenso die Grenzen zu Béla waren vollständig niedergerissen seither, ohne daß Béla davon etwas ahnte, was für Margaret Talmayer das Allerunheimlichste war.

›Ich erlebe alles, weil ich noch ganz kindlich bin und weil ich noch ganz kindlich bin, nimmt mich keiner von den Älteren für voll und weil ich das fühle, habe ich keine Worte für das, was ich erlebt habe und immer klarer erlebe‹, sagte Margaret sich. Was sie ihrer Mutter vorstotterte, längst schon eine Fremde in ihren eigenen Schuhen und in der Wohnung ihrer Eltern, war für Lena Talmayer natürlich noch viel unbegreiflicher; Margaret gab es schließlich auf. Lena sah in der Unfähigkeit Margarets, sich auch nur einigermaßen verständlich zu machen, beinahe schon das Ende ihrer gemeinsamen häuslichen Welt.

Ohnehin furchtsam und von Hans Talmayers unaufhörlichen nationalsozialistischen Haß- und Heilsparolen vollends mundtot gemacht, schien für Lena nun auch der letzte Halt, Margarets bis jetzt so schöne Einfachheit und Klugheit, mehr und mehr Illusion. Ratlos sagte Lena zu ihrer Tochter: »No, di hod da Beedhowen aufm Gwissn.«

Hans Talmayer erwähnte kaum noch die Fabrik und seinen Aufstieg zum Vorarbeiter. Er ging mehrmals in der Woche aus der Fabrik direkt ins Parteibüro der NSDAP Österreich, wo er »für unseren Führer und den neuen Staat« arbeitete, für die »neue Ordnung, die auch hier bei uns in Österreich bald kommen würde, weil sie überfällig wäre«, wie Talmayer prophezeite. Das Parteibüro befand sich übrigens wenige hundert Schritte entfernt von dem Palais Lanzki am Schottenring, in einem umgebauten neuen Bürohaus. Daheim predigte Talmayer von dem Landsmann Hitler. Aber noch drohender und eintöniger und irgendwie mit Untertönen von religiöser Tuntigkeit predigte er von Hermann Göring, den er »den getreuesten Kampfbruder« des Führers nannte, einen, der durchgreife. Dann folgten endlose Tiraden über die Juden.

Margaret hatte ihren Vater schließlich gefragt, was das wären, Juden? »Keine Menschen! Ungeziefer, schlimmer als Ratten! Der Weltfeind Nummer 1!« hatte Hans Talmayer heftig geantwortet. Margaret konnte diese Antwort nicht mehr vergessen. Ihr Vater wurde ihr ebenso fremd wie die immer unterwürfiger durch die armselige Wohnung huschende Mutter.

Im Verlauf des Frühjahrs und des Sommers hatte Margaret mehrere Briefe an Béla geschrieben, aber keinen dieser Briefe abgeschickt. Sie hatte Hemmungen, Béla einfach um ein Wiedersehen zu bitten. Die Haßausbrüche ihres Vaters gegen die Juden und seine stereotypen Wiederholungen, »dieses Ungeziefer würde demnächst aus seinen Schlupflöchern getrieben und vernichtet«, bewirkten in Margaret ein immer größeres Mitgefühl für diejenigen, die hier gemeint waren und von denen Margaret sonst nichts wußte. Ob Béla auch ein Jude war?

Diese Frage war es, die Margaret im Spätsommer 1931 so zusetzte, daß sie ihre Hemmungen schließlich überwand und einen Brief an Dr. Béla Hermann schrieb, den sie an das Allgemeine Wiener Krankenhaus adressierte und ihn dann auch abschickte.

»Ich hoffe«, schrieb Margaret Talmayer, »wir sehen uns bald wieder. Und noch etwas – sind Sie ein Jude?«

Donauabwärts

Sommer 1931. Der Aufgang der Erkenntnis, daß für Jakobs Erschaffung und für seine Wirklichkeit kein Mann vonnöten gewesen war, sondern nur ihre, Olgas, sehnende Liebe, beendete Olgas lange Trauerzeit. Selbst die Melancholien nach dem Verlust Kaspars, die ihr manchmal unheilbar vorgekommen waren, hatten gegen die Kraft von Olgas Erinnerungen an die Geschichte der Kalmückenmütze auf Dauer keine Chance. Nach und nach vermochte Olga wieder Ferdinandes Geduld, ihr Vorschläge zu einigen Unternehmungen außerhalb von Wien zu machen, als Zeichen echter Freundschaft zu schätzen.

Olga fand inzwischen auch wieder einige ihrer Allüren und Ansichten belächelnswert. Ende August machte Ferdinande den Vorschlag, nach Budapest zu fahren und dort die Herbstsaison zu verbringen. Olga war zunächst noch skeptisch, aber einige Tage später stimmte sie zu.

Unberührt von der zunehmenden Armut und einem Europa, das vor einer Katastrophe stand, waren die Freundinnen in Olgas Auto unterwegs nach Budapest. Die Reise donauabwärts und im warmen September war, bei geöffnetem Verdeck, ein Vergnügen. Die beiden Frauen in dem Sportwagen und mit ihren hellgrauen Autokappen, eine Blondine mit leuchtendrot geschminktem Mund und eine mondäne Amazone mit schwarzem Bubikopf, beide in Automänteln von verschieden getönten Farben und in dem smaragdgrünen Maybach-Kabriolett sorgten für Aufregung unterwegs.

Olga erzählte Ferdinande beim Fahren die Geschichte, wie ausgerechnet Tante Theodora für die Wahl dieses Autos den Ausschlag gegeben hatte. Theodora in Mödling bei Wien war unverheiratet geblieben. Sie war ein wenig prätentiös, aber viel klüger als ihre Tragik in Tütchen.

Es hatte damit begonnen, daß sie früher bei bestimmten Wörtern fromme Fratzen schnitt. Sie entwickelte dazu aber auch das weitaus bedenklichere Faible des heimlichen Knabenkneifens. Zuerst lachte man noch darüber, aber als die ersten Knaben, die sie bald immer ungenierter nicht mehr in die Waden, sondern in die Hintern kniff, deutlich zu meutern begannen, gab Tante Theodora nicht eher Ruhe, bis der damals in Wien praktizierende Dr. Sigmund Freud einwilligte, sie für eine psychoanalytische Behandlung anzunehmen. Es galt bei reichen Leuten als äußerst schick, bei Dr. Freud in Behandlung zu sein. Die Psychoanalyse galt als »erlaubt revolutionär«, wie Tante Theodora fand, außerdem hatte sie einen Zug ins ideale Gespann von Intelligenz und Inzest, es tat nicht weh und es wurden, vor allem, keinerlei bedrohliche Gegenstände wie Injektionsspritzen, scheußliches OP-Besteck oder das leise Grauen erregende Stirnokular, das eklige dritte Auge der Götter in Weiß, verwendet. Außerdem gab es bei Dr. Freud nicht diese Schläuche und Abbindegurte, nichts desgleichen. Man hatte sich auf eine Couch zu legen und man durfte Dinge sagen, die man sonst unter keinen Umständen jemand gesagt hätte.

Nach wenigen Liegevisiten hatte Dr. Freud ihr mit Bedauern unterbreitet, er könne sie nicht weiterhin psychoanalysieren, beim besten Willen nicht. »Sie leiden ja überhaupt nicht«, hatte der Arzt ihr eröffnet. Tante Theodora war darüber sehr enttäuscht, aber seitdem lebte sie ohne die Anwandlung, Knaben zu kneifen; statt dessen frömmelte sie, mit einem leichten Dünkel.

Als Kaspar beabsichtigte, einen Sportwagen zu kaufen, standen die Automarken Horch oder Maybach zur Debatte. Tante Theodora, mitnichten gefragt, entschied sich für den Maybach. Der Name des Autos gefiel ihr besser, das genügte ihr. Um die Zeit, in der ihr Bruder mit dem Horch zu liebäugeln anfing, sagte Theodora jedesmal, wenn sie zu Besuch kam, in einer bewußt so tüteligen Art »Horch, Kaspar, Horch . . .«, daß dieser bald genug davon hatte und den Maybach bestellte.

Olga erzählte weiter: »Tante Theodora kam jeden Donnerstag zur Teevisite und jedesmal, bevor sie wieder ging, sagte sie zum Kajetan: ›Herr Kajetan, geb er mir, bittschön, mein Täschchen.‹ Der Kajetan überreichte ihr dann das Täschchen und Tante Theodora öffnete es und entnahm ihm mit der Langsamkeit der großen Sparsamen ein Tütchen aus feinstem Prager Pilzpapier in blendend blassen Farben. Dabei betrachtete ich immer das Spiel ihrer Haut unter dem dünnen und durchsichtigen schwarzen Seidenhandschuh. Dann gab die Tante mir das Tütchen und sagte freundlich zu mir: ›Da schau, Olga, drei Pralinen vom Demel, deine Pralinen.‹«

Sie waren bereits eine Woche im Gellért Hotel in Budapest, das Tagesgespräch der Kenner und Könner des hiesigen eleganten Lebens. Es war ein Nachmittag. Die beiden warteten im wohltuend weichen Licht der großen Jugendstilhalle des Hotels darauf, daß für sie ein Platz im Thermalbad frei würde. Als ihre Nummern aufgerufen wurden und sie den Thermalsaal betraten, waren sie aufs neue überwältigt. Die Mosaikarbeiten, der Marmor der Fliesen, Säulen und großen Badebecken, die kostbaren Miniaturen in den Kacheln der Wände – dieser Traum aus Türkis, Weiß und Blau übertraf selbst die höchsten Erwartungen. Sie badeten lange. Später ging Olga noch zur Massage, während Ferdinande sich in den Ruheraum begab.

Nach der Massage nahm Olga eines der großen und weißen Tücher. Sie hüllte sich hinein und ging in den Ruheraum, vorbei an den Reihen der dort Liegenden.

Das Eingehülltsein der Frauen in Weiß, ihr Ruhen in zwei langen Reihen und in der Höhe und eminenten Pracht und Stille des Kuppelsaales, alles das gab Olga das Gefühl, in einer anderen Zeit zu sein. In einer Zeit, in der es keinen Tod mehr gab. In einer Zeit, in der zuerst Frauen dies als einen grauenvollen Tatbestand erkannten. In einer Zeit, in der Frauen darum Andachten aus Schweigen und Liturgien aus Trauer miteinander abhielten. In einer Zeit, in der stille Reinigungsübungen stattfanden, in Tüchern von solchem ornathaften und päpstlichen Weiß wie jetzt, hier in dieser Ruhehalle. Und mit von niemand beachteten, entscheidenden Unterlassungen aus Opfermut und aus Wissen. Mit unsichtbaren Hilfen für diejenigen, welche in verheerender Nur-noch-Geschäftigkeit ihr Leben auszulöschen anfingen, nachdem der Tod gegangen war. Das alles fühlte Olga voraus und es bestimmte ihre innere Welt, als sie Ferdinande im Ruheraum erreichte und als sie sich neben ihr wortlos niederließ.

An einem der nächsten Tage lernten die beiden beim Ausritt in die weiten Hänge der Kalkberge, in die hinein sich Buda, der Stadtteil rechts an der Donau (das frühere Ofen) immer mehr verlagert hatte, zwei junge Leute kennen. Ferdinande und Olga hatten in der Weite des Blicks von den Kalkbergen herab auf die Stadt ihre Pferde angehalten und betrachteten tief unter sich das breite und silbrige Band der Donau mit den acht Brücken, die den Strom überspannten und Buda mit Pest verbanden. Versunken in die Betrachtung dieses Anblicks merkten sie zwar, daß zwei Reiter neben ihnen hielten, aber sie wurden erst aufmerksam auf sie, als der eine seine Kappe zog und mit einer Verbeugung wortlos grüßte.

Olga war von dieser pantomimenhaften Gebärde in der Stille und Weite hier oben erheitert und blickte hinüber zu dem anderen, der nun ebenfalls grüßte.

Zu viert saßen sie auf ihren Pferden und schauten hinab auf die beiden Teile der Stadt, auf den großen Strom und die Brücken. Der Herbstmittag war immer noch warm, aber das Laubwerk des weitgegliederten und sehr alten Baumbestandes leuchtete schon in allen Farben des bevorstehenden Absterbens.

Der Anblick dieses unerwarteten Farbenspiels zwischen dem unbewölkten Mittagshimmel, der Herbstlandschaft hier oben, dem Stadtbild drunten, dem schleierigen Sonnenlicht, in der Stille und in dem Wind, der wellenartige Bewegungen im Laubkleid der Bäume verursachte, dieser Anblick und das Angewehtwerden von der erfrischenden Kühle im Wind stimmten Olga und Ferdinande romantisch.

Die beiden jungen Leute nebenan stellten sich vor: Serge Brancu und sein Vetter, Dr. Béla Hermann, Sekundararzt aus Wien.

Stettiner

Margaret verließ den Hof des Gymnasiums in der Josefstädter Straße, lief über die Straße und betrat den kleinen Laden *Sal. Stettiner. Schreibwaren.* Der Mann undefinierbaren Alters, dessen einziges Kennzeichen sein Gesicht war, Salomon Stettiner, wußte schon, was seine Kundin brauchte: Zwei Schulhefte, genauer Schreibhefte, liniert.

»Bittschön, zwei Schulhefte – Schreibhefte, liniert«, sagte Margaret und Stettiner entnahm sie einem Holzfach hinter seinem Rücken, legte sie Margaret hin, diese legte den ihr bekannten Betrag in Groschen und abgezählt hin, nahm die Hefte, bedankte sich und wollte gehen. Sie hatte sich bereits umgedreht und Stettiner schaute ihr nach. Er mochte diese Kundin und wußte nicht, wieso. Er überlegte das. In dem selben Moment drehte Margaret sich wieder um, ging die zwei Schritte in dem kleinen Lädchen zurück und schaute den Mann aufmerksam an, diesen Menschen, der stets so formlose und abgewetzte Kleider trug, daß man von ihm, außer dem Gesicht, nichts erkennen konnte, und fragte ihn: »Bittschön, wenns erlaubt ist, ich möcht Sie gern etwas fragen. Es ist persönlich. Sind Sie ein Jude?«

Stettiner sagte: »Ja, stimmt.« Er hatte tiefe Falten bis zum Kinn, von beiden Seiten der Nase am Mund vorbei, abstehende Backenknochen, Augen, die normalerweise wie Totenaugen aussahen, in denen es aber nun aufblitzte, weil der Gefragte Interesse an Margaret faßte, die er ohnehin von allen Kundinnen von Gegenüber am meisten mochte.

»Was ist ein Jude?« fragte Margaret mit dem Brennen der Wartenden, die einen Brief an jemand, den sie liebt, gesendet und die zu lange schon umsonst auf eine Antwort gewartet hat. »Jude? Was das ist?« fragte Stettiner und wunderte sich nun, denn er war nicht vorbereitet auf so etwas. Aber weil er keine Angst hatte, da er in dieser Welt nur vor einem Angst hatte (Angst vor Feuer), durchdachte er Margarets Frage und sagte dann: »Jude ist, was mich betrifft, mehr als zuviel und weniger als das mindeste und das immerzu und immer zur selben Zeit.« Es war, als bereute Salomon Stettiner bereits diese Worte und er sagte: »Vergesse, was ich gesagt habe. Alles nur Dummheit von mir. Jude genügt für das, was ein Jude ist.«

Die Antwort Stettiners befreite Margaret aus dem Stumpfsinn des Schweigens und Wartens und Zauderns, in dem sie sich nun schon wochenlang zermartert hatte. Daß ihr endlich jemand gesagt hatte, was ein Jude sei, löste Margaret die Zunge. Sie erzählte Stettiner von sich und von Béla und schließlich auch davon, daß sie ihm einen Brief geschrieben, aber keine Antwort bekommen hätte. Recht betreten fügte sie ihrem zunächst temperamentvoll gewesenen Bericht hinzu, sie hätte in jenem Brief auch gefragt, ob der Herr Béla ein Jude wäre. Vielleicht habe sie mit dieser Frage alles verdorben.

Stettiner wiegte den Kopf hin und her und meinte dann, es könne auch anders sein. Was wäre denn, zum Beispiel, wenn der Herr Béla verreist sei und den Brief erst nach seiner Rückkehr vorfände? So etwas gäbs ja. Voller alsbaldiger neuer Hoffnung fragte Margaret den Mann hinter dem Ladenbrett nun: »Herr Jude, sind Sie der Stettiner von dem Hausschild da draußen persönlich?« – »Ja, ich bin Salomon Stettiner«, antwortete der Gefragte. Margaret machte keine Anstalten zum Gehen. Es kam, sonderbar, auch niemand in den kleinen Laden. Gewöhnlich waren um diese Zeit immer Kundinnen aus dem Mädchengymnasium hier. »Herr Jude, woher kommen Sie?« fragte Margaret den Mann, der ihren großen Kummer so mühelos entkräftet hatte, mit Wißbegierde. »Aus dem Himmel komme ich«, lautete die Antwort. »Wie kamen Sie nach Wien?« fragte Margaret. »Zufuß«, sagte Stettiner, sich zum erstenmal seit Jahren erinnernd. »Zufuß aus dem Himmel?« fragte Margaret bestürzt, ganz ungläubig. »Nein, zufuß aus Wilna.« »Ist das in Rußland?« fragte Margaret. »Ja, als ich dort fortging, war es Rußland, heute die Sowjetunion.« – »Und wohin werden Sie gehen?« fragte Margaret und begriff nicht, wieso sie das fragte. »In den Himmel«, sagte Salomon Stettiner. »Gehen Sie über Wilna?« fragte

Margaret nun. »Nein, nicht über Wilna, das ganz sicher nicht«, sagte Stettiner mit leisem Nachdruck.

Er war 1880 in Wilna geboren worden. Bei dem Pogrom von 1893 war er aus einem brennenden Haus entkommen und entronnen. Er lief fort aus Wilna, später kam er zufuß in Wien an. Angst vor Feuer, Erfahrung von Einsamkeit und Demütigungen wegen Mangel an Geld waren das Kapital, das er mitbrachte hierher. Inzwischen, nicht reich und nicht arm und nicht wohlhabend und nichts vergessend, lebte er von seinem Lädchen in der Josefstädter Straße.

Sobald Stettiner die kleinste Flamme sah, auch Kerzen und die vor allem, verlor er die Nerven. Auch im Winter hatte er, in seinen Anfangsjahren in Wien, niemals eine Gasflamme angezündet, keinerlei Heizung, die durch Feuer in Gang kam, jemals in Betracht gezogen. Er lernte eine Frau kennen, die ihn wieder verließ, weil sie immerzu fror in dem Winter ihres Kennenlernens. Machte jemand im Beisein Stettiners eine Zigarette mit dem Streichholz an, geriet er fast in Panik. Und nur aus einem Grund war er nie in die Synagoge gegangen: dort gab es brennende Kerzen.

In späteren Jahren heizte und kochte er mit Elektrizität und so blieb es. Aber als das kam, war es für ihn und die Frau längst zu spät. Sie blieb unauffindbar für Stettiner. Dieses Wunder, Elektrizität, kam zu spät.

Er war jahrelang, wenn es kalt und kälter wurde, mit dem Mantel und mit wollenen Handschuhen ins Bett gegangen, sobald es draußen dunkelte. Es war sein vollkommenster Gedanke, in den Himmel zu gehen, weil dort, soviel man wissen konnte, keinerlei Feuer brannten. Zwar fürchtete Salomon Stettiner die eisige Frage des Juden Spinoza aus dessen Buch *Ethik:* »Wenn du Gott liebst – warum sollte er dich lieben?«, jedoch baute Stettiner auf das Erbarmen Jahwes mit ihm und seiner Angst vor Feuer. Er spekulierte über jede Idee und Aussage, aber er spekulierte niemals über die Idee des Erbarmens oder darüber, ob Erbarmen für ihn in Frage käme, verdient oder unverdient. Seine Angst vor Feuer, Gott kannte sie, darauf baute Stettiner.

»Du kommst aus dem Himmel und gehst in den Himmel?« fragte Margaret und wunderte sich bei der Frage, warum sie nun Du zu Stettiner sagte. »So ist es«, sagte der Gefragte. »Was ist das, der Himmel?« fragte Margaret. »Wärme, Wonne, Wunder – alles ohne Feuer«, sagte Stettiner. »Weißt du das, weil du ein Jude bist?« fragte Margaret. »Nein, ich weiß es, weil ich es ersehne«, sagte Stettiner mit Gewißheit. »Das merke ich mir, denn ich ersehne auch etwas.« Stettiner fragte nicht, was es sei; er spürte, daß diese Frage das Kind überforderte. Nicht gefordert von dem Älteren wuchs Margaret aber auf einmal eine solche Selbstsicherheit zu, daß sie sagte, ihr Vater verfluche fast täglich am Tisch daheim die Juden und so wäre eine immer größere Angst und immer mehr Mitgefühl mit Juden in ihr entstanden.

Stettiner, der seiner Angst vor Feuer nach längerer Zeit wieder heftiger innewurde, sagte zu Margaret: »Angst ist nichts Böses. Sie ist das Blut Gottes und macht Mitgefühl mit anderen und mit dir selber. Und dieses Mitgefühl ist das Fleisch Gottes. So kommt aus dem Blut und dem Fleisch Gottes die Liebe.« Auch das merkte Margaret sich. Dann reichte sie Stettiner die Hand über das Verkaufsbrett und verließ das Lädchen.

Daheim schrieb sie auf den Umschlag des Heftes, das sie gekauft hatte: »Worte des Herrn Juden.« Dann notierte sie in das Heft, was Stettiner gesagt hatte. Sie verbarg das Heft sodann vor den anderen in der Familie.

Wozzeck in Wien

Erich Kleiber führte mit Angehörigen der Wiener Oper zu Beginn der Saison Alban Bergs Oper *Wozzeck* auf, nach Texten von Georg Büchner.

Geiringer, der keine Opern mochte und der darum das Niedermachen von allem, was in diesem Bereich nicht glatt hinunterging, normalerweise einigen dafür besonders dressierten Kollegen überließ, ging dieses Mal selber hin. Sein Urteil stand längst fest: perverser Verfall.

Geiringer hatte nicht nur diese Oper längst abgeurteilt, er hatte auch ihren Komponisten als Person und als Potential längst verurteilt. Er wußte nicht, daß Musik, die leicht ins Ohr geht, ebenso leicht wieder hinausgeht, daß aber Musik, die schwerer ins Ohr geht, kaum je wieder aus dem Herzen geht.

Als er dem Zeitungsredakteur telefonierte, er möge ihm reichlich Platz für einen Artikel über Büchner und Berg, Kleiber und dessen Wozzeck-Besetzung freihalten, ahnte er noch nicht, daß der Soldat Wozzeck nach seinem Martyrium auf dem Theater die Bühne verlassen und in Wien auftauchen würde – und das durchaus nicht als bloße Allegorie.

Geiringer ertrug nur wortlose Musik. Und er war schlau: Er hatte sich jedes Gefühl mit unzählbaren Selbstherabsetzungen, die sein Handwerk des Niedermachens ihm bescherte, schon ausgetrieben. Aber er hatte Gespür für labile Lagen bekommen. Und Bergs Oper machte bereits labil, bevor man sie gesehen und vernommen hatte. Was Bergs kunstvoller Soldat Wozzeck sonst noch machen mochte, wenn bereits künstliche Menschen von weniger heruntergemachten Erbauern die gespenstischsten Sachen trieben, wagte Geiringer sich nicht auszumalen.

Er betrat das Opernhaus und nahm seinen Platz ein. Im selben Augenblick gab sich der Darsteller des Wozzeck in seiner Garderobe der Wahnidee hin, der auch Geiringer huldigte: daß Oper nur Spiel oder Beispiel im höheren Sinn (äußerstenfalls) wäre. Der Darsteller des Soldaten Wozzeck, der nun bald von einem Mediziner im Namen des wissenschaftlichen Fortschritts und der gemeinen Ordnung zu brüllendem Brei geschunden werden sollte, ließ vor dem Garderobenspiegel sein volles Künstlerauge in ergreifender Einfalt auf seinem Spiegelbild ruhen und begab sich dann an die Verfertigung seiner grauen und stumpfsinnig-ergebenen Maske, die den Wozzeck zeigen sollte.

Geiringer bereute bereits, daß er hierher gekommen war. Er ertrug Opern einfach nicht: Daß Leute auf der Bühne umherstanden und umherliefen, die bei jeder unpassenden und bei jeder passenden Situation ihre Hälse hoben, die Münder aufrissen und die Augen verdrehten, bevor sie sie zudrückten und daß sie dann loslegten mit diesem Gesinge, sich ans Herze griffen und einander umarmten, wegstießen, davonstürzten, zur einen Tapetentür hinein, zur anderen wieder heraus, daß sie einzeln auftraten, zu mehreren und in Massen und daß sie bei Angst, Not und Haß ebenso zu singen anfingen wie bei Freude und bühnenfalschem Glück, ertrug Geiringer nicht.

Der Vorhang ging auf. Georg Büchners Anschlag auf die Illusionen von Soldatenehre, Heldentum und Vaterland, Gehorsam als Glückserlebnis, Menschlichkeit im Unmenschlichen begann.

Kleiber und das Wiener Opernhausorchester begleiteten dieses Drama der Sprache mit der atonalen und dissonanten Schönheit der Musik Bergs. Geiringer merkte nicht, wie ihm der Atem stockte, wie sein Herzschlag arhythmisch ging, Schweiß aus seinen Handflächen und Schläfen trat.

Geiringers Miterleben wurden ihm von der Musik und von der Bühnenhandlung, deren wahre Natur der Gesang war, bis ins höchste Verstehen gesteigert. Mit Wozzeck erlebte er das vernünftigste Mysterium der Menschheitsgeschichte, die Desertion von der Fahne der Abschlächter im Namen einer ungewissen Liebe, von Anfang bis zum Ende durch.

Zunächst hatte Geiringer vorgehabt, in ein fremdes Kaffeehaus einzutreten; er wollte vertraute Umgebung meiden, um sich bei seinen ersten Notizen für die Opernbesprechung von altbekannter Stimmung nicht beeinflussen zu lassen. Aber er ging dennoch ins Café Herrenhof.

Die altbekannte Gesellschaft stieß ihn jetzt noch mehr ab als üblich. Er bestellte Würstel, dazu einen Dreier. Die Würstel erbosten ihn, da sie zu heiß waren, der Wein bekam ihm nicht, aber er bestellte sich ein zweites Glas und kam sich bereits angetrunken vor, während er es mit überaus gereizter Ungeduld erwartete. Er zog seine längsgefalteten Schreibblätter aus der linken Innentasche des Kittels, deren obere Ränder stets gekrümmt waren, weil sie zu hoch aus der Tasche standen da innen drin, weswegen Geiringer die Streifen häufig zurückschieben mußte, wenn sie seitlich aus dem Kittel ragten, fast schon bis unter die linke Armbeuge, worüber er sich bereits an die zehn Jahre täglich bis zur Verbitterung erregte. Er nahm den Bleistift aus der Brusttasche, dessen überlange Spitze sich wieder in seinem Ziertuch verbohrt hatte. Endlich kam das zweite Glas Wein. Geiringer trank es aus. Alles Neue, was er in der Oper erlebt hatte, verflüchtigte sich bereits. Er fing an, die gewohnten Gesichter und sich selber zu studieren. Dabei verzichtete er auf die Notizen, verzichtete darauf, das Niegesagte in Stichworten aufs Papier zu bringen – er begann sogleich mit dem Artikel.

Als das Caféhaus schloß, hatte der Doktor Anton Geiringer neun Blatt mit einer Strafepistel bedeckt, die er sogleich zum Nachtpostkasten der Zeitungsdruckerei brachte, wo er sie einwarf. Dann begab er sich zur Porzellangasse und betrat seine Wohnung.

Morgens frühstückte er wie üblich im Café Brioni. Dort war Herr Leo inzwischen Chef geworden. Noch stand Geiringers Verdammung Bergs und seiner Oper nicht in der Zeitung, aber Geiringer kannte jeden Satz auswendig und memorierte beim Frühstück die giftigsten Partien befriedigt vor sich hin. Scharf sein, aber objektiv bleiben war Geiringers Devise. Operette war Kitsch, Oper leider Kunst, daran glaubte er. ›Objektiv muß man bleiben, bei allem Schlendrian‹, sagte er sich.

Die Gestaltung des Bösen durch den Künstler Berg verschwieg Geiringer. Statt dessen log er in seinem Artikel, die Musik Bergs sei böse. Er hatte das Gegenteil erkannt, log als hochgradig Wissender. »Ja, diese Musik ist das Böse an sich: dumpf, schmutzig, stupide. Ein widerwärtiger Verfall«, schrieb Geiringer.

Weiter schrieb er, man sähe sich inzwischen einer Verschwörung von Kulturschändern und Menschenvergiftern gegenüber, deren alles entlarvende Verkörperung der feige Deserteur und Lustmörder Wozzeck sei. So stelle Alban Berg sich und seinesgleichen selber an den Pranger. Sein Neutönertum wäre eine Schande für Wien.

Tags darauf las er sein Elaborat in der Zeitung. Er saß im Café Brioni und las, was nun gedruckt war. Er ertrug es schlecht, daß dies nur einen Tag zu lesen war, giftete sich über die Kurzlebigkeit seiner Verdammung. Dabei erinnerte er sich erneut der Einsichten, die Bergs *Wozzeck* ihm bei der Aufführung gegeben hatte. Er wollte es vergessen, doch das gelang ihm nicht. Neue Wut auf Alban Berg packte ihn.

Einmal war der Komponist am Großen Graben an ihm vorübergegangen. Bergs ausdrucksvoller Kopf hatte ihn an Oscar Wilde erinnert. Die selbe märchenhafte Weltnähe durch Fernbleiben von allem Aktuellen. Geiringer erinnerte sich wieder an dieses Vorübergehen Bergs. Jetzt im Café Brioni erkannte er, daß seine Schmähungen keinerlei Folgen hatten: Die, die er heruntermachte, schufen gestärkt weiter. Und die, die er pries, überstanden selbst das. Von der Kunst der Kritik, Betroffensein durch Kunst erleben und schriftlich weitergeben zu können, in Ablehnung und Zustimmung furchtlos und gewissenhaft zu werden, hatte Geiringer sich endgültig losgesagt.

Er bemühte sich, unter dem forschenden Blick des Herrn Leo, so gemessen wie möglich sein Frühstück hinunterzubringen. Mit dem Rest des zweiten Kipferls drückte er, sensibilissimo, die Krümel auf den Teller zusammen, stellte dann den Kipferlrest senkrecht auf das Krümelhäuflein, drückte zu und hob es hoch und steckte alles in den Mund. Herr Leo sollte beim Abräumen wissen, daß es ihm heute besonders geschmeckt habe. Dabei wünschte Geiringer endlich eine Zeit herbei, in der solche Sachen wie das Urteil über Berg nunmehr Konsequenzen nach sich zögen.

Tango

Die Freundinnen besuchten mit den beiden Vettern den Nachtklub Förös. Olga, begeisterte Tänzerin mit einer Vorliebe für Walzer und Charleston, tanzte mit Serge Brancu zum ersten Mal den Jitterbug, den neuesten Tanz der Saison, wie alles wirklich Demokratische und Vulgäre importiert aus Amerika.

Serge war bereits ein ebenso aggressiver wie gelenkiger Könner des Jitterbug. Er brachte ihn Olga bei. Die Vergnügungstechnik der X-förmig einknickenden Beine und der simultanen Rhythmik der Hüfte und des knochenlockernden Schüttelfrostes zu zweit machte Olga großen Spaß. Auch dem Überschlag über Serges gebeugten Rücken stellte sie nichts in den Weg. Diese beiden, der Profitänzer und die unverbrauchte Dilettantin, gerieten mehr und mehr in die Fieber ihres Könnens. Das Nachtklubpublikum machte die Tanzfläche frei für sie. Keiner wollte etwas vom Schauspiel dieser zunehmenden Enthemmung verpassen. Auch das Jazzorchester steigerte seine Tempotempo-Theatralik bis zum Äußersten.

Während Serge, blasierter Beau und Müßiggänger, auf den frenetischen Applaus der Gäste ungemütlich reagierte, applaudierte Olga dem Jazzorchester.

Es war schon fünf Uhr in der Früh, als das Tanzorchester, anstatt für heute sein Finale zu geben, aus einem Swing unerwartet und mit eklatantem Stimmungswechsel zu einem Tango überging. Diese Musik begeisterte alle und riß die Müdesten aus ihrer Lethargie. Béla, der sich in dieser Nacht recht scheu gezeigt hatte, stand unerwartet auf und bat Olga um diesen Tanz.

Die kalte Grandezza und packende Asozialität des Tango, in dessen Melodik und Rhythmik noch die ganze Ursprünglichkeit der argentinischen Liedkunst von Galanterie und Gosse, Aufstand und Liebe, Eifersucht, Trance und Tod mitschwang, tat ihre Wirkung, auch ohne Worte. Jeder im Nachtklub Förös fühlte, daß jene Tangomusik eine grausamere Corrida als jeder

Stierkampf war, ein musikantisches Ritual für die Corrida zwischen Mann und Frau.

Béla tanzte mit Olga den Tango so verwegen und so schrittesicher, durch richtige Atemblockade und Arme- und Handhaltung, er nahm Olga so hart und dabei so unnahbar, wie diese Musik es forderte, an seinen nach vorne und nach hinten sich beugenden Oberkörper, er tanzte mit Olga die fanatischen Figuren dieses Tanzes so gekonnt und konzessionslos, daß Olga sich dabei von Béla erobert fühlte.

Die vier verließen den Förös-Klub, gingen durch die Budapester Morgendämmerung hinüber zum Gellértberg, wo Béla und Serge sich von den Freundinnen verabschiedeten.

Die beiden Vettern wohnten im Haus von Bélas Vater, Gaspar Hermann Ritter zu Kisbét. Er war ein Gutsbesitzer und hatte im Parlamentsviertel eine Stadtvilla. Genannt wurde er »Pulgus« (= der Floh). Béla haßte seinen Vater, aber er kam auch, wie es aussah, nicht los von ihm. Die unerwartete Bekanntschaft mit Olga gab ihm zum erstenmal die Ahnung ein, daß er eine endgültige Trennung von Pulgus eines Tages dennoch zuwegebringen könnte.

Bélas Verwandte, die von allen Verstorbenen der weitverzweigten Familie die Rolle der Pythia innehatte, war Julia Hermann.

Julia Hermann war die einzige Tochter von Tadeus Bogdan Hermann, dem Großvater Bélas, gewesen. 1869 in Campina bei Bukarest geboren, zwei Jahre nach Bélas Vater, verlebte sie ihre Kindheit zunächst in Rumänien. Als Julia Hermann elf Jahre alt wurde, ging sie mit ihrer Mutter nach Paris. Dort erlangte sie 1887 das Zertifikat für die Universität und begann zu studieren, veröffentlichte jedoch im selben Jahr bereits ihr erstes Buch *Poesie und Prosa, Phantasien und Träume*, gleichzeitig bei Hachette, Paris, und bei Socec, Bukarest. Julias Name findet sich in der Kondolenzliste für Victor Hugo, den sie häufig aufsuchte. Ihre beste Freundin in Paris war die Kommilitonin Louise Cotin, die spätere Frau des französischen Ministerpräsidenten Léon Blum. Im Frühling des Jahres 1900 lernte sie in der

Sorbonne einen jungen Mann kennen, in den sie sich heftig verliebte. Aber ihre Mutter hintertrieb diese Liebe.

Julia Hermann erkrankte ab 1902 unter den Intrigen ihrer Mutter immer mehr, schrieb dabei aber noch intensiver als früher ihr zweites Buch: *Die ungeschriebene Philosophie.* Sie schlief bis zuletzt nie mehr als drei Stunden täglich, beendete das Buch und untersagte die Veröffentlichung. 1904 verschlechterte sich ihr Zustand so, daß sie auf ihren Wunsch zurück nach Bukarest gebracht wurde, wo sie unmittelbar nach der Ankunft starb. Ihr Vater ließ den Leichnam einbalsamieren und im Friedhof Serban Voda provisorisch aufbewahren. Dann verkaufte er seinen halben Grundbesitz in Ungarn und Rumänien und baute von dem Erlös ein prächtiges Mausoleum auf Serban Voda. Dort wurde der Leichnam der Tante Bélas beigesetzt; in einem Glasschrein im Innern des Mausoleums konnte er besichtigt werden.

Im Herbst 1907 ließ Tadeus Bogdan Hermann auch diesen Schrein ummauern. Kurz nach der Vollendung dieses Auftrags starb er. Bélas Vater, der einzige direkte Nachkomme, lebte fortan in Budapest, wo Béla 1905 zur Welt gekommen war.

Bélas Mutter ging, ebenso wie zuvor Julias Mutter, nach Paris. Dort führte sie ein unstetes Leben und Pulgus ließ sich 1910 von ihr scheiden. Béla hatte keinerlei eigene Erinnerungen an sie.

Pulgus prägte Bélas Budapester Kindheit mit zwei einschüchternden Dauerpredigten, die er dem Sohn abwechselnd hielt: von dem »Genie des Engels Julia«, und von der »teuflischen Unbedarftheit der verschwundenen Mutter«.

Serge Brancu ging in dem sonst von Pulgus allein bewohnten und gespenstisch leeren Stadthaus sogleich schlafen, aber Béla sah sich von dem umhergeisternden Vater heimgesucht.

Der war Frühaufsteher. »Der Schlaf flieht mich wie das Gold den Spieler!« eröffnete er sein Morgengekreisch. Béla war, zumal nach der Begegnung mit Olga, von seinem Vater angewidert wie selten zuvor. So haßte er, zum größten Ärger des Pulgus, seine Mutter nicht. Er bemitleidete sie auch keineswegs.

Julia beneidete er: Daß Julia schreiben wollte und es tatsächlich getan hatte, daß sie einer großen und unglücklichen Liebe nie abgeschworen und daß sie mit einer sie vollständig erleuchtenden Krankheit ihren Aufenthalt auf der Erde ohne Klage beendet hatte, darum beneidete er seine Verwandte.

Pulgus stand in Bélas Schlafzimmer; er stand vor dem Sohn, gemahnend an einen auf den Hinterbeinchen ärgerlich aufgerichteten und beide Ärmchen nach oben breitenden Floh, wobei des Pulgus geöffneter Morgenmantel bei dieser Geste der Empörung eine Art Käfer-Rückenschild zu werden schien. »Undankbar bist du! Kurzsichtiger!« kreischte er seinem Sohn ins Gesicht. Dieser blickte ihn verachtungsvoll an. Da ließ Pulgus die Ärmchen sinken und sagte: »Du bist verloren, Sohn.« Er drehte sich um und nahm die Morgengänge durch das leere Stadthaus wieder auf.

Die Toten sind immer dabei

Die Zeit in Budapest ging für die beiden Freundinnen viel zu rasch vorbei. Sie unternahmen mehr miteinander, als sie zunächst vorgehabt hatten, und sie trafen sich in den folgenden Tagen auch immer öfter mit den Vettern. Serge und Béla hielten inzwischen auch schon einen Tag ohne die Gesellschaft der Wienerinnen für vertane Zeit.

Béla bewunderte Serge, weil dieser mit der Selbstsicherheit des reichen und anspruchsvollen Müßiggängers überall die Aufmerksamkeit auf sich zog, während Béla glaubte, daß man ihm anmerkte, daß er einer Arbeit nachging. ›Ja – Serge hat die Nüance ...‹, überlegte Béla.

Es wurde allgemach klarer, daß Bélas Scheu Olga gefiel und daß Béla mit dem Tango ihr Herz erobert hatte.

Die Vettern erwarteten die Wienerinnen in der Halle des Gellért. Etwas später, es war bereits bei anbrechender Nacht, fuhren sie zu viert in Olgas Auto ins Stadtzentrum. Der stetige Aufwand und das Leben in Großstädten hatten Olga eine Müdigkeit des Sehens beschert; auch fremde Umgebungen und noch so neue Dinge vermittelten ihr immer seltener den Eindruck, sie sähe etwas mit Augen, die zum Sehen taugten. Jedoch die Fö utca beeindruckte Olga immer wieder. Dieser tagsüber so vornehme Boulevard glühte nachts wie eine entzündete Vene.

Auch bei dieser langsamen Autofahrt durch das nächtliche Budapest kam deutlich zum Vorschein, daß Olga den Béla bevorzugte. Serge, gewöhnt, daß Frauen ihm nachliefen, empfand das als persönliche Kränkung und als Niederlage. Er tat nichts, besaß keinerlei Ehrgeiz. Es gab nur eine Ausnahme: Frauen. Hier war sein »Gebiet«, hier war er sicher. Serge blieb es unfaßbar, daß die schöne Olga den kleinen Vetter, diesen farblosen, nichtssagenden Arzt, ihm vorzug.

Tags darauf unternahmen Olga und Béla eine Autofahrt nach Tokaj im Nordosten Ungarns, wo Olga Verwandte ihres Vaters besuchen wollte. Ferdinande war in Budapest geblieben und Serge begab sich verärgert auf die Jagd nach Tapolca im Bakonywald.

Die Toten sind immer dabei. Es bedurfte keineswegs der Aussicht, Kaspars entfernte Verwandten zu treffen, um Olga die Gegenwärtigkeit ihres Vaters neu zu verdeutlichen. Sie fühlte sich seit dem Ableben des Barons in stetiger und in unmittelbarer Gesellschaft ihrer Mutter Emily und ihres Vaters, jenes Dudley Fergusons und Karl von Rotters und sie hätte sich nicht lange gewundert, wenn inzwischen auch Hypólito Carreta im Reich der Toten anstatt im Gouverneurspalast von Córdoba eingetroffen wäre.

In Tokaj lernte Olga endlich Studco kennen, den Sohn eines Bruders ihres Großvaters väterlicherseits. Kaspar hatte ihr von Studco viel erzählt. Er sei ein beneidenswert vergnügter Mann, letztlich rätselhaft, darauf waren die Erzählungen Kaspars immer wieder hinausgelaufen.

Draußen auf der Treppe hatte Onkel Studco ihnen einen Willkommensschnaps ausgeschenkt und mit ihnen getrunken.

Dann waren sie ins Haus gegangen. Dort hatte der Onkel sogleich mit dem Realismus von Leuten, die ein keiner Menschenseele nützliches und keinem vernünftigen Denken angepaßtes Leben führen, über den Baron Kaspar gesprochen, als sei dieser noch am Leben.

Dann gab er eine weiträumige Erörterung der ungarischen Verhältnisse. Das Regime Gömbös, eben zur Macht gekommen unter der Herrschaft des Reichsverwesers Admiral Horthy, erweckte sein allergrößtes Mißfallen, was Studco jedoch ohne jedweden Anhauch von Verärgerung oder Besorgnis den beiden Ankömmlingen vortrug. Der Reichsverweser Horthy, der die Verwesung des Reichs sicherstelle, hätte in dem neuen Ministerpräsidenten Gyula Gömbös von Jáfka, einem General und Exponenten der antisemitisch-nationalistischen Kreise, die Anlehnung Ungarns an das faschistische Italien und an das in Kürze noch faschistischere Deutschland eingeleitet, mit der unfehlbaren Witterung des Berufsmörders im höchsten Staatsamt für die Fabrikation neuer Leichenberge, erklärte Studco. Er tat es in dem Tonfall, mit dem man feststellt, daß Regen naß macht und Sonnenschein wärmt.

Serge brach die Jagd im Bakonywald vorzeitig ab und kehrte lustlos und in schlechter Laune nach Budapest zurück. Dort traf er Ferdinande, ging mit ihr aus, besuchte Theater und Ausstellungen mit ihr und ließ durchblicken, daß er daran denken müsse, sein Leben zu ändern. Ferdinande, deren Geliebter das Kokain war und die Serges Kummer sehr unbeengt sah, verzichtete großmütig darauf, den schwer angefochtenen Nachtgänger in seinen Veränderungsillusionen zu bestärken oder zu entmutigen.

Der letzte Abend in Budapest war angebrochen. Zunächst hatten die Vettern mit den beiden Wienerinnen Abschied feiern wollen, aber Béla mußte absagen, weil sein Vater nun plötzlich erkrankte. Da er Ferdinande sagte, er hielte Pulgus allein keine halbe Stunde mehr aus, willigte sie ein, ihn zu dem hypochondrischen Ritter zu Kisbét zu begleiten.

Olga machte mit Serge eine Autofahrt. Er war ein lunarischer

Mann, der erst bei Nacht zu sich fand, empfänglich für mondenferne, unwägbare Eindrücke. ›Was Serge auch täte, er könnte alle Spuren verwischen ...‹, dachte Olga, als sie aus der Stadt hinausfuhren und die Landstraße nach Lajôsmizse nahmen.

Die Nacht kam. Serge schlug Olga einen Spaziergang vor. Sie gingen auf einem Feldweg dahin, zu beiden Seiten ein abgeernteter Acker, dessen Konturen sich in der Dunkelheit verloren. Nach einigen hundert Metern blieben sie stehen. Da umarmte Serge Olga. Er tat es abrupt, heftig, wortlos. Olga erschrak und stieß Serge mit beiden Händen von sich.

Serge verlor die Beherrschung. Er packte Olga und stieß sie hinunter in den Acker. Dann ließ er sich auf beide Knie fallen. Mit einem jeden Widerstand brechenden Willen, in dem Mordlust lauerte, hielt er Olga nieder. Sie schrie auf. Serge riß ihr Kleid hoch. Zerriß ihre Unterwäsche. Ein böser Laut kam aus seinem Inneren, bevor er seine Zähne in Olgas Lippen schlug. Dann drang er brutal in sie ein. Olga erstarrte. Abscheu und Todesangst durchrasten sie. Dabei empfand Olga eine noch nie gefühlte Lust. In diesem Gemisch aus Abscheu, Todesangst und Lust schlang sie die Arme um Serge. Da packte sie eine ganz andere Angst, Angst um Jakob. Mit einemmal sah sie den Jakob in ihrer Herzenskammer. Olga wußte, daß Jakob alles sah, alles mitfühlte, alles mitertrug. War er in Gefahr? War seine Willensfreiheit schon zerbrochen? War er bereits ein Gezeugter? In dieser Angst erstarb Olgas Lust. Dabei schaute sie in Serges Gesicht und es war ihr, als zergingen drei Ewigkeiten, eine Ewigkeit Scham, eine Ewigkeit Sinn und eine Ewigkeit Trauer. In diesen Ewigkeiten hatte Olga bisher gelebt.

Serge stand auf. Olga lähmte die Ahnung, daß er nun fortginge! Er drehte sich um und verschwand in der Nacht. Olga wollte sich aufrichten, aber es gelang ihr nicht. Erst als es heller wurde, konnte sie sich erheben und ging den Feldweg zurück, bis zur Landstraße.

Ein Wiedersehen

Béla war nach Wien zurückgekehrt und hatte die Arbeit im Krankenhaus wieder aufgenommen. Er konnte sich nicht auf die Patienten konzentrieren. Sie erschienen ihm nicht als unterschiedliche Personen mit den verschiedensten Anwandlungen, Krankheiten, Leiden und Verläufen, wie es bisher bei seiner Arbeit stets der Fall gewesen war. Béla erblickte Frauen und Männer in diversen Sälen und Zimmern, in Betten. Alle sahen gleich aus, alle wollten dasselbe, und alle waren im Irrtum: sie sahen aus wie Gesunde auf Abwegen, alle wollten unbedingt wieder zurück zu den anderen Gesunden. Ihren Irrtum, daß Krankheit ein Schadensfall im sonst durchaus Vertretbaren wäre, dem sie alle unterlagen, diesen Irrtum fand Dr. Béla Hermann seit der Rückkehr aus dem Jahresurlaub mehr und mehr gespenstisch.

Fiel es ihm schon schwer, die Patienten als Individuen voneinander zu unterscheiden, so wurde ihm das mit den Kollegen und mit den Krankenschwestern neuerdings noch weitaus schwerer. Sie gingen nämlich sämtlich mit dem Gesichtsausdruck von Wesen im permanenten Ausnahmezustand umher und alle wollten die Krankheiten, die hier auf der Inneren Abteilung offenkundig wurden, unschädlich machen.

Béla sagte sich in den ersten Tagen immer wieder, er müsse sich hier erst wieder eingewöhnen. Aber das half nicht. Die Erlebnisse in Budapest hatten ihn aus dem gewohnten Geleise geworfen.

Den Brief von Margaret Talmayer, den er vorgefunden hatte, las er immer wieder. Es war der kürzeste und aussagereichste Brief, den er je gelesen hatte: »Ich hoffe, wir sehen uns bald wieder. Und noch etwas – sind Sie ein Jude?« Das war schon alles. Eine Hoffnung und eine Frage, zwei Welten in zwei Sätzen und dann der Name, der Béla so eigentümlich faszinierte: Margaret Talmayer. Dieser Name hatte für Béla längst eine von der Person Margarets losgelöste Bedeutung bekommen. Glück durch eigenständige Fortentwicklung zum Nutzen anderer bedeutete dieser Name für ihn. Darum las er den Brief, der diesen magischen Namen als Absender trug, immer wieder. Aber auch aus einem noch anderen Grund: die Frage Margarets, ob er ein Jude sei, packte ihn auf eine leise Art.

Béla war froh, kein Jude zu sein, denn er mochte Juden nun einmal nicht. Warum er sie nicht mochte, interessierte ihn zu wenig, um darüber nachzudenken. Juden waren ihm unangenehm und die, bei denen sich herausstellte, bei welcher Gelegenheit und durch welchen Zufall immer, daß sie Juden waren, diejenigen mißfielen ihm fortan. Béla mied sie.

Das Klima latenten Antisemitismus, in dem er in Budapest aufgewachsen war, hatte ihn ebenso gestört, wie die Juden selber ihn störten. Antisemitismus war ihm zuwider und ekelhaft, denn Béla ekelte sich vor allem, was einen Ismus ermöglichte. Darum waren ihm Antisemitismus, Klerikalismus, Marxismus, Nationalsozialismus, Panslawismus gleich zuwider.

Wie kam es aber nun, daß ihn Margarets Frage, ob er ein Jude sei, so beschäftigte? Béla fand keine Antwort darauf. Er schrieb an Margaret, daß er in Ungarn gewesen wäre und daß er sie an seinem nächsten freien Tag gern wiedersähe. Er nannte den Tag und schrieb dazu, daß er an diesem Tag nachmittags um vier im Café Landtmann neben dem Burgtheater sei. Jude wäre er nicht, wollte Béla als Postscriptum vermerken, aber diese Frage besaß in Margarets Brief so spürbar eine gravierende Bedeutung, daß Béla davon absah, sie hier zu beantworten.

Als Margaret endlich die Antwort erhielt, war eine lange Periode des Wartens und der größten Wirrnisse endlich beendet. Hätte es nicht Salomon Stettiner gegeben, den sie wieder besucht und dessen Vermutung sich bestätigt hatte, Margaret wäre der Verzweiflung anheimgefallen. So aber hatte sie sie nur manchmal gestreift. Und wie ein Gestreiftwerden von Verzweiflung sich abspielte, das Erlebnis des Wie: wie die Sonne schien, wie es regnete, wie Leute aussahen und wie bestimmte Leute sie, Margaret, anschauten, vor allem aber: wie sie im Spiegel ausschaute und wie sie sich selber im Spiegel betrachtete, ja förmlich studierte – das waren neuerdings Abenteuer von enormer Aufregung für Margaret.

Ihre Mutter beklagte sich immer öfter bei Hans Talmayer, das Kind schlösse sich immer auffälliger von ihnen ab, ob er das nicht merke? Oft sei Margaret abwesend und spräche man sie an, bekäme man keine Antwort oder wenn, dann manchmal solche, die keiner begriffe. Es sei ja fast so, als wolle Margaret mit ihrer Familie nichts mehr zu tun haben. Ob er, Hans, denn nicht einmal mit dem Mädchen sprechen wolle? Sie, Lena, sei inzwischen ratlos. Margaret gäbe ihr fast nur noch ungnädige Antworten, wenn sie es überhaupt täte. Meistens ginge sie aus dem Zimmer, schlösse sogar die Tür hinter sich ab. Es sei die Pubertät, das sei doch klar, da müsse Margaret eben durch, jeder müsse da einmal durch schließlich, hatte Hans Talmayer seine Frau Lena beruhigt, ohne damit freilich deren klagende Sorge um die Tochter beenden zu können.

Das Wort Pubertät, welches Margaret bei einem der Dispute zwischen den Eltern aus dem Mund ihres Vaters zum erstenmal vernahm, sollte fortan eines der strahlendsten Wörter in Margarets Sprachvermögen werden. Ihre Eltern schienen darunter etwas Lästiges und Unschönes zu verstehen, aber für Margaret wurde es das Abenteuer einer Bewußtwerdung.

Begonnen hatte es mit einem Tagtraum, der sich auch in manchen Nächten wiederholte. Immer ging es um einen Mann, der ihr im Traum erschien. Dieser Mann war keine reale Person. Margaret kannte ihn nicht. Einmal wurde sie von einer Tram angefahren und lag blutend auf der Straße. Der Mann im Traum kam und hob sie auf, hielt sie in seinen Armen. Das Bluten hörte sogleich auf. Die Wunden heilten so im Nu, daß Margaret die Heilung mitansehen konnte. Dann gab es noch einen Traum: ein Jüngling erschien und küßte Margaret auf ihren Mund.

Nie erschienen Geschlechtsteile in Margarets Träumen: bei dem Tramunglück wurde ihre ganze Person aufgehoben und der Kuß in dem zweiten Traum vereinigte zwei Münder, aus denen der lebendige Atem und die Sprache kamen – auch dieser Kuß galt ihrer gesamten, unzerteilten Person!

Schließlich war aus dem Mann wie aus jenem Jüngling immer deutlicher die reale Gestalt des Dr. Béla Hermann geworden.

Als Margaret nun Bélas Antwort erhielt und in dem Brief las, wann sie ihn wiedersehen und wo dies stattfinden sollte, durchströmte ein schöner Schmerz ihre einstweilige Weder-Fisch-noch-Fleisch-Person. Es war, als würde ihre pubertierende Seele vermählt mit dem Fisch und als hielte ihr Geist von nun an ewige Hochzeit mit dem Fleisch und in dieser Vermählung und Hochzeit vollendete sich dieses lange und verschwiegene Abenteuer einer Bewußtwerdung.

An Bélas freiem Tag sahen sie sich nachmittags im Café Landtmann wieder. Margaret, etwas schüchtern beim Eintritt ins Café, fragte den Schani, ob der Dr. Hermann schon gekommen wär? Der Schani, mit der Gewitztheit des Lehrlings der Kaffeehauswissenschaft, sagte, frech einen Ausdruck aus dem Schachzimmer wählend, um dieser delikaten Kleinen zu imponieren: »Gedachte Figur zieht, junge Dame! Söbvaschtendlich is da Hea Dokta schon da!« Und damit machte der Schani seine Verbeugung und führte Margaret zum Tisch Bélas.

Das Wiedersehen war viel zu kurz für Margaret. Sie wollte zuviel von Béla wissen und wollte ihm zuviel berichten aus der endlosen Zeit seit der Probe im Großen Musikvereinssaal. Aber Béla war nach kurzer Zeit nicht mehr bei der Sache. Er dachte beständig an Olga.

Olgas Agonie

Seit ihrer Rückkehr nach Wien machte Olga alle Versuche Bélas, sie wiederzusehen, zunächst zunichte; Bitten und Briefe beantwortete sie mit dem Hinweis auf später. Aber Anfang März änderte sie ihren Sinn; in diesem Vorfrühling 1932 machte Olga mit Béla einen Spaziergang im Park von Schönbrunn.

Wie es aussah, blieb es die Ausnahme. Obwohl Olga bei dem Spaziergang Béla versichert hatte, wie sehr er ihr gefalle, wehrte sie alle späteren Vorschläge erneut ab.

Olga schrieb Briefe an Serge nach Budapest. Sie bekam nie eine Antwort. Schließlich kam ein Päckchen mit ihren ungeöffneten Briefen aus Ungarn. Dennoch schrieb Olga dem Serge weiterhin Briefe. Erst im August, nach neun Monaten, gab sie auf.

Sie wurde krank. Als ihr Befinden sich verschlechterte, gelang es Barany, Olga zu bewegen, den Hausarzt kommen zu lassen. Der erschien am selben Tag und untersuchte Olga. Außer dem bestimmten Eindruck, eine Sterbende vor sich zu haben, konnte der Arzt nichts feststellen. Ratlos empfahl er die sofortige Einlieferung ins Allgemeine Krankenhaus. Olga lehnte ab und blieb am Schottenring.

Schließlich lag sie in Agonie. Ihre Tante Theodora, Barany und Ferdinande waren bei ihr, als die Entkörperung begann. Diese Entkörperung empfand Olga als einen umgekehrten Geburtsvorgang, der ihr voll bewußt wurde und den sie ohne Widerstreben hinnahm. Der Todesleib, in den sie nun hineinging, war ein Körper aus einem äthergleichen Stoff, äußerlich eine genaue Kopie ihres bisherigen, irdischen Leibes. Das Absterben dieses bisherigen Leibes fiel der Kranken leicht. Da war eine körperliche Empfindung von Druck. Dies war das erste. Nach einer Weile kam eine körperliche Empfindung von klammer Kälte, als ob der alte Leib in Wasser getaucht würde. Dann hatte Olga einige Zeit den Eindruck, als würde ihr früheres Dasein in Atome zerblasen.

Olga fragte sich in dem neuen Todesleib, in den sie sich bei jenen zuvor erlebten drei Phasen eingewöhnt hatte, ob sie nun tot oder nicht tot wäre? Sie konnte es nicht bestimmen. Sie sah Theodora, Barany und Ferdinande in dem Zimmer so, wie sie zuvor gewöhnt gewesen war, sie zu sehen. Sie hörte und verstand auch, was diese drei sagten.

Als Olga sich ausreichend in ihren Todesleib eingewöhnt hatte, erschien ihr Todesengel und breitete seine Fittiche der Finsternis um Olga.

Vier Trugbilder, die Olga unter den Fittichen und in der

Finsternis tief erschreckten, suchten sie heim: Das erste Trugbild zeigte ihr ihre Mutter als Hündin und Olga erschrak tief in ihrem Herzen. Das zweite Trugbild zeigte ihr Jakob als Elch und Olga erschrak noch tiefer in ihrer Hüfte. Das dritte Trugbild zeigte ihr Serge als geöffneten Fisch und Olga erschrak im Rücken. Das vierte Trugbild zeigte ihr den Todesengel mit ihrem eigenen Gesicht und Olga erschrak hinter ihren Augen.

Die Trugbilder verschwanden und es kamen vier leidvolle Erlebnisse für Olga: das Erlebnis ihres Unvorbereitetseins auf alles, was der Tod wirklich ist, das Erlebnis ihrer Angst in diesem jetzigen Zustand, das Erlebnis der Unmöglichkeit zu lieben in diesem jetzigen Zustand und das Erlebnis ihrer bisherigen Nutzlosigkeit auf der Erde.

Diese leidvollen Erlebnisse, die an Pein und Schrecken die früheren Trugbilder weit übertrafen, mußte Olga mehrere Tage und Nächte aushalten. Als sie meinte, sie könne sie nicht länger aushalten, erblickte sie in ihrem neuen Todesleib und mit ihren Todesaugen unerwartet Jakob an dem Ufer jenes Flusses, der das Land der Lichtweide von unserem Kontinent der Nachtweide trennt. Jakob warf den Schleier zurück von seinem Gesicht und Olga sah Jakobs Gesicht und sie sah mit ihren Todesaugen, wie Jakob sie direkt anblickte und sie hörte und verstand, was er zu ihr sagte:

»Du, Olga, hast mich reich erschaffen und du siehst, daß ich mich nicht rette. Willst du dich aus deinem Leiden retten, so tauche deinen Blick fort von mir und tauche ihn in das Wasser des Flusses Sorge und alle deine Leiden vergehen. Willst du dich aber nicht retten, so vergiß alle Trugbilder und gedenke deiner vier leidvollen Erlebnisse.«

Olga beschloß, sich nicht zu retten und zu tun, was Jakob ihr empfohlen hatte. Sogleich verließ sie ihren Todesleib und ging hinein in einen anderen und neuen irdischen Leib und kam aus ihrer Agonie zu sich. Nun erfuhr sie, daß Béla täglich am Schottenring erschienen war, um sich nach ihrem Befinden zu erkundigen. Sie erholte sich schnell und gründlich. In diesem Genesungsvorgang wurden Olgas leidvolle Erlebnisse unter den

Fittichen des Todesengels zu Erfahrungen der Lebendigkeit für sie. Eine dieser vier Erfahrungen war die Erfahrung ihrer Zuneigung zu Béla. Von Anfang an hatte sie ihn gemocht. Sie gestand es ihm und es folgte nun eine Zeit des Glücks für sie beide. Darin entfernten sich allmählich die Irrungen und die Schrecken, die vorangegangen waren.

Béla hatte Olga Margarets Brief zu lesen gegeben und Olga hatte dieser Brief so gefallen, daß sie Béla bat, Margaret einmal mitzubringen zum Schottenring. Das geschah. Als die Dreizehnjährige das Palais von innen erblickte und, etwas später, Olga in ihrem Salon, wurde sie ganz unsicher. Béla ließ Margaret zudem noch mit Olga allein, nach einer Weile. Er mußte in die Klinik. Margaret bekam Angst und sagte es zu Olga. Niemand konnte das besser begreifen als ausgerechnet Olga, die sich niemals damit hatte abfinden können, daß sie mehreren Menschen Unglück gebracht hatte, wie sie fest glaubte. Als Margaret es vermochte, ihre Angst auszusprechen, fühlte Olga sich sogleich zu ihr hingezogen. Sie selber hatte seit dem schrecklichen Ende Dudley Fergusons und seit allem, was später geschehen war, ständig Angst. Aber sie brachte es nicht fertig, davon zu sprechen. Nicht nur beneidete sie Margaret um ihren Mut, sie war auch sofort sicher, daß sie Margaret kein Unglück brächte – daß dieses Mädchen gefeit sei gegen ihren Unstern, weil es seine Angst zugab.

Eroberung der Geisterfestung

Deutschland, die Geisterfestung, war erobert. Der Reichspräsident Paul von Hindenburg ernannte am 30. Januar 1933 Adolf Hitler zum neuen Reichskanzler.

Am Abend dieses Tages hörten Hans Talmayer und seine Familie sowie der Parteigenosse Blahaska mit seiner Familie in

Blahaskas Wohnung die Radioübertragung aus Berlin, wo hunderttausend Menschen auf dem Platz vor der Reichskanzlei dem Kanzler Adolf Hitler zujubelten. Er stand an einem Fenster der Reichskanzlei und der Radioreporter beschrieb mit unerhörten Adjektiven diese Nacht des Triumphes, den großen Fackelzug der nationalsozialistischen Kolonnen, den Jubel der hunderttausend, seine eigenen Empfindungen. Das persönliche Reagieren des Reporters auf die Vorgänge, das Eigenleben seiner Gefühle, die er während der Reportage hervorbrechen ließ, überwog für die Zuhörer in der Ettenreichgasse in Wien deutlich das Berichtete. Hans Talmayer sagte, mitten in der Übertragung und ebenso begeistert wie der Radioreporter in Berlin, der Führer sei Österreicher und bald käme er, um seine Heimat dem neuen Reich einzuverleiben. Talmayer schrie es mit dem Jubel, der dem Jubel der hunderttausend auf dem Berliner Wilhelmsplatz und dem Jubel in der Stimme des Reporters im Radio entsprach.

Margaret, der von ihrem Vater befohlen worden war, an der Radiosendung bei den Blahaskas teilzunehmen, reagierte erschrocken, als sie den fanatischen Ausdruck in den Augen ihres Vaters sah. Sie wußte nicht, ob es gut oder schlecht war, was im fernen Berlin jetzt vorging. Daß einer aus dem Städtchen Braunau am Inn nun Reichskanzler in Deutschland geworden war, wie der Vater ihr bereits den ganzen Nachmittag erläutert hatte, beeindruckte Margaret. Aber der fanatische Ausdruck in den Augen ihres Vaters erschreckte sie. Denn am Nachmittag hatte er, heimkommend aus der Fabrik mit der Nachricht von Hitlers Sieg, sogleich wieder eine Haßrede gegen die Juden gehalten.

Margaret schaute ihre Mutter an. Lena saß neben ihrem Mann und auf dem Sofa der Familie Blahaska, als hätte sie gestohlen und wäre überführt. Der debile Ausdruck der Ergebenheit in Lenas Blick und Haltung, diese ganze lebenslängliche Unterwürfigkeit in ihrer Mutter erfüllte Margaret auf einmal und zum erstenmal mit Grausen.

Illusionen

Hochzeit

Ordnung ist teuer, aber nur sie sichert den Fortgang lohnender Geschäfte und eine nennenswerte Erbschaft – davon ging Barany aus, ohne es seiner Umgebung aufzudrängen. Er paktierte nicht mit den neuen Fanatikern, sondern hielt auf Distanz. Aber sie waren brauchbar, vor allem in Wien, wo sie noch nicht an der Macht waren. Einstweilen, sagte sich Barany, waren sie noch anstellig und äußerst fleißig in sämtlichen Bereichen und Regionen der Geschäftswelt. Kam erst die Zeit der Helden und Huren, wurde es zwar etwas farbiger, aber dann war auch bald das Ende da. Barany hatte es bereits zwei Mal hinter sich. Das Ende des Zarentums und den Zusammenbruch der Donaumonarchie hatte er mit soliden Gewinnen überstanden. Und was diesen Österreicher in Berlin anging, dessen Ordnungsfanatismus und Arbeitsbeschaffungsdiktatur zu den größten Gescheitheiten in der sich anbahnenden Termitenzivilisation gehörte, wie Barany fand, so ließ sich mit ihm und seinen Spatenschwingern aller Erfahrung nach hervorragend leben. Distanz war selbstverständlich, eine reine Stilfrage.

Es gefiel Barany, daß Olga sich mit dem jungen Internisten, über den er beste Auskünfte bekommen hatte, mehr und mehr liierte. Olga hatte keine Aufgabe und darin erblickte Barany ihr ganzes Unwohlsein.

Liebe aber zu einem anderen menschlichen Wesen als lebenslange, bleibende Aufgabe – wenn überhaupt etwas, dann konnte nur das Olga vor der Leere und Monotonie ihrer aufwendigen Existenzweise bewahren. Barany hoffte, daß es zu einer Eheschließung zwischen Olga und diesem Dr. Béla Hermann kommen möge. Der junge Mann war, wie er erfahren hatte, zum Arzt begabt und fleißig. Beim Gedanken, Olga könnte einen wohlsituierten Müßiggänger heiraten, wurde Barany unwohl zumute. Zwei, die außer Nichtstun nichts gemeinsam hatten, das konnte in diesen Zeiten nicht mehr gelingen.

Barany hatte dem Baron Kaspar versprochen, im Fall, der nun eingetreten war, alles zu tun, um Olga vor den schlimmsten Folgen ihrer Extravaganz und Neigung zum Alleinsein zu bewahren. In dieser Hinsicht hatte Kaspar keine Illusionen über seine Tochter gehabt.

Seit dem Unglück mit Karl Rotter und nach dem Ableben ihres Vaters hatte Olga Barany von ihrer Jakobsphantasie berichtet. Es waren dem grundnüchternen Bankier in der Folgezeit sodann auch Vermutungen von Theodora Lanzki unterbreitet worden, Olga würde immer sonderbarer und sie sei, wer wolle es denn schließlich genauer wissen, vielleicht gewissermaßen leicht verrückt. Und so etwas verschlimmere sich ja bekanntlich mit den Jahren. Barany dachte anders über Olga und Jakob. Für ihn war eindeutig, daß Olga vom entstehenden und schützenswerten Leben andere Auffassungen hatte als die meisten Leute. Für Olga begann das Leben vor der Zeugung, nicht erst mit einer Schwangerschaft, geschweige mit der Geburt. Das war nobel, fand Barany. Und je länger er es bedachte, umso reeller erschien es ihm auch. »Noblesse schockiert«, hatte er darum zu Olgas Tante Theodora gesagt, als diese wieder einmal zu ihm gekommen war, um zu erfahren, ob man nichts gegen Olgas »fixe Idee mit dem Jakob« unternehmen könne? Sie war zu ängstlich, um mit Olga selber zu sprechen, und sie gab Barany gegenüber auch zu, daß dies alles sie überaus geniere. Barany versicherte der Schwester des Barons Kaspar daraufhin, sie möge allen Kummer fahren lassen, Olga sei lediglich zu unbeschäftigt. Dem vermochte Theodora Lanzki zuzustimmen.

Barany war erleichtert, daß es nach Olgas Genesung mit ihr und mit dem Béla so erstaunlich gut weiterging. Sie kannten sich nun zwei Jahre und unternahmen eine erste, gemeinsame Reise.

Olga schrieb aus Tunis, man wäre nun, auf den Spuren Gustave Flauberts, unterwegs nach den Überresten von Karthago. Ferdinande bekam Olgas Brief von Barany zum Lesen. Sie las ihn und gab ihn Barany zurück, schien nachdenklich gestimmt. Barany fragte sie nun geradeheraus, ob sie glaube, daß es mit Olga und Béla gut ausginge? Ferdinande glaubte es eigentlich nicht, aber sie zögerte, das zu sagen. Da sie andererseits aber zuviel Achtung vor Barany empfand, um ihn mit einer Lüge abzuspeisen und weil sie ihn außerdem für fähig hielt, Olga zu beeinflussen, eröffnete sie Barany, was damals in Budapest mit Olga geschehen war.

Barany hörte sich die Geschichte mit Serge an und bemühte sich um Ruhe. Er sagte nichts. Er war entsetzt und abgestoßen. – Gleichzeitig wunderte er sich keinen Moment, daß so etwas mit Olga geschehen war. Olga ersehnte einen ganz anderen und neuen Menschen. Jener Serge war das Abbild des alten, des bisherigen Menschen. Olga lebte in einer überfälligen und geistigeren Welt, aber Serge war es, der sich im Faktischen wieder einmal durchgesetzt hatte.

Barany begab sich in die Bank. Er brauchte eine möglichst nüchterne Atmosphäre jetzt. Benommen saß er in seinem Arbeitszimmer. Olga – Freiwild für Wölfe? Das fragte er sich immer wieder.

Während Olga und Béla noch in Karthago verweilten, wurde Serge Brancu von einem Niemand in seinem Haus auf den Kalkbergen bei Budapest erschossen. Man fand keine Tatwaffe und die Suche nach dem Täter schien, wie Bélas Vater an seinen Sohn nach Wien schrieb, im Nichts zu verlaufen.

Als Béla und Olga nach Wien zurückkehrten und die Unheilsnachricht des Pulgus vorfanden, war Béla nur betroffen, Olga hingegen wie zermalmt. Barany wunderte sich nicht. Wieder einmal wunderte er sich keinen Moment.

Olga wollte, immer wieder, laut schreien. Aber sie tat es nicht. Ohne Illusionen über sich stellte sie fest, daß ihr Herz unvermindert zuverlässig weiterschlug. Sie schloß sich in ihrer Wohnung ein. Wollte sich dort der Verzweiflung ausliefern. Aber, dort allein mit sich und mit ihren Erinnerungen, ging ihre tadellose Haltung lediglich in Erstarrung über. Sie war nicht verzweifelt, sie war geschlagen. Starr und unverzweifelt sagte sie sich immer wieder, daß sie damals auf dem Acker und in jener Nacht gewußt hatte, daß Serge für immer fort von ihr und willentlich in sein Verderben ging. Es gab keine Tränen, keinen Zorn zwischen

Leidschüben und Trauerphasen, sondern drei Tage und Nächte, in denen Olga niemand zu sich ließ und in denen sie auch sich selber völlig ausschloß von den heftigen Empfindungen, die man ihr als unpassend, ja als vulgär geschildert hatte, als sie älteren Leuten noch unbedingt vertraut hatte.

Man befürchtete bereits, es könnte sich noch einmal ein solcher Anfall von Agonie und eine solche Krankenzeit wie damals wiederholen, aber diese Befürchtungen erwiesen sich als unbegründet, denn am vierten Tag erschien Olga wieder in ihrer gewohnten Art, empfing auch Béla zum Nachmittagstee und willigte ein, ihn zu heiraten. Die Hochzeit wurde auf den 11. Januar 1934, Olgas dreiundzwanzigsten Geburtstag, festgesetzt.

Der Tag war gekommen. Barany führte Olga in die Votivkirche. Bélas Zeuge war Professor Zissler. In der ersten Bankreihe saßen Tante Theodora, Ferdinande und Margaret Talmayer. Margaret war von Béla und von Olga nicht nur zu Trauzeremonie, sondern auch zu dem anschließenden Hochzeitsfest in das Palais am Schottenring eingeladen worden.

Besonders Tante Theodora verfolgte die Trauzeremonie mit aller Aufmerksamkeit. Sie war ergriffen. Erst siebenundfünfzig Jahre alt, wollte sie ab nun gerne altern. Olgas Wahl billigte sie vorbehaltlos.

Zissler bewunderte die Anmut und Schönheit der Braut. Daß der Béla eine solche Frau bekam, gefiel ihm. Es tat ihm leid, daß Béla nicht mehr in seiner Klinik war. Als Olga die Frage des Geistlichen mit Ja beantwortete, erinnerte Barany, der neben Olga stand, sich seines früheren Verlangens. Es war fast dreißig Jahre her. Verliebt in ein sehr physisches Mädchen aus dem böhmischen Pilsen, hatte er es erdulden müssen, daß dieses Mädchen ihn mit seinem scheinbar besten Freund betrog. Barany war kommentarlos gegangen.

Dieses Intermezzo reichte ihm fortan, für immer. Von nun an kaufte er sich für seine sexuellen Bedürfnisse hin und wieder schöne Freudenmädchen und hatte viel Vergnügen in seinem Leben, wo andere zumeist nur Ärger, Enttäuschungen und lebenslangen Selbstbetrug hatten. Liebe hatte er von da an für seinen Freund Kaspar gehabt. Sie hatte seinem Leben Sinn gegeben.

Jahre darauf sah er jenes Mädchen aus Pilsen wieder. Es war in Wien gelandet und suchte Barany auf. Er war abgestoßen vom Anblick dieses ausgehöhlten, erlebnislosen und verdrossenen Geschöpfs. Er hatte damals gewußt, daß der Treuebruch jener dermaßen physischen Frau der Anfang vom Ende war, aber er hatte sich nie vorstellen können, daß sein Wissen derart wirklichkeitsnah sei. Barany gab keinen Schilling, sondern bot an, bei einer Arbeitsstelle vermittelnd zu helfen. Woraufhin er von der Besucherin nie mehr hörte.

»Was bereust du am meisten?« hatte ihn Kaspar einmal, viel später, gefragt. »Daß ich die aus Pilsen, die nichts taugte, geliebt habe«, hatte Barany geantwortet. »Und was in deinem bisherigen Leben bereust du am wenigsten?« fragte Kaspar sodann. »Daß ich wegen dieser Liebe damals derart gelitten habe«, hatte Barany seinem Freund geantwortet.

Am Schottenring nahmen Béla und Olga die Glückwünsche von mehr als hundert Gästen entgegen. Als das Defilée vorüber war, bewegte man sich frei unter den Gästen.

Béla war froh, daß sein Vater die Einladung zur Hochzeit ausgeschlagen hatte. Pulgus lebte nur im Gewesenen. Der Todesbrodem, der dabei von ihm ausging, machte Béla krank.

Béla und Olga wußten nicht, daß Ferdinandes Luzidität und Unbeengtheit vom Kokain kamen. In der Nacht war Schnee gefallen. Der Schnee hatte Wien mit einem Totenhemd bedeckt. Am Vormittag hatte es erneut geschneit und in Ferdinande war ein Verlangen nach inneren Schneefällen erwacht. Sie hatte etwas Kokain geschnupft vor dem Kirchgang. Nun, am Schottenring, ging sie in Olgas Boudoir und nahm dort noch eine Prise. Ihre Nase wurde zuerst kühler, dann gefühllos. Ihr Atem ging leichter, in längeren Wellen. Ferdinande registrierte das und ihre Stimmung wurde optimistischer. Sie verließ das Boudoir und begab sich wieder unter die anderen Gäste.

Olga unterhielt sich angeregt mit Margaret und diese mit ihr.

Von allen Anwesenden zeichnete Olga Margaret am deutlichsten mit ihrer Aufmerksamkeit und Herzlichkeit aus. Sie bot Margaret das Du an. Margaret schien erfreut zu sein, sagte aber: »Baronin Olga, ich bin noch so jung. Und dann: meine Eltern sind Arbeitsleut aus Hernals. Wir sind die unterste Schicht. Da geniert man sich.« Olga umfaßte Margarets Schulter, ging mit ihr durch die Gästeschar und sagte herzlich zu ihr: »Schau, Margaret, ich sag fast keinem Menschen du. Mich graust davor. Aber bei dir genierts mich nicht. Die obere Schicht und die untere Schicht geniert sich fast immer und fast überall. Bloß in der mittleren Schicht geniert sich keiner. Und davor graust mich alles.« Margaret sagte: »Olga, bis ich ein Du zu dir wag, werd ich Zeit wohl brauchen.« Am Lachen Olgas merkte Margaret, wie heiter die Zuneigung sich über die Scham bereits hinweggesetzt hatte.

Professor Josef Zissler ging mit Béla zwischen den Gästen umher. Die Eheschließung seines einstigen Unglücksritters, der ihm schließlich soviel Genugtuung bereitet hatte, beschäftigte den Älteren deutlich. Junggesellen waren ja fidele Akrobaten, aber Béla hatte ab heute Familie – und weil der Professor den Béla als seinen silbernen Sohn betrachtete, hieß es nun, das Glück im Soliden zu packen und das Fortkommen dem Allerweltsregime des Zufalls streitig zu machen.

Zissler war in seiner Klinik vereinsamt, seit Béla zu den Internisten gegangen war. Als er nun hier beim Empfang die beiden Vermählten betrachtete, wurde ihm das klarer als früher. Er beneidete Béla um Olga. Aber er ahnte, daß Olga reicher war, als Béla je verkraften könne, es sei denn, der Kerl brächte es in seinem Beruf zu etwas Anständigem. Ihm dabei etwas unter die Arme zu greifen, ohne ihn zu bevormunden, war schon des längeren Zisslers Wunsch. Er hatte mit Olga einige Worte gewechselt. Das genügte, um für Béla nicht nur väterliche, sondern auch rivalisierende Gefühle zu bekommen. Indessen war Zissler ehrlich genug, sich hier nichts Harmloseres vorzumachen. Daher mochte er sich bei diesem Empfang gut leiden und darum kam er zu dem Befund, daß der Béla, mit dieser Frau als Lebensgefährtin, im Beruflichen ab sofort entschieden mehr leisten könne.

Olga hatte er ausgesucht schöne Blumen geschenkt; er kannte keine interessante Frau, die nicht auf Blumen ansprach. Béla wollte er etwas anderes schenken, eine fachliche Herausforderung hatte er ihm zugedacht. Zissler ging zu Béla und redete mit ihm, gratulierte ihm noch einmal zu diesem Tag. Ferdinande kam, ließ sich den Professor vorstellen und tauschte Höflichkeiten mit ihm. Aber Ferdinande interessierte sich heftig für Margaret Talmayer, die in einiger Entfernung bei Olga stand. »Wer ist das Mädchen?« fragte sie Béla schließlich. »Meine Freundin Margaret«, sagte Béla. Ferdinande schien nicht glücklich mit der Auskunft. Das Kokain ließ schon nach. Ferdinande ging zu einer anderen Gruppe, mit der sie sich in den Wintergarten entfernte.

Dorthin führte Olga nun auch Margaret, um diese mit Tante Theodora bekannt zu machen. Theodora hielt im Wintergarten table ronde, angeregt wie selten. Zunächst die vielen Menschen im Erdgeschoß mit dem weiten und hohen Spiegelsaal, dann die geöffneten Flügeltüren und der verschwenderische Blumenschmuck taten es ihr an, aber hinzu kam, daß Tante Theodora so viele Gäste wiedererkannte, nicht obwohl, sondern weil sie zurückgezogen lebte. Als Olga ihr Margaret vorstellte, waren es drei Dinge, die ihr Interesse sofort weckten: erstens Margarets leuchtende Glücksaugen, zweitens Olgas nicht minder leuchtender Freundschaftsblick und drittens der Umstand, daß sie Margaret noch nicht kannte und auch noch nichts von ihr gehört hatte. Olga ließ die beiden allein und ging zu Béla. »Die Tante wird den Empfang beenden – wir bleiben in kleinerem Kreis beisammen im Haus, nehmen dann Lunch, schlag ich vor. Bist einverstanden?« fragte sie Béla. Der bejahte und Olga wandte sich an den Professor und bat ihn, auch zum Lunch zu bleiben. Zissler stimmte gern zu, denn er freute sich darauf, mit Olga näher bekannt zu werden. Aber sein Vorhaben mit Béla schob er darum nicht auf.

Tante Theodora hatte den Wintergarten bereits verlassen und das Zeichen zum Aufbruch gegeben.

Man nahm den Imbiß und einige Erfrischungen in zwangloser Sitzordnung. Neun Personen nahmen daran teil. Tante Theodora mit ihren beiden Freunden Yvonne und Jean-Louis de Courcelles, letzterer Gesandtschaftsrat an der französischen Botschaft, außer dem Hochzeitspaar noch Barany und Ferdinande, dann der Professor und Margaret, die zwischen Olga und Madame de Courcelle saß.

Tante Theodora brachte einen Toast auf das Hochzeitspaar aus, Barany erhob sich anschließend und bat die kleine Gesellschaft, auf das Andenken seines Freundes Kaspar zu trinken. Das geschah. Olga schaute Barany dankbar an und neigte sich zu Margaret und sagte zu ihr: »Ich verspreche, daß ich dir bald von Kaspar erzähle.« Margaret empfand bei diesem Versprechen Olgas ein Glück, wie sie es nur mit Béla, damals im Musikverein und später noch einmal mit Salomon Stettiner, empfunden hatte. Eine unbegrenzte Liebe und ein unbenennbares Verlangen stiegen aus dem Schacht ihrer Seele hinauf.

Yvonne dachte an einen Bekannten in Paris, der sich kürzlich verheiratet hatte. Nach einem jahrelangen Liebesdrama mit einer recht Intelligenten hatte er nun eine Begüterte geheiratet, die ihm nach dem Mund redete und die seiner Karriere nützte. Yvonne dachte: ›Fast alle Liebestragödien sind lächerlich, peinlich und lächerlich ... Da leiden sie jahrelang wie die Märtyrer, wollen sich erschießen vor Liebe – aber sie stellen Vorteilsfragen, Machterwägungen und den primitivsten Eigennutz stets über die Liebe. Und das Dümmste: bei jeder neuen Verräterei berufen sie sich ausgerechnet auch noch auf die sogenannte Vernunft, was sie für Vernunft halten, bejammern sich gegenseitig durch die Jahrtausende wegen ihrer Liebesqualen – und alles dies ist letztlich doch nur eine kaltblütige, leidenschaftslose und unaufrichtige Niederlage, nicht wert, ernsthaft davon zu sprechen – eben lächerlich, peinlich lächerlich – ach, daß einmal ein Mensch käme, der uns die Erlösung von diesem Übel vorlebte! Er müßte wohl, wie derjenige aus Nazareth, ein Mensch ohne

Sünde sein ... Gibt es ihn denn nicht? Wenn so einer doch endlich einmal, als unser Nachbar und nichts weiter als ein Mensch, käme ...!‹

Das dachte Yvonne de Courcelles und was sie dachte, war Margarets unbenennbares Verlangen. In Margarets Jungfräulichkeit pulsierte die Liebe, in ihrem Verlangen schlummerte das unzerstörte doppelte Geschlecht.

Als Tante Theodora die Tafel aufhob, nahm der Professor Béla beiseite. Bis zum Dîner war noch reichlich Zeit. »Kommen Sie herüber, da ist noch niemand, da setzen wir uns hin, lieber Béla«, sagte Zissler und ging zu einem zweisitzigen Sofa, vor dem nichts stand und wo sie beide mithin ungestört bleiben würden. Béla folgte dem Professor und sie nahmen Platz auf dem Sofa.

Zissler kam sogleich zur Sache und sagte: »Es wäre Ihnen ja zu gönnen, daß nun zu Ihrer gesellschaftlichen Reputation auch ein berufliches Äquivalent hinzukäme – und das müßte ein wissenschaftliches sein. Sie haben doch Durchsetzungsvermögen. Des habns doch schon bewiesen.« Béla wollte abwehren, aber er überlegte es sich und fragte: »Herr Professor, trauen Sie es mir zu?« Zissler sagte: »Sie müssen es natürlich wollen, und da langt natürlich der von Ihnen angepeilte Facharzt nicht. Um eine solide Karriere zu machen, müßten Sie sich wissenschaftlich ausweisen, etwas Handfestes experimentell nachweisen können und es dann hinstellen, find ich.« Béla: »Am nächstliegenden für mich wäre doch wohl eine Arbeit an meiner jetzigen Klinik für Inneres. Und man interessiert sich dort, im Rahmen von Untersuchungen über Schilddrüse, jetzt sehr für den Wärmehaushalt. Keiner weiß Genaueres darüber, wieviel Kälte der Mensch aushält – und wie lange. Selbstverständlich unter jeweils definierten Bedingungen. Mein jetziger Chef diskutierte mit uns Assistenten darüber, daß Patienten mit Schilddrüsen-Überfunktion kaum zu frieren in der Lage sind.«

Zissler hatte, erfreut über Bélas zielstrebige Vorstellung, zugehört. Er kannte auch Bélas Chef, Meyer-Otéro, den ersten Mann für innere Krankheiten in Wien. »Meyer-Otéro?« fragte

Zissler. »Ja, mein jetziger Chef«, sagte Béla. Zissler fragte: »Wie stehen Sie mit dem neuen Physiologen hier? Der hat doch ebenfalls über Wärmehaushalt gearbeitet. Gehen Sie doch zuerst mal zu dem hin und schauen Sie, ob Sie da methodisch etwas holen können, womit Sie für die Klinik sodann Untersuchungen machen.« Zissler überlegt, daß er unter solchen Voraussetzungen bei Meyer-Otéro für Béla sich einsetzen würde. Da sagte Béla: »Herr Professor, es gibt auch noch eine andere Kälte, eine neben der meßbaren Kälte, die sich nicht in Celsius nachweisen läßt. Die würde ich auch gerne mit in Betracht ziehen.«

Zissler erkannte sofort, daß sein silberner Sohn mit einem solchen Ausflug in die Metaphysik bei Meyer-Otéro achtkantig rausflöge. »Das behalten Sie mal lieber für sich. Ohne exakte wissenschaftliche Ergebnisse ist nichts zu wollen. Der Physiologe kann solche Surrogate nämlich nicht messen«, sagte er. Béla nickte. Er sah das ein. Und Zissler war erleichtert und sagte: »Jede Erkenntnis, die stehen soll, muß durch ihre Krise. Wenn Sie das einsehen und nüchtern an die Arbeit gehen, sehe ich die Möglichkeit, daß Meyer-Otéro Sie ernstnimmt.« Béla darauf: »Es wäre mehr, als ich vor einer Stunde noch hätte hoffen können, Herr Professor! Wie werd ich ihnen danken können!« Zissler sah sich hier um. Die Kälteforschung, merkwürdig, daß Béla ausgerechnet jetzt darauf gekommen war. Als könnte er den Gedanken des Professors lesen, sagte er: »Aber die andere Kälte bleibt. Wie der Wärmehaushalt auch wäre, sie bleibt, die andere Kälte.«

Zissler dachte an ein Wort, das ihm sein früherer Chef gesagt hatte, als er an der Habilitation arbeitete, und er gab es unverändert und unabgeschwächt weiter, nun an den früheren Assistenten: »Junger Mann, schauns, daß Sie es zu etwas bringen, aber hüten Sie sich davor, an dem zugrund zu gehen, was Sie bearbeiten.« Béla verstand nur zu genau, aber der Professor sagte aufmunternd zu ihm, was er vor sich selber vertreten konnte: »Soweit Sie klinische und physiologische Untersuchungen machen wollen, verwende ich mich dafür bei meinem Kollegen.« Sie standen auf, weil Olga zu ihnen trat.

Bei dem großen Dîner am späteren Abend stieß Béla etwas zu, was ihm große Angst machte und woran er später oftmals denken mußte:

Er bildete sich lebhaft ein, daß Olga sich beim Speisen und unter den Augen der mehr als hundert Gäste in eine Mantis religiosa verwandele, in eine Gottesanbeterin, in jenes heillos elegante Tier, welches seine Liebhaber beim Geschlechtsakt langsam erwürgt und dabei zu Gott betet und welches sodann die Liebhaber, vom Kopf her, langsam und unerbittlich auffrißt, während es sich lieben und befruchten läßt.

Béla meinte Olga eingehüllt in die grünen, weiten und zarten Flügel der Mantis zu sehen. Sie fielen ihr wie ein Nonnenschleier über den Rücken herab. Béla sah die langen Vorderbeine der Gottesanbeterin (Olgas Arme), die sich ihm und den Gästen manchmal flehend entgegenhoben, scheinheilig und mit irreführender Ruhe. Er meinte diese Vorderfänge genau zu sehen, furchtbare Werkzeuge der Wegelagerei und der Erwürgungs- und Verspeisungslust, der Gier nach lebendiger Beute.

Mit ihrem schlanken Wuchs, dem kühlen Leib, der zartgrünen Färbung ihrer langen Schleierflügel und dem genußfreudigen und verwöhnten Schnäuzchen, mit ihrem biegsamen Hals und dem musternden Blick ihrer beweglichen Augen sah Béla Olga als jenes Tier, das nicht auf seine Opfer zu warten pflegt, sondern sie suchte, ihnen auflauerte, mit geduldigem Kalkül und in beherrschter Leidenschaft und mit der Vorfreude einer Mörderin in starker Erregung.

Für Sonderaufgaben geeignet

Anfang Dezember war Erich Buchegg wieder in Moskau eingetroffen. Im Kasaner Bahnhof hatte ihn Anatolij Rodianowitsch Krilenko an der Sperre erwartet. Bucheggs Koffer wurden in einem Schlitten verstaut, die beiden nahmen hinten Platz und los gings, durch den Kasaner Bezirk zum Petrovkaprospekt und ins Hotel Weichsel.

Krilenko, Leiter des Instituts für die kulturellen Beziehungen der Unierten Sowjetrepubliken zum Ausland, der Erich eingeladen hatte, war bedrückt. Die beiden kannten sich von zwei früheren Besuchen Bucheggs in Moskau. Die Wiedersehensfreude Anatolijs hatte schon am Bahnhof seltsam und unecht auf den Ankömmling gewirkt. Als sie vor dem Hotel ausstiegen und den Kutscher entlohnt hatten, wartete Anatolij, bis der Schlitten weggefahren war. Dann sagte er leise und woanders hinschauend: »Sei vorsichtig! Überall! Ich bin inzwischen sicher, daß sogar in den Schlitten die Abhörwanzen der Staatssicherheit versteckt sind. Im Hotel sowieso. Stalin erfährt alles.« Erich hoffte noch, daß Krilenko übertrieb, aber er nickte ihm zu und sie gingen ins Hotel.

Sie stellten nur die Koffer Bucheggs ins Zimmer und gingen dann zur Französischen Konditorei am Twerskoi-Boulevard, wo sie Tee tranken. Nach einer Weile kam Wiktorija Kamenewa, die jüngere der beiden Töchter Kamenews, Krilenkos Ehefrau. Sie vertraute Buchegg seit mehreren Jahren vollkommen und war überglücklich, ihn wiederzusehen. Sie umarmte ihn und küßte ihn von allen Seiten, eine wahre Russin: Gläubig, mystisch, durchdrungen vom Guten – und da es immer noch eine Steigerung gab für Wiktorija: Kommunistin, Kommunistin wie ihr einstiges Väterchen Papa, Leo Borissowitsch Kamenew, eigentlich Rosenfeld, einer der engsten Mitarbeiter Lenins, von 1919 bis 1926 Mitglied des Politbüros, der zusammen mit Sinowjew Josef Stalin gegen Trotzkij unterstützt hatte und der dann, nach gelungenem Kampf und empört über Stalins Verfolgungsmethoden, 1926 von Stalin aller Ämter enthoben wurde. In Stalins Schauprozessen gegen die sogenannten Abweichler Trotzkij, Sinowjew, Kamenev, Bucharin und Rykow war Wiktorijas Vater 1929 zu lebenslanger Zwangsarbeit verurteilt worden und seither verschwunden in einem der Lager von Stalins Geheimpolizei. Inzwischen, vier Jahre später, wußte seine

Tochter nicht einmal mehr, ob Leo Borissowitsch überhaupt noch lebte. Stalin empfing den Theaterregisseur Stanislawski, der sich mit ungeheuerlichem Ausstattungsaufwand regelmäßig ruinierte und mit der Zensur Ärger bei jeder neuen Aufführung bekam. Genosse Stalin regelte für Stanislawski alles. Wie durch Wunder verschwanden alle seine Schwierigkeiten. Verzweifelte Bitten Wiktorijas um Auskunft über ihren Vater, ohne den der jetzige Alleinherrscher schon 1919 als Mitglied des Organisationsbüros gescheitert wäre, gelangten nicht einmal bis in Stalins Vorzimmer.

Diesen neueren Stand der Dinge hatte Buchegg bereits von Anatolij Rodianowitsch Krilenko auf dem Weg in die Konditorei erfahren. Nur unter freiem Himmel, das schärfte Krilenko dem Freund aus Wien noch einmal ein, konnte man offen miteinander sprechen.

Wiktorija kam aus dem Kominterngebäude, wo Chlestnikow vor einer Stunde mit einer Rede begonnen hatte, die Wiktorija am Ohr Bucheggs »selbstmörderischen Wahnsinn, einfach Wahnsinn!« nannte. Krilenko schien bereits alles zu wissen. Wiktorija bestellte Kaffee und Zuckergebäck für alle und dann fragte sie Erich ausführlichst nach dem Befinden, nach den Verhältnissen in Deutschland und in Wien und nach gemeinsamen Freunden in Wien, alles im selben Atemzug und äußerst detailliert und lebhaft. Buchegg begann zu berichten. Krilenko blieb so bedrückt, wie er Buchegg am Kasaner Bahnhof bereits vorgekommen war.

Buchegg hielt am vierten Tag seines Moskauer Aufenthaltes sein Kolleg über die sozialistische Arbeit in Österreich nach der Machtübernahme durch Hitler in Deutschland. Krilenko hatte alles hervorragend organisiert im Institut, aber Wiktorija hatte Buchegg am Tag vor dem Kolleg und vor den Diskussionen einen unschätzbaren Dienst damit erwiesen, daß sie ihm wieder und wieder klar machte, was von den Leuten im Institut erwartet wurde: man legte größten Wert auf breit exponiertes Material und auf eine strenggläubige, marxistische Stellungnahme, ja inzwischen auf eindeutige stalinistische Aussagen. »Jede abstrakte oder hermetische, persönliche Formulierung würde hier auf einen sofortigen Skandal hinauslaufen, glaube mir das, Erich«, schärfte Wiktorija dem Gast ein und sie wiederholte mehrmals, daß im Kolleg Leute der GPU wären und daß Stalin dabei wäre, den NKWD aufzubauen, eine Staatssicherheitsorganisation unter Einbeziehung der GPU. »Wenn du etwas sagst, was von der offiziellen stalinistischen Linie abweicht, gefährdest du jeden, der dir zuhört, selbst wenn er sofort unter Protest ginge«, sagte Wiktorija.

Buchegg versprach ihr, vorsichtig zu sein. Er hielt sich beim Vortrag und in den zweitägigen Diskussionen an die Ratschläge. Wie es schien, war später auch Krilenko der Meinung, alles sei gutgegangen. Buchegg wollte noch Freunde von seinen früheren Besuchen wiedersehen, aber er sagte überall wegen Erkrankung ab und verließ Moskau nach sieben Tagen wieder mit der Eisenbahn, Richtung Warschau und von dort hinunter nach Kattowitz und Wien.

Seit Mitte Dezember war er nun wieder daheim, beeindruckter denn je von den Russen, aber abgestoßen von der Diktatur Stalins. Das russische Volk hatte noch jeden Despoten überlebt, weil die Leidensfähigkeit dieser Menschen keine Erfindung der russischen Dichter und Schriftsteller war. Aber was den Völkern im Osten unter Stalin, den Buchegg den dunklen Schatten Rußlands nannte, jetzt bevorstand, davor graute ihm. Was er binnen weniger Tage im Institut für die kulturellen Beziehungen, im Künstlerklub, im Schriftstellerverband und im Kominterngebäude gesehen und gehört hatte, zeigte ihm überdeutlich, daß zwischen dem Zarenregime und dem Regime Stalins kein Unterschied war: wie früher lebten alle Russen unter der Knute der gefürchteten, undurchsichtigen Regierung »von gleich nebenan«, die ferner war als die Milchstraße. Am Kasaner Bahnhof hatte Krilenko zu Buchegg beim Abschied gesagt, weit genug von jeder Mauer und unter freiem Himmel: »Keine Regierung Rußlands hatte sich bisher zu verantworten. Und das wird es auch nie geben bei uns und schon gar nicht bei Stalin. Mütterchen Rußland will nicht, daß Väterchen Stalin sich verantwortet.«

Bucheggs Freunde im Café Herrenhof wollten von ihm soviel wie möglich aus Moskau hören. Aber Buchegg hatte sich vorgenommen, mehr zu denken und weniger zu reden. Er begann daheim, einen Bericht über seine Erlebnisse in Moskau zu schreiben. Da Buchegg sich beim Schreiben nichts vormachte, benötigte er für diesen Bericht nur wenige Tage. Das Ergebnis dieser Schreibanstrengung war, daß er aus der Kommunistischen Partei Österreichs austrat.

Sie war 1919 gegründet worden und hatte zu keiner Zeit einen größeren Anhang, weil die Sozialdemokraten die sozialrevolutionären Kräfte in Österreich an sich banden. Kurz nach dem Parteiaustritt Bucheggs wurde die KP von der Regierung des Bundeskanzlers Engelbert Dollfuß verboten. Von nun an kursierte im Café Herrenhof das Wort, wo Buchegg die Bassena verließe, dort fungiere der Staat als Toilettenmann.

Der Abtrünnige sagte vorher, daß den meisten das Gelächter bald im Hals stecken bliebe. An Bucheggs Aura der Eleganz und der Leblosigkeit hatte sich nichts geändert, wohl aber an seinem erotischen Optimismus. Seine Erfolge bei Frauen interessierten ihn nicht mehr und das veranlaßte ihn, sich selber eine düstere Prognose zu stellen. Zu dem Austromarxisten Otto Bauer sagte er Mitte Januar 1934: »Ich werde keine vierzig Jahre alt.« Er machte diese Bemerkung kurz vor seinem Auftritt als Gastredner im Europäischen Klub. Buchegg war durch eine Initiative Bauers von diesem Klub eingeladen worden, zum Thema »Diktaturen als Antwort auf den Parlamentarismus« zu sprechen, und er hatte diese Einladung angenommen. Sein Vortrag war überall in Wien mit Plakaten bekanntgegeben worden. Außerdem hatte die Presse schon Tage vorher eine Sensationsmache gestartet. Auch der Wiener Rundfunk wies auf die Veranstaltung hin und teilte mit, man erwarte allgemein, daß sie entweder im letzten Moment verboten oder sogleich nach ihrem Beginn von der Staatspolizei aufgelöst würde. Daß bezahlte Störer Einlaßkarten zum restlos ausverkauften Vortrag zugesteckt bekommen hatten, wurde von der Leitung des Klubs als selbstverständlich angesehen.

Die Weltwirtschaftskrise hatte für Österreich in den letzten drei Jahren noch größere Arbeitslosigkeit und eine vollständige Zerrüttung der Staatsfinanzen zur Folge gehabt. Der christlichsoziale Regierungschef Dollfuß, unterstützt von dem Heimwehrführer Ernst Rüdiger Fürst von Starhemberg, erlangte 1932 in Lausanne eine Auslandsanleihe, die mit einer vierjährigen Finanzkontrolle durch den Völkerbund in Genf verbunden war. Dollfuß regierte mit nur einer Stimme Mehrheit. Der Aufschwung der nationalsozialistischen Partei Hitlers in Österreich und die Unsicherheit in der Regierung veranlaßten Dollfuß, im Mai 1933 den Nationalrat auszuschalten und mit Notverordnungen zu regieren. Sein immer heftiger werdender Konflikt mit den einheimischen Nationalsozialisten führte zu starken Spannungen mit der deutschen Regierung. Terrorakte der Nazis in Wien veranlaßten Dollfuß, die NSDAP Österreichs im Juni 1933 zu verbieten. Die Partei setzte seither ihre Tätigkeit illegal und verstärkt fort. Ernst Kaltenbrunner, der führende Nationalsozialist in Wien, Hans Talmayers oberster Chef, hatte im Verbot der Partei von Anfang an nichts anderes gesehen als eine großartige Beihilfe der Regierung zur Stärkung des Nationalsozialismus in Österreich. Diese Dinge hatte Adolf Hitler in Deutschland bereits sämtlich durchgespielt, mit Erfolg, wie jedermann inzwischen wußte.

Erich Buchegg begann seine Rede im überfüllten Saal des Europäischen Klubs am Karl-Lueger-Ring mit einer Darstellung der Ähnlichkeiten in der Diktatur Hitlers und Stalins. Es kam schon sogleich zu Störmanövern und lautstarken Unterbrechungen, aber Buchegg konnte noch weiterreden. Dann beging er die Todsünde der Parteinahme. Dies hier sei keine Diskussion im Kaffeehaus, sagte er. Dort sei es Mode geworden, die Unterschiede in den Diktaturen Hitlers und Stalins bis zur Bewußtlosigkeit zu analysieren, damit man nicht genötigt wäre, die wesentlichere Frage überhaupt zu denken, geschweige sie öffentlich zu beantworten, ob man für oder gegen Diktatur sei, für oder gegen eine parlamentarische Demokratie. Er, Buchegg, sei aus der KP ausgetreten, er sei gegen jedwede Diktatur und gegen jedweden Totalitarismus und für die parlamentarische Demokratie. Er sei gegen Stalin und gegen Hitler. Das elendeste parlamentarische System der Welt, das sich denken lasse, sei besser als die am besten ausgerüstete und organisierte Diktatur. Und an der Frage, ob sich für diese private, politische Meinung von ihm eine Mehrheit in Europa fände, daran und keineswegs an der Marxschen Geschichtsidee und keineswegs an der Hitlerschen Vorsehung entscheide sich die Bedeutung Europas. In diesem Jahrhundert, fuhr Buchegg fort, entscheide sich die Bedeutung Europas noch einmal, doch dieses Mal zum letzten Mal.

Der lautstarke Protest eines Störtrupps war schon längst zum Tumult geworden. Neun Leute sprangen zum Rednerpult, schlugen und traten Buchegg zusammen. Sie trugen keine Uniformen, auch keine Abzeichen oder Armbinden, niemand kannte irgendeinen von ihnen. Mit eisernen Schlagstöcken wandten sie sich gegen die Zuhörerschaft, schlugen auf jeden mit größter Brutalität ein und lösten eine Panik aus, in der sie dann von der Bildfläche verschwanden. Buchegg lag mit zertretenem Gesicht und zertretenem Unterleib vor dem Rednerpult. Es dauerte, bis er endlich in die Notfallchirurgie vom Allgemeinen Krankenhaus eingeliefert wurde. Es dauerte für ihn zu lange. Er starb in der Klinik an den Verletzungen.

Die Nationalsozialisten hatten ihr Büro am Schottenring offiziell aufgegeben. Kaltenbrunner leitete alle Aktivitäten aus einem konspirativen Ort im 2. Bezirk. Um diesen Ort zu dekken, lebte er angemeldet im Imperial Hotel, wo er die meiste Zeit anwesend war und sich zeigte. Dort erhielt er einen ausführlichen, mündlichen Bericht über den Einsatz im Europäischen Klub, bei dem sich der Parteigenosse Hans Talmayer besonders hervorgetan hatte. Kaltenbrunner nahm es zur Kenntnis und überlegte. Am Tag der Beerdigung Erich Bucheggs ließ er Talmayer durch einen seiner unteren Chargen wegen des Vorgehens im Europäischen Klub auf das schärfste zurechtweisen und mit dem Hinauswurf aus der Partei bedrohen. Talmayer ließ sich nicht provozieren und schluckte das. Kaltenbrunner wurde das im Hotel berichtet. Anschließend ordnete er an, Talmayers Akte mit dem Vermerk zu versehen: »Für Sonderaufgaben geeignet.«

Arosa II

Am Tag nach der Hochzeit waren Béla und Olga zu einem kurzen Winterurlaub nach Arosa abgereist. Olga wollte den Ort wiedersehen, wo sie so oft mit dem Baron gewesen war, und Béla, der nur zehn Tage Urlaub bekommen hatte, freute sich; er kannte Arosa noch nicht. Da das Grand Hotel Tschuggen inzwischen teilweise auch Sanatorium geworden war, hatten sie Zimmer im Arosa Kulm Hotel vorbestellt.

Der Gedanke, im Hotel den Lungenkranken zu begegnen, verursachte Olga Unbehagen. Hinzu kam, daß sie ihre Erinnerungen an die Klavierabende Dudley Fergusons im Tschuggen Hotel und an Dudleys Ende unter dem Eise des Obersees nicht mehr als nötig wiederbeleben wollte.

Früher hatte Olga stets viel Ferienlektüre eingepackt. Dieses Mal nahm sie nur ein einziges Buch mit nach Arosa, einen Roman, geschrieben von einem Deutschen. Er spielte im benachbarten Davos, aber sein Ortsgeist war ein Weltereignis, die Dramatisierung des Lebens durch Krankheit; der Roman spielte in der Zeit vor dem Ersten Weltkrieg, aber seine buchhalterisch genauen Konzessionen an den Zeitgeist erwiesen sich als Parabeln der Angst von zeitloser Allgemeinheit.

Als Olga diesen umfangreichen, aber auch verlockenden Roman zu ihrem Gepäck legte, hatte sie, angesichts der Reise in die Flitterwochen, einen Anflug von schlechtem Gewissen. Doch mit Selbstironie sagte sie sich, sie müsse den Roman ja nicht lesen, es genüge, ihn für sich und für Béla als Bannbulle gegen Lungen-Tb mitzunehmen. Zwar lächelte Olga bei diesem Einfall, aber sie lächelte eher verlegen, weil sie davon überzeugt war, daß eine Krankeit wie Lungen-Tb, derart erzählerisch entlarvt, fortan ausgestanden wäre.

In der Eisenbahn von Wien nach Chur in Graubünden stellte sich heraus, daß Béla ebenfalls nur ein einziges Buch mitgenommen hatte. Er holte es aus seinem Handgepäck und zeigte es Olga. Es war Zisslers neues Handbuch über einige besonders aufschlußreiche Krankheits- und Genesungsverläufe von adenoiden Kindern. Olga schlug das Buch auf und begann darin zu lesen. Schließlich kam sie an eine Seite mit einem Foto auf Glanzpapier, welches das typische Gesicht eines adenoiden Kindes im Alter von zehn Jahren zeigte.

Olga betrachtete lange dieses Gesicht. »Erkennst du es nicht? Margaret!« sagte Béla. Olga war abgestoßen. »So hat sie damals ausgeschaut?« fragte sie. »Ja, so hat sie ausgeschaut, als sie mit ihrem Vater zum erstenmal zu uns kam in die Klinik«, sagte Béla. Um Olga zu erheitern, erzählte er ihr, wie Zissler ihn damals angefahren hatte, weil er zunächst mit einem Foto von Margarets Rachen mit den adenoiden Vegetationen aus dem Fotolabor gekommen war. Olga hörte ihm zwar zu, aber daß Margarets Kindergesicht nun in diesem Handbuch für die kommende Hals-Nasen-Ohrenmedizin zu besichtigen war, wohl für länger als ihrer aller Lebenszeit, berührte Olga merkwürdig.

›Sonderbar, was wir beide als Ferienlektüre bei uns haben‹, dachte sie, als der Zug schon im Schweizerland der Hauptstadt des Kantons Graubünden entgegenfuhr. Sie erinnerte sich, daß ihr Vater ihr einmal die Geschichte von dem Röntgenfoto aus einem Roman vorgelesen hatte. Beim Zuhören war ihr unheimlich geworden. Aber in dem Unheimlichen war eine heimelige Bejahung des Lebens gewesen: der Heimlichkeiten und der Geheimhaltung nun genug, war in dem Roman eine unheimliche Glücksspur zum Kranksein aufgetaucht. Doch das Foto vom adenoiden Kindergesicht der in dem Handbuch Zisslers nicht genannten Margaret Talmayer wirkte nicht unheimlich, sondern gespenstisch auf Olga. Entleibtes hier wie damals dort. ›Was geht vor in mir? Was mag der Unterschied sein zwischen etwas Unheimlichen und dem Gespenstischen?‹ fragte Olga sich und sie war erleichtert, als Béla seine Ferienlektüre wieder im Handgepäck verstaute. Béla stand dabei auf und schaute zu Olga hinab und lachte ihr zu. Olga liebte ihn, während er lachte.

Sie saßen sich gegenüber in dem Zugabteil und schauten hinaus in das winterliche Land. Alles schien den beiden auf einmal unter einem guten Stern zu stehen. So erreichten sie Chur.

Man sieht bald von dem Bergbähnli Chur–Arosa Dorf die Hochwangkette mit dem Hochwang und dem Mattlishorn, dem viel befahrenen Skiberg. Béla war überwältigt beim Schauen, während die kleine Bergbahn sich ihrem Ziel näherte. Olga zeigte ihm das Mattlishorn und sagte ihm, wenn sie einmal im Sommer hierherkämen, würde sie ihm vom Mattlishorn oben das Vergehen der ewigen Berge zeigen. Die Schanfigger Berge bestünden aus dem vergänglichen Bündnerschiefer und wenn man sommers oben auf dem Mattlishorn stünde, so sähe man dort die mächtigen, grünen Matten, aber im tiefliegenden Flußtal fräßen sich die Wasser der Plessur als immer tiefer werdende Seitentobel in die Bergflanken ein. »Und irgendwann einmal werden die ewigen Berge hinfallen, wie es so bildmächtig heißt«, sagte Olga. Béla begriff es nicht ganz, denn jetzt sah er Arosa und den Bergkessel im Winterschnee, und dieser direkte Eindruck packte ihn.

Olga ging mit ihm zum Fenster der anderen Wagenseite und zeigte Béla die andere Bergkette, die von Nordosten nach Südwesten ansteigt und das Gebiet von Arosa umstellt, die Aroser Dolomiten, die der Landschaft ihr großartiges Niveau und Gepräge geben. In diesem Gebirgszug zeigte Olga dem Béla nun die Weißfluh und das Schiahorn, die Mädrigerfluh und das Furkahorn, die Amselfluh, das Valbellahorn und die Leidfluh. Dann zog Olga den Staunenden wieder zum anderen Wagenfenster und wies drüben auf den Gugernellgrat, mit dem die Gipfelkette der Aroser Dolomiten anstieg bis zum Aroser Rothorn. Sie kamen an.

Wieder im Schlitten, wie damals mit Kaspar, ging es von der Haltestelle zum Hotel, dieses Mal zum Kulm. Hoteldirektor Willimann begrüßte sie und führte sie durch Halle und Speisesaal und erläuterte ihnen dabei die übrigen Annehmlichkeiten des Hauses, das seit dem Umbau und mit den beeindruckenden modernen Formen des neu hinzugekommenen Ostflügels seit 1929 definitiv das Grandhotel Arosas war. Im besten angelsächsischen Guide wurde es gar als das gesellschaftliche »Mekka of the Grisons« gekennzeichnet. Olga hatte den Guide in Wien und richtete sich nach ihm und schien damit auch dieses Mal wieder bestens unterrichtet worden zu sein. Direktor Willimann führte die beiden in dem eleganten, neuen Speisesaal zur Fensterfront und zeigte die Gebirgswelt. Dort kam auch die Frau des Direktors hinzu und begrüßte Olga und Béla. Madame Willimann, eine hübsche Amerikanerin Anfang dreißig, die sicher einmal eine sinnliche Vollschlanke gewesen war, inzwischen jedoch deutlich zur Korpulenz der moralisch Einwandfreien neigte, gratulierte dem frischverheirateten Paar so deutlich und prononciert zu ihrem Ehebund, daß Olga ein wenig stutzte. Jedoch fügte Madame Willimann ihrer Gratulation einen so aufrichtigen Wunsch für langes, gemeinsames Glück hinzu, daß sich dem niemand entziehen konnte. Tatsächlich war die eingebürgerte Amerikanerin eine Instanz, die im Arosa Kulm Hotel die Sittlichkeit der Gäste kritisch beobachtete.

Der Direktor führte die Ankömmlinge nun zu dem für sie reservierten Eckappartement mit Salon nach Süden, Grandlit und Sonnenterrasse. Das Gepäck war auch dieses Mal schon angeliefert. Nachdem Josef Willimann sich überzeugt hatte, daß Olga und Béla auch hier mit allem einverstanden waren, brachte er seine grundsoliden und unblenderischen Randbemerkungen über Örtliches und Mondänes damit zu Ende, daß er seine Gäste für den kommenden Abend zu einem Dîner en famille einlud. Die Einladung wurde angenommen. Als die beiden allein waren, verführte Olga den Béla und ergab sich mit ihm den Vergnügen einer nicht zuletzt durch den Ortswechsel heftigeren Leidenschaft.

Vor dem Lunch erkundeten die beiden nebenbei das Hotel. Seine Halle, die Gesellschaftsräume, vor allem das Lesezimmer, die American Bar, der sehr komfortable Bridge-Salon und der Französische Salon sagten zu. Hinzu kam für Olga, daß die Bibliothek im ausgesprochen stillen Lesezimmer, die sie näher in Augenschein nahm, ihr einigen Eindruck machte: sie enthielt nicht nur herausragende Werke der erzählenden Weltliteratur, sondern auch kostbare Helvetica, unter anderem Erstausgaben der weithin unbekannten pfarramtlichen Predigten des Jeremias Gotthelf sowie Dokumentarbände von Literatur aus der Epoche nach dem Rütli-Schwur.

Nach dem Lunch machten sie einen Spaziergang. Durch Inner-Arosa gingen sie zum Tschuggen und zum Kirchli oberhalb der Ortschaft Maran, dann spazierten sie eine Stunde durch den dichtverschneiten Arlenwald, von dort zurück ins Hotel. Sie waren zwei Stunden lebhaft ausgeschritten und fühlten sich so wohl, daß sie in der Bar nur im Stehen einen Birnenschnaps tranken und dann bis zum Tee in ihr Appartement hinaufgingen.

Olga verwechselte ihre Leidenschaft keinen Moment mit Liebe. Darin lag ihre Moral. Daß ihr Herz sich erwärmte, war aber neu für Olga. Wieder und immer deutlicher stellte sie fest, daß sie Bélas Lachen liebte. Ja, wenn er lachte, liebte sie sogar den ganzen Béla.

Sie kamen ziemlich spät zum Tee in die Halle, wo The Busett's Lucky Star Orchestra spielte und wo getanzt wurde. Der Lounge-Captain kam und erkundigte sich, ob die Herrschaften allein oder in Gesellschaft ihren Tea Afternoon zu haben wünschten? »Wenn es den Herrschaften angenehm wäre, würde ich Sie gern mit Herrn Rudolf und Frau Charlie Carracciola, drüben am Fenster, bekannt machen. Sie sind jedes Jahr bei uns und schätzen Gesellschaft«, sagte der Captain. Olga nickte. Sie war gespannt auf den international bekannten Rennfahrer, der berüchtigt war für Höllentempo auf den gefährlichsten Strecken der Welt. Fast noch mehr interessierte Olga sich für Frau Carracciola. Wie hielt sie es aus, mit einem berufsmäßigen Todeskandidaten verheiratet zu sein?

Man ließ sich bekanntmachen, begann die Konversation und trank den Tee miteinander. Nach einer Weile tanzte Dr. Béla Hermann mit Charlie Carracciola und Rudolf Carracciola mit Olga Hermann-Lanzki. Dabei unterhielt man sich weiter.

Die Aroser Winterwelt bot Gesprächsstoff genug und Olga verzichtete auf die üblichen Fragen, die man Berühmtheiten stellt. Sie hätte gerne von Carracciola erfahren, ob in extremen Situationen eines Autorennens sein Wille zu gewinnen bis zum Wunsch sich steigern könne, daß der Hauptrivale sich umbringe? Bei sich selber konnte sie sich das vorstellen. Aber sie unterließ es, Carracciola danach zu fragen. Sie wollte ihn der Lästigkeit einer höflichen Lüge nicht aussetzen.

Als man sich verabschiedete, verabredeten die vier, am nächsten Tag eine Schneewanderung zur Furkahütte zu machen. Béla war von Charlie Carracciola ebenso angetan wie Olga von Rudolf Carracciola, dem Antiliebling der Publikumsmassen, der seinem Hauptwidersacher Bernd Rosemeyer das Trauma, Liebling der Deutschen mit ihrem Todeshunger zu sein, nicht neidete.

Abends dinierten Béla und Olga beim Hoteldirektor privat. Dort lernten sie Nationalrat Welti kennen. Etzelbert Welti, ein barocker Mann Ende fünfzig, entstammte einer Berner Familie, die in der Maschinenindustrie des zweitgrößten Kantons der Schweiz die führende Rolle spielte. Im Hauptberuf Professor für Völkerrecht an der 1834 gegründeten Universität seiner Heimatstadt, war er schon zum dritten Mal zum Nationalrat gewählt. Stadt und Kanton Zürich nannte er während der Dîners »die Fremde«, Basel titulierte er »Ausland«. Daß damit etwas Herabsetzendes, gar Verdächtiges gemeint sein könnte, wäre ein Irrtum gewesen, der viel über die entlarvt hätte, die ihm aufsaßen.

Außer dem hochgewachsenen und imposant beleibten Nationalrat, gegen den die auch nicht eben kleine und korpulente Madame Willimann schon fast wie ein Tönnchen wirkte, waren zu Ehren Olgas und Bélas noch der Gemeindepräsident von Arosa, Oberstleutnant Schmid, ferner Miß Berenice Cunningham vom Arosa British Ski Club, die soeben in ihrer Kategorie des zweiten Klassement-Tests den ersten Preis im Weißhornrennen gemacht hatte, eingeladen. Schließlich war noch ein viel bestaunter Gast bei Tisch, der Pilot Robert Fretz, der am Tag von Olgas und Bélas Ankunft zum erstenmal mit einem Flugzeug in Arosa gelandet war, mit einer Leopard-Moth, einer englischen Maschine. Damit hatte nun Arosa als erster Kurort der Schweiz ein eigenes Flugzeug in den Dienst seines Fremdenverkehrs gestellt. Am Nachmittag hatte der erste dienstliche Raid den initiativen Flieger nach Dübendorf geführt, wo er zwei Luftpassagiere aufgenommen hatte, um sie nach einem Dreiviertelstundenflug über die herrlichste Winter- und Sonnenlandschaft auf dem Obersee von Arosa abzusetzen.

Der Gemeindepräsident und Oberstleutnant der schweizerischen Armee gab beim Essen weitere Erläuterungen und sagte, daß der hervorragende Zürcher Flieger Robert Fretz den englischen Vogel schon im Monat zuvor aus London geholt und ihn sodann den schweizerischen Luftbehörden vorgeführt hätte, die ihm das Schweizer Bürgerrecht feierlich verliehen, was der Leopard-Moth nun mit seinem Kennzeichen CH 388 auf dem Rumpfe stolz zur Schau trage. Mit ebenso viel patriotischer und jedem Chauvinismus abholden Emphase fuhr der Gemeindepräsident fort: »Ich bin selbst in dem Vogel geflogen. Die heizbare und vornehm mit grauem Leder ausgestattete Kabine hat durch ihre großen Fenster eine gute Sicht. Sogar nach oben ist der Blick freigegeben durch ein Deckenfenster, was der Luft-Gourmet namentlich dann als reizvoll empfinden wird, wenn ihm bei einer Schräglage des Apparates in der Kurve der Anblick unserer Berge ungeschmälert offensteht.« – »Ja-wohl!« fügte Nationalrat Welti bekräftigend hinzu. Olga fragte den Piloten, ob sie ihn an einem der kommenden Tage für einen Rundflug über die Bündner Bergwelt engagieren dürfe? »Morgen wollen Dr. Hermann und ich zur Furkahütte gehen, aber übermorgen wäre es doch schön!« sagte Olga begeistert und Béla war ebenso angetan davon. Der Pilot stimmte zu, für den Fall, daß das Bergwetter gute Sicht gäbe.

Nach dem ausgezeichneten Essen begab man sich gemeinsam in den Ballsaal des Hotels, wo soeben ein Rokokoball begonnen hatte, mit dem die Pariser Modeblätter ›Femina‹ und ›Excelsior‹ eine sportlich-gesellschaftliche Semaine d'Elégance begannen. Ein bekannter Zürcher Kunstmaler hatte die Gesellschaftsräume des Kulm so prächtig und überraschend ausgestattet, daß sich die festliche Stimmung sogleich beim Betreten des Ballsaals einstellte.

Im Verlauf des Balles fragte Etzelbert Welti, ob es genehm wäre, wenn er sich dem morgigen Gang zur Furkahütte anschlösse? Wegen seiner Beleibtheit möge niemand etwas befürchten, sie sei ihm keine Last, sondern ein Fundus des Wohlbefindens und der vielfältigsten Bekanntschaften mit einem ungequälten Körper, fügte der Nationalrat hinzu. Seine Anfrage wurde mit dem größten Vergnügen bejaht. Wie wohlbeweglich der zumal in seinem runden und irgendwie gedruckt klingenden Deutsch barocke Berner war, zeigte er dann bei einer Gavotte mit Olga, die von dem Busett's Lucky Star Orchestra mit brillanter musikalischer Ironie und in aufschlußreicher, die Kräfte anregenden statt vergeudenden Zierlichkeit gespielt wurde. Olga hatte, kurz nach der Reservierung in Wien durch den Plaisir-Kalender des Arosa Kulm Hotels vorinfomiert über den Ball, eine elegante Merveilleuse-Garderobe aus dem frühen Wiener Rokoko mitgebracht, während sie durch die damals als äußerst gewagt erscheinende Hochfrisur den Abendhut ersetzt hatte, wie der Plaisir-Kalender es als erlaubt empfahl. Béla trug einen Abendfrack aus der selben älteren Zeit, während Nationalrat Welti in einem Herrenkostüm aus der Endzeit der Bernischen Aristokratischen Verfassung, die 1831 durch die demokratische ersetzt wurde, das Fest bereicherte und verschönte und dementsprechend alles an sich selber und um sich herum mit Behagen und ohne Einschränkung genoß.

Zielbewußt und energisch setzte sich Nationalrat Welti am nächsten Morgen an die Spitze der kleinen Wandererschar, die nach dem Frühstück zur Furkahütte aufbrach. Was in der besonderen Topographie und Meteorologie Arosas normalerweise als Skitour unternommen wurde, sollte dieses Mal anders vonstatten gehen, als Schneewanderung.

Sowohl die Damen Olga und Charlie als auch die Herren Etzelbert, Rudolf und Béla trugen Schneeschuhwerk mit doppeltem Strumpf, der erste Strumpf war hochgezogen bis über die Waden, über denen er unter dem Schlußbund der Knickerbokker gut befestigt saß, der Zweitstrumpf war in breiten und dicken Rollen über die Oberkanten der Wanderschuhe gelegt. Ein von Winterfreund Welti gepriesener und bei dieser Doppelstrumpfmethode garantierter Knöchelschutz durch Knöchelwärme.

Man war also unterwegs, in vernünftigem Schuhwerk, Wanderanzug mit Lodenumhang, mit modisch langen Shawls, Handschuhen und dem Engadinerhut und jeder mit einem Schneestock. Verproviantiert für einen ganzen Tag vom Küchenchef des Kulm persönlich, wobei auch Karottisaft und heißer Kaffee in Thermos nicht fehlten, trugen die Herren kleine und prallgefüllte Rucksäcke, während die beiden Damen versprochen hatten, auf dem Hinweg und dem Heimweg ein Picknick im Schnee zu arrangieren.

Via Isla kamen sie nach etwa anderthalb Stunden zum Furkabödeli. Hier gabelte sich der Weg. Geradenwegs kam man zum Grünsee, im Anstieg ging es zur Furkahütte hinauf. Man blieb nur kurz stehen. Die Rast sollte erst in der Hälfte des Anstiegs eingelegt werden. Der Nationalrat übernahm wieder die Spitze, doch dieses Mal gesellte Olga sich zu ihm. Sie war erstaunt über die beharrliche Beweglichkeit, die Welti in seinem massigen Körper mühelos mobilisierte. Das Stapfen im Altschnee, welches den anderen außer dem Vergnügen auch Mühe machte, schien für den Nationalrat nichts als ein Naturgenuß zu sein. Olga deutete es ihm an, worauf Welti, mit schöner Selbstironie und einer Anzüglichkeit gegen den Weltgeist-Erfinder Hegel, die Mobilität des ungequälten Körpers eine Antwort des Weltigeistes nannte.

Die Wanderung durch den Altschnee und am sanft steigenden Hang, bei trockener Kälte und starker Sonne war für Olga längst viel mehr als ein Naturgenuß. Das prunkvolle Weiß der Winterlandschaft und das Licht, das aus dem Blau des Himmels sichtbar herabstürzte und den entfernten Gipfel über dem Furkapaß verklärte, bewegten Olga.

Das Weiß der Schneewelt öffnete Olgas Gemüt; das Blau des hoch wirkenden Himmels öffnete ihr Herz für die anderen, die hier mit ihr unterwegs waren; das Licht aber, welches, in Strömen einer zwischen Himmelsblau und Schneeweiß changierenden Helligkeit, die Welt ringsum und sie alle fünf durchglänzte und im Herabstürzen ohne Ende überfloß, bedeutete für Olga etwas Göttliches.

Nach einer Weile, als fordere diese vitale Wanderung Welti bei weitem nicht genug, begann er mit Olga eine Konversation bergan. Natürlich gab es zwischendurch und sozusagen als Pausenzeichen heftig einatmende und ganze Luftmassen fortblasende Schnaufer, aber sonst war des Nationalrats Parlando selbst bergan eindrucksvoll. Er konversierte über Berner Geschichte. Olga hatte ihn darum gebeten. Die Suada des Völkerrechtlers entsprach dem, was Olga unter guter Unterhaltung verstand: eine Kennerschaft in speziellen Wissensbereichen des persönlichen Interesses, gespeist aus denkender Anteilnahme an anderen, ohne die peinlichen Redereien der privaten Notdurft. Die Entblößung von zumeist privaten Meinungen war geradezu grauenvoll; das alles war ebenso infam wie sinnlos; Olga war seit je vor denen geflohen, mit denen man nur leeren Klatsch über andere ertragen mußte; sie mied Leute, die fast ausschließlich jene aufsuchten und mit solchen gegenseitig sich besuchten, sie sogar als Freunde priesen, die sie beständig verleumdeten.

Sie hätte Weltis faszinierenden und lapidaren Einzelheiten über die Berner Stadtgeschichte noch Stunden zuhören können. Die Details waren miteinander verbunden durch den politischen Eros der demokratischen Parlamentserfahrung, die Welti »eine Hundsschinderei im letztendlich entscheidenden Kleinkram« nannte.

Charlie Carracciola rief ein Halt nach vorn zu der tüchtigen Avantgarde. Sie hatte einen Picknickplatz. Die Herren legten ihre Rucksäcke ab. Vom Gehen und in der Mittagssonne war allen so heiß, daß die Lodenumhänge abgetan und in den Schnee gebreitet, die Vorräte ausgepackt wurden. Man setzte sich nieder und aß und trank mit richtigem Hunger und hier, erst auf dem letzten Drittel des Wegs zur Hütte, hier unterhielt man sich auch noch. Der Ausblick in die Bündner Bergwelt war auch jetzt schon eindrucksvoll und von abbödiger Schönheit, aber daß man zusammen hierher gefunden hatte, erwies sich dennoch als einstweilen noch größeres Erlebnis. Frau Carracciola sagte zu ihrem Mann, sie fände es bemerkenswert von ihm, daß er, der Prototyp des angesichts ästhetischer Technik einfach rasenden Menschen, diese Wanderung so geradezu lammfromm mitmache.

»Immer in Sorge um mein Wohl«, sagte Rudolf anerkennend. »Wo ich auch fahre und wo ich auch mein Trainingslager aufschlage – kein Manager könnte Charlie ersetzen«, fuhr er fort. »Kein Rennfachmann könnte mir, wenn ich unablässig Runde um Runde drehe, besseren Rat und bessere Information geben als du«, wandte er sich jetzt direkt an seine Frau. »Wenn sie ein halbes Dutzend Stopuhren bedient«, sagte er zu Olga, »zittert sie nicht nur für mich, sondern auch um jeden in meiner jeweils härtesten Konkurrenz. Das ist das wirklich Phänomenale an Charlie! Fairneß ist selbstverständlich, aber ein Autorennen mit Charlie auf den Brettern über den Boxen bedeutet ja viel mehr!« Nun konnte Olga, so direkt angesprochen, die Frage an diese offenkundig ungewöhnliche Frau richten, die sie am Tag zuvor schon gern gestellt hätte. Wie sie es denn überhaupt aushielte, mit einem dauernden Todeskandidaten verheiratet zu sein, fragte sie die ihr gegenüber Sitzende. Charlie Carracciola antwortete, sie wäre das schon gefragt worden und sie hätte diese Frage damit beantwortet, daß sie sich dazu erziehe, niemals den Mut zu verlieren. »Aber ich möchte Ihnen, liebe Baronin Olga, auf diese Frage noch näher antworten, damit Sie kein gar zu geschöntes Bild bekommen. Man muß für alles zahlen und der Preis, den ich entrichte für mein aufregendes Leben mit Carracciola, ist meine Angst, unter diesen Umständen ein Kind zu bekommen, unter diesen Umständen, die sich nie ändern werden«, sagte Charlie.

Bei ihren Worten durchfuhr Olga etwas, für das sie einstweilen keine Worte hatte.

Sie stiegen nun zum Gipfel hinauf und erreichten ihn. Der Blick von der Furkahütte in die Schanfigger Bergwelt und in den Aroser Talkessel war so überwältigend, daß sie alle nur noch schauten und schwiegen. Olga setzte sich, etwas abseits von den anderen, die später in die Hütte traten, um dort einen Grog zu bestellen, in eine Schneemulde unter einem Felsbrocken und dachte, beim Ausblick in diese Winterwelt, noch einmal an die Worte von Frau Carracciola.

Sie erinnerte sich an das Elchgesicht Jakobs aus ihrer Agonie und hinzu trat die Erinnerung an den Umstand, daß die Kalmückenmütze Kaspars aus Elchleder war und Olga erinnerte sich der Worte Kaspars und ihrer eigenen Erfahrung, daß der Geruch jenes Elchleders Phantasie ausströmte. Sie fragte sich nun, bei diesem Gipfelblick von der Furkahütte herab und unter dem Eindruck dieser seltsamen Koinzidenz, ob sie etwa nicht wegen Serges Schweigen damals so krank geworden wäre, sondern ob sie vielleicht allein darum in Agonie gelegen hätte, damit sie endlich einsähe, daß Jakob lediglich ein Produkt ihrer Einbildungskraft unter dem Druck von Rotters unerwartet endgültiger Tat sei? Die übermächtige Eindeutigkeit und Konkretheit der Natur hier oben und der Sonnenglanz über dem Schnee, der Himmel über dem Gebirge und die Weite des Blicks in die Talwelt der Menschen drunten nahmen Olga viel stärker, als sie erwartet hatte, für das eindeutig Reale ein. Sie sagte sich: ›Ich glaube, ich hab mir mit dem Jakob doch viel eingebildet . . .‹ Sie dachte an die Worte Charlies. ›Möchte ich etwa ein Kind von Béla?‹ fragte sie sich.

Nationalrat Welti trat aus der Hütte, mit einem Glas Grog. Er schaute sich um, bis er Olga entdeckte. »Aha!« rief er erfreut aus und kam auf Olga zu, reichte ihr den Grog und sagte zu ihr: »Aber das goot nöd – wönd Sie öppe erfriere? Nähmed Sies Grögli, bittschön, und chömmed Sie in d Hütte zum Uffwärme!

Ja, Heiland-Sterne-Zeit, ein Abstieg ist nicht so ein simples Spiel-chen wie ein Aufstieg!« Welti reichte Olga die Hand, zog sie hoch aus dem Schnee. Sie gingen in die Hütte, um sich dort bei einem Imbiß für den Heimweg auszuruhen.

In den Tagen darauf entstand zwischen Olga und Béla eine Innigkeit, für die Béla, nach seinen vorherigen Erlebnissen mit Olga, keinerlei Erklärung hatte.

Diese Ferien vergingen für Olga viel zu rasch. Sie bat Béla, er möge doch erst eine Woche später zurück in die Klinik gehen, ja vielleicht sogar erst nach zwei Wochen. Olga ahnte, daß dieses Glück bald vorüber und daß es so nie mehr sein würde.

Béla versuchte, ihr eine Vorstellung von dem Durcheinander, das dann geschähe, zu vermitteln. Olga verstand es nicht. »Kranke wollen dort ärztlich versorgt werden, das ist doch etwas anderes als Börse oder Fabriken zu leiten oder ein Gut zu verwalten«, sagte Béla. Olga stimmte zu, um Béla zu verschonen von ihren Gedanken, die sie hatte, als Béla seine Weigerung mit Argumenten bekräftigte.

Am Vorabend der Abreise gingen sie mit den Carracciolas und mit Nationalrat Welti in den Kursaal, um einen Tonfilm zu sehen. Es gab ›Mata Hari‹ mit Greta Garbo. Doch vorher lief eine Wochenschau, in der der deutsche Reichskanzler Adolf Hitler als Redner zu sehen war. Das Schweizer Publikum brach in Gelächter aus. Nationalrat Welti, der neben Olga saß, tat es nicht. Aber er schüttelte den Kopf und murmelte: »Grotesk – s isch eifach grotesk!« Olga teilte diese Auffassung des Berners schweigend.

Eine Krücke auf Vorrat

Im Frühjahr war Béla mehrere Male bei Professor Leuner, dem Physiologen, zum »Einkaufen« gewesen (Untersuchungs- und Meßmethoden). Leuner hatte sich entgegenkommender gezeigt, als Béla zunächst erwartete. Aber was über den Wärmehaushalt und die Kälteversuche bisher vorlag, war mehr als mager. Die Meßergebnisse basierten auf Tierversuchen und waren nur teilweise auf Menschen übertragbar. Die Rattenschwimmversuche in kaltem Wasser zeigten zumal die Grenzen der Übertragbarkeit, weil Ratten auf Notlagen äußerst aggressiv antworteten und sich sozusagen gesundhielten mit bösartigen Kämpfen, was beim Menschen nicht (mehr) der Fall war. Dennoch fand Béla sich von den neuen Arbeiten Leuners bestätigt in der Triftigkeit seines Froschungsvorhabens und ging zu Zissler und erläuterte ihm seine Absichten.

Er hatte einige Unterlagen für Zissler angefertigt, in denen er seine Vorstellungen schon ziemlich deutlich skizzieren konnte. Bewußt hatte Béla jeden Ausflug in die Metaphysik aus seinen Vorstellungen eliminiert. Die unerwartete Protektion Zisslers war eine Krücke für ihn, eine zwar hilfreiche und sogar entscheidende, aber eben eine Krücke. Da Béla sie nun einmal ergriffen hatte und sie nutzte, unterließ er in seinen vorläufigen Unterlagen jede Andeutung der bis heute noch unmeßbaren und wohl entscheidenden »geistigen Kälte durch Egoismus« sowie der ebenso unmeßbaren und ebenso entscheidenden »seelischen Erwärmung durch Liebe« und diese Unterlassung war für Bela sozusagen eine Krücke auf Vorrat.

Professor Zissler war angetan und besuchte einige Tage später Meyer-Otéro, Bélas Chef. »Sie haben da einen jungen Mann, der mich interessiert und auf den ich Wert lege. Hatte ihn früher in meiner Klinik. Es handelt sich um Ihren Assistenten Dr. Béla Hermann. Hat er Sie schon etwas wissen lassen über seine Vorstellungen vom Wärmehaushalt?« Meyer-Otéro verneinte. Zissler nickte und sagte: »Sehen Sie, Herr Kollege, er ist etwas scheu, aber nicht zu unterschätzen, wie ich finde. Als Anfänger auf meiner Klinik hat er es sich, von seiner Veranlagung her, nicht immer leicht gemacht, aber dann hat er sich ganz ordentlich entwickelt. – Vielleicht schauen Sie sich seine Sachen mal an?« – »Aber gewiß werd ich das gern machen, Herr Kollege«, sagte Meyer-Otéro.

Am nächsten Tag, nach der Visite, bestellte er Béla in sein Zimmer. »Zissler war bei mir. Bringens mir, bittschön, gleich Ihre Unterlagen mit. Mich interessiert, was Sie untersuchen wollen«, sagte er und so kam es zu einem ersten Gespräch, dem sich in der Woche darauf eine gründliche Erörterung, zu der auch Leuner gebeten und hinzugekommen war, anschloß. Anfang März hatte Béla von seinem Chef die Genehmigung erhalten, mit den Untersuchungen und mit der Entwicklung weitergehender Meßmethoden zu beginnen. Hierzu erhielt er die Unterstützung der Labore der Inneren Klinik und der Poliklinik sowie die Erlaubnis zu eigenen Tierversuchen. Ab Mitte März war er jede Woche für einen Tag von der Stationsarbeit bis auf weiteres freigestellt. Er ging zu Zissler, um sich bei ihm zu bedanken. Der sagte zu ihm: »Nutzen Sie Ihre Chance, indem Sie immer, wenn es aussichtslos scheint, besonders dankbar und geduldig werden. Denn immer, wenn es aussichtslos zu sein scheint, nähert man sich seiner Sache – falls sie geistiger und nicht selbstsüchtiger Natur ist. Viel Glück mithin, Béla!«

Dieser nahm die Arbeit mit Eifer auf. Seither nun stellte Béla etwas fest, was ihn überraschte. Sein ohnehin großes Engagement im Stationsdienst nahm zu, seit er nebenbei mit den wissenschaftlichen Versuchen begonnen hatte. Erwartet hatte er eher das Gegenteil, so aber freute er sich. Ein Patient, der mit Myocarditis in einer Krise war und den Vagustod zu sterben drohte, kam aus diesem Angstzustand heraus, weil Béla ihm sagte: »Begrüßen Sie Ihre Angst. Sie ist gut. Haben Sie richtig Angst. Sie arbeitet Sie in die Genesung.« Der Patient kam durch, die Myocarditis klang ab. Und Béla hatte etwas gelernt, für immer. Denn man lernt nur, was man einem anderen vermitteln kann, und Erfolg ist nur das, was für andere auf Dauer günstig ist.

Béla kam inzwischen nur noch selten dazu, das mondäne Leben Olgas zu teilen, aber sie genossen die Ausnahmen dafür sehr, denn Olga nahm Anteil an Bélas beruflichem Fortschritt und ermutigte ihn und sie machte die Gelegenheiten, bei denen sie etwas zusammen unternahmen, mit einer unnachahmlichen Leichtigkeit jedesmal zu einem Fest. Olga beschäftigte sich nicht damit, die Zeichen der Zeit zu deuten. Sie nahm sie zur Kenntnis und genoß die private Konstellation und ihr schönes Einvernehmen mit Béla ohne jeden Anflug von Grübelei oder gar Zweifeln. Denn sie teilte ihr Glück großzügig und dankbar mit Tante Theodora, mit Barany, mit Margaret und, obwohl es immer schwieriger wurde, mit Ferdinande.

Eines Abends besuchten Olga, Margaret und Béla eine Ausstellung mit Werken von Hieronymus Bosch in der Albertina. Es war die bedeutendste Ausstellung seit Jahren und die Bilder des Niederländers wurden vom Publikum belagert. Zeigte der Maler, dessen Leben ebenso reich an Rätseln blieb wie sein Werk, wieder einmal kommende Dinge?

Béla kannte Gemälde von Bosch aus Herzogenbusch bis dahin nur aus Büchern und Reproduktionen. Sie hatten ihm in der Jugend in Budapest einmal die vage Vorstellung eröffnet, daß Untergänge von ganzen Kulturen und Zivilisationen auf innere Geschwüre einzelner Menschen zurückzuführen wären. Nun sah Béla, hier in Wien und gemeinsam mit Olga und Margaret, wie sich die Besucher vor den Visionen eines Mannes, der wahrscheinlich 1516 starb, versammelten. Sie standen gebannt und schauten und viele bekreuzigten sich. Vor dem Triptychon *Der Heuwagen* verweilte Margaret am längsten. Die Mitteltafel streifte sie nur mit wenigen Blicken, aber vom rechten Flügelbild und von der Flügelrückseite konnte sie sich kaum trennen. Sie nahm, was sie dort erblickte, wortlos in sich auf und selbst Boschs *Garten der irdischen Lüste* vermochte ihr keinen tieferen Eindruck zu machen als der rechte Flügel und die Flügelrückseite des *Heuwagens*.

Aus ihren eigenen Beständen hatte die Albertina Boschs Federzeichnung *Krüppel und Bettler* mitausgestellt. Béla kehrte mehrere Male zu dieser Zeichnung zurück. Der zweite in der unteren Reihe von rechts, ein Bettler an Krücken, der einen Umhang trug, in den er auch den Kopf eingebunden hatte, während aus seinem Mund eine dritte Krücke kam, die der Humpelnde mit offenkundig starkem Gebiß geradeaus nach vorn streckte, dieser dort erschreckte Béla derartig, daß er vor Schreck zu lachen anfing: dieser Bursche dort in der Federzeichnung schien davonzueilen, mit einer Krücke auf Vorrat, für alle Fälle. Béla fühlte, für einen klirrenden, kurzen Moment, daß er selber gemeint war. Er stand mit Olga später lange vor einem Bild, das vom Städelschen Kunstinstitut Frankfurt/M. zur Verfügung gestellt worden war: *Die Ausstellung Christi.* Dieses Bild, auf dem der gegeißelte Menschensohn dem Volk gezeigt wird, ausgestellt mit seinen Wunden wie ein Beutestück, zwang Olga, davor stehen zu bleiben, obwohl sie von dem Bild fort wollte. Die Schönheit des Gefolterten, der ohne Sünde war, lag in seiner gemessenen Stille im Leiden und Olga fühlte seinen Schmerz mit.

Das Blut der Päderasten

1. Juli 1934 am Neusiedlersee. Hans Talmayer mit Familie und mit anderen Parteigenossen aus Wien und deren Familien machten Ferien. Für Talmayers der erste Urlaub außerhalb Wiens überhaupt. Die Sonne, der flache See, das Leben am Ufergelände, Männer beim Bier, Frauen in Badeanzügen, die Kinder bei ihren Spielen, der Eisverkäufer mit seinem blendend weißen Fahrradladen, das Lachen aus den Strandkörben, die aufgeheizte und erwartungsvolle Phantasie.

Einer schwenkt die neue Zeitung. »Hitler verhindert den SA-

Putsch in letzter Minute!« – »Röhm und Spießgesellen von Hitler persönlich verhaftet!« – »Das Nest der Homosexuellen und Verräter ausgehoben!« – »Die Pestbeule am gesunden Volkskörper endgültig ausgebrannt!« Talmayer entriß dem Überbringer der Schlagzeilen die Zeitung, stellte sich hin und las vor. Im Nu bei den Hörern die einhellige Begeisterung. »Hitler hat persönlich aufgeräumt! Das Blut der Päderasten ist kein Blut, ist weißes Gift gewesen!« rief Talmayer energisch. Am größten die Begeisterung über die sofortigen Exekutionen ohne Verfahren und ohne Urteilsspruch. Eine Frau, die neben Lena Talmayer auf einem Badetuch saß, fragte Lena: »Wos san des, de Pedarastn, vo de ia Hea Gatte spricht – a Pestbeule am Voikskeapa, wos hasd denn des?« Lena, sehr geniert: »I was des a ned so genau, bitte, owa grankhofte Menna mit Vairrungan soins sein, de Pedarastn, des is gonz sicha!« – »Wos, die gonze SA?« fragte die andere Frau entsetzt. »Na, ned die gonze SA, doch ein Nesd in der Führung, gonz obn, sie hams ja, bittesehr, in der Zeitung gradheraus geschriebn, schwoazz auf weiß«, sagte Lena, auf das äußerste geniert.

Die andere Frau hielt eine Hand vor den Mund und riß nun, da diese Neuigkeit den Weg in ihr Urlaubsdenken antrat, beide Augen immer mehr auf. Sie überlegte angestrengt. Dann fragte diese wie Lena Talmayer abgewirtschaftete Frau ihre Nachbarin erstaunt und leise: »Jo sogns, derfens denn jetzt solchne Perversitätn in die Zeitungn neinschreiben? I hob imma denkt, in die Zeitungen geht das allerhöchstens bis Mord!« Lena hatte keine Antwort darauf. Die andere Frau wiegte den Kopf und sagte: »Wissens, so ein richtiger Raubüberfall ist ab jetzt schon rein garnix mehr.« Dem stimmte Lena Talmayer geniert zu. Um die Frauen herum diskutierten die Männer Hitlers Durchgreifen und die Frau neben Lena sagte ehrfürchtig: »Nun sinds beim Bauchaufschlitzen, da heroben ...«

Abends eröffnete Hans Talmayer seiner Familie und einem Parteigenossen und dessen Familie in einer Weinwirtschaft: »Es ist mein letzter Sommer hier daheim. Ich bin abkommandiert. Ins Reich.« Margaret überrraschte das nicht, aber Lena bekam

Angst, während Rudolf zynisch lachte. Die anderen am Tisch wunderten sich. Talmayer genoß es. Dann sagte er: »Ich komme in die Gegend von München. Man hat mich ausgewählt. Für eine Sonderaufgabe.« Befriedigt fügte er hinzu: »Geheime Kommandosache.«

Vogelstimmen in der Luft

Am 25. Juli 1934 wurde der österreichische Bundeskanzler Engelbert Dollfuß bei einem mißglückten nationalsozialistischen Umsturzversuch in seinem Wiener Regierungspalais von Nationalsozialisten erschossen.

Am Tag nach diesem Mord schloß Salomon Stettiner seinen Papierwarenladen in der Josefstädter Straße. Er konnte die Empörung, den Hohn, die allwissend sich gebenden Kommentare und Vermutungen seiner Kundschaft nicht mehr aushalten und befestigte einen Zettel an seiner Ladentüre, dessen Abfassung Stettiner große Mühe und Überwindung gekostet hatte: »Heute geschlossen.« Bis er sich hierzu durchgerungen hatte, waren wohl ein Dutzend Blätter guten Papiers von Salomon vergeudet worden. Jedes Blatt hatte er mit Seufzen und mit brennendem Weh beschrieben, es dann gelesen, betrachtet, geprüft und wieder verworfen, es zusammengeknüllt und auf das Ladenbrett gelegt. Immer hatte er Begründungen abgefaßt und jedesmal in sehr weit gehenden Überlegungen spekuliert, welche Fragen, Kommentare, Bezeugungen und Darbietungen mündlicher Art die erfundenen Begründungen bei seiner Kundschaft beim Wiederöffnen des Lädchens wohl hervorriefen?

Vom Lügencharakter seiner Zettelbotschaften versprach er sich Unheil. Als nun auf seinem Ladenbrett zwölf zu Papierbällchen zusammengeknüllte Blätter lagen, die Stettiner aufgebaut hatte, um das Fortschreiten der Vergeudung mittels seiner

Unwahrhaftigkeit wenigstens nicht ignorieren zu können, zählte er noch einmal nach, seufzte beim Ergebnis vernehmlicher und sagte sich: ›Jakob gründete zwölf Stämme im Land meiner Väter – ich aber habe nur zwölf Ausflüchte erbracht hier in der Fremde.‹ Es war ihm genug. Er nahm ein dreizehntes Blatt und schrieb »Heute geschlossen« darauf, wobei ihn zwar die verschiedensten Gefühle von Angst, Schuld und Selbstzweifel beschlichen, denn immerhin hatte er so etwas seit Bestehen seines Lädchens noch nie getan, aber Stettiner stand es durch und befestigte den Zettel draußen.

Das Beseitigen des gesammelten Unrats erwies sich ihm als schwieriger. Wohin damit? Niemand sollte zu Gesicht bekommen, zu welchen Lügen er fähig gewesen war. Nur das nicht! Verbrennen war unmöglich. Stettiner wäre lieber gestorben, als ein Feuer anzuzünden. Die Papierbällchen einfach in die Abfallkiste? Wenn das während seiner Abwesenheit jemand läse, der vielleicht an eben dem Tag und, herausgefordert durch den Zettel an der Tür, als Dieb und Einbrecher einstieg bei ihm? Stettiners Gesicht, sein einziges Kennzeichen, mit den tiefen Falten bis zum Kinn, von beiden Seiten der Nase am Mund vorbei, mit den abstehenden Backenknochen und mit den Augen Salomos, die normalerweise wie Totenaugen aussahen, dieses Gesicht wurde durch jene Überlegungen bezüglich der Beseitigung seiner zwölfmaligen Schande noch kennzeichnender für den skrupulösen Mann. Die Beseitigung einer Leiche in widergesetzlicher Absicht hätte ihm keine größere Pein und keine schlimmeren Mühen aufladen können. Und wer den Salomon Stettiner gesehen hätte, während er sich zuletzt doch entschied, die Ergebnisse seiner Vergeudung in die Abfallkiste zu legen, ein zusammengeknülltes Papier nach dem anderen in der breiten Bretterkiste sorgsam unter aufgewühltem Unrat versteckend, jedes woanders und alles dies mit reuevollster Sorgfalt, der hätte Stettiner wohl nie mehr vergessen, selbst wenn so jemand bis dahin schon geglaubt haben sollte, von ihm ein gewisses Bild zu besitzen. Endlich nun war alles entschieden und Stettiner verließ seinen Laden, schloß zu, las noch einmal den Zettel draußen an der Tür, fand ihn jetzt auch in Ordnung und drehte sich um, drehte allem, was er über Engelbert Dollfuß und seine Mörder stumm und den Kopf wiegend und bis zur Unerträglichkeit hatte anhören müssen, nun den Rücken zu und ging in seinen abgewetzten und formlosen Kleidern in Richtung des Schönbornparks.

Im Schönbornpark spazierte er an diesem Wochentag gemessen wie ein Privatier. Nachdem er sich hierzu nun einmal durchgerungen hatte und auch hier angekommen war, erfreute Stettiner sich dessen. Jeden Sonntag ging er in diesen Park am Ende der Josefsstadt; darin bestand und darauf beschränkte sich seit Jahren sein Privatleben. Der kleine Schönbornpark konnte natürlich keinen Vergleich wagen mit dem eindrucksvollen Schwarzenbergpark oder gar mit Schönbrunn; schon unter dem Baldachin aus Roßkastanienblättern und vor den ragenden Statuen auf dem Dach des Parlamentsgebäudes an der Ringstraße wurde einem ja bedeutend habsburgischer zumute als in dem Schönbornpark, mit dem Stettiner sich begnügte. Doch hier hatte Herr van Beethoven persönlich mehr als einmal Erholung beim unglücklichen und wütenden Gehen gefunden, wie jedermann in Wien wußte; hier waren, das fühlte Salomon Stettiner, weltbewegendere und ergreifendere Entscheidungen gefallen als auf allen vergangenen und kommenden Kriegsschauplätzen und Schlachtfeldern: in der Ergebung Beethovens nach der Ertaubung in Heiligenstadt waren gewaltigere Kräfte in der Musikalität und in der Sittlichkeit dieses wütenden und anstößigen, schlecht gekleideten und meistens beschmutzten Einzelgängers freigesetzt worden, als irgend etwas nach ihm wieder hatte erreichen oder ungeschehen machen können. Salomon Stettiner dachte seit einem Jahr bei jedem Spaziergang hier in diesem Park daran, was Beethoven allein schon in seiner Freundin Margaret Talmayer aus Hernals bewirkt hatte: Mut zur Liebe und Genie im Fragen. Stettiner verließ den Parkweg, trat unter den Bäumen hervor und ging unter ein Stück freien Himmels, schaute hinauf zum Himmel und dachte: ›Deine Gnade, Herr der Welt, ist groß . . .‹

Dann vernahm Stettiner die Vogelstimmen in der Luft. Die Vögel, wo waren sie nur? Stettiner sah sie nicht, aber er hörte ihre Stimmen unter dem blanken Julihimmel. Jeden Sonntag stand er hier und lauschte darauf. Sie mußten ganz nahe und in Scharen vorhanden sein – und nicht nur in den Sträuchern und Bäumen des Parks! Ihre Stimmen kamen von oben und von allen Seiten aus der Luft, in der Salomon Stettiner nicht einen der Vögel sah. Er stand da und schloß die Augen und lauschte. Die Stimmen der Vögel waren seine gläubigste Freude, geheimnisvolle, erweckende und ewig unentschlüsselbare Freude.

Faszinationen hatte es in Stettiners Wiener Dasein einige gegeben. Früher war er manchmal ins Kino gegangen, bis der Tonfilm aufkam. Er hatte die Stummfilme geliebt. Wenn im Stummfilm jemand hingerichtet wurde, der Moment der Hinrichtung gekommen war, oder wenn ein anderer und ebenso aufwühlender und dabei eigentümlich zusammenschnürender Moment in einem dieser Stummfilme kam, wo der Verbrecher zu schwitzen anfing, oder wenn jemand lange, lange, so endlos lange den Mund hielt, ein strenges Gesicht machte und lange nachdachte – das waren die großen Faszinationen Stettiners gewesen. Als die Tonfilme aufgekommen waren, hatte Stettiner seine Kinobesuche eingestellt. Er hatte sich ins Unvermeidliche ergeben und war ohne Enttäuschung den Neuerungen ferngeblieben. Auch hatte er sich nicht bemitleidet, weil er sich sagte, daß diese Faszinationen, deren er in den Stummfilmen teilhaftig geworden war, ihm nie mehr genommen oder entwertet werden konnten.

Später hatte er seine sonntäglichen Spaziergänge in den Schönbornpark aufgenommen und hatte eigentlich nichts Neues mehr erwartet. Dann war es geschehen, daß er eines Sonntags absichtslos seine Schritte unter den Bäumen fort und unter ein Stück freien Himmels gelenkt hatte. Dort hatte er, zunächst dessen kaum achtend, die Vogelstimmen in der Luft gehört. Und am kommenden Sonntag war er wieder zu jenem gleichen Ort gegangen und da waren sie wieder gewesen, diese Vogelstimmen von unsichtbaren Vögeln. Fortan hatte er sich die ganze Woche hindurch auf sein Privatleben gefreut, das sich von nun an auf dieses immer wiederkehrende und immer anders sich ereignende Erlebnis beschränkte. Und etwas war in Salomon Stettiner geboren worden, was über die früheren Faszinationen hinausging: die Geburt seiner Freude, dieser gläubigen, geheimnisvollen, erweckenden und ewig unentschlüsselbaren Freude.

Inzwischen glaubte Stettiner, Vogelstimmen in der Luft würde es noch geben, wenn die Menschheit längst von dem Planeten Erde verschwunden sein könnte, eines Tages.

Als er an diesem Wochentag den Heimweg in die Josefstädter Straße antrat, gedachte er des ermordeten Engelbert Dollfuß. Von dessen Politik wußte Stettiner nichts. Aber er hoffte, daß der Tod dem Ermordeten gnädig gestimmt sein möge. ›Es braucht Gnade zu allem, auch dazu, ermordet zu werden‹, dachte Stettiner beim Gehen. Er fühlte sie nicht, die Gnade, aber er glaubte an sie.

Die unhastigen Henker

Das Stadthaus der Familie Raday befand sich am Schwarzenbergplatz, hinter der Karlskirche und vor dem Rennweg, der zum Unteren Belvedere geht. Ferdinande lebte dort mit ihren Eltern, dem Grafen Nikolas von Raday und seiner Gattin Nike, einer geborenen Komtesse Lichtenfeld. Graf Nikolas bezog unsichere Einkünfte aus oberösterreichischen Ländereien und Privilegien. Das einst eingebrachte Vermögen der Komtesse Nike war längst verbraucht. Ferdinandes Taschengeld eine noch so kleine Apanage zu nennen, eine Jahressumme zum Ausgeben nach Gutdünken, wäre so deplaziert gewesen, daß der Ferdinande das Wort nicht über die Lippen ging. Sie kannte den Notbehelf armer Angehöriger ihrer Schicht, den schon peinlichen Geldmangel mit einer nach Unabhängigkeit klingenden, vornehmen Wörterauswahl zu beschönigen, zur Genüge.

Inzwischen war sie eine noch entschiedenere Anhängerin des Kokains geworden, traf sich mit anderen, die ebenfalls den »Schnee« schnupften, zu den »Orgien der oberen Gefilde«, die de facto von außerordentlicher Keuschheit, ja Prüderie waren. Der Preis geringer erotischer Risiken, von frivolen Genüssen einmal völlig abgesehen, hieß eine schon vom Schnee garantierte, vorherige Bewußtlosigkeit und Exkulpation. Ferdinande fand lächerlich, was dort verheißen und nie gehalten wurde. Indessen war man unter seinesgleichen, man kannte sich, man half sich sorglos aus, wußte Wege und letzte Auswege und, vor allem, man schwieg.

Ferdinande war nach wie vor sicher, nicht abhängig zu sein. Aber wegen ihres chronischen Geldmangels war sie immer öfter gezwungen, sich aushelfen zu lassen. Ihre Bitten um Geld, auch bei Olga, wurden immer dringlicher. Man tuschelte schon darüber.

Lena Talmayer war krank geworden und lag im Spital. Margaret kam von ihrer Mutter und sagte zu Olga: »Die Ärzte sprechen von einer infektiösen Darmgrippe. Aber es ist keine Grippe. Meine Mutter stirbt, denn sie erträgt das Leben nicht mehr, seit der Vater in Deutschland ist. Seither spricht sie nicht mehr und daran stirbt sie.« – »Glaubst du, daß du ihr hättest helfen können?« fragte Olga. »Ja«, sagte Margaret. Olga glaubte es nicht, aber sie schwieg. »Zumindest hätte ich es geduldiger versuchen müssen«, sagte Margaret.

Das unauffällige und ereignisarme Leben Lena Talmayers war in ein immer mutloseres Schweigen, dann in Schlaflosigkeit, schließlich in Erbrechen, Magenkrämpfe und Fieberzustände übergegangen. Ihr Henker war aber erbarmungsvoller, als es die unhastigen Henker Ferdinandes und Serges waren. Lenas Henker, ebenfalls langsam, ging dennoch entschiedener vor. Seit Hans Talmayers Abwesenheit in Deutschland arbeitete er an Lenas Erdrosselung und Lenas Körper antwortete mit Entzündungen und mit rapider Auflösung. Margaret und Olga, Béla und die Stationsschwester waren bei ihr, als es zu Ende ging.

Hans Talmayer war unauffindbar geblieben. Briefe von ihm, die er offenbar in Deutschland geschrieben hatte, waren durch seine Dienststelle am Schottenring in Wien Lena und den Kindern in der Ettenreichgasse 18 im 17. Bezirk zugestellt worden. Aus dem, was Talmayer schrieb, ging nicht hervor, wo er war und was er tat. Mitteilungen, er handhabe eine wichtige Aufgabe im Interesse des Reichs aller Deutschen und seines Führers Adolf Hitler, wiederholten sich in den Briefen. Im übrigen beschränkte Talmayer sich auf Floskeln über sein Befinden und über seine Befriedigung durch die gestellte Aufgabe. »Ich werde bald wieder befördert, denn ich diene dem Führer und unserem Reich begeistert, gründlich und wachsam. Bald wird Österreich deutsch sein«, schrieb er einmal.

Als Lena ins Krankenhaus gebracht worden war, hatte Margaret die Dienststelle ihres Vaters angerufen und dort hatte man ihr gesagt, der Vater würde informiert. Aber man hörte und sah nichts von ihm. Sein Schweigen zur Krankheit der Mutter war Margaret unverständlich und seine Unauffindbarkeit war ihr unheimlich.

Rudolf war inzwischen vierzehn geworden, erschien nur unregelmäßig in der Schule und noch seltener zuhause, blieb oft über Nacht weg und kam nie ins Krankenhaus, um die Mutter zu sehen. Eines Morgens kam er, übel zugerichtet, in der Frühdämmerung heim, hockte draußen auf der Stiege, wo Margaret ihn fand. Er sei im 19. Bezirk gewesen die letzten Tage, mehr bekam Margaret nicht aus ihm heraus. Er wollte auch nicht in die Wohnung kommen. »Die Mama stirbt, Rudolf«, sagte Margaret. Blutig geschlagen schaute Rudolf seine Schwester, auf der Stiege hocken bleibend, von unten herauf an und sagte bös: »Vü valuan hods ned, de Oede, waons ogrozd. A Scheißlebm wiads valian, mea ned. Da Teife sois hoin und seawas!« Er kam in die Wohnung, Margaret wusch ihm das Gesicht. Rudolf frühstückte in bösem Schweigen. »Willst die Mama nicht besuchen?« fragte Margaret ihn. »Naa, will i ned«, sagte Rudolf und ging wie ein Verbrecher im Knabenanzug wieder fort.

Bei der Beerdigung erschien Rudolf nicht, aber als der Sarg in die Erde gelassen wurde, fuhr ein Dienstwagen bis zur Grabstätte vor und Hans Talmayer stieg aus, in einer schwarzen SS-Uniform. Er kam, gab Margaret die Hand, dann erkannte er Béla und nickte ihm zu. Neben Margaret stehend, verfolgte er dann die Einsegnung der sterblichen Hülle Lenas.

Nach dem Ritual ging er zum Dienstwagen und gab dem Fahrer eine Anweisung, woraufhin das Auto zurücksetzte, wendete und ohne Talmayer fortfuhr.

Als sie die Grabstelle verließen, sagte Talmayer zu Béla: »Ich wurde informiert über die Erkrankung meiner Frau. Aber ich konnte nicht sofort kommen. Es tut mir leid, Herr Doktor. Lag meine Frau bei Ihnen?« Béla nickte. »Woran ist sie gestorben?« fragte Talmayer. Béla sagte: »Ich habe auf den Totenschein Herzversagen nach infektiöser Darmgrippe geschrieben.« – »Wäre Lena zu retten gewesen, Sie hätten es gekonnt«, sagte Talmayer.

Béla stellte ihm Olga vor. Talmayer verbeugte sich und fragte Margaret, wo Rudolf wäre? Die sagte: »Er hat sich im vergangenen Jahr und in diesem Jahr herumgetrieben und es wird immer ärger mit Rudolf.« – »Das wird jetzt anders. Ich werde ihn mit nach Deutschland nehmen. Dort gewöhne ich ihm das Herumtreiben ab«, sagte Talmayer ruhig.

Sie verließen zu viert den Friedhof und gingen in ein Gasthaus in der Nähe, wo sie aßen. Beim Dessert, heißen Stachelbeeren mit Schlagobers, fragte Olga Talmayer, ob man sich am kommenden Tag noch einmal wiedersähe? Er könne nur zwei Tage in Wien bleiben, müsse dringend zurück, aber ein Besuch am morgigen Tag ließe sich einrichten, sagte Talmayer. Daraufhin lud Olga ihn und Margaret für den kommenden Nachmittag an den Schottenring ein.

Der Besucher aus Deutschland betrat die Wohnung in Hernals, in der er so viele Jahre mit Lena und seinen Kindern gelebt hatte. Er brauchte lange, bis er etwas sagen konnte. Nichts war verändert, dennoch war für Hans Talmayer nichts mehr wie früher. Es lag nicht daran, daß Lena nun fehlte. Er nahm das Koppel ab und öffnete seinen schwarzen Uniformrock. Margaret verfolgte dieses Aufknöpfen mit gebanntem Interesse. Als sich das schwarze Tuch vor dem weißen Hemd öffnete, glaubte Margaret einen Moment, ihrem Vater träten die Gedärme aus dem Bauch.

Tags darauf waren die beiden zu Besuch bei Olga. Béla war im Krankenhaus, ließ sich entschuldigen. Sie saßen im Salon. Olga ließ einen kleinen Lunch servieren.

Sie machte keinen anderen Unterschied zwischen Hans Talmayer und sich selber wie zwischen jemand, der bereits gescheitert ist, und jemand, der erst scheitern wird. Das Ende ihres Vaters hatte sie wachgemacht. In Arosa hatte sie mit Béla eine ganze Woche hindurch an die Liebe geglaubt. An sie hielt sie sich, aber inzwischen hatte Olga aus vielen Einzelheiten den selben Schluß gezogen: daß der Mann sich nach der Befriedigung seiner Begierden abwendet, jeder Mann – von jeder Frau. Was blieb, war Form, wenn es gut ging, wurden Lügen, Haß und Selbsthaß, wenn es wie fast überall schlechter ging.

Olga liebte Béla immer noch, aber sie machte sich nichts vor: wenn immer noch diese ungezierte Hingebung in ihrer Liebe zu Béla war, so war Margarets Gegenwart dabei von alles entlarvender Mitbedeutung. Bei dem Gedanken, Margaret könnte mit ihrem Vater nun nach Deutschland abreisen, fühlte Olga sich beraubt.

»Ihrem Gatten verdankt die Margaret ihr Leben«, sagte Talmayer. Olga erwiderte: »Sie sind es gewesen, lieber Herr Talmayer, der tagelang nichts aß, damit Margaret mit der Tram ins Hospital gebracht werden konnte. Wenn überhaupt jemandem, dann Ihnen verdankt sie ihr Leben.« – »Sie wissen davon?« fragte Talmayer erstaunt und schaute seine Tochter forschend an, wollte etwas sagen, schwieg jedoch. Wie lebte er? Was tat er? Wenn sogar das Gute, das jedermann immer nur langweilte, immer noch im Wissen völlig fremder Leute lebendig war, wie erst all das Böse seither? Das fragte er sich, während er schwieg.

Margaret sagte: »Diese Nacht habe ich geträumt. Ich war in einem gläsern überdachten Hochwald. Es war eine Stille dort, die laut sprach zu mir, aber nicht mit Worten. Was diese Stille sprach, weiß ich nicht mehr. Aber sie redete mit mir, in dem Hochwald, über dem ein endloses gläsernes Dach war. Dann kam jemand. Ich habe gewußt: der Teufel. Er war nackt. Ihm fehlten die Geschlechtsteile. Da war überhaupt nichts. In seinem Gesicht war der Ausdruck eines Engels. Aber der ganze Körper war lustlos. Ich weiß nicht, wieso ich es erkannte. Da legte er eine Hand vor sein rechtes Auge und ließ die Hand sinken und trug ein funkelndes Monokel und schaute mich an. Und ich wußte: dort steht der Teufel. Dabei wurde ich wach.«

›Es gibt keinen Teufel, wir genügen ...‹, dachte Talmayer und wollte es sagen, aber er sagte es nicht. Er war schockiert, daß Margaret so unbefangen und wahrheitsgemäß von Geschlechtsdingen und Lust sprach.

Olga sah die Bilder aus Margarets Traum vor sich, den Hochwald, seine gläserne Überdachung, den Teufel in allen von Margaret erwähnten luziden Traumteilen. Olga fühlte, daß nur im grandiosen Gestus freiwilliger Jungfräulichkeit und einer absoluten, grenzenlosen und nichtgenitalen Liebe solche Träume, die jedermann gewährt wurden, so bildhaft wiedergegeben werden konnten. Olga wußte es und in ihr entstand, zum erstenmal seit Arosa, wieder Angst um Jakob.

Sie fragte Hans Talmayer, ob er seine Einwilligung gäbe, Margaret hier am Schottenring wohnen zu lassen, so lange er mit Rudolf in Deutschland wäre. Talmayer war überrascht und fühlte sich erleichtert. Olga sagte dann: »Margaret macht in zwei Jahren die Matura und ich bin nur wenige Jahre älter als sie. Vielleicht könnten wir nach Margarets Matura gemeinsam studieren.«

Als Olga vorhin von dem Guten gesprochen hatte, das er im Leben seiner Tochter bewirkt hatte, war jedes Wort Olgas wie ein Hieb mit der Häftlingspeitsche gewesen, mit der er im Konzentrationslager Dachau Häftlinge schlug. Einen Moment hatte er geglaubt, daß es möglich wäre, sein Leben zu ändern.

Hier in diesem Salon war ihm der Unterschied zwischen richtigem Leben und bloßer Existenz klar geworden. Warum hatte er, trotz allem Fleiß und trotz aller Korrektheit, jahrelang nur vegetieren können mit den Seinen? Wieso mußte er seit Jahren, um wenigstens zu existieren, seine ganze Existenz einer schwarzen Uniform unterordnen? Warum konnte er nicht leben wie Olga und offensichtlich nun auch Margaret? Wieso konnten diese beiden in einer geistigen Welt leben – und wieso mußte er in einer Todeswelt existieren?

Hans Talmayer stellte sich diese Fragen und wußte, daß er sie nicht beantworten konnte. Aber sie ermöglichten es ihm, in Olgas Vorschlag einzuwilligen. Das tat er nun.

Margaret war von Olgas Anerbieten ebenso erleichtert gewesen wie Talmayer. Seit die Mutter ins Hospital gebracht worden war, hatte Margaret gewußt, daß Lena dort stürbe, und seitdem hatte sie sich gewünscht, mit Olga zusammen zu bleiben.

Talmayer verabschiedete sich. Er mußte zu seiner Dienststelle in Wien. Margaret wollte ihn dorthin begleiten, aber er lehnte ab. Er wollte allein sein und ging zufuß dorthin. Unterwegs fragte er sich immer wieder, ob er bei all der Schuld, die er schon auf sich geladen hatte, noch aus der Uniform und aus dem Lager und auch aus der Partei Adolf Hitlers herauskommen könne? Aber mit jedem Schritt, den er machte und mit dem er seiner Dienststelle am Morzinplatz näherkam, erschien ihm diese Frage absurder. Er dachte an den Henker von München, der auch nach Dachau kam, wenn ihm dort Häftlinge zufielen. Dieser Henker, ein unhastiger Mann, prüfte bei denen, die er aufhängte, nicht die Halsmuskulatur, sondern die Haut über dem Hals der Delinquenten. Talmayer hatte einmal zu ihm gesagt, alles das ginge immer noch viel zu umständlich. Doch der Führer würde das in Kürze ändern. »Köpfen geht natürlich schneller als Aufhängen, aber es ist zu feierlich – Blut, das man fließen sieht, stimmt feierlich«, hatte der Henker geantwortet.

Das Teuflischste: ein Gesetz

Jakob sah ihn am Werk, den Ministerialbeamten Wilhelm Stukkart, bei der Abfassung der ›Nürnberger Gesetze zum Schutze des deutschen Blutes‹. Der Beamte saß daheim, am Schreibtisch. Er suchte nach einer Formulierung, fand sie und schrieb sie auf. Die Probleme Hitlers mit den Juden stießen ihn ab. Nichts war organisiert, nichts. Fast alles verstieß gegen Recht und Gesetz, störte die Ordnung.

Er wollte endlich fertig werden mit dem Entwurf. Er schrieb, blätterte und las nach in Gesetzessammlungen, vor allem in den Notverordnungen und Ermächtigungstexten, die der Reichstag zugunsten Hitlers verabschiedet hatte. Er formulierte um und vereinfachte. Was er tat, tat er bedachtsam, erfahren mit Rechtsprechung und systematisch. Die Juden selbst interessierten ihn nicht. Doch das Problem mit den Juden, durch Hitlers Judenhaß nun einmal da, störte ihn. Alle hielten sie dieses Problem letztlich für unlösbar. Er, ein Fachmann, hielt es für lösbar.

Diese Politiker waren unfähig, ein Problem anzupacken und es gründlich und wirkungsvoll und für alle kommenden Zeiten zu lösen. Was erforderlich war, war lediglich ein Gesetz.

Stuckart ereiferte sich nicht. Hohn und Verachtung für Nichtskönner war schon alles, was in ihm vorging. Antisemitismus? Nein, nicht bei ihm! Er hatte nie einem Vorgesetzten unterstanden, der Jude gewesen war. Zudem: sein Dasein war geordnet. Er brachte niemand in Verlegenheit und fühlte sich auch keineswegs verfolgt. Rückschläge im Miederwarengeschäft seiner arischen Tante? Dank einer teuflischen Weltverschwörung des internationalen Finanzjudentums gegen deutschen Einzelhandel? Grotesk. Intimwäsche fest in jüdischer Hand, zur Vernichtung von Anstand und Sitte durch die Weisen von Zion? Der Ministerialbeamte schüttelte sich leicht und schrieb weiter.

Er hatte etwas gelernt. Zum Beispiel: wie man durch ein Gesetz Realitäten regelt. Und er kannte das Erfolgsrezept: Gültigkeit ohne Ausnahmen, Allgemeinheit in Gültigkeit und

Dauer, Regelung von Einzelheiten in Ausführungsbestimmungen.

Jakob sah den Beamten am Werk und er sah, was dieser schließlich beendete: die am 15. September 1935 im Reichsgesetzblatt veröffentlichten und damit rechtskräftigen ›Nürnberger Gesetze‹, das teuflischste Gesetzeswerk in der Geschichte Europas.

Von diesem Tag an gab es in Deutschland kein Problem mit den Juden mehr, sondern eine auf der legalen und rechtskräftigen Basis der Hitlerschen Notverordnungen beruhende, ebenso legale und wirkungsvolle juristische Grundlage zur Vernichtung der Juden und zur Beendigung dieses Problems.

Jakob sah, wie dieser unauffällige Beamte etwas millionenfach Effektiveres zustandebrachte als alle, die sich bisher der »Ausschreitungen gegen Juden« schuldig gemacht hatten. Dieser Fachmann, den nie einer beachtet hatte und der nie mehr auffallen würde ab jetzt, brachte die Ausrottungs- und Vernichtungsmaschinerie in Gang. Er ermöglichte von nun an tausenden und zehntausenden von Menschenfängern, Folterern und Mördern in der Verkleidung von »anständigen, ordentlichen und staatstreuen« Deutschen das alltägliche und perfekte Verbrechen. Mit diesem Juristen, der sein Handwerk gelernt hatte, kam der Völkermord in Gang.

Als Stuckart fertig war mit seiner Schreibarbeit, empfand er Genugtuung. Mit Sachverstand und mit dem Dünkel der Könner hatte er sich endlich einmal für alle Mißachtungen durch die Schwätzer im Rampenlicht gerächt.

Auswege

Im Sommer 1937 schloß Béla seine Habilitationsschrift ab. Einen Moment überlegte er, sie Zissler zu zeigen und ihn um seine Meinung zu bitten. Aber er tat das nicht. Die Schrift enthielt einen ausführlichen philosophischen Abschnitt über die unmeßbaren Phänomene von Kälte und Wärme im Menschen, die in jenen vorläufigen Skizzen damals nicht angedeutet gewesen waren. Béla gab die Arbeit sogleich an Meyer-Otéro. Der fand sie gut und empfahl die Einreichung.

Olga war in den vergangenen drei Jahren viel allein gewesen. Nun eröffnete Béla ihr, daß er Zeit für überfälligen Urlaub mit ihr hätte. »Unser zweiter in drei Jahren, immerhin!« sagte Olga ironisch, aber doch sehr froh. Sie schlug Béla vor, die *Europa* nach New York zu nehmen und von dort aus zur Westküste zu reisen. Béla fand, die Zeit reiche nicht aus für eine solche Reise. Olga: »Aber wir haben sechs Wochen! Und die *Europa* ist heute der schnellste Dampfer auf dem Nordatlantik, schafft die Überfahrt in fünf Tagen!« Doch Béla ließ sich nicht umstimmen.

Sie einigten sich auf Meran. Der Sommer war besonders heiß geworden und Wien war ein Backofen. Die Aussicht, endlich einmal wieder gemeinsam mit Béla zu verreisen, überwog Olgas Enttäuschung.

In Meran war Béla nervös. Seit er die Habilitation eingereicht hatte, war er außerdem schnell gereizt, weil er fand, daß Olga seine Sache überhaupt nicht ernst nahm. Aber das sagte er ihr nicht.

Nach einem Abend im Theater kam Olga auf die Habilitation zu sprechen. »Wie sieht es denn aus damit?« fragte sie und für Béla kam das überraschend. »Meyer-Otéro urteilt positiv. Ich habe die Arbeit der Fakultät geschickt. Wenn Leuner, der Physiologe, sie auch befürwortet, dürfte es wohl klappen«, sagte Béla. »Und was hat Zissler gemeint?« fragte Olga. »Zissler? Der hat überhaupt nichts damit zu tun«, sagte Béla. »Hast du ihn die Arbeit nicht lesen lassen?« fragte Olga und um ihren Mund ging ein merkwürdiges Lächeln. Dann sagte sie: »Dein früherer Chef kennt sich aus im Wiener Mediziner-Dschungel, hatte ich den Eindruck. Warum gibst du ihm deine Schrift nicht zur Einsichtnahme?« – »Sie ist bereits eingereicht bei der Prüfungskommission und die Sache geht schon ihren vorgeschriebenen Gang«, sagte Béla. An diesem Abend und am nächsten Tag sprachen sie kaum noch miteinander und ihre Zuneigung kühlte merklich ab.

Im Oktober lehnte die Medizinische Fakultät Bélas Habilitation ab. Der Kandidat für die Lehrbefugnis wurde von Meyer-Otéro nach der Sitzung des Komitees informiert.

Der Physiologe, Professor Leuner, hatte das Gremium mit seinem ablehnenden Gutachten mehr überzeugt als Meyer-Otéro mit seinem zustimmenden Votum. Dennoch hätte dieser seinen Mitarbeiter in jener Beratung vielleicht durchgebracht, weil es Zuhörer unter den Professoren gab, die Bélas schriftliche Erörterung über die entscheidenden, unmeßbaren Kälte- und Wärmekomponenten beim Menschen guthießen und geneigt gewesen waren, Béla die Lehrbefugnis zu erteilen. Zwei dieser Zuhörer hatten die Wissenschaftlichkeit von Bélas Arbeit bejaht. Leuner hatte sie jedoch vehement bestritten und seinen Auffassungen über das, was wissenschaftlich vertretbar sei, noch hinzugefügt: »Wenn untersucht werden soll, was der Kollege Dr. Hermann wünscht, müssen Menschenversuche unternommen werden, die Belastungen bis zum Eintritt des Todes riskieren. Diese Konsequenz aber lehne ich entschieden ab. Jene Arbeit ist schon darum anfechtbar, weil Dr. Hermann diese Konsequenz verschweigt, obwohl sie ihm bekannt sein dürfte. So denn enthält diese Arbeit auch keinerlei klare Stellungnahme zu jener Konsequenz.« Dem widersprach keiner. Damit war die Angelegenheit zur Abstimmung gebracht und verworfen worden.

Béla teilte Olga mit, was geschehen war. Diese reagierte überhaupt nicht. Béla sah sich erledigt durch Intrigen. Daß er selber den entscheidenden Fehler gemacht hatte, indem er eine Linie verließ, deren Richtigkeit er mit Zissler gemeinsam festgestellt hatte, ignorierte er.

Margaret bestand am Tag der Verwerfung der Habilitation die

Matura mit einer besonders vermerkten Auszeichnung. Sie war die einzige, die überhaupt zur Kenntnis zu nehmen schien, daß etwas mit Béla geschehen war. Sie besuchte ihn in seiner Wohnung und mußte bald erkennen, daß Béla in seinem Zustand nicht einmal imstande war, eine einfache Frage vernünftig zu beantworten. Ihre Empfehlung, zu erkennen, wo bei ihm der Fehler stecke und dann noch einmal an die Arbeit zu gehen, bewirkte bei Béla nur beleidigte Abwehr, aber keinen Denkvorgang.

Béla besuchte dann Professor Zissler. Der war enttäuscht vom Ausgang des Unternehmens und verbarg es nicht. Er könne es einfach nicht fassen, sagte er, daß ein Mensch mit solchen Vorgaben die »geradezu teuflische Fadheit« habe aufbringen können, eine erfolgversprechende wissenschaftliche Arbeit zu verderben. »Und warum? Um anmaßender Ausflüge in die Metaphysik willen!« sagte er erregt und setzte hinzu: »Die Metaphysik ist keine Wissenschaft! Merkens sich das, bittschön! Sie ist die Klatschtante der Theologie! Damit gehts seit dem seligen Herrn Charles Darwin, also zum Glück, nimmermehr weiter!« Béla schaute so trotzig drein, daß Zissler noch einmal begann, und dieses Mal ruhiger: »Sie haben, lieber Béla, nicht nur sich geschadet, Sie haben auch Kranken geschadet, denen Ihr Talent von Nutzen hätte werden können. Was beabsichtigen Sie denn nun zu unternehmen?«

Béla fühlte, daß noch eine Chance da war, die Chance, noch einmal mit dieser Arbeit zu beginnen. Aber er wollte das nicht auf sich nehmen. Heftig sagte er: »Ich mach als einfacher Doktor weiter! Aber das schwör ich: denen hier in Wien werd ichs noch zeigen!«

Zissler stand auf. Müde beendete er diese sinnlose Unterredung. Als Béla gegangen war, dachte er: ›Das Beste, was dem und was mir geschehen könnt, wäre wohl, wenn wir einander nie wiedersähen ...‹

Weder Ende noch Neubeginn

Der Tod sei weder das Ende noch der Neubeginn, schon gar nicht irgendeines Lebens, durchfuhr es Olga, als sie die Nachricht von der Hinrichtung Tuchatschewskijs, die bereits im Juni stattgefunden hatte, las. Stalin hatte ihn unlängst zum jüngsten Marschall der neuen Roten Armee gemacht und jetzt hatte Stalin ihm einen Geheimprozeß machen und ihn in Moskau hinrichten lassen? Zusammen mit dem Marschall sollten fünfunddreißigtausend Offiziere der Roten Armee auf einen Schlag verhaftet worden sein. Jean-Louis de Courcelles, inzwischen Gesandter an der französischen Botschaft, hatte Barany und Theodora gegenüber angedeutet, Stalin liquidiere derzeit die gesamte Führungselite der Armee.

Olga versuchte, sich zu erinnern. War das alles sieben Jahre her? Oder war das vor siebzig Jahren gewesen, als der jetzt Hingerichtete in Arosa am Nebentisch mit jenem Mädchen, ganz in Weiß, diniert hatte? Olga erinnerte sich an den Klang in der Stimme Gilda Meinhards, als diese zu ihrem Vater gesagt hatte: ». . . der Generalleutnant Michail Nikolajewitsch Tuchatschewskij und seine Tochter Sonja Feodorowna Tuchatschewska – Sowjetmenschen.«

Olga war wenig berührt vom Ende des Marschalls. Ein hingerichteter Offizier anstelle hingerichteter Bataillone? Sie erinnerte sich des Ausdrucks der Verachtung im Blick und um den Mund des Umgebrachten. Damit vergaß sie ihn bereits. Jedoch an jenes kleine Mädchen damals, ganz in Weiß, an Sonja, dachte sie weiter. Wo mochte das Mädchen sein? Lebte es noch? Etwa in der Schweiz? Oder hatte man Sonja auch umgebracht? Olga fragte sich, wo ihr Vater Kaspar sich wohl befände, seit er verstorben und auf dem Zentralfriedhof beigesetzt worden war. – Daß der Tod kein Widerspruch zum Leben sei, mithin auch weder Ende noch Neubeginn eines Menschen, sondern daß dem Tod etwas ganz anderes beigeordnet sei als Sinnfolge, ahnte Olga. Was mochte es sein?

Sie fühlte, wie die Existenz und Wirklichkeit Jakobs nach Jahren zum erstenmal wieder in ihr auflebte. Daß der Beginn des individuellen Lebens vor der Zeugung lag, wurde ihr aufs neue zur Gewißheit.

Tauschte der Tod etwa Personen aus? War Sonja inzwischen vielleicht Margaret? Hatte der Tod mit dem Leben überhaupt nichts zu schaffen? War der wahre Gegenspieler des Todes etwa die Zeit? Ereignete sich, wenn wir meinten, jemand sei verstorben, ein Zeitumtausch?

Nur böse Tage brachten weiter

Kajetan, seit 1902 erster Diener im Palais Lanzki, »eine alltägliche Seele«, wie er sich selber einschätzte, war in einem langen und mit Würde absolvierten Domestikenleben zu dem Ergebnis gelangt, daß »geborene Herrschaften sagen, was sie wünschen, und der Rest der Menschheit sich beschränkt zu sagen, was er denkt«; so jedenfalls hatte Kajetan sich gegenüber Lukas, dem ersten Diener der Familie Raday, geäußert.

Man war in 1938 angekommen. 3. Januar, der traditionelle erste freie Tag des Jahres für Kajetan und Lukas, den diese beiden nun schon seit mehr als einer Generation miteinander im Café Kolumbia am Großen Graben begannen.

Ausblick ins Kommende dank Einblick ins Bestandene hatten die beiden Kollegen, Freunde durch Diskretion, seither miteinander gefunden. Weder die wirklichkeitsfremde Gottesgnadenwirtschaft der Oberschicht in der Endzeit der Donaumonarchie, noch die Turbulenzen in deren Zusammenbruch, weder die Elendszeiten später, wo die »Ordnung Fiasko gemacht hatte«, noch die Prosperitäten der Lanzki und die erstaunlich glückenden Stagnationen der Radays hatten den »Kajetanismus«, wie Herr Lukas das jährliche Frühstücksritual nannte, beeinflussen oder gar entwerten können.

Herr Kajetan hatte zwar manchmal eine Braue leicht gehoben, wenn sein Freund Lukas das Wörtchen Kajetanismus aussprach, erfahrungsgemäß alle sieben Jahre, beim Auswechseln eines der zweiten Diener (selbstverständlich wurde jeder Zweite bei den Radays und Lanzki nach sieben Jahren woanders Erster), aber Kajetan fühlte sich geschmeichelt durch die Tatsache, daß er einem so vornehmen Domestiken wie Lukas die Anregung zu dieser Wortschöpfung gegeben hatte. Sie zirkulierte seit längerem im müden Jargon der Dienerkasten Wiens und blieb Anlaß zu Neiderlebnissen und allerlei Überlegungen. Was indes ein Kajetanismus wirklich sei, konnte nie ganz geklärt werden. Herr Lukas gab sein Wissensmonopol als Urheber dieser Kastenklausel niemals preis. Er machte hin und wieder Andeutungen, die neue Konfusion stifteten und nichts entwirrten.

Begonnen hatte alles, Ende Dezember 1903, mit einem brisanten Augenblick in der Laufbahn des Lukas. Erst seit elf Monaten erster Diener der Mama Ferdinandes, war er in eine böse eingefädelte Intrige geraten und schien bereits deren Opfer. In dieser Katastrophe hatte Lukas sich entschlossen, einen Fachmann zu konsultieren, den Kajetan, der im befreundeten Hause Lanzki die Stelle des Bezwingers aller möglichen Brisanzen schon etwas länger innehatte. Man hatte sich am ersten freien Tag des Jahres 1904 in jenem Café Kolumbia getroffen. Lukas hatte das Unglück mit allergrößter Diskretion offenbart und Kajetan hatte, jeden Zwischenton als abermaligen Zwischenfall deutend, zugehört und, schließlich um Rat ersucht, die Summe seiner Erfahrung aus bestandenen Üppigkeiten, Turbulenzen, Fiasken und Properitäten in die unvergessene Anrede gekleidet:

»Sei er sicher, Hochverehrter, Rat ist Rache. Auch ich hatte in meinem Dienst einmal eine Intrige zu erdulden und, bittschön, das ist gelinde gesagt. Nun entschied ich mich für zwei Dinge: Auszuharren und niemand anderen damit zu derangieren. Wurde nicht zum Opfer. Herr Lukas, es waren böse Tage. Doch nur sie brachten weiter. Durch Bereitschaft zum Festhalten am Besseren, meinem geduldig erworbenen Privileg, zu dienen. Daß Er, Herr Lukas, mir die Auszeichnung gewährt, Anteil zu nehmen an einer seiner wahren Prüfungen, verdanke ich allein eigenen bösen Tagen, die ich lernte, hinzunehmen, weil ich ihren Wert zu ahnen das Glück hatte.«

Kajetan hatte es sodann Lukas überlassen, welche Schlußfolgerungen aus dem Gesagten er ziehe. Lukas hatte damals ausgeharrt, bis jene nie näher erörterte Intrige kraftlos in sich zusammengesunken war. Seither hatten die beiden Diener aus der damaligen Konsultation eine alljährliche Zeremonie gemacht.

In vielen Jahren mit ihren oft erschreckenden Zwischenfällen und Havarien hatten Anteilnahme und Zuhören und der Verzicht auf bloßstellende Einzelheiten und auf Ratschläge sich als der solideste Gewinn für beide erwiesen.

An diesem Vormittag des 3. Januar 1938 war es Kajetan, der offenkundig etwas auf dem Herzen hatte. »Jede Sache auf der Welt muß irgendwann doch ihr Ende haben«, begann er zu berichten und fuhr dann fort mit einer andeutungsweisen Darlegung, derzufolge die Erlaucht Olga im siebenunddreißiger Herbst eine Enttäuschung habe hinnehmen müssen, leider durch ihren Gatten, den Doktor Béla, der nun wohl nicht Professor würde, wie man wisse.

Herr Kajetan schwieg daraufhin und Herr Lukas hütete sich, mit Worten diese schöne Stimmung zu lädieren. Schließlich fuhr Herr Kajetan nun fort: »Hochverehrter, alltägliche Komplikationen statuier ich ja nicht, aber wie es aussieht, hat die Erlaucht eine ernste Stimmung seither. Natürlich, das weiß Er auch, ist sie schwer zu kennen, aber man kann nicht besser sein als sie.« – »Sie ist zu schön, sie kann nicht lügen, sie ist mir immer delizios unheimlich, die Baronin Olga, das ist gewiß!« sagte Lukas. Er begann zu ahnen, daß die Eröffnung des Kajetan wirklich die äußerste Stilsicherheit erforderte. Freilich erwachte in Lukas nun eine solche brennende Neugierde, daß er sich fast nach Einzelheiten erkundigt hätte. Aber er bezwang sich. Leute, die keine Geheimnisse voreinander behalten konnten, waren abgeschmackt und aufdringlich und was die meisten die Geheimnisse nannten, waren ihre Entgleisungen. Jeder, auch er, entgleiste hin und wieder. Darum setzte Herr Lukas nur umso mehr auf die

Wohltaten der Mäßigungen. Aber er mußte jetzt bei sich bemerken, daß Kajetans Beschränkung auf das Ereignis ihm doch einen schmerzhaften Riß im Innersten beibrachte.

»Was die Erlaucht am meisten erschöpft, ist die Gschicht, daß der Doktor Béla in einem Trotz lebt seither«, sagte Herr Kajetan, »und sie ist ja so delikat, die Baronin Olga, daß sie gerade diesen Trotz nur zu gut begreift.« Deutlich erregt respondierte der Herr Lukas: »Wenn eine solche Dame nicht verurteilt in einem Kummer, das ist ergreifend über alles!«

Später verließen die Freunde das Café und begaben sich nach Schönbrunn, wo sie spazierten. Dabei streifte Lukas beiläufig die politischen Zustände nach dem Berchtesgadener Abkommen mit dem »Landsmann«, dessen Name nie erwähnt wurde von den beiden. Kajetan schwieg demonstrativ. Not und Unterdrückung, massenhaftes Elend und tiefen Ekel vor den ordinären Aufgaben in einem relativen Frieden nahm er nicht zur Kenntnis. Die Ahnung, daß andere Leute als geborene Herrschaften dabei waren, durchzusetzen, was sie wünschten, streifte ihn nicht.

Die beiden kehrten am frühen Abend nach Wien zurück, wo sie miteinander nachtmahlten und sich dann von einander verabschiedeten.

Umdüsterung

Was kein Alleinsein in der Ehe, kein Warten auf Béla, kein jahrelanges und vergebliches Warten auf ein Kind von Béla, geschweige die durchaus vorhandene Enttäuschung über dessen beruflichen Rückschlag in Olga bewirkt hatten, die unerwarteten Erinnerungen an Jakob vermochten es: Olga wurde ihrer Ehe überdrüssig. Alles war lautlos und unsichtbar zunichte geworden und Olga fühlte fast nicht mehr, wie ihr Dasein sich umdüsterte.

Sie machte noch den Versuch, mit Béla über ihre Jakobsphantasie zu sprechen, aber es war dafür zu spät: Béla war zu erschöpft und zu enttäuscht. Zumal nach dem letzten und niederschmetternden Besuch bei Zissler und dessen Befund über Metaphysik hielt Béla Olgas Aussagen für Hirngespinste.

Olga zog sich ohne Anklagen und ohne Erklärungen zurück. Aber Margaret liebte Béla ohne Bedingungen weiter. Die anderen Personen am Schottenring versanken nach und nach in einer Sprachlosigkeit, die der bösartige Ausdruck der ringsum nicht nur willenlos erwarteten, sondern herbeigewünschten Diktatur wurde.

Béla suchte seit seinem Scheitern nach einem Schuldigen. Er fand ihn in dem Physiologen Leuner, dem Juden. Professor Leuner hatte einen Ruf an die Universität Basel erhalten und war ihm gefolgt. Er war für Béla nicht mehr länger greifbar. Nun genügte ihm kein einzelner Jude mehr, den er für sein Mißgeschick anklagen konnte; er begann nun alle Juden zu hassen. »Unsauber«, »schmierig«, »hinterhältig« nannte er die Juden jetzt immer häufiger und immer mit denselben Worten und immer mit derselben verachtungsvollen Stimme.

Einzug in Wien

Am 14. März 1938 zog Adolf Hitler mit seiner Autokavalkade in Wien ein. Tags zuvor hatten Truppen der deutschen Wehrmacht Österreich durchrollt, ohne auf Widerstand zu stoßen. Der Anschluß Österreichs war vollzogen.

Hitler, 1889 geboren in Braunau, Oberösterreich, wollte Künstler werden. In Wien wurde ihm die Aufnahme in die Kunstakademie verweigert. Stellungslos lungerte er herum, übernachtete in Männerheimen und verließ Wien 1913, ging nach München. Nun, fünfundzwanzig Jahre später, kehrte er als deutscher Reichskanzler nach Wien zurück. Ein ehemaliger

Streuner, den die Diener Kajetan und Lukas nicht einmal von ferne in Augenschein genommen hätten, zog als Usurpator in die Hofburg ein, in die Residenz der Kaiserin Maria Theresia und der späteren Kaiser Kaiser Franz Joseph und Karl.

Hitler hatte stets öffentlich erklärt, was er beabsichtigte. Österreich war nur ein Test für den beabsichtigten Einfall in die Tschechoslowakei. Die europäische Diplomatie und ihre mutlosen Regierungen sahen zu, beugten sich devot vor diesem Diktator. Die Massen begeisterten sich an einem der ihren, der sich mit »geistiger« Freiheit nicht mehr abspeisen ließ und tat, was er tun wollte, der sich nahm, was er haben wollte.

Mehr als hunderttausend Menschen standen in Wien auf den Plätzen und Straßen und jubelten, kreischten vor Begeisterung, sangen und schrien im Chor dem Landsmann zu, der in einer Rede die »endlich verwirklichte Heimkehr seiner Heimat Österreich ins Reich aller Deutschen« feierlich »vor der Geschichte meldete.« Der Melder aus den Schützengräben Flanderns im Weltkrieg meldete weiter. So sah es Barany.

Verendete wollen aus ihrem Leichnam heraus. Aber sie können nur durch lautes oder weinendes Klagen ihrer Angehörigen und Freunde erkennen, daß sie verendet und imstande sind, den irdischen Leib zu verlassen und in einem Todesleib eine geistige Heimat zu finden. Hitler fühlte, daß er seit längerem beständig verendete. Darum nahm er den tosenden Jubel und die Heilrufe der Massen in Wien mit stechendem Blick und in qualvoller Verlegenheit, die bei ihm in jähe Überbegeisterung umschlug, wahr.

Auf dem Heldenplatz vor der Hofburg stand auch Margaret im Gedränge. In ihrer Fähigkeit zum Mitleiden sah sie, daß Adolf Hitler ein Verendender war. Laut klagte sie um ihn. Aber ihre Klage erreichte den Verendenden nicht, denn sie ging im Jubel der Menge unter.

Der Machtlose

Ende Juni 1938 wurde Salomon Stettiner in das Konzentrationslager Sachsenhausen-Oranienburg gebracht. Zusammen mit etwa neunzig anderen Juden erblickte er das Lagertor, den Appellplatz, die Baracken. Als die aus Wien Verschleppten auf dem Platz vor den Baracken standen, trat ein SS-Mann auf Stettiner zu und schlug ihn mit der flachen Hand gegen die Kehle. Stettiner fiel zu Boden und sein Peiniger trat ihn in den Magen und sagte: »Aufstehen, Dreckjude!« Stettiner erhob sich mühsam. Ein anderer Eingelieferter, der neben ihm stand, bückte sich und hob Stettiners Hut auf. Der SS-Mann schlug ihn vor den Angetretenen so hart mit der Faust ins Gesicht, daß er blutete und zu Boden stürzte. Dann trat er ihm ins Gesicht und zeigte den Eingelieferten ein Gebäude in einiger Entfernung, sagte: »Der Leichenkeller. Für euch. Für das Ungeziefer.« Dann wurden die Angekommenen zu den Baracken geführt und dort verteilt.

Die Austreibung und Vernichtung der etwa 300 000 in Österreich lebenden Juden hatte sofort nach dem Anschluß Österreichs begonnen. Bereits zwei Monate nach Hitlers Einzug in Wien wurden, auf Befehl des SS-Oberen Reinhart Heydrich, mehr als zweitausend Juden in Wien wahllos verhaftet, von denen bis Ende Juni bereits neunhundert im Konzentrationslager Sachsenhausen ihren Schindern ausgeliefert waren. Als Stettiner eintraf, waren bereits neunzig von ihnen umgebracht worden und ein schwer Mißhandelter in der Baracke Stettiners sagte zu ihm: »Jude zu sein ist hier das Schlimmste von allem. Lange wird es keiner von uns überleben.« Während er dies sagte, kam ein Aufseher und griff sich einen Häftling heraus, befahl Stettiner mitzukommen und schleifte den in Todesangst Schreienden in den Waschraum, wo er ihm den Wasserschlauch in den Hals stieß und den Hahn aufdrehte, bis der Häftling starb. Stettiner mußte zusehen und wurde dann mit der Versicherung zurück in seine Baracke geführt, dies sei das »Begrüßungsritual.«

Juden waren so unterhalb jeder Menschenwürde in dieser rechtlosen Schreckens- und Todeswelt, daß sie nicht einmal mehr Nummern bekamen. Wenn sie ins Lager kamen, wurden sie insgesamt als Staatsfeinde vorgestellt. Sie wurden zusammengeschlagen und dann im Galopp, teilweise schon ohne Schuhe, in die Baracken getrieben.

Am ersten Morgen stand Stettiner neben einem Mann auf dem Appellplatz, der sein Barackennachbar war und Dr. Max Schanda hieß, ein Arzt aus Wien. Die Juden trugen an diesem Morgen elf Tote mit zum Appell, die auf einen Haufen vor den in Reihen stehenden Häftlingen geworfen werden mußten.

Dem Salomon Stettiner und jenem Dr. Max Schanda wurde befohlen, die Umgebrachten zum Leichenkeller zu schleppen. Der Arzt Schanda flüsterte entsetzt etwas seinem Nebenmann zu. Er hatte ein Giebelmündchen und Salomon Stettiner beobachtete, wie der Doktor sein Giebelmündchen mit der Zunge in Todesangst benäßte und dann mit etwas vernehmlicherer Stimme sagte, einer der Toten sei noch nicht tot.

Der SS-Mann Schofeld trieb sie nun in Richtung Leichenkeller.

In der zweiten Nacht kam ein anderer Schinder in Stettiners und Schandas Baracke. Er ließ drei Schwerverletzte und einen Toten zurück, als er wieder ging. Dr. Max Schanda verstand nicht, was hier geschah mit ihnen. Er berichtete von Wien, von seiner Arztpraxis und von dem unpolitischen, ruhigen Leben, das er geführt hatte. Eines Tages wäre ein Nichtjude, der wohl bekannteste Musikkritiker von Wien, nicht mehr zu ihm in die Praxis gekommen, lange bevor die Hitlerherrschaft in Wien eindeutig gewesen wäre. Zunächst hätte er, Schanda sich gewundert, denn zwischen jenem Patienten und ihm hätte ein respektvolles, ja fast freundschaftliches Verhältnis bestanden. Eines Tages wären sie sich in einem Konzert begegnet und sein langjähriger Patient hätte ihn geschnitten. Er, Schanda, habe immer noch nicht gemerkt, daß seine Zugehörigkeit zum jüdischen Volk der Grund wäre. Schließlich wäre er ohne Angaben von Gründen abgeholt worden. Er müsse es deuten, es begreifen, um nicht den Verstand zu verlieren, sagte er mit so ersterbender Stimme, daß er wieder sein Giebelmündchen benässen mußte, was Salomon Stettiner erschütterte.

Am nächsten Morgen wurde Salomon Stettiner beim Zählappell so mißhandelt, daß er keuchend am Boden lag. Der Rapportführer Gustav Maier, der am meisten gefürchtete Schinder im Lager im Range eines KZ-Unteroffiziers, sah der Mißhandlung Stettiners durch den Untergebenen Schofeld zu und befahl Stettiner, wie ein Schwein zu grunzen, anderenfalls würde er, Maier, ihn umgehend bei lebendigem Leib begraben lassen. Stettiner wußte nicht, wie Schweine grunzen und wagte es, dies, immer noch am Boden keuchend, zu sagen. Maier trat ihn in den Magen, lachte dabei und äffte Stettiners Antwort nach, ließ aber ab von ihm.

Dr. Max Schanda wurde zur Arbeit im Leichenkeller kommandiert. Nach vier Wochen waren er und Stettiner immer noch am Leben und sie waren auch noch Barackennachbarn. Max Schanda begriff nicht, wieso er noch nicht tot war. Salomon Stettiner bekam allmählich die für ihn grauenvolle Gewißheit, daß das frühere, sogenannte freie Leben in Wien eine Totenzeit gewesen sei. Damals hätte er der Welt entsagt, alles wäre Entsagung gewesen für ihn, damals in Wien. Nun, hier im Lager, hätte diese Entsagung von der Welt endlich aufgehört. Die Leiden und Schmerzen und die Todesangst in jeder Minute würden für ihn immer fühlbarer lebendiges Leben. Er fühle, endlich! Früher hätte er nichts gefühlt, nichts außer Entsagung, aber auch dies wäre kein wirkliches Gefühl gewesen, eher nur ein Denkvorgang. Aber die Ohnmacht und die Rechtlosigkeit und die Mißhandlungen, die ihm hier in dem Lager widerführen, hätten ihn gezwungen, endlich zu fühlen, was es bedeute, machtlos gegen Unrecht zu sein. Nun lebe er. Dies sagte er Dr. Max Schanda. Dieser war sicher, daß Salomon Stettiner den Verstand verloren hatte.

Die Erbschaft

In der Diktatur

Seit dem Anschluß Österreichs schwieg Olga mehr oder minder zu allem, und daß ihr Schweigen als Zustimmung ausgelegt werden konnte, nahm sie in Kauf. Die Hitlerdiktatur, die Europa stückweise fraß, endete für Olgas Gefühl einstweilen noch draußen, vor dem schmiedeeisernen Tor zum Innenhof des Palais am Schottenring.

Am meisten stieß sie ab, daß die überall so heftig begrüßte Diktatur des asozialen Abschaums tief unter der Arbeiterklasse, der »bewaffneten Bankerotteure«, wie Barany die neuen Machthaber nannte, ausgerechnet von denen, die dafür am blutigsten bezahlten, derart bejubelt wurde. Olga konnte nicht fassen, daß Hitler Genie zuerkannt, daß einem Hetzer wie Dr. Goebbels Intelligenz bescheinigt wurde und daß die Brutalität Görings kollektive Rauschzustände der Anbetung hervorrief.

Das braune Gesindel war für Olga jedenfalls das Indiskutabelste, was in Europa existierte. »Wenn das eine solche Begeisterung hervorruft da draußen, dann habe ich draußen nichts mehr zu suchen«, sagte Olga zu Barany und schloß sich in ihrer Wohnung ein.

Vier Wochen lang bekam niemand Zutritt zu ihr, niemand außer Kajetan. Béla bekam Alpträume deswegen.

Eines Morgens träumte er vor dem Aufwachen, er sei in sein Badezimmer gegangen. Er nahm die Zahnpastatube, öffnete den Verschluß und drückte etwas Paste auf seine Zahnbürste. Was aus der Tube kam, war rot. Béla übersah es nicht, aber er beachtete es auch nicht weiter. Er drehte den Wasserhahn über dem Waschbecken auf. Ein Strahl roter Flüssigkeit schoß hervor. Béla wich zurück. Er wagte noch nicht zu glauben, was er vermutete. Nun schob er die Zahnbürste mit der roten Paste in den Mund und merkte sofort den Blutgeschmack. Er spie es aus, öffnete den Wassergeber über der Badewanne. Ein dicker Strahl roter Flüssigkeit. Béla probierte etwas davon mit der Fingerspitze: Blut.

Die Wanne füllte sich mit einem dicken, schwankenden Blutteppich mit zerplatzenden Bläschen, so warm bis heiß, wie Béla es mit der Installation regelte. Er roch den Blutgeruch. Woher kam das Blut? Sollte es von Tieren sein? Béla glaubte das plötzlich nicht mehr. Unaufhörlich füllte sich die Wanne. Béla war gelähmt. Erst als die Wanne zu zwei Dritteln gefüllt war, vermochte er den Hahn zuzudrehen.

Da kam Olga ins Bad. Sie war nackt und betrachtete den Inhalt der Wanne und stieg hinein. Sie badete in dem Blut, und Béla schaute zu. Als Olga sich aus dem Blutbad erhob, war ihr Körper unbefleckt und hell wie immer. Olga lächelte Béla mit ihrer früheren Herzlichkeit entgegen und sagte zu ihm, er solle nicht glauben, daß ihre Unbeflecktheit ein Zeichen der Schuldlosigkeit sei. »Du träumst«, sagte sie zu ihm, und Béla erwachte.

Margaret lief durch Wien und suchte nach Stettiner. Sie hatte vor seinem verwüsteten Lädchen gestanden und hatte ihn zum erstenmal, seit sie ihn kannte, nicht angetroffen.

Zuerst war Margaret zum Schönbornpark am Ende der Josefstadt gehastet und zuletzt gelaufen, in der von Anfang an nicht geglaubten Hoffnung, Stettiner in diesem Park zu finden, wo sie mit ihm mehr als einmal gewesen war. Er war nicht dort. Margaret kehrte um. Sie wollte hinauf zur Alserstraße, dann hinüber zur Votivkirche und zum Schottenring. Aber mit der Kopflosigkeit eines noch unverhärteten Menschen, der sich übermäßig selbst belastet, eilte Margaret den weiten Umweg zum Parlament hinab, auf ihrer von vorneherein als sinnlos empfundenen Suche, bog dann ein zum Burgring, lief durch den Burggarten bis weit hinunter zum Beethovenplatz, den Parkring und den Stubenring hinauf und bis zum Postsparkassengebäude. Dort hielt sie ein und fiel erschöpft auf eine Bank, außer Atem und zuinnerst ebenso verwüstet und leer wie Stettiners Lädchen in der Josefstädter Straße.

Vor diesem Lädchen hatte sie vorhin gestanden, allein mit sich und mit den Fakten. Sie erblickte das zertrümmerte Geschäft, ein Brett, quer und halb schräg über dem Loch, wo früher die Tür war. Sie rief Stettiners Namen, schrie den Namen, gab es auf. Alles, was ihr Vater früher über die Juden gesagt und was er ihnen angedroht hatte, war hier Wirklichkeit geworden, durchschlug es Margaret. Im ersten Schub der Angst wollte sie es noch beschönigen, aber das gelang ihr nicht, denn in einer Woge brennender Scham endete Margarets Beschwichtigungsversuch. ›Ich habe es bei Stettiner genau so gemacht wie bei meiner Mutter‹, sagte sie sich. ›Ich habe ihn einfach seinem Geschick überlassen – obwohl ich wußte, was den Juden angedroht wurde und was jetzt mit ihnen gemacht wird‹, sagte Margaret sich. Von dieser Feststellung fühlte sie sich durchnagelt. Ihr war, als sei der ganze Körper mit Nägeln durchbohrt. Die Erkenntnis ihres neuerlichen Versagens beraubte Margaret auf einmal ihrer innersten Persönlichkeit.

Sie wußte, daß sie unehrlich zum Schönbornpark gelaufen war. Auch ihr Weiterrennen war nur ein Ablenkungsmanöver von der längst erkannten Scham gewesen. Daß sie ihren Freund Salomon in Wien nicht mehr finden würde, warf sie sich nun als ihre Schuld vor.

Hier in der Josefstädter Straße wollte Margaret zuerst auf jeden, der ihr begegnete, heftig losgehen. Jeden wollte sie mit Fragen nach Stettiner bestürmen. So lange, bis einer antwortete und bis sie erfuhr, wo der Verschleppte jetzt war. Margaret war überzeugt, daß es hier in der Nachbarschaft Leute gab, die Stettiners neuen Aufenthaltsort kannten.

Es kamen ihr Menschen entgegen. Aber Margaret zögerte, sie anzusprechen. Ihre Selbstvorwürfe, versagt zu haben, lähmten sie. Jedermann hier müsse ihr ansehen, daß sie einen Freund durch Gedankenlosigkeit und Desinteresse verraten hätte, redete Margaret sich ein. Sie meinte auch, daß die Gesichter der Leute in dieser Straße sich veränderten: in allen Gesichtern stand Angst, und in jedem Gesicht entdeckte Margaret ihre eigene Angst.

Überall erblickte sie nun Mißtrauen, unterdrückte Fragen, eine mit äußerlicher Gleichgültigkeit überdeckte Sorge; in jedes

Gesicht hatte die Diktatur eine bange und böse Wissenschaft hineingeschrieben.

Sie trat in eine Bäckerei und wartete, bis sie mit der Frau hinter dem Ladentisch allein war. Dann sagte sie der Frau, daß sie früher gegenüber in dem Gymnasium gewesen wäre und daß sie oft bei Stettiner nebenan eingekauft hätte. »Wissen Sie, was mit ihm geschehen ist?« fragte Margaret. Die Frau schaute ängstlich, gab aber die vage Auskunft, daß der Stettiner wohl ein Jude gewesen und abgeholt worden wäre. »Eben abgeholt, na, Sie wissen schon ...« fügte sie leiser hinzu. »Weiß man wohin?« fragte Margaret. Die Frau verneinte heftig. Margaret bedankte sich für die Auskunft und verließ die Bäckerei, ging hinüber auf die andere Straßenseite, wo eine Trafikantin ihre Zeitungen, Zigaretten und sonstigen Kleinigkeiten verkaufte. Margaret kaufte eine Zeitung und fragte nach Stettiner. Die Trafikantin, hinter der in Jahren verschmutzten und mit Streifen von Leukoplast überklebten Glasscheibe, streckte den Kopf nach vorn und fixierte Margaret einen Moment. Dann spie das verwrackte Weib der Achtzehnjährigen ein solches Gift aus Neid und infamen Verwünschungen und Verleumdungen Stettiners entgegen, daß Margaret entsetzt zurückwich. Sie drehte sich um und verließ die Straße.

An der Alserstraße nahm sie eine Tram zur Votivkirche. Als sie im Wagen saß und als die Tram anfuhr, überkam Margaret ein solcher Kummer, daß sie weinte. Ihr gegenüber saß ein Mann. Er war gut und unauffällig gekleidet, wirkte alterslos und ausgeglichen. Er schaute Margaret an, als sei ihr Weinen selbstverständlich. Margaret erkannte das und der Mann ihr gegenüber kam ihr deshalb unfremd vor, obwohl sie ihn zum erstenmal sah. An der Votivkirche stieg er ebenfalls aus und verließ vorher den Tramwagen. Als Margaret ausgestiegen war, wartete er auf sie. »Kann ich Ihnen helfen?« fragte der Mann Margaret, mit einer hellen und dabei dennoch vollen, selbstsicheren Stimme. Margaret sagte ihm, was mit ihrem jüdischen Freund geschehen war. Der Mann hörte zu. Dann sagte er: »Das einzige, was jetzt noch möglich ist, kostet Geld. Man kann Juden momentan noch mit

Geld aus Wien heraushelfen, ins Ausland, ja man kann einige sogar für Geld aus gewissen Lagern freikaufen.« Margaret wollte noch etwas fragen, aber der Mann legte eine behandschuhte Hand vor den Mund, lüftete seinen Hut und schaute Margaret unzwielichtig an und ging fort, in Richtung Universität. Margaret befand sich bereits auf dem Schottenring.

Sie war bei Olga. Diese brauchte einige Zeit, bis sich ihre von dem langen Alleinsein beeinflußte Stimmung soweit auf Margaret einstellte, daß diese ihr Anliegen vorbringen konnte. Olga verstand erst überhaupt nicht, was Margaret ihr über das Unglück Stettiners mitteilte, oder aber sie wollte es nicht wahrhaben, daß die Dinge ringsum schon so weit gediehen waren. Margaret sagte: »Olga, ich will nicht insistieren und du kannst mir glauben, daß auch ich, noch vor dem verwüsteten Lädchen Stettiners, mich einfach geweigert habe, das zu glauben, was ich längst schon durch die Haßausbrüche meines Vaters wußte!« Margaret hatte es erregt gesagt, und wieder überwältigte sie der wildeste Kummer ihres ganzen bisherigen Lebens, und sie begann zum zweitenmal an diesem Tag zu weinen, hilflos und voller Ohnmacht. Olga kam dabei ganz zu sich. Sie nahm Margarets Verzweiflung jetzt wahr. Als Margaret ihr Mitgefühl erkannte, beruhigte sie sich, sah ab von ihrer Mitverwicklung in das Unrecht, das nun Recht geworden war, und erklärte Olga, daß man mit Geld noch etwas erreichen könne, jetzt jedenfalls noch, aber wohl nicht mehr lange.

Olga atmete auf. Sie hatte schon befürchtet, daß Margaret ihr etwas zumuten könnte, was sie überfordert hätte. Wenn mit Geld noch zu helfen war, sollte Barany alles versuchen, was möglich sei. Vor allem jenen Stettiner, an dem Margaret offenbar hing, sollte Barany freikaufen. Aber auch noch einige weitere Juden, überlegte Olga. Sie sagte das zu Margaret. Diese war wie erlöst. Olga läutete dem Kajetan und sagte ihm, er möge Barany herbitten.

Salomon Stettiner wurde zum Lagerkommandanten geführt. Dieser eröffnete ihm, seine Freilassung wäre angeordnet worden. Es wurde ihm nicht mitgeteilt, wieso er freikommen sollte, wie ihm auch nie gesagt worden war, warum er in dieses Lager verschleppt wurde. »Jude«, das hatte man ihm hier täglich ins Gesicht gebrüllt.

Salomon weigerte sich, das ihm unbegreifliche Angebot einer Heimkehr nach Wien anzunehmen. Er wollte die, die hier mit ihm litten, nicht verlassen, wollte nicht entrinnen. Darum erklärte er dem Kommandanten, er wolle bleiben. Der Lagerchef nahm es zur Kenntnis.

Von diesem Tag an war Dr. Schanda vollends sicher, daß Stettiner den Verstand verloren hätte. Er gab es Schofeld zur Kenntnis, damit dieser veranlasse, Stettiner in die Krankenbaracke zu verlegen, wo man erfahrungsgemäß bessere Ernährung bekam. Schofeld tat etwas ganz anderes: Am Tag darauf trieb er Dr. Schanda in die Entlausungsbaracke. Dort warf der SS-Mann diesem Häftling einen Strick zu, und er befahl ihm, sich zu erhängen. Er, Schofeld, wolle sich heute dem Führer erkenntlich zeigen, indem er einem Drecksjuden Gelegenheit gäbe, sich zu erhängen. Anderenfalls wäre die schlimmere Folter im Bad fällig. Dr. Schanda versuchte zwei Mal, sich zu erhängen. Es mißlang ihm. Da erhängte Schofeld den »unpraktischen« Menschen, wie er ihn unbewegt nannte, während vier Leute aus Stettiners Baracke zusehen mußten.

Salomon Stettiner, der Machtlose, der seine Leiden als Anzeichen einer lange entbehrten Lebendigkeit bejahte, lebte immer noch. Überall im Lager hieß es inzwischen, er hätte den Verstand verloren. Maier glaubte das auch. Er, der von seinem Untergebenen Schofeld bewundert wurde, wegen seiner körperlichen Überlegenheit und wegen seinen Brutalitäten, wies Schofeld an, Stettiner in Ruhe zu lassen. Er sagte zu Schofeld: »Die, die hier krank spielen, sind Simulanten. Stettiner simuliert nicht. Ich will ihn studieren.«

Maier fragte Stettiner: »He, Jude, was stört dich an der Ordnung, die wir euch endlich gebracht haben, am meisten?« Stettiner sagte: »Daß ich einem Mädchen in Wien keine Schreibhefte in blauem Umschlag mehr verkaufen kann. Das Mädchen mochte nur diese Hefte, und zufällig führte ich sie, in meinem Lädchen in Wien.« Seit dieser Antwort begann der Schinder von Oranienburg dem machtlosen Stettiner aus dem Weg zu gehen.

Beim Kardinal II

Barany berichtete Olga und Margaret. Er hatte einen SS-Offizier namens Korutta bestochen. Der saß im neu eingerichteten Gestapohauptquartier am Morzinplatz. Korutta hatte die Freilassung Stettiners veranlaßt, aber Stettiner weigerte sich, das Lager zu verlassen.

Niemand begriff es. Barany hatte jetzt einen Geldbetrag in Dollars bereitgestellt, der ausreichte, um vier Juden aus Sachsenhausen-Oranienburg zu holen. »Sobald diese vier draußen sind und der Beweis reeller Chancen damit vorliegt, werde ich mehr tun«, sagte er.

Man kannte keine vier Juden. Margaret hatte vom Wiener Judenrat gehört und schlug vor, dort zu fragen. Sie bot an, dorthin zu gehen. Olga fragte: »Sollte man nicht dem Kardinal Geld übergeben und ihn bitten, damit Juden freizukaufen?« Er, mit seinem Einfluß, müßte wenigstens das Minimum erreichen können, überlegte Olga. Margaret schlug vor, Olga möge den Kardinal aufsuchen, sie selber ginge zum Judenrat. Wer am ehesten helfen könne, dem solle das jetzige und das spätere Geld ausgehändigt werden. Barany unterstützte diesen Vorschlag, und Olga schrieb an den Kardinalssekretär und bat ihn, sich um eine Audienz für sie zu verwenden. Sie ließ den Brief zum Erzbischofspalais bringen. Die Zustimmung des Kirchenfürsten, mit Tag und Stunde, kam am folgenden Tag, unterschrieben im Auftrag des Kardinals von Monsignore Rodersberg.

Fünf Minuten vor der verabredeten Zeit fuhr sie am erzbischöflichen Palais vor. Olga wußte, daß durch Unpünktlichkeit, die leicht hätte vermieden werden können, manches Leben eine verhängnisvolle Wendung genommen hatte. Sie mußte nicht warten. Monsignore Rodersberg, der Sekretär des Kardinals, führte Olga zum Kirchenfürsten. Der Kardinal wartete in einem Audienzsaal. Olga schritt bis zur Mitte des Saals, wohin ihr der Kardinal entgegenkam. Olga küßte seinen Ring, und der Kardinal bat sie vor einen Kamin mit zwei Sesseln, bot ihr Platz an und setzte sich ebenfalls. Dann fragte er Olga, was sie zu ihm führe?

»Eminenz, ich bitte Sie um Ihre Hilfe, nachdem alle Bemühungen in einem Unternehmen, das uns jeden Einsatz wert zu sein schien, gescheitert sind, leider«, sagte Olga. Dann berichtete sie in kürzestmöglicher Form, indem sie nur Tatsachen in deren Reihenfolge aufzählte und dabei auf jede Zwischenphrase verzichtete, was geschehen war mit Stettiner und dem Angebot jenes SS-Unterscharführers Korutta, anstelle von Stettiner vier andere Juden freizubringen, ferner erwähnte sie den Geldbetrag, den Barany aufgebracht hatte, um wenigstens einige Menschenleben zu retten. Dann sagte Olga: »Eminenz, ich bitte Sie von ganzem Herzen, die Frage zu prüfen, ob Sie durch eine Intervention bei dem Statthalter Hitlers in Österreich wohl generell auf eine Änderung in der Behandlung der Wiener Juden dringen können. Außerdem bitte ich Sie, mir einen Rat zu erteilen, was mein Bevollmächtigter Igor Barany und ich und einige andere, die dieses Unrecht auf das äußerste mißbilligen, am besten in praktischer Hinsicht und sogleich unternehmen können?«

Der Kardinal war ein hervorragender Zuhörer. Mehrere Dinge fielen ihm sofort in Olgas Rede auf. Sie stellte ihn nicht unter irgendeinen Druck. Sie glaubte an seine Möglichkeiten. Und ihr Verstand war unbestechlich, denn Olga hatte nicht gesagt, daß Hilfe unmöglich sei, sie hatte statt dessen, mit gelassen abwägendem Wirklichkeitssinn, gesagt: »... falls dies unmöglich scheint.«

Dem Kardinal erschien es unmöglich, an Hitlers Judenhaß und seiner Judenpolitik noch irgend etwas zu ändern. Außerdem kannte er Hitlers Statthalter in Wien als einen inferioren, schwärmerischen Verblendeten.

Dem Kardinal waren Hitlers Greuel seit seinen Notverordnungen bekannt. Außerdem war ihm bewußt, daß Hitler im permanenten Ausnahmezustand regierte. Die Nürnberger Gesetze machten ihn zum alleinigen Herrn über Leben und Tod der Juden. Die abscheulichsten Verirrungen waren mit diesen Gesetzen legalisiert.

Der Kardinal sagte, um Zeit zu gewinnen: »Seien Sie versichert, Baronin, daß mich Ihre Mitteilungen auf das ärgste mitnehmen. Außerdem lassen Sie mich Ihnen, vorab, soviel sagen, daß Ihre Hilfeversuche mich beschämen.« Der Kardinal verzichtete bewußt auf die machtbetonte Formel: »... meine Tochter«, als er fortfuhr: »Was ich persönlich tun kann, Baronin, überlege ich. Was ich Ihnen raten könnte, soll nach bestem Wissen geschehen.«

Der Kardinal legte beide flachen, rot behandschuhten Hände auf seine Knie, er senkte die Stirn, schloß die Augen und betete ohne Lippenbewegungen, aber in Versunkenheit. Olga schaute zu und fragte sich, ob dies Demut oder Diplomatie sei? ›Wahrscheinlich beides‹, überlegte sie. Aber sie bekam, was ihr Anliegen betraf, nun ein schlechtes Gefühl. Der Kardinal beendete sein Gebet.

»Eminenz – darf ich eine Frage an Sie richten?« fragte Olga. »Gewiß, jede Frage – bitte«, sagte der Kardinal. »Gibt es, neben der Staatsraison, auch eine Kirchenraison? Wenn ja, wie lautet sie – Eminenz?« fragte Olga.

Der Kardinal sagte: »Wir, anfechtbare Diener der Kirche und mit Sünden beladene Fürsten der Kirche, möchten zuerst, daß die Botschaft Christi niemals in Vergessenheit gerät – und daß sie auch in dieser Zeit nicht untergeht. Es ist vorstellbar, daß diese Botschaft von der Liebe zum Nächsten, von der Liebe zum

Feind und von der Auferstehung durch bejahtes Leiden, möglich durch die vollständige Unterwerfung unter den erflehten Willen Gottes, einmal untergeht. Es gibt Offenbarungen und Prophetenworte, die das nicht ausschließen ...« Der Kardinal schien dem nachzusinnen.

Dann fuhr er fort: »Kirchenraison gibt es, um Ihre Frage zu beantworten. Beim letzten Kardinalskollegium, anläßlich der Wahl unseres Pacelli-Papstes, haben wir gefunden, daß wir zuerst dafür leben oder sterben sollen, daß diese Botschaft Christi nicht in Vergessenheit gerät. Dies war der Grund für das Konkordat mit Hitler, der einzige unanfechtbare Grund. Es mag anfechtbare Gründe dafür außerdem geben.«

»Sind die Juden von der Botschaft des Juden Jesus aus Nazareth ausgeschlossen?« fragte Olga.

»Soweit sie sich selber nicht ausschließen von der Anwendung dieser Botschaft, sind sie gewiß nicht von ihr ausgeschlossen«, sagte der Kardinal.

Er dachte: ›Was jetzt sich vorbereitet und ein Vorspiel der Hölle auf Erden ist, wird nicht ewig dauern. Es wird allgemein betrachtet als ausweglos Böses. Es kann aber genausogut so kommen, daß es zu etwas Besserem führt, anders, als wir denken ...‹

Er sagte zu Olga: »Die Gelände der Hölle, hier auf dieser Erde und in diesem Teil Europas, die sich vor unseren Augen jetzt auftun, stellen die neue Landschaft unserer Hauptsünde dar, die darin liegt, daß wir den Glauben an die alleinige Wirklichkeitsverbesserung durch Gebete weitgehend aufgegeben haben. Wir haben uns angewöhnt, Gott betend aufzufordern, unseren Willen und unsere Pläne zu erfüllen, anstatt uns seinem Können und seinem Willen vorbehaltlos anzuvertrauen. Ich bin auch nicht frei hiervon. Die Gebete werden so zu Potemkinschen Dörfern der Gläubigkeit.«

Die Aufmerksamkeit des Kardinals richtete sich nun auf Olgas Begehren nach seiner direkten persönlichen Intervention beim Statthalter Hitlers in Wien oder nach seinem Rat. Er überlegte und beschloß, ohne Zuflucht zu Diplomatie aufrichtig zu sein, und sagte: »Ich kann nicht zum Statthalter gehen und für die Juden plädieren. Erstens ist dieser Mann, dessen finsteren Frohsinn bei einer offiziellen Gelegenheit zu ertragen mir fast nicht möglich war, eine willenlose Kreatur Hitlers. Schlimmer: wir sind, zumal als Repräsentanten der Kirche, an Bestimmungen des Konkordats mit dem Reich gebunden. So bleibt mir nur, wenn ich nicht sehenden Auges die Lage der Juden alsbald noch verschlimmern will, Ihnen zu raten.«

Olga fühlte die Ängstlichkeit des Mannes, der so uneinfältig vor ihr saß, und hütete sich, den Kardinal etwa des Desinteresses an grauenhaftem Unrecht in ihrem Inneren zu verdächtigen. Sie fragte ihn: »Soll ich Ihnen den Geldbetrag übergeben, damit Sie ihn als Devisenkontingent für Juden verwenden? Oder was empfehlen Sie statt dessen, Eminenz?«

Der Kardinal hatte Rat zugesagt und war willens, sich an seine Zusage zu halten. Er wußte um die Fragwürdigkeit und Gefahren von Ratschlägen. Er sagte: »Lediglich im Bereich der Kirche verfüge ich über Erfahrung mit Geld. Es fehlt mir sonst an Erfahrung und Systematik. Etwas anderes Ihnen zu sagen, wäre Prahlerei. Daher, Baronin, empfehle ich, alles Geld dem neuen Wiener Judenrat zu übergeben. Diese Menschen sind im Unglück; sie haben daher die größte Erfahrung in ihren eigenen Angelegenheiten.«

Olga dankte dem Kardinal und wartete, bis dieser die Audienz beendete. Der Kirchenfürst begleitete die Besucherin bis in sein Vorzimmer. Dort verabschiedete man sich.

Die geschluckte Vereinfachung

Béla begleitete Margaret zum Wiener Judenrat. Er tat es nicht um der Juden willen, er hatte ein anderes Motiv: er wollte denen begegnen, die vom Tod bedroht waren und es wußten. Ihn interessierte, wie Kälte und Wärme in solchen ›Organismen‹ (wie er die Juden nun bei sich nannte) unter der Todesdrohung sich äußerlich bemerkbar machten.

Zuerst waren sie in der Synagoge gewesen, hatten dort nach dem Haus des Judenrats gefragt. Jemand begleitete sie zu dem Gebäude, wo einige Juden versuchten, zu retten, was noch zu retten war. Der, der Béla und Margaret begleitete, hatte sich schon im Lager befunden und war wieder herausgeholt worden. Von ihm erfuhren die anderen in Wien, was dort geschah.

Sie kamen an und gingen zwei Stiegen hoch, betraten dann ein armseliges Büro. Margaret nahm das Geld aus einem Umschlag und übergab es. Aber Béla nahm es wieder an sich und bat darum, ihm vier Namen von Juden in Sachsenhausen-Oranienburg zu nennen, die dann freigekauft würden. Margaret bestätigte, daß Barany von Freunden in London die Zusicherung hätte, daß die Freigekauften dort aufgenommen würden.

Was Margaret in dem Büro und angesichts der dort Versammelten zuerst erlebte, war Herzklopfen. Lebendige und Tote bekamen für sie plötzlich denselben Wert, und sie bekam Herzklopfen und fühlte, warum, und wußte nicht, wieso sie fühlte, daß die wenigen unsicheren, verängstigten und mißtrauischen Juden dort an jenem miesen Tisch ihr als Lebendige erschienen, während sie selber und Béla ihr als bereits Gestorbene vorkamen.

»Sie schaffen es mit diesem Geld, einige herauszuholen, es geht immer noch, wenn auch unter Bedingungen, von denen wir nichts sagen dürfen«, sagte Herr Rapaport, der als erster die Sprache wiederfand, als er vernahm, daß die Spenderin des Geldes eine Nichtjüdin aus Wien wäre, die die Verbrechen an den Juden verurteilte. Béla bat um die Namen derjenigen, die aus Oranienburg heraus sollten.

Was sich daraufhin anbahnte, war die Tragödie der Entscheidung, wer es sein sollte. Die Zeit drängte. Jedem im Raum wurde das ohne ein Wort sogleich zur Gewißheit. Margaret und Béla standen immer noch im Raum. Neun Juden saßen, schier entledigt von allem, was im übrigen Wien immer noch gesunder

Menschenverstand genannt wurde, machtlos und hierdurch zum letzten Funken Genie bereit und fähig, um den Tisch. Vier sollten freikommen? Für jeden von ihnen mußten inzwischen schon Tausende, deren Namen einzeln festgestellt und auf Kärtchen in großen, grauen Kartons aufbewahrt wurden, weiterleiden.

Margaret vernahm von den Verzweifelten am Tisch, man müsse beraten. Josua Rapaport, der ein Schutzlager, wie diese Verbrecherhütten genannt worden waren in der ersten Zeit, kraft eines inneren Widerstands, den er erst dort erlebte, überstanden hatte, sagte ruhig und mit der Gesetzesklarheit eines Moses in seiner Stimme: »Ihr seid vor Ohnmacht alle schon krank. Jede Minute, die wir hier beraten, bedeutet für einen von uns in Oranienburg Folter und Erschlagen. Vielleicht wird er gerade umgebracht. Ich will von euch jetzt vier Namen haben – sofort. Nehmt sie aus dem Karton ›Oranienburg‹, sofort jetzt.« Alle schauten entsetzt auf ihn, aber alle waren gelähmt. Josua Rapaport nahm vier Karten aus dem betreffenden Karton, verlas die Namen und fragte, ob einer am Tisch Einwendungen hätte? Schweigen zuerst, dann, acht Mal hintereinander, ein Nein. Rapaport schrieb die vier Namen auf einen Zettel und tat den Zettel in einen Umschlag. Er betrachtete Béla und Margaret. Dann gab er den Umschlag Margaret und sagte: »Gott möge helfen.«

Margaret nahm den Umschlag an sich und sagte: »Mein Vater ist bei Hitlers Leuten. Ich hörte seinen Haß seit meiner Kindheit. Damit Sie wissen, warum ich hier bin.«

Josua Rapaport sagte nach einer Pause: »Für Juden sterben ist heute schon ein gotteslästerlicher Witz. Leben Sie. Denken Sie. Verbergen Sie sich. Kein Jude zu sein, ist ebenfalls längst kein Schutz mehr.« Er reichte Béla die Hand und sagte: »Versichern Sie denen, die diese Devisen gaben, daß Tote und Lebendige ihrer gedenken werden. Vergessen Sie nicht, dies zu übermitteln.«

Béla nickte, und Margaret prägte sich für immer alle Gesichter in diesem Büro ein. Dabei dachte sie an Salomon Stettiner. Sie verließen den Raum. Als sie die Treppe hinuntergingen, packte Béla neuer Haß. Er dachte an Leuner, der nach Basel entkam.

Béla suchte Barany in der Bank auf und gab ihm den Umschlag mit den Namen. Barany las die Namen, nahm den Telefonhörer und rief Korutta an, gab die Namen durch. Béla unterließ es, Barany die Worte von Rapaport zu bestellen, daß Tote und Lebendige seiner gedenken würden, obwohl Rapaport zu Béla gesagt hatte: »Vergessen Sie es nicht.«

Barany sagte nach dem Telefonat: »Der Unterscharführer Korutta hat versprochen, die vier kämen frei und erhielten Pässe für England. Ich habe in London Freunde an der Hand, die den Entlassenen dort weiterhelfen.«

Barany hatte ein Blatt vor sich liegen und malte darauf, während er beim Nachdenken mehr zu sich selber als zu Béla sagte: »Wir hatten ein Parlament. Eine eigene Verfassung, freie Gerichte und eine einigermaßen funktionierende Verwaltung, das Beste übrigens aus der Konkursmasse der alten Monarchie. Ferner hatten wir ein ebenso unvollkommenes wie lebendiges Wirtschaftsleben, eine unabhängige Wissenschaft und eine kosmopolitische Kultur in Österreich. Das war zwar nicht meine Welt, Herr Doktor Hermann, aber es war eine Welt, in der ich leben konnte. Meine Welt ist mit Karl I. für immer untergegangen. Doch die jetzige Welt war immerhin noch so beschaffen, daß ich mich in ihr frei bewegen konnte. Sie war unvollkommen und kompliziert – mit anderen Worten: lebendig. Nun ist's einfacher. Oben Hitler, unten die Lager. Dazwischen gibt es nichts mehr, kein Parlament, keine einigermaßen anwendbare Verfassung, keine unabhängige Justiz und keine einigermaßen rechtschaffene Verwaltung mehr. Was wir haben, ist eine grauenvolle Vereinfachung. Und wir schlucken sie, diese Vereinfachung. Und dieser Umstand wird die Substanz der Art, die wir Mensch nennen, zu ihrem Unheil verändern. Und wir alle können demnächst sagen: mit uns hat das angefangen.«

Bélas Gemüt verfinsterte sich noch mehr. Barany merkte es, glaubte aber, Béla wäre noch imstande, Tatbestände ohne Scheuklappen zu sehen.

Barany sagte: »Diese von uns jetzt geschluckte Vereinfachung wird nicht nur die Anhänger Hitlers verscheußlichen, sondern alle Deutschen, alle Österreicher und alle Juden, ferner alle Europäer, die jetzt tatenlos zusehen. Außerdem auch alle Völker, die noch kommen und die keine Mitschuld daran haben, daß wir das hier jetzt einfach schlucken.«

Olgas Bilanz

Ende September 1938 schlossen der britische Premierminister Arthur Neville Chamberlain und der französische Ministerpräsident Edouard Daladier mit Adolf Hitler ein Abkommen in München. Der Brite und der Franzose sicherten Hitler die Nichteinmischung ihrer beiden Länder zu, wenn Hitler die Tschechoslowakei annektieren sollte, dafür gab Hitler eine Friedensbeteuerung ab. Hitlers Einschätzung Chamberlains und Daladiers als leicht zu entnervende Feiglinge hatte sich als zutreffend erwiesen. Zu Beginn des Treffens in München hatte Hitler die beiden bei der ersten Andeutung von Widerstand brutal bedroht und dann niedergebrüllt. Von da ab hatten sie pariert wie dressierte Hunde, hatten die Tschechoslowakei dann umstandslos verkauft für das Gerede eines Dauerwortbrüchigen.

Olga las die Nachrichten darüber in der schweizerischen Presse. Sie erwog jedes Wort. Für sie bedeuteten diese Meldungen über den vollständigen Triumph Hitlers nichts anderes als baldigen Krieg. Die neue österreichische Regierung unter dem Bundeskanzler Kurt von Schuschnigg war von Hitler im März kurzerhand für abgesetzt erklärt, Schuschnigg war verhaftet worden. Der Kardinal von Wien sah wortlos zu, wie Hitlers Kreaturen in Wien mit den Juden verfuhren. Er betete und billigte alles, durch Schweigen und mit Berufung auf die Aufrechterhaltung des Mysteriums Christi.

Olga zog Bilanz. In den Wochen davor, die sie mehr oder weniger allein zugebracht hatte, war sie noch weit davon entfernt gewesen, eine private Gewinn- und Verlustrechnung in Betracht zu ziehen, geschweige so etwas zu versuchen. Aber ihre Initiative in den vergangenen Tagen hatte mehr in ihr verändert, als ihr lieb war; was sie jetzt in der unabhängigen schweizerischen Presse las und was, wie Barany ihr mitteilte, zur Stunde in Wien allenthalben beschlagnahmt wurde, löste in Olga den Versuch einer Bilanz aus.

Mit der Absicht, sich nichts vorzumachen, nahm sie ein Blatt Papier und schrieb links oben das Wort »Gewinn« und rechts oben das Wort »Verlust«. Sie betrachtete diese beiden Wörter in ihrer Handschrift eine Weile, dann schrieb sie unter Gewinn den Namen »Margaret« und, ohne jedes Zögern, unter Verlust den Namen »Olga«. Hinter Margarets Namen setzte sie, in Klammern, das Wort »Sprache«, und hinter ihren eigenen Namen setzte Olga, ebenfalls in Klammern, das Wort »Jakob«. Mit aller ihr verfügbaren Aufmerksamkeit und abwägenden Ruhe betrachtete sie nun dieses Blatt Papier. Was dort aufgeschrieben war, erschien ihr zutreffend und vollkommen ausreichend. Dann schweiften ihre Gedanken ab.

Von Béla war sie enttäuscht, aber sie war ihm nicht unfreundlich gesonnen. Letzteres erschreckte sie leicht. War Béla ihr schon so gleichgültig? Er hielt es augenscheinlich gut aus, nicht Professor geworden zu sein. Die Tätigkeit in der Klinik schien ihn zu befriedigen. Sein Ruf als Arzt mit Fortüne festigte sich bei Patienten, deren Angehörigen und Freunden. Immer mehr Kranke sagten von Béla, er habe sie gerettet. Bélas Widerrede, ihr eigenes Vertrauen zum Arzt und ihr Wille zum Leben sei die entscheidendere, eigene Mithilfe gewesen, wurde ihm als Bescheidenheit ausgelegt.

Olga dachte an Ferdinande. Sie stand inzwischen fast ununterbrochen unter Kokain, machte überall Schulden. Auch bei Olga war sie letzthin wegen eines »Darlehens« vorstellig geworden. Olga hatte ihr das Geld gegeben. Gemessen an den Dingen, die jetzt überall mit größter Selbstverständlichkeit geschahen, waren Ferdinandes Entgleisungen Bagatellen. Ringsum arbeiteten die Mörder, bestärkt von Feiglingen und von den Massen, die sich zuviel vormachten, um je davonzukommen, von einem besseren Leben ganz zu schweigen. Mehr Angst aber als vor den ringsum arbeitenden Mördern und Feiglingen bekam Olga indessen vor sich selber. Denn sie mußte bei ihrer Abschweifung von ihrer Bilanz feststellen, daß sich in ihr nicht das geringste Bedauern über den bösen Gang der Dinge regte. Ihre Gedanken kehrten wieder zu Ferdinande zurück. Sie war ein Jahr älter als Olga, erst neunundzwanzig, aber Ferdinande sah aus wie eine überspannte Frau Mitte vierzig. Dazu war sie abgemagert und hatte die schlohrunden, leeren Augen der Vergifteten. Olga empfand eine Art Mitleid ohne Bedauern und wunderte sich über ihre Kaltblütigkeit.

Mit einer ähnlich freudigen Heftigkeit und Zustimmung, mit der sie Margarets Namen in ihre Bilanz geschrieben hatte, gedachte Olga nun ihres Vaters. So lange er gelebt hatte, war ihr Leben ein Abenteuer gewesen, eine Entdeckung der Welt und der Menschen und eine Selbstentdeckung. Olga vergegenwärtigte sich Kaspar, seinen Spleen, sich ohne Entrüstung zu langweilen – seine großmütige Heiterkeit im Ennui, der keine Langeweile war, sondern die im Müßiggang gewonnene Erfahrung von der Fragwürdigkeit aller Ideen, Urteile und Verzweiflungen. »Zu echter Verzweiflung gehören die Schatzkammern der Armut, der körperlichen Entbehrungen und Schmerzen und der Unbildung. Wer diese Tatbestände für Zeichen menschlicher Minderwertigkeit und privaten Verschuldens hält und nicht für rettende Ströme des Leidens, der bleibt sein Leben lang unehrlich und bedeutungslos«, hatte Kaspar mit seinem Ennui mehrfach zu Olga gesagt.

Barany war wie immer: couragiert, gründlich und wirksam. Inzwischen hatte er noch elf weitere Juden aus zwei anderen Lagern freigekauft und hatte ihnen die Ausreise nach England ermöglicht. Olga hatte ihm eine Vollmacht über den Verkauf einigen Grundbesitzes dafür gegeben. Verglichen mit Barany kam Olga sich selber höchst anfechtbar und weithin nutzlos vor.

Ihr damaliger Wunsch, nach Margarets Matura mit dieser gemeinsam zu studieren, erschien ihr inzwischen derart kindisch, daß sie es vermied, weiter daran zu denken.

Olga kehrte zu ihrer Bilanz zurück. Sie betrachtete die beiden Namen auf dem Blatt und die Wörter in den Klammern. Sie fühlte sich ausgeräumt. Margaret war für sie nach wie vor gleichbedeutend mit unbefleckter Leidenschaft und mit traumhafter Sprache. Ohne eine Anwandlung von Selbstberuhigung betrachtete Olga unter der Verlustseite den Namen »Jakob« wieder und wieder. Sie hatte den Traum gehabt, allein und ohne die Einmischung eines Mannes einen Menschen zu erschaffen, Jakob, den Ungezeugten und Wirksamen. Der einstige Traum erschien ihr inzwischen als Hybris. Platons »Erkenne dich selbst: erkenne, daß du nicht Gott bist« trat ein in ihr Gedächtnis. Es gab inzwischen in Deutschland und in Rußland Anführer, die sich füt gottähnlich hielten und sich darin von denen, die sie tyrannisierten, bestärkt sahen.

Während Olga sich die Folgen dieses Größenwahns vergegenwärtigte, erinnerte sie sich an die Unterredung mit Barany, vor wenigen Tagen. Nachdem er die finanziellen Fragen bezüglich der von ihm weiterhin geplanten Rettungsaktionen mit Olga geklärt hatte, sagte er mit seinem illusionslosen Stoizismus, die schlimmsten Mörder wären nicht diejenigen, die selber zustießen, sondern ihre Auftraggeber. Allerdings, war er fortgefahren, wären alle Auftraggeber wiederum abhängig von den glücklosen, von Apathie und Propaganda betäubten Massen, die sich lieber von den großen Entlausern des Erdballs vernichten ließen, als Widerstand zu leisten. Dschingis Khan, Alexander der Große, Napoleon Bonaparte, Peter der Große, Hitler und Stalin seien nichts anderes als Entlauser des Planeten, deren einzige Funktion es sei, die Menschheiten von Fall zu Fall drastisch zu verringern, seit Naturkatastrophen, Krankheiten und Hungerepidemien durch zivilisatorische Fortschritte darin gehemmt wären. Wer etwas anderes in den großen Vernichtern suche oder gar in sie hinein deute, sei entweder in seinem Denken längst gekauft oder aber unbedarft. Massenmord sei ohne massenhafte

Zustimmung unmöglich, hatte Barany gesagt, und Olga war erschrocken. Sämtliche Kriege seien nichts anderes als kollektive Völkerselbstmorde, die mit erfundenen Feinden, geschürter Angst, Heldentum und Nationalismus bemäntelt würden. Wer diese Banalität bestreite, dem bekämen entweder die Kriegsgewinne nicht oder der sei einfach ein zu komplizierter Dummkopf. Und gäbe es nicht die selbständig denkenden Ausnahmen, die zu allen Zeiten sämtlichen Tyrannen Widerstand geleistet hätten und die es auch jetzt täten, dann wäre selbst dem Zynismus der Boden entzogen. Barany hatte seine Visite bei Olga mit den Worten beendet: »Wenn die Schande, der wir jetzt beiwohnen, zu Ende sein wird, folgt der letzte Akt der Selbstauflösung Europas, der Schiffbruch des Zynismus. Aber dann bin ich nicht mehr.«

Olga zog eine Konsequenz aus ihrer Bilanz: sie wartete ihre Scheidung nicht mehr ab und verließ im Februar 1939 Wien und zog um nach Italien, in die Villa Colini.

Der Lustigmacher

Seit Dr. Schandas Tod schloß sich Stettiner jemand an, der im Lager »der Lustigmacher« genannt wurde. Chaim Zwieback hieß er, und Stettiner und er waren in derselben Baracke.

Nach wie vor hatte Salomon nur vor Feuer Angst. Sonst aber zeigte er eine Gelassenheit in den Entbehrungen und Torturen, die den Lustigmacher beeindruckte. Immer wieder versuchte er, aus Stettiner herauszubekommen, woher er seine Kraft zum Aushalten nahm. Natürlich hatte er auch gehört, daß Stettiner es abgelehnt hatte, freigekauft zu werden. Er schien tatsächlich verrückt zu sein. »Leiden ist unverdünnteres Leben. Die größte Sünde ist es, an solchem Leben nicht teilzunehmen«, hatte Stettiner zum Lustigmacher gesagt. Daß er von Anfang an gewußt hatte, daß an seiner Stelle zwei andere Juden freigekommen waren, die nie etwas von ihm, der für sie hiergeblieben war, erfahren würden, davon sagte er dem Chaim Zwieback nichts.

Es war ein grauer und kalter Morgen. Sechshundert Häftlinge standen beim Zählappell. Kaum einer besaß noch Schuhe, und fast alle standen in Lumpen da. »Die Demut der Kälber zeugt den Blutrausch ihrer Metzger!« sagte Zwieback und lachte, wobei er das Meckern eines alten Ziegenbocks imitierte. Stettiner, der danebenstand, wurde von Grausen gepackt.

Mit nassen Füßen standen sie im Schmutz, schon wieder länger als zwei Stunden. Die Zählungen wurden bewußt hinausgezögert, um die Häftlinge zu demütigen. Stettiner sah nur die Menschenreste aus Block 5, die vor und neben ihm standen, dann sah er die Baracken drüben und die Lagerstraße, den letzten Leidensweg für so viele, die vor Krankheit und Schwäche umfielen und über die Lagerstraße geschleppt wurden, dorthin, wo die Mörder ihr Handwerk betrieben.

Endlich konnten Stettiner und der Lustigmacher ihre Baracke mit den anderen wieder betreten. Es gab weder Betten noch Bänke, kein Licht, keinen Strohsack, keinen Platz zum Sichausstrecken. Der Regen troff durchs Dach. Man kauerte auf dem Fußboden.

Im Verlaufe dieses Tages gelang es Chaim Zwieback, in eine andere Baracke mit Holzrosten verlegt zu werden. Es wurde ihm sogar erlaubt, Stettiner mitzunehmen dorthin. Wie Chaim das erreicht hatte, behielt er für sich. Argwöhnisch folgte Salomon ihm in die andere Baracke, denn Vergünstigungen lösten bei jedem Häftling automatisch Panik aus.

Die ›Betten‹ bestanden hier aus Brettern, die an den Wänden hoch in drei Etagen übereinander und nebeneinander errichtet waren. Alles war so eng, daß Stettiner die Luft wegblieb, aber hier konnten fünf Häftlinge sich immerhin zwei Bretter nebeneinander teilen. Chaim und Salomon krochen mit drei anderen, so gut es ging, zusammen. Auch dieser Tag wurde zum nicht enden wollenden Martyrium aus Gekrümmtheit, Knochenzittern und beständiger, neuer Furcht vor dem, was womöglich in der nächsten Minute drohte – dies nicht etwa nur die üblichen achtzehn Stunden lang, die schon im Leben da draußen oft lang geworden waren, sondern verschlimmert mit endlos zerdehnten Torturen, die jedes Bewußtsein und alle Seelenkräfte brachen, bis Mund, Zungen und Lippen keine Sprache mehr hervorbrachten, sondern nur noch ein dumpfes Gebrabbel und Geröchel und Dahinknurren, das als beständiger Teppich des Todes und in drei übereinanderliegenden Geräuschlagen in der Baracke stand und in denen kaum noch einer der Entkräfteten und Entwürdigten irgend etwas verstand, was außerhalb der eigenen zwei Bretter mit den jeweiligen Fünflingen des dahintropfenden Grauens gebrabbelt und geröchelt und zerknurrt wurde. Selbst der Lustigmacher lag neben Stettiner an diesem endlosen Tag apathisch und verkrümmt da. Und dennoch kam es dem wie an Chaim Zwieback mit Drähten der Hölle Angenähten als Privileg vor, daß er nicht mehr unten auf dem Boden kauern mußte.

Stettiner, der als geisteskrank galt, versuchte die Tropfenfolter der stehenden Zeit dadurch auszuhalten, daß er mit den Resten seines Gehörs auf die unterschiedlichen Geräuschlagen in dieser Baracke lauschte. Dabei trat die Frage allmählich in seine Verdammnis, ob dieses Brabbeln, Röcheln und Dahinknurren, das jeder für sich allein von sich gab und das kein anderer mehr verstand, nicht dereinst der allgemeine und bösartige Ausdruck einer kommenden Menschheit würde?

Am nächsten Morgen um vier erfüllte das Gebrüll der Kapos die Baracke. Zerschlagen von Erschöpfung und stöhnend vor Stromstößen des Schmerzes, der alles Fleisch und alle Knochen einzeln und zusammen zu zerbrechen und zu zerreissen begann, krochen und fielen die Menschen dieser Baracke von ihren Brettern. Mit Gebrüll, Tritten und Stößen wurden sie hinaus auf den Zählplatz gejagt.

Das Ritual der schlimmsten Demütigung, das Stettiner kannte, der Ignoranz, begann aufs neue. In fünf Gliedern zu je zwanzig Häftlingen hatten sie sich aufzustellen. Dann wurden sie vom Blockältesten und seinem Schreiber gezählt. Wie viele waren anwesend? Wie viele krank? Wie viele tot? Keine Namen, nicht einmal Nummern, nur Zahlen, Stumpfsinn mit selbstzufriedener Akribie, das empfand Salomon Stettiner als das Ritual der Ignoranz.

Um sechs Uhr wurden sie blockweise auf den Hauptappellplatz des Lagers geschickt, wo jeder Block seinen festen Ort hatte. Auch hier standen Chaim und Salomon nebeneinander, bis die SS-Blockführer dem SS-Rapportführer Meldung machten. Sie mußten warten, ohne irgend etwas im Magen, stundenlang und bei jedem Wetter und in ihren Lumpen. Die einzige Zuteilung bestand in Schlägen. Gebrüll und Geschrei, ein Hin und Her von Flüchen, Befehlen, Drohungen, dazwischen das harte Aufschlagen der Stöcke.

Manchmal versuchten Stettiner, der ja ohnehin als verrückt galt, und einige andere Häftlinge ein Minimum an Ordnung in der Baracke herzustellen. Umsonst. Sie wurden zuerst ausgelacht, dann bedroht, fortan verhöhnt, von ihresgleichen geschlagen. Die Gefangenen waren bereits zu demoralisiert.

Der Lustigmacher machte in der Nacht den Dieb. Niemand besaß noch irgend etwas, was er nicht dringendst benötigte. Aber überall wurde jederzeit gestohlen. Decken, Kleider, Socken, Schuhe der schlechtesten Art waren das am meisten begehrte fremde Gut. In der Nacht stahl Chaim Zwieback dem Salomon Stettiner dessen Schuhe bzw. das, was einmal Schuhe gewesen waren, unter dem Nacken des anderen weg. Salomon merkte es und versuchte, den Diebstahl zu behindern. Aber es gelang ihm nicht. Der Lustigmacher war entschlossener als der Bestohlene. Morgens um vier zog Chaim sich die Schuhe des anderen an, machte dabei zynische Anmerkungen über den eigenen Charakter, die andere auf Kosten des Bestohlenen zum Lachen brachten. Dann kam der Zählappell.

Dort schlug der Lustigmacher Salomon Stettiner die Gründung einer Firma vor. ›Stettiner & Zwieback‹ sollte sie heißen. Eine Firma zur Unterhaltung der Häftlinge und der SS-Leute, wenn möglich. »Der Wahnsinnige und der Lustigmacher. Darbietungen der Firma Stettiner & Zwieback«, flüsterte der Dieb dem Bestohlenen zu. Chaim Zwieback hatte nicht das mindeste an Salomon Stettiners Schuhresten gelegen, aber er hatte sich überlegt, daß er nur auf eine Art und Weise, die den stillen Mann aus Wien entrüsten mußte, diesen merkwürdigen Häftling, dessen Ruf, verrückt geworden zu sein, sich hier als Überlebenskapital erwiesen hatte, aus seiner Erschöpfung reißen konnte. »Was sollen wir denn bieten?« flüsterte Stettiner ohne Zuversicht dem Lustigmacher zu. Chaim Zwieback triumphierte. Der, den sie hier so seltsam ungeschoren ließen, hatte angebissen.

Als sie wieder in der Baracke lagen, hatte Chaim dem anderen zugeflüstert, die erste Vorstellung der neuen Firma müsse dem Lagerkommandanten, den SS-Leuten, den Kapos und den Häftlingen einer Baracke eine Darbietung von solcher Komik liefern, daß man fortan auf ›Stettiner & Zwieback‹ nicht mehr verzichten könne. Dann könne man verhandeln wegen besserer Schlafplätze, wegen einer Decke, besserer Ernährung und Kleidung. »Alles das ist hier vorhanden – wir müssen nur rankommen!« flüsterte Chaim dem bestohlenen Salomon zu.

Stettiner sah das ein. »Gib mir meine Schuhe wieder und ich werde mit dir überlegen, wie komisch wir vielleicht sein könnten«, bot er an. Aber der Lustigmacher winkte nur ab und flüsterte mit Hohn zurück, das sei keine Geschäftsgrundlage. »Stettiner, du bist ja so unkomisch, daß wir totgeschlagen würden, bevor unsere erste Vorstellung überhaupt geprobt wäre! Aber wenn du alles tust, was ich sage, kriegst du deine Schuhe wieder!« versicherte Zwieback.

Am selben Tag erörterte Chaim Zwieback seinen Plan für die erste Vorstellung der Komikerfirma ›Stettiner & Zwieback‹, und Salomon Stettiner seufzte und seufzte vor Kummer, Scham und Zweifeln. Aber nach zwei weiteren Morgenappellen ohne Schuhwerk war er einverstanden, bei dem Unternehmen mitzuwirken.

Chaims Vorschlag wurde vom Blockführer mit Erstaunen, vom Lagerkommandanten mit lautem Gelächter aufgenommen. Er war eben doch ein Lustigmacher und Stettiner wirklich ein Mann des Wahnsinns und die Firma ›Stettiner & Zwieback‹

erhielt sofort die Erlaubnis, die erste Vorstellung vorzubereiten. »Es wird eine Komödie. *Die Tribade*«, sagte Chaim und nannte die Sachen, die gebraucht wurden: Frauenkleider, eine provisorische Bühne, er, Chaim Zwieback, als Gräfin Matilde, Salomon Stettiner als das unschuldige Fräulein Veronika von Oranien, ferner ein dritter Häftling als Kammerzofe der Gräfin Matilde.

An unbeobachtbarer Stelle in einer Arbeitsbaracke, die neu gebaut wurde, hatten die beiden Akteure mit den Proben begonnen. Es wurden zwei Pritschen mit Decken geliefert, ferner bessere Ernährung, Schuhe und Frauenkleider aus einem Frauenlager beschafft. Salomon und Chaim brauchten sich morgens nur noch bei ihrem Blockführer als anwesend zu melden und konnten auf das »Firmengelände«, wie der Lustigmacher es stolz nannte, zurückkehren, und andere Häftlinge richteten im Lager eine provisorische Bühne auf, in einer Baracke, die höchstens, in dieser Aufmachung, noch Raum für hundert Zuschauer bot. Denn schlau, wie das Überleben es erzwingt, hatte Chaim Zwieback mit dem Kommandanten das Repertoire ausgehandelt.

Die Proben waren beendet. Stettiner hatte viel aushalten müssen dabei, aber die bereits jetzt für sie beide befohlenen Erleichterungen taten das Ihrige und er konnte, beim Ende ihrer von den Entsetzlichkeiten des Lagerlebens befeuerten Proben, dem Gedanken, diesen Irrwitz gemeinsam mit Chaim Zwieback aufzuführen, schon längst nicht mehr entsagen, und Chaim, abgefeimter Komödiant, hatte das längst mitbekommen, obwohl der ebenso abgemergelte wie ernste Salomon Stettiner immer noch zwischendurch seufzte.

Dann war der Abend der ersten Aufführung gekommen. Einhundert Häftlinge, Kapos und SS-Leute, darunter auch Schofeld und Maier, warteten das Erscheinen des Lagerkommandanten ab, der mit seinen zwei scharfen Schäferhunden kam. Man saß auf dem Fußboden von Stettiners ehemaliger Baracke, rund um eine grob zusammengezimmerte, kleine Bühne, vor der ein Vorhang aus zusammengesetzten Stücken Sackleinen hing. Der Erfinder des Komikerunternehmens kam, hemmungslos verkleidet als Gräfin Matilde, vor den Vorhang. Er löste den ersten Lachsturm aus, den er mit großzügiger und ungeheuer anmaßender Gebärde zum Schweigen brachte und sodann das Publikum folgendermaßen informierte:

»Die Firma Stettiner & Zwieback wird Ihnen heute *Die Tribade* vorführen. Eine Komödie. Die Rollen und ihre Darsteller: Salomon Stettiner als das unschuldige Fräulein von Oranien. Max Grün als Kammerzofe der Gräfin Matilde und meine Wenigkeit als Gräfin Matilde, die Tribade.«

Chaim trat zurück hinter den Vorhang, der sich, nach einer künstlich hinausgezögerten Weile, heftig öffnete. Auf der Bühne ein luxuriöses Bett, davor, einander zugewandt, Chaim als Gräfin Matilde und in großer Aufmachung, mit Stettiner, ebenfalls in Frauenkleidern und bemüht, das noch unberührte Fräulein von Oranien zu mimen, auf dem rasierten und entfleischten Kopf ein elend keckes Adelshütchen mit langer Reiherfeder, die, im Rhythmus von Stettiners Nackenzittern, an ihrer Spitze mitdahinzitterte. Etwas im Hintergrund der Häftling Max Grün, verkleidet als Zofe Nini, in Rüschen und mit dem entsagungsvollen Häubchen der arbeitenden Klasse, die Miene in einem Ausdruck von sorgloser Servilität.

Ein Sturm des Gelächters brandete den dreien entgegen. Chaim alias Matilde befahl ihre Zofe mit dem Hinweis fort, man benötige sie nicht mehr. Mit einem ängstlichen Getrippel von perfekt einstudierter Unterwürfigkeit, das den Zuschauern ihr Lachen in der Kehle erfrieren ließ, entfernte Max Grün alias Nini sich hinter ein Holzgestell, das als Tür und als Paravent diente und jedem in der Baracke schon einiges verhieß. Das erfrorene Gelächter aber brach sich erneut und nun noch hämischer Bahn, als Stettiner, komisch und ungespielt echt, in diesen Jungmädchenkleidern, mit ausgestopfter Brust und in hochhackigen Schuhen, bei der Tribade Matilde persönlich für das Mißgeschick des Regens draußen sich entschuldigte und noch im Wahn lebte, durch ein weiteres Verbleiben ausgerechnet dieser auf Unschuld fixierten Lebemännin Ungelegenheiten zu machen.

Nun spielte Chaim als Matilde das Spiel ohne Erbarmen

weiter. Rede und Widerrede in ihrer Geziertheit wirkten hier abstruser und vulgärer als anderswo. Längst abgeleierte Schlüpfrigkeiten, mit denen woanders höchstens noch lustlose Conférenciers und verwelkte Kurtisanen die Unbill der endgültigen Wohlanständigkeit kompensierten, bekamen auf dieser Bühne hier eine andere Bedeutung. Der Dialog, den Chaim Zwieback erfunden hatte, mit dem er die Handlung anspornte, eine Mischung aus den übelsten Clichés von Geilheit, Männervorstellungen von Frauenperversionen und irrer Zimperlichkeit, weckte hier bei Bewachern und Bewachten die allerniedrigsten Instinkte und befriedigte die primitivste Schadenfreude: eben so, wie es dort auf der Bühne nun abrollte, hatte man es sich stets vorgestellt, ließ man vor sich selber nun die Maske fallen. Und während sich die Handlung droben schon halb auf dem Bett abspielte, Zwieback und Stettiner in ihren Frauenkleidern auf den ausgemergelten Männerleibern sich vor den Schindern und Mördern erniedrigten, gellte das rohe und mißgünstige Gelächter ihrer Mithäftlinge durch die Baracke.

In der winzigen Hoffnung, damit dem Badehaus vielleicht fürs erste zu entkommen, hatten die Akteure damit begonnen, sich unter indezenten Reden zu berühren, zu umschlingen und zu küssen. Dann fing Chaim an, den vor Scham schon gebrochenen Stettiner, der sich noch sträubte, zu entkleiden.

Chaim alias Matilde bekundete Salomon, dem sich sträubenden Fräulein nun, wie schön es sei, wie erregend! Da gab es ein neues Gelächter. Und nun wurde Stettiner entblößt, und er ließ es sich mit einer Geniertheit gefallen, die er nicht spielen mußte.

In dieser ausnahmsweise wahrhaft perversen Prozedur warf auch Chaim als Lebemännin Stück für Stück seiner Imponiergarderobe von sich. Man sah nun die knochigen und sich immer mehr entblößenden Männerkörper, bis beide nur noch in Stökkelschuhen und Seidenstrümpfen, Hüftgürteln und Damenschlüpfern und mit ausgestopften Busen dastanden, die Tribade ohne ihren Wahnsinnshut und Stettiner nach wie vor mit diesem züchtigen Adelshütchen mit der immer heftiger wippenden Reiherfeder auf dem glattgeschorenen Schädel.

Dann bedeckte Chaim den Mund Stettiners mit zunächst noch gespielten, dann aber immer ungespielteren und schließlich unverhüllt gierigen Küssen. Die Zuschauer brüllten vor Lachen. Denn Stettiner begann in echter Not zu schreien, als Zwieback sich seiner auf einmal bemächtigte, wie es bei den Proben selbst von Chaim nicht vorgesehen worden war. Vergebens sträubte Stettiner sich. All sein ohnehin kraftloser Widerstand war vergeblich. Eine Tribade in diesem zu lange Ausgehungerten schleppte das Opfer aufs Bett, hielt es dort, in einem jähen Ausbruch von Begehren und Haß und Lust, einen Moment triumphierend nieder und stürzte sich dann auf den Elenderen, wie ein Raubtier auf die noch lebende Beute.

Es war ein seltsamer Anblick. Mit glühenden Blicken, aufgelöster und schiefgerutschter Perücke wälzte Chaim Zwieback in seiner obszönen Halbnacktheit sich auf dem ebenso halbnackten Salomon Stettiner hin und her. Die beiden hielten sich jetzt in den Armen. Lautes Stöhnen beider. Dann die Seufzer. Jeder Seufzer Stettiners wurde mit neuen Küssen Chaims beantwortet.

Stettiner war erschöpft; wie vernichtet auf dem Bett liegend, ließ er beide Arme niedersinken. Aber Chaim als Matilde riß sich den Schlüpfer herunter, warf Stettiner brutal auf den Bauch und drang ein in ihn – und immer noch überschlug sich alles im Gelächter.

Dann kippte die allgemeine Roheit ins Entsetzen um, denn Salomon Stettiner wandte sein erniedrigtes Gesicht auf dem Bett stöhnend den anderen zu. Jeder sah, wie ein Ausdruck reiner Liebe Stettiners Gesicht übergoß. Todesstille war in der Baracke.

Chaim ließ ab von Salomon. Gedemütigt ging dieser vom Bett, stand auf der Bühne. Nun brach das gemeinste Gelächter los. Chaim machte mit einer servilen Grimasse einen Sprung zum Vorhang und riß ihn zu. Stettiner aber, in entbrannter Liebe ohne Gier, warf sich wieder auf das Bett und weinte. Er weinte aus Liebe und aus Scham über sich und stellvertretend für alle hier. Doch Chaim Zwieback riß ihn vom Bett und zerrte ihn vor den Vorhang. Dort weinte Stettiner immer noch, was den Beifall der Mörder und ihrer Opfer noch einmal steigerte. Der Lagerkommandant war aufgesprungen und klatschte wie ein Besessener. Immer wieder mußten die Akteure vor den Vorhang. Schließlich wurde auch noch Grün alias Zofe Nini hinter dem Paravent hervorgezogen. In Rüschen und mit dem weißen Häubchen der Entsagung stand er zwischen den beiden Nackten, und durch die Baracke johlten die Zuschauer.

Stettiners letzte Illusion, daß großes Leiden die Menschheit bessern könne, war zerstört. Salomon wußte nicht, daß Leid ihn nur darum besser gemacht hatte, weil er vorher, bei weniger Leid, schon ein guter Mensch gewesen war. Es gehörte zu Stettiners Geheimnis, daß er davon nichts wußte. Er schämte sich, denn er hätte seine Illusion, immerhin die letzte, gerne behalten.

Der Lustigmacher betrachtete seinen Mitspieler. Der Erfolg der Firma war da. Stettiner konnte Chaim nun nicht mehr nützlich sein. Der albernste Tölpel würde ab jetzt für Stettiners Rolle genügen.

Stettiner wurde in den alten Block zurückverlegt. Man lachte hämisch über ihn und begann, ihn zu quälen. Nun hatten die Ohnmächtigen jemand gefunden, der noch elender war als sie. An ihm konnten sie sich schadlos halten.

Die Firma ›Zwieback & Co.‹ florierte im Lager. Sie wurde mit dem wohlgenährten und stets humorvollen Chaim ein Aushängeschild dafür, wie gut es Häftlinge sogar noch als Feinde des Reichs hatten, wenn sie Gesetze respektieren lernten und Ordnung hielten. Chaim Zwieback wußte, daß seine Firma seine Chance war, seine Chance von Tag zu Tag, die erste wirkliche Chance in dieser Hölle – und seine letzte.

Es kam eine internationale Kommission des Roten Kreuzes ins Lager. Noch hielt Hitler Frieden. Man mußte, wie man untereinander vereinbart hatte, sehen und alles versuchen, diesen Menschen hoffähig zu halten. Wie durch Zufall wurde der Häftling Chaim Zwieback der Kommission zugespielt. Der Eindruck, den dieser Reichsfeind machte, war vorzüglich.

»Ausgesprochen fröhlich, erstaunlich ausgeglichen«, urteilte später ein Psychiater, und man nickte beeindruckt. Denn der war immerhin ein Fachmann.

Krieg

Im Mai 1939 wurde die Ehe zwischen Béla und Olga in Wien geschieden. Beide ließen sich durch ihre Anwälte vertreten. Da diese eidesstattliche Versicherungen über die Unversöhnbarkeit der Eheleute vorlegten, keine Kinder vorhanden waren und weil Béla auf sämtliche materiellen Ansprüche verzichtete, wurde der Fall problemlos, die Ehe ohne weiteres geschieden.

Barany gab Olga einen Bericht. Bélas Generalverzicht beschäftigte Olga mehr, als sie wahrhaben wollte. Sie war zwar reichlich unerfahren nach wie vor, aber keineswegs naiv. Bélas Verzicht kam aus einer gewiß unbestreitbaren Husarenmentalität und aus familiärem Stolz. Außerdem wollte er damit zweifellos klarstellen, daß er mit Olga um ihretwillen verheiratet gewesen war. Dennoch: Olga empfand diesen Punkt als verdeckte Kriegserklärung. Béla machte Front gegen ihre Gefühle. So kam es ihr vor.

Sie schrieb einen Brief an Béla, in dem sie ihm zunächst dafür dankte, daß er ihr Bedürfnis nach Alleinsein nicht erschwert habe. Sie könne sich vorstellen, daß er bald eine weniger undankbare Gefährtin finde, als sie es wohl gewesen sei. Für den Fall, daß er selber sich das wünsche, unterstütze sie diesen Wunsch mit ganzem Herzen, fuhr Olga in jenem Brief fort.

Was nun sie selber anginge, so möchte sie dort leben, wo ihre Mutter mit ihrem Vater glücklich gewesen wäre. Stets hätte sie gestaunt darüber, daß das Glück zwischen ihren Eltern so intensiv und so lange, ohne Unterbrechung bis zuletzt, dauerte. »Immerhin waren sie Liebende«, schrieb Olga, »mithin gefährdeter als die klügeren und attraktiveren Gleichgültigen.« Für sie,

Olga, wäre Glück hingegen immer ein Ereignis aus Momenten gewesen. Jakob wäre es, der es ihr bewußt gemacht hätte, schrieb Olga.

Sie schloß diesen Brief mit der Mitteilung, daß sie ihm nähergestanden hätte als irgend jemand sonst, den Vater und Jakob ausgenommen. »Diese beiden sind Himmelsgesellen, Fährleute zur Transzendenz. Du aber, Béla, warst mir vom ersten Augenblick an der Gefährte in der Welt, mit dem ich am längsten Nähe gewagt habe. Deshalb bitte ich dich, einige Vorschläge Baranys anzuhören und sie zu prüfen. Verweigere mir das nicht und lebe wohl«, hieß es.

Als Béla diesen Brief las, war er seltsam ergriffen. Er fühlte sich in grauenvoller Weise wehrlos gemacht durch Olga. So anständig er aus der Gerichtssache herausgekommen war, so bedroht fühlte er sich jetzt. Er hatte sich nie eingebildet, Olga zu kennen. Er hatte gelebt, denn er hatte sie geliebt. Nun fürchtete er sich vor den Vorschlägen Baranys.

Dieser bat Béla um eine Unterredung und suchte ihn in seiner Wohnung auf. Barany unterbreitete mehrere Vorschläge Olgas, unter denen Béla wählen konnte.

Olga bot ihm das Haus am Schottenring zur Nutzung auf Lebenszeit an, dazu einen Teil ihrer laufenden Einkünfte. Die Höhe, die Barany skizzierte, reichte aus für ein arbeitsfreies und in jeder Hinsicht angenehmes Leben. Für den Fall, daß Béla diesem Vorschlag nicht zustimmte, bot Olga ihm die Villa Felden am Kahlenberg samt ihrem Park und einem finanziellen Anteil des Vermögens und der laufenden Einkünfte an.

Béla erklärte Barany, er könne davon nichts annehmen. Er sei Olga in unbestreitbarer Zuneigung verbunden, heute mehr denn je. Er habe niemals die reiche Individualistin, immer und ausschließlich den Menschen Olga bewundert und geliebt. Doch genug davon, es sei eben vorbei. Wer könne schon von sich sagen, ein solches Glück gekannt zu haben. Außer großer Dankbarkeit sei alles andere schäbig. Dies habe er aus Olgas Brief jedenfalls gelernt. Noch einmal hätte sie sich als die großmütigste Freundin erwiesen. Was sie aber sonst anbiete, könne er nicht annehmen, es täte ihm leid. Baranys anfänglich gutes Verhältnis zu Béla war immer mehr abgekühlt zuletzt. Jetzt aber zog Barany in Betracht, Béla in manchem Unrecht getan zu haben. Deshalb sagte er zu ihm: »Sie wissen wie jedermann hier, verehrter Herr Doktor, daß ich Olgas Wohlbefinden über alles stelle, dabei auch Ungerechtigkeiten begangen habe und es wohl auch weiterhin in Kauf nehme, alles andere als ein Heiliger zu sein. Leider sind wir beide etwas auseinandergekommen. Ihre Einstellung zu Olga berührt mich. Es tut mir leid, ich habe Ihnen gegenüber Fehler gemacht. Nun soll es damit aber genug sein. Deshalb bitte ich Sie, eines dieser Angebote anzunehmen, als bleibende Erinnerung an Ihre Zeit mit Olga. Überlegen Sie alles in Ruhe. Beraten Sie sich mit Margaret. Und verlassen Sie sich, was Einzelheiten angeht, auf meine Person.« Dem konnte Béla zustimmen.

Margaret wußte inzwischen, daß ihr Vater im Konzentrationslager Dachau bei München als Stellvertreter des Lagerkommandanten fungierte. Sie war dabei, nach München umzuziehen. Sie wollte in der Nähe ihres Vaters sein, um diesen zu bewegen, sein verbrecherisches Tun aufzugeben. Dann wollte Margaret in München studieren. Bevor sie abreiste, beriet Béla sich mit ihr. Margaret empfahl ihm, die Villa Felden als Geschenk anzunehmen. »Olga hat ein schlechtes Gewissen. Wenn Sie sie nur einen Tag geliebt haben, können Sie sie nicht mit ihrem schlechten Gewissen alleine lassen«, sagte Margaret. Das sah Béla ein. Er ging zu Barany. »Die Villa Felden nehme ich. Geld oder Renten auf keinen Fall«, sagte Béla. Barany stimmte erleichtert zu.

Vier Wochen später eröffnete Adolf Hitler mit dem Überfall auf Polen den Zweiten Weltkrieg.

Curzio Monelli gefiel sich in der Pose des Eroberers. Seit der Begegnung des Duce mit Hitler am Brenner am 18. März 1940 war er Staatssekretär in Cianos Außenministerium in Rom, aber er glänzte auf Olgas Abendgesellschaft in einer weißen Generalsuniform.

Curzio kam aus München. Im Wald von Compiègne hatte Hitler den Franzosen den Waffenstillstand gewährt, in Marschall Fochs Salonwagen, in dem 1918 die deutsche Kapitulation entgegengenommen worden war. Hitler hatte harte Bedingungen gestellt, aber auf Demütigungen und Schmähungen der vollständig geschlagenen Franzosen verzichtet. Doch er hatte der französischen Delegation unter General Huntziger auferlegt, sich in Rom um einen gleichlautenden Waffenstillstand bei Mussolini zu bemühen. Huntziger hatte empört erklärt, Frankreich könne nicht Italien, das überhaupt nicht gekämpft hätte, die gleichen Bedingungen zugestehen wie dem siegreichen Deutschland. Die mit nichts zu rechtfertigende Habgier Italiens würde Frankreich niemals hinnehmen. Und Hitler, der Sieger, hatte dem französischen General zugestimmt. Dann hatte er Mussolini zu einer Konferenz nach München gebeten. Sie fand im selben Raum des Braunen Hauses statt, in dem 1938 mit Chamberlain und Daladier verhandelt worden war. Der Duce hatte große Ansprüche gestellt, obwohl er erst in den Krieg an der Seite Hitlers eingetreten war, als die französischen Armeen bereits definitiv besiegt waren, nämlich erst am 10. Juni. Zwölf Tage später war der Waffenstillstand in Compiègne unterzeichnet worden. Nun strich Hitler Mussolinis Forderungen in München rücksichtslos zusammen. Wütend und enttäuscht war der Duce mit seiner Delegation nach Rom zurückgekehrt. Auch Curzio war in München dabeigewesen, und er tat jetzt so, als habe er persönlich Frankreich geschlagen.

Olga und den anderen Gästen erklärte er, schon damals, am Brenner, sei die Entscheidung über den Kriegseintritt Italiens vom Duce getroffen und Hitler mitgeteilt worden. Es stimmte nicht, denn der Duce hatte offengelassen, was Hitler wünschte. Jetzt in München hatte Hitler es ihm heimgezahlt, hatte seine Macht als alleiniger Sieger rücksichtslos ausgespielt. Curzio sagte: »Ohne Mussolini hätte Hitler es nie wagen können, gegen Frankreich vorzugehen! Es wäre Wahnsinn gewesen!« Er wollte auf Olga Eindruck machen. Das gelang ihm mit seiner Eitelkeit und Theatralik durchaus. Olga fand Curzio in seiner schamlosen Schönheit rührend, geboren zum Hahnrei. Aber sie fand ihn auch lebendig und nicht so vermauert wie fast jeden intelligenten Menschen in Wien. Sie dachte: ›Diese Italiener – nirgendwo auch nur die Spur von Heldentum ... jeder ein Schauspieler, jeder ein Betrüger und Staatsfeind ... ein unbesiegbares, großartiges Volk!‹

Seit sie in Colini war, machte Curzio ihr ungeachtet aller Mißerfolge den Hof. Bei anderen suchte er den Eindruck zu erwecken, daß er längst am Ziel angelangt sei. Schon seit Jahren sei Olga verrückt nach ihm gewesen, und nur aus Kummer wegen ihm hätte sie damals »diesen Ungarn« geheiratet. Diese Ehe sei ja auch dementsprechend unglücklich gewesen, – und allein wegen ihm, Curzio, hätte sie sich ja inzwischen auch scheiden lassen. Mit solchen Flüsterparolen erheiterte Curzio seine Freunde nur. Seine Schwester Fabiane aber machte sich ernstlich Sorgen um den Geisteszustand ihres Bruders. Sie war zu Olga gegangen. Diese hatte Fabiane mit der Versicherung enerviert, eine Scheidung reiche ihr vollauf.

Es war Oktober 1941. Olga gab verspätet zum sechzigsten Geburtstag des toten Barons Kaspar ein festliches Abendessen. Man speiste mit sechzig Gästen in der sommerlichen Abendluft im Park der Villa Colini. Ehrengast war Barany, der aus Wien gekommen war. Curzio hatte Margaret aus München in seinem diplomatischen Gefolge mitgebracht und Olga damit eine unerwartete Freude bereitet. Ihren Dank hatte er großzügig abgetan. »Die Macht. Dann die Liebe. Dann nichts!« hatte er zu Olga gesagt. Leider handelte es sich dabei um einen Ausspruch des Grafen Gobineau, wie jedermann wußte.

Donna Vittoria, die Oberin, ferner der Dottore Giovanni, Curzios Vater, waren auch wieder unter den Gästen. Nach dem Essen spazierte man im Park. Curzio ging mit Barany, weil Olga mit ihm spazierte. Hingerissen von sich selber sagte Curzio zu Barany: »Wäre es nach dem Außenminister Ciano gegangen, stünden wir heute immer noch abseits in diesem historischen Ringen, das mit dem Sieg über den russischen Bolschewismus enden wird!« Für Barany war dieser ganze Krieg eher ein hysterisches Ringen. Er behielt es für sich. Da er beim Weitergehen durchaus unbeeindruckt aussah, ging Curzio noch einen Schritt weiter und sagte, er sei es gewesen, der den einsamen Duce bestärkt habe, Frankreich und England den Krieg zu erklären! Gegen den schon krankhaften Ciano hätte er Benito Mussolini beigestanden! Und, fuhr der Toscaner nun ganz enthemmt fort, wenn es ihn nicht gegeben hätte, damals am Brenner, dann wäre Frankreich jetzt gewiß noch nicht am Boden! Dies mit einem Schleierblick auf Olga, wobei Curzio Monelli sich in seiner weißen Phantasieuniform reckte und sich den Brustkorb mit diskret durch die Nase eingezogener Luft staute.

Da Barany auch jetzt eine ebenso höfliche wie undurchdringliche Miene beibehielt und Olga große Erheiterung zeigte, entfernte Curzio sich zu einer anderen kleinen Gruppe und nahm sich vor, sobald er dazu käme, sich der tiefsten Verzweiflung zu überantworten. Sogleich nach seiner Ernennung Ende März hatte er sich mit einem persönlichen Stab aus Fachleuten und Zuträgern umgeben. Dann hatte er einen Spezialisten für die Bürokratie des Außenministeriums zu seinem Stellvertreter gemacht. Der tat die Arbeit. Curzio war somit frei für die politischen Dinge. Vor allem hatte er sich einen Privatsekretär zugelegt, Dr. Raimondo Marinetti, verläßliche zwanzig Jahre älter als er und vormals Dozent für Literatur der Dantezeit an der Universität Turin. Dr. Marinetti begleitete Curzio überallhin und war gehalten, Aussprüche und Entscheidungen, Suaden und Termine sowie private Mitteilungen seines Chefs zu sammeln, zu notieren und zu ordnen und sie täglich in schriftlicher

Form so zusammenzufassen, daß später einmal ein Konvolut aus dieser Lebensphase Curzios Aufschlüsse liefere, die eines echten Toscaners würdig wären. Keine *Discorsi* hatte Curzio Monelli dabei im Sinn gehabt, sondern *Ewige Gemeinheiten*, die, eines Dante und Machiavelli und Malaparte würdig, vom nicht zu lähmenden, toscanischen Geist der Schmähung zeugen sollten. Das hatte Curzio seinem Privatsekretär mit beispielloser Natürlichkeit als dessen Hauptaufgabe zugewiesen.

Barany spazierte eine Weile allein im Park der Villa. Bis weit hinüber zum Eingangstor war die Nacht über den Gärten und Zypressen, den Blumenbäumen und beschnittenen Hecken in Formen minotaurischer Labyrinthe von Lampions erhellt. Barany dachte an Kaspar, zu dessen Geburtstag er hierhergekommen war. Verglichen mit ihm, einem bis zuletzt fast unbetrübten Anachoreten des neunzehnten Jahrhunderts, kamen ihm die meisten Anwesenden hier erschreckend unwirklich vor. Für Barany bekamen die Menschen immer deutlicher etwas Karnikkelhaftes. ›Die meisten brauchten nur noch rosa Seidenschleifen um die Hälse‹, dachte er beim Spaziergang.

Auch Cianos berückenden Staatssekretär stellte Barany sich so vor, und er fragte sich, was wohl geschähe, wenn der Duce zu seinem nächsten Treff mit Hitler den Beau Curzio, derart geschmückt, mitnähme? Nun, Hitler war ja in dieser Hinsicht von Göring allerhand gewöhnt. Curzio schien Baranys Gedanken lesen zu können, denn unvermittelt sagte er zu Olga und Margaret: »Hitler und Mussolini trennen sich jedesmal mit Tränen der Rührung, so bewundern sie sich gegenseitig. Sogar ersticktes Schluchzen habe ich bei den beiden schon erlebt!«

Margaret nahm alles in sich auf, was sich hier zutrug. Der für sie bei weitem interessanteste Mann war der Abwesende, zu dessen Gedenken Olga das Gartenfest gab. Für Margaret war Olga eine rätselhafte Wortbrüchige. Bei ihrer Hochzeit hatte sie versprochen, von ihrem Vater zu erzählen. Nichts dergleichen war je geschehen. Beim Tod Lenas hatte Olga ihr versprochen, gemeinsam mit ihr zu studieren. Nichts dergleichen hatte Olga später in Betracht gezogen. Margaret hatte das bestimmte

Gefühl, daß Olga ihr beim Abschied von Colini zum dritten Mal etwas versprechen würde, und sie war schon gespannt, was es sein könnte.

Als man langsam zum Haus zurückkehrte, gesellte Curzio sich noch einmal zu Olga und Margaret. Er beklagte mit geradezu altpersischer Eloquenz, daß sein Geschick ihn zwinge, schon morgen früh nach Rom zurückzukehren. Und aus Olgas Mitgefühl, das er eine für ihn tödliche Mixtur aus Heuchelei und Ironie nannte, machte er desungeachtet eine römische Farce der griechischen Tragödie.

Zu Margaret gewendet, sagte er, Olga mit düsterer Freude meinend: »Das Tier kämpft, um zu überleben, carissima Margarita, aber die Frau hat aus der Zugrunderichtung des Mannes am Anfang einen Zeitvertreib, dann einen Kult, schließlich ein Schauspiel und inzwischen eine Sportart gemacht! Und wir werden es weiterhin erleiden! Was sagen Sie dazu, Margarita?« Margaret, die fühlte, daß dieser recht versierte Politiker sie nur benutzte, um vor Olga zu brillieren, fragte ihn, einer Eingebung folgend, was er empfunden hätte, als er Adolf Hitler zum erstenmal begegnet sei? Monelli blieb stehen und schien jetzt auf einmal zu begreifen, daß hier kein Anhängsel Olgas mit ihm sprach.

Die unerwartete Frage Margarets brachte Curzio zurück in die Realität. Einen Moment lang war er erschrocken über seine selbsterfüllte Theatralik, die er hier geboten hatte. Er konnte nicht wissen, wie sehr Olga das buffoneske Temperament der Italiener und ihre hemmungslose Ichromantik bewunderte, und noch weniger konnte er ahnen, wie ernst Margaret jemanden nahm, dem sie eine solche Frage stellte. Kenner aber der Ängste, Intrigen und Mimik, entdeckte Curzio in Margarets unverdorbenem Liebreiz nicht den Schimmer einer Falle.

»Was ich empfunden habe, als ich Hitler zum erstenmal gegenüberstand?« fragte er nun zurück und entschied sich mit seinem enormen Gespür für Situationen für Aufrichtigkeit und sagte: »Zuerst, cara Margarita, war ich einfach nur enttäuscht. War sicher, noch nie einen so durchaus lächerlichen und verklemmten Mann gesehen zu haben. Aber das war dann für immer vorbei, als Hitler zu sprechen begann. Von da ab geriet ich in dieselbe Faszination, zuletzt in dieselbe Begeisterung wie der Duce!«

Margaret glaubte Curzio. Sie war auch geneigt, manches von dem, was er vorhin beim Spaziergang über die Zugrunderichtung der Männer gesagt hatte, sich einzuprägen. Waren alle Männer, die in den Krieg zogen, bereits tot? Zogen längst Verstorbene in ganzen Armeen umher, um andere Verstorbene zu bekämpfen?

Für Margaret war es beängstigend, daß der Staatssekretär Curzio Monelli bei seinen Begegnungen mit Adolf Hitler offenkundig nichts von dessen Verstorbenheit bemerkt hatte. Margaret erinnerte sich aller Einzelheiten während Hitlers Einzug in Wien. Wie heftig und laut und trauervoll hatte sie um ihn geklagt, um diesen Leichnam, der dort als Triumphator vorübergefahren und in der Hofburg der früheren Kaiser abgestiegen war. Konnte Curzio von Hitlers Pseudoleben nichts merken, weil Curzio bereits selber abstarb? Die Angst und die Enttäuschung der Toten untereinander und die Erleichterung und Faszination, wenn sie anfingen, in großen Monologen aufeinander einzureden, versetzte Margaret in Schrecken.

Als Margaret mit Barany nach Wien zurückkehrte, dachte sie unterwegs an Olga. Die hatte ihr beim Abschied kein drittes Versprechen gemacht. Es war in diesen ganz unverhofften Tagen allerdings auch kein einziges Gespräch zwischen ihr und Olga zustandegekommen. Margaret hatte die ganze Zeit gefühlt, daß Olga mit ihr über Béla sprechen wollte. Aber sie hatte es unterlassen. Und sie, Margaret, hatte mit Olga über eine nochmalige Unternehmung zur Rettung Stettiners sprechen wollen. Sie hatte es ebenso unterlassen.

Die Bahnfahrt ging von Florenz nach Bologna, von dort nach Padua, Mestre, vorbei an Venedig, von dort nach Klagenfurt und Wien. Barany war unterwegs so schweigsam, daß Margaret es nicht wagte, ihm ihre Eindrücke von dem Besuch bei Olga mitzuteilen. Sie nahm eines ihrer Schreibhefte aus dem Handgepäck und machte sich, wie seit Jahren, Notizen. Es genüge sicherlich nicht, den Mißklang zwischen den eigenen Absichten und Handlungen offen zuzugeben, um ihn vor sich selber dann damit zu entkräften, daß man ja schließlich erst zwanzig Jahre alt sei, notierte sie sich. Barany schaute ihr dabei zu.

Leben vor dem Tod

Geiringer befand sich als Infanterist bei der Kavalleriedivision der 2. Armee (Weichs), die mit den übrigen Armeen und Einheiten der Heeresgruppe Mitte am 2. Oktober 1941 zu erneuter Offensive Richtung Moskau angetreten war. Geiringer gehörte zur Reiterschwadron, die im Norden der Angriffsfront das Städtchen Wjasma zu sichern hatte; bis dorthin war das eingesetzte deutsche Panzerkorps vorgestoßen.

Am Oberlauf des Dnjepr erfolgte der Gegenangriff einer Panzerbrigade der Armee Timoschenkos. Dieser war vom Angriff der gesamten deutschen Heeresgruppe Mitte völlig überrascht worden. Am 7. Oktober war Wjasma von den Kräften der Infanterie und Kavallerie der Division, zu der auch Geiringer gehörte, erobert und gesichert. Am selben Tag trafen im Südosten von Wjasma die Panzergruppe Hoepner mit der Panzergruppe Hoth zusammen. Der Kessel um Wjasma war geschlossen; die Russen ergaben sich massenweise. Die 2. Armee unter Weichs stieß weiter vor in Richtung Südosten und schnitt der 3. und 13. Sowjetarmee den Weg ab. Am 9. Oktober waren zwei Kessel geschlossen, der eine südlich, der andere nördlich von Brjansk. Die Vernichtung der in den Kesseln eingeschlossenen Sowjettruppen begann. An diesem Tag fiel der erste Schnee, kurz darauf regnete es.

Geiringer und sein Pferd versanken binnen einer Stunde im Schlamm. Moskau war noch weit. Während Geiringers Pferd krepierte, wurde Geiringer von einem Geschoß so schwer getroffen, daß sein rechtes Bein über dem im Schlamm bereits verendeten Pferd abgerissen wurde. Geiringer konnte, wie in Zeitlupe, zusehen, wie es fortflog.

Er empfand nichts, während er diesem Vorgang zusah, er dachte nur: ›Mein Bein ...? Meines ...?‹ Er machte sich noch, in einer fast supremen Naturverbundenheit mit dem Regen, dem Schlachtfeld, dem Schlamm und dem Kampflärm unter dem tiefen und ebenfalls schlammgrauen Himmel bewußt und ohne jeden Schmerz klar, daß es sein Pferd war, welches hier im Schlamm eingegangen, und daß es sein Bein war, das soeben dort drüben Bodenberührung hatte und sofort zwischen anderen Tieren und Soldaten in der immer höher heranwogenden Schlammflut unterging. Stürme aus Stille brachen plötzlich über Geiringer herein, als er den Blick langsam in eine andere Richtung lenkte und unerwartet das Weiße in den Augen eines Rotarmisten neben einem sowjetischen T 34 sah, der bis auf weniger als zehn Meter herangekommen war. Geiringer sah in das Weiß dieser beiden Augen, als studiere er Farbenkunde.

Dann flog der T 34 mit dem Rotarmisten daneben in die Luft, und Geiringer kam das, wieder aufs neue in diesem eigenartigen Zustand der überfeinerten Naturverbundenheit, wie ein surrealistischer Vulkanismus vor. Dann packte ihn die Erkenntnis seiner schweren Verletzung und die Ahnung, daß der Tod bei ihm war.

Benommen rutschte der Getroffene langsam vom Kadaver seines Pferdes hinab. Und immer noch sah Geiringer diesem Vorgang zu, in einer simultanen Gemütsklarheit sondergleichen und in seiner Benommenheit, die diese mehr als nur vernünftige Klarheit mitermöglichte. So sah er zu, wie die Spitze seines Ellbogens in den Schlamm einfuhr. Und Geiringer war zumute, daß der Schlamm sich ihm, wie in beseeltem Verlangen, herrlich entgegenhob.

Am 2. Oktober, an dem diese neue deutsche Offensive mit Stoßrichtung auf Moskau begonnen hatte, waren in Moskau Lord Beaverbrook und Averell Harriman mit einer britischamerikanischen Delegation eingetroffen. Die beiden Delegationsführer unterzeichneten mit Josef Stalin ein Abkommen über Hilfsgüter, die bis zum 1. Juli 1942 in der schwer bedrängten Sowjetunion angeliefert werden sollten.

Am 22. Juni hatte Hitler mit einer in den östlichen Bereitstellungsräumen versammelten Kriegsmaschine, die alles bisher Bekannte übertraf, die Sowjetunion überfallen. Morgens um drei Uhr fünfzehn ging der Feuersturm los. Erst Stunden später, während die deutschen Armeen schon mit enormen Truppenteilen tief im völlig überraschten gegnerischen Territorium standen, überreichte der deutsche Botschafter in Moskau, Graf von der Schulenburg, im Kreml die offizielle Kriegserklärung Hitlers. Molotow, der sowjetische Außenminister, sagte entsetzt: »Wir haben einen Pakt, aber wir haben einen Pakt ...« Erst gegen Mittag gab Molotow eine Erklärung über den Rundfunk ab, teilte den Überfall mit, ferner die Bombardierung der Städte Kiew, Shitomir, Kaunas und Sewastopol durch die Deutschen. Die Ansprache war angstvoll, ratlos und zerfahren und rief bei der Bevölkerung Bestürzung hervor. Um die selbe Zeit verlas der deutsche Reichsminister für Propaganda und Volksaufklärung, Dr. Joseph Goebbels, eine selbstsichere Erklärung Hitlers im Rundfunk, in der Hitler bekanntgab, er habe die Absicht, die Sowjetunion noch in diesem Jahr mit den deutschen Armeen zu zerschlagen. Frankreich war vollständig besiegt, England befand sich in schwerster Bedrängnis, die Vereinigten Staaten von Nordamerika warteten ab.

In Rom hatte der dortige deutsche Vertreter, Fürst Bismarck, dem italienischen Außenminister Graf Ciano ein Schreiben Hitlers für den Duce überbracht. Ciano übermittelte den Inhalt telefonisch an Mussolini, der sich in Riccione befand. Der Duce war von seinem Verbündeten Hitler mal wieder vor vollendete Tatsachen gestellt und fand sich wortlos damit ab. Schließlich gab er Ciano die Order, Rußland den Krieg zu erklären und Hitler ein italienisches Armeekorps anzubieten.

Im Verlauf des Mittags berief Ciano den sowjetischen Gesandten zu sich. Er mußte am Badestrand von Ostia gesucht werden, wo er den Sonntag mit seinem Personal verbrachte. Der Russe erschien am Nachmittag, nahm die Kriegserklärung in ausgezeichneter Stimmung entgegen, schüttelte Ciano kordial die Hand und verließ das Außenministerium so unerschüttert, als hätte er eine Einladung zum Dinner erhalten.

In den kaum vier Monaten, die seither vergangen waren, hatten die Deutschen die ganze Ukraine erobert, weite Gebiete Rußlands verwüstet und ihren Gegnern ungeheure Verluste an Menschen und Material zugefügt. Stalin hatte die Rote Armee und die Bevölkerung zum ›Großen vaterländischen Krieg‹ gegen die Eindringlinge aufgerufen. Das deutsche Oberkommando rechnete damit, daß der Krieg noch vor Wintereinbruch beendet sei, und auch England und die USA hatten das Ende des sowjetischen Widerstandes binnen drei Monaten erwartet. Doch nun ging es auf Mitte Oktober zu und die Russen kämpften konzentrierter als zu Beginn des Feldzugs und legten ausgeruhte sibirische Truppen als Verteidigungskräfte vor Moskau.

Der amerikanische Präsident Franklin Delano Roosevelt bewunderte die sowjetischen Anstrengungen. Die Sowjets halfen sich, gottverdammte Kommunisten zwar, gegen den Unhold Hitler ganz allein? Sie halfen sich selber mit diesem Mut? Mithin mußte man ihnen beistehen, oder es wäre unamerikanisch, erklärte Roosevelt.

Geiringer lag mit anderen unversorgten Verwundeten vor dem Operationszelt II des Hauptverbandsplatzes vor Wjasma. Sie lagen im Schlamm, schrien, stöhnten, starben und dämmerten vor sich hin, je nachdem, in welchem Stadium sie sich befanden. Geiringer war bei Bewußtsein.

Er empfand jetzt einen stärker und stärker werdenden Schmerz, der nach und nach seinen ganzen Leib eroberte, der dabei – und das erstaunte Geiringer und hielt ihn jetzt bei Bewußtsein – auch in das Bein eindrang, welches ihm vom Körper gerissen worden und dann im Schlamm verschwunden war. Abgerissen vom Körper, gehörte Geiringers Bein dennoch weiterhin zur Einheit seines Leibes, der zur höchsten Verwunderung des Schwerverletzten weder von Granaten noch von dem kollektiven Arbeitsvorgang der gegenseitigen Vernichtung, mit der die Armeen sich hier angriffen, aufrieben und eliminierten, zerstört werden konnte. Das Erlebnis dieser Einheit seines Leibes, auf das Geiringer nie gefaßt gewesen war und das ihm erst jetzt, bei aufgerissenem Körper, zu Bewußtsein kam, inmitten dieser Schreienden, Stöhnenden und Sterbenden, in der Kälte und dem Schlamm vor dem Operationszelt, in dem Sanitäter und Chirurgen bei den Verwundeten und Schwerverletzten das absurd und sinnlos erscheinende Geschäft der Hilfe leisteten, dieses Erlebnis seines Leibes betäubte Geiringers Schmerzen jetzt immer noch. Hinzu kam der Blutgeruch, der aus diesem Inferno vor dem OP-Zelt aufstieg und der auf Geiringer anregender und stärker wirkte als Chloroform. Er, mit seinem bisher so ordentlichen Leben und mit seiner extremen Blutscheu, war vom Brodem dieses Blutbreis und Blutgeruchs, der alles ringsum noch gewaltsamer kennzeichnete als die vorangegangenen Kriegshandlungen, in einen stofflosen Rausch versetzt worden. In diesem rein geistigen Rausch fragte Geiringer sich, wie er hierhergekommen war?

So genau und so plastisch, als wäre er, gleichzeitig mit dem ihm abgerissenen Bein, aus seinem Körper herausgerissen worden und als betrachte er sich aus einer kosmischen Entfernung, erinnerte er sich:

Er sah sich in Wien, in seinem geregelten und leidenschaftslosen Dasein, damals erst Mitte Dreißig und bereits seit Jahren abgestorben wie ein perverser Frühgreis, der vor lauter Leblosigkeit nicht einmal mehr die erneuernden Kräfte eines natürlichen Alterns in sich hatte mobilisieren können. Wie unleidlich vor feigem Flüchten, vor jedweden Leiden, wie haßerfüllt durch uneingestandene Angst und wie neidisch vor Mißgunst, dieser niedrigen Dauermisere, seine Gunst ewig nur allen möglichen Spezialisten in allen möglichen Mißgeschicken zuinnerst anzutragen, war er gewesen – und wie beklommen hatte er sich dabei unaufhörlich und in aller Heimlichkeit nach einem unordentlicheren Leben gesehnt! Von den schlimmsten Zusammenbrüchen, Krankheiten oder seinethalben sogar Verbrechen und

Verirrungen hatte er geträumt, wenn dabei bloß ein einziger Funke Leidenschaft in ihm geweckt worden wäre. Aber Geiringer hatte nichts von allen diesen Träumen je riskiert.

Was ein Mensch braucht: vor allem braucht er einen anderen, der ihn zu dem zwingt, was er kann. Und wenn ein Begabter wie Anton Geiringer etwas anderes als Musik gebraucht hätte, dann so einen anderen. Doch so einen hatte er entweder nie kennengelernt oder nie an sich herankommen lassen. Und so waren alle Herausforderungen, Kränkungen, Leiden und alle Zeugungsakte ohne genitales Beiwerk, die den lebendigen Menschen ausmachen, unterblieben. Das war im Ablauf weniger Jahre in einem immer geschäftigeren und immer ereignisloseren und immer erfolgreicheren Leben schließlich so zur Norm geworden, daß Geiringers Wissen um seine wahren Bedürfnisse lautlos erlosch. Dann brach Hitler seinen Krieg vom Zaun – und Geiringer hatte sich, von einem Tag auf den anderen, als Kriegsfreiwilliger beim Heeresamt in der Währingerstraße gemeldet. Ihm war dabei unbegreiflich gewesen und geblieben, wieso er jetzt tatsächlich eine Idee ohne jedes Zögern in die Tat umgesetzt hatte. Er dachte darüber nicht mehr nach, sondern war froh, den Schritt getan zu haben. Während Hitlers Frankreichfeldzug war er zu der berittenen Infanterie eingezogen und nach Deutschland zu einer zwölfwöchigen Kriegsausbildung und später der 2. Armee zugeteilt worden. Seit Beginn des Rußlandfeldzugs war er auf dem Vormarsch dabeigewesen.

Er hatte im Feuersturm überlebt, in Kämpfen von Mann gegen Mann hatte er sich auf den einzelnen Feind geworfen, er hatte getötet. Mehr Leidenschaft, als er jemals in sich hätte vermuten können, war in ihm ausgebrochen. Er hatte an den großen Kesselschlachten teilgenommen, hatte Rotarmisten, Dörfer, Frauen und Kinder und Greise niedermachen helfen, und er war in dem stehenden Grauen des Krieges hinter den Fronten, im Sichtfeld der Partisanen, am Leben geblieben.

Stimmte sein Glaube, man müsse sich mit völliger Todesverachtung ganz hineinwerfen in den Feuersturm, in die Grabenkämpfe und in die Angriffskämpfe, um vom Krieg nicht sofort verschlungen zu werden, etwa nicht? Doch, dieser Glaube war für ihn sakrosankt geworden. Mit Hunderttausenden von anderen, deren einzige Aufgabe es war, zu töten und getötet zu werden, hüben und drüben, war er seit Beginn dieses Feldzuges in eine Kraterlandschaft und in endlose Weiten einer totalen Zerstörung, wie auf einem fernen, toten Mond, eingeschlossen und ausgeliefert worden. Und immer enthemmter war er immer wieder auf das größte Grauen, das er nun kannte, zugestürmt, auf den einzelnen Feind. Nur dieses größte Grauen brachte die augenblickslange, aber dafür vollkommene Erlösung von dem unfaßbaren und damals in Wien unerträglich gewordenen, fühllosen Druck. Aus Blutscheu war Blutdurst geworden, aus Leblosigkeit Töten und die Möglichkeit, selber getötet zu werden. Dieser Krieg, das war Geiringer inzwischen zur Gewißheit geworden, war kein Ereignis aus Rationalität und Moral, er war eine Naturkraft wie die Sexualität des Menschen. Er war ganz und gar absurd, elementar, unvermeidlich und unbegrenzbar. Dieser Krieg, pures Menschenwerk, griff über in Bereiche von Arbeit und Tod, Raum und Zahl und Zeit, die höher organisiert waren als der Mensch, und er griff ein in das Geschehen auf diesem Gestirn Erde, aus eben diesen fremdartigen und uneroberbaren Bereichen. Ausgelöst von Machthabern, die extremer ihre Ohnmacht fühlten als Durchschnittsmenschen, veränderte dieser Krieg die bisherigen Gesetze der Art, der Evolution, der Relativität.

Jedesmal, wenn die Leidenschaft in Geiringer hervorgebrochen war, im Augenblick des direkten Losgehens auf den Feind, war es konzentriertes, heißes, hervorspritzendes, strömendes Leben gewesen. Und jedesmal, im Losgehen auf den Feind, im Ansprung und im Losstürmen auf die fremde Feuerwand, hatte Geiringer gefühlt, daß der eigene Tod kein zu hoher Preis für auch nur ein einmaliges Erlebnis dieses Funken Lebens gewesen wäre. Wie oft aber hatte er das bereits erlebt? Wie sollte er später jemals in das frühere Dasein zurückkehren, sich in dieses Unleben jemals wieder einfügen? Neben ihm holten sie jetzt einen und trugen ihn hinüber ins OP-Zelt. Er begann schaurig zu lachen, einer, dem ein Geschoß die halbe Schädeldecke weggerissen hatte. Geiringer sah zu, wie der Verletzte mit dem offen klaffenden Schädel fortgetragen wurde. Er hörte immer noch sein schauriges Lachen und stellte sich nun vor, wie man ihn drüben, in dem Zelt der Metzger für Menschen, zum Schweigen bringen würde. ›Ah, endlich einmal ohne alle Narkosen, Mittel, Medikamente, Verbandsmaterialien, ohne sterilisierte und ausreichende Ausrüstung rangehen zu können, richtig reingreifen können, welch ein Fest, welch ein Vergnügen für die da drinnen!‹ dachte Geiringer in der Kälte, dem Schlamm, dem Schreien und Stöhnen ringsum.

Seine Gedanken und sein Wollen liefen nicht mehr darauf hinaus, dem Sterben zu entrinnen, sondern es zu durchleben und es zu bestehen – so nahe, wie der Tod jetzt war, trat Geiringers Leben noch einmal mit ihm und mit dem schon anwesenden Tod in Fühlung. Geiringers Leib setzte sich nun vollständig zur Einheit von Angst, Lebendigkeit, Raum, Schmerz und Zeit zusammen, denn Geiringers Körper hatte ausgedient und war »vom Fleische abwesend«.

Zuletzt sah er, im nochmaligen Hervorbrechen einer Sekunde reinen Lebens, sein Spiegelbild aus der Zeit seines Daseins in der Porzellangasse zu Wien: er sah ein dickes und unfrohes Mönchsgesicht, die talgige Haut, die deprimierten Augen und die braunen Hautteile unter den Augen, die Geiringer stets so beschämt, dem Aberglauben alter Onanisten anhängend, für Merkmale der Selbstentlarvung gehalten hatte. Er sah in der Erinnerung die unreine Haut auf der Nasenfront und jene schmalen Lippen, die zu dem dicken Mönchsgesicht nie hatten passen wollen. Geiringer erblickte diesen vor dem Tode einst Abgestorbenen aus Wien mit dem Eindruck, nun endlich endlos Zeit zu haben. Der in Wien war verstorben, und er hier vor dem Zelt des Frontverbandplatzes bei Wjasma war am Leben. Geiringer wunderte sich maßlos, daß er seinen Nächsten dort in Wien, den neben sich, den Doppelgänger, weder haßte noch verachtete. Wie kam das nur? Geiringer fühlte auf einmal, daß er nun wohl in Wahrheit am Leben sein müsse, denn sonst hätte er den Zurückgebliebenen in Wien ganz sicher verachtet.

Die Betäubung ließ nach und der Schmerz packte zu. Geiringers Blut am Beinstumpf gerann. Das Liegen in der Kälte und im Schlamm wurden dem Schwerverletzten bewußt. Aber er war mit seinem Staunen darüber, daß er den anderen aus Wien ohne Haß und ohne jede Verachtung zu verstehen begann, so beschäftigt, daß er nicht mitbekam, daß sein Tod ihn nun berührte. Als sie kamen, um Geiringer ins OP-Zelt zu tragen, sahen sie, daß er gestorben war.

Mitleid

Bei der Ankunft in Wien fuhren Barany und Margaret zuerst zur Bank, wo Barany einiges zu erledigen hatte. Margaret sah das Gebäude am Michaelerplatz zum erstenmal von innen. Sie wartete in Baranys Vorzimmer. Später gingen sie zufuß zum Schottenring.

Margaret wollte einige Tage in Wien bleiben und freute sich auf die vertraute Umgebung. Außerdem wollte sie unbedingt Béla wiedersehen. Barany behauptete, es ginge ihm gut, allem Anschein nach. Dr. Hermann habe sich als Olgas Freund erwiesen, während und nach der Scheidung, sagte Barany unterwegs und fuhr fort, es mute zwar sinnlos an, daß der Wert einer Verbindung oft erst am Ende der Beziehungen aufscheine, aber dies sei mitnichten sinnlos.

Das Wiedersehen mit ihrer früheren Wohnung stimmte Margaret unerwartet kritisch. Sie hatte erwartet, traurig und sentimental zu werden, wenn sie die Eleganz, den Luxus und die Weltentrücktheit im Palais wiedersähe; der Unterschied zu ihrer primitiven Unterkunft in der Türkenstraße in München war gar zu extrem. Aber sie dachte inzwischen anders, wie sie feststellen konnte. Ihr Leben mit Olga und Béla am Schottenring hatte sie mehr und mehr von der Wirklichkeit abgesondert. Als Margaret nun durch die Zimmer ihrer unverändert schönen Wohnung ging, sagte sie sich, daß sie damals diese Flucht aus der Wirklichkeit nur allzu gerne unternommen hatte.

Sie packte ihr Reisegepäck aus und nahm sich vor, jede Stunde in Wien zu genießen. Aber Olga fehlte. ›Ohne sie wirkt hier alles maßlos und abgestorben‹, dachte Margaret. Unruhe breitete sich aus in ihr. Das kannte sie in München nicht. Dort war alles viel eindeutiger. Wer sehen wollte, wußte in München durchaus, womit alle jederzeit zu rechnen hatten. Wien lenkte ab.

Margaret legte sich aufs Bett und wollte sich ausruhen. Aber sie fand keine Entspannung und dachte an ihren Vater.

Nur wegen ihm war sie nach München gegangen, um dort zu studieren. Sie hoffte damals, öfter mit Talmayer zusammentreffen zu können und ihn aus seiner Verstrickung herauszuholen. Am liebsten wäre sie bei der Ankunft in München direkt weitergefahren nach Dachau. Aber sie hatte sich zunächst in der Türkenstraße eingerichtet, so gut es ging. Das Zimmer war klein und schäbig, aber die Nähe der Universität gab für Margaret den Ausschlag. Später hatte sie sich für Physik eingeschrieben, für Philosophie im Nebenfach. Durch geklärte Verhältnisse wollte sie sich für das erste Wiedersehen mit dem Vater wappnen. Sie schrieb ihm nicht, weil sie annahm, daß er dann sogleich nach München käme. Margaret aber hatte ihn dort sehen wollen, wo er arbeitete, im Konzentrationslager Dachau.

Sie war mit der Eisenbahn dorthin gefahren. Am Bahnhof Dachau erkundigte sie sich beim Fahrdienstleiter nach dem Konzentrationslager. Der Mann war äußerst unzugänglich und wirkte verstört. Schließlich sagte er, als hätte Margaret ihn einer bis dahin unentdeckt gebliebenen Untat beschuldigt, mit einem Unterton aggressiver Rechtfertigung: »Sie, Fräulein, erstens ist hier kein Konzentrationslager. Wir habens ein Arbeitslager, verstehns das? Ein Schutzhaftlager, wenn Sies genau wissen wollen. Und zweitens, da könnens nicht hin. Besuche gibts da keine.« Margaret wiederholte ihre Frage, wie sie hinkäme zum

Lager. Ihr Vater arbeite dort. Der Fahrdienstleiter schaute sie an, als stimme etwas nicht bei ihr im Kopf. Dann zeigte er die Richtung, wiederholte aber mit unüberhörbarer Angst in der Stimme, als hätte er außer dem ersten und nun aufgedeckten Verbrechen ein zweites begangen: »Fräulein, ich habs Ihnen gesagt: Sie können da nicht hin!«

Margaret sah den Zaun, das Tor und die Baracken des Lagers in einiger Entfernung. Etwa hundert Meter vor dem Lagertor erwarteten sie zwei Uniformierte mit einem Schäferhund. Sie trugen SS-Uniformen. Margaret starrte auf den Totenkopf auf ihren Uniformmützen. Sie zeigte ihren Ausweis und sagte, sie wolle zu ihrem Vater. Die Uniformierten schauten sich an. »Der stellvertretende Chef ist Ihr Vater?« fragte der eine. »Ja, bittschön«, sagte Margaret. »Und Sie wollen zu ihm?« fragte der andere. »Na, wozu wär ich sonst hier?« fragte Margaret zurück. Der eine der beiden ging zum Lagertor, der andere blieb mit seinem Schäferhund bei Margaret stehen.

Margaret schaute zum Lager hinüber. Sie erkannte keine Einzelheiten, aber sie sah dort drüben Leute zwischen den Baracken. Ahnungen bekletterten Margaret, als kletterten Falter über sie. Die Stummheit der Welt dort drüben drang herüber zu Margaret; diese Stummheit war keine Sprachlosigkeit, sondern eine Sprache der Angst, die keiner erhörte.

Ein graubemalter Volkswagen näherte sich. Hans Talmayer stieg aus, in der schwarzen Uniform, die Margaret von Wien her bereits kannte. Aber der Vater trug andere Rangzeichen. Er war inzwischen SS-Sturmbannführer (Major) geworden. Die beiden Uniformierten, sein Fahrer und der, der am Lagertor telefoniert hatte, salutierten. Talmayer kam beeilt auf Margaret zu und diese wagte es nicht, ihm entgegenzugehen. Sie glaubte, der SS-Mann mit dem Schäferhund würde das Tier auf sie loslassen, wenn sie sich in Richtung Lager bewegte.

Beklommen sagte Talmayer, anstelle einer Begrüßung: »Es ist ganz unmöglich für dich, hierherzukommen, Margaret!« Die begrüßte den Vater. Dann begann sie zu weinen. Talmayer führte sie zum Auto, hieß sie einsteigen. Er schien einen Augenblick wirklich nicht zu wissen, wohin mit seiner Besucherin. »Zum Bahnhof!« befahl er dem Fahrer.

Sie saßen in der sonst leeren Bahnhofswirtschaft. Margaret berichtete, daß sie in München studiere. Sie sagte ihm, wo sie wohnte. Fragen nach seinem Ergehen beantwortete Talmayer nicht bzw. er schien sie nicht aufzunehmen. Er wiederholte mehrere Male einen Satz, der wie auswendiggelernt klang: »Es sind in diesem Schutzhaftlager Feinde des Reichs untergebracht, die, obwohl unsere Feinde, geschont und sogar für würdig erachtet werden, für das Reich zu arbeiten.« – »Wo ist Rudolf?« fragte Margaret. »In einer Reichserziehungsanstalt, bei Ingolstadt. Er macht sich gut«, sagte Talmayer kläglich.

Margaret fragte ihn, was er in dem Lager täte? Es kam keine Antwort. Sie fragte ihren Vater jetzt dringlicher, wie es ihm ginge? Er schüttelte stumm den Kopf, schaute woanders hin, als sei diese Frage entweder grotesk oder nicht gestellt worden. »Freust du dich, daß ich zu dir wollte?« fragte Margaret. Talmayer nickte stumm. Bei diesem stummen Nicken ging Margaret, die immer noch das Gefühl hatte, als kletterten Hunderte von Faltern über ihre Haut, die Natur der Welt, in der ihr Vater lebte, auf: Angst, Unpersönlichkeit, wanderndes Grauen. So wenig Margaret gesehen hatte, so viel wußte sie nun.

Sie hatten etwas bestellt. Beide rührten sie nichts an. Als der Vater fragte: »Mogst a Würstl, vielleicht?«, überkam Margaret Brechreiz. Sie kämpfte ihn nieder, indem sie aufstand. Dann sagte sie, sie wolle jetzt zurückfahren nach München. Talmayer bot an, sie im Auto hinzufahren, aber Margaret sagte, sie nähme den nächsten Zug. Auf dem Bahnsteig fehlte es ihr an Kraft, ihren Vater um einen Besuch in der Türkenstraße zu bitten.

Der Zug aus zwei Wagen wurde herrangiert. Margaret mußte sich überwinden, um den Wangenkuß Talmayers ohne Abwehr entgegenzunehmen. Sie dachte heftig an den Judaskuß, aber sie vermochte die durcheinanderstoßenden Gedanken über die ganz andere Bedeutung dieses Kusses und seiner ungeminderten Dramatik nicht zu ordnen. Wie eine Verirrte stieg sie in den Eisenbahnwagen. Als der Zug anfuhr, stand Margaret am Fenster, hinter der geschlossenen Glasscheibe. Auf einmal dachte sie in einer Ausführlichkeit, die Jahre zu dauern schien, darüber nach, daß Olga nicht aus Zufall ein Nachtmensch geworden war. Ihr selber erging es seit der Ankunft in München ebenso.

Sie sah ihren Vater auf dem Bahnsteig da draußen. Er hob einen Arm, winkte. Margarets rechter Arm hing herab, schien gefüllt mit Blei. Sie schaute nach draußen, zu der sich entfernenden Gestalt des Vaters. Sie glitt rückwärts. Wie von fremder, unsichtbarer Gewalt geschoben und ohne sich zu bewegen, schien der Vater in einen Schacht aus Gestrigkeit winkend einzufahren.

Barany erschien bei Margaret und holte sie zum Abendessen ab. Er sagte zu ihr: »Genießen Sie jeden Tag und mehr noch jeden Augenblick in Wien.« Margaret befand sich zuinnerst noch in der Erinnerung an den Besuch beim Vater und an die Lagerwelt. Was Barany ihr empfahl, kam ihr deshalb wie blanker Zynismus vor.

Am nächsten Tag sah sie Béla wieder.

Sie hatten sich im Café Landtmann, wieder einmal, verabredet. Béla traf etwas später ein. Sie war bestürzt über sein Aussehen. Bis vor kurzem hatte er, als Patient auf Meyer-Otéros Privatstation, vier Wochen krankgelegen. Begonnen hatte alles mit einer blutenden Nierenentzündung. Dann kam ein Drüsenfieber. Mit stark überhöhtem Blutdruck hatte alles angefangen, und mit dem Absinken des Überdrucks war es dann besser geworden. Jetzt machte Béla einen von Meyer-Otéro verordneten Genesungsurlaub. Wußte Barany nichts von Bélas Erkrankung?

Beim Wiedersehen mit Margaret fühlte er das Leben, das ihn seit der Scheidung von Olga gemieden hatte, zurückkehren. Er hatte Margaret ein halbes Jahr nicht gesehen, erwähnte eine Veränderung, die mit ihr vorging, seit sie in München lebte. Béla entdeckte, daß Margaret kein Kind mehr war. »Wie alt bist du jetzt?« fragte er sie. »Zwanzig«, lautete die Antwort, bei der Margaret errötete.

Verwirrt stammelte Béla etwas von ihrer Schönheit, sagte, sie enthielte nicht die Müdigkeit der Generationen, die sie miterschaffen hätten. Zwar fand Margaret es übertrieben, bei ihr von Schönheit zu sprechen, aber es gefiel ihr. Sie hielt sich für leidlich gut aussehend. Es hatte jedoch den Anschein, daß sie begehrenswert war.

»Wie lange bleibst du in Wien?« fragte Béla. »Noch drei Tage«, sagte Margaret. »Willst du sie mit mir verbringen?« fragte Béla. »Ja«, sagte Margaret.

Es kam ihr vor, als verabredeten sie hier im Café Landtmann in aller Stille ein Verbrechen. Margaret fragte sich, wieso es ihr so vorkam? Für sie war doch seit Jahren klargewesen, daß nur Béla in Frage kam. Wenn nicht er, dann eben niemand. Daß Jahre hindurch nie eine begründbare Hoffnung bestand, jemals mit Béla zu leben, änderte nichts. Sie fand, daß sie zu ihm gehörte. Daß nun auf einmal alles Trennende zwischen ihnen beseitigt war, ließ sie an eine Aussage Stettiners denken, der im Schönbornpark einmal gemeint hatte: »Alle Voraussagen über unsere Zukunft sind dumm. Außer unseren Träumen ist alles fraglich. Alles kommt immer ganz anders. Unsere Träume bebildern es.« Aber wieso kam ihr in den Sinn, sie und Béla planten ein Verbrechen? Sie verließen das Café.

Sie fuhren hinaus zum Kahlenberg, wo Béla inzwischen wohnte. Während der Autofahrt dorthin dachte Béla: ›Diese Augenblicke jetzt, mit Margaret, sind die höchsten Momente des Glücks, die wir haben werden. Wir sind noch frei von allem Irresein durch Begierde, Furcht und Taktik.‹

Sie kamen an. Olgas Vater hatte einst die Villa Felden mit dem dazugehörenden Park gekauft, um seinem Freund Edgar Felden einen Gefallen zu tun. Dieser, in Preßburg verheiratet, hatte sich die Villa als Landhaus bauen lassen. Hier war er seiner vielen Freundinnen hirnverwegen froh geworden. Kaspar hatte den Freund, einen Zwangserotiker, nicht beneidet. Aber Edgars Bereitschaft, trotz seiner Dauerentkräftung und seiner Schulden noch Humor zu zeigen, hatte Kaspar imponiert. Der Verkauf des Anwesens hatte dem Frauenhelden die lebenslange Nutzung der Villa gesichert. Aber kurz nach dieser Rettungsaktion Kaspars war der Besessene in den Armen seiner letzten Liebhaberin so abgerackert, wie er gelebt hatte, verstorben.

Béla fühlte sich wohl in dem Haus, das inzwischen auf ihn überschrieben war. Es war in bestem Zustand. Barany hatte veranlaßt, daß alles von außen und innen renoviert wurde, bevor Béla einzog. Die Einrichtung der Villa war kostbar, von unaufdringlicher Eleganz. Margaret bekam das Chinesische Zimmer. Wie alle Kunstkenner zuletzt unweigerlich beim Chinesischen enden, so auch Edgar Felden, dessen Geschmack ebenso luzide, wie seine Leidenschaft blind gewesen war.

An diesem und am nächsten Tag waren Margaret und Béla glücklich miteinander. Béla mußte in allem völlig umdenken. Er hatte sich eine Hingabe wie die Margarets nicht vorstellen können. Sie war größer als das abstrakte Glück ohne die Gefährdungen durch die Unvollkommenheit zu zweit.

Bevor Margaret einschlief, fragte sie sich, ob das, was sich jetzt ereignet hatte, nicht auf ihrem Mitleid beruhte?

Alfred Cortot

Béla hatte Konzertkarten. Sie fuhren nach Wien. Im Konzerthaus am Neumarkt spielte Alfred Cortot *Nocturnes* von Frédéric Chopin. Kurz vor Beginn nahmen Béla und Margaret ihre Sitze im vorderen Parkett ein.

Es erschien auf der erhellten Bühne ein fast körperloses Wesen um Mitte Sechzig. Jünglingshaft aussehend, mit einem Mittelscheitel, die Hände in katholischer Manier gefaltet, kam ein schwarzhaariges Wesen in schwarzem Anzug mehr dahergeschwommen als gegangen. Cortot. Er grüßte andeutungsweise, sehr höflich, schwamm dann zum Flügel, schwamm lautlos um den schwarzen Flügel herum und begab sich, wie es schien, peinlichst berührt, in dieser allerorten an ihm und um ihn stehenden Schwärze, zu dem Hocker vor dem Konzertflügel. Cortot ängstigte deutlich die Reichweite des Instruments.

Er hob grabesweiße Hände hoch über die Klaviertastatur, ließ die Hände dort oben in der Luft herabhängen, wendete dabei, mit einer halben Drehung seines Kopfes, dem Publikum noch einen geisterhaft stillen Blick zu, hager, schwarz und verlegen, dann sanken die Hände herab auf die Tasten des Steinway und man vernahm den ersten Anschlag der ersten von Cortot ausgewählten *Nocturne.* Es war das Nr. 5 Fis-dur op. 15 Nr. 2.

Margaret ging sogleich mit der Musik in eine wirklichere Welt. Die Realität Wiens und die Realität um sie herum, in diesem Konzertsaal, eine nur aktuelle Staffage von Ausflüchten, Manövern der Selbsterhaltung und scheiternden Illusionen, wurde durch Cortots Kunst der Wiedergabe von Chopins Musik sogleich in eine Wirklichkeit umgeschaffen, in der für Margarets Gefühl ureinfach Leben war, Leben durch Schönheit und Sinn.

In der Schönheit der Klänge, die vom Flügel her zu ihr kamen, ereigneten sich ganze Kettenreaktionen von Sinnfolgen und Sinnschichten. Margaret ließ sie in sich aufsteigen und untergehen. Sie fühlte, daß dieser reiche Überfluß von herrlichstem Amlebensein nicht darum geschah, um die greifbar wirklichen Schätze aus Schönheit und Sinn zu verstehen, sie einzuheimsen und alle ihre Bedeutungen später zu erinnern. Das Wunder des Amlebenseins hieß, diese Momente noch vielfach intensiver als diesen Tag in Wien zu genießen und alle Bedeutungen zu vergessen, zu verschwenden. Margaret folgte dem und sie folgte dem Fortgang der Musik.

Mit einemmal und zwischen zwei Momenten begannen höchst vernünftige Gedanken in ihr zu wirken. Cortot, der Künstler, spielte für alle. Dieser Gedanke stieg aus Margarets immer nackteren Seele beim Lauschen auf die Klaviermusik. Cortot spielte bereits eine andere *Nocturne,* und Margaret fühlte, wie ihr Gedanke, daß dieser Künstler die Menschheit nicht unterteilte in gute und böse Zeitgenossen, zwischen dem Abbruch einer Sekunde und dem Anbruch der nächsten Sekunde, in einem Niemandsland von mikrokosmischer Nichtzeit, endlos und pausenlos in ihrem Geist arbeitete und daß er dort höchste Vernunft erschuf. ›Es ist ganz ohne Mitleid, was dieser ewige Jüngling dort zuwege bringt‹, dachte Margaret. Richtig. Cortot bot Kunst. Er bot sie allen: Bösen und Guten, Dummen und Klugen, harrenden Mördern und kommenden Opfern, Alten und Jungen, Häßlichen und Schönen, Elenden und Mächtigen, Begnadeten und Verkümmerten, Habsüchtigen und Liebenden – allen! Mit seiner Begabung, allen, die gekommen waren, die unverminderte und unbedingte Einheit seiner Kunst zu bieten, stand Cortot, wie Margaret fühlte, unerreichbar viel höher als sie selber mit ihrem Mitleid, welches sie tags zuvor dem Béla zugewendet hatte. Mit ihrem Mitleid hatte sie aus dem Menschen Béla einen Mann gemacht. Cortot mit seiner Kunst machte aus Bösen und Guten, Häßlichen und Schönen, Liebenden und Verkümmerten, Frauen und Männern Menschen.

Der Künstler zeigte Margaret ein Stück Wahrheit: ihr eigenes Fühlen, Verstehen und Wissen von Wahrheit. Mitleid mußte man aufbringen, weil man die Anmaßung aufbrachte, Leute in Gute und in weniger Gute und in Böse aufzuteilen. Nach welchen Kriterien wagte sie das? Margaret blieb sich die Antwort schuldig. War Mitleid nicht die größte Liebe? Und wenn es nun dennoch so war? Und wenn einer, tief in Schuld versunken, als Richter über andere, durch diese Anmaßung lieben lernte, war das nicht größere Liebe als alle Liebe in Nichtschuld?

Margarets Gedanken entfernten sich. Cortot machte eine Pause. Béla blieb in seinem Sitz, Margaret ging, erweckt aus dem Lähmenden seit München, im Foyer des Hauses hin und her.

Nach der Pause ließ sie die Chopinschen Kompositionen ohne Gedankentätigkeit in sich einfluten. Später, im losbrechenden Beifall, nahm sie zum erstenmal wieder Béla wahr. Sie sah, wie er applaudierte. Margaret fühlte einen Moment lang, daß die Kunst des Franzosen sie nun wieder in die Katastrophe der bloßen Aktualität entließ, aber daß diese Kunst Cortots sie nicht zurichtete, die leere und inhumane Sinnlosigkeit der bloß aktuellen Realität weiter zu ertragen, nein: Cortot hatte sie mit Leben konfrontiert, und an ihr, Margaret, allein lag es, ob sie daraus nun Lebendigkeit oder neue Unterwerfung unter die Tyrannei der Zustände machte.

Cortot verließ den Hocker und kam lautlos und schwarz nach vorne zur Rampe geschwommen. Höchst empfindlich gegen das Laute des Beifalls, den er brauchte, verbeugte er sich. Mit einer Gebärde von unheimlicher Selbstironie drehte er sich halb um und wies mit einer seiner grabesweißen Hände nach hinten, auf den Steinway.

Phasen einer Katastrophe

Margaret stand am Fenster des Chinesischen Zimmers. Es war früher Morgen. Béla schlief. Der Park der Villa war voll Morgennebel, der zum Kahlenberg hinüberzog. Der Nebel war so weiß, daß er die Bäume im Park erhellte, als wären sie weiß angemalt. Margaret öffnete das Fenster. Sie roch den Geruch der Wiese, der Nässe, des verfaulenden Laubes. Dabei versuchte sie, sich vorzustellen, wie es sein würde, ihr künftiges Leben mit Béla.

Konnte sie ihm geben, was Olga ihm gab? In Margarets Morgennüchternheit erwachte außerdem die Frage, ob Béla ihr helfen würde, ihr wichtigstes Ziel zu erreichen, den Vater aus dem Lager zu bringen? Margarets Vorsatz, dies unter allen Umständen zu erreichen, war noch stärker geworden.

Sie dachte an Stettiners unbegreiflichen Willen, in jener Hölle von Sachsenhausen-Oranienburg freiwillig zu bleiben. War ihre Verzweiflung darüber anmaßend? Sie betrachtete zwei entlaubte Kastanien, die unbewegt im Oktoberwind standen. Sie dachte: ›Halte das Ärgste aus – halte dich aus. Denke daran, daß dieser Weg bereits von anderen gegangen wird. Von Salomon Stettiner. Er geht diesen Weg bewußt. Er taumelt ihn nicht dahin.‹

Béla nahm sich vor, Margaret zu heiraten und es ihr heute zu sagen. Er malte sich ihr gemeinsames Leben aus. Margaret schüchterte ihn nicht ein; sie kam aus dem Volk. Mit ihr würde er alles gemeinsam bestehen. Margaret sollte gleich in Wien bleiben. Wenn sie unbedingt weiter studieren wollte, konnte sie es auch hier tun. Das überlegte Béla sich, und dann eröffnete er es Margaret.

Diese reagierte anders, als er erwartet hatte. »Béla, vor allem: es gibt Dinge, über die ich vorher mit dir sprechen muß, den Vater betreffend und mein Studium. In beiden Angelegenheiten muß etwas geschehen.«

Béla hatte ihr überhaupt nicht zugehört. Als gäbe er einer Stationsschwester die Nachtverordnungen, sagte er: »Aber Margaret! Natürlich gibst du das Studium auf! Als meine Frau wirst du nie arbeiten müssen! Wieso überhaupt noch nach München zurückkehren? Wir heiraten sogleich, denk ich!«

Margaret war, als schütte ihr jemand die Wanne mit dem Blut des Hundes, den sie damals in Hernals geschlachtet hatten, mitten ins Gesicht. Sie sah sich wieder in dem Albtraum ihrer Kindheit: Alles war eine unaufhörliche Einschüchterung gewesen. Ihre Mutter Lena, in immer demselben schwarzen Fähnchen seit ihrer Eheschließung, diesem biedersinnigen und häßlichen Schandmal der Resignation, war für Margaret die bitterste Zeugin des totgeborenen Lebens, das man Eheleben nannte. Waren nicht auch Béla und Olga gescheitert? Wie grausam hatte Lena mit ihrer Unterwürfigkeit den Vater beherrscht! Margaret schüttelte sich innerlich. Diese todmatte Kindheit: eine unaufhörlich geschluckte, bestrittene, beschönigte und grauenerregende Lebenslüge.

»Nein, Béla – so wie du es dir vorstellst, wird es nichts«, entschied Margaret, enttäuscht und definitiv. »Ich fahre, wie geplant, morgen zurück nach München. Bevor ich mit dir leben kann, schulde ich meinem Vater noch etwas«, sagte sie, und Béla erkannte ihre Entschlossenheit.

Er merkte, wie ihre Stärke und Eigenständigkeit ihn anzogen. Er bot ihr an, mit nach München zu kommen. Margaret sagte:

»Dafür danke ich dir, Béla. Mein Vater soll aus diesem Lager heraus. Hilfst du mir dabei?« Béla nickte. Margaret schüchterte ihn bereits tiefer ein, als es Olgas aristokratischer Charakter und ihr Reichtum je vermocht hatten. Margarets Wille zog ihn an, wie ein Leimband mit seinem Duft die Fliegen anzog. Am Abend nahmen sie den Nachtzug nach München.

Béla hatte Zimmer im Hotel Isar am Englischen Garten. Von Wien aus hatte Margaret ihrem Vater telegrafiert, daß sie mit Béla nach München käme. Am zweiten Tag nach der Ankunft bekam Béla Besuch in seinem Hotel. Es war Hans Talmayer. Er kam sogleich zur Sache. Es war das Gegenteil von dem, was Margaret sich erhofft hatte:

Talmayer zeigte sich bestens informiert über Professor Leuners damaliges, negatives Gutachten, ferner über Bélas damaliges Forschungsvorhaben und über die Spezialprobleme der Untersuchungen und Messungen. Béla konnte nur staunen. Dann sagte Talmayer: »Herr Doktor, Sie hätten Versuche mit Menschen gebraucht. Man war damals nicht so weit. Aber es sind viele Leute Professor geworden, die nicht über Ihr Können verfügen. Inzwischen sieht alles anders aus. Wir bieten Ihnen, was Sie brauchen. In Dachau.«

Béla zeigte Interesse, denn er trat mit Talmayer in eine Erörterung der damaligen Problematik ein. Auch hier zeigte sich der Sturmbannführer informiert. Am Ende der Unterredung sagte Talmayer: »Seit der Mitte des Jahres gibt es Verhandlungen zwischen dem Luftwaffenarzt Dr. Rascher und dem Reichsführer SS. Häftlinge in Dachau werden in Kürze für Kälteversuche und für Unterdruckversuche zur Verfügung gestellt. Wenn Sie, Herr Doktor, zu uns nach Dachau kämen und an den Versuchen mitarbeiteten, wären Sie bald Professor an einer unserer Universitäten.« Béla erinnerte sich, wie er vor Jahren zu Professor Zissler gesagt hatte, denen in Wien würde er es zeigen. Was Talmayer hier anbot, war die Lösung. Neuer Haß auf Leuner, der ihm die Karriere verbaut hatte, wie er immer noch fand, packte ihn. Dennoch behielt er einen klaren Kopf und fragte Talmayer, warum er sich für ihn interessiere? Der antwortete:

»Sie haben Margaret einmal geholfen. Dadurch hab ich Mut bekommen und fand wieder Arbeit. Schauns, Herr Doktor, es ist die verdammte Dankbarkeit.«

Sagte es und sagte dann den entscheidenden Satz: »Doktor, die Sache verhält sich doch so: mit Ihrer Hilfe werdens wir ein paar Schädlinge etwas hart anfassen. Aber das wird vielen tapferen deutschen Soldaten das Leben retten später. Gemacht wirds sowieso. Daß es andere als Sie aber schlechter und schlimmer machen, lieber Doktor, ist sicher.«

Diese Erklärung hatte Béla gebraucht. Talmayer hatte es gewußt. Beide schauten sich erleichtert an. Béla bat um eine Bedenkzeit, die Talmayer ihm gerne zusicherte.

Flieger Munakata

Ende November 1941 stieß die Panzergruppe Hoepner bis Dimitrow vor und nahm diese Stadt, 32 km vor Moskau. Der russische Winter packte nun endgültig zu. Die Nacht hörte nicht vor zehn Uhr morgens auf, und um drei Uhr nachmittags kam bereits die neue Dunkelheit. Frost bis minus 40 Grad. Beim Nachschub froren die Lokomotiven ein. An der Gefechtsfront ließen sich die Geschützverschlüsse nicht mehr öffnen. Die automatischen Waffen gingen nicht mehr, weil das Fett einfror. Die Panzer blieben einfach liegen. Brot, Margarine und Wurst mußten mit dem Beil zerkleinert werden. Die geringsten Verwundungen waren tödlich, die Erfrierungen der Soldaten grauenvoll, Verbandsmaterial verholzte. Noch so kurze Verrichtungen der Notdurft hatten schwerste Kälteschäden zur Folge. Nur jeder vierte Soldat besaß Schal und Handschuhe. Man bedeckte sich mit Fetzen und alten Säcken, taute Tote am Feuer auf, um sie ausziehen zu können.

Kluges 4. Armee unternahm einen letzten Versuch, mit Panzern bis Moskau vorzudringen, aber der Angriff kam unter dem Feuer und den Gegenstürmen von zwanzig hervorragend ausgerüsteten und wintererfahrenen, sibirischen Divisionen rund um Moskau sofort zum Erliegen. Der Wind trieb bleischweren Schnee vor sich her. Dieselöl fror zu Paraffin. Am Stahl blieb die menschliche Haut hängen. Kluge stoppte das aussichtslose Unternehmen. Zweiundzwanzig Kilometer vor Moskau kehrten die Deutschen um. Die einzige Rettung lag in dem fast unmachbaren Versuch, die Rückzugslinie Düna-Dnjepr zu erreichen. Der größte Teil des deutschen Kriegsmaterials wurde zurückgelassen. Zwei Drittel der in Rußland stehenden deutschen Kräfte hatten einen Todesweg von 500 km bis zur Auffanglinie vor sich. In kleinen Gruppen kämpften sich die Soldaten schrittweise zurück, durch Hunger und Wind, Kälte, Schnee und Frost.

In dieses Desaster hinein führten die Sowjettruppen einen Gegenangriff, dezimierten zuerst den rechten, dann den linken Flügel der gesamten Heeresgruppe Mitte. Hitlers Traum von der Eroberung Moskaus war ausgeträumt.

General Guderian sah die in überall aufgesammelten, fremden Lumpen gehüllten einstigen Siegestruppen an seinen unbrauchbar gewordenen Panzern vorbeiwanken. Es war der 5. Dezember 1941. Zwei Monate zuvor war in Fernost etwas geschehen, was jetzt, während des Rückzugs der Deutschen, den Krieg zum Weltkrieg ausweiten sollte:

Am 5. Oktober hatte der japanische Flotten-Oberkommandierende, Admiral Isoroku Yamamoto, die einhundertneunzig Piloten der im Flottenstützpunkt Kure liegenden Träger an Bord des Flugzeugträgers ›Akagi‹ befohlen. Dort eröffnete Yamamoto ihnen das Ziel und das Datum des vorgesehenen Angriffs gegen die Vereinigten Staaten von Nordamerika. Der 7. Dezember 1941 war vom Kriegsrat im Kaiserlichen Hauptquartier einstimmig festgelegt worden. Ziel: Vernichtung der amerikanischen Flotte im Hafen von Pearl Harbor auf Hawaii. Die Methode: der klassische Überraschungsangriff, dieses Mal durch einen massierten Überfall aus der Luft in mehreren Angriffswellen.

Die übereinstimmende Ansicht bei den einhundertneunzig

Piloten war, daß Admiral Yamamoto sie im Auftrag des Kaisers Hirohito, des 123. Tennos von Japan, zu einem ehrenvollen Selbstmord durch Kamikaze-Luftkampf befohlen hatte. Der Admiral befahl Geheimhaltung und schickte die Piloten acht Tage auf Heimaturlaub zu ihren Familien. Mitte Oktober hatten sie sich wieder einzufinden im Flottenstützpunkt von Kure. Die jungen Männer waren nun Träger des größten Kriegsgeheimnisses, und sie waren gleichzeitig überzeugt, daß sie zum Tod verurteilt waren. Sie verteilten sich über ganz Japan. Und nichts von dem, was ihnen bekanntgegeben worden war, sollte nach außen dringen.

Kano Munakata, Oberleutnant der Kaiserlichen Luftwaffe, Pilot und Kapitän einer Staffel Sturzkampfflugzeuge vom Typ ›Val‹, versammelte nach dem Treffen mit Yamamoto seine Staffelkameraden um sich. Mit unerhörter Strenge und sonst nirgendwo auf der Welt geübter Förmlichkeit, mit einer jedem fremden Widerstand wortlos und ohne Mimik spottenden Selbstdisziplinierung und bedingungslosen Kameradschaft hatten die jugendlichen Offiziere der kleinen Staffel Munakata sich mit dem langen Samuraisäbel beschwert, ertrugen sie die unbequeme Uniformbluse mit dem einschneidenden Kragen, als sie mit Oberleutnant Kano an Deck der ›Akagi‹ zusammenkamen, um dessen letzte Unterweisung vor dem Heimaturlaub entgegenzunehmen.

Jeder von ihnen bejahte den Zwang zu absolutem Gehorsam, wie jeder von ihnen seinen persönlichen Tod bejahte und ihn achtete, frei von westlicher Todesverachtung, die als anmaßend und feige empfunden wurde von diesen japanischen Kriegern. Für sie war Sterben ein feierlicher Akt, denn der Tod war ein Mysterium der Umwandlung ihres Lebens zu einer höheren Stufe kollektiven Weiterlebens. Der absolute Gehorsam vor dem Willen des Tenno und vor jedem Vorgesetzten bis hinab zum vorgesetzten Kameraden und Kapitän ihrer Flugzeugstaffel war für diese heranwachsenden Offiziere lediglich ein irdisches Abbild des allerfeierlichsten Gehorsams vor den Gesetzen und der Schönheit der universellen Schöpfung und ihrer Geschichte bis zu diesem Tag.

Kano Munakata wies seine Kameraden noch einmal auf die Geheimhaltung, vor allem gegenüber den Familien und Freunden hin. Dann wünschte er ihnen gute Heimkehr und unversehrte Rückkehr. Munakata hatte mit jedem von ihnen eine qualvolle Überfahrt von Shanghai hierher nach Kure ertragen, seekrank unten im Schiffsbauch, im Gestank überlaufender Latrinen, verurteilt zu Schweigen und schier endlos scheinenden Leiden in der Finsternis und Enge. Ohne zu murren und ohne jemals die Form gegenüber einem Mitkameraden zu vergessen, hatte der Oberleutnant Munakata seine Qualen stoisch hingenommen und noch elenderen Kameraden jede nur mögliche Hilfe erwiesen. Er war ein mitreißendes Vorbild.

Man verabschiedete sich durch Händedruck und mit den mehrmaligen Verbeugungen voneinander.

Am Vormittag des 7. Oktober traf Kano Munakata in seiner Heimatstadt Kuschiro ein. Sie liegt an der Nordostküste der Insel Hokkaido, einer der vier Hauptinseln des Kaiserreichs. Kano betrat das Haus seiner Eltern, in dem auch seine Frau Hiroko lebte. Die erste Person, die er sah, war seine Mutter Nizimoto. Sie weinte vor Freude, als sie ihren einzigen Sohn unversehrt und so unerwartet wiedersah und als dieser sich lächelnd vor ihr verbeugte, bevor sie sich umarmten. Später kam Kanos Vater, Honame Munakata, Kaufmann in Kuschiro, und schließlich erschien auch Hiroko, Kanos Frau. Sie war ebenso überrascht wie alle und zeigte deutlich ihre Freude.

Kano und Hiroko hatten sich an der Universität Sapporo kennengelernt, wo Kano Staatskunde und Hiroko klassisches Japanisch und Englisch studierte. Bald darauf heirateten die beiden. Dann war Kano zur Luftwaffe eingezogen worden und Hiroko hatte begonnen, als Lehrerin an einem der Gymnasien von Kuschiro zu arbeiten. Kano war vierundzwanzig Jahre alt und Hiroko ein Jahr jünger. Kinder hatten sie noch keine.

Es gab ein besonders ausgedehntes, reichhaltiges Abendessen, um den Besuch Kanos gebührend zu würdigen. Der Kaufmann Honame Munakata stellte viele Fragen über das militärische Leben bei der kaiserlichen Marine und über die Fliegerei, die sein

Sohn im Rahmen des Erlaubten ebenso farbig wie begeistert und respektvoll durch Genauigkeit beantwortete. Der Vater revanchierte sich, indem er Kano einige gründlich bedachte und mit besonderen Geschäftsfreunden und Untergebenen durchdiskutierte und nach sieben Seiten hin erwogene politische Vorgänge darstellte. »Amerika zwingt uns zum Krieg. Aber ein solcher Krieg braucht Rohstoffe, die wir ohne die Eroberung Südostasiens nicht finden können. Unsere Rohstoffausbeuten in der eroberten Mandschurei sind enttäuschend gering«, sagte Honame Munakata. Dann kam er noch einmal auf die Bedingungen zu sprechen, die Präsident Roosevelt der japanischen Regierung gestellt hatte und die bewußt so gehalten wären, daß niemand sie annehmen könne. Kano hätte seinem Vater gern mitgeteilt, was er wußte, aber er verstellte sich und gab sich ahnungslos. Das belastete ihn mehr, als er erwartet hatte.

Kano erwachte sehr früh; Hiroko neben ihm schlief noch. Er würde sich heute von ihr verabschieden, für immer. ›In einer Stunde etwa‹, dachte er, ›wird Flieger Munakata sich für immer von seiner Gattin Hiroko verabschieden, ohne es ihr zeigen zu können. Er wird fortgehen und in fünf Tagen wiederkommen und sich von seinen Eltern verabschieden, für immer, ohne mit ihnen vor dem kleinen Shintoaltar das Festgebet der Reinigung für den Tod sprechen zu können, denn sie dürfen nichts erfahren.‹ Nicht der bevorstehende Tod ängstigte Kano, als er erwachte und Hiroko neben sich anschaute, sondern die erforderliche Verschweigung des Todes.

Auf dem Tisch am Fenster standen Blumen, die Hiroko neben dem Kästchen mit Federn und Tusche aufgestellt hatte. Ein mit grüner Seide bespanntes und mit goldenen Fäden reich besticktes Sofa stand in der Mitte der Wand zwischen den beiden Fenstern an der anderen Zimmerseite. Kano betrachtete die doppelstökkige, hölzerne Kommode mit den beiden Glastüren im oberen Teil. Er schaute die Teekanne und die Teetassen aus blaßgrünem Porzellan hinter dem Glas der Kommode so aufmerksam und konzentriert an, als würden sich die Gegenstände dadurch beleben und ihm Dinge aus seiner Kindheit berichten, die zu wissen er auf einmal begehrte. Kanos Blick fiel auf das Rauchtischchen neben seinem Teil des Bettes, auf die Tischlampe mit dem gelben Seidenschirm, auf Hirokos Zigarettendose aus Bernstein, die er ihr vor ihrer Hochzeit geschenkt hatte. Hiroko rauchte nur selten einmal eine Zigarette; Kano rauchte nicht.

Hiroko legte eine Hand auf Kanos Schulter und schlief weiter. Es mußte noch sehr früh sein, denn selbst aus dem Hafengebiet der Stadt drangen noch keine Geräusche herüber. Kano empfand die Berührung durch Hirokos Hand mit großer Erleichterung, weil sie im Schlaf geschah. Wie oft hatte er sein Gehirn mit der Sorge zermartert, durch seine langen Abwesenheiten bei der Armee könnte seine alleinige Wohnstatt im Herzen Hirokos von einem anderen geduldig belauert und schließlich eingenommen werden. Wenn Kano an die eben vergangene Nacht zurückdachte, schien es keineswegs so gekommen zu sein. Aber wer kannte sich schon aus in den Täuschungskünsten junger Frauen? Kano verwarf diese Überlegung sofort wieder. Vor Scham traten diesem überaus förmlichen Mann aus der abgehärtetsten Armee der Welt dabei Tränen aus den Augen. Japaner weinten gern und heftig, aber Kano bemühte sich jetzt darum, die Gründe für diese Tränen zu beseitigen, indem er sich Hirokos Küsse vergegenwärtigte.

Als sie erwachte, war Kano schon angekleidet. Er trat zu seiner Frau, umarmte sie. »Ich verabschiede mich, Hiroko. Sage meinen Eltern, daß ich in fünf Tagen wiederkomme und mich dann von ihnen verabschieden werde.« Er gab Hiroko einen Brief, in dem er mit Tuscheschrift und Tuschemalerei eine poetische Liebeserklärung in altjapanischer Tradition für Hiroko verschlossen hatte. Hiroko war sichtlich entsetzt über das, was Kano ihr gesagt hatte. Sie glitt nicht wie sonst lautlos aus dem Bett, sondern sprang zu Kano und umklammerte ihn klagend. Dann ließ sie ab von ihm, und die beiden machten, Zeichen ihres Gehorsams durch Liebe, die Abschiedsverbeugungen voreinander. Kano verließ leise das Elternhaus.

Er trug eine dünne Geländeuniform und hatte nichts bei sich, außer einer Flasche mit Wasser und einem Beutel mit etwas gekochtem Reis, als er die Laubwälder westlich von Kuschiro erreichte. Mit dem Sonnenstand als einziger Orientierung ging er einen Tag lang durch diesen dort beginnenden, immergrünen Wald. Als der Abend kam, suchte Kano sich einen Platz, setzte sich gegen einen Stamm, trank einen Schluck Wasser und aß eine Handvoll Reis, trank einen zweiten Schluck Wasser und ruhte aus. Dabei schlief er ein.

Als er aufwachte, fiel das Morgenlicht durch das weite Blätterdach des Baums herab, heller und lichtvoller, als Kano Munakata es jemals in der Stadt oder auf offener See erblickt hatte, fast so hell wie in bestimmten Momenten in der Flugzeugkanzel, wenn die Maschine über den Wolken war. Doch auch dort oben war es nicht so lichtvoll wie hier, unter dem Blätterdach des Baumes. Kano vergegenwärtigte sich diese Unterschiede. Schließlich erhob er sich und machte seine Morgenübungen. Die Luft war frisch, ja kalt. Der Blutkreislauf belebte sich sofort in den Übungen.

Als Kano mit ihnen fertig war, fühlte er sich nicht nur ausgeruht, sondern auch wohl. Er aß eine halbe Handvoll gekochten Reis, sehr langsam und fast feierlich, trank etwas von dem mitgebrachten Wasser und genoß sein Wohlbefinden. Es war eine dringend erforderliche, seelische Reserve für sein Vorhaben.

Er nahm den Meditationssitz ein und betrachtete noch einmal diesen Wald, lauschte noch einmal auf seine Stille, unterschied dabei Tierlaute von mehreren Vogelstimmen und begann zu meditieren.

Bevor er zu dem einzigen Gegenstand seiner Meditation, der willenlosen Begegnung mit seiner unleeren Nichtigkeit, vorzustoßen versuchte, verrichtete er das Shintogebet von der Wolke unterhalb des Berggipfels. Kano Munakatas Shintoreligion, in der die Familie ihn unterwiesen hatte, erlaubte ihm in ausreichender Weise die Teilhabe an jedweder echten religiösen Erfahrung, das von der Wirklichkeit des Heiligen ausgehende Ergriffenwerden und die Zuversicht des Menschenherzens durch sein beständig neu gesuchtes Gebundensein an Gott. Auch in seiner späteren Zeit des Studiums hatte Kano diesen Pfad des Shinto, der der Pfad aller großen Religionen von Anbeginn an war und immer bleiben würde, in jeder freudigen und in jeder bedrohlichen oder schmerzlichen Lage immer als vollkommen überlegen und darum als genügend befunden. Öfter als zuträglich in Versuchungen, von seinem Glauben sich abzukehren, war der Flieger Munakata dabei nie in Versuchung gewesen, in anderen Glaubenswelten eine etwa größere oder sicherere religiöse Wahrheit zu erstreben. Für ihn gab es keine größere Wahrheit als die Freiheit im Leben und angesichts des Todes, durch die Freiwilligkeit der Selbstunterordnung unter den selben Gott in sämtlichen offenbarenden Religionen. Nachdem er sein Gebet verrichtet hatte, begann die Besinnung in ihm zu wirken, und Kano versenkte sich immer willensferner in die Erfahrung seiner Nichtigkeit, deren angstreiche Fülle seinen Geist durch Realismus stärkte, während die meditierende Haltung Kanos Leib zum bewußten Gefäß übergeordneter Heiligkeit machte, wodurch er vor innerer Leere gefeit wurde.

Die schweren Taifune des Spätsommers, hier an der Südostküste, waren schon vorüber. In diesem Jahr hatte die Insel Hokkaido weniger abbekommen als die übrigen drei Hauptinseln Kiuschu, Schikoku und Honschu. Siebzig Prozent von Kanos Heimatinsel Hokkaido bestand aus Mangrovenwäldern und immergrünen Laubwäldern. In dem endlosen Hochwald hinter der Hafenstadt Kuschiro, in dem Kano nun meditierte, war Mitte September der letzte der diesjährigen Taifune unumschränkter Dämon aller Regenwinde gewesen. Inzwischen war das Licht unter dem Himmel gereinigt, und Kano nahm auf seiner Haut zu diesem Zeitpunkt der Selbstversenkung noch Wirkungen des gereinigten Lichtes wahr.

Als er zurückkehrte in das aktuelle Bewußtsein, sah er am Sonnenstand, hinauf durch das Meer von Blattgrün blickend, daß es eine Stunde vor Mittag geworden war. Kano verließ den Meditationssitz, lockerte sich und legte im Lauf einen Weg von zwei Meilen zurück, bis zu einer heißen Quelle, die er gestern auf dem Herweg entdeckt hatte. Es gab viele heiße Quellen, verstreut über ganz Japan, das mit seinen zweihundertvierzig Vulkanen, von denen sechsunddreißig noch arbeiteten, eines der ausbruchgewohntesten Reiche der Welt war, was nach Meinung von Kanos Vater den Charakter der Japaner stärker geprägt hatte als die Herrschaft sämtlicher Shôgune, jener Reichsfeldherren, die die Macht des Tenno zu untergraben suchten, obwohl der Tenno ein Sohn der Sonnengöttin war.

Kano erreichte die heiße Quelle und badete in ihr. Dann begab er sich zurück zu seinem Baum und setzte sich mit dem Rücken gegen den Stamm, an dem er in der vergangenen Nacht traumlos geschlafen hatte.

Angst kam über ihn. Der Flieger Munakata fühlte ihre Unfaßbarkeit, ihre Unerschöpfbarkeit und ihre Unversicherbarkeit. Weil er in seiner Meditation zuvor in seiner Nichtigkeit gehaust hatte, kämpfte er nicht gegen diese dreifache Angst, sondern er ließ sie zu. Nun erlebte er, daß die Angst mitnichten seinen Geist zerstörte, sondern daß sie, ganz im Gegenteil, seinen Geist erfüllte und erwärmte und ihn zum Echo seiner Seele machte. Die unfaßbare und nicht erschöpfbare Angst, gegen die es keinerlei Versicherung gab, stellte Kanos Seele vor die Wahl, entweder den Tod zu bejahen oder auf der Suche nach Auswegen zu verdorren. Außer dieser Wahl gab es keine dritte Möglichkeit.

Der Oberleutnant blieb zwei Tage an seinem Ort, fastete und meditierte und ergab sich der Angst. In den Nächten schlief er. Nach dem Aufwachen setzte er sein Leben mit lebendiger Seele fort. Dabei erfuhr er, daß er seinen Tod bejahte, unabhängig von den Traditionen in den Kriegerkasten seiner Heimat. Diese Erfahrung war für Kano ein mächtigerer Eindruck als selbst jene dreifache Angst.

Kano dachte an seinen Vater, der ihn gelehrt hatte, diejenigen wären im Vorteil, die einen religiösen Glauben besäßen und ihn vertieften. Kano erlebte nun, daß sein Vater irrte. Bejahte Religion schuf Wahrheit, bejahte Angst schuf Wirklichkeit. Was es aber nicht gab in dieser Welt: die Besserstellung von Gläubigen. Das war ein begreiflicher, aber folgenschwerer Irrtum.

Kano begab sich auf den Rückweg. Er brauchte einen Tag und die ersten Stunden der Nacht, bis er seine Heimatstadt und das Haus seiner Familie wieder erreichte. Seine Mutter Nizimoto beruhigte sich sogleich, als er ihr sagte, daß er zu einer Übung fortgewesen sei. Während Kano ein Bad nahm und sich rasierte, bereitete Nizimoto ihm ein Essen, das er später, im bequemen Kimono, zu sich nahm. Auch sein Vater Honame verließ das Bett, und Kano stillte die Neugierde von seinem Vater vollkommen ausreichend, ohne etwas von dem militärischen Geheimnis preiszugeben.

Den ganzen kommenden Tag verbrachte Kano mit seinen Eltern. Beim Abschied sprachen sie das Shintogebet ›Wasser im Erdgrund‹ (Elterlicher Segen) für den Sohn.

Als Kanos Frau Hiroko eintraf, verabschiedeten die beiden sich ebenfalls und noch einmal voneinander. Dann begleitete der Kaufmann Honame Munakata seinen Sohn zum Nachtzug nach Tokio.

Am 13. Oktober 1941, eine Stunde vor der befohlenen Rückkehr, meldete sich Flieger Munakata bei seiner Einheit auf dem Flottenstützpunkt in Kure zurück.

Am 5. November wurde der Einsatzplan Admiral Yamamotos vom Kaiserlichen Hauptquartier in Tokio einstimmig angenommen. Nordamerika hatte auch bis jetzt alle getroffenen Wirtschaftsembargos beibehalten und die Verhandlungen blokkiert. Japan hatte Treibstoff für ein Jahr gelagert. Wenn der Krieg schon unvermeidlich war, war es besser, er kam jetzt. Admiral Yamamoto, der Oberkommandierende der Flotte, schuf den Plan, mit einem Überraschungsangriff auf Pearl Harbor den Krieg gegen England und Amerika zu beginnen, sodann die wirtschaftlich dringendsten Eroberungen durchzuführen:

Hongkong, Malaya, Singapur, Sumatra, Borneo. Dann Java. Die Stärke und Ausstattung der japanischen Flotte ließ diese Eroberungen zu. Was dann kommen würde, erfüllte Yamamoto allerdings mit Zweifeln. Ein Krieg gegen USA konnte, seiner Ansicht nach, nicht gewonnen werden. Darum wollte er zu Beginn zumindest die amerikanische Pazifikflotte ausschalten, um für etwa ein Jahr Luft zu bekommen. Yamamoto hoffte auf einen Sieg des verbündeten Deutschland in Europa. Nach diesem Sieg war ein Kompromißfrieden zwischen den USA und Japan denkbar, lautete die Schlußüberlegung des Flottenchefs im Hauptquartier in Tokio. Premierminister Tojo schloß sich dem an. Der Tenno, bis zuletzt für Weiterverhandlungen mit Amerika, schloß sich dem gemeinsamen Votum von Diplomatie, Regierung und Militär an. Yamamoto kehrte in sein Flottenquartier zurück.

Mit der Ausarbeitung des Überfalls auf Pearl Harbor hatte er bereits im Januar Admiral Onishi beauftragt, der seinerseits den hervorragendsten See- und Lufttaktiker der Streitkräfte, Korvettenkapitän Minoru Genda, hinzuzog. Als Probegelände wurde die Bucht von Kaguschima im äußersten Süden Japans bestimmt, da sie am ehesten der Reede von Pearl Harbor auf Hawaii glich. Dort wurde der geplante Angriff mehrfach gründlich geprobt und mit allen Eventualitäten durchgespielt.

Im Kaiserlichen Hauptquartier wurde mit dem einstimmigen Beschluß der Durchführung zugleich das Angriffsdatum festgelegt. Die Entscheidung fiel auf den 7. Dezember 1941.

Fünf Tage nach dem Beschluß in Tokio lief die japanische Trägerflotte aus dem Stützpunkt Kure aus. Sie nahm Kurs auf die einsam gelegene Bucht von Hitokappu auf den Kurilen. Der Winter hatte bereits mit furchtbaren Kälteeinbrüchen begonnen. Die frierenden Besatzungen hatten immer noch keine Ahnung, warum so viele Schiffe zu dieser verlassenen Bucht geschickt wurden. Nur die Piloten wußten es seit fünf Wochen, aber durch sie erfuhr kein Mensch ringsum irgend etwas.

Sechs Flugzeugträger, die ›Akagi‹ als Flaggschiff, ferner ›Kaga‹, ›Hiryu‹, ›Soryu‹, ›Shokaku‹ und ›Zuikaku‹, liefen in doppelter Linie, gefolgt von den Schlachtschiffen ›Hiei‹ und ›Kirishima‹. Zwei Zerstörer deckten die linke Flanke, drei Unterseeboote sicherten rechts. Zwei schwere Kreuzer, ›Tone‹ und ›Chikuma‹, liefen zu beiden Seiten der Formation. Sieben Zerstörer sicherten nach vorn. Acht Tanker und Versorgungsschiffe bildeten die Nachhut. Zusammen trugen die Trägerschiffe 423 Flugzeuge in ihren Hangars unter Deck und an Deck: Jäger, Horizontalbomber, Sturzbomber und Torpedoflugzeuge. Oberleutnant Kano Munakata war mit seinem ›Val‹-Sturzkampfbomber, wie schon zuvor, auch bei diesem Seemarsch auf der ›Akagi‹ stationiert.

Die Fahrt verlief unter größten Strapazen. Auf mehreren Schiffen wurden Matrosen durch schwere Brecher der rauhen Wintersee über Bord gerissen; sie starben sofort in den eisigen Fluten. Es war hundekalt auf den Schiffen. Nebel erschwerte die Orientierung, doch dafür war diese Route so gut wie unbefahren.

Korvettenkapitän Genda schlug vor, auch die Unterseeboote in Pearl Harbor einzusetzen, und Admiral Onishi hatte zugestimmt. 27 Langstrecken-Unterseeboote gehörten zum Verband. Fünf dieser Meeresungeheuer führten Kleinst-U-Boote mit sich, jedes mit einer zweiköpfigen Besatzung bemannt und bestückt mit zwei Torpedos. Die jungen Marineoffiziere hatten um die Ehre gewetteifert, diese Selbstmordboote gegen die amerikanischen Großschiffe auf der Reede von Pearl Harbor steuern und dabei Kamikaze machen zu dürfen.

In seiner Kabine auf der ›Akagi‹ wartete der leitende Admiral des Unternehmens, Nagumo, auf den Einsatzbefehl. Am 2. Dezember ging die Bestätigung für den 7. Dezember dann bei Admiral Nagumo ein. Am selben Tag enthüllte er nun auch den Besatzungen des Verbandes das Ziel der Fahrt. Die Begeisterung war ungeheuer.

Wie alle anderen Piloten verfaßte auch Flieger Munakata sein Testament an Familie und Nachwelt. Bei der Enthüllung der Aufgabe durch Nagumo war kein Wort für oder gegen den Kamikazekampf aus der Luft gefallen. Mithin gingen alle Piloten davon aus, daß sie zum Sterben verurteilt waren.

Am 26. November 1941 lief die japanische Trägerflotte nach Pearl Harbor aus. Am Vorabend des Angriffs erreichte man die Einsatzräume. Erst unmittelbar vor dem Einsatz wurde die Entscheidung des Oberkommandierenden der Flotte gegen Kamikazeflüge bekanntgegeben. Admiral Yamamoto hielt den

Überraschungseffekt für ausreichend und befahl den Piloten beider Angriffswellen, sich selber und die Maschinen menschenmöglich für spätere Einsätze, die unvermeidlich kommen würden, zu schonen. Am Morgen des 7. Dezember brach die Hölle in Pearl Harbor aus.

Hitler wurde in seinem Hauptquartier in Rastenburg in Ostpreußen von dem Ausbruch des japanisch-amerikanischen Krieges völlig überrumpelt. Ihm blieb nichts anderes übrig, als umgehend den Vereinigten Staaten von Nordamerika den Krieg zu erklären.

Jakob, der Lichtesser

»Unsere Dogen waren keine Herren, sondern mit Ehren überhäufte Sklaven der Republik, die um ihr Weiterleben zu fürchten hatten!« sagte Olgas Arzt, der Dottore Jacopo Lavini, mit venezianischer Leidenschaftlichkeit zu seiner Patientin im Ospedale Civile an der Scuola San Marco. Olga verstand es als aktuelle Anspielung auf den Duce. Sie befand sich seit zwei Wochen in einer Spezialabteilung des Hospitals, welches von der Gattin Renier Zenos gegenüber dem Dogenpalast errichtet worden war. Über dem Bogengang des Ospedale erhoben sich zwei prachtvolle Geschosse auf rundbogigen Fensterfronten. Olgas Zimmer befand sich im zweiten Geschoß. Vom Balkon gab es den Blick frei zur Basilika San Marco, zum Dogenpalast und bis zum Campanile. Dr. Lavini war gekommen, um Olga ein Zwischenergebnis seiner Untersuchungen mitzuteilen.

Er fuhr fort: »Bezeichnend, Donna Olga, war die kurze und von Schrecken erfüllte Regierungszeit unseres Dogen Marino Falier. Mit neunundsechzig Jahren setzte man ihm gegen seinen Willen die phrygische Zipfelmütze des Herrschers auf. Er war der Ansicht, es müsse jüngeres, unverbrauchteres Blut zum

Regieren angehalten werden, sonst werde Venedig erstarren. Der Große Rat überhörte diese Warnung. Der Doge Falier beschloß zu handeln und besprach sich mit seinem Freund, dem Architekten Calendario. Dies war bereits Verschwörung. Falier wurde verraten. Sein Freund Calendario wurde unter den Arkaden des Dogenpalastes erhängt. Die Säulen der Arkaden sind weiß, wie Sie von hier aus sehen. Nur die neunte und die zehnte Säule, hier auf der uns zugewandten Piazzettaseite, sind rot. Zwischen ihnen wurden die Todesurteile verlesen. So auch das Todesurteil gegen den Architekten Calendario und gegen den Dogen Marino Falier. Der mußte zusehen, wie sein Freund zwischen den roten Säulen erhängt wurde. Man gewährte dem Dogen noch mehrere Tage, um seine Verzweiflung zu verstärken. Dann wurde er auf der großen Treppe, auf der er im Jahr zuvor die Zipfelmütze empfangen hatte, geköpft.

Einen Tag und eine Nacht blieb sein Leichnam an der Treppe aufgestellt, den Kopf zwischen den Füßen. Dann erst wurde er beerdigt, ohne Priester und ohne Geleit, was für den frommen Falier die grausamere Bestrafung war als der Tod.«

Während der Arzt, dessen Vorname Jacopo Olga stets an Jakob gemahnte, diese Begebenheit berichtete, dachte Olga immerzu an Mussolini und an dessen Vorliebe für Venedig. Wie mochte dieser Doge Italiens (Duce) dereinst enden?

Ohne es zunächst genauer zu registrieren, sah Olga, daß sich an der Wand, über dem Kopfende ihres Bettes, etwas bewegte. Eine dicke Radnetzspinne mit einer weißen Kreuzzeichnung auf dem schwarzen Hinterleib, eine Kreuzspinne, ging langsam die Wand hinauf. Mit einem wirren Ekel starrte Olga auf die behaarten, schwarzen Spinnenbeine. Sie bewegten sich mit einer Umsicht, die Olga aus der Fassung brachte.

Es kam ihr vor wie eine »christliche Fortbewegung«; sie wußte nicht, wieso. Das Kreuz auf dem Rücken des Tiers zog Olgas Aufmerksamkeit gewalttätig an. Nun drehte das Tier die Fühler vor seiner Stirn zur Seite. Dann drehte es auch mit dem restlichen Leib um. Dann ließ es sich auf Olgas Kopfkissen herabfallen, dergestalt, daß es auf allen seinen weit zur Seite ausgestreckten, vielgliederigen Füßen landete. Olga hielt den Atem an. Die Spinne hielt nun ihren Kopf so, daß Olga sich von den Augen dieses Tiers betrachtet fühlte. Ein ihr fremder Laut kam aus Olgas Luftröhre herauf, so ungewohnt und fremd, als stieße ihn jemand anderer hervor, der in ihrem Inneren hause. Dr. Jacopo Lavini unterbrach seine Erzählung, und Olga zeigte auf die Spinne, die inzwischen das Kopfkissen verließ und den Bettrand erreichte. Der Arzt ging zur Türe, öffnete sie. Die Radnetzspinne erreichte den Fußboden und verließ Olgas Zimmer. Der Dottore schloß die Tür hinter ihr.

»Venedig selbst war früher wie eine große Spinne, die ihre Beute in den Netzen von Geldgier, Hochmut, List und Ungestüm einfing und tötete, wenn die Beute nicht dienstbar wurde. Furcht und Liebe waren ein Teil jenes Banns, den Venedig um alle legte. Alle, über deren Existenz diese Stadt gefährlich leise und grausam wachte oder wegglitt, auf noch ergiebigere Geschäfte sinnend, dabei jeden Verrats fähig, empfanden sie als Spinne, verfluchten sie und beteten sie dabei an«, sagte der Doktor. »Nun, sehen Sie, Donna Olga, all dies ist Vergangenheit. Das stumme Tierchen, das aus der Lagune drunten seinen Weg bis hier herauf zu uns fand, erscheint doch geradezu als sarkastischer Hohn auf alles, was von uns übrigblieb: ein Doge in Rom und ohne gedungene Mörder, die ihn als Leibwachen lustvoll studieren, bevor sie ihn im Auftrag der anderen Familien töten, ein Krieg ohne Beute und ohne Handelsgewinne, ein Volk ohne Ordnung, dafür mit einem Tyrannen. Venedig aber war einmal der Staat an sich, ein Fest in Vollendung.«

Das luzide Grauen und auch die Faszination, die Olga umfingen, seit sie hier in Venedig im Hospital war, rührten für sie vor allem daher, daß sie so gut wie nichts von der Geschichte Venedigs wußte: noch nie war ihr Unwissenheit so unheimlich gewesen wie hier. Doch dadurch war auch die bleierne Müdigkeit, in die ihre Krankheit sie zuletzt in Colini hineingezogen hatte, seit der Ankunft in Venedig einer traumhaften Wachheit gewichen. Hier im Ospedale Civile auf San Marco begann Olga ihre Krankheit zu verstehen, unabhängig von dem Befund, den

Dr. Jacopo Lavini ihr heute oder morgen mitteilen würde. Ihre endgültige und befreiende Loslösung von der Kriegswelt und von ihrer bisherigen, eigenen Ideologie des Wirklichen wurde Olga als tiefster Inhalt ihrer Krankheit mehr und mehr bewußt.

Nach Baranys und Margarets Abreise hatte Olga sich eingebildet, sie könnte mit allem Vergangenen in sich für immer brechen. Die so unauffällig wie wirkungsvoll und schon endgültig scheinenden »drei Nagetiere an den Wurzeln des Lebens«, wie sie das nannte (der Rationalismus, die Psychologie und die Heilslehren), waren ihr schon früher widerwärtig gewesen. Seit ihrem dreißigsten Lebensjahr aber begann Olga damit, diese drei Nager in sich abzuschaffen. Sie verlor dabei auch immer fühlbarer ihre Angst vor dem Krieg. Was bedeutete denn schon die Gefahr, von einer Granate zerrissen zu werden, verglichen mit der trägen Langsamkeit, mit der die Selbstunterwerfung unter den Rationalismus, die Psychologie und unter die kirchlichen und weltlichen Heilslehren einen umbrachte?

In Colini überwachte Kajetan mit gewohnter Zuverlässigkeit alles, was Olga anging. Am Weihnachtsabend 1941 servierte er Olga den Lunch wie üblich um drei Uhr nachmittags. Er trat beiseite, blieb stehen und räusperte sich. Olga fragte ihn: »Hat Er etwas auf dem Herzen, Kajetan?« Dieser hielt es für angezeigt, sich noch einmal zu räuspern, dann trat er näher, beugte sich herab zu Olga und sagte, stammelnd vor Vornehmheit: »Mit der gütigen Erlaubnis der Erlaucht – Hitler ist von Moskau fortmarschiert.« Olga lachte laut. Herr Kajetan konnte nicht finden, daß dies zum Lachen sei, aber Olga stellte sich vor, wie Hitler allein und im Stechschritt von Moskau fortmarschierte, durch den Winter, Richtung Berlin, mit ihrer, Olgas, gütigen Erlaubnis.

Wenige Tage nach ihrem Geburtstag am 11. Januar 1942 erkrankte Olga.

Es begann mit Schüttelfrost. Dann kam hohes Fieber. Hinzu kamen Kopfschmerzen und Erbrechen. Olga legte sich hin, stand nach einer bösen Nacht aber am Vormittag wie üblich auf, unruhig und benommen. Sie wanderte in der ganzen Villa umher. Ihr Gang wurde taumelig. In der Sala degli Angeli kam sie sich vor wie eine Betrunkene. Signora Domenica rief Herrn Kajetan. Während dieser Olga stützte und sie zu ihrem Schlafzimmer brachte, redete sie lallend und monoton zu ihm. Kajetan brachte Olga zu Bett und benachrichtigte Professor Andenico, den Hausarzt der Familie Monelli aus Florenz. Der Arzt kam binnen einer Stunde und untersuchte Olga. Er äußerte sich nicht zu dem Fall, ließ Olga aber sofort in eine Quarantänestation des Stadthospitals von Florenz bringen. Das Krankheitsbild, das er vorgefunden hatte, erschreckte Professor Andenico. Es war, auch schon bei leisestem Verdacht, meldepflichtig. Er meldete seinen Verdacht der Gesundheitsbehörde.

Während Olga ins Stadthospital gebracht wurde, bildeten sich bei ihr Lymphknoten auf unbehaarten Partien der Haut, vor allem in der Leistengegend, aber auch oberhalb ihrer Achseldrüsen. Sie schwollen an und waren bereits schmerzhaft, als Olga in der Quarantänestation anlangte. Indessen wurden sie auch in den kommenden zwei Tagen nicht bläulich-schwarz im Untergrund und, was den Ärzten Hoffnung machte: die Ränder der Beulen wurden nicht brandig.

Dennoch wiesen alle übrigen Dinge auf Beulenpest. Olgas Milz war vergrößert und palpabel. Im Blut die typische Leukozytose mit der Lymphozytenvermehrung. Olgas Puls ging weich, klein, rasch. Das Fieber fiel auch nach zehn Tagen nicht ab. Sie war vor Schmerzen und vor Schwäche ganze Stunden ohne Bewußtsein. Ihr Kreislauf wurde schwächer. Aber die Beulen vereiterten nicht. Auch hieran klammerten sich die Ärzte, ebenso Professor Andenico, der Olga täglich aufsuchte. Er kannte die Protokolle von Verläufen der letzten Pestfälle in Europa, die 1936 auf Malta aufgetreten waren, achtundzwanzig Fälle der leichteren Beulenpest, von denen die meisten in weniger als zehn Tagen gestorben waren. Aber darüber waren selbstverständlich die Spezialisten in der Klinik ebenso informiert. Olga blieb streng isoliert und wurde mit Sulfonamiden behandelt. Die erweichenden Beulen wurden breit eröffnet und mit Juilléminschem Antibiotikum gespült. Alle Ausscheidungen wurden desinfiziert. Ärzte und Pflegepersonal näherten sich Olga nur in Schutzkleidung und mit Masken. Durch eine Behandlung mit dem Immunserum von Pferden erreichte man einen Infektionsschutz, der zwei Wochen anhielt.

Die Untersuchungen ergaben klassische Lymphangiome, aus erweiterten Lymphgefäßen gebildet, gutartige Geschwulste. Sie bildeten sich zurück und verschwanden in der dritten Woche. Auch in der vierten Woche, nachdem das Immunserum schon mehr als fünfzehn Tage keinen akuten Schutz mehr bot, zeigten sich keine neuen Schwellungen. Nach weiteren zwei Wochen wurde Olga mit eindeutiger Diagnose und wiederhergestellt entlassen.

In der letzten Nacht auf der Isolierstation hatte sie einen Traum, der sie gegen Morgen heimsuchte und mehr marterte als alle Alpträume, die in den schlimmsten Fieberanfällen vor ihrer Einweisung über sie gekommen waren, nach denen sie nur noch umhergetaumelt war und mit ihrem Gelalle den Kajetan entsetzt hatte.

Olga erblickte Béla, der sich ihr in einer weißen Metzgerschürze näherte, sie auf das Bett festband und mit einem gebogenen, breiten Skalpell ihren Brustkorb öffnete und ihr dann das Herz mit beiden Händen herausriß. Béla sagte dabei mit unbeteiligter Stimme zu ihr, er sei bereits tot und sie, Olga, sei immer schon Witwe zu seinen Lebzeiten gewesen. Er hätte sie darum in eine Falle gelockt, weil nur, wie bei einem Verfall des Gehirns nach dem Ableben, durch ein schreckliches Ende alles besser würde. Olga öffnete in der Marter im Traum ihren Mund und sah sich dabei zu. Da zerschnitt Béla ihr Herz in zwei Teile, stopfte Olga den einen Teil in den vor Schmerzen aufgerissenen Mund und verschlang selber den anderen Teil.

Am Vormittag, der diesem Traum folgte, wurde Olga aus dem Stadthospital von Florenz entlassen. Professor Andenico begleitete sie in die Villa Colini. Dort eröffnete er ihr, daß Herr Kajetan seit ihrer Einlieferung damals bettlägerig war. »Ihre Erkrankung hat ihn niedergeworfen. Ich habe ihn alle zwei Tage besucht und mit harmlosen Tropfen versehen. Er ist, sobald es

Ihnen nicht gut geht, Baronin, völlig überfordert«, sagte der Professor. Olga besuchte Kajetan. Sie berichtete ihm und zeigte ihm mit ihrem herzlichen Interesse, daß sie wieder wie früher war, vollkommen genesen.

Am selben Tag stand Herr Kajetan auf und erholte sich binnen weniger Tage von allen Ängsten und Leiden, die er wegen Olga ausgestanden hatte. Diese war von alledem sehr ergriffen, zumal sie von den Vorgängen in Colini nichts gewußt hatte.

In den kommenden zwei Wochen kam Professor Andenico noch mehrere Male. Alle Nachuntersuchungen waren beruhigend, sämtliche Befunde negativ. Dennoch hatte Andenico erkennbar etwas auf dem Herzen. Olga fragte ihn danach. Der Professor ging in Olgas Salon hin und her, stand am Fenster, schaute hinaus in den Park der Villa, konnte sich aber nicht entschließen. Er wolle das alles noch einmal überdenken und dann wiederkommen, sagte er. Am übernächsten Tag kam er wieder und fragte Olga, ob sie bereit sei, sich für einige Zeit in Behandlung nach Venedig zu begeben?

Der dortige Arzt Lavini war der beste Spezialist für Geschwulste, den Professor Andenico kannte, erfuhr Olga. Er sei außerdem der einzige Arzt in Italien, der Erfahrungen mit Pest hätte, weil Dr. Jacopo Lavini 1936 in Malta die dortigen Pestfälle behandelt und die Verläufe und ihre Ergebnisse veröffentlicht hätte. Er selber, Andenico, sähe zwar keinen vernünftigen Grund, dem eigenen Augenschein und den Untersuchungsresultaten des Stadthospitals von Florenz zu mißtrauen, aber er bekäme gerne von dem Kollegen Lavini die Bestätigung, daß es sich tatsächlich nur um gutartige Lymphknoten handele. Was sie, Olga, davon hielte?

Olga war etwas ratlos. »Was halten Sie von meinem Vorschlag?« fragte Andenico noch einmal. Olga schwieg. Andenico sagte: »Ich verstehe Ihr Schweigen durchaus. Nichts spricht für meinen Vorschlag, eigentlich nichts. Der Fall ist allzu klar: Sie sind noch am Leben.« Andenico schien so enttäuscht, daß Olga sich mit seinem Vorschlag zu befassen begann.

Sie hatte dafür allerdings einen Grund: auch die allerfernste

Eventualität, daß Kajetan sich anstecken könnte, bereitete ihr Pein. Und etwas denken zu können, erfüllte für Olga schon den Tatbestand einer Eventualität. Sie teilte dem Professor mit, daß sie bereit sei, sich in Venedig untersuchen zu lassen. Kajetan war völlig abhängig von ihr. Das hatte Olga inzwischen erkannt. Damit aber nahm sie auf einmal innigeren Anteil an seinem Ergehen, als es bis dahin der Fall gewesen war. Und der Vorname des Arztes Lavini in Venedig, Jacopo, zog Olga lockend an. Sie hielt es beiseite. Das verstärkte die Lockung.

In Venedig verschonte der Doktor Lavini Olga von befürchteten, neuerlichen Untersuchungen und Eingriffen weitestgehend. Er studierte stattdessen mit gründlichster Genauigkeit alles, was in Florenz bereits gemacht und festgestellt worden war.

Lavini besuchte Olga täglich. Jedesmal schien er unbegrenzt Zeit für sie zu haben. Olga bekam den Eindruck, Lavini ließe es dabei bewenden, ihren Allgemeinzustand zu beobachten. Dem war freilich nicht so. Wie alle wirklichen Könner beschränkte dieser Mann sich darauf, aus minimalen Materialien die größtmögliche Erkenntnis zu gewinnen. Olga hatte binnen zweier Wochen nur zwei Blutentnahmen sowie eine kaum nennenswerte Medikation. Von der laufenden Sediologie und Histologie ihres Bluts, ihrer Exkremente und aller anderen körperlichen Ausscheidungen wußte sie nichts. So zum Beispiel erfuhr sie nicht, daß die Schwestern ihr, im Auftrag Lavinis, Proben ihres Achselschweißes abnahmen, die dann im Labor chemotechnisch und mikroskopisch untersucht wurden.

Olga hatte ihren Leib stets als namenloses und stilles Haus für die Seele verstanden. Dieses Haus war während ihrer Krankheit lärmerfüllt, es schien bewohnt von fremden Wesen zu sein. Olga schämte sich dessen.

Sie hätte mit dem Doktor gern über diese Scham gesprochen, doch sie fand, Lavini sei kein Beichtvater. Von fürstlicher Großzügigkeit, weil er seine Bildung mit ihr teilte, aber wetterwendisch in seinen Stimmungen, gastlich, aber vor allem geschäftstüchtig, so schätzte Olga den Arzt ein, der sein Spezialistentum nicht aus Bescheidenheit, sondern mit dem nachgerade verrufenen Hochmut und der Selbstherrlichkeit der Venezianer lässig verbarg.

Er erläuterte Olga die Ergebnisse seiner bisherigen Feststellungen, die beruhigend klangen. Aber gerade dies beunruhigte Olga. Waren Lavinis Befunde vielleicht nicht doch nur die rücksichtsvolle Einkleidung einer bitteren Tatsache? Übte die starke Persönlichkeit des Arztes vielleicht nicht doch einen zauberkräftigen Bann auf seine unwissendere Umgebung aus? Olga ging noch weiter in ihrer Skepsis und sie fragte sich, ob Lavini nicht absichtlich seine günstigen Mitteilungen so formulierte, daß Zweifel bei ihr, Olga, entstehen mußten? Lag dem allem etwa die Lust eines Sohns der großen Spinne mit Namen Venedig, die Lust an ebenso grausamer wie raffinierter Peinigung zugrunde?

Mit was für einer vor Stolz bebenden Stimme hatte er ihr berichtet, wie vor gegenseitigen Mordkomplotten der gemeinsame Gang zur Kirche den blutigen Roman der feindlichen Häuser zynisch geschmückt habe – andererseits hinwieder sei Franz von Assisi ebenso in Venedig gewesen, jedoch nicht am verwöhnten Rialto, sondern weiter draußen, bei den Elenden auf der fiebrigen Insel San Francesco nel deserto, dem Ursprungsort des späteren San Francisco in Kalifornien.

Als der Doktor gegangen war, versucht Olga, sich in ihrer Ungewißheit damit zu helfen, daß sie sich vorwarf, sie führe fort, anderen alle möglichen finsteren Absichten zu unterstellen. Aber das konnte sie nicht ablenken. In der Ungewißheit gab es für sie nur eine Gewißheit, die innere Vereinsamung. Auch in Gesellschaft fühlte Olga sich seit langem allein.

In ihrem Alleinsein entzündete sich Sehnsucht. Sehnsucht wonach? Sie hatte nun übergenug von Venedigs Grauen und Größe und sehnte sich nach dem erlösenden Licht über der Toscana. Am nächsten Tag fragte sie Dr. Lavini, wann sie nach Colini zurückkehren könne? Mit seiner Selbstverständlichkeit, um die jeder Komödienspieler den Doktor hätte beneiden können, sagte dieser: »Aber jederzeit – heute, wenn Sie es wünschen, Baronessa ...!« Olga, beschämt, bemühte sich um ein möglichst unverkrampftes Lächeln und meinte, so eilig wäre es nicht. »Hielten Sie es noch eine Woche bei uns aus? Ich möchte gern noch einen Abstrich kontrollieren, für alle Fälle«, sagte Lavini. Olga bejahte.

In dieser letzten Woche ging Olga täglich aus. Sie verließ das Hospital stets in der ersten Frühdämmerung, weil sie möglichst wenigen Menschen begegnen wollte.

Es war April geworden. Zwischen fünf und sechs Uhr morgens war Venedig noch wie ausgestorben. Die Ruhe mehrerer überstandener Zeitalter nistete zwischen den Kanälen, Gassen, Palazzi und Brücken. In dieser alten Ruhe schimmerte die Stadt in kranken und wilden Schatten aus Weiß. Wenn Olga in dieser Morgenfrühe und Stille durch die Stadtteile, ihre Straßen, Plätze und Gärten ging, empfand sie die Fassadenhaftigkeit ihres Daseins deutlicher als je zuvor. Die Fassaden Venedigs waren ein Memento. Doch was bargen die Fassaden wohl hinter ihren Gemäuern?

Zu späteren Zeiten des Tages betrat Olga das Innere einiger Paläste, die für Besucher geöffnet waren. So stand sie lange in dem Mittelteil des Palazzo Giustinian, der von der Familie Giustinian um 1450 erbaut wurde, in dem später Richard Wagner den zweiten Akt von *Tristan und Isolde* komponierte. Noch stärker berührt aber fand Olga sich unversehens, als sie eines Vormittags den Palazzo Benzon betrat und als sie dann in dem Büchersalon der Gräfin Marina Querini-Benzon stand, der berühmten ›Blonden‹ der venezianischen Lieder. Einige Besucher, die Olga eintreten sahen, wichen vor ihrer Schönheit und Blondheit zurück.

Die überall gegenwärtige, alte Ruhe aus mehreren Epochen erschien Olga hier im Palazzo Benzon wie nichts im Vergleich zu derjenigen Ruhe, die sie sich so oft beim Lesen erschaffen hatte. Im Bücherkabinett der Marina Querini-Benzon befiel Olga ein solcher Untrost, daß sie ihre Angst vor der Wahrheit aufgab: sie sehnte sich nach wie vor nach einem Kind, aber nicht nach irgendeinem Kind, sondern nach ihrem Sohn, nach Jakob.

Erinnerungen an Mythen vor unserer Zeitrechnung stiegen

empor aus ihrem Gedächtnis. Als Olga den Palazzo verließ, um ins Ospedale Civile zurückzukehren, nahm sie sich vor, ein Opfer zu bringen.

Es stellte sich heraus, daß es ihr unmöglich war, sich etwas vorzustellen, dessen Hingabe ihr so schwer oder gar unmöglich geworden wäre, daß von einem Opfer die Rede hätte sein können. Olgas Herz hing an nichts; darin lagen, ihrer Auffassung nach, alle ihre Mängel beschlossen. Olga wäre bereit gewesen, ihr Leben für Jakob zu opfern, aber sie war nicht mehr naiv genug, um sich damit täuschen zu können. Es wäre für sie kein Opfer, es wäre die Erlösung gewesen. Sie war so verzweifelt, daß sie in ihrem Klinikzimmer vor den Spiegel trat, sich betrachtete und dann zu ihrem Bild im Spiegel sagte: »Es gäbe nur eines auf der Welt, das für dich ein Opfer bedeutete: Jakob nicht zum Leben zu erwecken.« Schaudernd wandte Olga sich von ihrem eigenen Anblick in dem Spiegel ab: damit dieses nicht geschähe, hatte sie sich beim Verlassen des Palazzo Querini-Benzon vorgenommen, das Opfer zu bringen.

Gab es denn niemand, mit dem sie hätte sprechen wollen? Ach, wäre Jacopo Lavini mit dem morbiden Glanz seines Intrigen- und Machtbewußtseins doch ein Beichtvater gewesen! Olga gab diese Idee als unziemlich sogleich wieder auf. Vor allem in ihrer jetzigen Niedergeschlagenheit, mit der verglichen selbst der Abschied von Rotter nur eine vorläufige Prüfung gewesen war.

Den nächsten Tag und die Nacht verbrachte sie im Hospital. Sie mied das Übel der Selbstüberschätzung, und so mied sie auch die Selbstunterschätzung. Sie bemitleidete sich auch nicht, denn sie trauerte heftig um jenes gefühlsbetonte, romantische Mädchen, das sie bis zum Ende Rotters und bis zur Erschaffung Jakobs aus Schrecken und Sehnsucht gewesen war. Der Versuchung, sich durch ein Gespräch mit Dr. Jacopo Lavini zu erleichtern oder einen Padre zu rufen, gab Olga nicht nach. Sie wußte genau, was von solchen Erleichterungen zu halten war: sie führten nur dazu, daß man hinterher nichts unternahm, um das Übel selbst zu ändern.

Am übernächsten Tag winkte Olga einem Vaporetto auf dem Canal Grande. Sie stieg in das Motorschiff und sagte dem Schiffer, er möge hinausfahren. Auf dem Canal Grande weitete sich das Bild Venedigs sogleich zu seiner ganzen untergründigen und überirdischen Unnahbarkeit. Diese Schönheit war von schier unbegreiflicher, phantastischer Einmaligkeit. Die Abenddämmerung kam schon vom Meer herein. Sie senkte sich über die Palazzi und Häuser und Gewässer, die der Schiffer mit Olga durchfuhr. Mit dem Untergang der Sonne begann die frühere Größe aus der Fama geistiger Strenge wiederaufzuleben, halb Spuk und halb wacher Traum. Menschen, die bei hellem Tag zu unbedeutend schienen für den aristokratischen Charakter dieser herrischen und geheimnisvoll weiblichen Stadt, sie sahen jetzt in der Abenddämmerung wissender und hintergründiger aus.

Auf einer Barke, bedeckt mit schwarzem Tuch, fuhr eine Gruppe von Menschen an Olga vorbei. Am Bug stand eine starre Gestalt, hinter ihr standen Priester in flatternden Chorröcken. Die Gestalt aber da vorn am Bug der Barke war von einem schwarzen Schleier bedeckt, der zu allen Seiten über dem Kopf lag und bis zum Boden der Barke reichte. Nichts unter diesem schwarzen Schleier war zu erkennen. Olga war aufgesprungen in dem Vaporetto, wie von einem Finger der Wahrheit, der aus dem Himmel über Venedig herabkam, berührt. Sie hielt sich am Schiffsrand fest und rief der schwarzen Barke »Jakob! Mein Jakob!!!« nach, aber die Barke glitt schneller weiter als der Vaporetto, und Olgas Schrei vermochte nichts. Außer sich wandte sie sich dem Schiffer zu und befahl ihm, schneller zu fahren, der Barke nachzufahren. Doch der Schiffer weigerte sich. Die Barke ging nicht zur Friedhofinsel, sondern zu einem schrecklicheren Gestade. Dort draußen hausten zwischen dunklen Zypressen Einsiedler und Hungermönche. In ihren Zellen harrten sie des Todes, der mit langsamster Grausamkeit über sie kam. Die Barke brachte einen weiteren Hungermönch hinüber. Keine Macht hätte den Schiffer bewegen können, dieser Barke zu folgen. Sie verschwand vor der Lagune.

Olga hatte sich in dem Vaporetto ohnmächtig niedergesetzt.

Mit weit offenen Augen schaute sie auf die Wasserflächen und hin auf die Stadt und war dabei wie blind, denn sie sah nichts mehr. Sie sah ihren Vater. Er hatte wenigstens lieben können, und zwar nicht nur sich selbst; darum war Kaspar umso viel reicher gewesen als die meisten. Wer Liebe schenken konnte, bekam sie vielfach zurück (durch sich selber); wer aber, das sah Olga nun dank ihrer momentanen Blindheit bei weit offenen Augen, nur sich selbst liebte, der verlor am Ende auch alle Liebe, die er einmal von anderen empfangen hatte. Seit Bélas offen gezeigtem Antisemitismus hatte Olga nicht mehr geliebt, weder irgendeinen anderen Menschen noch sich selber. War ihre Sehnsucht nach Jakob entbrannt, weil sie vor dem endgültigen Absterben im Packeis ihrer Apathie noch einmal etwas anderes als die innere Leere fühlen wollte?

Dort auf der Barke, am Bug des schwarzverhangenen Gefährts, hochaufgerichtet unter seinem schwarzen Schleier, war Jakob an ihr vorübergeglitten. Das glaubte Olga unbedingt. Ihre Herzenskammer war nicht länger eine Lichtweide für Jakob; sie war längst leer.

Der Schiffer fuhr mit Olga weiter. Der Vaporetto glitt in die beginnende Dunkelheit. Sie erreichten die äußere Lagune, weit draußen bei San Servolo. Sie fuhren vorbei an dem weitläufigen Bau der Abtei San Giorgio Maggiore. Obwohl Olga nichts sah von den herrlichen Umrissen der entfernten Stadt, entstanden in ihrer Innensicht die Umrisse des Dogenpalastes. Dann überwältigte sie die Stille der beginnenden Nacht hier draußen. Von weitem hörte sie die herandonnernde, offene See. Der Vaporetto hatte an einem unbebauten Ufer angelegt. Sein Motor setzte aus. Der Schiffer schwieg.

Bei tiefster Ruhe, von keinem Gedanken aufgescheucht, von keinem Sehen peinigender Pracht abgelenkt, sah Olga mit zunehmender Ergriffenheit Jakob.

Er stand auf dem Eiland der Hungermönche, nun einer von ihnen. Er nahm den Schleier von seinem Gesicht und von seiner Gestalt. Da erblickte Olga in der Dunkelheit den Sohn, den ihr Sehnen so gesucht hatte, als einen Lichtesser. Jakob und die anderen Hungernden an dem Gestade des Sterbens ernährten sich vom Licht des Himmels. Am Tag und bei der Nacht aßen sie Licht und lebten immer noch. Obwohl sie weder aßen noch tranken, grausam hungerten und dürsteten und nichts mehr hofften, lebten sie noch. Olga erblickte Jakob und sein Gesicht. Es war behauen vom Meißel der Einsamkeit, gezeichnet von Entsagung, und es war unverklärt durch Jakobs Wissen von einem ruhmlosen Ende.

Olga zog sich am Bordrand des Vaporettos hoch von ihrem Sitz. Mit tonlos bleibendem Mund und blicklos geöffneten Augen und aus leergeschmiedeter Seele schrie Olga, weit vornübergebeugt über die Wellen der Lagune, nach Jakob. Dann sank sie in das Boot, dem schweigenden und wartenden, wissenden Schiffer in die Arme. Von San Zaccaria läutete die Mitternachtsglocke herüber.

Olga kam erst wieder zu sich, als der Vaporetto im Canal Grande war. Ihre Augen sahen die Piazza San Marco so, als hätten sie nie in eine andere Welt geblickt.

Menschenversuche 1

Im Frühjahr 1942 zog Hitler seine Truppen im Osten bis in die Steppen Rußlands zurück. Die deutschen Linien dehnten sich, auf einer Frontlänge von 800 Kilometern, von Woronesch bis zum Kaukasus. Die Heeresgruppe Süd war überfordert. Hinzu kam der Nachschubmangel. Aber Hitler befahl die Offensive. Ihr Ziel waren die Erdölquellen von Baku. »Wenn ich sie nicht bekomme, muß ich den Krieg beenden«, erklärte Hitler seinen Feldmarschällen.

Sie redeten untereinander von Widerstand, aber sie taten alles, damit Hitler Baku und die Ölquellen bekäme. Hitler hatte nur Verachtung für sie. Auch dieser Versuch mit Menschen entwikkelte sich ganz nach seinen Vorhersagen. Die Generäle, die ihn seit dem Desaster vor Moskau hinter seinem Rücken kritisierten, hatten in der Zeit der schnellen Siege sämtlich mitgemacht. Er hatte sie mit Titeln, großen Einkünften, Rittergütern und persönlichen Privilegien bedacht, und sie waren sämtlich vor ihm ins Knie gegangen. Um nichts davon zu riskieren und um die eigene Haut zu retten, opferten sie ihre Armeen und Divisionen, wie Hitler es ihnen befahl.

Hitler wußte, daß einige Generäle und Offiziere ihm nach dem Leben trachteten. Vorerst ließ er ihnen beim Betreten seiner Hauptquartiere nicht einmal die Pistolen wegnehmen, behandelte sie wie gekaufte Domestiken, die sie faktisch geworden waren, provozierte sie bis zum Äußersten. Keiner zog die Pistole. Jeder ließ seine Truppen verbluten, anstatt sein einzelnes Leben zu riskieren. Es amüsierte Hitler, wie sie sich gegenseitig als Märtyrer durch Courage lobten und hochstilisierten.

Auch Hitlers klügster Heerführer an der Ostfront, Generalfeldmarschall Erich von Manstein, parierte ausgezeichnet. Hitler mochte ihn nicht, aber er schätzte Mansteins Können. Das Märchen von Mansteins Stabsklüngel, ihr OB. sei Hitlers »Lieblingsgeneral im Osten«, ließ Hitler nur fassungslos den Kopf schütteln. Manstein wußte längst, daß der Krieg nicht mehr zu gewinnen war. Dennoch tat er alles, um Hitlers Versuchen mit Menschen zum höchstmöglichen Erfolg zu verhelfen. Niemand ließ so hartnäckig wie Manstein um jedes Tausend neuer Toter mit sich ringen; niemand aber auch verlängerte die Lust Hitlers an seiner Lieblingstätigkeit, Armeekorps zu opfern, so wie Feldmarschall von Manstein. Hitler bestellte keinen so oft zu sich wie ihn.

Der Verschleiß an Menschen und Material, den die Frühjahrsoffensive 1942 forderte, war größer als erwartet. Bei Noworossisk blieb der Vormarsch in den Kaukasus stecken.

Die 16. motorisierte Division nahm Elista, jenes Städtchen an der unteren Wolga, in dem der Baron Kaspar einst Ili, den Nomaden, kennengelernt und die Kalmückenmütze von Ili gekauft hatte, woraufhin Ili ihm die Geschichte mit Yuuna erzählte. Elista konnte jetzt, dreißig Jahre danach, von den Deutschen nicht lange gehalten werden. Ili lebte immer noch. Er war hundert geworden. Er wußte: mit Krieg konnte niemals irgendeine Stellung auf Dauer gehalten werden, nur mit Liebe, Phantasie, Sprache war so etwas möglich.

Eine Patrouille unter Oberleutnant Gottlieb kam bis auf 25 Kilometer an Astrachan heran, unterbrach dort eine Eisenbahnlinie nach Baku, setzte einen Zug mit Erdöl in Brand und kehrte um. »Es war gespenstisch, wir bekamen keinen einzigen der überall vorhandenen Gegner zu Gesicht«, sagte Gottlieb, als er sich in Elista zurückmeldete.

Was der zaristische Marschall Kutusow einst mit Napoleons großer Armee veranstaltet hatte, das begannen nun die Sowjetgeneräle Jeremenko, Tschuikow und Watutin mit den deutschen Armeen: sie überließen sie in den endlosen Weiten sich selber und führten ihre eigenen Kräfte zur Wolga, nach Stalingrad. Bei Stalingrad hatte Hitler die 4. Panzerarmee des Generalobersten Hoth der 6. Armee des Generalobersten Paulus unterstellt. Bis zum 16. September wurde dann um Stalingrad gekämpft. Jetzt befahl Hitler die Eroberung der Stadt.

Der Frontabschnitt der 6. Armee befand sich um diese Zeit am Stadtrand von Stalingrad. Die Lage verschlechterte sich für die Deutschen zusehends. Hitlers Befehl erschien von Manstein, Paulus und Weichs sinnlos, aber er wurde befolgt. Die Deutschen eroberten den Stadtkern. Im Oktober wurde klar, daß 1942 keine Aussicht mehr auf die Eroberung der Erdölfelder Bakus bestand. Damit verlor auch Stalingrad seine strategische Bedeutung. Hitler befahl, zu bleiben. Neue Heereseinheiten wurden nach Stalingrad eingeflogen. Die Sowjets verteidigten jedes einzelne Trümmerareal. Seit der Landung der Alliierten in Sizilien hielt Hitler sich in Berchtesgaden auf. Von hier aus richtete er am 17. November 1942 den Befehl an jeden Kommandeur in Stalingrad, »bei der Geschützfabrik und beim Metallurgischen Werk bis zur Wolga durchzustoßen und diese Stadtteile zu nehmen«.

Der Diktator, der sich inzwischen als der »größte Feldherr

aller Zeiten« feiern ließ, befaßte sich damit, einzelne Kompanien zu verlegen. Im übrigen weigerte er sich strikt, seinen Krieg in Rußland persönlich in Augenschein zu nehmen. Hin und wieder ließ er sich hochdekorierte Kriegshelden vorstellen, entlaust, in neuen Uniformen und mit Handschuhen. Feldmarschall von List, der Hitler auf die Unsinnigkeit des Bleibens in Stalingrad hinwies, wurde niedergebrüllt. Generaloberst Jodl, der von List daraufhin verteidigte, wurde niedergebrüllt. Beide kuschten und parierten von jetzt an.

Inzwischen war die gesamte 6. Armee in Stalingrad eingekesselt und wurde vom russischen Winter zermürbt. Dann kam der sowjetische Gegenangriff.

Am 20. November 1942 stießen Watutin und Rokossowskij mit ihren Truppen westlich des Don auf Stalingrad vor, während Jeremenko südlich von Stalingrad angriff. Das IV. Deutsche Panzerkorps hielt stand, aber die 4. rumänische Armee zerbrach. Generaloberst Paulus, der Oberkommandierende, entging nur knapp der Gefangennahme und entrann soeben in das Winterhauptquartier seiner 6. Armee außerhalb des Kessels. Ein Telegramm Hitlers wies ihn an, sich in den Kessel zu begeben und dort weitere Befehle abzuwarten. Paulus flog in die Stadt und mußte feststellen, daß seine 6. Armee in Stalingrad eingeschlossen und ohne Nachschub blieb. Treibstoff, Munition und Lebensmittel reichten nur noch für wenige Tage. Und der Oberbefehlshaber der 4. Luftflotte, Wolfram von Richthofen, erklärte Hitler kategorisch, daß die Versorgung von mehr als 350000 deutschen Soloaten aus der Luft die Transportmöglichkeiten der Luftwaffe überschreite. General Martin Fiebig erklärte Paulus, wenn er die Armee retten wolle, müsse er sofort aus dem Kessel ausbrechen; noch sei hierzu eine Chance vorhanden. Paulus schlug Hitler den Ausbruch vor, um die Armee zu retten. Generaloberst von Weichs äußerte sich dazu mit der selben Entschiedenheit. Hitler kam aus Berchtesgaden am 23. November um ein Uhr nachts in seinem Hauptquartier in Winniza an, legte sich schlafen und ordnete an, er sei vor Mittag nicht zu sprechen.

General Zeitzler, sein Stabschef, ging dennoch zum Führer. Dessen Leibarzt verließ gerade den Raum. Hitler war wieder einmal im Zustand höchster Euphorie. ›Naja, das bestgehütete Geheimnis des Reichs‹, dachte Zeitzler angewidert. Hitler erklärte seinem Stabschef lachend, er gehe keinen Schritt aus Stalingrad heraus. Zeitzler schrie ihn an, es wäre ein Verbrechen, die 6. Armee ihrem Schicksal zu überlassen.

Bei dem Wort »Verbrechen« war Hitler hochgefahren. Noch nie hatte jemand gewagt, so mit ihm zu reden. Aber General Zeitzler geschah nichts. Hitler kippte aus seiner Euphorie in die typische Depression des Toxomanen und hielt an seinem Befehl, Stalingrad zu halten, fest.

Göring, wie immer abwesend, befand sich in Paris. Von dort aus telegrafierte er an Hitler: »Luftwaffe jederzeit in der Lage, täglich 500 Tonnen nach Stalingrad einzufliegen. Übernehme dafür jede Garantie.«

Göring wohnte mit seinem Epheben Sascha im Ritz-Hotel. Seine anderweitige Begleitung hatte sich in der Nähe einquartiert. Er war der entschiedenste aller Gegenwartsbewältiger in Adolf Hitlers Totenreich. Er wußte das und genoß es, von Anfang an. Denn er wußte, es würde nicht ewig dauern.

In den nächsten Tagen ließ Göring sich Bilder aus dem Louvre im Hotel vorbeitragen und entschied, welche Stücke nach Karinhall, seinem Prachtsitz in der Schorfheide bei Berlin, zu bringen wären.

Zum Schutz gegen das sowjetische Feuer und gegen die Schneestürme mit Kältegraden bis minus 30 Grad Celsius hatten die deutschen Soldaten oft nur das Segeltuch ihrer Zelte. Hitler erklärte Stalingrad zur Festung, die bis zum letzten Blutstropfen zu verteidigen wäre. Für die Eingeschlossenen war dieser Befehl der letzte Schlag, der alle Hoffnungen löschte. Ganz Stalingrad lag in Trümmern. Der Befehlshaber des IV. Korps, General Jaenecke, warf Paulus vor: »Reichenau hätte Hitlers Wahnsinnsbefehl verweigert.« Paulus senkte den Kopf und sagte nur: »Ich bin kein Reichenau« – und gehorchte.

Hitler bestellte Manstein in sein Hauptquartier. Der ließ sich

Zeit. Dem Flug durch die Schneestürme setzte er sich lieber nicht aus und zog die Reise nach Ostpreußen in seinem Kommandozug vor. Er wollte die 6. Armee retten, ihre beweglichen Kräfte, nach einem Durchbruch, bei Rostow in die Ostfront neu eingliedern. Aber er gab sich keinen Illusionen hin: die letzte Chance der 6. Armee bestand darin, daß sie sich alleine bis zur Armeegruppe Hoth durchkämpfte. Manstein gab den Befehl hierzu, stand mit Paulus während der Reise zu Hitler in ständiger Funkverbindung und war außer sich, weil Paulus zögerte. Im Hauptquartier gab Hitler Paulus recht, blieb bei seinem Befehl zum Ausharren, und Manstein fügte sich und reiste zurück zur Front.

Am 1. Januar 1943 trafen die ersten Meldungen von Verhungerten in Stalingrad bei Hitler ein. Der pries die Verhungerten als tapfere Leute, tobte über den »Faulpelz Göring«, der ihn mit seinem Versprechen mal wieder getäuscht hätte, der »eigentlich sofort standrechtlich erschossen« gehöre. »Im übrigen«, schrie Hitler Zeitzler an, »ist das alles nur die Folge davon, daß selbst Feldmarschälle mir nicht mehr gehorchen! Und Herr von Manstein bildet sich ein da draußen, daß man ihm gehorchen würde!« Zeitzler bekam den Eindruck, daß Hitler zwar tobe, aber die Verwirrung und Beflissenheit seiner Umgebung genösse.

Der Schnee bildete im Kessel von Stalingrad Zehntausende von kleinen Erhebungen über Erfrorenen und Verhungerten. Am 24. Januar 1943 lagen achtzehntausend Verwundete unversorgt im Kessel. Der Typhus brach aus. Feldmarschall von Manstein telefonierte dreiviertel Stunden mit Hitler, aber der untersagte jedes Zurückweichen sowie eine Kapitulation. Am 25. Januar erfolgte ein weiterer sowjetischer Angriff. Dabei vereinigte sich die 62. Sowjetarmee mit der 21. Armee und zerschlug die 6. Armee in zwei Teile.

Generaloberst Friedrich Paulus hatte sein letztes Quartier in den Kellern des Univermag-Kaufhauses am Roten Platz in Stalingrad. Am 30. Januar beförderte Hitler ihn zum Feldmarschall. Zu Keitel sagte er: »Es gibt keinen deutschen Marschall der Vergangenheit, der je in Kriegsgefangenschaft ging. Wenn etwas zu Ende war, hat man sich erschossen.« Am 31. Januar verließ der letzte Funkspruch die Befehlsstelle von Paulus: »Der Russe steht vor dem Bunker.« Dann, dreimal wiederholt, das Funksignal CL. Es bedeutet: »Diese Station sendet nicht mehr.«

Kein Schuß fiel mehr in Stalingrad. Die Deutschen kapitulierten überall. Ein deutscher Offizier mit weißer Fahne führte einen sowjetischen Offizier hinab in den Bunker zu Paulus. Ein zum Skelett Abgemagerter kam heraus. Paulus war desinteressiert, krank, gebrochen. Am allerwenigsten interessierten ihn die blödsinnigen Verhaltensweisen deutscher Marschälle der Vergangenheit. Er ergab sich und ging mit den Resten seiner Armee in Gefangenschaft.

Göring gab um diese Zeit in Karinhall eines seiner Maskenfeste. Der Reichsmarschall versuchte, die alten Feste Venedigs zu imitieren. Göring erschien in den Prachtgewändern eines Renaissancefürsten, in goldenen Pumps mit hohen Absätzen, umgeben von seinen Epheben. Jovial, verfettet und benebelt von Kokain sah man ihn in großen Schalen mit Brillanten und Edelsteinen wühlen. Ein Adjutant erschien und gab ihm die Meldung vom Untergang der 6. Armee in Stalingrad. Göring schob das Papier beiseite. Hitlers Kriegskram interessierte ihn schon lange nicht mehr. Das Maskenfest ging weiter.

Bei Hitlers großartig inszeniertem Ritual der Todesverherrlichung, mit dem etwas später in Berlin Staatstrauer für die Gefallenen von Stalingrad gespielt wurde, erschien Göring an Hitlers Seite. Nicht nur er, auch Hitler langweilte sich. Es war alles noch perfekt inszeniert, aber der Todesrausch von früheren Staatsakten wollte sich nicht mehr einstellen.

Hitler dachte an den düsteren Pompes funèbre anläßlich der Beisetzung Reinhart Heydrichs in Berlin. Dieser Staatsakt für den Reichsprotektor in Böhmen und Mähren war das vollkommenste Totenfest, das die Reichshauptstadt je gesehen hatte. Es war zugleich die einmalige, für ewig unwiederholbare *Parsifal*-Inszenierung geworden. Niemand würde diese Musik Wagners je wieder so in Szene setzen, auf diesem Erdball nicht mehr. Damals war Hitler mitgerissen worden. Bei diesem Staatsakt hatte er den toten Richard Wagner gesehen, wie der sich in seinem Grab jäh aufrichtete, lauschte, zusah, erbleichte.

Menschenversuche II

Seit dem Sommer des Vorjahres arbeitete Béla in der Ärztegruppe des Konzentrationslagers Dachau. Die Ärzte bekamen Häftlinge zu Versuchszwecken, deren Ausgang von Anfang an als Versuche bis zur Erreichung des Todes geplant waren. Béla beteiligte sich vor allem an den Kälteversuchen. »Das Material«, wie die Unglücklichen amtlich genannt wurden, genügte Béla nicht. Er verlangte Häftlinge, die kräftiger waren, die in so guter Verfassung waren wie Wehrmachtsangehörige in Kampfkondition. Da es solche Häftlinge nicht gab in Dachau, wurden sie dort durch beste Ernährung und Sport eigens für die Versuche trainiert.

Am 10. September 1942 wurde ihm, morgens gegen neun Uhr, der Häftling Josef Brissler vorgeführt, Kommunist und inhaftiert seit 1940. Béla untersuchte ihn und fand ihn in bestmöglicher körperlicher und geistiger Verfassung. Brissler wurde von SS-Männern mit voller Fliegeruniform, einer Sommer- und Winterkombination mit Fliegerhaube, bekleidet. Unwissend, was mit ihm geschehen würde, wurde er ins Wasser des Versuchslabors gebracht, in jene inzwischen ausgebaute Menschenschinderbaracke, in der die Versuche, meistens mit Todesfolge für die Häftlinge, stattfanden, Unterdruckversuche bei Absprüngen aus großer Höhe und Versuche mit langdauernder Unterkühlung für Hitlers Kriegsführung.

Eine Schwimmweste aus Gummi verhinderte, daß Brissler im sehr tiefen Wasserbecken sogleich unterging. Die Kälte des Wassers wurde von Béla reguliert. Zwischen 2,5 und 12 Grad Celsius. Brisslers Hinterkopf und sein Hirnstamm wurde längere Zeit über der Wasseroberfläche gehalten, dann wurden sein Nacken (Hirnstamm) und sein Hinterhirn ins Wasser gedrückt. Béla maß Unterkühlungen im Magen von 26,4 Grad, im After 25,5 Grad. Er führte diese Messungen elektrisch durch, wobei Brissler entsetzlich litt. Béla hatte schon mehrere solcher Versuche gemacht und festgestellt, daß der Tod nur eintrat, wenn der Hirnstamm und das Hinterhirn mit unterkühlt wurden. Im Fall Brisslers und wegen seiner guten Anfangsverfassung wollte Béla wissen, ob auch dieser Häftling stürbe, wenn diese speziellen Unterkühlungen eintraten. Josef Brissler starb.

Es fanden sich bei einer Sektion innerhalb der Schädelkapsel größere Mengen freien Blutes, nahezu ein halber Liter. Das Herz zeigte, wie bei den früher bereits Getöteten, schwerste Erweiterungen der rechten Kammer. Sobald die Unterkühlung 28 Grad Celsius erreicht hatte, starb die Versuchsperson mit Sicherheit, trotz aller späteren Versuche zur Rettung. Besondere Befunde bei dem toten Josef Brissler:

Starke Erhöhung der Blutviskosität, starker Anstieg des Hämoglobins, etwa eine Verfünffachung der Leukozyten, ein Anstieg der Blutzuckerwerte auf das Doppelte. Vorhofflattern fand sich regelmäßig ab 30 Grad Celsius.

Während dieser Zeit traf Béla Margaret in München. Sie fragte ihn rundheraus, was er tue in Dachau. Béla log von Versuchen mit größtmöglicher Sicherheit für die Versuchspersonen und daß sie sich freiwillig zur Verfügung stellten. Margaret sagte ihm, sie hätte keine Beweise, aber sie glaube das nicht. Béla sagte: »Margaret, es geschieht zum Besten ungezählter Menschen. Aber das alles wird bald zu Ende sein.«

Margaret sagte: »Das Böse kann nie zum Guten werden. Das ist eine Zwecklüge. Aus Gutem kann Böses werden, und mit dem, was du in dem Lager tust, wird nichts jemals zu Ende sein!« Béla faselte vom Fortschritt der Medizin, dem alles diene. Aber Margaret bekam zuviel. »Ich hatte so gehofft, du würdest meinem Vater behilflich sein, dieses Lager zu verlassen. Statt dessen hast du dich von ihm dort einspannen lassen.

Das ist der wirkliche Fortschritt und der einzige: der Fortschritt des Gemeinen«, sagte sie verzweifelt.

Es gab keine innere und äußere Ordnung mehr, der Menschen zustimmen konnten. Darum zerfiel alles zu rein privaten Entscheidungen. Und damit kam die Vereinsamung. Sie tötete auch jede Liebe ab. Margaret fühlte, daß Liebe mehr brauchte als zwei Leute, die sich anzogen. Sie fühlte, daß sie leer geworden war. Und sie hatte längst erkannt, woher das kam.

Béla setzte die Versuche bis Februar 1943 in Dachau fort. Am 12. Februar 1943, kurz nach Stalingrad, machte er eine Reihe von Versuchen zur Erwärmung unterkühlter Menschen durch »animalische Wärme«, wie er es nannte. Er benutzte Männer, die unterkühlt wurden, und nackte Frauen, die dann zu den Unterkühlten gelegt wurden. Die Erfahrung »menschlicher Wärme« war ihm längst fremd geworden.

Dieses Mal suchte er einen Mann aus, der im Lager in eine so gute körperliche Verfassung gebracht worden war, daß man ihn in Handschellen vorführte, weil die SS-Männer sich vor ihm fürchteten. Zunächst bekleidet, dann unbekleidet, wurde er ins kalte Wasser gebracht und bis zu 9 Grad minus Celsius abgekühlt. Béla nahm die Messungen wiederum rektal und thermoelektrisch vor. Als die Rektalwerte bei 30 Grad angelangt waren, wurde der Mann aus dem Wasser geholt. Er war bewußtlos. Man legte ihn zwischen zwei nackte Frauen in ein Bett. Den Frauen, Bordellmädchen, denen Befreiung von weiterer Haft versprochen worden war, wurde befohlen, sich möglichst nahe an den Unterkühlten anzuschmiegen. Dann wurden die drei Personen mit Decken zugedeckt.

Es trat ein Temperaturnachsturz bis zu 3 Grad ein, ein stärkeres Nachfallen als bei jeder anderen bisherigen Erwärmungsart. Das Bewußtsein des Gequälten kehrte langsam wieder. War das Bewußtsein erst einmal wiedergekehrt, verlor es sich auch nicht wieder. Der Mann erfaßte sehr bald seine Situation und schmiegte sich nun seinerseits sehr eng an die nackten Frauenkörper an. Dabei stieg die Körpertemperatur weiter an. Béla forderte die beiden Frauen auf, mit dem Mann den Koitus zu versuchen. Nach dem Koitus mit der einen der beiden Frauen schnellte der Temperaturanstieg an. Béla brach diesen Versuch damit ab.

Er machte am nächsten Tag denselben Unterkühlungsversuch mit einem anderen Häftling in ähnlich guter Kondition. Er wurde anschließend mit nur einer Frau ins Bett gelegt und mit einer Decke zugedeckt. Es zeigte sich eine schnellere Erwärmung als durch zwei Frauen. Béla führte es darauf zurück, daß bei drei Personen größere persönliche Hemmungen zu überwinden waren als bei zwei Personen. Er beobachtete, daß die einzelne Frau sich inniger an den Ausgekühlten anschmiegte. Das beim Kälteversuch verlorene Bewußtsein trat auch baldiger wieder ein als vorher. Später kam der Mann durch eine auftretende Gehirnblutung zu Tode.

Der Sterbende hieß Abel Moritzberg. Bevor er verschied, sah er Béla voll an und nannte ihn einen bedauernswerten Mörder. Dann erlöste der Tod Abel Moritzberg.

Margaret arbeitete als Rüstungsarbeiterin in einer Münchner Fabrik; sie stumpfte mehr und mehr ab, aber noch fühlte sie die Abstumpfung. Die Ohnmacht derer, die als Statisten und als passive Erkennende dem Untergang der alten Bildungs-, Erwerbs- und Machtwelt beiwohnten und die in der zunehmenden Abstumpfung immer scheußlichere Sachen, gemindert auf Verdächte, in Kauf nahmen, diese Ohnmacht löschte auch Margarets Skrupel aus; sie paßte sich ihrer Umgebung immer hilfloser an. Sie war jetzt dreiundzwanzig, wohnte immer noch in der Türkenstraße. Vormittags ging sie zur Universität. Dann machte sie die Nachmittagsschicht als Dreherin in der Munitionsfabrik Schörner & Co., in der Reichsfeldstraße im Münchner Osten. Nachts schrieb sie an ihrer Dissertation. In der Schrift erörterte sie das Problem eines Schemas der Elementarteilchen. Seit der von Otto Hahn und Straßmann 1938 bewerkstelligten Kernspaltung des Urans und des Thoriums ging die Forschung in Margarets Spezialgebiet, der Atomphysik der Elemente-Spaltung, mit Riesenschritten voran. Von einem Schema der Anzahl und Eigenschaften der Elementarteile war man noch weit entfernt, aber Margaret war es in der Forschungsabteilung des Max-Planck-Instituts gelungen, das Problem dieses Schemas einzukreisen. Sie wußte, was es bedeutete, wenn das Schema gelang. ›Bin ich bereits so abgestumpft, daß ich dennoch weiterarbeite? Ist mir der Doktorgrad wichtiger als die Folgen meiner Forschung?‹ fragte sie sich.

Sie redete sich ein, sie benötige weder besseres Essen noch mehr Schlaf. Sie vegetierte, wie Julia Hermann in Paris zuletzt dahinvegetierte, nachdem ihre Mutter die Liebesgeschichte mit Erfolg zerstört hatte.

Béla besuchte Margaret jeden Donnerstag und blieb über Nacht. Was er Liebe nannte, empfand Margaret nur noch als gefühllose und sprachlose Sexualroutine. Ohne Kraft zu irgendeinem Widerstand ließ Margaret das über sich ergehen. Daß sie etwas erkannte, führte schon längst nicht mehr zu sinnvollen und menschenwürdigen Konsequenzen bei ihr. Gedanken rotierten oben in ihrer Kopfsphäre; der Rest ihrer Existenz wurde davon nicht mehr beeinflußt. Béla bestärkte Margaret in dem Hoffen auf Wunder, dem er inzwischen ganz verfallen war. Margaret erkannte die Widrigkeit dieses Wunderhoffens und sie sagte es auch zu Béla, aber das Gesagte blieb sonst ohne Folgen. ›Wir sind einander wirklich wert – wie werden wir enden? Wann endlich?‹ fragte sie sich jedesmal, wenn Béla an den Donnerstagen bei ihr in der Türkenstraße erschien.

Die Schufterei in der Munitionsfabrik nahm Margaret kaum noch wahr. Erst wenn sie heimkam, merkte sie ihre Erschöpfung. Nachts schrieb sie weiter an der Doktorarbeit. Manchmal geschah es, daß in ihrer Stumpfheit eine Erinnerung an Salomon Stettiner hochzuckte. Dann bemühte Margaret sich, dieses Erinnern eine Weile am Leben zu erhalten. Umsonst. Stettiners Geschick, ob er nun noch am Leben oder längst tot war, entfernte sich aus Margarets Geist. Manchmal sah sie das Gesicht des Juden Rapaport aus dem elenden Büro des Wiener Judenrats vor sich. Schaudernd wandte Margaret sich davon ab.

Seit dem Tod von Abel Moritzberg hatte Béla keinen Menschenversuch mehr gemacht. Er tat, als befasse er sich mit

Auswertungen und Schlußfolgerungen. Kontrollieren konnte das zunächst niemand.

Béla ahnte, daß er nicht weitermachen konnte. Die Worte, die Moritzberg vor seinem Ende zu ihm gesagt hatte, waren für Béla zu einer durch den Tod beglaubigten Feststellung geworden. Weil Moritzberg seine Feststellung ohne Haß getroffen hatte, wirkte sie. Auch seine Erinnerung an den vollen Blick des Menschen, den er langsam und qualvoll ermordet hatte, wich nicht mehr aus Béla.

Er beschloß, Dachau zu verlassen. Um einen Vorsprung zu bekommen, beantragte er seinen Jahresurlaub, der ihm sogleich bewilligt wurde. Als Urlaubsort gab er Wien an. Bevor er mit geringstmöglichem Gepäck das Lager verließ, unterhielt er sich noch mit dem Chef der Ärztegruppe, Dr. Rascher. Dieser trug inzwischen zwar SS-Uniform, war aber ein Mann Görings geblieben. Béla gab sich stets als ein Mann Heinrich Himmlers, des Reichsführers SS. In Wahrheit hielt er den für einen hysterischen Schwachkopf, für eine hochgekommene Ausgeburt der Mittelklasse, die Olga so verachtete. Zu Dr. Rascher sagte Béla mit gut dosiertem, drohendem Ton: »Es gibt hier im Lager leider Leute, die unsere Versuche ablehnen und die lieber tapfere deutsche Soldaten da draußen für sich sterben lassen. Es sind Landesverräter, Herr Kollege. Ich werde nach dem Urlaub nicht zögern, ihre Namen den dafür in Frage kommenden Stellen mitzuteilen. Heil Hitler, Herr Kollege!« Béla sah, daß dies Eindruck machte. Er ging dann zu Talmayer, um sich auch von ihm zu verabschieden. Ihm sagte er dasselbe. Talmayer war befriedigt davon. Ohnehin schmeichelte ihm das Verhältnis Bélas mit Margaret. Er sah in Béla den kommenden Schwiegersohn. Sagte mehr als einmal: »Herr Doktor, ich kenne Margaret. Sobald sie fertig mit dem Doktor ist, heiratet sie Sie.«

Béla zog Talmayer nun ins Vertrauen: er wolle mit Margaret vier Wochen in Wien zubringen. Margaret hätte aber nur zwei Wochen Arbeitsurlaub. Er ließe sie in Wien krankschreiben. Er wolle es lieber gleich mitteilen, damit er als Vater sich keine

Sorgen mache. Talmayer lachte zustimmend. Man verabschiedete sich. Es war der 6. März 1943.

Margaret hatte eingewilligt, mit Béla für zwei Wochen nach Wien zu fahren. Von Bélas anderem Vorhaben wußte sie nichts. Sie war froh über die Unterbrechung in ihrem stumpfsinnigen Dahinvegetieren.

Als Béla in München ankam, sagte er Margaret zunächst nichts von seiner Absicht, Dachau für immer zu verlassen. Wenn sie merkte, daß er aus diesem Unort floh und daß er ihren Vater dort zurückließ und nicht nur das, ihn sogar noch täuschte, um ihn nur umso gewisser für immer dort seinem verbrecherischen Tun zu überlassen, konnte Margaret jederzeit etwas machen, was ihm zum Verhängnis würde, überlegte Béla.

Er fand, daß er ein Feigling sei. Warum getraute er sich nicht, das Risiko der Einweihung Margarets einzugehen? Er registrierte seit längerem genau den Zerfall der Persönlichkeit Margarets. ›Wenn ich sie vor die Herausforderung stellte, eine Helferin für mich und zugleich für ihren Vater zu werden, könnte es durchaus sein, daß Margaret ihren Abbau zum Stehen bringen, daß sie gerade wegen der Härte ihres Niedergangs über sich hinauswachsen würde‹, sagte er sich realistisch. Er hatte viel nachgedacht zuletzt. Mit Margaret zusammen hielt er ein Gelingen des kühnsten Plans für möglich. Furchtlosigkeit war der größte Erwecker nie genutzter Kräfte. Dennoch blieb er ein Feigling. ›Ich eigne mich einfach besser zum Feigling als zum Helden im Massengrab‹, sagte er sich und glaubte es dennoch nicht. Er krümmte sich unsichtbar, weil er daran litt, ein Feigling zu sein.

Als Margaret für die Reise packte, sah Béla mit Erleichterung, daß sie alle Unterlagen der Dissertation mitnahm. Am Abend des 7. März 1943 kamen sie in Wien an.

Barany war entsetzt über Margarets Aussehen. Zudem war er fassungslos, daß Béla bei dieser Entwicklung tatenlos zugesehen hatte. Margaret hatte Barany alleine aufgesucht. Sie wollte Béla damit entschuldigen, daß dieser kaum Einfluß auf ihr Dasein habe nehmen können. Doch davon wollte Barany nichts wissen.

Béla war am Morzinplatz. In der vertrauten Umgebung fühlte Margaret die Erschöpfung dreifach. Barany sah es und sagte ihr, vor allem müsse sie jetzt einmal ausschlafen, dann sähe man gemeinsam weiter. Margaret legte sich hin und schlief sogleich ein. Als Béla zurückkam und Margaret abholen wollte, untersagte Barany ihm, Margaret zu wecken. Er machte ihm Vorhaltungen. Béla gewann es über sich, zuzugeben, daß er im Unrecht war. Dadurch beruhigte Barany sich insoweit, daß er ihm nicht drohte. Er erklärte Béla aber definitiv, daß Margaret vorerst hier bliebe und zuerst einmal zu Kräften gebracht würde. Béla war erleichtert über den glimpflichen Ausgang und verabschiedete sich fürs erste und fuhr allein zum Kahlenberg hinaus.

Noch am Abend dieses Tages erreichte Barany durch seine Beziehungen eine Freistellung Margarets von der Rüstungsarbeit in München. Am darauffolgenden Mittag gab Barany Margaret einen ungeschönten Bericht über die militärische und politische Lage, wie er sie sah. Am Ende dieser Darlegung konnte Barany Margaret dazu bewegen, in Wien zu bleiben und ihre Dissertation an der Wiener Universität einzureichen. Margaret wußte, daß sie mit Béla am Ende war. Am selben Tag sagte sie es ihm. Er reagierte so beherrscht und irgendwie tot auf diese Eröffnung, daß Margaret sich fragte, ob sie das alles nicht schon viel früher erkannt hätte?

An einem der folgenden Tage eröffnete Béla Barany, er würde nicht nach Dachau zurückkehren. Er wolle untertauchen, Europa verlassen, für immer. Ob er, Barany, helfen könne? Barany sagte, er brauche einen Tag Bedenkzeit. Am Tag darauf sagte er Béla, daß er ihm behilflich sein würde. Er hatte das Für und Wider gründlich erwogen und war zu dem Schluß gelangt, daß Bélas Untertauchen für Olga, Margaret und für alle anderen hier von allen Übeln das erträglichste sei. Er war sicher, daß das, was Béla getan hatte, ihm sein ganzes restliches Leben anhängen würde, in jedem Land der Welt. Aber damit mußte Béla zurechtkommen. Er, Barany, mußte auch mit einigen Dingen zurechtkommen. Vermögen wurden nicht durch Humanität oder durch Sparmaßnahmen gemacht. Wer überlebte und außerdem auch noch das Märchen vom Unschuldsengel brauchte, stand, nach Baranys Auffassung, unter dem Schutz einer besonderen Form der Unbedarftheit. Weil dies zu allen Zeiten und überall der Fall bei den Mehrheiten war, hielt Barany die Situationen für die meisten prinzipiell für unlösbar. Er vergoß darüber keine Krokodilstränen. Das taten genügend Spezialisten, die die dafür vorgesehenen Posten und Einkünfte bezogen.

Er sagte Béla, am besten sei es wohl, wenn er in Wien für tot erklärt, mit falschem Namen und neuen Papieren zuerst nach Spanien, dann nach Argentinien ginge. Dabei würde er, Barany, behilflich sein können. Béla nahm das Anerbieten umstandslos an. Drei Tage später war er bereits unterwegs.

Margaret schrieb Briefe an Salomon Stettiner, machte Päckchen für ihn. Barany ließ diese Sendungen zu Korutta an den Morzinplatz bringen und versicherte Margaret, sie würden Stettiner erreichen.

Einen Menschenversuch ahnungsloserer Art hatte Tante Theodora gemacht, wie sich herausstellte. Sie war seit längerem schon kränklich gewesen. Olga hatte nicht darauf reagiert. Letzthin nun hatte sich Theodoras Zustand verschlechtert. Margaret besuchte sie öfters in Mödling. Die Tante schien indes nicht sehr erfreut über diese Visiten zu sein. Zwar gab sie sich liebenswürdig, wirkte aber auf Margaret wie jemand, der Vorbehalte hinter gutem Benehmen tarnt.

Die Gräfin Ferdinande kümmerte sich ebenfalls um Theodora Lanzki, so oft es ihre vom Kokain aufgeputschte und vom Mangel an Kokain rapide erstarrende Existenz zuließ. Ferdinandes Besuche würdigte die Kranke. In ihrer zeitweisen Gesellschaft frönte sie noch einmal allen Wonnen ihres harmlosen Dünkels und ihrer Tragik in Tütchen.

Von einer Stunde zur anderen starb sie. Bei der Testamentseröffnung zeigte sich, daß ihr Grundbesitz und ihre Bankanteile der Gemeinde Wien vermacht waren. Aber ein ansehnliches Legat in Schmuck war Ferdinande hinterlassen worden. Margaret und Barany gingen leer aus. Die beiden waren aber erleichtert, daß die Ferdinande auf diese Weise endlich einmal aus ihren

Sorgen heraus war. »Sie hat Probleme, dazu noch Sorgen. Es war eigentlich ein bißchen viel für die Gräfin«, sagte Barany zu Margaret. Seit Béla untergetaucht war, waren die beiden noch vertrauter miteinander geworden.

Tante Theodoras Güte schlug fehl. Ferdinande dachte jetzt nur noch an eines: aufgeputschter zu leben. Sie konnte sich jetzt genügend Kokain leisten. Es gab kein Halten mehr. Mit anderen Mitschnupfern veranstaltete Ferdinande eine Reihe erhabener Schneenächte. Ihre Mutter suchte sie zu mäßigen, aber Ferdinande hatte wenig Sinn für die Argumente der Gräfin Nike. Die war nur um den Preis völligen Lebensverzichts alt geworden. »Wenn es keine Tücke ist, andere ebenfalls dazu zu bringen, um keinen Preis zu leben und dabei uralt zu werden, muß es sich um völligen Intelligenzschwund handeln«, erklärte Ferdinande einem Mitschnupfer.

Sie starb wenig später wie die meisten ihres Genres: sie erwischte unabsichtlich die tödliche Überdosis, die von Fall zu Fall sehr unterschiedlich ist. Ferdinandes zentrales Nervensystem überschlug sich, und die Angstfontäne bei Übererregung schoß hoch in ihr, und es wurde ihr übel. Dann kamen der Schüttelfrost und das Fieber, später Krämpfe. Der Tod erfolgte durch Atemlähmung.

Stettiners Ende

Er wurde bei der Ankunft im Vernichtungslager Auschwitz-Birkenau an der Rampe von zwei SS-Männern nur nebenbei in Augenschein genommen und für die Gaskammer selektiert. Stettiners Ende war besiegelt.

Die Gaskammern und die Krematorien arbeiteten Tag und Nacht. Stettiner war mit anderen an einen Ort des Lagers getrieben worden, wo sie unter einem vom Rauch der Krematorien verhangenen Himmel auf das Ende warteten. Mit Peitschenschlägen und Stockhieben und umsprungen von scharfen Schäferhunden waren sie zum Ort des Wartens getrieben worden, Männer, Frauen, Kinder. Der Schrecken des Ortes machte sie stumm, und einige von ihnen, darunter auch Stettiner und einige der Kinder, machte dieser Ort still.

Stettiner schaute des längeren hinan zum Himmel. Kein Insekt, geschweige ein Vogel, nichts gab es mehr unter diesem Stück Himmel. Es kamen neue SS-Leute mit Hunden. Stettiner wurde mit anderen in eine der Gaskammern getrieben, nachdem alle sich nackt hatten ausziehen müssen.

Sie waren in dem Todesraum, der ihnen als Duschraum angekündigt worden war. Stettiner wußte um die Lüge, und viele andere bei ihm wußten auch von dieser Lüge. Als niemand mehr hineinging, wurden die Eisentüren von draußen geschlossen. Dann strömte das Gas Zyklon B über sie und der Todeskampf der Eingeschlossenen begann.

Ein anderer stand nackt und eng bei Stettiner, und dieser andere begann schneller als Salomon Stettiner zu sterben. Er erstickte, und dabei versuchte er, Stettiner zu umschlingen, aber es war zu eng bei all diesen Sterbenden. Stettiner fühlte, wie er selber auch nun verendete: es war, als platze der Kopf, während die Brust wie von steinhartem Zement gefüllt schien.

Bevor Stettiners Blick in den weit aufgerissenen Augen brach und der Tod seine Seele holte, sah er als letztes Bild von der Erde den Menschen neben sich furchtbar verrecken, und als letzte Idee erschien auf Stettiners Hirnrinde die entsetzliche Gewißheit, daß der da neben ihm der Tod selber gewesen sei, den man versehentlich mitvergaste. Dabei starb Stettiner.

Sein Leichnam wurde mit den anderen in eines der Krematorien gefahren und dort verbrannt. Vom Feuer spürte Stettiner nichts mehr, denn er war nicht mehr in dem Leichnam, der in dem Feuerofen verbrannte. Er hatte immer nur Angst vor Feuer gehabt. Vor dem Gas hatte Stettiner keine Angst gehabt. Sein Gott, wer er auch wäre, hatte ihn bis zuletzt gekannt, von weit vor seiner Geburt bis zuletzt. Wie aber mußten die vielen anderen um Stettiner herum sterben, die ohne eigene Mitschuld keinen Gott gefunden, keinem Pogrom in der Kindheit entronnen, keiner Entsagung fähig und keiner Liebe mächtig geworden waren?

Orta

»Erlaucht, es heißt, daß der Graf Ciano die Distinktion gehabt hat, erschossen zu werden«, meldete Kajetan Olga, als er sich mit dem Kahn von Orta wieder herüber zur Insel San Giulio hatte bringen lassen.

Es stimmte. Der seit dem Putsch gegen Mussolini abgesetzte Außenminister Galeazzo Graf Ciano war vor einem halben Jahr von einem faschistischen Sondergericht zum Tode verurteilt und am 11. Januar 1944, an Olgas dreiunddreißigstem Geburtstag, in Verona erschossen worden. Sein Schwiegervater Mussolini, der seit der Absetzung durch den kleinen König und seit der Wiedereinsetzung als Diktator durch Hitler in seinem letzten Regierungswinkel Salò hauste, hatte die Begnadigung abgelehnt. Auch Edda Ciano, Mussolinis Tochter, hatte den Duce nicht umstimmen können. »Wenn Ciano mich um Gnade bittet, vielleicht«, hatte Mussolini seiner Tochter erklärt. Ciano hatte es abgelehnt. »Ich schließe mein Außenministerium und werde Flieger«, hatte er dem Duce nach dessen Eintritt in den Krieg Hitlers voller sarkastischer Vorausahnung gesagt. Dieser gewiß außerordentlichste Mann aus der Umgebung Mussolinis, Abkömmling einer der Aristokratenfamilien Livornos, war dem Diktator immer verdächtig gewesen. Mussolini konnte sich nicht von der Tatsache erholen, daß Ciano gegen ihn gestimmt hatte.

Olga reagierte nicht auf die Neuigkeit, die Kajetan aus Orta mitbrachte. Schwarz verschleiert und unbewegt wie immer saß sie am Fenster zum See. Seit ihrer Rückkehr aus Venedig hatte Olga eine Tür hinter sich geschlossen, die sie nicht mehr zu öffnen gedachte. Seit dem Herbst 1943 lebte sie mit Kajetan hier auf dem winzigen Eiland im Ortasee.

Als Barany in Wien die erste Nachricht von Bélas Ankunft in Buenos Aires bekommen hatte, war er nach Colini gereist, um Olga dort persönlich über alles zu informieren. Post und Telefone standen längst unter ständiger Kontrolle der Staatssicherheitspolizei. In Colini mußte Barany feststellen, daß Olga von den Dingen um sie herum kaum noch Notiz nahm. Auch Bélas Geschick berührte sie nicht mehr. Aber sie fragte, wie es Margaret ginge? Baranys Antwort schien sie nicht aufzunehmen.

Barany ging zu Kajetan, um dessen Meinung über Olgas Ergehen zu erfahren. Aber Kajetan zeigte sich unzugänglich. Er war sein ganzes Leben mit maximal fünf Floskeln ausgekommen, und die tägliche Verwendung dieser Floskeln in festgelegter Reihenfolge hatte staatliche und persönliche Aufschwünge und Untergänge überwunden. »Die gnädigste Erlaucht ist bewundernswert. Sie klagt niemals. Obwohl letzthin krank, ist sie gütig zu mir. Die gnädigste Erlaucht besitzt den lebendigsten Geist«, erklärte Herr Kajetan mit einer Einfalt, die Barany imponierte. Mehr war aus dem Alternden nicht herauszubekommen.

Barany blieb einige Tage. Weil er imstande war, Olgas Zustand ohne die jeden entnervenden Anmaßungen der Sorge hinzunehmen, reagierte Olga nach und nach belebt auf seine Anwesenheit. Sie stellte ihm Fragen, aus denen Barany ersehen konnte, daß ihr Gedächtnis nach wie vor exzellent funktionierte. Nicht nur das zeigte sich. Ohne sich herauszunehmen, Barany zu bewerten, zeigte Olga ihm deutlich, daß sie einige Dinge, die er für sie, Margaret und andere getan und unterlassen hatte, nicht nur sehr genau wußte, sondern sie auch schätzte. Olga erwähnte das in Andeutungen. Daraus konnte Barany unschwer erkennen, daß Olga ihrem Verhältnis die unveränderte Vertrautheit beimaß. Darüber war Barany so glücklich, daß er Olga einlud, mit ihm einige Tage an den Ortasee in Oberitalien zu fahren. Er wollte dort Bekannte aufsuchen, die er zu lange schon nicht mehr gesehen hatte. Olga stimmte nicht nur zu, sie zeigte sich von Baranys Vorschlag angetan. Am nächsten Mittag fuhren sie ab.

In dem Städtchen Orta, Provinz Novara, kamen die beiden gerade zur Hochzeit von Giancarlo Cenci, des Sohnes von Bruno Cenci, dem Bekannten Baranys. Giancarlo heiratete Benedetta Ruori, aus einer befreundeten Familie. Die Hochzeit sollte am nächsten Tag stattfinden, die beiden Familien und deren Gäste waren bereits zum größten Teil in der Casa Cenci auf dem Monte d'Orta eingetroffen. Der alte Bruno Cenci war so begeistert von seiner Schwiegertochter, daß er seinem Besuch aus Wien gestand, am liebsten möchte er sie dem Sohn jetzt sogleich ausspannen. »Morgen ist es zu spät, in Ewigkeit zu spät!« sagte Bruno Cenci und rang die Hände zum Himmel. Olga gefiel dieses Pathos, diese Komödie der großen Leidenschaft. Aber Barany, der Bruno Cenci aus mehreren gemeinsamen und unvergessenen Raubzügen kannte, versicherte Olga, an allem sei nicht die Spur Pathos, denn der alte Frauenheld meine alles dies völlig ernst.

Sie standen am Abhang des Monte d'Orta. Barany betrachtete den See in der Talmulde des großen Simplongletschers, mit seiner ringsum ruhigen und sanften Landschaft. Der See war in ein unvergeßliches, merkwürdiges Licht gelagert. Nach dem Westen hin steil begrenzt von Bergen, die ihn vom Tal des Flusses Sesia trennten, während sein Ostufer an den Hügelketten des Mottarone entlang verlief, zeigte der See in der Mitte des unbewegten Wassers eine kleine Insel, die sich kaum aus dem Wasser erhob. Darüber und bis hier hinan zum Monte d'Orta eine schier das Herz durchbangende Stille.

»Wie heißt diese kleine Insel dort drüben im Ortasee?« fragte Olga. »Sie heißt San Giulio, benannt nach einem mittelalterlichen Heiligen», antwortete Barany. »Dort würde ich gern mit Ihnen spazieren«, sagte Olga sogleich. Barany erinnerte sich an Olgas tägliche Spaziergänge mit ihrem Vater, und sie gingen hinab ins Städtchen. Am sehr alten und kleinen Palazzo Communale auf dem Marktplatz, mit aufgemalten Fresken, einem Bogengang und einer Außentreppe standen sie unter den Bäumen des Seeufers. Das Mittagslicht über dem See und der zum Greifen nahe scheinenden kleinen Insel war hell. Über allem eine eigenartige Ruhe.

Die Hochzeitsfeier war vorüber. Olga genoß diese Ruhe hier am Seeufer. Barany mietete einen Ruderer mit seinem Kahn. Sie legten vom Ufer ab.

Das Inselchen kam immer näher. Opale Farben in warmen Grautönen gaben dem Licht hier eine Transparenz, die auf Olgas Stimmung einwirkte. Alles hier war wie eine Verheißung des Todes. Barany erging es ähnlich. Er kannte diese Gegend recht gut, weil er vor dem Krieg hier oft gewesen war. Auch San Giulio hatte er mehrmals besucht. Das Inselchen war ihm stets unheimlich gewesen. Seit etwa 1850 menschenleer, zog es ihn auch aus der Ferne magisch an. Der Mann, der sie jetzt hinüberruderte, sagte Barany, daß seit Jahren ein Einsiedler drüben lebe, Padre Ghiberto. Von ihm hatte Barany früher nie gehört.

Der Kahnfahrer legte an und half Olga und Barany an Land. Barany entlohnte ihn und sagte, er möge am Abend kommen und sie wieder abholen.

Sie spazierten auf dem Inselchen. Barany zeigte Olga die auf engem Raum aneinandergedrängten kleineren und größeren Villen und das Priesterseminar, ein gut erhaltenes Gebäude aus dem 17. Jahrhundert. Dann betraten sie die Kirche des heiligen Giulio, die, so Barany, wahrscheinlich im 4. Jahrhundert von dem Heiligen selber erbaut wurde. »Wer war er?« erkundigte Olga sich. Barany sagte: »Er christianisierte dieses Gebiet, das Cusio heißt. Zwischendurch war er auch Papst, regierte als Julius I. etwa fünfzehn Jahre, wie es heißt, bis zur Mitte des 4. Jahrhundert. Er gab dieses Amt ab und kehrte zurück in diese Gegend, wo er weiterhin das Christentum vertiefte und den Leuten in Krankheiten beistand, bis er starb.«

In dem Halbdunkel der Basilika mit drei Apsiden und einem Querschiff kam ihnen der einzige Bewohner des Inselchens entgegen, Padre Ghiberto. Er war von undefinierbarem Alter, mochte fünfzig sein, konnte aber ebensogut siebzig sein; es war nicht auszumachen. Er kam Olga und Barany in einem über und über befleckten und sehr löcherigen, schwarzen Chorrock entgegen und hielt einen Rosenkranz in Händen. Der Rock war größtenteils abgeschabt und durchgesessen. Padre Ghiberto trug Sandalen, die ebenfalls kurz vor der Auflösung waren. Aber er hatte bewegliche und wache Augen, des weiteren fiel Olga im Hintergrund der vom Besuch ganz überraschten Miene des Padre eine ungeschäftige Heiterkeit auf.

Hier wären seit langem keine Besucher mehr erschienen, erklärte der Padre den Ankömmlingen. Dabei musterte der Eremit Olga umso unverhohlener und neugieriger von oben bis unten, ja er ging sogar einmal ganz um Olga herum.

»Kommen Sie, Signora, kommen Sie nur! Auch Sie, Signore, kommen Sie, bitte, ich zeige Ihnen alles!« sagte der Padre und ließ nach dieser Einladung einen Flötenton hören, als gelte es, eine Amsel zu imitieren. Er führte die Besucher in die Krypta. Dort zeigte er auf einen Sarg aus Silber und Kristallglas, in dem ein Skelett unter vergoldetem Brokat ruhte. »Unser San Giulio«, sagte der Padre flüsternd. Er legte einen Finger vor die Lippen, als bestünde bei ihm der latente Verdacht, daß der Heilige aufwachen, den Sarg verlassen könnte. »Der heilige Giulio?« fragte Olga den über und über befleckten, kleinen Padre. »San Giulio, natürlich!« sagte Padre Ghiberto mit Nachdruck. Barany nickte beipflichtend, damit der Padre sich nicht unnötig aufrege. Dieser prüfte Olga nun mit einem ungewissen Blick. Ob in diesem Blick das scholastische Allheilmittel der Frage nach Intelligenz und Sündigkeit, Schönheit und Verderbnis mitwirkte, wer weiß es?

Padre Ghiberto wies auf den Heiligen und begann, mit Flüsterstimme zu berichten, daß er als junger Priesterseminarist hier auf dieser Insel vor fünfzig Jahren die Wissenschaft von Himmel und Hölle begonnen und, von San Giulios Leben auf dieser Erde tief berührt, auf den Spuren des Heiligen durch Griechenland und Kleinasien gepilgert sei. 1926 in Paris sei er von einem Auto überfahren worden. Tot sei er gewesen. Und San Giulio sei erschienen und hätte ihn wiedererweckt von den Toten. Olga, die nicht sicher war, ob sie das flüsternde Parlando des Padre verstanden hatte, fragte nach: »Padre Ghiberto, morte? – Malade.« Doch der Padre schürzte empört seine Lippen zu einem dicken Knoten, wehrte mit außengekehrter und gegen Olga heftig hin- und herwinkender Innenhand ab und sagte mit blitzendem Blick und mit aller Verwahrung: »No, Signora, morte! Mor-te!«

Barany gab dem alten Mönch im Moder, der seinem Heiligen nichts von dessen Wundertum abmarkten ließ, einen Geldschein, den der Padre mit einem schnellen Griff unter dem zerlumpten Chorrock verschwinden ließ. Olga gab ihm auch einen Betrag, der ebenfalls schneller als sieben Todsünden ergriffen und am Leibe untergebracht war. Sodann führte der Padre die beiden Besucher zu der Kanzel der Kirche des San Giulio. Sie war aus tiefschwarzem Marmor und um das Jahr 1100 erschaffen. »Ein Meteor. Er flog vom Himmel und erschlug vier Drachen, ein ganzes Drachennest, nachdem San Giulio den Vater der Drachen bereits allein getötet hatte«, sagte der Padre ehrfürchtig.

Barany sagte leise zu Olga: »Aber das ist Marmor, Baronin! Er lügt ganz ungeniert, der Padre ...« Olga schien in Gedanken woanders zu sein. Die Geschichte mit dem Drachennest, für dessen kleine Brut ein Meteor vom Himmel nötig war, während der hilflose Heilige ganz allein den viel fürchterlicheren Drachenvater besiegt und getötet hatte, gefiel Olga besser als alle Logik der Welt. Natürlich war alles Lüge in den Augen der Nurvernünftigen: Paris, Meteor, Drachensaga – aber er log ohne Sünde, der Padre! Er log die Wahrheit.

Sie verabschiedeten sich von dem alten Ghiberto und verließen die Kirche. Sie gingen über den Vorplatz der Basilika und standen vor einem weißgekälkten Gebäude, auf dem in gebleichtem Ocker ›Ospedale San Giulio‹ stand. Das Hospital war leer. Olga betrachtete es, und ihr wurde unheimlich zumute. Es war so still auf der Insel, daß Olga erschrak, weil einige Meter über Baranys Kopf ein Vogel in der Luft flatterte. Dieses Flügelflattern zerriß die Stille, wie es anderswo nur eine Folge von schnellen Detonationen vermochte.

Inzwischen war es Ende Januar 1944; Olga lebte mit Kajetan nun schon vier Monate auf der Insel San Giulio im Ortasee.

In dem seit Jahren leeren ›Ospedale San Giulio‹ hatte sie Unterkunft gefunden, in einem Eckzimmer im Oberstock.

Olga in ihrem einfenstrigen Gemäuer, das leer und schmucklos war, mit einem kahlen Holzfußboden, den kahlen Wänden, saß tagsüber meist am Fenster, schwarz verschleiert bis zu den Füßen, wie Jakob es auf seiner Lichtweide gewesen war, bis er seinen Schleier auf der Insel der Todesmönche bei Venedig für immer von sich getan hatte. Nun trug Olga diesen schwarzen Schleier. Es gab keinen Kamin, keinerlei Heizung in ihrem Raum. Der Winter war seit Mitte Dezember so hart, daß Olga hinkünftig nichts mehr fürchtete. Der weißgekälkte Putz an den Innenmauern ihrer Eremitage verwitterte wie die Aufschrift im Ocker da draußen; der Name des heiligen Giulio zerfiel an der Außenfront dieses Bollwerks wider die Effizienz.

Alles hier war gekennzeichnet von Armut, Vergessenheit, Entwicklungslosigkeit. Olga verbarg das Gesicht der Trauer, einer Trauer ohne Ausweg und ohne Ende nicht nur unter dem Schleier, sondern auch mit ihrem Schweigen. Sie fastete und hungerte, meditierte und schwieg. Nachts weinte sie in der ersten Zeit noch; auch das war in der bitteren Kälte schon Vergangenheit geworden.

Kam Kajetan, um ihr die frugale Mahlzeit zu bringen, Brot und etwas mit Wasser verdünnten Wein, hin und wieder etwas billiges Gemüse, das zuzubereiten er auf seine späten Tage noch gelernt hatte, so fragte Olga ihn nicht nur nach seinem Ergehen. Sie bot ihm mehr als einmal an, den verdienten Ruhestand in wirtlicherer Umgebung zu verbringen. Kajetan antwortete immer das gleiche: daß sein Weiterleben sinnlos würde, wenn er seine Erlaucht je verließe.

Wenn Padre Ghiberto kam, um den Rosenkranz mit Olga zu sprechen, ließ Olga ihn gewähren. Sie ermutigte ihn nicht dazu, aber sie unterließ auch alles, was der sorglose Padre auf diesem

Eiland des Todes als Zurückweisung hätte empfinden können. Immer gab sie Ghiberto etwas Geld, welches der Padre dann schnell verschwinden ließ. Olga bedauerte es, daß er nie mehr das Flöten der Amsel nachahmte. Noch jetzt, wenn sie sich dessen erinnerte, erheiterte es sie. Olga fand, sie sei immer noch weit von jeder Demut. Denn der verschmutzte und häufig angetrunkene Padre stieß sie nach wie vor ab. Aber Olga mißbilligte sich deswegen. Daß der betende Padre mit seinem ganzen Leben für die Realität des Überpersönlichen einstand, würdigte Olga vorbehaltlos in ihrem Herzen. Dies sagte sie dem Padre auch, damit Ghiberto wisse, daß sein Glaube nicht töricht sei.

Im Todesreich

20. Juli 1944. Führerhauptquartier Wolfsschanze bei Rastenburg in Ostpreußen. Ein schöner Sommertag. Hitler erwartete den Besuch Benito Mussolinis. Aus diesem Grund war die Lagebesprechung auf 12.30 Uhr vorverlegt worden.

Hitler erschien und die Besprechung begann in einer Lagerbaracke und nicht, wie sonst, im ausbetonierten und unterirdischen Führerbunker. Des schönen Wetters wegen war Hitler herausgekommen. Um 12.50 Uhr explodierte eine Bombe in der Baracke. In ihrer Detonation, ihrer Stichflamme und ihrem Splitterwurf löste sich Hitlers Todesreich erstmals sichtbar auf. Der Sommer dieses Reichs war zu Ende.

Der Sommer auf der Insel San Giulio war in diesem Jahr milder als sonst; dennoch machte die Hitze Herrn Kajetan zu schaffen. Olga, die wie immer unbeweglich und unter ihrem schwarzen Schleier am Fenster saß, schweigend wie ein Mensch ohne Sprache, schien ebenso immun gegen die Sonnentemperaturen zu sein wie gegen die Kälte des vergangenen Winters. Sie fastete nach wie vor und Herr Kajetan nannte es, dem Padre Ghiberto gegenüber, »Hungern in eindeutiger Absicht«.

Er intervenierte bei seiner Erlaucht dagegen, soweit er es für erlaubt hielt, aber Olga antwortete nicht und Herr Kajetan zweifelte allmählich, ob sie ihn überhaupt noch hörte. Aus dem kleinen Städchen Orta kamen in letzter Zeit manchmal Leute mit dem Kahn nach San Giulio, um die Verschleierte am Fenster im Oberstock des Ospedale zu sehen. Sie standen dort unten und schauten herauf und schwiegen. Manche bekreuzigten sich, bevor sie das Grundstück wieder verließen. Die Lautlosigkeit, die alles auf San Giulio am stärksten kennzeichnete, schien sich auch der gelegentlichen Besucher zu bemächtigen. Niemand vermochte zu erkennen, ob die Verschleierte am Fenster die Besucher und ihre oft halbe Stunden lang nach oben gerichteten Blicke wahrnahm. Manche von denen, die sonst Orta noch niemals verlassen hatten, begaben sich anschließend zu Padre Ghiberto in die Kirche des heiligen Giulio, um ihm mitzuteilen, man habe »La bella Medusa« gesehen. Und man erzählte sich in der Gegend bald von einer schönen Dame, die vor rasender Wut starr geworden sei. Andere wiederum wollten wissen, daß dort auf San Giulio eine »Blonde« mit einem Dämon in dem verlassenen Ospedale hause, und dieser Dämon wohne in der Blonden und hätte sie dazu gebracht, Männer derart zu küssen, daß sie wahnsinnig geworden wären oder sich umgebracht hätten. Eines Tages aber wäre einer, den diese schöne Meduse wirklich geliebt hätte, vom Blick ihrer Augen ganz kindisch geworden. Seither trüge sie ihren schwarzen Schleier und spräche nicht mehr.

Padre Ghiberto, der seine Besuche bei Herrn Kajetan fortsetzte und der auch Olga hin und wieder seine Aufwartung machte, wenn Kajetan es erlaubte, informierte diesen über die Dinge, die behauptet und vermutet wurden, wobei der kleine und luchsleise Padre manches ausschmückte. Wollte Herr Kajetan den Padre Ghiberto des längeren nicht zu seiner Anbefohlenen lassen, zog Ghiberto ein klägliches Gesicht und machte Andeutungen von neuen Informationen, die er für sich zu behalten drohte, bis Herr Kajetans Neugierde, die dieser sich als

Pflichtgefühl auslegte, über alle sonstigen Erwägungen siegte. Olga hatte es längst aufgegeben, dem Padre eine Geldgabe für den heiligen Giulio zu überreichen. Damit war Kajetan seit längerem beauftragt. Dennoch hielt der Padre es für besser, sich hin und wieder bei der stummen Frau zu zeigen. Sie gebot schließlich über den Kajetan und über das Geld.

Wenn sich Menschen unter Olgas Fenster versammelten und mit der Ruhe von Wesen, die mehr ersehnten als nur irdische Dinge, dort am Seeufer ausharrten, dann konnte es geschehen, daß Olgas Gesichte intensiver wurden. Sie wußte aber nichts von diesem Zusammenhang; ihre Melancholie war wie eine Höhle, die alles und jeden, der sich ihr näherte, in sich hineinzog.

In einem ihrer Gesichte sah Olga Jakob wieder. Er saß auf seiner Lichtweide am Ufer des Flusses Sorge, schaute in unsere Vergangenheit und Zukunft. So fand er seine eigene Gegenwärtigkeit. Jakob sah auch Olga. Ihr Leiden entmutigte ihn nicht, denn in ihm war eine Lebendigkeit, die weder von Erziehung noch von Anpassung an Furcht und Haß deprimiert war. Darum sah Jakob die Gegensätze, Reichtümer und Schönheiten der Erde ebenso deutlich, wie er unsere Flucht vor unseren Widersprüchen, Ängsten und Leiden sah. Die daraus in uns wuchernden Lügen, unsere Verlegenheit hitlerschen Ausmaßes, unsere Häßlichkeit und die Krankheiten, die wir jammernd festhielten, sah Jakob, sodann das leblose Absterben, unsere letzte Beute.

Er erblickte Tausende, Abertausende und Millionen von durchaus gewitzten Leuten, die Gott anbeteten und anheulten, ihnen doch endlich einmal Wohltaten zu erweisen, die sie selber ihren Mitmenschen nicht nur niemals erwiesen, sondern die sie jedermann sogar noch mißgönnten. Aber da war kein Gott, da war nur die Wüste der nackenden Gottheit in diesen Elenden. Dreiste Hoffnungen, Gott mit ihrer schäbigen Schläue erpressen zu können, darauf lief alles hinaus. Um einen Anhauch Liebe aus Millionen guter Absichten zu filtern, brauchte es tausend Jahre kollektiver Schandtaten, die vor aller Augen scheiterten.

Da erschien Olga auf der Lichtweide. Sie begehrte von ihm, daß er sich rette und zeugen lasse. Jakob weigerte sich. Mit ihren

Händen brach Olga Jakobs Brust auf, umpackte Jakobs Herzader, um den Sohn zu ersticken. Erbost und rasend, weil er es hinnahm, öffnete Olga ihren Mund und verschlang Jakob bis zu dessen Schultern und verschlang auch die Schultern und dann seinen oberen Leib. Als sie fühlte, daß Jakob selbst jetzt nicht einlenkte, beugte Olga ihr stolzes Gesicht zur Erde und spie Jakob wieder aus. Dann grub sie eine Höhle. In diese Höhle schleifte sie nun den Sohn ihres Schlundes und nahm vier eiserne Nägel und einen Felsbrocken. Den ersten Nagel schlug Olga durch Jakobs Stirn, den zweiten Nagel mitten durch seine Brust, den dritten Nagel durch seinen Unterleib – mitten durch Jakobs Leber, – und den vierten Nagel trieb Olga, sich lange weidend an Jakobs Schreien, durch dessen Hals. Dann tat Olga ihrem Opfer die größte Qual an und verließ die Höhle.

Als sie Jakobs Schreien enden hörte, trat sie wieder an den Rand der Höhle. Leise und lockend sagte sie noch einmal zu dem Geschundenen: »Lasse dich zeugen. Gib mir ein Zeichen. Ich trage dich zum Ufer des Flusses und tauche deinen Fuß hinein, und alle deine Qualen werden aufhören.«

Aber Jakob gab Olga kein Zeichen.

El Gaucho

Béla war über Spanien nach Argentinien entkommen. Im Zentrum von Buenos Aires, der größten Stadt Südamerikas, hatte er eine Arztpraxis eröffnet. Dr. Béla Hermann aus Budapest war offiziell tot; ihn gab es nicht mehr. Der Alemán in der Calle Rosana hieß Dr. Bruno Ritter und stammte aus Würzburg in Deutschland. Devisen, die ihm Barany mitgegeben hatte, bewahrten ihn vor Armut. Leute aus der deutschen Kolonie von Buenos Aires, die sich äußerst großherzig gezeigt hatten, fast schon wie Argentinier, hatten dem Senhor Ritter geholfen, sich bald zurechtzufinden und zu etablieren. Jeder ging hier mit Selbstverständlichkeit davon aus, daß der ferne Krieg in Europa für die Deutschen verlorenging; Stalingrad war auch in Buenos Aires in aller Munde gewesen. Darum hielt der Alemán es für geraten, den Gerüchten über sein Los als politisch verfolgter Mann nicht zu widersprechen. Weil aber fast jeder Argentinier in Buenos Aires dem fernen Deutschland wohlgesonnen war, unterließ der Senhor Ritter es, diesen Gerüchten neue Nahrung zu geben.

Die Halbtarnung erwies sich als günstig für den Ankömmling. Denn Oberst Juan Domingo Perón, soeben zum Kriegsminister und Vizepräsidenten der neuen Militärdiktatur ernannt, der mächtigere zweite Mann, zog in Betracht, Deutschland noch in letzter Minute den Krieg zu erklären.

Oberst Perón kam aus Lobos, der Provinz Buenos Aires. Er war der aktivste Offizier des Staatsstreichs von 1942 gewesen. Als Minister in der Militärjunta gewann er durch seine Ankündigung einer Sozialreform die Stimmen der Besitzlosen, großer Teile der Arbeiter und der Gewerkschaften. Peróns charismatische Stimme redete, füllte die Sportstadien, versprach – die Stimme der Massen antwortete; eine einzige Stimme weckte hunderttausende von Stimmen zu einer einzigen, antwortenden Stimme. Es war wie Gitarrenspiel: Thema und Akkord verschmolzen zu aufwühlender Einheit.

Dr. Bruno Ritter hatte seinen größten Schock in Buenos Aires erlebt, als er bei einer Massenversammlung vor dem Präsidentenpalast die Frau des Vizepräsidenten Perón zum erstenmal als Rednerin erlebt hatte: eine Blonde wie Olga, die eine leidenschaftliche Ansprache hielt und für das Wahlrecht der Frauen eintrat, Evita Perón. Diese Politikerin, früher Maria Eva Duarte aus Los Todos, inzwischen als »Engel der Armen« von den Massen angefeuert und geliebt und angebetet wie eine Erlöserin, hatte in dem Zuhörer und Zuschauer Bruno Ritter eine schockierende und schmerzhafte Erinnerung an Olga zum Ausbruch gebracht. Diese blonde Argentinierin tat, wozu jene andere Blonde aus Wien niemals den entscheidenden Schritt unternahm - weil sie nie einen politischen Gefährten fand?

Buenos Aires war seit dem Beginn des größten Krieges aller Zeiten, der Europa, Asien, den Fernen Osten und Nordamerika mehr und mehr umstülpte, zum Mittelpunkt eines sprunghaften, wirtschaftlichen Aufstiegs und einer rapiden Industrialisierung geworden. Buenos Aires war das Zentrum der Hoffnung für ganz Südamerika geworden, das Mekka des Glaubens, die Ketten von Religion und Fremdherrschaft abzuschütteln und aus dem aufdämmernden Widerspruch dieses ganzen Weltteils, dem Widerspruch zwischen Naturverbundenheit und Zivilisation, die Riesenkräfte zu wecken, die notwendig waren, um nach der Befreiung von Spanien nun auch die Befreiung von Nordamerika zu erkämpfen. Der ungeheure wirtschaftliche Aufschwung zur Industrie, der Buenos Aires seit Kriegsbeginn prägte, hatte das neue Militärregime sofort in scharfen Gegensatz zu den USA gebracht, und der Fortgang der argentinischen Ökonomie sollte die Befreiung bringen, die Befreiung zuerst der heimischen Massen von Armut und von dieser leidenschaftlichen, argentinischen Melancholie, dann die Befreiung von der Yankeeausbeutung. Das verkündeten Juan Domingo und Evita Perón, Seite an Seite, den fünf Millionen in Buenos Aires, sodann auch in den riesigen Provinzen des Landes.

Mit dieser Botschaft, fand Dr. Bruno Ritter, der in seiner internistischen Praxis in der Calle Rosana die politischen Auslegungen seiner Patientinnen und Patienten zu Gehör bekam, waren der Kriegsminister Juan Perón und seine Gefährtin Evita zur modernen Inkarnation des Christus für ganz Südamerika geworden. Kein scheiternder Gott im Alleingang, sondern das Paar – keine Erlösung im Jenseits, sondern Erlösung in einem Reich von dieser Welt.

»Evita schuf Juan – Juan schützt Evita, Senhor!« erklärte sogar Dr. Ritters Sprechstundengehilfin, Edoarda, eine Mestizin, die ebenso tüchtig und zuverlässig wie sonst hyperschwermütig war und die von allem, was auch nur von ferne an die Realitäten erinnerte, übergenug zu haben schien.

Im Jahr seiner Ankunft in Buenos Aires hatte der Alemán keine Bekanntschaften gemacht, und seit dem zweiten Jahr in diesem neuen Jerusalem der Moderne, wo Weltgeschichte von jeher nur ein einziges Thema hatte (Freiheit), widmete Dr. Bruno Ritter sich so ausschließlich seiner ärztlichen Arbeit, daß er gegen Ende des Jahres 1944 zu vergessen begann, daß irgendwo in Europa ein Dr. Béla Hermann für tot erklärt und daß ein mit Steinen gefüllter Sarg in Wien begraben worden war.

Unter Ritters Patienten ragte eine Erscheinung hervor, die ebenfalls in der Calle Rosana lebte und, mit jedem Blutstropfen Argentinier, dennoch ein Einzelgänger war. Senhor Leopoldo Lugones erschien häufig in Ritters Praxis, einen Ausdruck erhabener Vereinsamung zeigend, mit immer demselben Anliegen: Fieber. Senhor Lugones, ein Romancier und Miturheber des ›Modernismo‹, kam auch bald zu dem Alemán, wenn er kein Fieber hatte. War kein Fieber da, sah er doch einen »drohenden und noch böseren Anfall kommen«. Er kannte Teile von Deutschland (Erlangen, München, Berlin), und da der deutsche Doktor aus Würzburg war, tauchte Senhor Leopoldo regelmäßig in der Ordination auf. Seine Fieber kurierte er zwar selber und beständig, indem er täglich mehrmals mit Salz gurgelte, nach einem Rezept seiner Mutter lebend, aber dennoch hielt der sonst ganz und gar unängstliche Mann die Inanspruchnahme seines Arztes für besser.

Senhor Lugones ging übrigens, wie er dem Alemán bekannte, davon aus, daß man als Alleinschreiber nie die Erlösung »durch einen sprachlichen Zusammenbruch« finden könnte: »Immerzu allein, macht man sich zuviel vor«, sagte der Argentinier. »Es endet dann jeweils alles so, wie es die Gaucholegenden überliefern: treulos nach der Art der Männer, die nicht ein einziges Mal an ihre Geliebte denken, bevor sie unter den Messern des Criollo sterben, bricht unsereins als Schreiber der Sprache die Treue. Wenn mich eines der kommenden Fieber tötet, unschätzbarer Doktor, können Sie auf meinem Totenschein vermerken: Todesursache ist der Hang zum Alleinsein aus Ruhmsucht. Denken Sie daran, Senhor Ritter, denn meine Frau wird Sie holen.«

Er ging jedesmal unbefriedigt fort, weil seine Frau äußerst eifersüchtig auf seine intensive Beziehung mit dem deutschen Doktor war und ihm furchtbare Szenen machte. »Natana haßt Sie, und ich sage ihr, daß Sie mein Freund sind, Senhor. Das Drama mit den Frauen ist unvermeidlich, aber Freundschaft mit einem Freund ist der größte Trost im Leben eines Mannes«, sagte Senhor Lugones in letzter Zeit manchmal, bevor er ging. »Was könnte eine Dame sich mehr wünschen, als daß ihr Mann sie hin und wieder eine Weile allein läßt? Nicht so Natana. Sie droht, mir das Messer zu schmecken zu geben«, sagte der große Romancier düster, heftig und sehr langsam.

Kurz nach einem Besuch dieses Schreibers machte Dr. Bruno Ritter einen Spaziergang durch die Sommernacht von Buenos Aires. In der Avenida de la Nación atmeten die Menschen in der zweiten Stunde nach Sonnenuntergang auf. Auch der Alemán empfand unter den tausend Flaneuren nun eine gewisse Erleichterung. Während des letzten Besuches des Senhor Lugones hatte er Unruhe empfunden. ›Es ist diese stehende Hitze, diese Feuchtigkeit der Hitze, der Druck – ein europäischer Kreislauf hält es kaum aus‹, hatte er sich während der Suada des Lugones eingeredet.

Da passierte es, daß er unter den Flaneuren, die ihm in der Avenida de la Nación entgegenströmten, einzeln und in kleinen Grüppchen, diskutierend, singend, mit elegantem Wiegen der Hüften so körperlich schreitend, eine bekannte Gestalt erblickte.

Abel Moritzberg ...? Moritzberg aus Dachau? Dr. Bruno Ritter empfand einen inneren, kalten Schlag, dann Lähmung, Leere, dann Hohn. ›Ja, Kollege Hermann aus Wien, damit können Sie sich befassen‹, wollte Dr. Ritter höhnen. Es mißlang ihm. Sich verwahrend redete Ritter noch einmal den für tot erklärten Dr. Béla Hermann in Wien an: ›Ihr Patient ist tot, Kollege Hermann, tot wie Sie selber. Er hat sich, wie es scheint, verirrt. Rufen Sie ihn zurück? Er sucht wohl Sie!‹ Aber auch das half Ritter nichts. Der aus Dachau kam immer näher.

War das überhaupt Moritzberg? Dr. Ritter klammerte sich

angstvoll an seine neue Papieridentität, bog seitlich ab. Aber der Dachauer ging an ihm vorüber und es gab keinen Zweifel für den Alémam. Er sah sich ignoriert. Moritzberg hatte ihn beim Vorübergehen völlig ignoriert. Dr. Bruno Ritter zuckte zusammen. Er bekam Herzklopfen. Eilig kehrte er zurück in die Calle Rosana.

Hier schloß er sich ein in dem Ordinationszimmer. Hatte er sich alles nur eingebildet? ›Ja, so sind wir …‹ überlegte er niedergeschmettert und zog nun die magyarische Charakterverfassung des Dr. Béla Hermann aus Budapest in Betracht, ›so sind wir eben – alles auf einen einzigen Schlag kühn gewinnen, dann alles ruinieren, ebenfalls auf einen einzigen Schlag, aus Unberechenbarkeit, nur so, aus Verrücktheit.‹

Dr. Ritter legte sich auf die Liege, auf der er Patienten untersuchte. Er überlegte, ob er, möglicherweise, doch der Kollege Hermann geblieben sei? War dessen Todeserklärung in Wien vielleicht aufgehoben, der Sarg mit Steinen ausgegraben und geöffnet worden?

Er ging in seine Wohnung, schlief nicht und stand früher auf als sonst, kurz nach fünf in der Frühe. Benommen machte er sich Kaffee.

Später am Vormittag, als die Sprechstundenhilfe Edoarda mit dem Matetee kam, schielte er ihr entgegen, als sei die realitätsfremde Mestizin eine Mitwisserin geworden. Kannte sie Moritzberg bereits? Aber Edoarda warf nur einen ihrer unzufriedenen Blicke durch die Ordination und ging wieder hinaus.

Bei Anbruch der Nacht trieb es den Alemán wieder in die Avenida de la Nación. Wiederum atmeten die Menschen erleichtert auf und wieder kamen ihm Tausende entgegen, kaum einer allein, fast jeder in kleinen Grüppchen eifrig diskutierend, sogar singend manche, mit dem eleganten Wiegen der Hüften herbei- und davonschreitend. Gegenüber der Julianischen Barockfront des Bankpalastes der Banca Argentina, wo in der gestrigen Nacht Abel Moritzberg aufgetaucht und direkt auf ihn zugekommen war, hielt Dr. Bruno Ritter ein. Mit aller ihm verfügbaren Vernünftigkeit hatte er sich wieder zu der deutschen Existenz durchgerungen inzwischen. Béla gab es nicht mehr. Wer in Europa von amtswegen für tot erklärt, sogar bestattet ist, den gibt es nicht mehr, und bezeugte seine eigene Mutter auch das Gegenteil.

›Ich tue nichts, stehe einfach nur hier, genieße die Nacht, ich, Bruno Ritter, Internist in Buenos Aires, Calle Rosana‹, machte er sich Mut und sagte sich des weiteren: ›Noch einmal wird dieser Schatten aus dem Land der Toten hier nicht erscheinen ... So etwas wiederholt sich bekanntlich nicht.‹ Indessen aber war es so, daß der Anblick der machtvollen Barockfront der Bank von Argentinien den Alemán nicht losließ. Es kam hinzu, daß er unentwegt in den Gesichtern der Vorübergehenden nach einem Wiedererkennen spähte. Bruno Ritter bekam aber genug davon und warf sein Spähen dem beerdigten Béla als »typisch ungarische Selbstvernichtungsmanie« vor. Mit großer Anstrengung riß er sich los von dem Ort, drehte sich um und ging die Avenida zurück.

Kurz vor der Einbiegung in die Calle Rosana stockte sein Blut im ganzen Körper. Auf der halben Höhe des nächsten Häuserblocks kamen ihm Abel Moritzberg sowie der bei den Versuchen in Dachau ebenfalls verstorbene Kommunist Josef Brissler entgegen. Brissler und Moritzberg trugen die dem hiesigen Klima angemessene Kleidung. Sie unterhielten sich miteinander. Beide schauten den deutschen Doktor dabei offen und aufmerksam an und gingen vorüber.

Zitternd und mit Schweißausbrüchen vor Angst sah der Entdeckte zu, daß er die Calle Rosana erreichte. Von dort aus trieb es ihn in einem immer atemloser werdenden Lauf bis nach Hause. Nach Luft ringend, stand der Entdeckte im Flur und überlegte: ›Wie ist es möglich, daß diese beiden leben? Wie kamen sie hierher? Was haben sie geplant? Wann werden sie handeln?‹ Und noch etwas ereignete sich: der dort in dem langen Holzflur nach Atem rang und sich an der Wand anlehnte und nicht wagte, seine Wohnung mit der Arztpraxis aufzuschließen, sah sich jetzt gezwungen, die so glückhaft aufgegebene Identität als Dr. Béla Hermann aus Budapest wieder anzunehmen.

Er verließ eine Woche hindurch seine Wohnung nur, um manchmal in einer Garküche in der Nähe ein Bif für 40 Centavos zu essen; im übrigen saß er in seinem Sprechzimmer und trank Tee und Zuckerrohrschnaps. Edoarda hatte er heimgeschickt; die Praxis war geschlossen. Béla hatte es nicht gewagt, zu einem neuerlichen Nachtspaziergang in die Avenida de la Nación zu gehen. Er wartete nun darauf, daß Brissler und Moritzberg bei ihm erschienen, um abzurechnen. Nach einer Woche des Wartens wünschte er es sich. In der zweiten Woche des Wartens, in der ebenso nichts geschah wie in der Woche davor, begann er die Nerven zu verlieren. Er hörte Stimmen im Vorzimmer, schließlich auch im Sprechzimmer. Sie tuschelten miteinander, lachten irr, redeten dann aufeinander ein, in einem für Béla unverständlichen Kauderwelsch. Béla wurde sie nicht mehr los. Er trank schon längst keinen Zuckerrohrschnaps mehr, ging nicht mehr in die Garküche draußen, aß nichts mehr, trank Tee und Wasser, Wasser und Tee und wartete auf die beiden Häftlinge aus Dachau, die er dort getötet hatte.

Er hörte, wie draußen jemand klopfte, obwohl ein Schild an der Außentür hing, daß die Praxis geschlossen wäre. Es konnte Senhor Leopoldo sein, aber es konnten auch die letzthin Aufgetauchten sein. Béla war zu elend, zu konfus und zu verängstigt, um an die Tür zu gehen und nachzuschauen, um wen es sich handelte. Das Klopfen hörte auf. Von diesem Ereignis an schlief Béla nicht mehr; auch die wenigen Momente des Halbschlafs, aus denen er jedesmal hochschreckte wie aus einer menschenleeren und ereignislosen Unterwelt, hörten nun auf.

Zu Beginn der dritten Woche lag Béla im Fieber. Zuerst hielt er sich zwischendrin noch an das Rezept von Senhor Leopoldos Mutter und gurgelte mit Salz. Aber die Kräfte reichten nicht mehr aus. Sein Hungern in Verbindung mit der Hitze, die Buenos Aires in einen Brutofen verwandelte (oder war es das Fieber?), warfen Béla nieder. Er lag auf dem Bett, stinkend und unrasiert, hörte Stimmen, phantasierte in den Pausen, in denen die Fieberanfälle nachließen.

In einer dieser Fieberphantasien sah er sich zu, wie er den

beiden Aufgetauchten aus Dachau aus einiger Entfernung folgte. Brissler und Moritzberg verließen die Stadt. Im Mündungsgebiet des La Plata, der bei Buenos Aires 45 km breit wird, nahmen sie Pferde. Dem Béla wurde von einem Indio, der aus einer Hütte kam, ebenfalls ein Pferd übergeben. Er bestieg es und ritt hinter den beiden anderen her. Obwohl sie weit entfernt von ihm ritten, konnte er hören, was sie miteinander redeten. »El Gaucho wird uns anhören«, sagte Brissler bestimmt. Und Moritzberg sagte: »Er wird entscheiden, was geschehen soll, wenn er alles gehört und alles bedacht hat.«

El Gaucho? Béla hoffte nur kurz, es könnte sich um Senhor Leopoldo handeln. Dann sagte ihm seine Angst, daß die beiden mit ihm zu jemand anderem ritten.

Sie drangen immer tiefer in das Mündungsgebiet des Rio de la Plata ein. Strom aus Silber wurde er hier genannt bei den Einwohnern von Buenos Aires. Später, in der Mündungsbucht, wurde der La Plata 200 km breit. Sie ritten durch das tropische Sumpfland des Mündungsgebiets, und von einer Anhöhe herab wirkten die Wassermassen des Silberstroms auf Béla wie ein Meer, das eine seiner Küsten erreicht. Bis hier herauf drang, so hieß es, die Todeskälte aus dem Südatlantik und fraß die Wärme des La Plata bereits an. Béla dachte an die Kaltwasserversuche mit den beiden Aufgetauchten, die nun die Anhöhe hinabritten und denen er dann auf seinem Pferd folgte, die Wasserwüste des Stroms vor sich. Béla hatte sich, seit er Spanien mit dem Schiff verließ, keinerlei Vorwürfe mehr gemacht wegen dem, was er getan hatte. Es sei für den Fortschritt der Humanmedizin gewesen, damit hatte er sich und sein Gewissen beschwichtigen können. Das Bestialische als Fortschritt der Humanität, diese Lüge hatte in Bélas Innerem bestens funktioniert. Als nun der La Plata wieder vor seinem Blick verschwand, weil sie alle drei in der Sumpfvegetation des Mündungsgebiets ritten, verschwanden alle Anfechtungen von vorhin. Die Angst vor dem, was kommen würde (wer El Gaucho sein und was er entscheiden mochte), war größer.

Sie kamen in ein Stück ausgetrockneter Pampa. Ihr rissiger

Lehmboden roch nach dem Strom. Unter einem haushohen und verdorrten Mestizenstrauch saß jemand auf seinem Poncho. Neben ihm stand sein Pferd, mit vorgestrecktem rechtem Huf, unbeweglich wie der Mann unter dem Mestizenstrauch. Es war der Gaucho. Diese Gewißheit grub sich in Bélas Bewußtsein so mächtig ein, daß er davon in seiner Fieberphantasie in der Calle Rosana in Buenos Aires fast zu sich gekommen wäre. Unter dem Rand des Sombrero erblickte Béla nur die Schlitze der Augen und dazwischen einen Blick der Beständigkeit, Gewißheit und Wildheit. Sonst war nichts vom Gesicht zu sehen, denn der Sitzende trug ein Staubtuch über Nase und Mund, Kinn und Hals. Eine seiner vom Sonnenlicht gegerbten Hände lag auf dem Knie des leicht angezogenen Beins, während das andere Bein mit dem Stiefel sich den Ankömmlingen, die Grenzen weisend, entgegenstreckte.

»El Gaucho, höre uns an, dann richte«, sagte Brissler. Der Angesprochene verzichtete auf eine verneinende oder zustimmende Gebärde. Er blieb, wie er war. Dann begann Abel Moritzberg zu sprechen. Der Blick hinter den Augenschlitzen zwischen Hutrand und Staubtuch kam zu Béla, tastete ihn ab, ging dann wieder zu dem sprechenden Abel Moritzberg. Béla, in seinem Fieber körperlos und dabei anwesend ohne irgendeine handlungsfähige Gegenwärtigkeit, verstand jedes Wort des Berichterstatters. Jedes Wort tropfte wie ein Wassertropfen durch seine Schädeldecke und fiel dann durch ein kathedralenhohes Gewölbe hinab ins Nichts, wobei Béla Grenze und Sinn eines jeden Wortes zu ermessen begann: Sinn war in Worten nur durch deren Grenzen.

Nach Abel Moritzberg berichtete auch Josef Brissler. Er beschränkte sich auf Tatsachen und faßte sich kurz. Während er sprach, klammerte Béla sich, wie schon zuvor, immer noch erfolgreich an seine Lüge vom wissenschaftlichen Fortschritt. Dann bestiegen die beiden Opfer Bélas, sein entscheidendes erstes Menschenopfer und sein ebenso entscheidendes letztes Menschenopfer, die Pferde. Sie ritten fort, wobei El Gaucho ihnen nachblickte.

Dann nahm sein Blick Béla ins Visier. Und dieser Blick konfrontierte Béla mit sich selber. Mit diesem Blick aus Gewißheit und Wildheit eröffnete der Sitzende unter dem Mestizenstrauch Béla Einblick in sein Inneres, und Béla sah zum erstenmal sein Inneres.

Er erblickte das kathedralenhohe, leere Gewölbe seines Schädels und darunter die endlose Breite und Tiefe eines Friedhofs ohne Gräber und ohne Kreuze, auf dem die Leichen so versammelt waren, wie sie zuletzt von Bélas schaurigem Handwerk zugerichtet aussahen. Hinter den Leichnamen waren in der Tiefe dieses Inneren Konturen einstiger Gesichter zu sehen, aber sie waren überwuchert von Toten und in Verwesung übergegangen von dem Leichengift. Béla erblickte diese Welt aus Toten, die sein Lebenswerk darstellte, in der Konturen von Lebendigem überwuchert, vergiftet und verwest waren, mit einem solchen Entsetzen in seiner Seele, daß er in seinem Sprechzimmer in der Calle Rosana vorübergehend aus dem Fieber zu sich kam.

Er lag auf der Liege, empfand seine Erschöpfung, roch seinen eigenen Gestank, befühlte seine Stirn, den Rest seines Gesichts, die ausgeglühte Haut. Er versuchte aufzustehen. Es gelang ihm, die Beine von der Liege zu bringen. Als seine Füße den Boden des Zimmers berührten, kam das Ende.

Der Abgrund

Nach der gescheiterten Ardennenoffensive verließ Hitler sein Quartier auf der Burg Ziegenberg in Hessen und begab sich nach Berlin, wo in einem Bunker unter der Reichskanzlei sein letzter Schlupfwinkel für ihn vorbereitet worden war.

Hitler fuhr hinab in den Schacht, der in einen Abgrund führte. Dieser Abgrund war noch kein Hades, sondern das letzte und tiefste unter der Erde errichtete Gefängnis, in dem Hitler sein

Ende vorbereitete. Dort unten in dem Gefängnis bestrafte er alle, die ihm gefolgt und die noch übriggeblieben waren, mit dem Tod, soweit seine wie Heuschreckenheere dem Abgrund entsteigenden Tötungs- und Vernichtungsbefehle noch ankamen und befolgt wurden, und eben dort unten begann er, nach seinem Tod zu Lebzeiten, das Ende seines Organismus einzuleiten.

Seit Stalingrad war er verändert. Seine ganze linke Körperhälfte zitterte seither. Das Gesicht wurde grau und blieb grau, der Gang schleppend. Zum Lesen brauchte er Brillen und oft eine Lupe. Blickte er ins Licht, schmerzten seine Augen. Er war rapide gealtert. Sechsundfünfzig Jahre alt, war er ein Greis, dessen Verstand aber immer noch präzise, wenn auch bloß zweckfixiert arbeitete, dessen Kenntnisse seine unterwürfige Umgebung immer noch beeindruckten und dessen Willensbekundungen immer noch befolgt wurden.

Es war Anfang April 1945. Deutschland war fast ganz erobert, Berlin von den Sowjettruppen und den Amerikanern eingeschlossen. Die letzten deutschen Armeen befanden sich an allen Orten dieses totalen Krieges in Auflösung.

Am 5. April hatte Baldur v. Schirach, der letzte Gauleiter in Wien, die Stadt verlassen. Mit zwanzig Lastwagen voll Beutegut verließ er die ehemals kaiserliche Hofburg, wo er mit seinesgleichen gehaust hatte. Weit kam er nicht, weil er mit seinem gesamten Troß den Amerikanern in die Hände fiel. Der Captain James Dave Dawn, der diesen Statthalter Hitlers in Wien gefangensetzte, war von Schirachs feigem Verhalten so angewidert, daß er sagte, er hätte einige Leute gekannt, die sich geschämt hätten, vom Affen abzustammen, er, Dawn, beginne sich zu schämen, weil er vom Menschen abstamme.

Am 7. April drangen Truppen des Sowjetgenerals Malinowskij in die Wiener Außenbezirke ein. Nach vier Tagen Straßenkämpfen wichen die letzten Teile der deutschen Wehrmacht zurück. In der Wiener Innenstadt brannte es, aber die Schäden hielten sich in Grenzen. Am 13. April wurde Wien von Sowjets, Amerikanern, Engländern und Franzosen besetzt.

Eine Kontrollkommission der vier Alliierten übernahm die

Verwaltung. Wien wurde in vier Besatzungszonen aufgeteilt. Der Kontrollrat tagte am Schwarzenbergplatz, Ecke Neumarkt, im dortigen Gebäude der Industriellenvereinigung. Vor dem Kontrollrat begann der Schwarzhandel mit Whisky, Zigaretten und Seidenstrümpfen. Der Schwarzenbergplatz hieß nun Stalinplatz. Am Morzinplatz übernahm eine Geheimdienstabteilung des Sowjetmarschalls Tolbuchin das verlassene und voll funktionsfähige Gestapohauptquartier für die eigenen Zwecke.

Die Oper war durch Artilleriebeschuß zerstört. Der Turm der Stephanskirche, schwer beschädigt, drohte einzustürzen. Seine größte Glocke, »die Pummerin«, aus der Bronze von einhundertachtzig türkischen Kanonen gegossen, war herabgestürzt und lag in den Trümmern im Inneren der Kathedrale. Jede Ruine traf jeden Wiener ins Herz, denn für jeden richtigen Wiener ist ganz Wien persönlicher Besitz, großmütig ungenutztes Privateigentum.

Barany hatte die Lanzki-Bank am Michaelerplatz vorübergehend schließen lassen. Das Gebäude war ebenso unbeschädigt geblieben wie das Palais am Schottenring. Barany machte wie gewöhnlich seinen Mittagsspaziergang, ging über den Ring, besprach mit Dr. Kurt v. Kufstein, dem von ihm seit Kriegsbeginn ernannten und äußerst fähigen Bankdirektor und kommenden Nachfolger, beim Nachmittagstee alle erforderlichen Angelegenheiten, die v. Kufstein für erörternswert hielt, und betrat wie immer sein Präsidentenzimmer in der Bank am Vormittag um zehn Uhr. Margaret wohnte seit ihrer Rückkehr nach Wien wieder am Schottenring. Sie war seit Herbst 1944 promovierte Physikerin am Wiener Institut für Elementarforschung und arbeitete an einem Projekt zur Beschreibung der Massenfluktuation auf der Oberfläche von Protonen, einem Unternehmen mit unabsehbaren technischen Konsequenzen, deren Einzelheiten Margaret allerdings für sich behielt. Selbst Barany, dem sie mehr traute als irgend jemand sonst, erfuhr nichts von dem, was Margaret in den kommenden Jahren technisch für machbar hielt.

Das Haus am Schottenring war belegt mit Flüchtlingen aus Ungarn, Italien, Niederösterreich und Tirol. Man rechnete nun täglich mit der Beschlagnahme des Palais durch die alliierten Militärbehörden, denn das Anwesen war unbeschädigt und in bestem Zustand, für Repräsentation geeignet.

Am 19. April verließ Benito Mussolini den Gardasee. Er floh vor den zurückweichenden Deutschen und den vordringenden Amerikanern nach Mailand und quartierte sich in der Präfektur in der Via Monforte ein. Seine Frau, Donna Rachele, war in Saló geblieben. Seine Geliebte Clara Petacci war mit ihm nach Mailand geflüchtet. Am 25. April eröffnete ihm der Kardinal von Mailand im erzbischöflichen Palais, daß zu seiner Verteidigung nur noch etwa dreihundert Schwarzhemden geblieben wären.

Die amerikanischen Truppen waren bis 60 km südlich von Mailand vorgestoßen. Während der Unterredung des Duce mit dem Kardinal begann der Generalstreik der Arbeiterschaft in Mailand. Mussolini brach mit Clara und einem kleinen Konvoi in das Veltlin auf, in die letzte Bastion. Zunächst ging es nach Como. Die Autostraße zum Comersee erwies sich noch als frei. Um 22 Uhr kam der Konvoi in Como an. Mussolini und Clara Petacci übernachteten in der Präfektur. Die Schweizer Grenze war nur zehn Kilometer entfernt. Die Wagenkolonne kam aber am kommenden Tag nur bis zu dem Dorf Menaggio. Im Morgengrauen des nächsten Tages kam der Faschistenchef Pavolini und brachte zwölf Mann zum Schutz des Duce mit. Diese zwölf waren der Rest, der Mussolinis Diktatur noch zu verteidigen gesonnen war. Es ging weiter, dieses Mal innerhalb einer deutschen Rückzugseinheit. An einer engen Straßenstelle bei dem Ort Musso schossen italienische Partisanen Sperrfeuer. Sie erklärten sich bereit, die Deutschen durchzulassen, nicht jedoch die Italiener. Dennoch ging es dann weiter, bis Dongo. Dort wurden Mussolini und seine Geliebte aus dem Auto geholt. Partisanen brachten sie in das Dorf Azzano. In einem Bauernhaus konnten die beiden Gefangenen übernachten. Im Dunkeln, so das Ehepaar De Maria, hätten Benito und Clara lange miteinander gesprochen. Am Morgen des 28. April, der strahlend hell und warm wurde, erwachten die Gefangenen spät. Clara aß Polenta zum Frühstück, Mussolini kaute ein Stück Brot. Um 16

Uhr kam der Mörder ins Haus. Es war der Buchhalter Walter Audisio, der sich Oberst Valerio nannte. Er trat zu den Wartenden ins Zimmer, sagte:

»Beeilen Sie sich, ich bin hier, um Sie zu retten.« In einem Auto brachte er die beiden ins Dorf. Dort hieß er sie aussteigen und erschoß Mussolini und Clara Petacci.

Die Leichen wurden nach Mailand gebracht. Dort wurden sie von der Menge verunstaltet und aufs neue mit Kugeln durchbohrt und dann, kopfunter, an den Füßen nebeneinander aufgehängt. Was oben gewesen war, war nach unten gekehrt.

Am Nachmittag dieses Tages saß Barany in seinem Arbeitszimmer am Michaelerplatz. Finanziell hatte dieser Krieg sich für die Bank gelohnt, aber alles andere sah schlecht aus. Da Barany sich wenig vormachte, war er auch gefeit gegen das Laster des Pessimismus. Dennoch graute ihm jetzt.

Im Juli 1941, nach dem Überfall der deutschen Wehrmacht auf die Sowjetunion, war ein Hauptmann Walter von Eyßling, Mitglied einer Widerstandsgruppe in Polen, bei Barany erschienen. Hitler sollte beseitigt werden, und Hauptmann von Eyßling hatte Barany im Auftrag eines seiner Bekannten im Heereshauptquartier die Bitte unterbreitet, einen bestimmten Kontakt nach Moskau zu knüpfen. Vor der Beseitigung Hitlers bei einem Frontbesuch in der Ukraine sollten in Moskau Waffenstillstandsbedingungen sondiert werden. Barany hatte abgelehnt. Er hatte zugesichert, die Unterredung zu vergessen, und daran hatte er sich gehalten.

Es klopfte an seiner Tür. Zwei Angehörige der Besatzungsmächte traten ein, ein Engländer und ein Amerikaner. »Mister Igor Barany?« fragte der Engländer. Barany nickte. »Kommen Sie mit uns«, sagte der Engländer.

Barany stand auf, er zitterte in den Knien. Er nahm seinen Mantel, den Hut, die Handschuhe. Wo war denn nur der Bankdiener Polinetz, der ihm sonst in den Mantel half? Barany ahnte Übles.

Man fuhr los. Es ging vorbei am Burgtor, zum Opernring, dann zur Linken Wienzeile, dann in den VI. Bezirk. Sie kamen zum Gürtel, dann in die Sperrgasse beim Westbahnhof. Während der Fahrt hatten alle geschwiegen. Barany fürchtete, exekutiert zu werden, irgendwo hier im grauen Einerlei, das er nur vom Hörensagen kannte. ›Ohne Gerichtsverfahren exekutiert, einer der größten Mitmacher Hitlers, einer der größten Gewinner am Krieg Hitlers, seit je einer der erfolgreichsten Aneigner – ich‹, dachte Barany. ›Die Sieger rechnen ab‹, dachte Barany, und dann durchzog ihn Furcht, man sei dabei, ihn Stalins Leuten zuzuspielen.

Sie bogen in eine Einfahrt ein. In mittlerer Entfernung fremde, frischbemalte graue Schuppen, ein Militärgelände. Drahtgitter, eine Einfahrt mit Doppeltoren und Wachen. Salutieren und Freigeben der Durchfahrt.

Der Jeep hielt vor einem der neuen, graubemalten Schuppen. Der Amerikaner sagte zu Barany: »Get out.« Barany stieg aus dem Jeep. Der Engländer begleitete ihn in eine Baracke. Ein grauhaariger, großer Mann in Offiziersuniform erhob sich hinter einem Schreibtisch in einem Büro. Baranys Begleiter meldete: »Colonel Rapaport, dies ist Mister Igor Barany.« Der Oberst nickte, und der Sergeant verließ mit dem infantilen Stampfschritt der perfekt Abgerichteten das Büro.

»Mister Barany, ich habe Sie herbemüht, damit Sie jemanden identifizieren«, sagte der Colonel, nachdem er Barany Platz angeboten und dieser sich gesetzt hatte. Barany dachte: ›Er will, daß ich mich selber identifiziere.‹ Dabei fand er, daß es gut sei, wenn jetzt abgerechnet würde. ›Wenn etwas Besseres nun den Anfang nehmen soll, müssen Leute meiner Art wohl beseitigt werden. Ich jedenfalls würde es tun‹, dachte Barany. Zwei Soldaten führten einen Mann in Zivil herein. Barany erinnerte sich nicht sofort, denn er hatte diesen Mann früher nur in einer SS-Uniform gesehen. Aber dann erkannte er ihn. Es war Korutta. »Kennen Sie diesen Mann? Wenn ja, nennen Sie mir nur seinen Namen«, sagte der Colonel. Korutta blickte Barany undurchdringlich an, und Barany dachte: ›Also ihm wollen sie an den Kragen? Ihm statt mir?‹

Ohne Skrupel sagte Barany: »Er heißt Korutta.« – »Wegführen«, sagte der Colonel zu den Soldaten.

Oberst Rapaport lehnte sich etwas nach vorn in seinem Sessel und sagte zu Barany: »Ich weiß einiges über Sie, aber Sie wissen wohl nichts über mich.« Dann erwähnte Rapaport Margaret Talmayer. Sie sei einmal bei ihm gewesen, als er noch beim Wiener Judenrat gewirkt hätte. »Später habe ich den Aufstand der Juden in Warschau mitorganisiert. Ich bin Jude. Vorher, in Wien, bat ich übrigens einen Mann, der Margaret Talmayer zu uns begleitete, Ihnen auszurichten, Mister Barany, daß Tote und Lebende Ihrer gedächten. Wurde Ihnen das damals ausgerichtet?« – »Nein«, sagte Barany. »So hole ich es hiermit nach«, sagte Rapaport und fügte hinzu: »Übrigens haben wir Margarets Vater gefunden und identifiziert.«

Barany erwartete die Frage, ob er den Aufenthaltsort von Dr. Béla Hermann wisse. Aber der Colonel fragte nicht nach dem Verschwundenen.

Rapaport sagte stattdessen: »In nächster Zeit werden zwei unserer Leute aus London herüberkommen, in amtlicher Mission. Es ist daran gedacht, Herrn Dr. Karl Renner zu beauftragen, eine neue österreichische Regierung zu bilden. Unsere beiden Londoner Leute kennen Dr. Renner aus der Zeit vor Hitler. Und sie möchten nun auch denjenigen persönlich kennenlernen, der sie damals freikaufte aus dem Lager. Sie werden sich bei Ihnen melden.« Der Colonel stand auf und gab Barany die Hand.

Die beiden Sergeanten, die ihn zurückfuhren zum Michaelerplatz, schwiegen wie zuvor. Sie zeigten das Desinteresse aller, die Anweisungen ausführen. Barany mochte solche Leute umso weniger, je unangefochtener er mit ihrer Mehrheit das Geschäft machte, unter allen Regierungen und in allen Lagern von ständig Besiegten. Bisher waren immer die Sieger die am meisten Besiegten gewesen, besiegt von ihrem Wahn, im Recht zu sein und es zu bleiben. Auf der Herfahrt hatte es bitterböse ausgesehen, und Barany hatte geglaubt, daß sich etwas ändern könnte. Doch das war schon gewesen, vergangen, vorbei. Der Jeep bog wieder ein in den Opernring. Barany hatte seine alte Selbstsicherheit wiedergefunden. Die Bilanz, die er vor Stunden in der Bank gezogen hatte, war doch entschieden besser, als er zunächst geglaubt hatte.

Am 15. April kam Eva Braun aus Berchtesgaden in Berlin an und sah Hitler in seinem Bunker unter der Reichskanzlei wieder. Er wollte sie zurückschicken nach Bayern, aber sie bestand drauf, bei ihm zu bleiben. Weil alles vorbereitet war für den Umzug Hitlers nach Berchtesgaden, wo ab dem 22. April das Oberkommando der Wehrmacht arbeiten sollte, lenkte Hitler ein. Am 21. April hatte er Berlin immer noch nicht verlassen und konfrontierte seine Umgebung damit, daß er in Berlin bleiben und sterben wolle.

Als Mussolini und seine Geliebte in Oberitalien ermordet wurden, heirateten Hitler und Eva Braun im Bunker. An diesem Tag gab es keine Kampftägigkeit über ihren Köpfen. Berlin war ein Trümmerhaufen; mehr als drei Viertel der Stadt lagen in Schutt. Die Brände nach den nahezu ununterbrochenen Bombardements der Alliierten waren nicht mehr löschbar. Drei Millionen Flüchtlinge hausten und hungerten in den Kellern und Ruinen.

Hundertdreißig Stufen tief unter dem Stadtboden verbrachten Adolf und Eva Hitler die Hochzeitsnacht vom 29. April zum 30. April 1945. Als Hitlers Ordonnanz am späten Vormittag die kleine Wohnung des Ehepaars betrat, wirkten Hitler und Eva Hitler übernächtigt. Sie kamen heraus und nahmen an einem Abschiedsessen mit dem Rest der Bunkerbesatzung teil. Dann verabschiedeten sie sich.

Gegen 16 Uhr zerbiß Eva Hitler eine Kapsel mit Zyankali. Adolf Hitler erschoß sich mit seiner Pistole. Heinz Linge und Martin Bormann trugen die Leichen hinauf in den Garten der zerstörten Reichskanzlei, übergossen sie mit Benzin und zündeten es an. Um 19 Uhr brannten die Leichen immer noch. Nun also begann es, das tausendjährige Reich Hitlers und seiner Hinterlassenschaft und Nachwirkung, unsere Erbschaft.

Sommer

Das Palais am Schottenring wurde nicht requiriert, aber es war überfüllt mit Flüchtlingen, von überallher. Jemand, der seine Uniform weggeworfen, Zivilsachen ergattert und am Schottenring Zuflucht gefunden hatte, brachte sich nach einer Woche um. Er war der zweite Selbstmordfall in wenigen Tagen. Am Tag davor hatte sich Marie Empfinger, die Mutter des acht Jahre alten Ludwig Empfinger, getötet.

Marie und ihr Bub waren vor den Sowjets aus Hainburg an der tschechischen Grenze nach Wien geflohen. Zunächst mit einem Leiterwagen unterwegs, hatte Marie auch ihre letzte Habe zurückgelassen und war mit Ludwig weitergehastet. Seit ihr Mann Melchior, früher Zollamtshauptmann in Hainburg, im Krieg gefallen war, hatte Maries Interesse ausschließlich dem Ludwig gegolten.

Als sie Stopfenreuth erreichten, holten die Frontverbände der Roten Armee sie ein. Marie, eben dreißig Jahre alt, in ihrer abgerissenen Kleidung von besonders auffallendem Liebreiz, wurde das Hauptopfer der nach Frauen hungrigen Soldaten. Vor den Augen des Buben wurde sie wieder und wieder vergewaltigt.

Ludwig Empfinger hatte laut mit seiner Mutter geschrien. Als das Schreien Maries aufhörte, hörte auch Ludwig zu schreien auf. Wie Marie weiterwimmerte und schließlich verstummte, so wimmerte auch Ludwig weiter und so verstummte schließlich auch er.

Es waren immer mehr geworden, die an die Reihe kommen wollten. Aber schließlich hatte ein Rotarmist vor derjenigen, die einmal Marie Empfinger gewesen war, kehrtgemacht und zu seinen Kameraden gesagt: »Frau nix mehr gut, Frau kaputt.« Damit war diese Schinderei zu Ende.

Zwei Tage nach der Einnahme von Wien waren Marie und ihr Sohn hier angekommen, ausgehungert und zerlumpt. Am Franz Josefs-Kai, wo Margaret aus dem Institut für Elementarphysik kam, hockten die beiden am Straßenrand, nicht einmal mehr mit einer Handtasche in Händen. Margaret hatte sie mit an den Schottenring genommen, ortlose Fremdlinge wie einst sie selber, in ihrer Kindheit in Hernals.

Marie Empfinger hatte Margaret zwei Tage später mitgeteilt, was unterwegs geschehen war. Ein Hospitalarzt, der jeden zweiten Tag ins Palais Lanzki kam, in dem außerdem noch ein Hilfslazarett für Verletzte aus der Zivilbevölkerung eingerichtet worden war, diagnostizierte Wundbrand im fortgeschrittenen Stadium. Die erforderlichen Medikamente fehlten, aber sie hätten ohnehin nicht mehr geholfen.

Die Kranke war nicht zu täuschen. Aber Margaret ließ sich täuschen durch die Ruhe der Kranken. Die beiden Frauen hatten einander im übrigen erkannt. Als Marie aus Margarets Mund vernahm, sie könne ohne Sorge gesund werden, denn sie, Margaret, würde sich des Ludwig annehmen, als wenn es ihr eigener Sohn wäre, hatte Marie erlöst gelächelt. Bei der Nacht hatte sie ihre Zuflucht am Schottenring verlassen und war, unter Zurücklassung eines Zettels an Margaret, in den Donaukanal gegangen. Auf dem Zettel war geschrieben, ihr sei nicht mehr zu helfen, denn es sei zu spät. Die Kräfte der Liebe, die unter diesem Dach versammelt wären, möge man denen zuwenden, die noch leben könnten. Vor ihrem Ende könne sie nur Gott in Jesus Christus dafür danken, daß auch ihr Sohn Ludwig noch unter der Schar der Lebendigen sei.

Deutschland hatte am 9. Mai 1945 bedingungslos kapituliert. Der Krieg war seither an allen Fronten in Europa beendet. Japan kämpfte noch weiter.

Dieser Sommer war der herrlichste Sommer, den die Wiener seit Menschengedenken erlebten. Die Bläue des Himmels war eine schönere Kuppel der Ahnungskraft denn je zuvor; die Tage waren lichtvoller als früher, die Abende milder, die Nächte traumreicher als alles, was Margaret bis dahin für möglich gehalten hätte. Die ganze Natur aus Stadtleben und Landschaft ringsum, unbedroht und unverfolgt wie die Menschen von heut auf morgen, schien zu einem freudiger atmenden, phantastischen Organismus geworden zu sein. Margaret, die wie alle anderen Jahre in der Düsternis und Kälte einer Todeswelt aus Fanatismus, Furcht und Gewalttat zugebracht hatte, empfand in diesem Sommer nahezu stündlich ihr unzerstückeltes Einssein mit den anderen Menschen, mit Wien und mit seiner Umgebung und mit allen Gegebenheiten unter dem Himmel und über den Himmeln.

Das Sommerlicht berauschte und erwärmte das Blut und belebte die Gedanken mit ungiftigen Phantasien und Plänen. Die endlich, endlich erreichte vollständige Niederlage des Bösen, das die Weltherrschaft fast angetreten hätte, erfüllte jeden und so auch Margaret mit einem Gefühl der Freiheit. In diesem Sommer verließ die Lähmung die Überlebenden. Sie schien das Schicksal Europas geworden zu sein, aber es war nur Schein gewesen: das Lachen von Kindern vertrieb die Lähmung so mühelos, daß auch Erwachsene das Lachen wieder wagten.

Margaret ging mit Ludwig und den anderen Kindern vom Schottenring Ende Juni so oft wie möglich in Wien spazieren. Das Sonnenlicht warf Schatten von den Gebäuden, Schatten von den Gassen, Schatten von Menschen und von Bäumen, Blumen und Wolken, Schatten von großen Alleen und Ringstraßen, Schatten auch von den Gesimsen von Fenstern und Portalen, die märchenhaft tief und mühelos in das Licht überall hineingriffen. Margaret zeigte den Kindern die Risse in Farbflächen und Häuserwänden, die in diesem Licht nicht als Schäden erschienen, sondern als begrenzte Universen mit unendlichen Schönheiten, als Mikrokosmen der Materie und der von ihnen gespeisten, subjektiven Phantasien.

Am ersten Sonntag des Juli unternahm Margaret mit Ludwig und mit fünf anderen Kindern einen Ausflug in den Wienerwald. Anna Czarbaczek, die mit ihrer Mutter aus Ungarn nach Wien gekommen war, eine Zwölfjährige, achtete mit Margaret zusammen auf die Kleineren. Annas Mutter, erfahren in Zuschneiderei und Nähen, hatte Sommerkleidung für die Kinder entworfen und geschneidert; endlich hatten die so lange ungenutzten Schätze in den Kleiderschränken des Palais, Arsenale eleganter Moden und bester Stoffe von einst, ihren Nutzen: die Kinder fühlten sich wie Fürsten und Prinzessen in ihrer Sommerkleidung für kleine Flaneure. Vor allem die Kollektion bestens erhaltener Strohhüte aus Olgas Kindheit, die Margaret in einer turmigen Hutschachtel, zum Verlieben kunstvoll verpackt, gefunden hatte, begeisterte die Kinder. Jedes bekam einen Strohhut, der zudem noch mit einer neuen und großzügig breiten, locker und lang gewundenen Schleife aus weißer Rohseide versehen wurde. Aus festem Segeltuch hatte Annas Mutter eine große Tragetasche für die Picknickvorräte genäht, die Anna Czarbaczek und Ludwig Empfinger zwischen sich hertrugen. So begab man sich am frühen Sonntagvormittag zur Trambahn, die bis an die Stadtgrenze von Wien fuhr.

Bei Wien werden die mächtigen Formationen der Alpen, die sich von Frankreich aus über die Schweiz, Italien, Deutschland und Österreich hinziehen, zu bloßen Vorgebirgen, den sanften Hügeln des Wienerwaldes. Dieser weite Wald aus Birken, Feldern, Hängen, Weiden und Wiesen, Buchen und Fichten erstreckt sich in einem weiten Halbkreis hinter der Stadt. Einige der Hügel, der Cobenzl, der Kahlenberg und der Leopoldsberg, sind immer wieder aufgesuchte Aussichtsorte mit einem weiten Blick auf Wien und seine Umgebung. Unten an den Hügeln beginnen die Weinberge. Etwas weiter darüber, in den Laub- und Nadelwäldern, führen die Spazierwege zu den früheren Jagdhäusern der kaiserlichen Familie und des damaligen Hochadels, aus denen schon Cafés und Restaurants geworden waren. In diesen ersten Wochen nach dem Krieg waren sie aber noch sämtlich geschlossen.

Die Kinder wollten zum Leopoldsberg. Außer Anna und Ludwig waren es Elma, Jan, Elisabeth und Georg. Jan war sechs Jahre alt, stammte aus Böhmen und war der Jüngste. In der Tram und auf dem ersten Teil der Wanderung wurde noch viel gefragt und gesprochen von den Kindern. Je weiter sie aber in den Wienerwald hineingingen, umso mehr verstärkte sich bei allen das Erlebnis der Natur: hier gab es geheimnisvolle Lebendigkeit in tiefer Stille.

Jan und Elisabeth ergriffen Margarets Hände. Dabei wurde

Margaret bewußt, daß alle diese Kinder dem Krieg entronnen waren, jedes an einer anderen Kette ineinandergreifender Zufälle, die zusammen ein Wunder ergaben. Warum hatten die einen sterben müssen und wieso überlebten die anderen? ›Wie habe ich selber eigentlich überlebt?‹ fragte Margaret sich.

Die Antworten, die sich ihr jetzt gewaltsam aufdrängten, waren nicht danach angetan, dieser Frage weiter nachzugehen. Margaret war froh, daß die beiden Kinder an ihren Händen sie ablenkten.

Sie gingen durch einen Hochwald. Zwei Stunden nach Mittag erreichten sie die Kuppe des Leopoldsberges. Sie wählten einen schönen Platz für ihr Picknick aus. Von hier hatten sie einen der besten Ausblicke auf Wien und die Donau. Die Kinder wurden wieder ausgelassener, und das machte auch Margaret Vergnügen.

Ihr Blick erreichte von hier oben auch den Osten Wiens, das alte habsburgische Wien mit seinen barocken Profan- und Sakralbauten, mit dem Ring und dem Parlament, dem Stephansdom und der Karlskirche, deren von Grünspan überzogene Kuppel in der nachmittäglichen Julisonne schimmerte. Ihr Blick suchte und fand das Burgtheater, ging dann weiter zu dem glitzernden Band der Donau, die hier oben vom Leopoldsberg her am besten zu besichtigen war. Es war ein Sommertag, der aus Träumen der ersten Schöpfungsminuten hervorgegangen schien. Margaret empfand Weltzeit.

Der Besuch mit Béla im Musikvereinssaal und die Beethoven-Orchesterprobe war die erste Weltzeit in Margarets Hernalser Kindheit geworden. Nichts davon war verloren! Ohne jenes erste untrügerische Glück, wußte Margaret hier auf dem Leopoldsberg erneut, wäre sie schon im Heranwachsen für immer gescheitert, für immer kaltblütig geworden. Denn in Hernals hatten sie sich alle mitsammen krankgehungert nach etwas Essen und nach ungrauerem Licht. Doch was waren diese lebensbedrohenden Entbehrungen gewesen, im Vergleich zu dem viel vernichtenderen Hunger nach etwas Geistigem?

Welcher Hunger, wenn nicht der Hunger nach Anerkennung

der eigenen Person hatte Hans Talmayer ins Lager Hitlers getrieben? Welcher Hunger, wenn nicht der Hunger nach einer geistigen Erscheinungsform der Liebe, die nicht in Leibeigenschaft und Zwang zur Sterilität endete, hatte Margarets Kindheit bis zum äußersten vernichtet?

Margaret fragte sich, während sie mit den Kindern am Abhang saß: ›Wieso wurde mein Hunger durch die Musik des Mannes auf dem Währinger Friedhof in Glück durch eben diese geistige Liebe, in Mut zum Leiden und in Phantasieren vom Sinn der Mängel umgewandelt? Wieso wurde der Hunger meines Vaters niemals gestillt? Warum wurde der Hunger dieses Menschen, der in seinem Elend zusätzlich noch für mich hungerte und der damit mein Glück einleitete, in Fanatismus und Infamie umgewandelt? Wieso bin ich, nirgendwo besser gewesen als mein Vater, jetzt froh und glücklich? Warum ist er, der mehr Entbehrungen aushielt als ich, ohne sich zu beklagen und ohne uns zu strafen, jetzt zum Abschaum geworden?‹

Schlafende Schrecken

Colonel Rapaport war zum Stabschef des britischen Oberkommandierenden in Wien ernannt worden und fungierte inzwischen im Alliierten Kontrollrat am Schwarzenbergplatz. Er verließ nur ungern seinen Posten beim Geheimdienst der Engländer, denn er hatte sich geschworen, jeden zu holen und vor Gericht zu bringen, der sich an der Ausrottung seines Volkes beteiligt hatte und dessen man überhaupt habhaft werden konnte, auch mit bedenklichen Methoden und Mitteln. Da Rapaport aber einen Offizier seiner Wahl auf seinen Geheimdienstposten bringen konnte und weil sein Einfluß als Stabschef am Schwarzenbergplatz wuchs, willigte er ein.

Als Margaret ihn zum erstenmal aufsuchte, um eine Besuchserlaubnis bei ihrem Vater zu bekommen, hatte Oberst Rapaport soeben seine Ernennung zum Brigadegeneral aus London zugestellt bekommen. »Wie fühlen Sie sich, Brigadier?« fragte Sir Willibald Spencer Gloss, sein nunmehr einziger Vorgesetzter in Wien, als er Rapaport mit einem Sherry zugetoastet hatte. »Gut, Sir Willibald«, sagte der neue General ihrer Majestät George VI. und trank auf den König. Rapaport hatte es aus purer Höflichkeit gesagt. Wer wie er imstande war, sich jederzeit das dumpfe Geräusch innen detonierender Nazipanzer, die bei dem von ihm früher mitorganisierten Aufstand der Warschauer Juden in die Luft gegangen waren, ins Gedächtnis zurückzuholen, brauchte derartige Bestätigungen nicht und konnte gut höflich sein. Als er das Büro seines Oberkommandierenden verließ, dachte Rapaport: ›Trotz allem: Brigadier schadet nicht. Einige werden jetzt noch rücksichtsloser gefaßt werden – und alle werden entschieden eher hängen ...‹ Als er im Vorzimmer seines Büros erschien, sah er Margaret. Er blieb stehen und überlegte einen Moment, schaute sie weniger als zwei Sekunden aufmerksam an, und er begann sich zu erinnern. Er sah das armselige Zimmer des damaligen Wiener Judenrats in seinem Gedächtnis und in diesem Zimmer erblickte er Margaret als Achtzehnjährige und als Helferin im Aussichtslosen. Sich selber erblickte er in jenem elenden Raum nicht, wußte aber, daß er darin umhergegangen war wie ein gefangener und planender Löwe, dem alle vier Beine gebrochen worden waren und der dadurch überhaupt erst erfahren hatte, was Beine mit Pranken sind und wozu sie notfalls dienen. Rapaport schaute Margaret immer noch an. Dann verließ er den Bann der Erinnerung an die entsetzlichste Phase seines bisherigen Lebens und bat Margaret wortlos in sein Büro.

Erst als Margaret auf Rapaports Bitte hin Platz genommen hatte, sagte der Aufgesuchte ihren Namen und Margaret nickte ihm, der immer noch stand, bejahend zu. Sie war dabei genau so ernst wie damals, beim Judenrat. In ihrem Blick lag ein solches mächtiges und reines Gefühl, daß Rapaport sich einer ungeheuren Anziehungskraft ausgesetzt sah. Dabei geschah es diesem seit Jahren immer härter gewordenen Mann, daß der zugemauerte Brunnen seines Gedächtnisses sich bis in die Kinderzeit hinab öffnete. Er erblickte den Rabbi Schlemel Chorin in der Talmudschule an der Wiener Synagoge und hörte seine mitreißende, singende und zarte Stimme die Verse aus dem 6. Psalm sprechen:

»Sprechet zu Gott: Wie wunderbar sind deine Werke! Es wird deinen Feinden fehlen vor deiner großen Macht.

Kommet her und sehet an die Werke Gottes, der so wunderbar ist mit seinem Tun unter den Menschenkindern.

Denn, Gott, du hast uns lassen in den Turm werfen, du hast auf unsere Lenden eine Last gelegt.

Aber du hast Menschen lassen über unser Haupt fahren. Wir sind in Feuer und Wasser gekommen; aber du hast uns ausgeführt und erquickt.«

Es waren nur Bruchstücke desjenigen Psalms, der dem Kind Josua Rapaport im alten Wien einst als Inbegriff aller Preisungen erschienen war. Durch alle Vorhöfe der Hölle hatte der Erwachsene den Psalm mitgenommen. Er war ihm immer mehr als brutale Lästerung aller Leidenden vorgekommen – dennoch hatte er Bruchstücke dieser Preisungen nie aufgeben können. Hatte der Jude Josua Rapaport etwa wegen dieser verheißungsvollen Fragmente irgendwann den Mut gefunden, sich zu wehren? Jetzt, in der Minute des Wiedersehens mit Margaret Talmayer, traten die Verse erneut in seine Erinnerung.

Er wollte seinen eigenen Werken und ihrer Fragwürdigkeit einen kritischen Gedanken widmen, aber er unterließ es. Schlafende Schrecken, das fühlte Rapaport in dem Moment brennend genau, warteten in seiner Erinnerung nur auf eines: daß er den Fehler machte, sie aufzuwecken. Sie würden ihn töten. ›Töten oder befreien?‹ fragte er sich. Rapaport wich aus. Auf Gedeih durch Verderb wollte er allmählich doch lieber verzichten. Als eben ernannter Brigadegeneral zog er es vor, vernünftig zu bleiben. Er stand immer noch da. Dann streckte er Margaret beide Hände entgegen. Erwartungsvoll und freudig ergriff Margaret diese Hände. Sie erschauerte, denn diese Hände waren sehr glatt und kalt. Und Margaret erschauerte noch tiefer, denn sie fühlte sich zu dem Mann, dem diese Hände gehörten, hingezogen. Angst. Keine Angst vor Rapaport, sondern Angst vor sich selber war in Margaret.

Keiner sagte etwas. Josua Rapaport war merkwürdig froh, als er sich setzte und endlich in seinem Office-Sessel aus Leder und Stahlrohr saß, in dem man nach Belieben denken, hängen, lehnen, schaukeln, sitzen, thronen, mit dem man rollen und stoppen konnte. Margaret dachte: ›Ich vergesse, wozu ich herkam ...‹ Sie war überrascht, mit welch einer Leichtigkeit sie sich darüber hinwegsetzte.

Rapaport ahnte, daß Margaret wegen ihres Vaters kam. So war es. Margaret fragte ihn, ob er wisse, wo ihr Vater sei, und ob sie ihn besuchen dürfe?

Nun wartete sie auf Antwort. Rapaport, inzwischen einundfünfzig, hatte lange keine Frau gehabt. Margaret gefiel ihm nicht nur, sie nahm ihn zuinnerst mit. ›Jahwe!‹ dachte er, ›hat nicht ein Mann, der einen Aufstand gegen die Mörder deines Volkes durchführte, eine Geliebte wie Salomons Sulamith verdient?‹.

Er bewunderte Margaret, die ruhig auf seine Antwort wartete, vor allem dafür, daß sie nichts unternahm, um ihn daran zu erinnern, daß sie früher einmal etwas für Juden getan hatte. »Ihr Vater befindet sich im Alliiertengefängnis für Kriegs- und Naziverbrecher in Landsberg am Lech, Margaret«, sagte er. Um sich abzusichern, fügte er hinzu: »Es handelt sich um ein Vernehmungslager der vier Kontrollmächte und es gehört nicht zu meinem Dienstbereich. Aber ich werde mich bemühen, die Besuchserlaubnis und die Reisegenehmigung für Sie zu erhalten.«

Margaret dankte ihm. Sie war erleichtert, stand auf, wollte gehen. Rapaport fragte, ob er sie abends in den Royal British Club zum Dinner einladen dürfe? Margaret willigte ein; nichts anderes hatte sie sich von Anfang an gewünscht.

Als sie ihr Labor am Franz Josefs-Kai betreten wollte, wartete jemand vor der Tür. Er hielt mit beiden Händen seinen tief zur Seite hängenden Kopf. Als Margaret sich näherte, sagte der Fremde: »August Weinberg.« Sein schief verkrampfter Mund erschwerte ihm das Sprechen. Weinberg rollte beim Sprechen angestrengt mit den Augen, als wolle er seinen Lippen Antrieb geben. Die Lippen schlappten nach jedem Wort wieder kraftlos aufeinander, sobald sie sich auch nur ein wenig geöffnet hatten.

Margaret erfaßte alles das im ersten Augenblick. Aber sie vermochte sich noch nicht auf diesen Besucher einzustellen. Ihre Gedanken glitten aus ihr, fort zu Josua Rapaport am Schwarzenbergplatz. Immerhin nannte Margaret dem Ankömmling nun ihren Namen. Weinberg nahm daraufhin eine Hand vom Kinn, griff in die Jacke und gab Margaret ein Päckchen. Es waren die Briefe, die sie Stettiner in die Lager geschrieben hatte. »Ist er tot . . .?« fragte Margaret den Boten aus dem Höllenreich, das überallnirgends gearbeitet hatte und das nun, wie Margaret längst ahnte, in anderer Weise und unsichtbar überall weiterarbeiten würde. »Stettiner? Ja – tot«, sagte Weinberg. Margaret empfand eine Schmerzwelle, die über sie hereinbrach.

Sie war unfähig, sich zu bewegen. August Weinberg sagte zu ihr: »Stettiner liebte Sie. Er litt mit denen, die uns quälten. Bis zuletzt. Er lebte täglich neu, bis zuletzt. Gott lebt. Aber nur in Menschen wie Stettiner.«

Die Lähmung wich von Margaret. Sie öffnete ihr Labor und wollte Weinberg hineinbitten, aber dieser sagte zu ihr, er hätte seinen Auftrag erledigt und wolle gehen. Er schaute Margaret noch einmal fest an und sagte ein Lebewohl. Dann drehte er sich um und ging bereits zum Ausgang des Gebäudes, wobei sein Kopf wie zuvor die zurückzuckenden und jäh nach vorne schwingenden Halbkreise machte. Margaret schaute ihm nach. Sie hätte so viel erfahren wollen, aber sie war außerstande, den Leidenden aufzuhalten.

Sie betrat schließlich das Labor und überprüfte dort noch einmal die Berichte über den Stand der einzelnen Forschungsprojekte, die die Alliierte Kommission angefordert hatte. Professor v. Ott, der Institutschef, hatte Margaret mit der Schlußredaktion der Berichte betraut. Sie vergewisserte sich, daß ihre Streichungen und Verbesserungen in die Reinschriften aufgenommen worden waren. Die Mitteilung August Weinbergs hatte sie aufgewühlt, aber nach außen bewahrte Margaret völlige Ruhe. Sie hatte von Olga mit einer Bereitwilligkeit, die sie längst bedenklich fand, vor allem eines übernommen: sich umso mehr zu beherrschen, je stärker ihr etwas zu nahe ging. Margaret beendete die Überprüfung und brachte die Berichtsmappe zum Direktorat und verließ das Institut.

Den Weg zum Schottenring legte sie in Eile zurück. In Erwartung des Abends mit Rapaport begann die Fassade ihrer Haltung schon zu bröckeln. Es wurde ihr bewußt, daß sie dabei war, sich mit jemand zu treffen, der seine Hauptaufgabe darin erblickte, Leute wie Béla und ihren Vater zu jagen, sie vor Gericht zu bringen und sie hängen zu sehen.

Abends traf sie sich mit Josua Rapaport. Nach dem Dinner ergab es sich wie von selbst, daß sie mit Rapaport in dessen Wohnung fuhr. Dort verbrachten sie die Nacht miteinander.

Margaret war am Morgen weniger unglücklich als in den vergangenen Monaten, weil sie dankbar war. Denn es erschien ihr als Gnade, dem langen gefühllosen Leben so unerwartet entronnen zu sein, mochte es auch nur in jenen wenigen Stunden sich ereignet haben.

Um diese Zeit machte sich August Weinberg, der in der Klinik Josefinum mit anderen Überlebenden aus verschiedenen Konzentrationslagern soweit als möglich wiederhergestellt wurde, zu seinem Vormittagsausgang bereit. August Weinberg war ein angenommener Name, hinter dem sich der vormalige Chaim Zwieback aus Prag vor sich selber zu schützen versuchte.

Im Oktober 1944 war der Unglückliche, der damals sechs Jahre in Lagern, davon zwei Jahre in Auschwitz überlebt hatte, mit einem Transport in Richtung Westen verlegt worden. Chaims »Auschwitz-Karriere«, so nannten die »Lageraristokraten«, die länger überlebten, den stehenden Schrecken des langsamen Absterbens ohne Hoffnung auf ein Ende, hatte ihn zuletzt als Arbeiter an die Gaskammern und Krematorien von Auschwitz-Birkenau geführt. Von dort war er direkt in den Waggon auf der Abfahrtsrampe geholt worden. Mit hundert anderen Häftlingen war der Waggon nach und nach gefüllt worden. Ein

SS-Mann, der zum Begleitpersonal gehörte, hatte den Langjährigen gesagt: »Beruhigt euch. Auschwitz ist für euch vorbei. Ihr werdet verlegt, in den Westen.« Chaim kannte den Mann. Er hieß Ferdinand Behr und hatte oft versucht, zu helfen. Dennoch war Chaim ebenso wie die anderen sicher, sie würden fortgebracht, um außerhalb des Lagers erschossen zu werden. Die Rote Armee näherte sich, und jeder hier im Waggon war ein Mitwisser.

Alle die Anzeichen der Deformation, die Margaret an August Weinberg erblickte, hatte es bei Chaim Zwieback noch nicht gegeben, als er sich aus dem geöffneten Waggon lehnte und den SS-Leuten unten auf der Rampe zum letztenmal eine Probe seines zynischen Humors gab. Noch einmal war Chaim Zwieback belacht und beklatscht worden. Dann wurde die Waggontür geschlossen, und die Reise hatte ihren Anfang genommen.

In der Nähe von Bielefeld war der Waggon, angekoppelt an einen Heeresgüterzug, den Amerikanern und Engländern in die Arme gefahren.

Chaim hatte sich sogleich und ohne Tränen von allen früheren Schicksalsgenossen zurückgezogen und bei der Registrierung durch die Amerikaner den Namen August Weinberg angegeben, dazu sein richtiges Geburtsdatum und als letzten früheren Wohnort Wien.

Er kam zuerst in ein für ehemalige KZ-Häftlinge eingerichtetes Pflegelazarett in Mönchengladbach. Nach dem Kriegsende in Europa wurde er nach Wien entlassen.

Hier erst traten die Dinge bei ihm in Erscheinung, die ihn beeinträchtigten und, was für August Weinberg das Ärgste war, die ihn dazu brachten, sich selbst von Leuten wie Margaret Talmayer sogleich und für immer zurückzuziehen. Freiheit ist anspruchsvoller als jede Gefangenschaft. Das erfuhr der Gerettete, dessen Lustigkeit mit dem früheren Namen erloschen war und dessen Kopf sich immer mehr nach rechts hinunterzog.

Im Josefinum wurde August Weinberg nicht nur körperlich gepflegt, seit ihn das neue Leiden befallen hatte. Im Ursprung und Mekka der Psychoanalyse war es selbstverständlich, daß Weinberg vor allem psychotherapeutisch behandelt wurde.

Wiener Freudianismus, gekoppelt mit amerikanischem Sinn für Geschäft durch social message, hatte für alle Überlebenden aus Konzentrationslagern eine Parole ausgegeben: »Liebt sie – coucht sie . . .« Weinberg ließ sie machen. Ihren analysierenden Bemühungen widmete er keinen ernsthaften Gedanken. Er wußte, woran er mit sich war, sagte sich, daß alles vertretbar gewesen sei, was dazu führte, die Höllen der Nazis zu überleben. Aber er warf sich vor, daß er nie Front gemacht hatte gegen die Schinder. Weder früher in Prag, noch später in Sachsenhausen-Oranienburg, geschweige in Auschwitz. Er warf sich vor, zu feige gewesen zu sein, in Würde durch kämpfenden Widerstand zu sterben. Er warf sich vor, stets gewußt zu haben, daß alle Rederei, ein solcher Widerstand sei sinnlos, Propaganda von Feiglingen gewesen war. Das verursachte ihm ein Erschrecken und der Schrecken schlief in August Weinberg. Weil er ihn nicht aufweckte mit dem, was er von sich wußte, wurde Weinbergs Zunge schwer und sein Kopf sank zur Seite.

Ein Gott kommt zu sich

Unermeßliche Stille lag nach der Detonation und nach dem Verheerungswerk der über der japanischen Stadt Hiroshima abgeworfenen Atombombe in denen, die es überlebten. Diese unermeßliche Stille ging rund um den Erdball, sie zermalmte alle rettenden Teile der Angst, lähmte den Zeitsinn und dauert seither an.

Es war der 6. August 1945. Mitte Juli war die Bombe bei Los Alamos in USA zum erstenmal erfolgreich getestet worden. Eine Frau hatte aus weiter Entfernung einen Lichtblitz gesehen. Jene Frau war blind gewesen und sie hatte das Licht der Bombe gesehen. Drei Tage nach dem Nuklocaust von Hiroshima warfen die Amerikaner die zweite Atombombe auf die japanische Stadt Nagasaki. Die Segnungen Amerikas für die übrige Menschheit hatten den Höhepunkt erreicht und waren für immer und überall unglaubwürdig geworden. Alle, die es wußten, lähmte es. Die es nicht wissen wollten, bekämpften es. Aber die unermeßliche Stille der Wahrheit dauert an.

In Japan brauchte niemand zu beten, denn der Boden selbst war göttlich. Auch der Tenno, Sohn der Sonne, war nach dem Nuklocaust noch göttlich. Die Gegenwärtigkeit dessen, was geheimnisvoll ist und ergreifend, war weder durch das geschichtliche, noch durch das kriegsmäßige oder soziale, respektive unsoziale Leben auf den sechs Hauptinseln des Kaiserreichs zu vergrößern oder zu vermindern. Was Menschen außerhalb dieser Gegenwärtigkeit des Göttlichen den Fanatismus der Japaner nannten, hatte mit Fanatismus nichts zu tun. Es waren Mißverstehen oder Neid oder Unterstellungen von Fanatikern, denen es unerträglich war, hinzunehmen, daß durch die Göttlichkeit des Tenno jeder, der für den Kaiser lebte oder starb, seinen anstrengungslosen Anteil an der Göttlichkeit des ganzen Seins im Universum hatte. Was von den meisten, die im August 1945 noch im Krieg mit Japan waren, die Todesverachtung der Japaner genannt wurde, war keine Verachtung des Todes, sondern die überall im Reich gleichförmige und stetige, auf der Basis unterschiedlichster Persönlichkeitserfahrung beruhende Achtung des Todes. Leben und Sterben, Tod und Sein, Persönliches durch Überpersönliches waren eine natürliche Einheit. Auch der Nuklocaust von Nagasaki konnte das nicht ändern. Und selbst das Grausen, das, nach dieser Wiederholung einer nuklearen Massenabschlachtung, nun anstelle einer unermeßlichen Stille rund um den Erdball ging, konnte dies nicht ändern, ja auch nur im entferntesten beeinflussen.

Kano Munakata, bei Pearl Harbor vor vier Jahren Oberleutnant und Staffelkapitän der japanischen Luftwaffe, hatte in längst nicht mehr mitgezählten Luftkämpfen als Jagdflieger den Kamikazebefehl niemals bekommen. Munakatas Todesmut, der ihm nicht als Charaktereigenschaft oder als Verdienst erschien, sondern als Begründer seines Lebens, hatte den Flieger zum Alptraum amerikanischer Bomberpiloten, zum Idol seiner Kameraden und inzwischen zum Generalmajor der Jägerflotte ›Fächergriff‹, die den Luftraum über Tokio beschützte, gemacht. Den Namen hatte Kommodore Munakata den Überlebenden dieser Jägerflotte für ihr tapferes Verhalten beim Luftangriff auf Tokio am 18. Juli 1945 verliehen. Munakata, der bei diesem Bombardement der Hauptstadt fünf amerikanische ›Fliegende Festungen‹ abgeschossen hatte, wählte den Namen ›Fächergriff‹ für seine Einsatzflotte, weil er während dieses Luftkampfs immerzu an die Legende gedacht hatte, die erzählt, daß es in ganz Japan nur einen einzigen Punkt gebe, der sich niemals bewegt; man nannte diesen Punkt den Fächergriff, der allein ruhig bleibt, während alles übrige in Bewegung ist.

Nach dem Abwurf der Atombombe auf Nagasaki, in dem Grauen der prompten Wiederholung des bis dahin Unvorstellbaren, erhielt Munakata den Befehl, im Kaiserlichen Hauptquartier und vor dem Tenno zu erscheinen. Man trat dort am 10. August, kurz nach Mitternacht, im Bunker des Tenno zusammen. Der Kaiser schwieg wie stets und gab durch eine Gebärde dem Außenminister Shigenori Togo zu verstehen, er möge mit der Beratung beginnen. Die Befragung des Piloten einer abgeschossenen amerikanischen B 29 ließ darauf schließen, daß in zwei Tagen eine dritte Atombombe über Tokio zur Detonation gebracht werden sollte.

Togo befragte die versammelten Militärs, ob sie noch die geringste Hoffnung auf einen Sieg hätten? Marineminister Admiral Yonai antwortete mit Nein. General Anami, der Oberkommandierende aller Landstreitkräfte, sagte weder ja noch nein. Es waren in den vier bisherigen Kriegsjahren zwar an die zwei Millionen Japaner außerhalb der Hauptinseln des Reichs gefallen. Bis jetzt galt der Beschluß, eine amerikanische Invasionsarmee auf das Territorium Japans zu locken, wo hundert Millionen, zu allem entschlossen, die Feinde erwarteten. General Anami sagte, daß die Vernichtung der Amerikaner in Japan selbst nicht ausgeschlossen werden könnte. Dennoch würde er, fuhr er fort, sein Einverständnis zur Niederlegung der Waffen geben, falls die Alliierten die Aufrechterhaltung der Monarchie garantierten und von einer Besetzung Japans absähen. General Umazu, Stabschef der Armee, und Admiral Toyoda, Stabschef der Marine, schlossen sich dem an. Generalmajor Munakata lehnte eine Kapitulation ab und erklärte, das Ultimatum der Amerikaner sei gegeben. Sie bestünden auf bedingungsloser Kapitulation. Daher bedeuteten die Voten der Stabschefs mit deren Bedingungen die Fortsetzung des Krieges.

Es war noch niemals vorgekommen, daß Kaiser Hirohito, der als Tenno den Vorsitz im Höchsten Kriegsrat führte, in eine Beratung eingegriffen hatte. Er war stets die schweigende Inkarnation des Reichs in göttlicher Einheit gewesen. Aber die Lage war aussichtslos und zudem festgefahren. Admiral Suzuki, der Premierminister, hatte sich an der Diskussion bisher nicht beteiligt. Nun erhob er sich. Es war zwei Uhr früh. Er sagte: »Es wird die Entscheidung Eurer Kaiserlichen Majestät erbeten.« Ein beispielloses Vorgehen. Der Admiral warf sich vor dem Tenno zu Boden. Dieser befahl ihm, sich zu erheben und wieder Platz zu nehmen. Dann sprach Hirohito und befand: »Die Beendigung des Krieges ist die einzige Möglichkeit, das Volk von dem fürchterlichen Elend zu erlösen, welches auf ihm lastet. Die Bedingungen der Alliierten müssen deshalb angenommen werden, so unerbittlich sie auch sind.«

Tags darauf erklärte der Tenno seiner Umgebung, er werde sich über Radio selber an sein Volk wenden und es bitten, sich einer bedingungslosen Kapitulation zu beugen, um die Zukunft zu retten. Am 15. August versammelten sich die Japaner in den Ruinen ihrer Städte und auf den Plätzen der Dörfer um die Radiolautsprecher. Niemand hatte je die Stimme des Kaisers vernommen. Man wußte nicht, warum er sein Volk aufrufen ließ, ihm zuzuhören. Fast alle glaubten, er werde die Fortsetzung des Krieges auf dem Reichsgebiet mit allen Mitteln verkünden. Die Stimme des Tenno kam aus den Lautsprechern, nahezu tonlos. Kaum vermochte man der gewundenen Art der Rede in altem Japanisch zu folgen. Dennoch verstanden alle, daß der Kaiser wünschte, dem Krieg ein Ende zu machen und das Unfaßbare, die Niederlage, hinzunehmen. Der Kaiser sprach sich für den Weg des Kranichs aus, für den Frieden.

Der Stillstand

Jener Moment unermeßlicher Stille, der von Japan her auch Olga auf der winzigen Insel San Giulio im Ortasee erreichte, senkte sich so deutlich in ihren Geist, daß sie für die Andauer dieses Moments glaubte, Jakob wäre in ihr gezeugt worden. Das Grauen aber, welches kurz darauf von Japan herüberkam, zerstörte alle Hoffnungen Olgas. Die Welle dieses Grauens machte Olga in ihrer Stille glauben, daß ein neuer und ganz anderer Krieg begonnen hätte und daß alle persönlichen Beziehungen ab jetzt sinnlos wären, auch ihre Liebe zu Jakob. Hitler und die von ihm und seinen Mitläufern errichtete Hölle waren für Olga Geschichte geworden, weggerutscht ins Leere wie sie selber. Sie wußte nichts von den neuartigen Bomben auf Hiroshima und Nagasaki, aber sie erlebte alles auf ihre Weise: wie ein Moment deutlicher Stille und Hoffnung in einen Stillstand übergehen und wie wahres Grauen arbeitet: Olga sah diese Welt, den einzigen Ort relativer Gewißheit, ins Leere wegrutschen, und sie erkannte ihre persönliche Mitschuld daran und sah sich mituntergehen.

Als Herr Kajetan ihr eine Woche später mit aller erlernten Förmlichkeit die Nachricht von der bedingungslosen Kapitulation Japans übermittelte, somit vom Ende aller Kampfhandlungen auch in der übrigen Welt, hielt Olga dies für ein Mißverständnis Kajetans und führte es auf sein hohes Alter zurück. Für sie stand fest, daß Feindseligkeiten ganz anderen Zuschnitts soeben eröffnet worden waren, ein neuer und letzter Krieg begonnen hatte, inmitten eines Weltstillstands und auf einem Planeten, der soeben untergegangen war. ›Tote wie ich selber, mitschuldige, leblose Zuschauer beim Aufbruch des Bösen, haben nun begonnen, sich gegenseitig zu bestrafen und zu beseitigen. Wobei sie, um es unauffälliger zu tun, sich mit Hektik gegenseitig schwängern und noch einmal heuschreckenhaft vermehren.‹

»Geruhen die Erlaucht heute den Padre Ghiberto zu sehen? Er möchte zum Kriegsende Glück wünschen«, sagte Kajetan. Olga, die wie immer unter ihrem dunklen Schleier beim Fenster saß, unter sich die bewegungslosen Wasser des Sees, sagte, indem sie einer Anwandlung gehorchte: »Kajetan, sei Er so lieb, bestell Er dem Padre, er möge sich heute nicht herbemühen, und sag Er ihm, daß ich am Nachmittag zu ihm in die Kirche komme.«

Kajetan wollte es zuerst kaum glauben. Seit beinahe zwei Jahren hatte Olga diese Eremitenzelle nicht verlassen, und nun wollte sie ausgehen? Mußte er unten in der Kleiderkammer nicht schleunigst Vorkehrungen treffen? Welche Garderobe wünschte Olga? Geruhte sie früher als üblich ihr Bad zu nehmen? Es war ja noch nicht einmal Feuer im Ofen! Kajetan weigerte sich schlichtweg zu gehen und wartete. Olga sagte, mehr hinunter auf die Oberfläche des Sees sprechend: »Stell Er sich vor, Kajetan: ich freue mich auf den Spaziergang zum Ghiberto.«

Sogleich verließ Kajetan den Raum, verließ das Haus und begab sich eilig zu Padre Ghiberto, den er im Gärtchen hinter der Kirche fand. Er übermittelte ihm Olgas Worte. Der Padre zeigte Freude an dem, was er hörte. Herr Kajetan aber eilte bereits wieder den kurzen Weg zurück, um alles für den Ausgang Olgas vorzubereiten. Es waren keine hundert Meter Weges, aber Kajetan meinte, er durchmäße Entfernungen zwischen Welten. Hier auf dem Inselchen waren alle Wege kurz, aber die Entfernungen riesig, und Herr Kajetan meinte, daß sie sich außerdem auch beständig vergrößerten.

Padre Ghiberto schaute in seinem Gärtchen hoch zum Himmel, dessen hellblaue Kuppel ihn ebenso anrührte wie das Gefühl, geschützt durch den Heiligen in dem Kristallsarg der

Kirchenkrypta zu sein. Ghiberto empfand in der großen Überraschung, daß die Eremitin Olga zu ihm in die Kirche kommen wollte, auch eine ganz besonders tiefe Dankbarkeit gegenüber dem heiligen Giulio. Der Padre zweifelte nicht, daß es Olga nach der Nähe desjenigen verlangte, der bereits ihm, Ghiberto, die Auferstehung von den Toten gewährt hatte. Er schaute weiter hinauf zum Himmel. Es traf ja wirklich zu, daß alle Dinge, der Kosmos, der Mensch, die Lebewesen der Natur, das Universum, das Wort und die Zeit, kurzum die ganze unermeßliche und unerreichbare Schöpfung, aus einem Element, dem Himmel nämlich, bestanden, und aus einem anderen Element, der Erde. Diese Einheit von allem, was erschaffen war und sich weitererschuf, die als Einheit allein von Gott herrührte und von seiner All-Liebe ins Hiersein und in das Rätselwerk der Zeit gerufen worden war, rührte Padre Ghibertos Geist, den er besaß, weil er meinte, schon ganz geistlos zur Welt gekommen zu sein. Die Wellen von Geist, die er manchmal in sich fühlte, führte er auf Liebestaten San Giulios zurück. Er holte den Rosenkranz aus dem Chorrock und begann, ergriffen von neuer Zuneigung zu allem ringsum und auch zu sich selber, die Perlen des Rosenkranzes abzubeten.

Während Kajetan in den zwei Jahren seines Hierseins sichtlich rapide alterte, hatte sich Padre Ghiberto allmählich in Spuren verjüngt. Als die Besucherin aus Wien zum erstenmal in der Kirche erschienen war, stille und unvergeßlich schön von Antlitz, Gestalt und Haltung, in Begleitung des Igor Barany, hatte der damals gänzlich verlumpte Ghiberto eine ihn beglückende Idee empfangen: daß jene Fremde Größe besäße. Als Olga dann etwas später auf die Insel zurückgekehrt war und hier blieb, hatte der Padre sich gesagt, daß der Heilige in Olga nun ebenfalls sein Wunder tue.

Olga regte den Padre durch ihr Bleiben an, sich zu verjüngen. Vor allem bemühte er sich um innere Aufgeräumtheit. Auch um dringend geboten erscheinende, größere Reinlichkeit. Als er diese Dinge alleine zustandegebracht hatte, waren sie Olga bei den Besuchen des Padre so aufgefallen, daß sie zum erstenmal das Ausmaß der Schadhaftigkeit seiner Kleider bemerkte. Sie gab Kajetan den Auftrag, mit dem Padre nach Orta zu fahren und ihm die erforderlichen Sachen dort in Auftrag zu geben. Ghiberto das Geld selber zu geben, wagte Olga nicht, weil sie dachte, er würde alles sogleich vertrinken. Ghiberto freute sich seiner neuen und doppelt angefertigten Ausstattung für Werktage und Feiertage.

Bis auf seine neuen Schuhe hatten alle übrigen Sachen dem Beschenkten die angenehmsten Gefühle einer auch inwendigen Erneuerung bereitet. Das teure Schuhwerk jedoch drückte, wie der Padre fand. Deshalb fuhr er doch lieber noch einmal im Kahn nach Orta hinüber, dieses Mal aber ohne den Kajetan. In Orta tauchte Ghiberto in einschlägiger Umgebung, die er bestens kannte, mit seinen Meisterwerken aus Rindsleder auf und tauschte sie gegen einen Vorrat Wein. Fortan ging er wieder in seinen sohlenlosen Schuhen und sagte sich, daß es besser sei für ihn, weiterhin Steg und Stein schmerzhaft zu erkennen, als in gänzlicher Peinlosigkeit die Gnaden der Armut einzubüßen.

Die Sommersonne stand jetzt im Zenit über dem Gärtchen hinter der Kirche. Während der Padre seinen Rosenkranz für Olga abbetete, fragte er sich, worin Olgas Größe bestünde? Es war Ghiberto klarer als bisher, daß Olga auf diese verödete Insel zurückgekehrt war, weil sie hier und nirgendwo sonst ein Heil vermutete. Hatte sie es inzwischen gefunden?

Nicht zuletzt dem Altern Kajetans hatte er allerlei Wissenswertes über die Eremitin zu verdanken. Zwei Jahre Neugierde auf Seiten Ghibertos und eine in letzter Zeit zunehmende und immer unkontrollierter werdende Gesprächigkeit Kajetans hatten der Frage des Padre, warum Olga Größe besäße, einige Nahrung gegeben.

Größe besaß Donna Olga schon darum, weil sie bei höchster Geistesgegenwärtigkeit so unglücklich und so geheimnisvoll umnachtet war. Das war Padre Ghibertos allererste Überzeugung und, bona fide, sein zuversichtlichster Trost. Sein Blick ging hinüber zu der kleinen Basilika, wo der Heilige lebte und in seiner Mumie, völlig unzerfallen, über das Heil derer gebot, die seine Nähe und himmlische Potenz suchten. Ob Donna Olga heute kommen würde, weil San Giulio sie gerufen hatte?

Die Luft flirrte in der Nachmittagshitze. Olga ging durch ein Areal alter Gebäude, die ihr Unbewohntsein ruhig ausströmten. Sie ging den kurzen Weg bis zu dem einzelnen Buchsbaum in dem spitzen Winkel des verfallenen Mauernbugs, in dem das Inselchen endete. Dort stand sie eine Weile und ging dann rechterhand hinab zu dem Feldsteg, der direkt am Wasser vorbei führte. Nach etwa sechzig Metern gelangte Olga durch eine Baumschonung und erreichte den Brunnen, eine alte, viereckige Öffnung aus Kalkquadern. Verwitterte Holzkreuze standen angelehnt, eines mit einem angenagelten, aber längst unleserlichen Ex-Voto. Der Brunnen war eingefaßt von Rosenhecken, die einen Laubengang bildeten. Ein üppiger Blütenschmuck leuchtete aus dem Grün hervor.

Padre Ghiberto erwartete sie im Vorraum. Er kam ihr mit geöffneten Armen entgegen. Olga wollte sich in diese schwachen und schon ganz entfleischten Arme werfen und weinen, aber sie wagte es nicht. Sie küßte Ghibertos Hand. Der Padre, kaum fassend, was hier geschah, gab jeden Gedanken daran, daß er Olga zum Ende des Krieges Glück wünschen wollte, sogleich und restlos auf. Wortlos führte er Olga in die Krypta. Vor dem Kristallsarkophag des heiligen Giulio erst ließ er Olgas Hand los, trat etwas zurück und nickte Olga aufmunternd zu, im Nicken auf den corpus mysticus in dem transparenten Behältnis schauend. Dann verließ Padre Ghiberto die Krypta.

Allein und angesichts von San Giulios mumifizierter Einsamkeit erfuhr Olga, was Alleinsein ist. Sie versuchte, unter ihrem Schleier die Lippen zu bewegen und den skelettierten Erdenrest anzusprechen, aber es gelang ihr nicht. Olga erlitt ihren inneren Stillstand. Nichts änderte sich, sie blieb allein. Die Mumie in dem Behältnis schwieg sie an. Olga verstand. ›Wenn das, was ich hier aufbewahrt sehe, die mystische Frucht eines Heiligen ist, so ist sie unbeeindruckbar, unkäuflich, unerbittlich‹, dachte Olga.

Sie fiel vor dem Sarkophag auf die Knie. Worte kamen von ihren Lippen, umsonst. Sie kauerte noch tiefer am Boden, und aus ihrer Beschämung stiegen Erinnerungen an die Heimfahrt aus Südamerika herauf. Sie hatte den Weg durch die Angst gemieden und war den Weg in die Melancholie gegangen. Niemals hatte sie einem anderen menschlichen Wesen ihre Angst und ihre Bangigkeiten bekannt, und niemals war sie bereit gewesen, jemandem die exakte Natur ihrer Verfehlungen zu bekennen. Sehenden Geistes war sie in die Melancholie, in diese kranke Abart der Trauer, hineingewandert, von Wien nach Südamerika und von Südamerika nach Colini und von dort hierher.

Den Verlust ihrer Mutter hatte sie mit Angst beantwortet, den Verlust Rotters mit Vereinsamung, den Verlust ihres Vaters mit Verlassensein, den Verlust Bélas mit Erstarrung. Dann hatte sie ihrem Ich entsagt und vereinsamt, verlassen, erstarrt und entleert, nach fünf Entsagungen und fünf irdischen Toden näherte Olga sich nun, hier kauernd, einiger eigener Wahrheit. Sie hatte besitzlose und nichtgenitale Liebe zu Jakob und zu Margaret aufgebracht. War dies die hellere Seite der furchtbaren Melancholie? Als sie an Margaret dachte, sah sie Wien:

Wien war nicht nur neu aufgebaut, es war prachtvoller als jemals früher. Und reich. Doch Olga sah nichts geistig Neues. Es war nach dem Zeitalter des Nachkrieges, ja nach dem noch späteren Zeitalter der abermaligen großen Gewinne. Wien verstrahlte seine Schönheit über die Apathie der Ingenieure und der Verwalter. Dann erblickte Olga, von einem Moment auf den nächsten, das Fiasko.

Später sah sie, wie noch einige Tausend dort umherirrten, Frauen und Männer. Olga erblickte nirgendwo Kinder.

Europa war kein Fleckenwasser mehr für die Niederlagen der Menschheiten in anderen Teilen der Welt. Europa war Niemandsland, abgekoppelt, ausgelöffelt, vergessen. In Europa war erreicht, was bis zuletzt getan und abgestritten worden war: hier hatte sich der Leerlauf, begleitet von Chören aus Lügen und Phrasen, am ersten und am gründlichsten vollendet.

Alles schien den Übriggebliebenen, wie es einst gewesen war. Aber es gab keinen Zeitverlauf mehr. Und schrecklicher: es blieb immerzu Tag. Kein Dunkel der Nacht erlöste die Umherwandernden. Die anhaltende Helligkeit zersetzte die Sprachen zu einem beständigen, leeren Gebrabbel. Es gab keine Ausdrucksmöglichkeiten für geistige Vorgänge mehr. Und es gab keinen Tod mehr. Der Tod war ausgewandert, verschollen.

Abgeschnitten von allem, was anderwärts auf dem Planeten vorgehen oder ausgebrütet oder beendet sein mochte, suchte man dieser ständigen Helligkeit zu entrinnen, indem man die Augen verschloß. Umsonst. Diese Helligkeit drang hindurch. Einige rissen sich die Augen aus. Es war umsonst, denn sie sahen dieses zermalmende Dauerlicht mit ihrem Hirn und mit jeder Zelle ihres Fleisches, das in dem jäh hereingebrochenen Fiasko unsterblich geworden war.

Die Zeit sei stehengeblieben und alles spräche dafür, daß man sie wieder in Gang setzen müsse, predigte einer. Aber auch dieser Schlaukopf änderte damit nichts an seiner Qual und nichts an den Qualen der anderen. Gewalttätigkeiten wurden erprobt, um den Tod, den es hier nirgendwo mehr gab, noch einmal herbeizuzwingen. Ohne Erfolg. Mit Gebrabbel und Murren, das jeder für sich allein entwickelte, ging man in Wien umher. Manche schienen zu ahnen, daß dies alles lediglich der Anfang eines bei weitem noch schlimmeren Fortgangs der Dinge war.

Unter den Umherirrenden nannte eine sich die Namenlose. Sie vermochte sich immer noch so auszudrücken, daß einige von ihr noch etwas verstanden. Aber es half niemand, am wenigsten ihr. Sie war, unter den lebenden Mumien Wiens, zu einer gehaßten und schließlich verachteten Außenseiterin geworden.

Olga registrierte, daß die Namenlose sich manchmal den Prozessionen der Kopfküsser anschloß. Diese zogen zu den Eingängen der verschütteten Katakomben im Untergrund von Wien. Es schien so zu sein, daß einige der Überlebenden an diesen Eingängen zu den tief unter der Stadt lagernden Schädel- und Knochenfeldern Aufschlüsse über die Wirklichkeit witterten.

Täglich versorgten die Elenden sich mit chemischen Nahrungsmitteln, die in großen Vorräten überall in Wien lagerten.

Torturen bleibenden Hungers, an dem indessen keiner mehr starb, ließen die Leidenden nach diesen Vorräten greifen. Das Vertilgen dieser Chemikalien war zu einem Ritual geworden, bei dem man sich anglotzte. Dabei gab es etliche, die sich gegenseitig den Kopf küßten. Andere begannen zu mutmaßen, daß es die verdammten Kopfküsser waren, die sich als Außenseiter zu organisieren trachteten. Nach dem Vertilgen der Chemieoblaten und dem Ritual der Kopfküsserei zog man in Prozessionen zu den verschütteten Katakomben. Dort bildeten die Ohnmächtigen einen Kreis. In einem Ritual aus Selbstmißhandlungen und gegenseitigem Anglotzen verharrte man so lange, bis einer aufgab und anfing, jedem im Kreis den Kopf abzuküssen.

Unter denen, die dieses Ritual aus der Entfernung mitansahen, entstand der Verdacht, daß die Kopfküsser einer Möglichkeit auf der Spur wären, den Tod trotz allem wieder herbeizuholen – und daß die Kopfküsser, sollte es ihnen gelingen, diese Möglichkeit für sich behalten könnten.

Einige von denen, die bei den Prozessionen der Kopfküsser gesehen worden waren, verbarrikadierten sich in den beiden Gebäuden des vollständig erhaltenen Dorotheums in der Dorotheergasse.

Zwei Fraktionen nisteten dort. Die Gruppe im einen Gebäude des einst berühmtesten Ankauf- und Versteigerungshauses Eurasiens, Männer, hatte ein großes weißes Tuch aus dem Fenster entrollt, während die andere Gruppe im gegenüberstehenden Gebäude ein ebenso großes, aber schwarzes Tuch hißte. Dort waren nur Frauen. War das Weiß die Farbe des Wahnsinns? Das Schwarz die Farbe der Anarchie? Zeigten die Verbarrikadierungen die Heraufkunft neuer Besitzansprüche, ja neuer Machtansprüche?

Zunächst gab es überall in Wien noch kleine Zusammenrottungen. Aber man fand nirgendwo Tote. Nicht einen Verwundeten fand man. Wo waren die zwei Millionen Einwohner Wiens? Es wurde noch beängstigender, als Augenzeugen feststellten, daß die Gräberstadt des Zentralfriedhofs von sämtlichen irdischen Überresten der dort einst Begrabenen verlassen war. Feixende, greinende und knurrende Rotten machten sich auf zum Zentralfriedhof. Man sah die geöffneten Gräber und Grüfte, die aufgebrochenen Mausoleen, die leeren Gräberstraßen. Nun erkannten die Mumien, daß mehr aus den Fugen gegangen war als Anfang und Ende, Nacht und Tag, Leben und Sterben, Technik und Zivilisation.

Seit viele die entleerten Gräberstraßen gesehen hatten, erlosch auch ihr Gebrabbel mehr und mehr. Und auch die beiden Abspaltungen der Kopfküsser, die sich mit ihren Fahnen der Anarchie und des Wahnsinns im Dorotheum verbarrikadiert und die mit der Beflaggung ihrer Nester Signale gegeben hatten, zogen die Tücher ein. Nun hörten auch die Prozessionen zu den verschütteten Eingängen der Katakomben auf.

Die Namenlose hatte sich den Frauen im Dorotheum zugesellt. Man ließ sie dort gewähren. Sie ernährte sich wie alle anderen von den chemischen Vorräten und kauerte isoliert am Boden. Umsonst hoffte sie, eine der Frauen würde sie einmal beachten.

Dennoch war die Namenlose für die anderen wichtig: jede der Frauen sagte sich, daß sie immerhin noch etwas besser aussähe als die Außenseiterin. Und jede zog daraus den irrtümlichen Schluß, sie hätte darum, irgendwann und irgendwie, doch noch mehr Chancen als jene. Da es keine Zeit mehr gab, alterten und zerfielen weder die Mumien, noch deren Kleider oder die Gegenstände um sie herum.

Es wurde auch nichts mehr schmutzig. Alles blieb erhalten, wie es zuletzt gewesen war.

Stana war diejenige unter den Frauen, die sah, daß der Namenlosen Tränen aus den Augen liefen. Stana zerrte einige andere Frauen zu der Weinenden hin. Man begaffte sie eine Weile und verzog sich wieder. Wie die Welt früher gewesen war, da niemand einem anderen einen noch so kleinen Vorteil gönnte, so war es geblieben. Aber die Namenlose verließ das Haus mit den Frauen und ging hinüber, in den anderen Teil des Dorotheums, wo die Männer waren.

Auch hier beachtete sie niemand. Einige der Männer rätselten am Anfang etwas herum, gaben das aber wieder auf, waren nicht einmal mehr zur Verachtung fähig.

Einem unter ihnen wendete die Namenlose sich deutlich zu. Sie bezeigte ihm soviel Interesse, daß sie sich zu ihm hockte. Schließlich folgte sie ihm überallhin. Wo er hockte und vor sich hin dämmerte, dort hockte auch die Namenlose. Der Dämmernde ließ es geschehen.

Er suchte sich andere Plätze in diesem ehemaligen Pfandpalast, aber die Namenlose folgte ihm überallhin. Irgendwann legte er seinen Arm um ihre Schulter. Die Namenlose zeigte einen Ausdruck des Staunens in ihren Augen. Dann sank sie zur Seite. Der Dämmernde wollte sie wieder aufrichten. Dabei war ihm, daß sie verstorben sei. Er lief zu den anderen Männern. Bald standen sie alle um die am Boden Liegende. Niemand konnte es fassen. Eine Tote? War diese ewig scheinende Verdammnis doch nicht endgültig?

Der Dämmernde sah die geweiteten, starren Pupilllen der Namenlosen, und er entdeckte die Pulslosigkeit, die er an ihrem Hals ertastete. Es gab keinerlei Herztätigkeit mehr. Die Leichenstarre war bereits eingetreten. Der Dämmernde machte aber noch einen Versuch, um sich zu vergewissern. Er fand einen kleinen Taschenspiegel im Gerümpel auf den Regalen mit den hinterlegten Pfändern. Diesen Spiegel hielt er der Umgesunkenen vor Mund und Nase. Kein noch so geringer Beschlag bildete sich auf dem Spiegel. Es gab für ihn nun keinen Zweifel mehr: diese hier war tot.

Die Frauen und Männer beobachteten sich gegenseitig aus ihren gegenüberliegenden Fenstern. Jede der beiden Rotten hatte Wachen aufgestellt, die alle Vorgänge, soweit sie sichtbar wurden, genau registrierten. Als die Männer die Verstorbene aus dem Dorotheum trugen und sie draußen in der Gasse auf einen Karren legten, hatte Stana Wache. Sie holte die anderen Frauen. Alle schauten aus den Fenstern hinab und sahen, was sich dort zutrug.

Man karrte die Namenlose zum Zentralfriedhof. Die Frauen schlossen sich an, und unterwegs schlossen sich andere, die überall allein umherstanden, dem Zug ebenfalls an. Auf dem Zentralfriedhof wurde der Leichnam der Namenlosen in eine der leeren Steingrüfte gelegt. Dann verließen alle den Ort in der Erwartung, daß auch dieser Leichnam dort ebenso verschwände, wie die früheren Toten aus ihren Gräbern verschwunden waren.

Als später einige zurückkehrten an den Ort, fand man die Tote immer noch in ihrer Gruft, in die sie gelegt worden war. Nichts hatte sich hier, mitten im Exodus der Toten, verändert.

Dieses Ereignis erweckte in den anderen solche Hoffnungen, daß Wallfahrten zu der Gruft der Namenlosen stattfanden. Das Aussehen der Verstorbenen veränderte sich nicht. Es gab auch fürderhin keine Anzeichen der Verwesung bei ihr. Sie lag immer noch an dem Platz, an dem man sie niedergelegt hatte und wo der Dämmernde, als letzten Dienst, ihr die Augen zugedrückt hatte. Es gab, außer den am Anfang festgestellten Symptomen des Todes, nicht die geringfügigste Veränderung. Von nun an schlichen mehrere Frauen und Männer hinter dem Dämmernden her. Wohin er sich auch wandte, wo er sich auch versteckte, einige folgten ihm überallhin. Nur noch im Besitz eines vagen Instinkts, schienen sie von ihm etwas zu fordern. ›Sie wollen den Tod, aber ich kann ihnen nichts mitteilen, ich kenne das Wunder des Todes selber nicht‹, dachte der Verfolgte. Schließlich gelang es ihm, im Keller eines Hauses unterzutauchen, wo er einige Zeit unbehelligt blieb.

Dann wurde er auch dort aufgestöbert. Er ahnte, daß nun etwas anfing, aus dem kein Entrinnen mehr möglich wäre. Die Frau, die ihn in dem Keller entdeckte und sogleich andere herbeiholte, kannte er von früheren Prozessionen zu den Eingängen der Katakomben. Damals hatte er der Frau, die sein Stammeln ebensowenig verstand wie er ihres, einen Namen gegeben: Die Hochmütige. Es war eine große, schlanke Frau, mit einem über alles und jeden hinwegsehenden Blick.

Sie hatte den Dämmernden gefunden, ging um den Dahockenden herum, schien erregt und murrte. Er begriff, daß sie ihn aufforderte, den anderen zu sagen, wie man wieder sterben könnte. Aber der Dämmernde wußte es nicht, und er hatte auch keine Verständigungsmöglichkeit mehr. Mit bösem Gesichtsausdruck verließ jene sein Versteck, kehrte aber sogleich mit Frauen und Männern zurück. Sie ergriffen den Entdeckten und zerrten ihn auf die Straße. Dort stand der Karren.

Man brachte ihn zur Gruft der Gestorbenen. Dort hatte man, während der Wallfahrten zu ihr, Steine über dem Leichnam aufgeschichtet. Einige Meter vor dem Steinhügel zog man den Dämmernden vom Karren. Es war die Hochmütige, die den ersten faustgroßen Stein nahm und ihn dem Knieenden mit aller Macht ins Gesicht warf. Er erlitt einen Schmerz, der ihn aus dem Verdämmern riß, er fühlte das Blut in seinem Gesicht. Da bereits traf ihn der zweite, noch schwerere Stein. Der Getroffene seufzte auf. Nun steinigten sie ihn.

Er wurde zerstört, aber er starb nicht. Er seufzte auch nicht mehr. Enttäuscht ließen die Peiniger ab von ihm. In der dumpfen Illusion, irgendein Tod oder doch wenigstens irgendein klärendes Gericht käme bald über sie, ließen sie ihr Opfer bei der Gruft der Namenlosen liegen und schlurften zurück in die Stadt.

Ghiberto hatte im Garten neben der Kirche auf Olga gewartet. Schließlich wurde er unruhig und ging in die Krypta. Dort fand er Olga auf dem Boden kauernd. Willenlos ließ sie sich ins Ospedale führen. Dort nahm sie ihren Platz am Fenster wieder ein.

Talmayers Ende

Hans Talmayer konnte sich im Militärgefängnis in Landsberg am Lech über nichts beklagen. Er wunderte sich, denn er hatte eine andere Behandlung erwartet. Die Amerikaner, die im Gefängnis kommandierten und die ihn bewachten, befragten, versorgten, sie zeigten sich nicht nur korrekt: je tiefer einer als

Mensch gesunken war, je scheußlicherer Dinge man ihn anklagte, umso glaubwürdiger schien er für Amerikaner zu sein.

Für Hans Talmayer war es eine ausgemachte Sache, daß der Führer recht gehabt hatte, als er Amerika als »dumpfen und rohen Mischmasch von krimineller Entartung bis in die höchsten Spitzen von Politik und Wirtschaft und Kultur« immer wieder warnend bezeichnete, im Unterschied übrigens zu den Engländern, die er, bis auf »diesen tief verblödeten Säufer Churchill«, für »im höchsten Maße anständig und persönlich tapfer« gehalten hatte. Es gab in Landsberg so gut wie keine Engländer. Manchmal erschien ein englischer Brigadegeneral aus Wien, aber er beachtete keinen der Inhaftierten, sprach niemals mit einem Gefangenen, schien sie zu verachten, was Hans Talmayer sehr beeindruckte und ihn wiederum dafür einnahm, daß der Führer recht hatte, wie er immer recht gehabt hatte, bis zuletzt.

Die Amerikaner, mit denen Talmayer hier in Kontakt kam, vermochten sich, das mußte er allerdings zugeben, durch scharfe Rasuren, fast aseptische Sauberkeit und durch täglich frische und gebügelte Hemden und Hosen und Schlipse hervorragend zu verstellen. Auch sonst hatten sie alles, was einer sich nur wünschen konnte, im Überfluß. Außerdem waren sie nicht geizig. Der Himmel mochte wissen, ob man es ihnen im Militär beigebracht hatte: jedenfalls lachten sie dauernd, mindestens grinsten sie Tag und Nacht. Gingen so merkwürdig weizenarschig und wie tamponiert in den Hüften und in ihren lackschwarzen und laminierten, knöchelhohen Schuhen. Hans Talmayer hielt sie samt und sonders für naiv. »Wie die Kinder sind sie«, sagte er zu seinen Mitinhaftierten, wenn sie im Hof Spaziergang hatten. Die anderen bestätigten es ihm.

Bei den täglichen Befragungen kamen sie ohne jede Drohung schnell zu den gewünschten Resultaten. Die wechselnden Vernehmungsoffiziere arbeiteten alle nach derselben Methode: zuerst Beine auf den Tisch, und, wenn es nicht weiterging, den Pappbecher mit Kaffee. Inzwischen hatte Talmayer sich daran gewöhnt. Er hielt es sogar für möglich, daß die Amerikaner auf diese Weise einiges herausbekamen, was sie noch nicht wußten und, wie es aussah, durchaus brauchen konnten. Jedenfalls erweckten die Vernehmer in Talmayer den Eindruck, zufrieden zu sein. Daß ihm irgendeine Gefahr drohen könnte, dieser deutliche Eindruck unmittelbar nach der Verhaftung in Dachau, der zu heftigster Angst aufgelaufen war, kam Talmayer nach und nach völlig abhanden. Inzwischen war er ziemlich sicher, nicht nur bei ausnehmend gutartigen Leuten untergebracht zu sein, sondern für seine Mitarbeit bei den Vernehmungen, früher eher als später, ein interessantes Angebot zu bekommen. Denn etwas war Hans Talmayer aufgefallen: die geradezu hysterische Furcht vor Kommunisten. Wenn es überhaupt einmal vorkam, daß ein Vernehmer nervös wurde, um nicht zu sagen wirklich wütend, dann hatte es stets mit Kommunismus und etwaigen Querverbindungen zwischen Deutschen und Russen zu tun.

Talmayer glaubte inzwischen immer zuversichtlicher, daß in aller Kürze ein Angebot irgendeines Amerikaners aus den höheren Rängen an ihn ergehen würde, gemeinsam mit anderen, die sich unter Hitler besonders bewährt hatten, gegen die Sowjets vorzugehen. Er versuchte, es für sich zu behalten. Hielt sich, gerade weil hierüber nie ein Wort gefallen war, eigentlich schon für engagiert, in stillschweigender Absprache.

Dennoch mußte er es erleben, daß gerade über diesen heiklen Punkt bei den Spaziergängen im Hof viel getuschelt wurde. Waren diese Unvorsichtigen verrückt? Die das nicht bis zum Tage des Losschlagens für sich behalten konnten, wurden für so etwas garantiert nicht gebraucht.

Als Margaret ihren Vater besuchte und äußerst bedrückt in dem Besuchsraum gewartet hatte, weil sie einen gebrochenen und zermürbten Mann wiederzusehen fürchtete, schlug ihr Hans Talmayer fast amerikanisch-lässig auf die Schulter und sagte in bester Stimmung: »Margaret? Servus! Wie schauts aus in Wien?«

Margaret war mit vielen Fragen nach Landsberg gekommen. Aber von diesen Fragen war sie nicht eine losgeworden. Talmayer hatte sie nicht zu Wort kommen lassen. Daß der Führer bis zuletzt von allen Seiten getäuscht und verraten worden wäre, stünde ja inzwischen wohl ohne jeden Zweifel fest. Sonst wäre es nie soweit gekommen. Das hatte Talmayer seiner Tochter mehrmals versichert. Dann hatte er die Augen hinter geraden, waagrechten Schlitzen verborgen, hatte sich zu Margaret vorgebeugt und geflüstert: »Sags niemand: noch ist nicht alles verloren! Aber mehr werd ich nicht sagen.«

Wie vor den Kopf geschlagen, hatte Margaret ihren Vater verlassen. Zurück in Wien hatte sie Rapaport berichtet und ihn gefragt, ob es denn möglich wäre, daß ein früher mal intelligenter Mann derart jede Vorstellung von Wirklichkeit habe verlieren können? Rapaport tat, als wundere er sich ebenfalls darüber. Was Talmayers dunkle Hoffnung betraf, so erweckte Rapaport in Margaret den Eindruck, daß er dem weiter keine Bedeutung beimesse. Im übrigen verschwieg er, daß er manchmal in Landsberg war und angeregt hatte, die zunehmende Kollaborationshysterie der dortigen Nazis und der höheren KZ-Chargen nicht zu vermindern, denn sie machte die Inhaftierten aussagewilliger.

Margaret hatte sich noch enger mit Rapaport liiert als am Anfang. Sie glaubte, er würde ihrem Vater aus dem Gefängnis helfen, wie sie damals Juden aus dem Lager herausgeholfen hatte. Es kam hinzu, daß sie Rapaports Selbstsicherheit liebte.

Hans Talmayer rechnete es sich in seiner Hafteuphorie zur Ehre an, für Großdeutschland ausgerechnet in dem Festungsbau zu sitzen, in dem der Führer zwischen 1923 und 1924 seine Festungshaft absolviert hatte. Wie dieser damals aus der Haft als einer Prüfung zu noch größeren Aufgaben und Erfolgen hervorgegangen war, so würde es auch ihm bald ergehen, rechnete Talmayer sich aus. Leute, die eine ihnen auferlegte, ungewöhnliche Aufgabe so initiativ gelöst hatten, wie er das in Dachau jeden Tag für sich in Anspruch nehmen konnte, würden in Kürze vor Aufgaben stehen, die den »Weltbolschewismus« betrafen. Mit der Tapferkeit und Organisationsfähigkeit der Deutschen und mit amerikanischem Materialüberfluß würde dieses verrottete System der Stalinschen Zwangsherrschaft im zweiten Anlauf zerschlagen werden. Dessen war Talmayer sicher.

Er ließ sich darin selbst dann nicht beirren, als von einem Tag zum anderen die Vernehmungen beendet waren und er mit sechs anderen Häftlingen zum Prozeß vor ein Alliiertes Militärgericht gebracht wurde. Talmayer hielt das alles nur für einen Scheinprozeß. Wo der Prozeß stattfand, erfuhr er nicht; sie fuhren durch eine fremde Stadt, die er nicht kannte und nach deren Namen er sich nicht erkundigte. Das Verfahren ging binnen zwei Tagen über die Bühne. Talmayer ließ Ankläger, Richter und Zeugen sowie seinen ihm gestellten Anwalt machen. Bei der Urteilsverkündung erfuhr er, daß er zum Tod durch Erhängen verurteilt war. Er und alle übrigen. Noch im Keller des Gerichtsgebäudes wurden ihnen allen von amerikanischen Bewachern rotgefärbte Jacken übergestreift, bevor sie wieder gefesselt wurden. »Redjackets« hießen sie nun, Rotjacken. Das bedeutete: Todeskandidaten. Die Behandlung war plötzlich frostiger. Direkt nach der Urteilsverkündung ging es in einem Armeefahrzeug zurück nach Landsberg. Talmayer war von den sieben Rotjacken bei diesem ersten Schub der einzige, der jetzt immer noch an einen Scheinprozeß zur Irreführung der Presse und des Auslandes glaubte. Auch die rotgefärbten Jacken schienen ihm ein Indiz dafür zu sein, daß die Amerikaner in denen, die sie nun trugen, besonders herausragende Kämpfer gegen die Rote Armee sahen. Daß hier Rot für Blut stand, kam Hans Talmayer immer noch nicht in den Sinn.

Sein Anwalt legte ihm am nächsten Tag ein Gnadengesuch an den amerikanischen Oberkommandierenden vor. Talmayer unterschrieb es mit einer Gelassenheit, die seinen Anwalt zu der vorsichtigen Bemerkung veranlaßte, hoffen solle man zwar bis zuletzt, aber – Talmayer unterbrach ihn: »Schon gut. Reichen Sie das Gesuch ein, und Sie werden ja sehen!«

Die Rotjacken waren in einen Sondertrakt verlegt worden. Vier Tage nach Einreichung der Gnadengesuche waren sämtliche Gesuche abgelehnt. Die Hinrichtungen waren für den kommenden Vormittag, sechs Uhr früh, vorgesehen. Es wurden keinerlei Besuche mehr zugestanden. Jede Rotjacke durfte noch einen Brief nach draußen richten, den Besuch des Priesters beantragen, eine Mahlzeit nebst Zigaretten, Schokolade, Kaffee und einen Achtelliter Schnaps außer der Reihe bekommen, für die letzte Nacht. Diese Einzelheiten waren den Verurteilten am Nachmittag mitgeteilt worden. Die Uhr lief.

Talmayer hatte die Extramahlzeit gegen Mitternacht eingenommen. Dann nahm er den Kaffee. Er wollte an seine Kinder schreiben. Margaret hatte ihm erzählt, daß Rudolf in Wien wiederaufgetaucht und im Schwarzhandel aktiv geworden war. Talmayer rauchte eine Camel und zögerte, mit dem Brief zu beginnen. Er wartete auf den Besuch desjenigen, der ihm eröffnen würde, daß es jetzt losging, gegen die Russen.

Morgens Punkt sechs wurden die sieben Rotjacken aus ihren Zellen geholt. Gefesselt führte man sie in den Hof vor den Galgen. Im Hof eine Reihe von Leuten. Talmayer sah, daß auch der englische Brigadegeneral aus Wien wieder anwesend war. ›Sie gehen wirklich bis zum Äußersten, diese Amerikaner. Wie die Kinder‹, dachte Talmayer. Dann packten zwei dieser ›Kinder‹ mit MP-Helm den ersten in der Reihe der Rotjacken – sie führten ihn unter den Galgen, vier Stufen hoch auf ein Podest. Es war kurz nach sechs Uhr. Für Hans Talmayer war alles voll einsehbar. Der erste MP legte der Rotjacke die Schlinge um den Hals, zog sie locker fest, den Knoten unter dem Ohr. Der zweite MP betätigte einen Hebel. Das Podest fiel, der Verurteilte sackte hinab, ein Krachen, ein Knacken. Talmayer sah, wie die Augen des Gehenkten einmal nach oben zuckten, dann wieder nach unten fielen. Mit einem Ruck blieben sie seitwärts stehen. Beide Hände spreizten sich, krampften sich dann zusammen. Das taten sie dreimal hintereinander. Dann starben die Hände mit dem übrigen Mann.

Talmayer war der vorletzte in der Reihe. Er wollte nicht glauben, was er sah. In einer letzten Hoffnung, während bereits der nächste unter dem Strick stand, sagte er sich: ›Die anderen taugten eben doch nicht genug – aber wenn ich dran bin, wird der Brigadier kommen und mir sagen, ich solle ihm in die Zelle folgen, er habe mit mir zu reden.‹

Der nächste Mann wurde unter die Schlaufe geführt. Rapaport schaute befriedigt zu. Die Militärpolizisten gingen zu Talmayer.

In dem Moment wußte der. Er zog instinktiv seine Hose kurz nach links und dann nach rechts, wurde zum Strick geführt und gehängt. Um halb sieben starb Hans Talmayer.

Das letzte Kapitel

Im Februar 1946 erhielt Margaret von der Gefängnisverwaltung Landsberg ein Schreiben, in dem stand, daß gegen Hans Talmayer ein Todesurteil des Alliierten-Militärgerichts ergangen und vollstreckt worden sei. Der Leichnam des Hingerichteten wäre provisorisch beigesetzt auf dem anstaltseigenen Friedhof. Dort könne er entweder verbleiben oder von der Familie zu anderweitiger Bestattung abgeholt werden. Ein Testament oder einen Abschiedsbrief hätte der Verstorbene nicht hinterlassen.

Margaret las den Bescheid. Jeder Satz war für sie ein Beilhieb in die Mauern aus Verdrängung und Wirklichkeitsflucht, die Margaret seit Kriegsende in sich errichtet hatte. Mit dem letzten Satz des amtlichen Schriftstücks, dem letzten Beilhieb, waren diese Mauern eingestürzt.

Margaret, von einer Minute auf die nächste hilflos und schutzlos, warf sich auf ihr Bett.

Immer, wenn es kritisch geworden war, hatte sie sich entfernt, anstatt sich zu demjenigen zu begeben, mit dem es kritisch wurde. Nicht nur hatte sie sich statt dessen von demjenigen entfernt, sie hatte den, mit dem es schiefging, gegen einen anderen umgetauscht, der gerade stark war und der sich um sie kümmerte. Das war die erste Gedankenkette, die in Margaret ablief, als sie dalag und die Nerven verlor.

Wer nicht die Nerven verlieren kann, der kann auch nichts erkennen. Während Margaret jene erste Gedankenabfolge freiließ, verdichtete sich bereits alles zu banaler Deutlichkeit: ›Ich habe Lena verlassen und bin zu Olga geflohen. Die habe ich verlassen, als sie krank wurde, und bin zu Béla geflohen. Den habe ich mit meiner Unzugänglichkeit mit nach München gezogen und habe den Handel zwischen ihm und meinem Vater ausgelöst. Als Béla am Ende war, flüchtete ich zu dem stärkeren Barany. Als dieser in Gefahr geriet, nahm ich Rapaport, der nicht nur stark ist, sondern Macht besitzt. Meinen Vater habe ich zwar besucht, aber seinen Mangel an Einsicht habe ich benutzt, um mich von ihm abzuwenden und ihn seinem Irrsinn zu überlassen.

In der Nacht versuchte sie, in einem Brief an Olga alles zu Papier zu bringen, was sie sich vorwarf. Margaret kuvertierte den Brief und legte ihn auf ihrem Schreibtisch unter eine Holzdose. Dann ging sie zu Bett.

Barany stellte sich einer solchen Gewissenserforschung nie. Wer Macht hat, läßt so etwas bleiben.

Beim Frühstück las Margaret die Zeitung. Auf der ersten Seite der Wiener Morgenpresse fand sie, groß aufgemacht, einen Bericht über einen Empfang im Bundeskanzleramt, bei dem Igor Barany als Widerstandskämpfer während der Naziherrschaft in Österreich geehrt worden war. Die Laudatio war von Brigadegeneral Josua Rapaport verfaßt und von seinem Stellvertreter verlesen worden. Rapaport hatte in London zu tun.

Margaret war betroffen vom Zynismus dieser Veranstaltung. Barany Widerstandskämpfer? Er hatte nie etwas riskiert. Er hatte seine Macht, die auf Geld und auf Menschenkenntnis beruhte, virtuos gehandhabt. Was Margaret aber am meisten traf und was ihr Angst einjagte, war die Tatsache, daß Rapaport, ein Mann aus dem wirklichen Widerstand, sich für den Machtmenschen Barany hatte einspannen lassen.

In der Schlußbetrachtung schrieb der Leitartikler, der feierliche Akt im Bundeskanzleramt habe eine über die einzelne Person hinaus reichende Bedeutung: die Ehrung gelte zugleich dem auch in der Diktatur überwiegend anständig gebliebenen Österreich. Eben darum aber sei das gute Beispiel unverzichtbar. Das demokratische neue Österreich brauche Männer wie Igor Barany.

Margaret las es noch einmal und begriff, daß die Würfel wieder einmal gefallen waren. Angst vor dieser Erbschaft überkam sie. Sie ging zu ihrem Schreibtisch und nahm den Brief an Olga unter der Holzdose fort. Noch zögerte sie. Schließlich zerriß sie den Brief, langsam und mehrmals.

(1979–1982)